버
넘
숲

버넘 숲

Birnam Wood

엘리너 캐턴 장편소설
권진아 옮김

스티븐 투생을 위하여

세 번째 유령   사자의 기개를 갖고 자부심을 가져라.
  누가 분노하건 괴로워하건 어디서 음모를 꾸미건
  신경 쓰지 마라.
  거대한 버넘 숲이 던시네인 언덕을 올라와 맞설 때까지
  맥베스는 절대 무너지지 않을 테니.

맥베스   그런 일은 있을 수 없다.
  누가 숲을 강제로 움직이고 땅에 박힌 뿌리를 뽑으라고
  나무에 명령할 수 있겠는가?

1부

코로와이 고개는 잇단 약한 지진 때문에 발생한 산사태로 고속 도로 한 구간이 돌무더기에 묻혀 버려 여름 끝자락부터 폐쇄되었다. 그 산사태로 여섯 명이 사망했고, 장거리 수송 트럭 한 대가 절벽 아래로 추락하면서 전선을 스치고 산허리를 깊게 파헤치며 굴러 내려가 고가 도로에서 폭발했다. 시신을 안전하게 수습하고 피해 규모를 제대로 산정하는 데만 몇 주가 걸렸다. 그 무렵 이미 날씨는 추워지고 해가 급속히 짧아지고 있었다. 봄이 오기 전에는 아무 일도 할 수 없었다. 도로가 고개 양쪽에서 차단되어 차량들은 코로와이 호수를 따라 서쪽으로 갔다가 조각조각 나뉜 농지 사이를 지나고, 평야를 얼키설키 가르며 바다로 흘러드는 강을 건너 동쪽으로 우회했다.

코로와이 구릉 지대 산기슭, 고개 바로 북쪽에 자리한 손다이크 마을은 양쪽에 각각 호수와 코로와이 국립 공원을 접하고 있었다. 그런데 고개가 폐쇄되면서 남쪽이 차단되어 이제 마을은 삼면이 봉쇄된 막다른 골목이나 다름없는 처지가 되었다. 뉴질랜드의 여타 조그만 마을들과 마찬가지로, 이 지역의 경제는 대부분 지나가는 트럭 운전사와 관광객을 상대로 하는 장사에 의존했는데, 구조대와 방송국 사람들이 마침내 짐을 싸서 떠나자 손다이크 주민들도 어쩔 수 없이 우수수 떠났다. 고속 도로 변에 늘어선 카페와 장신구 가게 들도 하나둘 문을 닫기 시작했고, 주유소는 업무 시간을 줄였으며, 관광 안내소 창문에는 사과의 말이 붙었고, 이 마을의 〈역대 최고 분할 개발 가능성〉이라고 묘사된, 계곡 꼭대기에 있던 옛 양 목장도 부동산 매물 목록에서 조용히 사라졌다.

미라 번팅의 주목을 끈 건 이 마지막이었다. 스물아홉 살 원예가인 미라는 회원들 사이에서 〈버넘 숲〉이라고 일컫는 활동가 집단의 설립자였다. 손다이크에 가본 적도 없고, 그곳의 땅 한 뼘조차 살 생각도 재력도 없지만 미라는 5~6개월 전 온라인에 처음 올라왔을 때부터 이 매물을 점 찍어 뒀다. 그리고 부동산업자에게 가명으로 편지를 보내 개발 계획에 관심 있다며 분할 개발 택지 중 팔린 땅이 있는지 물어봤다.

미라가 사용한 크로서라는 가명은 오랜 시간을 들여 만들고 계속 수정과 보완을 거친 몇 개의 가명 중 하나였다. 가상 인물 크로서 부인은 예순여덟 살 은퇴자로, 귀가 거의 안 들려 전화보다 이메일 연락을 선호한다. 주식에 투자한 돈이 조금 있는데 부동산으로 바꾸고 싶어 한다. 마음에 둔 물건은 생전에 딸들과 같이 쓰다가 사후에 상속해 줄 수 있는, 시골 어딘가에 있는 별장이다. 집은 꼭 새집 — 평생 집을 수리, 개조하면서 살아 그런 일에 신물이 났다 — 이어야 하지만, 반드시 별장 용도로 지은 집일 필요는 없다. 이웃집들이 너무 가까이 붙어 있지 않고 색깔만 마음대로 선택할 수 있다면, 첨단 기술이 적용된 조립식 주택, 거리에 있는 틀에서 찍어 낸 듯 똑같이 생긴 집도 좋다. 손다이크 목장은 이 모든 조건에 부합할 것 같았다. 하지만 고개에 산사태가 일어나고 4개월 후, 크로서 부인은 상황이 바뀌어 고객이 땅을 팔지 않기로 했다는 이메일을 부동산으로부터 받았다. 부동산업자는 그 부지가 나중에 시장에 다시 나올 수도 있겠지만, 그사이 혹시 근처 다른 매물을 고려해 볼 마음은 없느냐고 묻고 링크까지 첨부한 뒤 좋은 집을 찾길 바란다며 행운을 빌어 주었다.

미라는 이메일을 두 번 읽은 뒤 정중하지만 모호하게 답장을 쓰고 가짜 계정에서 로그아웃한 다음 손다이크 지도를 열었다. 계곡 남동쪽 구석에 있는 그 목장 부지는 모양이 사다리꼴 비슷했고, 국립 공원 부지와 맞닿아 있는 위쪽보다 아래쪽이 훨씬 좁았다. 부동산 매물 목록에서 본 기억에 따르면 면적은 153만 제곱미터, 둘레는 약 8~10킬로미터였다. 산사태 현장에서 그리 멀지 않은 곳이었다. 인공위성 뷰로 확인해 보니, 이미지가 아직 업데이트되어 있지 않았다. 고개 위 도로는 여전히 매끄럽게 반짝였고 굽이굽이 올라가다가 트럭과 차 지붕에서 반사된 희끄무레한 햇살에 가려 여기저기 끊겨 있었다. 문득 지진이 발생하기 불과 몇 분 전에 찍은 이미지일 수도 있겠다는 생각이 들었다. 〈사진 속 운전자들은 죽었을지도 몰라.〉미라는 맥박을 확인하듯 그렇게 혼잣말을 해보았다. 우울한 가설로 스스로 꾸짖는 것은 어린 시절에 생긴 내밀한 습관이었다. 오늘은 아무리 해도 동정심이 생기지 않아 속죄의 뜻으로 흙더미에 파묻혀 질식하는 상상을 억지로 하며, 그 장면을 몇 초 동안 머릿속에 떠올리다가 숨을 크게 내쉬고 다시 지도로 돌아갔다.

쭉 뻗은 포플러 방풍림 그림자가 진입로를 덮고 도로 안쪽에 있는 집 앞까지 이어져 있었다. 집은 호숫가에 늘어선 나무들 너머로 호수 건너편 풍경을 조망할 정도로 높은 지대에 있는 것 같았다. 집 위쪽에는 석회암층으로 이뤄진 일종의 천연 베란다가 있어 나무가 좀 더 우거진 위쪽 방목장들과 도로에 접한 탁 트인 목초지를 분리했다. 미라는 이미지를 확대해 방목장을 하나하나 자세히 살펴봤다. 방목장은 텅 비어 있었다. 주인이 부지 내에서 주로 돌아다니는 궤적을 바퀴 자국이 보여 주었고, 땅에 드리운 각진 그림자로 보아 몇 군데 문이 열려 있음을 알 수 있었다. 중개업자는 고객의 이름을 밝히지 않았지만, 별개의 창에 주소를 쳐보니 금방 기사가 하나 떴다.

사우스캔터베리 손다이크 코로와이 고갯길 1606번지에 사는 오언 다비시 씨는 최근 뉴스에서 화제의 인물이었다. 그는 여왕 생일 기념 서훈 대상자 명단에 올랐고, 곧 자연 보호 활동에 대한 공로로 뉴질랜드 공로 기사에 임명될 예정이었다.

홍미를 느낀 미라는 지도는 잊고 기사를 계속해서 읽어 내려갔다.

뉴질랜드에서 기사 작위는 2000년도에 철폐되었다가 작위를 원하는 한 돈 많은 정치인에 의해 9년 만에 부활되었다. 작위에 대한 의견이 어떻든 간에, 이는 당혹스러운 일이었다. 군주주의자들은 작위 부활이 곧 왕권이 정치적으로 강제될 수 있다는 것을 증명했기 때문에 축하할 수 없었고, 공화주의자들은 반대하면 기사도라는 군주적 규약이 애초에 뭔가 신성한 의미, 평범한 정치인의 범주를 당연히 넘어서는 의미를 지니고 있음을 시사하기 때문에 반대할 수 없었다. 양쪽 다 불만이었다. 그래서 연 2회 나오는 서훈 대상자 명단을 똑같이 언짢게 비아냥대며 작위를 받은 지식인들은 다 배반자이고 작위를 받은 사업가들은 다 뇌물을 썼다는 결론을 공동으로 내렸다. 오언 다비시는 흔치 않은 예외 같았다. 고개에 산사태가 일어나자마자 그의 영예를 알리는 뉴스가 나와, 그 작위가 마치 코로와이 지역 전체에 대한 위로 차원에서 주는 거라는 인상을 줬고 **그건** 군주주의자도 공화주의자도 트집 잡을 수 없는 기사도적 행위였다. 다비시는 재난이 일어난 지 며칠 만에 자기 집을 수색 구조대 작전 기지로 쓰라고 내놓기까지 했다. 〈그분들에게 경의를 표합니다. 그분들이 영웅입니다, 진정으로요.〉 그가 한 말은 그게 다였다.

미라는 계속 읽어 나갔다.

기사에 따르면 다비시의 경력은 40년 전인 열일곱 살 때 이웃들 땅에서 토끼를 한 마리당 1달러 받고 잡아 주는 일에서부터 시작되었다. 그는 명사수였고, 아버지에게 선물로 받은 22구경 공기총, 그리고 고정 칼날과 회양목 손잡이가 달린 무두질 칼을 가장 아끼는 재산으로 여겨, 거실의 특별 진열장에 진열해 뒀다. 그 시절 그는 동물 가죽을 직접 벗겼고, 손질한 고기를 근처 개 사육장과 개 주인 들에게 사료로 팔았다. 가죽은 고객을 찾기가 더 힘들었다. 가죽을 묶음으로 가져가 펠트로 가공할 의향이 있는 처리 공장을 겨우 찾아냈지만, 공장에서 송장 처리를 고집하자 당시 열아홉 살이던 다비시는 직접 회사를 차리기로 했다. 그는 회계사를 고용하고, 응답 전화 서비스를 임차하고, 철물점에서 노란 페인트 한 통을 산 뒤 트럭 문짝에 스텐실로 〈다비시 방제〉라고 찍었다.

도살장 인부의 아들이었던 다비시는 바로 옆에서 보아 온 터라, 해마다 수많은 건강한 가축이 발목이 부러지거나 다리가 부러지는 바람에 때 이르게 도살된다는 것을 알고 있었다. 토끼 굴은 좋은 목초지를 황폐하게 망가뜨렸다. 토끼는 주머니쥐, 시궁쥐, 담비와 더불어 도입종이었고, 이들은 토종 식물의 새싹과 토종 새의 알을 좋아했다. 이런 유해 동물을 퇴치하는 일은 뉴질랜드의 자연 보호론자와 산업 농가가 뜻을 같이 하는 드문 사안 중 하나였다. 다비시는 사업 확장 과정에서 중도를 택하면서 좌우 모두의 환심을 샀다. 기사에 따르면 다비시 방제는 창업 이래 계속해서 뉴질랜드의 주요 농업 산업체와 계약을 유지해 왔을 뿐 아니라 마오리족 자치 의회, 시 의회들, 정부 부처들과도 오랫동안 계약을 맺어 왔다. 하지만 그가 최고의 업적이 되리라 기대하는 것은 S&P 500 지수에 포함된 미국 기술 회사 오토노모와 최근에 맺은 제휴였다. 조사해 보니 오토노모는 드론 제조 회사였고, 다비시 방제는 오토노모의 도움에 힘입어 멸종 위기에 처한 토종 야생 동물 개체군을 모니터하는 야심 찬 자연 보호 프로젝트를 막 시작했다. 아직 초창기이기는 하지만 이 계획이, 간절히 바라건대 자신이 가장 좋아하는 새이고 심각한 멸종 위기에 처한 주홍이마모란앵무를 포함한 수많은 고유종이 멸종 지경에 이르는 것을 막아 줄 거라 믿는다고 다비시는 겸손하게 말했다.

미라는 얼굴을 찌푸렸다. 그녀는 이런 얘기가 거의 자기 신조의 차원에서 짜증이 났는데, 이 남자의 나이, 인종, 성별, 재력, 그리고 거기에서 비롯한 특권을 가진 사람이 자신의 힘을 좋은 일에 사용했다는 점, 자기 사업을 밑바닥에서부터 일궈 냈다는 점, 그리고 미라가 가장 부러워하고 추구하는 바로 그 시골적인 진정성을 가졌다는 점 그 모두가 그랬다. 더 짜증 나는 것은 자기는 주홍이마모란앵무라는 새를 들어 본 적도 없다는 사실이었다. 미라는 여전히 얼굴을 찌푸린 채 별도의 검색창에서 그 새를 찾아봤다. 자신을 신화화하는 반골들이 다 그렇듯이, 미라는 경쟁자보다 적을 더 좋아했고 종종 경쟁자를 적으로 만들었다. 그래야 그들이 현재 세상을 유지하려는 비밀 첩자라며 경멸하기가 더 쉬우니까. 하지만 이렇게 생각하는 버릇은 의식적인 게 아니었기 때문에, 미라는 오언 다비시를 치워 버리지 못하고 대신에 그냥 마음에 안 드는 사람이라며 막연하게 정당한 반감만 느꼈다.

정부 웹사이트에 올라와 있는 사진 속 다비시는 깔끔하게 면도하고 셔츠 단추를 푼 중년 남자로, 유능해 보이는 커다란 입매와 다부진 턱에 즐거운 표정을 짓고 있었다. 사진 아래 붙은 설명은 그의 재능과 끈기, 공정한 실용주의를 찬양하며, 그를 뉴질랜드인들이 의기양양하게 여기는 국민성의 완벽한 본보기로 제시하고 있었다. 인터뷰 속 그는 능수능란하게 기대를 충족시키며 허세와 겸양을 동시에 발휘해 질문을 받아넘겼고, 정치관에 대한 질문을 받으면 자기는 정치관이라는 게 없다고 주장했다. 그를 헐뜯는 기사는 단 하나도 찾아볼 수 없었다. 그는 애국자로 제시되었다. 다시 말해, 그는 자기 신조에 충실하고, 자부심이 강하며, 격식에 얽매이지 않고, 열정이 넘치며, 구식 일상을 고수하고, (아내가 취미 삼아 다니는 교회 정도는 아마도 용인해 주겠지만) 모든 당파적 표명을 본능적으로 의심하는 사람이었다.

곧 레이디 다비시가 될 그의 아내 질은 껑충한 팔다리와 가

무잡잡한 피부에 짧은 은발 머리를 한 날씬한 여자로, 미라 어머니와 약간 비슷해 보였다. 지역 신문에 실린 사진 속 다비시 부인은 한 팔로 남편의 허리를 감고 다른 한 손은 남편의 넓은 가슴 근육에 올려놓은 채 상체를 뒤로 젖혀 남편을 바라보며 감탄하듯 싱긋 웃고 있었다. 흥분을 이기지 못한 기사 제목은 〈기사 작위는 우리 것The Knight Is Ours〉[1]이었지만, 그래도 기자는 진짜 손다이크 원주민은 곧 오언 경이 될 다비시가 아니라 질이라고 밝히는 정도의 성의를 보여 줬다. 그 목장은 질이 어린 시절 살았고, 5년 전 아버지가 사망하면서 상속받은 것이었다. 그건 별것 아닌 사항에 불과했지만, 자기 나라를 잘 아는 다비시는 이를 무시하지 않았다. 그는 이제껏 살아 본 곳 중 손다이크가 단연코 최고라며 그 자리에 필요한 호언장담을 했고, 지난 수년 동안 이곳에 와서 보낸 수많은 휴일과 볏짚 수확기를 격찬했으며, 부지 분할 개발 계획은 전혀 언급하지 않았다. 그러면서 짐짓 유감스러운 듯이, 최선을 다했지만 이 농장은 아직 방제 종료 선언을 할 상태에 이르지 못했다면서 장인어른이 어디선가 분명 자신을 비웃고 있을 거라고 고백했다. 그는 (능숙하게 본 주제로 인터뷰 방향을 틀며) 사실 조만간 일어날 지위 변화를 알리는 총독 집무실의 전화를 받았을

---

[1] knight와 night의 발음이 같은 것을 이용한 말장난. 미국 특수 부대 MSRT의 모토인 〈밤은 우리 것The Night Is Ours〉을 비튼 것이다. 이하 모든 주는 옮긴이 주이다.

때 자기는 위쪽 방목장에서 토끼에게 총을 쏘고 있었다고 말했다.

「그 바람에 총알이 완전히 빗나갔지요.」 그는 신문에 말했다. 「전화 소리에 놀라 펄쩍 뛰었거든요. 어찌나 화가 나던지 전화를 받지 않을 뻔했습니다.」

「토끼는 도망가 버렸고요.」 아내가 덧붙였다.

「그러니 그분이 저한테 1달러를 빚진 겁니다.」

「여왕이요?」

「여왕이요. 저한테 1달러랑 토끼 시체, 가죽을 빚진 거죠.」

미라는 찾던 것을 찾았다. 탁자 아래에서 무릎이 들썩거리기 시작했고, 가슴속에서 흥분이 솟구쳐 올랐다. 미라는 정부 웹사이트로 돌아가 오언 다비시의 작위 수여식이 3주 후 웰링턴 총독 관저에서 열린다는 것을 확인한 뒤 날짜를 메모하고 노트북을 닫은 다음 자전거 헬멧을 들고 도서관에서 나왔다.

5분 뒤, 〈미라〉라고 적힌 노란색 원이 거리로 나와 서서히 북쪽을 향해 움직이기 시작했다. 셸리 노크스는 자신을 나타내는 원, 부드럽게 고동치는 파란색 원이 화면 가장자리에 나타날 때까지 지도를 축소한 다음 노란 원이 파란 원을 향해 움찔움찔 다가오는 모습을 30초 정도 지켜보다가 전화기를 끈 뒤 느닷없이 침대 끝에 놓인 세탁물 더미에 아이처럼 집어 던졌다. 적어도 30분 안에는 미라가 집에 돌아오지 않겠지만, 셸리의 심장은 벌써 빠르게 뛰고 목과 가슴 피부까지 울긋불긋 해졌다. 셸리는 심호흡을 하며 벌떡 일어나 어쨌거나 오늘은 그 이야기를 꺼낼 날이 아니라는 생각에 마음을 달래 보려 했 ─지만, 그 순간 셸리의 머릿속에는 목소리가 있고 그 목소리 는 그녀 어머니의 목소리라고 말하는 미라의 목소리가 머릿속 에서 들렸다.

셸리의 어머니는 버넘 숲에서 제일 좋아하는 대화 소재였 다. 노크스 부인은 미라를 안 지 얼마 안 되었을 때 버넘 숲은 〈취미 생활〉이고, 딸이 거기서 하는 활동은 〈지나가는 한때〉라 고 치부해 미라의 미움을 샀다. 미라는 그 소리를 듣자마자 분 노했고, 그 분노가 가시지 않자 셸리는 전혀 화를 내지 않는 자 기에게 뭔가 문제가 있는 게 틀림없다고 걱정하기 시작했다. 버넘 숲에 바친 세월이 벌써 4년 반이 넘었지만, 셸리는 그게 초반에 어머니가 보인 불신을 책망하기 위한 시간이라고 생각 하지 않았다. 여기 이렇게 오래 붙어 있었다는 데 그 누구보다 자신이 더 놀랐기 때문이었다. 미라는 그게 이해되지 않았다. 미라는 무심히 자기를 비하하는 사람이 아니었고, 셸리가 자 연히 가져야 할 자기 신뢰를 잃어버린 것은 들볶이거나 세뇌 를 당해서라고 확신했다. 물론 ─ 셸리는 훗날 돌이켜 보고서 야 완전히 이해했지만 ─ 여기서 아이러니는 점잖은 자기 비 하 유머야말로 셸리가 자신에게서 가장 좋아하는 점이자 어머 니에게서 가장 좋아하는 면모라는 사실이었다.

고용 컨설턴트로 일하는 노크스 부인은 세상 사람이란 파는 데 재능 있는 사람과 봉사에 재능 있는 사람으로 나뉜다고 믿었다. 대부분은 자기 유형에 맞지 않는 직업에 종사하고 있는데, 사람들이 자신을 정직하게 바라봐서 자기가 그 두 범주 중 어디에 속하는지 판단하기만 하면 세상 사람들이 쓸데없는 문제와 수고를 겪지 않아도 될 거라고 부인은 즐겨 말하곤 했다. 처음 그 이야기를 들었을 때, 미라는 웃음을 터뜨렸다. 미라는 파는 게 봉사인 온갖 예시와 봉사 행위가 팔리는 온갖 예시를 꽤 즐겁게 열거하면서 부인의 금언을 지루한 신자유주의적 헛소리로 일축했고, 노크스 부인은 자식들과 여러 무대에서 경쟁하는 것 같다고, 특히 부인 세대 여성들이 힘들게 얻어 낸 상이자 그래서 어쩌면 나누고 싶어 하지 않는 직업 만족도 문제에서 특히 더 경쟁심을 갖는 것 같다고 무심한 통찰력을 발휘해서 덧붙였다.

셸리는 그 대화를 토씨 하나까지 선명하게 기억했다. 미라는 스물넷, 셸리는 스물하나였는데, 그때까지 셸리는 통상적 예의 —자기가 몰라서 하는 말일 수도 있다는 의례적 인정, 모든 반대 의견에 대한 의례적 존중—라고는 전혀 없이 어른을 그렇게 공공연히 차분하게 비판하는 모습을 한 번도 본 적이 없었다. 그런 예의가 철저히 몸에 밴 셸리로서는 입 밖으로 내기는커녕 생각조차 할 수 없는 일이었다. 셸리는 열병에 가까운 열정으로 미라와의 우정을 추구했고, 이미 셸리가 가지고 있다고 미라가 얘기한 특성을 더 완벽히 갖춘 — 즉 더 어리석고, 더 억눌리고, 하는 말마다 후기 자본주의의 망령이라는 적을 체화하고 있는 어머니와 더 끊임없이 갈등하는 사람으로 변해 갔다. 물론 이것도 몇 년 뒤에나 깨달았지만 말이다. 태어날 때부터 사실상 가정의 평화 중재자 역할을 부여받고 사춘기 내내 부모님 골치 한 번 썩이지 않은 아이로 칭찬받던 셸리는 평생 미움받을까 봐 두려워하며 살아왔다. 그런 비운은 타인과의 관계뿐만 아니라 스스로에 대한 판단까지 영향을 미쳤기에, 미움받는 것보다 훨씬 더 끔찍했다. 셸리가 그 공포를 극복하지는 못했지만 최소한 다른 곳으로 돌리는 법을 배운 건 오로지 미라 덕분이었다.

셸리는 세탁물 더미로 돌아가서 전화기를 다시 확인했다. 노란 원은 시 중심 경계선을 이루는 대로를 지나 〈15번 부지〉라는 꼬리표가 붙은 깃발 표시에 거의 가까워지고 있었다. 원은 분기점에 접근하며 속도를 줄였고 거의 멈출 듯이 보였다. 「내가 벌써 갔다 왔어.」 셸리가 소리 내어 말하자, 미라가 마치 그 소리를 듣기라도 한 것처럼 원이 마음을 바꿔 다시 속도를 올리며 계속 움직였다. 오싹한 기분이 들었다. 셸리는 또다시 화면을 끄고 필요 이상으로 힘주어 벽 콘센트에 충전기를 꽂으며 미라가 집에 올 때까지 — 심지어 진동이 울리더라도 — 다시는 전화기를 건드리지 않겠다고 의지를 다졌다.

셸리는 문헌정보학 학위와 고등학교 교직 학위를 놓고 고민하던 시절 땅에 모종을 심고 있던 미라와 처음 만났다. 그때 셸리는 영문학, 그중에서 20세기 장르 문학을 전공하면서 학사학위 취득 조건인 360학점 중 겨우 15학점을 남겨 두고 있었고, 학자금 대출 이자를 포함해 2만 3천 달러의 빚을 지고 있었다. 하지만 그로부터 불과 2주 후 마지막 논문 「10대의 인기 판타지와 영화에서의 재현」에서 손을 떼 인생 최초의 F 학점으로 학적부에 오점을 남기고, 두 학위 모두 적어도 당분간 딸 수 없는 상황이 되었다. 노크스 부인은 이를 이해하지 못했고, 딸을 다시 멀쩡한 궤도로 되돌려 놓기 위해 자신의 견해를 거슬러 가며 셸리에게 무자비한 소매업계에서 몇 달 일하라고 처방했다. 부인은 셸리가 봉사 재능을 타고났다고 인정하면서도 버넘 숲이 그 재능을 충족시킬 수 있다고는 받아들이지 못했다. 명명백백히 불법적인 무단 침입과 식물을 이용한 훼손 행위가 셸리건 다른 누구를 위해서건 어떤 고매한 목적에 봉사할 수 있다는 것을 이해하지 못했기 때문이다. 어쨌거나 버넘 숲에서는 부인이 그렇게 믿고 있다고 상상했다. 버넘 숲에서 〈셸리 엄마〉는 베이비 부머 세대, 닥치는 대로 축적하고 약탈하는 혐오스러운 무리의 수많은 악행을 대표하는 약칭 비슷한 단어가 되었다. 최근 이혼한 미라의 부모님은 불가사의하게도 늘 그 세대에서 예외 취급을 받는 것 같지만 말이다.

(셸리의 아버지도 미라에게는 적대적인 존재로서 관심 가질 만한 인물이 아니었다. 성미 급한 담보 대출 브로커인 그는

가족끼리 쓰는 표현을 빌리자면 늘 〈분노에 차 있는〉 사람이었고, 그런 결점을 셸리 어머니가 대놓고 부추긴다고 미라는 지적했다. 실로 노크스 부인이 남편과 매일 나누는 대화 내용 대부분은 남편이 싫어하는 유형의 인간들을 상기시켰다. 철저한 채식주의자, 천천히 걷는 사람들, 잘난 체 큰소리치는 사람들, 여봐란듯이 모유 수유하는 사람들, 성별 구분이 불확실한 사람들, 길거리 음악가들, 제멋대로 운전하는 사람들, 안 씻는 사람들을 포함하는 이 목록에 이래저래 버넘 숲 회원 모두가 해당하지만, 미라는 이를 모욕으로 여기지 않는 것 같았다. 미라는 셸리의 아버지를 독립적인 성인이 아니라 노크스 부인이 만들어 낸 인물, 오로지 자신의 강렬한 개성을 돋보이게 하려고 지어낸 불행한 인질로 봤고, 그렇게 명백히 자기애적인 행위에서 미라는 어떤 매력도 보지 못했다.)

몇 년이 지나고서야 셸리는 미라와 친구가 되고 첫 몇 달 동안 나눈 예리하고 통찰적인 긴 대화들을 미라 부모님의 이혼이라는 맥락에 놓고 볼 수 있었다. 나중에 알게 된 사실이지만, 두 분의 이혼은 셸리가 미라를 처음 만난 날 아침에 일어났다. 미라의 간략한 설명에 따르면 — 아침 식사 도중의 일이었는데, 아버지는 어머니 의자 뒤에 서서 뉴스를 알려 주는 어머니의 어깨를 부드럽게 안마해 주고 있었다 — 부모님은 상호 동의하에 너무나 우호적으로, 함께 보낸 멋진 세월을 행복하게 돌아보고 앞에 놓인 흥미진진한 가능성을 너무나 즐겁게 기대하며 그런 결정을 내렸고, 그런 만큼 자신들이 내린 선택의 의미도, 그 선택이 다른 관련 인물들에게 미칠 결과에 대해서도 더 이상 검토할 필요가 없다고 생각하는 것 같았다. 미라는 다른 사람들의 관계에 대해서는 끝도 없이 떠들어 댔지만 — 그보다 더 신나는 건 없다고 거침없이 고백했다 — 자기 부모님의 관계가 화제가 되면 늘 좀 격앙된 풍자적 어조로 말해, 그이야기는 이미 오래전에 다 했고 다시는 하고 싶지 않다는 인상을 줬다. 친구가 되고 처음 몇 달 동안 셸리가 미라 부모님에 대해 알게 된 사실이라고는 두 분 모두 예전에 히피였고 자기지역 선거구 — 어머니는 녹색당, 아버지는 노동당 — 를 대표해 연달아 선거에 출마했지만 당선되지 못했다는 것, 미라 어머니에게는 결혼 전에 낳은 아들, 즉 미라의 이복오빠 루퍼스가 있는데, 그는 투어를 도는 록 밴드 리드 기타리스트이고 미라의 아버지가 눈에 띄게 애지중지한다는 것뿐이었다. 미라의 부모님은 근사한 진보주의자 같았고, 미라가 부모님을 그저 가끔 만나는 것을 셸리는 미라의 심리적 성숙함 — 미라가 다른 모든 사람에게서 부족하다고 여기는 자질 — 을 잘 보여 주는 증거라고 생각했다. 셸리는 자기 가족의 편협한 교구식 일요일 점심 모임이(식사 중 대화의 초점은 어김없이 개에게 맞춰져 있었다) 부끄러워지기 시작했고, 미라가 따라오겠다고 할 때마다 더 부끄러웠다. 미라는 식탁에서 늘 예의 바르고 매력 있게 처신했고, 요리를 칭찬하고 설거지를 도왔으며, 어른들과 대화할 때 늘 쓰는 유머러스하고 자신감 있는 화법으로 가족들이 듣기 적합한 특이한 일화를 들려줄 때를 제외하고는 버넘 숲 이야기를 거의 입에 올리지 않았다. 하지만 셸리는 모든 말이 자기 가족의 평범함을 끔찍하게 고발하고, 모든 말이 미라가 깊이 간직한 믿음을 끔찍하게 모독하는 것 같아 그런 자리를 견딜 수 없었다. 셸리는 여전히 미라에게 홀딱 빠져 있어 미라가 외로움 같은 평범한 감정이나 부러움 같은 얄팍한 감정을 느끼고 있을지 모른다는 생각을 조금도 하지 못했고, 집으로 돌아오는 길에 자기 어머니가 고쳐야 할 온갖 점을 새로이 목록화하면서 두 사람의 우정이 중심 주제로 돌아올 때에야 안도감을 느꼈다.

자신이 얼마나 가차 없이 해부당하고 있는지 노크스 부인이 알았는지는 모르지만, 부인은 미라나 당신 딸이 결코 진단하지 못할 의연함을 갖추고 있었다. 부인은 셸리의 갑작스러운 진로 변경에 처음에는 반대했고, 〈어떤 게 있는지 그냥 알고나 있어〉라며 걸핏하면 구인 광고를 알려 주기도 했지만, 정말로 버넘 숲에 대한 생각을 바꿨다. 사실 셸리로서는 인정하기 고통스러웠지만, 이제 부인은 버넘 숲 이야기를 할 때면 진짜 자부심과 존경심을 가지고 말했다. 2016년의 정치적 대변동은 근본적으로 예상치 못한 것들을 존중하는 새로운 분위기를 가져왔다. 전 세계적으로 예측가들은 벌을 받았고, 전문가들은 비난받았다. 그들을 대신해 기존 질서에 혼란을 일으키는 자들, 기술 제국주의자들, 메타데이터로 새 시대를 예언하는 자들, 대중의 감정을 자극하는 자들이 모습을 드러냈다. 이들은 보이지 않게, 그리고 지금까지 불가능했던 방식으로 세계에서 가장 영향력 있는 브랜드인 〈진정성〉을 만들어 내는 데 성공했다. 새로운 어휘도 생겨났다. 버넘 숲은 이제 〈크리에이티브들〉이 만들어 낸 스타트업, 팝업이었다. 오개닉하고 로컬했다. 우버와 약간 비슷했고, 에어비앤비와도 약간 비슷했다. 셀리는 관습적인 경제에서 이탈한 자신의 선택이 이 새롭고 영원히 불확실한 환경에서 뒤늦게 용감한 행위로 여겨지게 되었다는 것을 알고 있었다. 심지어 선동적이고 독립적인 미라마저 갑자기 정부에서 비밀 조직 고문으로 데려갈 법한, 이단적인 의견을 옹호하고 표현의 자유를 논하는 선동적 블로그와 신문 칼럼을 쓸 법한, 딱 그런 트렌디하고 호언장담하는 이단아로 보였다. 선동 활동은 유치한 짓이라는 허물을 벗고 다시 절실해졌고, 다시 정의로워졌으며, 다시 필요한 일이 되었다. 이제 버넘 숲에는 선견지명의 기운이 충만했다.

그러나 셀리는 나가고 싶었다. 이 집단에서, 숨 막히는 도덕적 비난에서, 거짓 동료애에서, 끊임없는 의무적 절약에서, 재정 위기에서, 이 집에서, 육체적 연애 관계는 전혀 아니지만 어쨌거나 배타적이고 독점적인 느낌이 드는 미라와의 관계에서, 그리고 그 무엇보다 미라만큼 사고가 자유롭거나 ― 심지어 함께 행동할 때조차 ― 반항적이지 않지만, 분별 있고 믿음직하며 예측 가능한 동료라는 자신의 역할에서 벗어나고 싶었다. 버넘 숲에 들어오고 싶다고 처음 깨달았을 때만큼이나 갑작스럽고 절박한 심정으로 나가고 싶었다. 그 확신을 면밀히 검토해 본 셸리는 애초에 버넘 숲에 강력하게 이끌린 이유를 명확히 설명할 수 없는 것처럼 환멸의 이유도 분명히 설명할 수 없다는 것을, 심지어 그 이상을 알게 되었다. 이유를 설명하고 싶지 않다는 것을, 이해하고 싶지 않다는 것을, 자기가 무엇을 하고 말하건, 어떤 행동을 하건, 어떤 삶을 택하건, 자신은 늘 틀리고 의도가 불순하고 준비도 안 되고 불완전할 거라는, 마음 깊숙이 감춰진 끔찍한 확신을 자세히 들여다보고 싶지 않다는 것을 알게 되었다. 그 캄캄하고 수치스러운 의식 저변의 생각을 셸리는 알고 있었다. 자기가 인생행로를 급격히 바꾼—미라가 그렇게 개탄한 표현을 쓰자면, 셸리의 〈지나가는 한때들〉—이유는 갑자기 어떤 비전이나 사명이 선명하게 보였기 때문이 아니라, 숨 막히게 억눌러 왔지만 늘 존재하던 두려움 때문이었다. 셸리는 버넘 숲에 들어옴으로써 그 두려움에서 도망치려 했고, 지금도 거기서 도망치려 하지만, 절대 도망치지 못할 것이다. 무언가를 향해 달려갈 때와 무언가에서 벗어나려고 달려갈 때의 차이를 느끼지도 이해하지도 못하기 때문이다.

진동이 울렸다. 셸리는 전화기에 손대지 않겠다는 약속을 깨지 않으려고 그 자리에서 목을 길게 빼 화면에 뜬 알림을 읽었다. 예전에 로비 와이파이에 로그인했던 호텔에서 온 홍보 이메일이었다. 〈마지막 절약 기회!〉라는 제목이 보였다. 심장 박동이 다시 빨라졌다. 셸리는 비참한 심정으로 두근거림을 진정시키려고 목에 손을 댄 채 화면이 다시 꺼질 때까지 전화기를 주시했다. 이미지는 사라지고, 그 대신 스크롤하고 탭하고 좋아요를 누르고 핀으로 고정하고 확대하고 축소하고 회송하고 휴지통에 버리고 전송한 흔적을 보여 주는 어지러운 기름기 자국과 지문만 남았다.

친구와 절교하는 것도 힘든데, 셸리와 미라는 보통 친구보다 훨씬 더 많은 것을 공유했고 훨씬 더 많이 헌신했다. 자기는 색다르거나 특별한 게 아니라 그저 독립적인 수입과 자기실현 기회, 환경 변화 정도를 바랄 뿐이라고 아무리 좋게 생각하려 해도, 셸리는 자기 없이는 버넘 숲이 존속하지 못하리라는 것을 알고 있었다—그걸 인정하기조차 역겨웠다. 5년이나 활동했는데도 이 집단은 자기들끼리 농담 삼아 〈대박〉이라 부르는 자급자족 상태와 여전히 거리가 멀었고, 셸리의 기여가 없다면 그 꿈은 더 멀어질 것이다. 미라가 회계와 스케줄 작성을 떠맡아야겠지만, 두 가지는 미라가 거의 우스꽝스러울 정도로 무능력한 분야였다. 미라는 새 동거인도, 어쩌면 새집도 찾아야 할 것이다. 셸리의 후임도 훈련시켜야겠지만, 계절마다 독특한 도전 과제와 기회 들이 생기고 모든 작물이 다른 방식으로 행동하는 만큼 그건 몇 달이 아니라 몇 년은 걸릴 일이었다.

그런데 미라에게는 이 모든 일에 쏟을 시간이 없다고, 셀리는 스스로에게 역겨운 분노를 느끼며 생각했다. 프로젝트 규모는 축소할 수밖에 없을 테고, 회원들은 흥미를 잃고 흩어질 테고, 미라의 큰 뜻은 무너지고 말 것이다. 셀리는 자신이 비열하고 어마어마하게 이기적이라 생각하면서, 퇴비 더미를 뒤적이고 할 말을 연습하러 밖으로 나갔다.

공식적으로 버넘 숲은 시내의 열여덟 군데에서 경작하고 있는데, 그중 몇 개는 요양원과 어린이집 정원에, 하나는 외과와 치과 병원 주차장 근처에, 대부분은 학생 임대 아파트 마당에 자리하고 있었다. 땅과 수돗물을 사용하는 대가로 땅 주인들에게 모든 수확물의 반을 주고, 나머지 반은 회원들끼리 소비하거나 상자에 담아 가난한 사람들에게 주기도 하고 예술적 허용을 조금 사용해 집에서 기른 농산물이라는 표시를 걸고 길가에서 팔았다. 집단 설립 강령에 의거해 벌어들인 수입은 물물 교환하거나 쓰레기장에서 구해 올 수 없는 도구나 씨앗, 흙을 사는 용도로만 썼다. 누구도 임금을 받지 않았고, 모든 자산은 공동 소유였다. 따라서 활동은 거의 모두 비상근으로 이뤄졌고, 학생 수당과 학업 관련 비용을 위한 연간 장려금을 받으려고 대학에 계속 등록 상태를 유지하는 미라마저 때때로 임시직을 구해야만 했다.

셀리는 활동 계획을 좀 더 안정적으로 세우기 위해 모든 재배지에서 모아 정리한 농산물을 매월 한 상자씩 문 앞까지 배달해 주는 구독 서비스를 시작해 보자고 몇 번이나 의견을 냈지만, 다들 흥미를 보였는데도 실현되지 못했다. 문제는 그들의 수입이 수많은 비용과 채무를 넘어설 임계점에 도달하려면 한참 멀었다는 점만이 아니었다. 문제는 대박이라는 게 적어도 미라에게는 언제나 본전치기 이상을 의미했다는 것이다. 미라가 버넘 숲에 품은 야심은 그야말로 급진적이고 광범위하고 지속적인 사회 변화였다. 미라는 모든 사람이 매일매일 쓸 수 있는 비옥한 땅이 온 사방에 널려 있고, 다 같이 지식과 자원을 모으기만 하면 이 세상에서 훨씬 더 많은 일이 이뤄질 수 있으며, 사용 또는 거주와 분리된 토지 소유 개념이 너무나 자의적이고 터무니없이 편파적이라는 것을 볼 수만 있다면 그 야심을 전적으로 실현할 수 있다고 확신했다. 물론 어려운 점은 훗날 이 대의에 동참시켜야 할 사람들이 등을 돌릴 수도 있는 위험을 감수하고 시위를 통해 대중 의식을 고취하는 게 좋을지, 아니면 위선자라는 비난을 무릅쓰고라도 내부에서 체제를 변화시키려 애쓰는 게 좋을지 판단하는 것이었는데, 이 문제에 대해 미라는 한 번도 분명한 대답을 주지 않았다. 기질적으로 버넘 숲에는 두 개의 파 — 전투적이고 자의식적이며 혁명적 목표를 품은 이론가들과, 더 믿음직하게 열심히 일하지만 원안에서 벗어나는 위반 사항을 단속하는 데는 이론가들보다 더 집착한다는 점에서 더 까다로운 공상적 사회 개량주의자들 — 가 존재했다. 미라는 둘 중 어느 쪽에도 완전히 속하지 않았지만, 이론가 파가 시간이 지나면서 줄어들었다는 사실에 몹시 경악하고 수치스러워했다. 때로 셸리는 버넘 숲의 경제적 생명력에 대한 미라의 명백한 관심 부족이 무의식적으로라도 자신은 변절하지 않았다고 스스로 안심시키려는 미라 나름의 방식 아닐까 생각하기도 했다.

미라와 돈의 관계는 독특했다. 미라는 이익에 관심 없으면서도 성장에 집착했고, 대부분의 주류 경제 정책에 도덕적 견지에서뿐만 아니라 상상력이 모자란다는 이유로 반대했다. 그런 정치성을 가진 사람으로서는 특이하게도 미라는 우울증에 빠지지 않았다. 미라의 신념은 치료제보다 스파링 파트너가 필요한 부류였다. 미라는 충동적으로, 심지어 깜짝 놀랄 정도로 관대했고, 팔거나 줘버린 것들에 대해 (셸리처럼) 나중에 후회하는 기색을 전혀 보이지 않았지만, 일관성도 무지하게 없었다. 예를 들어, 대학에서 계속되는 결석 사유를 묻는 연락이 한 번도 오지 않는 것은 대학에 대한 거의 모든 시민 불복종 행위를 정당화할 정도로 대학의 근본 존재 이유가 탐욕적 사업 모델로 인해 철저히 타락했다는 사실을 증명한다고 하면서도, 자기가 그 기관을 사실상 신성한 배움의 장소가 아니라 경제적 도구로 취급하는 것은 그냥 적절한 일로 여겼다. 지난 3년간 학적부에 F만 수두룩한데도 심란해하지 않았다. 아니, 적어도 심란하지 않다고 주장했다. 이제 학자금 대출이 10만 달러가 넘어섰는데도, 갚을 생각이 전혀 없기 때문에 조금도 걱정되지 않는다고 공언했다.

　어쨌거나 필요한 물건 상당수는 ― 자연에서는 아니더라도 쓰레기 컨테이너나 재활용품 쓰레기통을 뒤지고, 가정에서 필요 없다고 내놓은 잡동사니를 모으고, 그냥 기부를 요청해서 ― 공짜로 얻을 수 있었다. 셸리는 쓰레기 수집에 필요한 특별한 혜안을 미라에게서 배웠다. 그러자 이제 버려진 물건들이 완전히 다른 모습으로 보였다. 낡은 방충망은 차양 막이 되었다. 납작하게 펴진 판지와 카펫 조각은 잡초 방지용 매트로 쓰였고, 반으로 자른 플라스틱병은 모종 위에 씌울 조그만 보온 덮개가 되었다. 모든 용기는 씨앗 모종판으로 쓸 수 있었고, 반사되는 건 뭐든 모종판에 기대 세워 광량을 최대로 늘릴 수 있었다. 지난 몇 년 동안 셸리는 자기가 더 특이한 요구를 할수록 사람들이 거기에 더 열심히 부합해 준다는 사실을 발견했다. 미용실에서 나오는 잘린 머리카락은 민달팽이 퇴치제로 썼고, 낡은 스타킹은 해충 방지용으로 양배추와 콜리플라워 머리에 씌웠고, 털실은 심어 놓은 씨앗 위에 실뜨기 패턴으로 걸쳐 놓아 새들을 막았다. 미라와 셸리가 함께 사는 조그만 아파트 창턱은 줄지어 심어 놓은 모종들이 차지하고 있었다. 그들은 씨앗을 심을 때마다 서로 맞물린 제초, 물 주기, 경작 스케줄을 기록하고 해야 할 작업을 공시하고 도구 보관 장소를 알려 주고, 수입 사용처를 적어 놓는 회원 공유 공개 소스 폴더에 날짜를 기록했다.

그것이 신규 회원을 모집하고 땅 주인에게 부탁할 때 내미는 버넘 숲의 공식 얼굴이었다. 하지만 사실 그들이 추수하는 작물의 상당량은 공유지나 주인이 쓰지 않는 땅에 허락 없이 심은 것들이었다. 그들은 튼튼한 다년생이나 빨리 자라는 일년생, 혹은 — 땅이 잘 갈려 있다면 — 멀리서 잡초로 보일 수 있는 뿌리 작물을 택해, 땅 가장자리나 울타리 선을 따라, 도로 출구 옆에, 철거 현장 내부에, 버려진 차가 수두룩한 고물상에 씨를 뿌렸다. 심어 놓은 게릴라 작물을 돌볼 때는 들키지 않으려고 꼭두새벽에 일했고, 낮에는 인증받은 작업처럼 보이려고 형광 조끼를 입었다. 물이 제일 큰 난관이었다. 물은 어떤 분량으로 옮겨도 너무 무거운 데다, 자전거 뒤에 끈으로 묶은 20리터짜리 냉수기는 정기적으로 사용하기에 너무 눈에 띄었다. 플라스틱병에 미세하게 구멍을 뚫은 물조리개도 시험 삼아 써 봤지만, 이 또한 이목을 끌었다. 빗물을 모으고, 연못과 강물을 퍼 쓰고, 가정용 수돗물이나 막대형 관개 장치 물을 몰래 쓰는 게 더 나았다. 그러다가 잡히는 경우 절대 진짜 이름이나 버넘 숲의 이름을 대지 않았다.

셸리는 거짓말에 소질이 없었다. 아무리 최소한으로, 혹은 정당한 이유로 사유지를 침범했다 하더라도 들킬지 모른다는 두려움을 결코 완전히 떨치지 못했다. 들키는 경우는 드물었지만, 그런 상황이 발생할 때면 셸리는 미라의 온갖 논거 — 자기들은 직접 씨를 뿌린 작물만 수확한다, 적어도 흙과 공기에서 받는 만큼은 흙과 공기에 돌려주고 있다, 수확물의 상당 부분을 불우 이웃들에게 준다, (무정부주의적 논리를 펼 때면) 결국 땅 주인들은 그저 땅 주인이라는 이유만으로 훨씬 커다란 도둑질을 저질러 왔다 — 를 깡그리 잊어버리고 너무 부끄러워서 아무 말도 하지 못했다. 그러면 다른 회원이 미리 만들어 둔 그럴듯한 거짓말 중 하나를 사용해 신문 시간을 질질 끌며 도망칠 시간을 벌곤 했다.

그들이 저지른 짓은 무단 침입 그 이상이었다. 그들이 심은 식물은 때로 원래 있던 작물을 질식시켜 죽이기도 하고, 때로 너무 번성해서 없애는 데 비싼 비용이 들기도 했다. 작물을 심어 놓고 다시 가보면 제초제가 흠뻑 뿌려져 있거나 불에 타 있기도 했다. 그들은 교외 정원에서 꺾꽂이할 가지들을, 공원에서 낙엽을, 농장에서 퇴비를 가져갔다. 미라는 사과 과수원에서 어린 가지들 — 시큼한 꽃사과 줄기에 브래번종과 로열갈라종을 접붙여 새싹이 돋은 가지들 — 을 훔치고, 문이 열린 마당 창고에서 장비를 훔쳤지만, 부자 동네에서만, 또 자주 안 쓰이는 듯한 도구들만 훔쳤다고 주장했다. 하지만 미라는 자유를 굉장히 소중히 여겼기 때문에 무리하게 위험을 무릅쓰지 않았고, 평범한 다수 회원의 호평을 유지하기 위해 그들에게는 명백한 범죄 행위를 조심해서 감췄다. 셀리는 퇴비를 갈퀴로 긁어 들큰한 식물성 악취를 맡으면서 그게 지난 몇 년간 자신이 이 집단에 바친 가장 중요한 공헌이라고 생각했다. 절대 어울릴 것 같지 않은 셸리가 바치는 충성을 통해 미라는 자신에게 유일하게 부족한 신빙성, 즉 평범함을 얻었다. 셸리는 신봉자나 광신도가 아니라 대조적인 조력자 역할을 함으로써 미라의 이미지를 순화했을 뿐만 아니라 버넘 숲의 숨겨진 얼굴이 드러나지 않게 지켰다. 아니, 지켰었다.

뒤에서 자갈 밟는 소리가 들려 셸리는 깜짝 놀라 돌아봤다. 아무리 뒤로 바람을 받아 달린다고 해도 미라가 이렇게 일찍 올 수는 없었다. 하지만 진입로로 걸어 들어오는 사람은 긴 머리를 이마에서부터 뒤로 빗어 넘기고 턱수염을 기른 가무잡잡한 서른 살 정도 남자였다. 그는 어깨를 약간 구부정하게 숙이고 엄지손가락으로 배낭끈을 잡고 있었다. 타탄체크 스카프를 매고 꼴사나운 모직 코트를 입고 있었는데, 둘 다 중고품 티가 완연했다.

「안녕하세요?」 남자가 말했다. 「미라? 번팅을 찾고 있습니다만…….」

셸리는 그를 빤히 쳐다봤다. 「토니?」

「이런.」 그가 말했다.

그는 기억 속 모습보다 키가 작았고, 가무잡잡하게 탄 피부 때문에 파란 눈이 더 진하게 보였다.

「나 셸리야.」 셸리가 남자에게 상기시켰다. 「셸리 녹스.」

「맙소사!」 그가 말했다. 「정말 미안해, 오랜만이라.」

그러면서 남자의 얼굴이 벌겋게 달아올랐다. 그는 여전히 셸리를 알아보지 못했고, 이름이 전혀 도움이 되지 않았기 때문에 실낱같은 정보라도 찾으려고 미친 듯이 기억을 헤집고 있는 것 같았다. 셸리는 도와주려고 입을 열었다. 「내가 들어온 직후에 떠났잖아.」 사실 두 사람은 버넘 숲에서 몇 개월간 함께 있었지만, 셸리는 좋게 말해 줬다. 「몇 년 전에. 그래, 맞아. 너 외국에 갔잖아.」

「맞아.」 그가 사냥당한 표정으로 말했다. 「방금 돌아왔어.」

「외국에 뭐 가르치러 간다고 했었지, 맞아? 남미 어디였나?」

그의 얼굴이 더 붉어졌다. 「멕시코. 사실상 북미지. 하지만 맞아. 꽤 좋았어. 사실 절대 돌아오지 않을 생각이었어.」

「왜 아니겠어.」

그는 여전히 얼굴을 붉힌 채 집을 쓱 훑어보았다. 「돌아오니 기분이 이상해. 모든 게 똑같은데 모든 게 달라, 무슨 말인지 알지?」

「그럼.」 셸리가 대답했다.

「여하튼 이거 멋지네.」 그는 퇴비와 비닐하우스, 모종 화분 작업대를 향해 손짓했다. 「여전히 다 잘되고 있다며?」

「어,」 셸리도 주위를 둘러보며 말했다. 「〈산타 작업실〉이지.」

「맞아.」 그가 웃음을 터뜨렸다. 긴장이 좀 풀린 표정이었다. 「미라랑 같이 살아?」

「어,」 셸리가 말했다. 「그때도 그랬어. 네가 떠나기 직전에

핸슨스레인 아파트로 이사 왔거든. 한 달 전쯤에.」

잠시 침묵이 흘렀다.

「환송 파티가 꽤 대단했던 기억이 나.」 셸리가 말했다.

「저기,」 그가 말했다. 「정말 미안한데 ―」

「아냐,」 셸리는 손사래를 치며 말했다. 「그냥 미안하게 생각하라고 하는 말이니까.」

「저기, 혹시 내가, 그러니까 그때 난 정말로 어마어마하게 나쁜 놈이었어.」

「진정해.」 셸리가 말했다. 「평균 이상일 수는 있겠지만, 나라면 어마어마하다는 말은 안 했을 거야.」

「맙소사!」 그가 손으로 머리를 감싸며 말했다. 「알겠어, 날 놀리는 거구나.」

셸리는 싱긋 웃어 보였다. 「그런데 내가 돈 빌려주지 않았어? 그러니까, 꽤 많이? 맞아, 그랬던 것 같아. 그런데 네가 아직 안 갚았잖아.」

이젠 그도 미소를 지었다. 「정말 재미있나 봐.」

「이건 정말 굉장한 권력인걸.」 셸리가 말했다. 「놓치고 싶지 않아.」

셸리는 거의 다른 사람처럼 행동했다. 미라와의 만남을 대비해 연습하느라 쌓인 아드레날린으로 완전히 다른 사람처럼 말하고 행동하고 있었다. 위험할 정도로 무모하면서 동시에 위험할 정도로 차분한 기분이었다. 평상시 셸리라면, 토니 대신 대경실색해서 그렇게 완전히 잊어버린 걸 오히려 자기가 사과했을 테고, 너무 오래전 일이고 잠시 스친 사이에 불과한 데다 그 시절 기억이 너무 희미해서 자신을 기억하리라는 생각을 조금도 하지 않았다고 말했을 것이다. 평상시 셸리라면, 그 시절 토니는 미라한테 완전 홀딱 빠져 있어 ─ 모두가 알고 있었다 ─ 기억이 왜곡되는 것도 당연하고, 그 시절 기억이 미라밖에 없다고 해도 물론 전적으로 말이 된다고 누나처럼 인자한 어조로 놀렸을 것이다. 평상시 셸리라면 두 사람의 공통된 애정을 생각하고, 심지어는 그를 더 편하게 해주려는 마음에서 사실 이건 자기가 할 말은 아니지만 미라 입장에서 보면 떠나는 사람은 늘 토니였다고 털어놓았을지도 모른다.

하지만 지금은 평상시 셸리가 아니었다. 해결책이, 너무나 깔끔하고 확실해서 거의 냉혹하다시피 한 탈출 전략이 떠올랐다. 토니와 자야겠다. 토니와 잔 다음 자기가 저지른 짓을 털어놓으면, 미라는 결코 자기를 용서하지 못할 것이다. 대립할 필요도, 사과하고 눈물 흘리며 설명하고 밤늦게까지 긴 논쟁을 벌일 필요도 없을 것이다. 할 말이 없을 테니까. 셸리는 배신했고, 미라는 용서할 수 없다는 그 사실만이 존재할 테니, 그러고 나면 셸리가 자의로 버넘 숲을 떠날지 미라의 요구로 떠날지는 중요하지 않다. 셸리는 토니와 잘 테고, 그러고 나면 탈퇴는 요청할 일이 아니라 이미 벌어진 일이 될 것이다.

「미라 집에 있어?」 토니가 말했다. 「미리 전화나 연락은 안

했어.」

「두어 시간 더 있어야 올 거야.」 셸리가 말했다. 거짓말이 술술 나왔다. 시선을 피하지도, 얼굴을 붉히지도 않았다. 그러고는 마치 방금 떠오른 생각인 양 자연스럽게 덧붙였다. 「저기, 어디 가서 한잔할래?」

그는 망설였지만 그 정도는 해줘야 마땅한 상황이었고, 다른 약속이 있다고 말할 수도 없었다. 새롭고 불가사의한 자신감에 찬 셸리는 거절당할지 모른다는 걱정을 전혀 하지 않았다. 셸리는 오늘 밤 토니와 잘 작정이었다.

「물론이야.」 그가 마지못해서 말했다. 「그래, 그러자.」

「좋아,」 셸리가 말했다. 「가서 전화기만 가져올게.」

토니 갤로의 이야기가 완전히 진실은 아니었다. 사실 그는 뉴질랜드에 돌아온 지 거의 5주째였다. 절대 털어놓지 않겠지만, 예전에 만난 사람이라는 걸 기억하지는 못해도 멀리서 셸리를 이미 두 번이나 봤다. 두 번 다 셸리는 미라와 함께 있었다. 첫 번째는 둘이 사범대 캠퍼스를 가로질러 자전거를 타고 가고 있었는데, 셸리는 활짝 웃고 미라는 한 손으로 자전거를 타면서 농담에 맞춰 격렬하게 손짓하고 있었다. 두 번째는 두 사람이 쓰레기장 옆 고물상 뒤에서 폐기물을 분류하고 있었다. 토니가 떠나기 전 미라가 토요일 아침마다 일하러 가던 곳이어서, 그는 그사이 미라의 일과가 바뀌지 않았기를 기대하

며 자전거 타는 모습을 본 그 주 토요일에 가봤다. 확실히 일과
는 바뀌지 않았다. 하지만 주차장에 진입해 시동을 끄고 내릴
준비를 하고 있을 때, 그는 미라가 또 대화에 진지하게 몰두한
모습을 보았다. 이번에는 셸리의 말에 힘주어 고개를 끄덕이
며 심각하게 듣고 있었다. 토니가 연습한 미라와의 재회 장면
에는 제삼자가 없었고, 셸리가 무슨 말을 하는지 모르겠지만
이야기에 완전히 빠져 있는 미라의 모습을 보자 갑자기 용기
가 사라졌다. 마치 현재 순간에 완전히 집중하고 있는 미라의
모습 그 자체가 토니는 안중에도 없다고, 옛날 생각은 좀처럼
하지 않는다고 증명해 주는 것 같았다. 미라는 셸리와 마찬가
지로 작업복 차림에 안전화를 신고 있었다. 시동을 끄지 않은
채 앉아 있던 토니는 갑자기 자기 옷차림이 엄청나게 의식되
었다. 어머니가 사용하는, 그래서 어린 시절 모든 향기 중 집을
가장 강력하게 연상시키는 유칼립투스 섬유 유연제 향이 나는
깨끗한 옷이었다. 몇 초 후 셸리가 뭐라고 하자 미라는 고개를
젖히고 웃기 시작했다. 그 순간 토니는 거의 반사적으로 차를
후진했다가 거칠게 기어를 1단에 놓고는 핸들 위로 부자연스
럽게 납작 엎드린 채 자리를 떠났다. 멀어져 가는 아버지 차의
번호판을 미라가 알아보지 않기를 바라면서.

그날 오후 그의 모습은 옷차림과 도착 방식에서부터 일기
장, 만년필, 35밀리 빈티지 카메라, 이미 읽은 책 몇 권을 포함
한 배낭 속 내용물에 이르기까지 세심하게 엄선해서 설정한

것들이었다. 그는 4시 조금 지나 도착할 계획으로 버스를 타고 왔다. 사교적 방문 시간으로 적당하면서도 이른 낮이라서 집에 아무도 없을 경우, 잠복할 작정을 한 사람처럼 보이지 않으면서 문간에 앉아 잠시 책을 읽을 수 있는 시간이었다. 미리 전화를 하지 않은 건 사실이지만, 이는 옛날 그와 미라가 가능한 통신망을 사용하지 않고 연락하기로 정한 규칙에 따른 행동이었다. 어쨌거나 예전에 쓰던 뉴질랜드 휴대 전화 계약이 소멸되고 새 통신사로 바꾸는 과정에서 사람들 연락처를 다 잃어버렸다. 하지만 이렇게 신경 써서 준비한 것이 모두 바보짓처럼 느껴졌다. 셸리가 소지품을 챙겨 문단속하고 나오기를 기다리는 동안 마당을 채운 온갖 성실함과 생산성의 흔적을 둘러보니, 자신은 미라의 인생에서 불필요한 존재라는 우울한 기분이 또다시 덮쳐 왔다. 그가 없는 동안에도 버넘 숲은 분명 활발하게 활동했다. 그게 기쁘면서도 씁쓸했다. 미라에게 남자 친구가 있을 수도 있고, 어쩌면 진지한 관계일 수도 있다고 마음속으로 단단히 준비하고 왔지만, 이제는 미라가 혼자라는 소리를 들으면 이상하게도 기분이 훨씬 더 나쁠 것 같다는 생각이 문득 들었다.

토니에게 귀향은 예상치 않게 울적한 경험이었다. 그는 생색에 민감해, 비자 조건 때문에 결국 돌아올 수밖에 없었던 자신을 보고 형제들이 느끼는 옹졸한 승리감을 눈치챘다. 조금전 셸리에게 말했듯이, 모든 게 달라졌다는 사실과 모든 게 여전히 그대로라는 사실 모두가 자신을 꾸짖는 것 같았다. 그가 없는 사이 남동생과 아버지는 굉장히 가까워졌지만, 마치 그가 놓친 수많은 친밀한 순간을 강조라도 하려는 것처럼 보란 듯이 과장스레 친한 척했다. 누나들의 독실함은 이제 거의 참을 수가 없었고, 대놓고 무시하는 아버지에게 그러려니 순응하는 어머니에게는 분노가 치밀었다. 외국에서의 모험담에 호기심도 보이지 않는 가족들에게 상처받았고, 실쭉한 사춘기 소년으로 퇴행한 자신에게 화가 났다. 거의 돌아오자마자 느낀 그런 감정은 충격적이게도 통제할 수가 없었다. 사실 이것이 미라에게 더 빨리 오지 못한 주된 이유였다. 그는 지난 5주 동안, 극히 볼썽사납다는 걸 알면서도 대부분 시간을 도저히 감출 수 없는 맹렬한 분노와 무력한 분노 사이를 오가며 보냈다.

다섯 남매 중 중간인 토니는 뉴질랜드에서는 드물게 독실한 가톨릭이며 보수적이고 매우 엄격한 가족 규칙에서 자신은 예외라고 여겼다. 다른 형제들은 모두 아버지가 보여 준 본보기를 따라, 누나들은 아버지의 직업인 의사가 되었고 남동생은 아버지의 어린 시절 꿈이었던 신학교에 들어갔다. 가지 않은 이 길은 갤로 박사의 개인적 신화, 나아가 자신이 통제하는 가족 신화에서 대단히 중요했다. 실패한 독신주의자인 박사에게 아내와 자식들은 실망스럽고 깊이 후회되는 존재였다. 박사의 아버지이자 토니의 할아버지인 갤로는 교황청 특사였고, 전해 내려오는 가족 이야기에서 거인 같은 존재라, 어린 시절 토니는 할아버지가 교황이라고 오해해 이웃 아이들에게 **자기** 할아버지는 천국의 열쇠 수호자라며 자랑했다. 부활절 주일 설교를 잘 이해하지 못해 그 열쇠가 은유가 아니라 진짜라고 믿었던 것이다. 이 이야기를 들은 토니의 아버지는 한 달 동안 토니의 용돈을 삭감하는 걸로 응수했다. 갤로 박사는 일정 기간 자식들에게 자의적 제재를 가하며 훈육하는 걸 좋아했다. 그는 냉장고에 징벌 기록용 달력을 붙여 놓고 어떤 아이가 어떤 호사 거리 ─ 용돈 외에도 텔레비전, 컴퓨터, 비 오는 날 마중, 트램펄린, 푸딩, 자기 전 코코아, 공용 공간에서 놀이, 식사 사이 간식 ─ 를 얼마나 오래 금지당했는지 낱낱이 기록했다. 가장 자주 벌받는 아이는 토니였다. 장남이자 셋째인 토니는 아버지의 기대와 아버지의 성마름이 가하는 공격을 견뎠고, 그 결과 까마득한 어린 시절부터 그의 도덕적 양심은 자기가 지옥에 간다는 선명한 깨달음과 단 한 번이라도 저지른 짓에 어울리는 벌을 받기를 바라는 씁쓸한 갈망에 의해 형성되었다.

필연적으로, 토니가 사춘기에 최초로 저지른 커다란 반항은 신앙을 버린 것이었다. 그는 자기 머리에 자부심이 크고 종종 분노에 가까운 강한 비판 의식을 느끼는 똑똑한 아이였고, 위선, 특히 자기 자신의 위선을 예리하게 살폈다. 미사에 가지 않겠다는 결정에 ─ 장례식과 결혼식은 예외로 쳤지만, 성찬식을 하거나 무릎을 꿇거나 찬송을 부르는 건 거부했다 ─ 약간의 심통이 개입되었다는 건 인정하지만 자신의 무신론 또한 믿음의 정당성을 의심했을 때와 똑같이 면밀하게 회의하고 도발했다. 토니가 사람들에게서 가장 감탄하는 면모는 지적 엄정함이었는데, 특히 그게 논쟁을 좋아하는 성향과 결합할 경우 최고였다. 그런 사람들을 그는 형제나 학교 친구들이 아니라 온라인에서 찾았고, 트위터와 페이스북 이전, 익명성이 보장되고 일시적인 대화가 난무하는 엉성한 포맷의 온라인 토론방에서 낯선 이들과 채팅을 나눴다. 언변과 독서량이 늘어나면서 그는 자기 고등학교에서 〈교육〉이라고 간주하는 것 — 시험에 대한 열광, 진짜 반대 의견에 대한 불관용, 훗날 고소득자가 될 잘 연마되고 세련된 〈만능선수〉 학생들, 공손하고 말투도 고상하고 하나같이 멀끔한 외모에 여름과 겨울 운동 한 종목씩은 물론 음악까지 잘하는 그런 학생들에 대한 체제 순응적 칭찬 — 을 경멸하기까지 했다. 그는 항의의 뜻으로 학교 공부를 무시했고, 그러면서도 매년 시험에서 최고점을 받아 부모님을 놀라게 했다.

대학에서는 정치철학을 전공했고, 세미나에서 반론을 펴는 걸로 명성을 떨쳐 종종 요즘 하는 말로 〈네가 누리는 특권을 돌아보고 말해〉라는 소리를 들었는데, 그가 보기에 그건 대부분 더 나은 주장이 없을 때 상대편에서 하는 소리였다. 금언이 말하듯, 정치를 가장 먼저 경험하는 곳은 가정이다. 독재자 갤로 박사가 집안을 어찌나 포악하고 명백히 부당하게 다스렸던지, 토니는 자신의 상황을 반항의 관점으로 생각하는 데 익숙해졌다. 평생 무시당하고 종속당하고 조롱받고 자기방어 기회를 박탈당한 채 살아왔는데, 갤로 박사의 폭정에서 유일한 해방구 — 그의 정신 — 가 자신이 압제자 계급의 또 다른 도구라는 것을 보여 주는 징후에 불과하다는 소리 따위에 넘어갈 생각이 없었다. 그건 정확히 피해의식 — 그런 용어에 빠지기에 그는 자부심이 너무 강했다 — 이라기보다 자유로운 반항권이었다. 지성은 그의 자유였고, 자기가 사용하는 어휘나 표현법을 단속당하는 것보다 더 화가 치미는 일은 없었다. 학사 학위에 이어 후기 구조주의 정치사상의 반인본주의를 비판하는 논문으로 석사 학위를 따고 나자, 그는 평온한 역사를 지니고 인구 밀도가 낮은 이 외딴 섬나라에서는 이제 얻을 게 없다는 생각이 들었다. 그러다 졸업 이틀 전, 토니의 할아버지가 가족들이 상상했던 것보다 훨씬 더 넓고 수익성 높은 토지를 남기고 사망했다. 모든 게 정리되고 유산이 지급된 후 그가 가장 먼저 산 것은 외국행 항공권이었다.

셀리가 파카를 입고 조그만 배낭을 든 채 나왔다. 토니는 셀리가 문을 잠그고 열쇠를 주머니에 넣는 사이 예의 바르게 기대에 찬 표정을 지었다. 「준비 끝.」 셀리가 그를 향해 미소 지으며 말했다. 그도 미소 지으며 셀리에게 앞장서라고 손짓했다.

토니는 셀리가 기억나지 않아서 괴로웠다. 그는 자기가 여성에 대한 건강한 존중심을 가지고 있다고 생각해 왔다. 건강하다는 건, 그러니까 그게 완전히 무조건적 존중은 아니었기 때문이다. 그는 페미니즘의 근본 목표에 전혀 반대하지 않았고, 어떤 찬성론도 제대로 된 주장이라면 기꺼이 환영할 거라 확신했지만, 20대를 보내면서 현대 좌파 페미니스트들이 널리 신봉하는 정통주의에 동의하기가 점점 더 힘들어졌다. 그가 보기에 그건 양성 간 평등이라는 훌륭한 목표를 버린 채 대놓고 자기 이익이나 복수를 추구하는 주장 같았다. 그는 자신이 의문을 제기할 수 없는 조건을 가진 세계관을 받아들일 수 없었다. 자신의 의도와 상관없이, 자기가 느끼고 생각하고 심지어 행한 것과도 상관없이, 자기는 자동으로, 절대적으로 권력과 권리를 상징하는 존재로 늘 왜곡되며 그런 소리를 듣는 게 화가 났다. 하지만 이제 셸리 노크스를 잊어버림으로써 — 정말이지 **조금도** 기억나지 않았다 — 그는 바로 그런 그림에 일치하는 사람, 아니 적어도 한 번은 일치하는 사람이 되었다는 것을 부정할 수 없었다. 그 사실에 그는 당황했다. 뭐라 말할 수는 없지만, 마치 덫에 걸려든 기분이었다. 셸리가 아니라 근거도 없이 그를 성차별주의자라고 비난했었던 모든 여자가 놓은 덫에.

「그 프로그램 괜찮았어?」 진입로를 함께 걸어 내려가며 셸리가 물었다. 「어디서 가르쳤는데? 남한테 추천할 만해? 가치 있었어?」

「너도 가고 싶나 봐?」

「어쩌면.」 셸리는 그 대답에 놀란 듯한 어조로 말했다. 「어쩌면, 응.」

「내가 도와줄 수 있어.」 토니가 말했다. 「진지하게 생각하는 거라면 말이야. 소개해 줄 수 있는 사람이 아주 많아.」

「위험할 수도 있지, 내가 누군지도 모르면서.」

「음, 도끼 살인마는 아니겠지. 그런 분위기는 아니야.」

셸리는 그 말을 생각해 봤다. 「우린 왜 항상 도끼 살인마라고 할까? 총기 살인마라거나 칼 살인마라는 말을 안 쓰면서?」

「전기톱 살인마라거나.」

「아냐, 넌 분명 전기톱 살인마라고 할걸.」

「너는?」

「물론이지.」 셸리가 말했다. 「그게 핵심 정보야. 그걸 뺄 수는 없어.」

「하지만 〈그 여자는 살인자였고, 전기톱을 썼다〉라고 하지 않을까?」

「여보세요.」 셸리가 말했다. 「왜 〈그 여자〉야?」

「여기서 예시는 너 아냐?」

「좋아.」 셸리가 말했다. 「그럼 〈전기톱 살인 마녀〉. 사람들은 날 그렇게 부를 거야, 〈전기톱 살인 마녀〉.」

「밴드 이름 같네.」

「다들 그렇게 말하지. 내가 얼굴을 확 도려내 버리기 직전에.」

토니가 웃음을 터뜨렸다. 「자, 이제 정말 서로 알아 가는 것 같네.」

두 사람은 아무 말 없이 몇 걸음 걸어갔다.

「이야기 좀 해봐.」 이내 셜리가 말했다. 「영어를 가르친 거지? 레벨은? 어떤 학생들이었어? 나이는? 자선 단체를 통해서 간 거야? 어땠어?」

그건 가족들이 전혀 묻지 않은 질문들, 토니가 물어봐 주기를 갈망한 질문들이었다. 그는 멕시코시티에서 한 경험, 교사 생활, 동료들, 발표한 에세이들, 참가했던 항의 집회들, 새로 사귄 친구들에 대해 설명하기 시작했고, 돌아온 후 처음으로 진정한 기쁨과 만족을 느꼈다. 외국에서 보고 행한 일들을 자랑스럽게 여길 수 있다는 — 자랑스러워했다는 — 기억이 나자 거의 놀랍기까지 했다. 돌아온 이래 자신을 그저 도망자로, 잘난 척하는 피곤한 녀석으로, 배교자 — 종교뿐만 아니라 가족과 국가, 심지어 불가해한 방식으로 자기 자신까지 버린 배신자 — 로만 보는 그 익숙한 세속적 잣대와 다르게 받아들여졌다는 점도 놀라웠다. 셜리는 여행을 많이 하지는 않았지만, 과테말라와 온두라스, 니카라과, 브라질, 베네수엘라, 에콰도르, 칠레, 페루를 배낭 여행한 이야기를 들으며 부러워하거나 짜증 내는 대신, 그곳의 음식과 지역 관습, 그 나라들 사이에 어떤 차이점을 발견했는지, 선입관이 깨졌는지, 그에게 변화가 있었는지 정말 순수한 호기심에서 물었다. 셜리는 한껏 집중해서 이야기에 귀 기울이며 많은 질문을 던지고 공감하고 동조하며 대답했다. 그래서 거의 20분을 떠든 후에야 셸리에 대해 이야기를 나누기 시작했는데, 두 사람 사이에 어찌나 공통점이 많던지 토니는 놀랍고 기뻤다.

알고 보니, 두 사람은 학부 시절 고등학교 영어 가정 교사를 했고, 학교 교육에 실망했고, 뉴질랜드의 현 공공 담론에 비슷하게 분노하고 있었으며, 둘 다 존 윈덤과 어슐러 르 귄을 좋아했다. 셸리는 토니와 마찬가지로 가족들과 정치적 견해가 달랐고, 버넘 숲에 있는 동안 그것 때문에 좀 울적했다고 고백했다. 회원들 대부분은 부모님에게서 정견을 물려받아, 혼자서 다른 길을 만들어 가는 외로움 — 심지어 슬픔을 이해하지 못했기 때문이다. 물론 그건 칭찬받을 만한 성취이지만. 셸리는 온라인 어딘가에서 사람들이 지지하는 정당을 가장 정확히 보여 주는 척도는 나이나 민족, 성, 학력, 지역보다 부모님의 투표 성향이라는 글을 읽은 적이 있다고 말했다. 토니는 그 통계를 들은 적은 없지만 아주 마음에 들었다. 똑같이 환멸을 느끼는 일들을 주거니 받거니 하다 보니 셸리 노크스처럼 속속들이 마음 맞는 사람을 어떻게 잊어버릴 수 있었는지 점점 더 놀라울 뿐이었다. **셸리**는 그를 잊지 않았기 때문에, 셸리가 기억 속 그의 흥미와 취향에 맞춰 성격도 뚝딱뚝딱 주문 제작하고 의견도 맞춤 재단하고 이력서도 맞게 수정해서 보여 줬을지 모른다는 가능성을 생각조차 하지 않았다. 셸리가 추파를 던지고 있다는 생각은 꿈에도 하지 못한 채, 그는 셸리의 숨김없는 따뜻함과 솔직하고 여유 있는 분위기에 어딘가 매력적으로 익숙한 데가 있다고만 생각했다. 특정 유형의 키위[2] 여성이 가진 그 자질을 그 순간까지 자기가 그리워하는지조차 몰랐다.

「내가 버넘 숲과 무슨 일을 할 때마다 말이야, 그러니까 그냥 언급만 해도, 심지어 그냥 이름만 말해도, 우리 아빠는 어김없이 이래. 〈그래서 맥베스는 누군데?〉 그게 유일한 농담이었어.」그가 말했다.

「그럼 이렇게 말했어야지. 〈사실은요, 아빠, 바로 아빠예요.〉」셸리가 말했다.

「그거지. 그런데 그게 바로 아빠가 바라는 대답이라는 생각이 드는 거야.」토니가 말했다.

「우리 아빠는 버넘 수프라고 부르곤 했어.」셸리가 말했다.

토니가 웃음을 터뜨렸다. 「세상에, 너무하네.」

「너라도 웃으니 됐어.」

「그러게,」토니가 여전히 웃으며 말했다. 「좀 웃기긴 하네.」

두 사람은 바에 도착했다. 「내가 살게.」셸리가 문을 열며 말했다. 「그게 공평해. 결국 내가 널 죽일 거니까.」

「고마워. 맥주 할게, 몬티스[3] 에일 생맥주 아무거나.」그가 말했다.

2 뉴질랜드인.
3 뉴질랜드의 유명한 맥주 양조 회사.

토니는 기분 좋게 빈 테이블로 가면서 집에 갔을 때 미라가 없었던 게 어쩌면 다행일지도 모른다는 생각이 들었다. 미라와 마지막으로 이야기를 나눈 건 거의 4년 전 환송 파티 때였고, 그날 밤 기억은 띄엄띄엄 연결된 열두 개의 희미한 순간으로 머릿속에 남아 있었다. 머리 위로 손을 치켜올린 채 댄스 플로어에서 춤추는 미라, 발갛게 상기된 얼굴로 눈을 감은 채 와인 잔으로 뺨을 꾹 누르고 있던 비상구의 미라, 탐욕스러운 표정의 미라, 그의 손목을 잡고 있던 미라. 다음 날 아침 그는 끔찍한 숙취와 쓸쓸한 자기 연민에 시달리며 미라에게 길고 고통스러운 이메일을 썼고, 그 메일은 6주 동안 그의 컴퓨터에 그대로 남아 있다가 그가 다시 술에 취했을 때 휴지통에 들어가 영구히 삭제되었다. 그게 다였다. 그 후 두 사람은 한 번도 연락한 적이 없었다. 4년 동안 문자도, 이메일도, 전화도 없었다. 미라도 그 비슷한 문자를 그에게 썼다가 지웠을지, 그로서는 알 수 없었다. 그를 그리워했을지, 그를 어떻게 맞아 줄지, 그를 어떻게 생각할지, 전혀 알 수가 없었다. 하지만 지금 목도리를 풀고 코트 단추를 풀면서 그는 이제 셸리 덕분에 알아낼 방법이 생겼다고 행복하게 생각했다. 미라와 다시 만날 때면 그는 무장하고 있을 것이다.

셸리가 꿀 색깔의 에일 피처 하나와 잔 두 개를 내려놓았다. 「해피 아워야.」

「잘됐네.」 토니가 말했다. 「완전 고마워.」 그는 셸리가 맥주

따르는 걸 지켜보다가 말했다. 「그래서 넌 거기 있었구나, 그 동안 내내.」

「버넘 숲 말이야?」

「어, 그냥. 그건 커다란 책임이잖아, 그래서 물어본 거야. 분명 핵심 인물이겠네.」

셸리는 토니에게 맥주를 건네주고 자기 잔에도 따르기 시작했다. 「네가 떠난 후 모습이 변했어.」 셸리는 단어를 고심해서 고르는 듯이 말했다. 「넌 실망할지도 몰라.」

「무슨 뜻이야?」

「더 주류가 되었달까.」 셸리가 말했다. 「예전만큼 무정부주의자들도 없고. 크러스트 펑크하던 친구들 생각나? 댄 재빈스랑 또 이름이 뭐더라…… 핑크?」

「맙소사, 핑크!」

「그래.」 셸리가 말했다. 「그 두 사람 나간 지 오래됐어.」

「그럼 나도 나가야지.」 그는 실망한 척하며 말했다. 「난 돌아올 작정이었는데, 크러스트 펑크 친구들이 나갔다면야, 젠장.」

셸리가 그에게 미소 지었다. 「그냥 좀 더 사업 같아졌다는 뜻이야. 여전히 비영리이고 직접 활동하지만, 그냥 좀 더…… 적법해. 더 관료적이고.」

「마음이 식은 것처럼 말하네.」

「그냥 늙은 기분?」

그는 좀 더 자세한 설명을 기다렸지만, 셸리는 시선을 돌리더니 바 위쪽 텔레비전에서 나오는 광고에 집중했다. 그는 맥주를 한 모금 마시고 셸리를 지켜봤다. 잠시 후 그가 말했다.

「미라는 그런 일들에 대해 어떻게 생각해?」

「아,」 셸리가 말했다. 「알잖아. 여전히 세상을 장악하고 싶어 하지.」

「그건 변함없네, 그럼.」

「아,」 셸리가 술잔을 들여다보며 말했다. 「나야 모르지. 그럴수도.」 셸리는 맥주를 홀짝이며 갑자기 거리를 뒀지만, 잔을 다시 테이블에 내려놓았을 때는 기분이 되살아났는지 다시 그에게 미소를 지었다. 「자, 뻔한 질문이지만, 이제 돌아왔으니 뭘 할 생각이야?」

「프리랜서로 글을 쓰려고.」 그가 말했다. 「에세이, 기사, 뭐든 생각할 수 있는 건 다. 팟캐스트를 할 수도 있고.」

「저널리즘 같은 거?」

「어, 장기 탐사 기사, 사회 논평, 이론에 대한 글도 좀 쓰고. 사사로운 여행기 따위 글이 아니라 실제로 입장이 있는 글, 실제로 시간과 관심을 요하는 그런 글 말이야. 염병할, 그런 걸 뭐라고 하더라? 〈핫 테이크hot take〉[4] 따위 말고.」

「〈스핏 테이크spit take〉[5].」

---

4 근거가 부족하거나 없는 채로 밀어붙이는 논평이나 의견을 뜻하는 신조어.
5 음식이나 음료 등을 입에 머금은 상태에서 웃음이 터져나오는 우스꽝스러운 모습을 가리키는 말.

「〈이게 너의 최신《핫 테이크》에 대한 나의《스핏 테이크》이다.〉」

「생각reckon.」셀리가 말했다. 「여기선 이 단어를 써.」

「설마, 정말이야?」

「응. 이런 식으로, 〈이게 집단 감금에 대한 내 생각이다〉.」

「……전폭 지지야?」

「감 잡았네. **그게** 생각이야.」

「〈집단 감금: 집단이라기엔 불충분?〉」

「그거지.」셀리가 말했다. 「자동으로 막 나오네.」

「아냐.」그가 말했다. 「농담으로라도 그런 말은 하면 안 돼.」

둘 다 입을 다물었다.

「하여간 계획은 그래.」토니가 다시 이야기를 이어 갔다. 「탐사 보도 기사. 내 웹사이트도 있고, 신문이랑 잡지 같은 데 글을 몇 개 실었어. 대단한 건 아니지만, 처음에는 경력을 쌓는 것이 중요하니까.」

「미안해.」셀리가 말했다. 「네가 글을 발표한 줄도 몰랐어.」

「온라인에만 올린 거야.」그가 말했다. 「다 조그만 곳들이고. 돈이나 뭘 받은 적도 없어.」

「이보세요,」셀리가 가볍게 말했다. 「지금 나한테 돈 이야기 하는 거야?」

셀리는 웃고 있었지만, 죄책감을 느낀 토니는 고개를 떨군 채 술잔을 바라봤다.

토니는 돈 이야기를 한 게 부끄러웠다. 갤로 집안은 늘 소박하게 살았기 때문에, 토니는 외국에 나가서야 이제껏 늘 중산층이라 여겼던 자신이 사실 국제적인 기준에서 보면 부유층이라는 것을 깨달았다. 그 의외의 발견은 안도감이나 감사 대신 자신도 공범이라는 매우 불쾌한 새로운 깨달음을 주었다. 왜냐하면 — 상속을 기대하기는커녕 존재하는 줄도 몰랐던 — 할아버지의 유산으로 인해 그는 갑자기 그 어떤 친구들보다 부자가 되었기 때문이다. 그는 아무에게도 상속 이야기를 하지 않았다. 그 대신 눈에 띄지 않는 소비를 생활화했고, 주위 모든 사람에게 자기도 똑같이 간신히 풀칠하고 산다는 인상을 주기 위해 초라한 행색을 하고 다니기 시작했다. 한편으로는 이런 식의 기만에 속죄하기 위해, 한편으로는 그 기만의 연장선상에서 언론에 뛰어들었다. 너무나 오랫동안 다른 대안이 없어 수도승처럼 금욕적으로 사는 척해 온 터라, 그는 이제 글을 써서 돈을 벌고 싶다는 절박한 갈망, 그럼으로써 자신의 인생 프로젝트인 정신 확장이 사실은 은밀히 두려워해 오던 것 — 위선적이게도, 자기가 그토록 열렬히 반대한다고 주장하는 바로 그 사회 경제적 구조에서 나온 돈으로 이뤄진 진실성 없는 여행 — 이 아니라는 걸 구체적으로 증명하고 싶다는 절박한 갈망을 갖게 되었다.

하지만 그런 커다란 야심에도 불구하고, 마음 한구석에서는 온라인에 올린 자기 글들을 못 봤다는 셸리의 말에 안도감이 들었다. 그의 데뷔작 — 방금 자기가 셸리에게 비난했던 종류의 여행 경험담 — 은 수치심에 차마 고개를 들 수 없을 정도로 거센 공분을 불러일으켜 생각만 해도 얼굴이 화끈거렸기 때문이다. 그로부터 거의 4년이 지났는데도 그는 여전히 거의 매일 불안에 떨며 구글을 검색했다. 그렇게 자주 검색하면 오히려 구글 알고리즘이 그가 간절히 잊어 줬으면 하는 바로 그 연결 고리들을 만드는 데 아주 미미하게나마 일조한다는 걸 알면서도 멈출 수가 없었다. 그 불쾌한 글은 오래전에 내렸지만, 분노의 댓글들은 지울 수 없었고, 그 대부분을 그는 지금도 외우고 있었다. 그 비판들은 뇌리에서 지워지지 않았고, 그 치욕스러운 소식이 다시 드러나 여기까지 알려지는 것은 시간문제라고 확신했다. 아니, 끔찍하게, 구역질 날 정도로 확실하게 알고 있었다.

〈브론즈에서〉라는 제목의 그 에세이는 토니가 멕시코시티에서 보낸 첫날 겪은 의미심장한 일화로 시작했다. 일정이 꼬이는 바람에 그는 공항에서 영어를 전혀 못 하고 택시도 아닌 자기 차를 몰고 온 기사를 배정받았다. 기사의 이름은 에두아르도였고, 나중에야 알았지만 토니가 일하게 될 영어 학교 관리자의 사촌이었다. 토니로서는 알 수 없는 이유로, 두 사람은 빈민가를 가로지르는 우회로로 가게 되었다. 에두아르도는 연신 손짓을 해대며 계속 〈브론즈, 브론즈〉라고 말했고, 토니는 그게 자기가 모르는 그 지역 속어라고 생각했다. 문맥에서 그 단어의 의미를 파악하려고 주위를 둘러보다가 안전한 차 안에서 그는 두 청년의 싸움을 목격했다. 글에도 썼지만, 그 싸움은 그가 직접 본 가장 충격적인 폭력의 모습이었다. 나중에 제삼자 통역의 도움을 받아서 알아보니, 에두아르도가 말한 단어는 사실 〈브롱크스〉였다. 에두아르도는 가난과 범죄에 시달리는 곳의 예시로 자기도 알고 토니도 분명 알 거라고 생각한 지역 이름을 써서 그 동네가 위험하다는 사실을 경고하려고 했던 것이다. 에세이는 거기에서 시작해 언어 장벽 전반에 대한 고찰, 토니의 교육 철학, 해외 생활에 대한 첫인상으로 이어졌다. 하지만 그 글을 못마땅하게 여긴 사람들에게는 이미 엎질러진 물이었다. 토니의 에세이 링크를 처음으로 트위터에 게시한 사람은 (샌디에이고 대학교) 문화학 박사 과정 학생이었는데, 그는 〈모든 게 엉망진창이라 도대체 어디서부터 손을 대야 할지 모르겠다〉라며 트리거 경고와 #백인특권 #빈곤투어 #우웩을 해시태그로 붙였다.

그게 분노의 출발점이었다. 토니의 이름은 불과 몇 시간 사이 실시간 화제로 떠올랐고, 그 에세이에 관심이 몰릴수록 비판하는 사람들의 분노도 더 커지는 것 같았다. 그는 제국주의적 생색이나 내고, 해로운 고정 관념을 강화하며, 폭력을 감상적으로 다루는 인간으로 고발당했다. 언제나, 오로지 자기 경험만이 사물의 가장 가치 있는 측면이라고 약탈적이면서도 심드렁하게 가정하는, 모든 게 자기 권리인 줄 아는 흔하디흔한 백인 남성으로 고발당했다. 분개한 트위터들은 영어를 가르치러 멕시코에 왔으면서 왜 오기 전에 스페인어를 배우지 않았느냐고 추궁했다. 마치 토니가 말을 못 알아들은 게 에두아르도의 잘못인 양 에세이에 온갖 불쾌한 방식으로 현지 가이드의 어눌함을 암시한 작태를 지적했다. 무슨 권리로 그가 그 싸움을 전유하고 도구화하고 문화적 표상이라는 형태로 거기서 이익을 취하려 하는지 물었다. 그의 다소 화려한 문체에 내재된 본질적 문제점을 분석했다. 그러고는 결코 따뜻하다고 할 수 없는 말투로 그에게 멕시코인들에게 사과하고 모든 형태의 백인 특권을 버리고 집으로 돌아가라고 권했다.

놀랍게도 토니는 자기도 모르게 이 모든 이야기를 셸리에게 들려주었다. 그 이야기를 한 번도, 누구에게도 한 적이 없는데, ─심지어 그 당시에도 그는 그 폭격의 낙진을 거의 홀로 견뎠다─ 취기가 오르고 셸리의 스스럼없이 편안한 태도와 자연스러운 유머 감각에 고무된 토니는 이 순간만은 재단받을 거라는 두려움이 들지 않았다. 자기가 절대적으로 잘못했다는 걸 안다고, 그 에세이는 구제 불능에 판단 착오였고 멍청하고 무식하고 잘못된 생각이었다는 걸 이제는 깨달았다고, 그는 고백했다. 하지만 그를 가장 소리 높여 비판하는 사람들이 멕시코인이 아니라 미국 대학원생이며, 그 대다수는 백인, 다시 말해 에두아르도보다 자신과 더 비슷하고 차 안에서 목격한 싸우던 청년들과는 더 거리가 멀다는 사실을 그는 놓치지 않왔다. 그래도 분명 그의 가책에는 **무슨** 가치가 있겠지? 그는 실수를 인정하고 에세이를 내리고 다시는 그런 글을 쓰지 않겠다고 맹세했다. 분명 **뭐라도** 의미가 있겠지? 설령 그렇지 않다고 해도 — 설령 그가 저지른 짓이 그 보상으로 무슨 짓을 해도, 무슨 말을 해도, 심지어 무슨 맹세를 해도 속죄할 수 없는 짓이라 해도 — 분명 자비의 핵심은 자격을 따질 필요가 없다는 데 있지 않나?

이제 맥주잔이 다 비었다.

「이번엔 내가 살게.」 토니가 말했다. 「내 이야기만 너무 많이 하고 있어.」

「괜찮아.」 셸리가 토니의 팔을 살짝 건드리며 말했다. 「재미있어.」

그는 바에 가서 에일 한 피처와 감자튀김을 주문하면서, 셸리가 탄수화물을 계산하며 먹고 마시는 걸 단속하느라 호들갑 떠는 그런 피곤한 여자가 아니라서 다행이라고 생각했다. 6시가 조금 넘었을 뿐이지만 — 아직 해피 아워였다 — 꽤 기분 좋은 취기가 느껴지기 시작했다. 카드 기계에 비밀번호를 찍는데 곧 미라가 집에 오겠다는 생각이 문득 들었다. 알딸딸한 취기에 느슨해져 미라한테 저녁 먹으러 오라고 할까 하는 생각도 들었다.

「걘 어떻게 지내?」 테이블로 돌아와 잔을 다시 채운 다음 토니가 물었다. 「미라 말이야.」

셸리는 금세 대답하지 않았다. 그러더니 신중하게 말했다. 「내가 대신 대답하고 싶지 않아.」

「아니, 내 말은, 네가 보기에, 그냥 어떻게 지내냐고.」

「좋아.」 셸리가 말했다. 「잘하고 있어.」

「그래?」

「내 말은, 너무 많은 일이 있었거든, 알지? 어디서부터 시작해야 할지 모르겠어.」

「어,」 토니가 말했다. 「전적으로 이해해.」

그는 미라에게 만나는 사람이 있는지 묻고 싶어 맥주를 길게 한 모금 마셨지만, 용기가 나지 않았다. 「너한테 어디까지 이야기했는지 모르겠네.」 대신 이렇게 말을 꺼냈다가 금세 후회했다.

셸리는 그를 흘끗 보더니, 아무 말 없이 그의 다음 말을 기다렸다. 그런데 말이 없자, 셸리가 말했다. 「…… 네 환송 파티 때 말이야?」

「알겠어.」 토니가 우스꽝스럽게 얼굴을 찌푸리며 말했다. 「너 아는구나.」

다시 침묵이 흘렀다. 그러더니 셸리가 말했다. 「뭐, 오래전 일이잖아.」

「그래.」

「그리고 미라는 엄청 취해 있었고.」

「그래.」 토니는 너무 빨리, 또다시 얼굴을 찌푸리며 대답했다. 셸리는 그가 바에 주문하러 가기 전보다 훨씬 딱딱하고 차갑게 느껴졌다. 좋았던 분위기는 다 어디로 가버린 걸까 생각하다가, 그는 갑자기 셸리 역시 그 환송 파티에 있었다는 걸 기억하고 죄책감에 찔렸다. 셸리가 누군지 기억나지 않는다는 건 상기시켜 기분 상하게 만든 것 같았다. 「저기,」 그가 변명 삼아 말했다. 「그날 밤엔 다들 엄청 취했잖아.」

셸리는 토니의 표정을 주의 깊게 관찰하고 있었다. 「다른 시간이었어, 어? 겨우 4년 전이지만, 다른 시대였어.」

「완전히.」 토니는 무슨 소리인지도 잘 모르면서 대답했지만, 그래도 셸리에게 동의할 기회가 생겨 마음이 놓였다. 그는 당황한 기색을 감추려고 맥주를 꿀꺽 삼키고는 바 안을 둘러보면서 서투른 자신을 저주하고 다른 방식으로 그 이야기를 꺼냈어야 했다고 후회했다. 셸리가 여전히 그를 바라보고 있어 — 곁눈질로 보였다 — 그는 양쪽 뺨을 이 사이에 홀쭉하게 빨아들여 물고는 그 문제가 너무 복잡해서 평범하게 이야기할 수 없다는 듯이 유감스럽게 고개를 저었다. 그는 셸리의 시선을 마주할 자신이 없었다.

살짝 떠보았는데, 셸리가 알고 있다는 사실에 토니는 상처를 받았다. 물론 사람들은 남의 이야기를 한다. 게다가 다들 너무 어렸고, 그때는 남의 성생활 이야기를 공공재로 생각했다. 버넘 숲에서는 특히 그랬다. 그 모임 사람들은 다른 사람들을 개종시키려는 무모한 열정이 넘쳤고, 다들 경쟁적으로 금제

같은 건 안중에도 없다는 듯이 행동했으며, 자기는 현 질서에서 벗어난 사람임을 증명하려 했다. 그 시절에는 하룻밤 불장난 고백보다 더 굉장한 정보는 없었다. 토니를 포함해 모두가 서로의 농탕질과 정복 이야기에 홀딱 빠져 가장 추잡하고, 가장 무모하고, 가장 충격적이고, 가장 후회되고, 가장 좋았던 관계들을 끝도 없이 비교했다. 미라는 조금이나마 다를 거라고 정말 기대했단 말인가?

하지만 그랬다. 그는 그날 밤을 돌이켜 봤다. 미라가 어떤 경고나 구실도 없이 술잔을 내려놓고 가만히 그의 손목을 잡아 그의 말을 막았을 때 그 엄숙하고 단호한 표정, 솔직하고 탐욕스럽고 진지하고 심지어 겁에 질린 얼굴을. 미라는 아무 말 없이 그저 그의 손목을 한결같이 단호히 잡아끌었다. 그게 뭘 의미하는지는 명약관화했다. 그는 아무 말도 하지 않았다. 어디로 가는지 묻지도, 농담을 하지도, 소리를 내지도, 이름을 부르지도 않았다. 그저 미라가 이끄는 대로 집에서 나와 정원 아래쪽 이슬 젖은 경사면으로 따라갔고, 거기서 미라는 잔디에 무릎을 꿇고 그에게 키스했다.

셸리는 여전히 그를 바라보고 있었다. 그러다가 마침내 말했다.「꼭 네 에세이 같아.」

그는 눈살을 찌푸리며 셸리를 휙 쳐다봤다.「무슨 소리야?」

「그런 글을 싣는 게 완전히 정상이던 시절이 있었잖아. 그게 옳다는 게 아니라.」셸리는 재빨리 덧붙였다.「내 말은, 이제는

64

그런 소리를 용인하지 않고, 불의를 고발하고 권력에 책임을 요구하니까 여러모로 좋은 일이야. 하지만 한편으로는 기분이…… 그러니까 내 인생만 봐도 그래. 내가 처음 페이스북 계정을 만들었을 때 소셜 미디어 같은 거, 그때 난 온갖 개소리를 올렸거든. 알지, 그냥 **개소리**, 무식하고 이기적이고, 지금은 꿈에도 올릴 생각을 하지 못할 그런 것들. 그때 말한 어떤 것들은 돌이켜 보면…… 으악! 정말 토할 것 같아. 혐오스럽다거나 그래서가 아니야, 전혀. 그냥 너무…… 너무 노골적으로…… **동떨어져서**, 그 당시가 아니라 바로 지금이랑 말이야. 그래서 맞아, 그러니까 권력을 가진 사람들이 이젠 그때처럼 쉽게 빠져나갈 수 없는 건 좋은 일인데 — 물론 나도 포함해서 말이야 — 그래도, 뭐랄까, 기대가 너무 달랐어. 4년 전만 해도. 그땐 다른 시대였어.」

「잠깐만.」그는 여전히 무슨 소리인지 감을 잡지 못해서 말했다.「연결이 안 돼. 뭐가 내 에세이 같다는 거야?」

셀리는 그를 물끄러미 바라보며 말했다.「내 말은, 미라가 엄청 취해 있었다고.」

바 저쪽 구석에 앉은 한 무리의 회사원들이 어떤 농담에 웃음을 터뜨렸다. 토니는 본능적으로 시끄러운 소리를 향해 고개를 돌렸지만, 아무 말도 들리지 않았다. 머리에 피가 가득 몰린 것처럼 얼굴이 갑자기 팽팽해진 느낌이었다. 다시 목소리가 나오자 그가 말했다.「미라가 그렇게 말했어?」

「넌 정말 걱정할 필요 없어.」셸리가 재빨리 말했다.

「안 했어, 바로 지금까지는.」토니가 말했다.

셸리는 어리둥절한 표정이었다. 「하지만 —」

「하지만 뭐?」

「넌 전화 한 통 안 했잖아.」셸리가 말했다. 「편지도 없고, 연락도 없고. 내 말은, 그건 마치 —」

「미라도 전화 한 통 안 했어!」토니가 셸리의 말을 자르며 소리 질렀다. 「그리고 난 그다음 날 비행기를 탔어, 떠났다고. 그건 내 환송 파티였어. 미라도 내가 떠나는 걸 알고 **있었잖아**. 전화로 작별 인사를 할 수도 있었지만, 미라는 안 했어. 나도 안 했고. 그건 그렇고, **미라**가 날 유혹한 거야. 너한테는 뭐라고 말했는지 모르겠지만, **미라가** 날 유혹했다고.」

그날 밤은 완전히 망했고, 피처에는 아직도 맥주가 4분의 3 정도 남아 있었다. 토니는 갑자기 화가 솟구치면서 감자튀김도 시킨 게 기억났다.

「솔직히 말해서, 토니,」셸리는 토니라는 이름이 입에서 낯설게 느껴졌다. 「미라는 그 이야기를 거의 한 적이 없어. 정말이야.」

「자기는 정말로, 정말로 취했다는 말 외엔 말이지.」

「그건 **말할** 필요도 없었어.」셸리는 불안하게 킬킬거리며 말했고, 그 웃음소리에 토니는 속에서 분노가 치밀어 올랐다. 「그다음 날 내내 토했으니까. 어찌나 많이 토했던지 눈이 시커멀 정도였어. 양쪽 다. 끔찍했다고.」

토니는 자기도 알아볼 수 없는 낯선 목소리로 말했다. 「그러니까 내가 미라 양쪽 눈을 멍들게 했단 말이지?」

셸리는 겁에 질린 표정이었다. 「아냐.」 셸리는 몸을 뒤로 빼며 말했다. 「아냐, 그런 말이 아니야.」

토니는 귓속이 윙윙 울리면서 끔찍하게 비현실적인 느낌이 들었다. 머릿속에서 키스의 기억이 흐릿하게 사라지고, 잔디 위에서 관계하고 있는 두 사람의 모습이 보였다. 여전히 말은 없었고, 들리는 소리라고는 헐떡이는 숨소리뿐이었다. 움직이는 와중에도 그의 표정을 살피며 노골적으로 갈망하는 미라의 표정이 보였다. 미라의 몸이 떨리기 시작하더니 그를 양다리로 꼭 붙든 골반이 걷잡을 수 없이 부르르 떨렸다. 갑자기 음악 소리가 흘러나왔다. 누군가 문을 열고 미라의 이름을 부른 것이다. 미라는 여전히 그에게서 시선을 떼지 않은 채 집게손가락으로 그의 입술을 누르더니 그의 몸 아래에서 살짝 빠져나와 조용히 안으로 들어갔다.

「저기,」 셸리가 두 손을 들며 말했다. 「왜 그래?」

「모르겠어.」 토니가 말했다.

셸리의 전화기가 진동하고 있었다. 셸리는 진동 소리를 죽이기 위해 자세를 바꿨다. 「왜 그래, 다들 실수하며 살잖아. 넌 어렸어. 하룻밤 일이고. 아무것도 아니야.」

전화기가 다시 진동했다.

「전화 안 받아?」토니가 싸늘하게 말했다.

「아니.」셸리가 말했다. 「봐, 진짜로 걱정할 필요 없어. 미라는 그 이야기를 다시 한 적 없어. 그건 그냥 바보 같은 —」

「중요한 전화일 수도 있잖아.」토니가 말했다.

셸리는 비참한 심정으로 전화기를 꺼내 잠금 화면을 풀었다. 토니는 화면을 내리며 문자를 읽는 셸리를 쳐다봤다.

「별일 없어?」토니가 몇 초 후에 말했다.

「응,」셸리가 말했다. 「미라야.」

셸리의 얼굴이 붉어졌다. 「무슨 일인데?」

「아무것도 아냐.」셸리가 말했다. 「괜찮아.」

「뭐라는데?」토니는 자기가 무례하게 굴고 있다는 걸 알고 있었지만, 테이블 너머로 손을 뻗어 셸리의 손에서 전화기를 낚아채지 않는 것만으로도 상당한 자제력이 필요했다.

「버넘 숲 일이야.」셸리는 여전히 그를 쳐다보지 않고 말했다. 「시내에서 나가는 길이래. 아마도 새 재배지 일인가 봐.」

「어디?」

셸리는 금방 대답하지 않았다. 셸리는 뭔가와 싸우는 것처럼 보였다. 어쩌면 미라의 문자에 어떻게 답할지, 혹은 답할지 말지 생각하는 것 같았다. 그러더니 마침내 내키지 않는 태도로 전화기를 끈 뒤 주머니에 넣었다.

「그 산사태 소식 들었어?」셸리가 말했다. 「코로와이 고개 말이야.」

미라가 텅 빈 집에 돌아와 처음으로 한 생각은 셸리가 마침내 저질렀구나, 자기 물건을 챙겨 경고도 쪽지도 없이 떠나 버렸구나 하는 것이었다. 이름을 불러도 대답이 없자, 미라는 오랫동안 예상했지만 새로운 현실인 셸리의 부재를 받아들이기 위해 문도 닫지 않은 채 그대로 현관 입구에 서 있었다. 하지만 몇 초 후 어둠에 눈이 익숙해지자 여전히 세탁실에 있는 셸리의 자전거와 여전히 라디에이터 아래 쌓여 있는 셸리의 신발들과 여전히 복도 코트 걸이에 걸려 있는 셸리가 아끼는 봄버 재킷이 보였다. 미라는 황급히 생각을 바꿔 대신 셸리에게 무슨 긴급한 일이 생긴 걸까 생각했다……. 하지만 만약 그렇다면 전화를 하지 않았을까? 아니면 적어도 문자라도?

문득 몇 달 전 둘 다 설치해 놓고 한 번도 쓰지 않은 위치 추적 앱이 생각났다. 미라는 아직도 연결이 살아 있는지 보려고 전화기를 꺼냈지만, 기계가 위성과 기지국을 연결해 셸리의 위치를 파악하고 셸리의 데이터를 가져오는 걸 기다리는 잠깐 사이 자신의 침해 행위가 부끄러워져 데이터가 다 전송되기 전에 앱을 끄고 나왔다. 미라는 셸리가 숨 막혀 한 것도 당연하다고 자책했다. 그리고 처음 드는 생각도 아니지만 도대체 정확히 언제부터 자신이 이렇게 기술 의존적인 인간이 되어 예상치 못한 상황을 마주하기 무섭게 상상력을 휴대 전화에 의탁하게 된 걸까 싶었다.

셸리가 버넘 숲에서 나가고 싶어 한다는 것을 처음 알아챈

건 2주 전이었다. 2주 동안 미라는 부모님이 처음 이혼을 선언했을 때 느꼈던 말 못 할 괴로운 무력함에 사로잡힌 채 마비되어 있었고, 독립한 이 나이에도 그때처럼 버림받은 어린애같이 슬퍼하는 건 말이 안 된다며 자신을 꾸짖었다. 미라는 자기 감정을 비판하는 데 가차 없었다. 자신이 느끼고 생각한 바를 종종 비난했고, 도덕적 결함이라고 판단되는 건 뭐든, 아무리 속으로, 혹은 보이지 않게 표현했어도 즉각 처벌했다. 미라는 이혼 후 부모님과의 관계를 양적으로 계산하게 된 것을 혐오했다. 어머니와 주말 저녁 식사를 한 번 하고 나면 아버지에게 한 번 빚진 기분이었고, 모든 대화, 휴일, 공통 관심사, 심지어 타고난 닮음까지 이제는 거대한 신용과 차변 장부에 기록되어 있어 그 계산을 맞추는 게 마치 자기 책임처럼 느껴졌다. 그렇게 노력할수록 자신이 싸구려가 되고, 돈으로 환원되고, 계약직 같고, 천한 사람이 된 듯한 기분이 들었다. 그래서 미라는 그런 감정을 허락하지 않았다. 그 대신 그런 감정을 짓눌러 으깨 버린 뒤 이혼이 흔치 않은 일도 아니고, 다른 사람들은 훨씬 더 불행하고, 건강이나 목숨이 위협받는 상황이 아니라면 불평할 거리가 아니라며 훈계조로 자신을 꾸짖었다. 셸리 문제도 마찬가지였다. 셸리가 떠난다는 생각에 망연자실했지만, 미라의 자기 검열 본능은 너무나 강력해서 그 감정이 무엇인지 인지하기도 전에 망연자실한 심정을 부정했다. 이렇게 자신에게 허락하지도 않는 그런 감정을 느낀다고 스스로 비난함으로써 미라는 감정을 완전히 빼앗긴 기분과 함께 그것이 전적으로 자기 탓이라는 죄의식을 느꼈다.

어린 시절 미라의 행동 원칙은 나이보다 성숙하게 구는 것이었다. 부모님은 사람들을 초대하는 걸 즐겼고, 식탁에 빈 병들이 자유분방하게 쌓이고 초가 짤막해질 정도로 늦은 시간까지 어린 미라가 당신의 성인 친구들 사이에 의젓하게 앉아 대화를 듣고 심지어 가끔 조숙한 의견을 불쑥 내밀기까지 하는 걸 자랑스럽게 여겼다. 미라가 어렸을 때, 아버지는 시 의회에서 도시 계획 담당자로 일했고 어머니는 국제 관계 분야 학자였다. 부모님은 사교 범위가 넓었고 — 훨씬 나중에야 진짜로 이해하게 되었지만 — 거의 모두가 좌파였는데, 그 사실은 자연히 미라의 정치적 견해를 형성했다. 식사 자리에서 미라의 발언은 모두가 동의하는 의견을 반영할 때 가장 높이 평가받았기 때문이다. 미라는 옳고 그름이 명료하게 구분된다는 견고한 믿음을 가지고 성장했고, 어른 대접을 받는 게 아이 취급을 받는 것보다 낫다는 걸 한순간도 의심하지 않았다. 하지만 외로운 기분이 들 때면 부모님에게 자신의 존재는 그저 파티 여흥 거리 같은 것, 즉 훌륭한 양육의 눈부신 증거, 미라의 믿음과 분별력이 아니라 당신들의 믿음과 분별력의 산 증거 같은 것 아닐까 하는 두려운 생각이 들었다. 어른이 되어서도 미라는 때로 사기 치는 듯한 괴로운 기분, 자기가 가장 쉽게 하는 일로 가장 높이 평가받는다는 기분을 떨칠 수 없었다.

부모님은 미라의 직업에 놀랐다. 정치에 열렬한 사람들이 그렇듯이, 그들은 자연스러운 변화 과정을 지켜보는 데 참을성이 없었다. 그들은 정원 가꾸기에 무심했고, 퇴비 더미는 실제로 사용하고 싶어서가 아니라 집 안 쓰레기를 줄이기 위해서 뒀다. 어린 시절 집 뒷마당은 거의 잔디밭이었다. 울타리 밑에 단을 올린 화단이 있었는데, 미라가 아주 어릴 때 아버지가 모래 놀이터로 개조했다가 이웃 고양이들이 배변 공간으로 사용하기 시작하면서 버려졌다. 불가사리와 톱니 모양 양동이들은 시커멓게 굳어 가는 모래밭 위에서 색이 바랬고, 그렇게 거의 10년을 방치한 뒤에야 원래 용도로 되돌리자는 이야기가 나왔다. 정확히 기억하는데, 그 제안이 나온 건 미라의 고등학교 첫날 저녁이었다. 9학년 오리엔테이션 날 미라는 에밀리 앨콘과 짝이 되었는데, 에밀리는 방울토마토와 바질잎, 베이비 모차렐라볼로 이뤄진, 상상도 못 할 세련된 도시락을 가져왔고, 각각 나뉜 칸에 담긴 그 재료들을 도시락 뚜껑에다 무슨 의식이라도 치르듯이 엄숙하게 섞었다. 미라는 홀딱 빠졌다. 집으로 달려가 이제부터는 그냥 토마토 말고 방울토마토를 사자고 어머니를 조르자, 주도적 힘에 대한 자기 계발서를 읽고 있던 어머니는 직접 길러 보는 게 어떠냐고 말했다.

미라는 어머니가 별생각 없이 제시한 도전 과제를 매우 진지하게 받아들였다. 다음 해가 되었을 때, 미라는 스물네 가지 작물을 기르고 있었고 이제는 텃밭으로 개조된 모래 놀이터를 울타리 전체 길이로 확장했다. 제초용으로 마리골드를 심고, 윤작 계획을 세우고, 냉상자와 온상자를 만들고, 뿌리 덮개로 쓰려고 커피 가루를 모았다. 부모님이 미라의 끈기에 놀랄수록 미라는 더 끈기 있게 버텼다. 하지만 학교 친구들에게는 꼭꼭 숨겼다. 텃밭을 가꾸기 전에는 일이 끝난 뒤 흙을 씻어 내기 쉽도록 손톱 밑에 비누를 밀어 넣었다. 미라는 원예 농업이 10대 여자아이가 열광할 취미는 아니라는 걸 잘 알고 있었고, 인습에 얽매이지 않는 타고난 자유로운 성정에도 불구하고 발각되는 두려움, 영원히 비정상에다 영원히 부적응자로 찍히는 두려움을 무시할 정도로 자유롭지는 않았다. 에밀리 앨콘은 다른 친구들과 어울렸고 점심 도시락도 달라진 지 오래였지만, 미라에게 에밀리는 세련됨과 좋은 취향의 개인적 척도 같은 존재로 남았다. 그 이미지는 대부분 판타지였다. 두 사람은 오리엔테이션 날에도 거의 대화가 없었고, 그 후 한 번도 말해 본 적이 없었기 때문이다.

　미라는 남자 친구 중 그 누구와도 두어 달을 넘긴 적이 없었고 스스로 최고 좋은 친구라고 자처하는 유형도 아니었기 때문에, 성인이 된 후에 만난 사람 중 셸리와의 관계가 가장 가깝고 항구적이었다는 것을 뒤늦게 깨닫고 충격을 받았다. 셸리의 우정을 너무나 당연시했다는 사실이 부끄러웠다. (한 번도 솔직하게 인정한 적은 없지만) 마음 깊숙한 곳에서는 남자들과 함께 있는 걸 더 좋아한다는 죄의식이 자리 잡고 있었기 때문에 더욱 그랬다. 미라가 가장 즐기는 대화는 유혹에 가까운 격렬한 논쟁이었고, 장난스러운 유혹을 즐긴다고 인정하는 건 전략적으로도 현명하지 않을뿐더러 혐오스러운 일이었지만, 미라는 방 안에 여자가 자기 혼자뿐일 때 더 자유롭고 재미있고 상상력이 충만한 기분이 들었다. 누가 그런 취향을 지적한다면, 미라는 분명 단호하게 부인할 것이다. 그건 우선 같은 여성들에 대한 의리 부족, 더 심층적으로는 다른 사람들이 보지 않았으면 하는 허영심, 욕망, 남을 조종하는 능력 등과 같은 자신의 성격적 결함을 까발리는 행위 같았다. 셸리와의 우정을 별로 진지하게 여기지 않은 한 가지 이유는 두 사람 사이에 어떤 성적 가능성이나 대결의 느낌이 없기 때문이라는 걸 미라는 알고 있었다. 그래서 부끄러웠다. 두 사람 사이에는 어떤 위험도, 두렵거나 불확실한 일도, 도발도, 로맨스도 없었다. 셸리가 안전하다는 것을 미라는 늘 알고 있었다.

그런데 그게 아니었다. 미라가 셸리를 푸대접했기 때문에 셸리는 떠나고 싶어 했고, 부모님 이혼 때와 마찬가지로 미라가 가장 소중하게 여기고 열심히 훈련해 온 사교 기술이 무용지물이 된 상황이었다. 논쟁은 무의미하고, 매력으로 어필할 수도 없었다. 게다가 오래전부터 성숙하고 독립적인 이성적 인간인 척 행세해 온 터라, 이제는 자신이 얼마나 슬퍼하는지 표현하려 해도 그럴 언어도 힘도 없었다. 그 무엇보다 시간을 되돌려 더 감사하고 공감하고 셸리의 내면에 관심을 보이며 고백하고 싶었다. 아직 스스로에게조차 고백하기 힘들지만, 자신이 보여 온 두려움 없는 자신감은 사기에 불과하다고, 친밀한 관계를 피하고 끝없는 불안과 도덕적 죄의식을 떨치려고 만든 가면에 불과하다고 고백하고 싶었다. 친구에게 정직한 진실을 털어놓고 싶었다. 셸리가 필요해서 사랑하는 게 아니라 셸리를 사랑하기 때문에 필요하다고, 자기가 너무나 멍청하고 자기에게만 몰두해 있어 이제야 알았다고 말해 주고 싶었다.

미라는 감상에 빠져 허우적대는 걸 싫어했다. 가차 없는 자기비판 후에는 신속하고 단호하게 행동했다. 미라는 셸리에게 주말에 손다이크에 가자고 제안할 작정으로 집에 왔다. 평상시 활동 반경을 완전히 벗어나 손다이크까지 다섯 시간 동안 차를 몰고 내려가면 두 사람 모두에게 상쾌한 기분 전환 기회가 될 것 같았다. 그날 오후 자전거를 타고 집으로 돌아오면서 미라는 다비시 농장에서 보낼 한 철이 버넘 숲에 가져올 이익에 대해 셸리에게 설명하는 모습을 상상하고, 여행 생각에 흥분한 셸리의 얼굴을 그려 보고, 최근 몇 주 사이 마음속으로 계속해서 그려 온 대화를 떠올렸다. 최근 늘 보이던 우려 섞인 지친 표정도 짓지 않고 억지 예의도 차리지 않은 솔직한 모습으로 자기는 정말 떠나려고 했는데, 이것 — 미라는 〈이것〉을 여러 가지 계획으로 시험해 보았다 — 때문에 마음이 바뀌었다고 고백하는 셸리와의 대화를. 이제 미라는 전화기를 손끝에 쥐고 부엌에 서서 그렇게 비겁한 판타지나 꿈꾸고 있던 자신을 또다시 질책했다. 미라는 셸리에겐 자기만의 시간이 필요하다고 단호하게 말하며, 셸리에게 그런 시간을 주는 사람이 되겠다고 즉시 결심했다. 그 생각이 완전히 구체화되기도 전에 그렇게 마음을 굳혔다. 미라는 혼자, 당장, 오늘 밤 손다이크에 갈 것이다. 농장을 둘러보고, 셸리에게 며칠 쉬면서 — 바라건대 — 다시 생각해 볼 시간을 주고, 소위 일석이조의 소득을 얻고 돌아올 것이다. 미라는 신발을 벗어 던지고 짐을 싸러 침실로 들어갔다.

미라가 그렇게 원예 농업에 빠진 한 가지 이유는 식물을 돌볼 때면 가차 없는 자기비판 습성에서 한숨 돌릴 수 있기 때문이었다. 식물을 키우면 명백히 용서받는 느낌이 들었다. 그건 삶의 다른 어떤 영역에서도 불가능한, 영속적으로 이행하며 새로워지는 느낌이었다. 심지어 실패하고 실수해도 — 예컨대 양파 씨앗은 오래 보관할 수 없다거나, 흙 온도가 낮으면 당근 색이 연해진다거나, 회향풀은 다른 식물의 성장을 막기 때문에 따로 번식시켜야 한다는 사실들을 배울 때 — 전혀 야단맞는 기분이 들지 않았다. 텃밭에서는 진실이 올바름의 형태를 취하지 않았고, 옳음의 반대가 틀림도 아니었다. 식물은 잎이 아니라 뿌리에 물을 줘야 한다는 극히 단순한 사실을 배우는 것조차 무미건조한 사실로 이루어진 냉엄한 현실을 다루는 게 아니라 비밀을 전수받는 것 같았다. 텃밭에서 전문 지식은 개인적이고 일화적이며, 우화적이고, 오래전부터 전해 내려오는 지식이었다. 세대를 막론한 모든 원예가가 일종의 협동 조합으로 하나가 된 기분이었다. 모든 조언이 다정하고 참을성 있고 전체론적인 지혜를 담고 있으면서도 확고했다. 자연의 법칙이나 경향과 싸우는 것은 불가능해서, 판단을 내릴 일도 분쟁의 여지도 없었다. 증거는 오로지 식물 그 자체와 토양, 대기, 수확물에 있었다.

미라가 보기에, 다비시 농장이 제시하는 기회에는 두 가지 면이 있었다. 첫째는 땅 자체였다. 적어도 봄까지는 버려져 있을 가능성이 큰 마을에 있는 153만 제곱미터의 좋은 땅이었다. 시내에 있는 버넘 재배지들은 모두 그런 규모와 거리가 멀었고, 미라는 대규모 재배를 할 수 없다는 사실에 늘 좌절했다. 만약 들키지 않고 한 철 분량의 작물을 심을 수만 있다면 거기서 거둔 수익으로 버넘 숲의 재정적 자립 기회를 노려 볼 수도 있겠다는 생각이었다. 어쩌면 셀리가 늘 이야기했던 구독 서비스도 마침내 시작할 수 있을지도 몰랐다. 그 자금을 조직 확장에 투자해 뜻을 같이하는 조직들과 연계를 맺거나 자선 단체로 등록할 수도 있고, 전혀 마음에 들지는 않지만 광고란을 하나 사서 고객층을 확대할 수도 있었다.

혹시라도 들키면 그 또한 재미있는 기회가 될 수 있었다. 작위 수여 기사들과 산사태 보도로 최근 몇 달간 손다이크는 대중의 뇌리에 강한 인상을 남겼다. 미라는 생각했다. 버넘 숲이 다비시 소유지에서 시위를 한다면, 무단 침입 행위 도중에 잡히도록 판을 짠다면, 심지어 소위 노는 땅에 지속 가능한 유기농 텃밭을 만들었다는 죄목으로 기소를 자초한다면, 그리고 언론에 정확히 뭘 심었는지 보여 주고 자신들의 사명을 설명하고 목표를 열거하면서 자신들이 깔끔하고 효율적이고 생산적이고 사려 깊고 땅을 존중하며 일하는 진지하고 선한 전문가라는 것을 증명한다면, 그거야말로 대박이지 않을까? 물론 기소 위험을 무릅써야겠지만, 적어도 자신들의 뜻을 알릴 수는 있을 것이다. 오언 다비시가 자연 보호 활동으로 기사 작위를 받는 마당이니, 적어도 흥미진진한 논쟁을 유발할 수는 있을 것이다.

미라는 울 양말과 폴리프로필렌을 찾아 서랍장을 뒤지며 머릿속으로 셸리에게 보낼 문자를 연습했다. 〈셸,〉 상상으로 문자를 썼다. 〈요즘 너한테 심리적 여유가 필요하다는 느낌이 좀 들어서…….〉 하지만 그건 너무 비난조 같았다. 〈셸,〉 다시 시도했다. 〈너 혼자만의 시간을 좀 갖는 게 좋을 것 같아.〉 너무 수동 공격적인가? 〈셸, 우리 좀 떨어져 있는 게 어떨까 싶어.〉 이건 부정확하고 너무 감상적이었다. 〈셸, 요즘 조금 걱정되는데…….〉 〈셸, 내 오해가 아니기를 바라지만…….〉 〈셸, 그냥 참고로 하는 말인데…….〉 마침내 미라는 더플백 지퍼를 잠그면서 결정을 내렸다. 〈셸, 며칠간 방해하지 않을게. 넌 휴식이 필요해. 남쪽 손다이크에 재미있는 후보지가 있는데, 코로와이 고개 폐쇄 이후 마을이 빈 것 같아. 우리한테 좋은 일이지. 대박 기회일까? 알려 줄게…… 어쨌든 잘 지내고 좀 있다가 봐♡〉 미라는 문자를 다 쓴 다음 보내기 버튼을 누르지 않고 망설였다. 셸리가 같이 가자고 답할 수도 있으니 시내를 벗어날 때까지 기다리는 게 나을 것 같았다. 자기가 취할 수 있는 유일한 행동은 코로와이에 혼자 가는 거라고 미라는 확신했다. 미라는 문자를 임시 저장한 뒤 짐을 밴에 실으러 밖으로 나갔다.

평소라면 손다이크처럼 먼 곳에 갈 경우 같은 방향으로 갈 사람이 있는지 버넘 숲에 물어봤을 것이다. 미라는 루퍼스에게 1994년식 닛산 바네트를 물려받았는데, 매번 안전 검사를 통과하지 못했고 고장이 잦았다. 연료 효율도 낮고 고속 도로에서는 더 심했기 때문에, 일정 구간이라도 같이 갈 사람이 있다면 기름값으로 10달러에서 20달러 정도 달라고 할 수 있었다. 하지만 셸리 문제로 신경이 초조하게 곤두선 상태여서 누군가에게 여행 목적을 설명한다는 생각만으로도 피곤했고, 더구나 누군가 끝까지 같이 가겠다고 나설 위험을 무릅쓸 수도 없었다. 그래서 그런 가능성을 완전히 차단하기 위해 보조석 발치에 더플백과 캠핑 도구를 놓고 좌석에 모종판 더미를 쌓아 올린 뒤 안전벨트를 채웠다. 바네트는 두 사람이 자기에 충분했지만 — 미라와 셸리는 가끔 차를 다른 집 진입로에 주차하고 거기서 지내며 자기 아파트를 단기 임대해 부수입을 올리곤 했다 — 버넘 숲에서 쓸 부지를 확인하러 갈 때면 미라는 늘 차를 눈에 안 띄는 어딘가에 주차해 두고 노란 텐트와 파란 텐트 두 개를 번갈아 쓰며 야영하는 걸 선호했고, 어디든 절대 하룻밤 이상 머물지 않았다. 밴은 번호판이 있어서 좋지 않았다. 그러나 적어도 미라가 아는 한 지금까지 한 번도 신고당한 일은 없었다.

미라는 셸리가 돌아와서 자기를 붙들지도 모른다는 두려움에 재빨리 짐을 실었다. 도구들, 방수포, 물 줄 때 쓸 실리콘 양동이, 비료, 빈 냉수 탱크 여섯 개, 물조리개 배낭, 쓰레기장에서 주워 온 강력 투명 아크릴판, 말뚝과 차양 막, 모종판, 씨앗, 캔버스 백, 비닐 터널, 정원용 호스와 여러 가지 모양의 잡다한 부착물, 그리고 자전거까지 실었다. 하지만 셸리는 나타나지 않았고, 미라의 전화기에도 아무런 연락이 없었다. 20분 후, 미라는 문을 잠그고 길을 나섰다.

미라는 어머니 집에 가서 손다이크와 다비시 농장의 항공도를 처음에는 지도 이미지로, 다음에는 위성 이미지로 각각 다른 축척으로 프린트했다. 어머니 책상에서 프린트한 지도를 넣을 투명 파일 폴더를 꺼내는데, 문 열쇠 여는 소리가 들리더니 어머니가 미라의 이름을 불렀다.

「미안.」 미라가 복도로 나오며 말했다. 「내가 차고를 막았네.」

「괜찮아, 버스 타고 왔어. 주차하는 게 귀찮아서.」

「이거 훔치는 중이야.」미라는 파일 폴더를 들어 보이며 말했다.「엄마 프린터도 쓰고 음식도 좀 먹었어.」

「남은 음식 봤니?」

「어. 미안, 콩수프는 내가 다 먹었어. 쪽지 남기려고 했는데.」

「나쁘지 않지?」

「아주 맛있던데. 옛날 식당 것보다 나았어.」

「문자라도 보내지 그랬어.」해리엇 번팅이 코트를 걸고 구두를 살짝 밀어 나란히 정렬하며 말했다.「내가 뭘 만들어 줄수도 있었는데.」

「있으려고 온 것 아냐. 사실은 시외로 나가는 길이야.」미라가 말했지만, 어머니는 벌써 어슬렁어슬렁 부엌으로 들어가서 냉장고를 열고 있었다.

「와인 한 잔은 마실 수 있지? 셸리는 잘 지내?」

「잘 지내.」미라가 말했다.「술 마시면 안 돼, 운전해야 하잖아.」

「조금도?」

「안 돼, 정말로.」

「아주 쪼금도 안 돼?」어머니가 병을 흔들며 물었다.「한 방울도?」

「엄마, 엄마가 지금 하고 있는 일을 지칭하는 단어가 있어.」

「좀 쉬자는 거야.」어머니가 말했다.「정말 힘든 하루였다고.」 어머니는 큰 잔 가득 와인을 따르고 연극적으로 한숨을 쉬었다.

미라는 무슨 일로 한숨 쉬는지 묻지 않았다. 「손다이크에 가는 길이야.」

해리엇은 깜짝 놀란 시늉을 하며 딸을 응시했다. 「뭐라고, 오늘 밤에? 무슨 일로?」

「그냥 잠깐 휴식. 녹음이 우거진 곳에 있으면서 생각도 좀 하고.」

「손다이크라고?」 해리엇이 당혹스러운 표정으로 되풀이 했다.

「갈 길이 멀어.」 미라가 말했다. 「이제 정말 가야 해.」

「2분만 있다 가.」

「엄마, 다섯 시간 거리라고.」

어머니가 아랫입술을 삐쭉 내밀었다. 「밤에 운전하는 거 싫어.」

「난 밤이 더 좋아.」 미라가 말했다. 「차도 덜 막히고. 하지만 너무 늦게 출발하면 술집에서 돌아오는 온갖 음주 운전자를 만나게 될 거야. 진짜 가야 해.」

「손다이크라.」 해리엇이 다시 말했다.

「그냥 며칠만 가 있을 거야. 전화기도 가지고 있고.」

「네 친구 아직 거기 사니? 케빈 개프니?」

「루퍼스 오빠 친구겠지.」

「난 걔가 네 친구인 줄 알았는데.」

「아냐.」 미라가 말했다.

「케빈 개프니.」 어머니가 다시 말했다. 「걔네 부모님이 조그만 농지를 가지고 있었잖아. 그걸 종신형이라고 불렀지.」

「난 누군지 전혀 몰라.」 미라가 말했다.

「그게 손다이크에 있었어.」 어머니가 말했다. 「분명히 맞아. 지나는 길에 한 번 들러서 잔 적 있는데, 우리가 자러 들어간 뒤에 두 사람이 사랑싸움하는 소리가 벽 너머로 다 들렸지 뭐니. 정말 흥미진진했어. 처음부터 끝까지. 다른 사람들은 어떻게 싸우는지 들으니까 **너무** 재미있는 거야. 아주 잘 알지 못하기 때문에 이미 한쪽 편에 선 상황이 아니라서 더 재미있었어. 우린 그야말로 벽에 딱 붙어 있었어. 나만 그런 게 아냐, 로저도 그랬어. 상담 치료를 받는 기분이더라고. 그 전부가.」

〈별로 효과적인 치료는 아니었네.〉 미라는 생각했다. 〈둘이 이혼했으니까.〉

해리엇이 미라에게 미소 지었다. 「케빈이 쥐를 길렀잖아. 기억나?」

「아니.」 미라가 말했다.

하지만 어머니는 이제 혼자만 아는 기억을 떠올리며 웃고 있었다. 「세상에, 케빈 개프니라니!」 해리엇이 말했다. 「몇 년 동안 생각도 한 적 없는데.」

「뭐, 난 한 번도 한 적 없어.」 미라가 톡 쏘아붙였다. 「난 만난 적도 없으니까. 그 부모님도, 그 쥐도.」

「미라,」해리엇이 책망하듯 말했다. 「무슨 일 있니?」

「아무 일도 없어.」미라가 말했다. 「난 가야 해. 카레 잘 먹었어.」

「자고 내일 아침에 출발하지 그러니? 어, 그래라, 우리 딸. 그럼 와인을 좀 마셔도 되잖아.」

미라는 자정이 조금 지나 손다이크에 도착해, 버려진 호숫가 환경 보존부 야영장에 주차했다. 해변에서 내륙으로 접어들고 얼마 후 알림이 울렸고, 엔진을 끄고 주차 브레이크를 채운 다음 확인해 보니 셸리에게서 문자가 두 개 와 있었다. 첫번째는 무난한 답 문자 — 〈잘되었네, 잘 갔다 와♡〉— 였고, 한 시간 뒤에 보낸 두 번째 문자는 〈잘 도착했어? 생각할 시간 줘서 고마워. 정말 고맙게 생각해. 코로와이 일 다 잘되길 바라♡〉였다. 미라는 금세 기분이 좋아졌다. 미라는 무사히 도착했다고 답장을 보내고 그에 대한 답으로 엄지 이모티콘을 받은 다음, 깨끗한 산 아래 공기와 야외의 진한 이끼 향에 고무되어 깊은 안도감과 희망에 차서 텐트를 치러 갔다. 텐트 막대를 연결하고 언 땅에 말뚝을 박아 넣고 있으니 헤드램프의 푸른 불빛에 입김이 보였지만, 하늘에는 구름 한 점 없고 텅 빈 검은 공간처럼 보이는 코로와이산맥 위에 우유를 흩뿌려 놓은 것처럼 은하수가 펼쳐져 있었다. 다음 날 어김없이 차갑고 눈부시고 고요한 최고의 겨울날을 예고하는 그런 밤이었다. 미라는 갑자기 마음이 푸근해져서 어쩌면 자기가 잘못 생각했을지도 모른다고, 어쩌면 셸리는 나가기 일보 직전 상태가 아니라 그냥 혼자 생각할 시간이 필요했을지도 모른다고 자신을 다독였다. 미라는 침낭 안으로 기어 들어가 계곡 저 반대편에서 아련하게 울리는 올빼미의 두 음조 울음소리를 들으며 어둠 속에 누워 있다가 여독이 몰려와 잠이 들었다.

다음 날 아침은 기대했던 대로 청명했다. 미라는 텐트를 접고 조그만 가스버너에 커피를 끓인 다음, 자전거를 꺼내 뒷바퀴 짐 가방 양쪽에 하루 치 음식과 물을 싣고 밴에 옥양목 커튼을 친 뒤 도보 여행 안내서를 계기판 위에 보란 듯이 올려놓고 자동차 문을 잠갔다. 여섯 개의 보행로가 주차장 위쪽 목장과 호수 주위로 이어져 있어 — 혹시 누가 조사라도 할 경우 — 밴 운전자가 갈 만한 곳은 뻔했다. 주차비는 무료였지만 캠핑 요금 지불용 무인 요금함이 안내판에 용접으로 붙어 있었는데, 미라는 못 본 체했다. 미라는 재킷 안에 어머니 집에서 가져온 파일 폴더를 넣고 지퍼를 잠근 다음 헬멧을 단단히 고정하고 브랜드 로고 끈이 달린 카메라가 가슴 위에 오도록 대각선으로 멨다. 카메라는 작동하지 않지만 — 그 카메라는 쓰레기장에서 발견했는데, 여전히 케이스에 들어 있었지만 고장 나 사용할 수 없었다 — 미라는 아버지의 회고담을 명심하고 있었다. 젊은 시절 전국을 히치하이크한 아버지는 아무리 지저분하고 덥수룩한 몰골이더라도, 아무리 황무지 깊숙한 곳이고 야심한 시각이라 할지라도, 망원 렌즈 카메라만 목에 걸고 있으면 언제나 차를 얻어 탔다고 말했다. 카메라는 사람들을 본능적으로 안심시켜 주는 도구였다.

손다이크로 오는 길에는 차량 통행이 전혀 없었다. 길가에는 전방의 고개는 추후 공지가 나올 때까지 폐쇄되었으니 우회로를 찾으라고 권고하는 표지들이 붙어 있었다. 아직 9시 전이긴 하지만, 평범한 아침인데도 마을은 뭔가 버려진 듯한 섬뜩한 느낌이 들었다. 시내 중심가 건물들은 덧문이 닫혀 있고, 유일하게 본 사람은 주유소 창문 뒤에서 그날 번 현금을 계산대 서랍에 넣고 있는 직원뿐이었다. 그는 자전거를 타고 지나가는 미라를 쳐다보지도 않았고, 미라는 아무도 마주치지 않고 계속해서 길을 따라 올라갔다.

임박한 오언 다비시의 작위 수여식 기사들에서 읽은 몇 가지 사항으로 미라는 자기가 농장에 도착할 때 다비시 부부는 집에 없을 거라고 확신했다. 우선, 그 집은 부부의 유일한 집이 아닐 것이다. 부부는 5년 전 목장을 얻었고, 분할 개발 계획을 세웠던 걸 생각하면 집은 분명 여유 자산이었다. 고개에 산사태가 난 후 매물을 거둬들인 것은 매도가 전혀 급하지 않다는 반증이었다. 다른 곳에 있을 대안, 아마도 몇 개의 대안이 있다면, 승승장구하는 환대받는 사업가가 인적 없는 손다이크에서 겨울을 보낼 이유는 없었다. 둘째, 미라는 그곳이 지금은 목장이 아니라고 합리적으로 확신했다. 부동산 목록에도 **옛날**에 양

목장이었다고 적혀 있었고, 위성 지도를 보면 다비시 부부는 문을 잠그고 다니는 것 같지 않았다. 가축을 기르는 사람이라면 생각조차 할 수 없는 일이었다. 언론은 진짜 시골 사람 같은 면모를 간과하지 않을 것이다. 사업도 성공적으로 운영하면서, 규모를 막론하고 양이나 소 떼까지 기른다면 분명 신문에, 그것도 전국지에 실렸을 것이다. 마지막으로, 미라가 읽은 모든 인터뷰에서 다비시가 언급한, 다비시 방제와 미국의 거물 기술 회사 오토노모의 제휴 사업이 있었다. 그 프로젝트는 북섬의 최북단 지역인 노스랜드에서 곧 착수되는데, 다비시가 그 프로젝트에 대단한 자부심을 보였고 신기술에 아이처럼 열렬하게 흥분했기 때문에, 미라는 그가 그 프로젝트를 직접 관장할 거라고 확신했다. 물론 다비시가 집을 비우는 동안 세입자를 들였거나 이웃 가축들의 겨울 식량으로 들판을 임차했을 수도 있지만, 코로와이와의 연계를 언론에 그렇게 강조한 마당에 왠지 그럴 것 같지 않았다.

거의 바리케이드까지 와서야 미라는 주변 언덕의 경사를 보고 다비시 목장 진입로를 지나쳤다는 걸 깨달았다. 온 길을 돌아가 보니 왜 놓쳤는지 금방 알 수 있었다. 미라가 휴대 전화 지도 거리뷰를 마지막으로 업데이트한 이후 다비시는 집수리를 한 것 같았다. 부지로 들어가는 주 접근로는 미라가 예상한 것처럼 가축 탈출 방지용 도랑 위에 있는 흔한 목장 문이 아니라 흉측한 반원형 돌담 안에 설치된 둥그런 양문형 철제 대문을 통해 들어가게 되어 있었다. 문은 닫혀 있었고, 양쪽 맨 아래 경첩을 감싸고 있는 금속 상자로 보아 자동문 같았다.

다가가서 보니 철 기둥에 뚜껑 달린 키패드가 붙어 있고, 키패드 위에 집과 연결되었을 것으로 짐작되는 인터콤이 있었다. 카메라는 보이지 않아, 미라는 잠깐 주저하다가 자전거를 끌고 키패드 앞까지 가서 발을 페달에 올려놓은 채 호출 버튼을 꾹 눌렀다. 상대편에서 누가 대답하면, 그대로 도망칠 작정이었다. 저택은 길에서 먼 저 안쪽에 있어 다비시나 부인, 혹은 그들이 없는 사이 집을 봐주는 친구나 가족이 나타나려면 족히 몇 분은 걸릴 테고, 그때쯤이면 미라는 벌써 마을로 돌아가는 도로를 달리고 있을 터였다. 기다려 봤지만 아무런 대답도 없고 철문은 굳게 닫힌 채 꼼짝도 하지 않았다.

미라는 자전거에서 내려 진입로에 앉아 파일 폴더에서 지도를 꺼내 살펴봤다. 이 정도 규모 목장인데 도로에서 들어가는 문이 하나밖에 없다는 건 말도 안 된다. 아니나 다를까, 위성 이미지를 샅샅이 훑어보니 언덕 중턱을 지나 남쪽 울타리까지 곧장 달려오는 바퀴 자국이 있었다. 진행 경로가 완전히 일직선이고 울타리에서 급작스럽게 끝나는 자국이어서 문 외에는 다른 해석의 여지가 없었다. 그렇다면 경계선 너머로 죽 뻗어나간 휑한 땅은 미라가 생각한 방화선이 아니라 큰길과 코로와이 국립 공원 뒷부분을 연결하는 비포장 보조 도로가 분명했다.

미라는 자전거를 타고 다시 언덕 위로 올라가, 이번에는 전보다 더 멀리까지 가봤다. 보조 도로가 맞았다. 길이 큰길 커브 구간 뒤에 아무 표시도 없이 어찌나 꼭꼭 숨어 있는지, 자전거로 가는데도 작정하고 찾지 않으면 꺾는 지점을 놓칠 것 같았다. 자갈이 수북이 울퉁불퉁 깔려 있어 도무지 속도를 낼 수 없자, 미라는 자전거를 관목 숲에 숨겨 둔 채 짐 바구니 하나를 배낭처럼 메고 걸어서 올라갔다. 새소리와 자신의 발소리, 멀리서 부는 바람 소리만 들으며 걷는 희귀한 즐거움을 만끽했다.

두 번째 문—정말 두 번째 문이 있었다. 추측이 맞았다—에 도착할 즈음, 미라는 땀을 뻘뻘 흘리고 있었다. 미라는 재킷을 벗어 싸늘한 공기를 반기며 소매를 허리에 묶고, 숨을 고르면서 손 차양을 만들어 경치에 감탄하며 계곡을 둘러봤다. 꽤 높은 지대까지 올라와서 보니 저 아래 고속 도로가 은색 띠처럼 작고, 옹기종기 모여 있는 손다이크의 지붕들과 전선들이 모형 기차 세트 같았다. 햇볕을 듬뿍 받은 호수 건너편 언덕의 갈색과 자주색 경사면들은 호박색, 강철색, 연녹색으로 변했고, 그 뒤의 하늘은 수채화 물감이 번진 것처럼 담청색에서 연하늘색까지 완벽한 농담을 이뤘다. 북쪽으로는 밴을 주차해 둔 들쭉날쭉한 저지대 숲이 보이고 남쪽으로는 높은 안장 같은 고개가 보였지만, 뉴스에서 본 길게 팬 산의 경사면이나 어마어마하게 쌓인 잡석, 부서진 고가 도로 같은 건 보이지 않

89

았다.

미라는 대문으로 시선을 돌렸다. 문에는 사슬 자물쇠가 걸려 있고, 진흙 길에는 최근 누가 차를 몰고 들어갔는지 보여 주는 선명한 타이어 자국이 없었다. 용기가 생긴 미라는 발자국을 남기지 않도록 주의하면서 대문을 타고 넘은 뒤 언덕을 가로질러 북쪽으로 향했다. 길에는 위성 사진에서 본 것보다 풀이 훨씬 수북하게 자라 있었다. 그 길이로 볼 때 적어도 한 철은 가축들이 풀을 뜯지 않은 것 같았다. 방금 눈 똥이 있는지 주위를 둘러봤지만 토끼 똥밖에 보이지 않았다.

길은 석회암층을 따라 이어지다가 소나무 방풍림을 통과했다. 땅은 미라가 지도를 보고 생각했던 것보다 더 오르락내리락했고, 언덕의 경사는 약간 더 가팔랐다. 미라가 골짜기와 능선, 다시 골짜기를 가로지르는 동안 손다이크는 시야에서 사라졌다가 다시 나타났다가 다시 사라졌고, 그러는 내내 시내와 연못이 있는지 주의 깊게 봤지만 물은 전혀 없었다. 기반암이 불규칙하게 노출된 곳이 많은 걸로 보아 발아래 땅에 굴이나 균열이 있는 것 같았다. 그렇다면 가까이 수원이 있을 가능성은 희박했다. 적어도 집에서 이렇게 먼 곳에는 없었다. 빗물 ―산성이지만 석회암이 중화해 줄 것이다― 을 모으거나, 어쩌면 호수에서 물탱크를 채워 밤새 보조 도로를 이용해 차로 옮겨 해결하는 수밖에 없을 것 같았다. 손다이크에 비가 얼마나 자주 내릴지 생각하면서 또 다른 능선을 따라 올라가자 넓고 평평한 테라스 가장자리에 있는 조그만 활주로가 보였다. 저쪽 끝에 수륙 양용 4인승 비행기가 기수를 미라 쪽으로 향한 채 서 있었다.

생각지도 않은 비행기를 보고 기함한 미라는 즉시 가장 가까운 나무숲을 향해 달려갔다. 수풀 속에 몇 분 동안 쪼그려 앉아 언덕 경사면을 살펴보고 나니 긴장이 풀렸다. 주위에는 아무도 없었고, 너무나 고요하고 조용한 아침이어서 지난 한 시간 사이 비행기가 내렸다면 엔진 소음을 듣지 못했을 리 없었다. 비행기는 적어도 한참 동안, 어쩌면 밤새도록 세워져 있었던 게 분명했다. 오언 다비시 — 아니면 그의 아내 — 가 비행기 운전을 배웠나? 하지만 한편으로 생각해 보면, 이런 인간적인 면모는 분명 언론에 실릴 만한 이야깃거리 같았다. 고개에 산사태가 난 후 자기 집을 구조 수색대에 내놓은 사람들이니까 더더욱 그렇다고, 미라는 고개를 살짝 저으며 생각했다.

가능한 선택지들을 생각해 봤다. 저 비행기가 자주 사용된다면 이 목장에서의 활동은 집이나 도로뿐만 아니라 하늘에서도 보이지 않도록 해야 한다. 방수포에 빗물을 모으는 건 위험할 수 있고, 쉽게 피할 수 있는 대피처가 없는 곳에서 작물을 심거나 재배하는 것도 마찬가지다. 하지만 목장은 넓어 작물을 심을 후보지가 수두룩하고, 비행기는 부지 위쪽 끝 가까이, 집보다 적어도 1킬로미터는 더 위쪽에 세워져 있고 그 집은 도로보다 족히 몇백 미터는 더 위쪽에 있으니, 비행기를 타려면 정문으로 들어와서 주도로를 달려 올라오든지, 아니면 미라가 올라온 보조 도로를 이용해 언덕을 가로질러야 할 것이다. 어느 쪽이든 미리 경고받고 숨을 기회가 충분했다.

미라는 집으로 내려가서 아무도 없다는 사실을 철저히 확인해 보기로 했다. 최대한 나무들 뒤에 숨어 들판 주위를 살피고 사람 목소리나 사륜구동 차량 소리가 나지 않는지 귀 기울이면서 바퀴 자국이 더 많이 난 길을 택해 언덕을 내려왔다. 속임수를 쓸 필요는 거의 없었다. 집에 내려와 보니 뒤쪽 현관 조명이 켜져 있고, 차고 옆 수도꼭지를 틀어 봤지만 아무 일도 일어나지 않았다. 수도는 끊겨 있었다. 손을 눈가에 동그랗게 모으고 차고 창문을 들여다봤다. 안이 너무 어두워 아무것도 보이지 않아 플래시를 켜고 좀 더 제대로 보려고 전화기를 꺼냈으나 짜증 나게도 전화기가 꺼져 있었다. 멍청하게 절전 모드로 전환하는 걸 깜빡했던 것이다. 전파를 찾느라 배터리가 방전된 게 분명했다. 미라는 전화기를 다시 주머니에 넣었다.

집 안은 좀 더 환했다. 부엌 창으로 들여다보니 집 안은 깔끔하고, 과일 바구니는 비어 있고, 모든 표면이 어지럽지 않게 정리되어 있고, 싱크대나 스토브 안에는 아무것도 없었다. 하얀 나무 패널 외벽에 푸르스름한 창틀이 달린 전형적인 키위 스타일 방갈로였다. 80년에서 90년 정도 되어 보이는데, 색칠과 지붕을 새로 해서 상태가 좋았다. 앞쪽으로 돌아가서 보니 거실도 분명 최근에 확장한 듯 호수를 굽어보는 2층 높이 전망

창이 달려 있었다. 미라는 계속 걸으며 모든 창문을 차례로 들여다보았다. 방들은 다 깔끔하고, 침대도 단정하게 정리되어 있었다. 최근에 사람이 있었던 유일한 흔적은 헛간 옆에 비스듬하게 주차된 오프로드 차량뿐이었지만, 먼지에 덮여 있어 문 손잡이를 만지자 회색 먼지 위에 검은 손자국이 선명하게 났다. 적어도 며칠 동안 운전하지 않은 것 같았다.

미라는 만족하며 집을 떠나 계속해서 언덕을 내려갔다. 다비시가 분할 개발하려고 했던 곳은 집 아래쪽, 고속 도로 바로 옆 땅이었다. 진입로 끝에 가서 보니, 정문에서 가장 가까운 저 아래 방목장에 커다란 자갈 더미가 쌓여 있었다. 다비시가 분할된 필지 각각에 차로 접근할 수 있는 사설 도로를 건설하려고 그 준비 작업으로 갖다 둔 것 같았다. 크로서 부인이 받은 이메일 내용에 따르면 그 도로 끝에는 덤불과 아마, 지역 석재로 조경한 로터리가 있었다. 부동산업자는 크로서 부인에게 훗날 그 작은 길이 어떻게 변할지 그린 예술가의 구상도를 제공했다. 그 구상도에는 햇살 가득한 우아한 집들과 길가에 주차된 번쩍거리는 SUV들, 웃는 아이들, 행복한 개들을 산책시키는 건강한 사람들, 그리고 이 모든 장면 뒤에는 녹음이 우거진 아름드리나무들이 서 있었다. 미라가 주위를 둘러보며 따져 보니, 최소한 10년 내지 15년 전에 심은 나무들이 있어야 했다. 그러나 들판에는 짧고 억센 풀들과 돌무더기들뿐이었다. 수평 맞추기용 줄도, 믹서도, 굴착기도, 심지어 그 돌들을 거기까지 실어 왔을 트럭 타이어 자국도 없었다. 분할 개발 계획은 정말로 보류된 것 같았다.

북쪽 울타리에서는 더한 행운을 만났다. 지도로 봤을 때는 이웃 땅에 있다고 생각했던 황폐한 양털 깎기 헛간과 축사가 사실은 다비시 땅에 있었다. 창고로 쓰기에 충분할 뿐 아니라, 정문 비밀번호 문제를 풀 방법만 알아내면 심지어 밴도 감춰 둘 수 있을 만한 공간이었다. 축사의 슬레이트 울타리는 오래되어 허옇게 변하고 여기저기 무너져 있었지만, 바람을 막아 주는 용도뿐 아니라 숨을 곳으로도 적당했다. 아연 도금 여물통 아홉 개, 몇 년 묵어 미끈거리기는 해도 뿌리 덮개용으로 안성맞춤인 짚 더미도 열두어 개 발견했다. 한두 개 없어진다 해도 분명 모를 거였다. 미라는 주체할 수 없는 흥분에 가득 차서 토양의 질감을 만져 보려고 무릎을 꿇고 앉았다. 머릿속에서는 벌써 모종판과 작물 들을 어디에 놓을지 계획이 세워지고 있었다.

도로 옆 훤히 트인 들판은 너무 노출되어 사용할 수 없어, 미라는 비행기를 좀 더 자세히 보려고 다시 언덕을 올랐다. 정오가 훨씬 지난 시각이었다. 남쪽으로 내려와 위도가 몇 도 높아졌기 때문에 해가 일찍 질 것이고, 일단 해가 서쪽 산등성이 뒤로 넘어가면 빛이 급속히 사라지는 골짜기에서는 더 빨리 질 터였다. 미라는 위쪽 방목장을 둘러본 뒤 야영장으로 돌아가 호수에서 물탱크를 채워야겠다고 생각했다. 그런 다음, 밤이 되면 보조 도로로 밴을 몰고 와서 울타리 너머에 물건을 내려 놓고 다음 날 본격적으로 재배지 준비를 시작할 예정이었다. 속으로 이런 결심을 마쳤을 무렵 활주로에 도착했다. 그런데 비행기 뒤에서 한 남자가 나타났다.

호리호리하고 매끈한 얼굴에 40대로 보이는 그는 남색 운동 복에 로고 없는 야구 모자를 쓰고 있었다. 옷은 새것 같았다. 두 사람 다 아무 말도 하지 않는 찰나, 미라는 기이하게도 사촌 이브가 한 말이 문득 떠올랐다. 두 아이 엄마인 이브는 아이에 게 돈을 거의 안 쓴 것처럼 옷을 입히려면 아주 많은 돈을 써야 한다고 한탄했다. 이 남자의 운동복이 너무나 평범하고 단정 하고 단순한 재단이어서, 미라는 이제껏 자기가 입은 그 어떤 옷보다 비쌀 거라고 절대적으로 확신했다.

미라는 심장이 쾅쾅 뛰었지만, 이럴 때 최고 전략은 자기가 여기 있는 게 너무나 당연한 일인 척하는 거라는 걸 알고 있었 다. 그래서 다가오는 남자에게 미소를 지으며 손을 흔들고 자 신 있게 성큼성큼 다가가 중간에서 만났다. 「오늘도 날씨가 끝 내주네요.」 미라는 양팔을 활짝 펴며 상냥하게 말했다.

남자는 미라의 미소에 화답하지 않았다. 「누구시죠?」 그는 목소리를 높이지 않아도 될 정도로 가까이 와서 말했다. 미국 악센트였다.

「세라 포스터예요.」 미라는 가짜 신분 중 하나를 골라서 말 했다. 「프로덕션에서 일하는. 저건 당신 비행기인가요?」

그는 대답하지 않았다. 「이건 불법 침입입니다.」 그가 말했다.

「음, 그게 제 일인걸요.」 미라는 살짝 웃으며 말했다. 「전 로케이션 스카우터예요. 〈호수 전망을 가진 집〉을 찾는 게 제 임무이고요. 전국을 다 돌아다녔는데 아직도 못 찾았어요. 하지만 이 일이 그렇죠, 뭐. 저건 당신 비행기인가요?」

「당신 생각엔 뭘 것 같아요?」 그가 말했다.

「꽤 멋진 비행기라고 생각해요.」 미라는 다시 웃으며 말했다. 「저 위에 떠 있으면 마법 같겠어요. 저런 게 있으면 제 일도 좀 쉬워질 텐데.」

남자는 미소 짓지 않았다. 그는 차가운 얼굴로 눈도 깜박이지 않고 미라를 응시했다. 그러더니 매우 조용히 말했다. 「어디 소속이죠?」

미라는 깜짝 놀란 척하며 얼굴을 찌푸렸다. 「제 프로듀서가 지난달에 연락했어요.」 미라가 말했다. 「벤 샤프. 목장주랑 이야기를 끝냈다고 했는데. 다비시인가? 그런 이름이었던 것 같아요.」

「무슨 이야기를 끝냈다는 거죠?」 남자가 물었다.

「어, 이 단계에선 그냥 사진만 찍어요.」 미라가 말했다. 「아무 약속도 안 하죠. 하지만 물론 고개에 산사태가 나서 차도 안 다니고 사람도 없으니, 영화를 찍기에 이보다 더 좋은 타이밍이 어디 있겠어요?」

「영화라.」남자가 되풀이했다.

「맞아요.」미라가 말했다. 「유감스럽지만 무슨 영화인지 말 못 해요. 비밀 유지, 뭐 그런 것들 때문에. 하지만 다국적 프로젝트이고, 꽤 크고, 벌써 확정된 이름도 몇 개 있어요. **정말 흥분돼요.** 그 덕분에 이 근처 경제가 활성화될 수도 있잖아요. 당신은요? 여기 방문 중이에요?」

그는 대답하지 않았다.

「미국 악센트를 쓰시는 것 같은데.」미라가 말했다.

미라는 변명거리를 잘못 택했다고 속으로 질책했다. 보통은 매혹적인 할리우드 이야기를 꺼내면 어떤 사람이건 홀딱 넘어간다고 자신했지만, 이 남자는 전혀 그렇지 않은 것 같았다. 심지어 호기심조차 없어 보였다. 미라는 남자가 영화계 종사자가 아니기를 빌었다.

「이름을 다시 말해 봐요.」남자가 말했다.

「세라요.」미라가 말했다. 「당신 이름은요?」

남자는 아무 말도 하지 않았다. 그는 미라의 얼굴을 유심히 바라보았다.

미라는 식은땀을 흘리기 시작했다. 그래도 명랑한 목소리를 유지했다. 「음, 어쨌거나 제가 찾는 집은 영국식이어야 해요.」미라는 남자에게서 뒤돌아 언덕 중턱을 향해 손짓했다. 「레이크 디스트릭트 어딘가에 있는 집요. 하지만 아시죠? 할리우드니까 그 정도면 가까운 거죠. 여름에 촬영을 시작할 예정이에요.」

「내가 여기 있는 걸 어떻게 알았어요?」그가 말했다.

「몰랐어요.」미라가 말했다. 「당신이 누군지도 몰라요. 무례하게 굴려는 게 아니라, 자가용 비행기를 가지셨으니 분명 굉장히 중요하신 분이겠죠.」

이번에도 그는 아무 말이 없었다. 그냥 눈썹을 살짝 치켜올려 미라의 말을 믿지 않는다는 뜻을 분명히 전하고 기다렸다.

미라는 용감하게 미소를 지으며 카메라를 들어 올렸다. 「그냥 사진만 찍는다고요.」미라가 말했다. 「맹세해요.」

「이 땅에 들어온 지 네 시간이 지났는데, 카메라를 한 번도 꺼내지 않았잖아요.」그가 말했다.

미라의 미소가 약간은 연기로, 약간은 진짜로 흔들렸다. 「저기요.」미라가 말했다. 「진짜로 우리 프로듀서가 몇 주 전에 목장주와 이야기를 끝냈다니까요. 못 믿겠으면 전화해 보세요. 목장주 이름이 오언 다비시니까.」

「거짓말을 하는군요.」남자가 말했다.

미라는 웃으려고 애썼다. 「그렇다면 전 할 말이 없어요.」

「프로덕션은 없죠.」남자가 말했다. 「그리고 당신 이름은 세라 포스터가 아니고.」

미라는 호주머니를 더듬는 시늉을 했다. 「명함을 안 가지고 왔네.」미라가 말했다. 「하지만 말했듯이, 벤이 다비시 씨와 모든 이야기를 마쳤어요. 그래서 —」

「카메라 줘봐요.」남자가 손을 내밀며 말했다.

미라는 한 걸음 더 물러났다. 「이봐요,」 미라가 말했다. 「뭘 잘못 생각하신 것 같아요. 전 정말이지 당신이 누군지 몰라요. 여기서 뭘 하는지도, 무슨 일이 벌어지고 있는지도 —」

그는 한 걸음 더 다가왔다. 「줘요.」 그가 말했다.

「싫어요.」 미라가 말했다.

「미라,」 남자가 말했다. 「정중하게 부탁하는 겁니다.」

남자의 입에서 자기 이름이 나오자 미라는 얼어붙었다. 미라는 멍하게 — 몸이 부들부들 떨리기 시작했다 — 케이스를 벗기고 카메라를 내밀었다. 그는 망가진 카메라를 받아 들고 뒤집어 금이 간 화면을 보고 전원 버튼을 눌러 본 다음 후면 덮개를 열어 배터리가 있어야 할 텅 빈 자리를 물끄러미 바라봤다.

「제 이름을 어떻게 알아요?」 미라가 말했다.

남자는 그 질문을 무시했다. 「고장 났군요.」 그는 카메라를 들어 올리며 말했다.

「알아요.」 미라가 말했다.

「여기서 뭘 하는 겁니까?」 그가 말했다. 「거짓말하지 말고.」

「전 원예가예요.」 미라가 말했다. 「다른 사람들 땅에 몰래 작물을 심어요. 공공장소에도 심고. 그 작물을 가꾸고 물을 주고 나중에 수확하는데, 단체에 소속되어 있어요, 활동가 단체 뭐 그런 거. 다만 여기 손다이크에는 혼자 왔어요. 저만요. 그러나 제가 여기 있는 걸 아는 사람이 많아요.」 미라는 재빨리 덧붙였다. 「다들 절 찾으러 올 거예요. 혹시라도 ─」

더 이상 말이 나오지 않았다.

남자는 전혀 동요하지 않았다. 「계속해요.」 그가 말했다.

「전 정말로 당신이 누군지 몰라요.」 미라가 말했다. 「그리고
다비시라는 사람도 만나 본 적 없고요. 그냥 신문 기사를 읽었
는데, 여기 고개는 폐쇄되었고 다비시는 곧 기사, 뭐 그런 게
될 거니까 집을 비울 가능성이 높을 것 같아서 온 거예요. 마을
도 비었고 좋은 기회 같아서요. 고개가 다시 열려 모든 게 정상
화되기 전에 재배 시기를 한 번은 확보할 수 있지 않을까 해서
요. 영화니 뭐니 떠든 건 다 거짓말이에요. 벤 샤프라는 사람은
존재하지도 않고, 제 이름도 세라 포스터가 아니라 미라예요.
당신 말대로, 미라 번팅. 그게 다예요. 그게 진실이에요.」

그는 시선을 미라에게 고정한 채 꼼짝하지 않고 그 말을 들
었다. 숨도 쉬지 않는 것 같았다. 미라가 말을 마쳤으나 그는
움직이지도, 말을 하지도 않았다. 두 사람은 서로를 바라봤다.
1초, 2초, 3초…… 순간 미라는 돌아서서 달리기 시작했다. 방
풍림을 지나고, 문을 지나고, 자갈 깔린 보조 도로를 따라 자전
거를 숨겨 둔 덤불에 도착할 때까지 뒤도 돌아보지 않고 속도
도 줄이지 않았다. 허둥지둥 걸터앉느라 정강이를 가로대에
호되게 부딪혀 가며 자전거를 끌고 큰길로 나왔다. 그러고는
미친 듯이 페달을 밟고 언덕을 내려가 새로 단장한 도로를 지
나고 호숫가를 따라 마을로 들어갔으며, 전방의 고개는 폐쇄

되었다고 경고하는 태양열 전광판을 지났다. 야영장에 도착해 밴 옆에 끼이익 하고 섰을 때 미라는 땀에 흠뻑 젖어 있었다. 숨이 끊어질 것 같고 다리가 너무 후들거려 제대로 설 수조차 없었다. 미라는 여전히 아드레날린이 솟구치는 상태로 자전거에서 간신히 내렸다. 손을 놓자 자전거는 그대로 쓰러져 땅에 부딪히며 앞바퀴가 빙빙 돌았다. 미라는 후들거리는 다리로 간신히 몇 걸음 걸어가다가 무릎이 꺾이면서 풀 위에 고꾸라졌다.

〈끝났어.〉 미라는 생각했다. 그녀는 떠나야 했다. 손다이크에서 나가는 길은 하나밖에 없었다. 그건 그 남자가 미라가 갈 곳을 알고 있다는 뜻이었다. 자전거는 못 봤다고 하더라도 분명 자전거용 짐 가방은 봤을 것이다. 남자는 미라의 가명도, 하는 일도, 계획도 다 알고 있었다. 게다가 미라가 말하지 않은 것까지 알고 있었다. 카메라로 사진을 찍지 않은 것도, 목장에 네 시간 동안 있었던 것도. 게다가 어쨌든, **어쨌든** 미라의 이름을 알고 있었다.

그런데 미라는 그 남자에 대해 뭘 알고 있지? 미국인이라는 것? 비싸 보이는 옷을 입었다는 것? 질문에 아무런 답도 하지 않았다는 것? 미라를 간파했고, 미라 역시 그를 간파했다고 즉시 추정했다는 것? 미라를 위협했지만, 물리적으로나 폭력적인 방식이 아니라 자기 명령에 복종할 거라고 예상하며 고요히 암묵적으로 위협했다는 것? 그게 다였다. 그 남자가 다비시 목장에서 뭘 하는지, 얼마나 오래 있었는지, 얼마나 오래 있을 예정인지 미라는 몰랐다. 그 비행기가 그 남자 것인지조차 몰랐다. 다시 말해, 미라는 스스로에게 화가 치밀어 오르는 걸 느끼며 생각했다. 자기는 그 남자에 대해 하나도 모르는데, 자신의 위장은 완전히 들켜 버렸다.

몸이 으슬으슬 떨리기 시작했다. 미라는 일어나서 차 문을 열고 땀에 젖은 셔츠와 브래지어를 벗고 보송보송한 메리노 터틀넥으로 갈아입었다. 끈적한 피부에 깨끗하고 부드러운 옷이 닿는 느낌이 좋았다. 그 촉감에 다시 기운이 나서 열린 자동차 문으로 만들어진 조그만 공간 안에 서서 양말과 속옷도 갈아입었다. 그러고는 조수석 위로 몸을 기울여 카세트 플레이어와 연결된 어댑터에 전화기를 꽂은 다음 충전하려고 점화장치에 차 키를 넣고 돌렸다. 갑자기 허기가 몰려왔다. 휴대 전화 화면이 다시 켜지는 사이 조수석 글로브 박스 안에 있던 상자에서 스낵바 세 개를 꺼내 먹어 치우자 그제야 정신이 조금 들었다. 운전석으로 기어 넘어가서 비밀번호를 치고 문자나 이메일이 오기를 기다렸지만 하나도 없었다. 이메일에 아무것도 없을 때마다 어김없이 덮쳐 오는 반사적인 실망감과 싸우며 ― 웃기는 일이다, 어차피 연락할 사람도 없으면서 ― 브라우저를 열고 검색창에 〈오언 다비시 활주로〉를 쳤다.

데이터로 인터넷을 쓰면 무지하게 비싸지만, 다비시 농장에서 일어난 일을 조금도 이해하지 못한 채 손다이크를 떠나는 건 자존심이 용납하지 않았다. 버넘 숲에서 활동하는 내내 이렇게 철저히 자기 매력에 넘어오지 않은 사람은 처음이었다. 뭔가 이유가 있어야만 했다. 버넘 숲을 위해서도 알아내야 했다. 그 부지는 모든 게 완벽했다. 낯선 사람과 단 한 번 잠깐 마주쳤다는 이유만으로 그 땅을 포기하고 싶지 않았다. 생각해보면, 그 사람도 무단 침입자일지 모르지 않는가. 위협이 지나가고 혼자 있으니, 남자를 두려워한 것조차 부끄러워지기 시작했다.

첫 번째 검색 결과에는 흥미로운 정보가 전혀 없었다. 다음에는 〈오언 다비시 비행기〉, 〈오언 다비시 조종사〉, 〈손다이크 개인 비행기〉, 〈손다이크 개인 활주로〉로도 검색해 봤지만, 모두 소용없었다. 〈오언 다비시 미국〉을 치자, 다비시 방제와 미국 드론 제조 회사 오토노모의 제휴 관계에 대한 온갖 신문 기사가 쏟아져 나오고, 〈오토노모 뉴질랜드〉, 〈오토노모 손다이크〉, 〈오토노모 국립 공원 드론〉, 〈오토노모 코로와이〉로는 이미 읽은 기사 열두어 개만 나왔다. 이미지 검색으로 넘어가 〈오토노모〉를 쳐 넣자, 드디어 그 남자가 나왔다. 속이 울렁거렸다. 적어도 몇 년 전 사진 — 얼굴은 조금 더 통통하고 머리는 조금 더 길고 광대뼈는 조금 덜 두드러졌다 — 이었지만, 누가 봐도 그 남자였다. 그는 가죽 소파에 앉아 발목을 교차한 채 다리를 죽 뻗고 양팔을 소파 등에 편안하게 걸치고 있었다. 〈겨드랑이에 바람을 받아서 페로몬을 퍼뜨리는 거야.〉 미라의 아버지는 높게 변형한 핸들을 단 오토바이 운전자들을 볼 때면 늘 이렇게 말했다. 지금 머릿속에 딱 그 문구가 떠올랐다. 남자는 턱을 살짝 치켜올리고 미라를 대할 때와 똑같이 기대에 찬 불신의 표정으로 카메라 렌즈를 응시했다. 〈그래요?〉 카메라에 이렇게 이야기하는 것처럼 보였다. 〈**정말로 내가 거기 속을 거라고 생각해요?**〉 미라는 이미지를 클릭했고 남자가 오토노모의 공동 창업자 중 하나라는 것을 알았다. 그는 창업 초기에는 회사 CEO였고, 지금은 이사회에 속해 있었다. 계속해서 사업을 창업하는 연쇄 기업가이자 벤처 투자가, 그리고 명백히 억만장자였다. 이름은 로버트 르모인.

뒤에서 엔진 소리가 들려 백미러로 흘끗 보니 검은색 SUV가 야영장으로 들어오고 있었다. 창문에 선팅이 되어 있고 새 차 같았다. 사실 딱 연쇄 기업가이자 벤처 투자가면서 전직 기업 CEO 이사인 억만장자가 탈 법한 차였다. 심장이 철렁 내려앉으면서 번지르르한 차를 렌트한 관광객이기를 빌었지만…… 차는 미라의 밴 바로 옆에 섰고, 르모인이 내렸다.

차 키는 꽂혀 있어서 4분의 1바퀴만 더 돌리면 시동이 걸린다. 미라는 신중하게 움직여 핸드 브레이크를 풀고 브레이크와 액셀에 발을 올렸다. 자전거는 밴 바로 뒤 사각지대에 있고 ─급히 후진할 경우 자전거를 치고 넘어갈 수밖에 없다─ 조수석 문은 여전히 열려 있어 조수석 위에 놓은 더플백은 아마 굴러떨어질 것이다. 이런 계산을 하며 머리를 굴리고 있는데,

남자가 운전석 창문에 다가오더니 고장 난 카메라를 들어 올렸다.

「미안합니다.」그가 말했다. 「여기.」

미라가 창문을 내리자, 그가 창문 너머로 카메라를 건넸다. 미라는 그를 바라보며 왼손으로 카메라를 받아 무릎 위에 놓고 그의 말을 기다렸다. 발은 여전히 페달 위에 있고, 오른손은 점화 장치에 꽂힌 열쇠에서 몇 센티미터밖에 떨어져 있지 않았다. 심장이 세차게 뛰었다.

잠시 후 그가 말했다. 「저 위에서 시작이 잘못된 것 같군요.」

「그런 것 같아요.」미라가 말했다.

「내 이름은 로버트예요.」그가 말했다. 「놀라게 해서 미안합니다. 다른 사람인 줄 알았거든요.」

「미라라는 이름의 다른 사람요?」

그는 미소 지었다. 그러고는 대답 대신 주머니에서 전화기를 꺼내 스크린을 두드리더니 화면을 미라 쪽으로 돌려 보여 줬다. 근처 연결 가능한 기기 목록에 〈미라의 아이폰〉이 있었다. 「다음에는 집에 두고 와요.」그가 말했다.

가면이 이처럼 쉽게 벗겨지다니 당황스러웠다. 미라는 왼손을 변속 레버에 올리고 후진할 준비를 했다. 「로버트 뭐죠?」미라는 당황스러움을 감추기 위해 물었다.

그는 여전히 카세트 어댑터에 꽂힌 채로 무릎에 올려놓은 미라의 전화기를 흘끗 쳐다봤고, 끔찍한 찰나의 순간 미라는 검색 결과가 화면에 떠 있는지 생각해 봤다. 하지만 천만다행으로 화면은 꺼져 있었다. 심장이 계속해서 쾅쾅 뛰었지만, 미라는 다시 한번 정면으로 맞섰다. 「로버트 뭐예요?」 질문을 반복했다.

그는 대답하지 않았다. 그는 여전히 희미하게 미소를 머금은 채 미라의 표정을 살폈다. 「똑똑한 여성분 같은데,」 그가 마침내 말했다. 「분명 직접 알아낼 수 있을 겁니다.」

그는 SUV로 돌아가서 운전석 문을 열었지만, 타기 전에 잠시 멈추더니 보닛 너머로 미라를 바라봤다. 「저 위에서 봅시다.」 그가 말했다. 「활주로 근처만 피해요. 이륙은 잘할 수 있지만 착륙은 아직 배우는 중이라서.」

그러더니 운전석에 올라탄 뒤 문을 닫았다.

「잠깐만요,」 미라가 불렀지만, 그는 이미 시동을 걸고 야영지 밖으로 SUV를 후진시키고 있었다. 「잠깐만요,」 미라는 다시 말한 뒤 밴에서 다급히 내렸다. 「그게 무슨 뜻이에요?」

운전석 창문이 조용히 내려갔다. 「그러니까,」 그가 한 손을 핸들에 올린 채 말했다. 「당신이 날 방해하지 않으면 나도 당신을 방해하지 않겠다는 말입니다.」

미라는 여전히 혼란스러웠다. 「왜요?」

그가 미소를 지었다. 「왜라니요?」

「네, 왜 그러는 거죠?」

「당신이 흥미로워서요, 미라 번팅. 당신 밭이 커가는 것도 보고 싶고.」

미라는 가까이 다가갔다.「다비시는 어쩌고요?」

「어쩌다니?」

「그 사람한테는 말 안 할 거예요?」

그는 무슨 말을 하려는 기색이었다가 마음을 바꾼 것 같았다.「아니,」그가 한참 만에 대답했다.「그러면 무슨 재미가 있겠어요?」

그는 창문을 올리려고 했다.

「잠깐만요.」미라가 또 말했다. 일단 잡기는 했지만, 다음 말을 생각하지 않은 상태였다. 그가 질문을 기다리며 쳐다보고 있어, 미라는 머릿속에 떠오르는 대로 물었다.「정문 비밀번호가 뭐예요?」

그는 가지런하고 하얀 완벽한 치아를 드러내며 활짝 웃었다.「6061.」그가 말했다.「집 번호 거꾸로. 더 묻고 싶은 것 있어요?」

「네.」미라가 말했다.「저를 속이려는 게 아닌지 어떻게 알죠?」

「그거야 모르죠.」그가 말했다. 그러고는 창문을 올린 뒤 차를 몰고 가버렸다. 약 30분 후 저 멀리서 경비행기 소리가 들리더니 골짜기에서 비행기가 올라와 서쪽으로 선회해서 호수를 지나고 언덕을 넘어 시야에서 사라졌다.

로버트 르모인이 중간자 공격[6]을 시행하는 데는 채 20분도 걸리지 않았다. 그는 미라가 큰길에서 자갈길로 꺾어 들어와 덤불 아래에 자전거를 숨겼을 때 미라를 처음 봤고, 그 즉시 제어실로 갔다. 미라가 두 번째 문에 도착했을 때 미라의 휴대 전화와의 강제 연결로 신원 정보에 접근한 뒤 저장된 암호 키를 획득하고, 미라의 무선 통신을 가장해 지역 기지국과 연결한 다음 자신을 인증했다. 그래서 그때부터 그가 미라의 통신사에는 미라의 휴대 전화로, 미라의 휴대 전화에는 미라의 통신사로 보일 수 있었다. 이제 그는 미라의 현재와 과거 데이터에 완전히 접근할 뿐 아니라 양방향으로 문자를 가로채고 변경할 수도 있었다. 이제 원하기만 하면 미라가 받는 연락을 바꿀 수도 있고 미라를 사칭해 문자를 — 누구에게든 — 보낼 수도 있었다. 완벽한 포획이었다. 미라가 자갈길을 조금만 더 올라갔으면 그가 작전을 수행하는 데 사용한, IMSI 캐처 장치[7]를 갖춘 이동식 트레일러 통신 장비를 발견했을 것이다. 전화기를 주머니에서 꺼냈더라면, 평소보다 뜨겁고 느리다는 걸, 배터리가 빨리 닳고 있다는 걸 눈치챘을 것이다. 목장을 둘러보는 동안 한 번이라도 머리 위를 쳐다봤더라면, 저 위에서 맴도는 까만 얼룩 같은 감시용 드론을 봤을 것이다. 물론 미라는 그 어

6 네트워크를 조작해 통신 당사자들 사이에 끼어들어 정보를 가로채거나 도청하는 해킹.

7 국제 단말기 가입자 식별 번호(IMSI)를 수집해 통신을 감청하거나 위치 추적을 할 수 있는 장치.

떤 것도 하지 않았지만, 그건 놀라운 일이 아니었다. 아무도 그런 행동을 하지 않으니까.

르모인은 기체의 방향을 조정했다. 밑으로 늦은 오후 햇살 아래 분홍색과 황토색으로 빛나는 코로와이산맥의 빙하와 만년설, 담자색과 보라색 그림자, 암청색을 띤 지층 경계선과 크레바스가 펼쳐졌다. 톱니 모양 칼날처럼 뚜렷하게 삼단으로 나뉜 코로와이 산봉우리 위를 지나며 그는 정상을 더 잘 보기 위해 우측 날개를 살짝 기울였다가 다시 기체를 수평으로 한 뒤 무전으로 착륙 허가를 요청했다.

미라에게 한 말, 아직 비행기 운전을 배우는 중이라는 말은 사실이 아니었다. 지난 2년 동안 기록된 비행 시간만 1천3백 시간이 넘었다. 지루한 건배사와 리본 커팅 행사 때마다 오토노모에서는 그가 자기 회사 제품을 불신한다고, 그래서 무인 항공 시스템을 디자인하는 내내 〈무인〉의 의미를 이해하지 못했다는 농담을 늘 자랑스레 하곤 했다. 그 농담들은 피곤했지만, 그 말에 담긴 진실을 인정할 수 있었다. 르모인이 비행보다 더 사랑하는 것은 없었다. 움직임의 세 축을 따라 비행기를 조종할 때 느끼는 막힘없는 짜릿함, 만질 수 있고 탱탱하며 씨줄과 날줄로 짜인 공기를 가르고 수많은 가능성이 곡선을 그리며 멀어져 갈 때 수직축, 횡축, 종축에서 느끼는 짜릿함은 세상 그 무엇과도 비교할 수 없었다. 비행할 때 그는 이중 재조정, 즉 조정석 바깥세상이 확장될수록 조정석 안 세상이 축소되는 느낌을 경험했다. 그래서 비행기가 상승해 공기가 희박해지고 땅이 점점 멀어지며 까마득한 저 아래에서 납작해지면, 헤드셋을 통해 자신의 숨소리가 들리고 가슴속에서 심장 소리가 커지는 것이 느껴지기 시작했다. 고도에 이르면 자신의 크기, 즉 과거와 현재 자신의 모든 것, 미래에 자신이 가질 모든 가능성의 크기에 대한 심오한 이해에 도달했다. 그래서 지금처럼 하강하고 있으면 늘 성지 순례를 마친 듯한, 베일 뒤를 보고 돌아오는 듯한 성스러운 기분이 들었다. 그는 탁월한 조종사였다. 다비시 목장 활주로에 횡풍이 불었지만 착륙에 어려움을 겪은 적이 결코 없었다.

르모인은 킹스턴 비행장에 내려 비행기를 우아하게 정지시켰다. 운전기사가 그를 호텔로 데려가기 위해 경호 팀과 함께 이미 대기하고 있었지만, 그는 착륙을 알리고 시동을 끄고 나서도 조종석에 그대로 앉아 미소를 지으며 박자에 맞춰 무릎을 톡톡 두드렸다. 그에게 전혀 모르는 사람과 만날 기회는 흔치 않았고, 그래서 그는 그가 얼마나 대단한 사람인지 전혀 모르는, 완전히 텅 빈 캔버스 같은 사람에게 자기가 미치는 영향을 평가하는 게 얼마나 흥분되는 일인지 잊고 있었다. 더 흥분되는 점은 미라가 그에게 거짓말을 했다는 사실이었다. 그건 아랫사람이 잘못할 때마다 흔히 보는, 쭈뼛거리며 짜증 나게 변명하는 태도가 아니라 노골적이고 당돌하며 속임수 쓰는 걸 진심으로 즐기는 과시적인 태도였다. 그 카메라는 특히 절묘한 마무리였다. 데이터를 미리 확인해서 미라가 주로 가짜 신분을 사용한다는 사실을 미리 알지 않았더라면 심지어 그도 넘어갔을지 모른다. 그의 미소가 더 커졌다. 〈미라 번팅,〉 그는 한 자 한 자 음미하며 생각했다. 〈이 깜찍한 범죄자 같으니.〉

르모인은 자기 부류를 알아보는 사람이었다. 하지만 그는 적어도 무단 침입자는 아니었다. 질과 오언 다비시가 자기들이 없는 사이 목장을 마음대로 쓰라고, 원하면 집에 머물고, 차고에 차도 두고, 주변을 둘러보라고, 부디 집처럼 편하게 지내라고 권했으니까. 하지만 그 또한 미라와 마찬가지로 다비시 농장에 대해 불법 침입을 훨씬 넘어서는 야심을 품고 있었다. 다비시 부부가 알면 기함하겠지만, 한 가지 예를 들면 사실 르모인은 손다이크에 관해 알아 갈 필요가 없었다. 그는 지난 7년 동안 이 지역을 면밀히 감시하고 있었기 때문이다.

물론 부부는 절대 이 사실을 모를 것이다. 그들이 아는 한 — 그리고 앞으로도 — 르모인은 단순히 피난처를 찾는 억만장자, 온갖 위기에서 기회를 포착해 고개에 산사태가 나고 몇 시간 만에 손다이크의 부동산 매물을 자세히 훑어보기 시작한 그런 사람이 아니었다. 그는 그저 선견지명을 갖춘, 위험을 무릅쓰고 공매도하는 도둑 정치인, 무자비한 제로섬 자기 이익 추구의 화신, 철두철미한 부적응자, 랜드 스타일의 〈건설자〉,[8]

---

8 소설가 아인 랜드Ayn Rand가 그린 주인공의 특징으로, 자신의 능력과 노력을 통해 새로운 것을 창조하고 이를 통해 자신의 가치를 입증하는 사람.

천재, 독재자, 강박적 인간, 예언자, 잠재적이고 전 지구적인 재난에 대비해 위험을 분산 투자하는 사회적 지위 과시형 생존주의자였다. 물론 르모인 자신은 그런 재난을 막기 위해 손도 까딱하지 않을뿐더러, 거기서 얻어 낼 수익이나 이익이 있다면 심지어 적극적으로 부추길 수도 있는 인간이었다. 이것이 르모인이 공들여 만들어 낸 이미지였다. 그는 이 가면을 쓰고 다비시 부부에게 벙커 — 그는 두 사람의 눈이 휘둥그레지는 것을 지켜봤다 — 가 안전하게 땅에 들어갈 때까지 철저히 비밀을 유지한다는 조건으로 부부가 내놓은 가격보다 훨씬 후한 돈을 지불할 의사가 있다고 말했다.

그는 이미 굴착 작업을 수행할 채굴기와 포크레인 조금, 인부들이 쓸 RV 몇 대와 조립식 이동 사무실도 사뒀다. 벙커는 부품들을 해체해서 상자에 포장해 컨테이너 열두 개에 실어 가져왔고 언제라도 컨테이너째 트럭에 실어 남쪽으로 운반할 준비가 되어 있었다. 벙커를 비롯한 이 모든 것이 지금 리텔턴 항구 창고에서 대기하고 있었다. 하지만 벙커를 묻는 건 구실에 불과했다. 진짜 작업이 벌어지는 건 벙커를 묻은 뒤 청소 단계였다. 손다이크를 떠나는 모든 차량은 빈 차가 아니었다. 그렇다고 흙탕물이나 부서진 깔판, 포장재, 그 외 다른 쓰레기를 가득 싣고 있지도 않았다. 항구로 돌아오는 차들에 실려 있는 건 그저 수억 달러 정도가 아니라 수조 달러 가치가 있는 화물이었다. 너무나 어마어마한 액수여서, 르모인은 가끔 예수가 탄생한 지 백만 일도 지나지 않았다고 생각하며 시야를 넓혀 보곤 했다. 이 건만 성공하면 — 그는 지금껏 그 어떤 투기도 실패한 적이 없었다 — 그는 지구 역사상 최고 부자가 될 것이다. 그것도 수백, 수천 배의 부자가.

어찌나 대담한 계획인지, 한편으로 르모인은 아예 처음부터 이 계획을 생각했더라면 좋았을 거라는 생각까지 들었다. 하지만 사실 지금 그가 뉴질랜드에 와 있는 건 산사태로 그의 작전이 완전히 노출될 지경에 처하자 황급히 내린 긴급 조처였다. 물론 그는 용해 채굴법이 극도로 위험하고, 땅에 직접 박아 넣은 시추공에 릭시비언트 용액을 주입해 희토류 원소를 침출하면 암반에 균열을 일으켜 지반이 붕괴하거나 움직일 수도 있다는 걸 알고 있었다. 하지만 매장량 규모를 생각할 때 그 정도 위험은 무릅쓸 가치가 있다고 판단했고, 코로와이는 산맥 단층 가까이 위치해 혹여 부하들이 사고를 일으키더라도 평범한 지진 활동으로 여겨질 가능성이 있다고 — 실제로 그랬듯이, 정확히 — 추측했다. 그 지역에서 조그만 진동이나 우르릉 소리 정도는 매일 일어나는 현상이었다. 대부분은 너무 약하거나 너무 깊은 곳에서 일어나 장비가 없으면 알아채지도 못하지만. 게다가 손다이크는 보통 코로와이 국립 공원 뒤쪽 끝으로 간주되어, 대부분 방문객은 지형이 더 다양하고 경관도 더 웅장한 하웨아 호수 근처 남서쪽 코너에서 들어오기 때문에, 날씨가 좋은 날에도 코로와이 분지를 지나가는 등산객은 열두어 명을 넘는 일이 거의 없고, 그것도 대부분 둘씩 혹은 가족 단위로 서너 명씩 오는 사람들이었다. 현장이 아주 멀리 떨어져 있었기 때문에 르모인은 혹시나 어떤 사고가 일어난다 해도 당연히 쉽게 통제할 거라고 — 이번에는 잘못되게 — 생각했다.

산사태는 그가 마이애미에 있을 때 발생했다. 고개를 내려다보는 실시간 감시 영상에 접속해 수색 구조용 헬리콥터들이 공중에서 맴돌고 방송국 밴들이 도착하고 응급 구조대원들과 엔지니어들을 지원하기 위한 천막들이 올라가는 광경을 본 그는 이 도박을 거의 그만둘 뻔했다. 하지만 산사태를 다루는 어떤 뉴스에서도 그 지진이 인공적으로 발생했을 가능성에 대한 수사적 질문조차 나오지 않았다. 산사태로 그의 사업 가치가 약간 — 1억 달러 정도 — 날아가 버리기는 했지만, 실제 피해는 미미했다. 현장에 있는 부하들 중 들킨 사람도 없고, 침출 장소도 안전했다.

진짜 문제는 고개 위 도로가 폐쇄되면서 생겼다. 손다이크 마을이 텅 비고 바리케이드가 쳐지면서 국립 공원에서 줄지어 나오는 대형 차량은 눈에 띌 수밖에 없었고, 너무 민감하고 너무 어마어마한 돈이 걸린 작업이었기 때문에, 르모인은 군인들에게 도로 보수가 끝나고 고가 도로가 다시 개설될 때까지 기다렸다 들어가라고 명령하고 싶지 않았다. 생존주의자 행세는 완벽한 핑계가 되어 줬고, 벙커는 완벽한 트로이의 목마였다. 물론 거리를 유지했다면 — 대리인을 쓰고 직접 뉴질랜드에 들어가지 않았다면 — 훨씬 안전했겠지만, 위험을 좋아하는 르모인은 주로 예상치 않은 재난에 자극을 받았다. 그는 타인의 죽음을 도전으로, 자신의 도덕성을 시험하고 이길 기회로 생각했다. 산사태가 그의 계획에 완전히 장단을 맞춰 준 면도 있었다. 가공 처리한 희토류 원소를 실은 컨테이너 선박이 항구를 떠나면 원격으로 코로와이 현장을 폭파해서 거기 사람이 있었다는 증거를 깡그리 없앨 작정을 늘 하고 있었는데, 이제는 그가 일으킬 폭발이 지진으로 여겨질 가능성이 훨씬 더 커졌기 때문이다. 〈아니, 그냥 지진이 아니지.〉 르모인은 여전히 미소 지은 채 박자에 맞춰 무릎을 톡톡 두드리며 생각했다. 〈그냥 여진이 아니야, 신의 행위지.〉

코로와이 지상의 군인들은 모두 특수 부대 용병으로 — 중개 조직을 통해 — CIA와 계약했다고 믿고 있었다. 그들은 IT 컨설턴트, 과학 연구자, 기업가, 미국과 유럽의 밤 시간을 모두 활용해 생산성을 극대화하는 24시간 근무 시스템을 만들기 위해 퀸스타운에 사무소를 열려는 미국 군사 분석 회사 직원 등으로 위장하고 뉴질랜드에 왔다. 진짜 임무는 코로와이 분지에서 적재물을 확보하고 현장에서 원소를 침출한 다음 분리 과정이 완료되면 국외로 밀반출하는 것이었다. 그들이 이해한 진짜 목표는 채굴에서 최종 제품의 제조에 이르기까지 희토류 공급망을 미국에 확보해 줌으로써 중국에서 희토류 시장 주도권을 빼앗으려는 서방 국가 연합의 비밀 작전을 돕는 것이었다.

다시 말해, 용병들이 이해한 바는 70퍼센트 정도 맞았다. 희토류 시장은 실제로 거의 중국이 지배하고 있었고, 스마트폰에서 정밀 유도 무기, 풍력 발전용 터빈, 태양광 패널, 전기차에 이르기까지 무수한 핵심 기술이 희토류에 의존하다 보니 많은 서방 국가는 중국이 이렇게 목줄을 쥐고 있는 상황에 크게 우려하고 있었다. 실제로 뉴질랜드는 자국 국립 공원 채굴 가능성을 조사해 봤고 — 르모인은 7년 전 뉴질랜드 정부가 위임한 보고서를 읽고 코로와이 매장량에 대해 처음으로 알게 되었다 — 실제로 미국은 중국의 시장 주도권에 도전하기 위해 희토류 자체 공급망 건설을 서두르고 있었다. 바로 그해, 미국의 한 광산 회사가 국방부로부터 텍사스에 분리 시설 두 개를 지을 자금을 받았는데, 르모인이 기회를 잘 활용하면 그중 하나가 나중에 코로와이 광맥 세탁처가 될 것이었다. 하지만 용병들이 모르는 사실은 그 작전이 뉴질랜드 정부도, 미국 정부도, 양국 군대도, 세계 그 어느 나라 정부나 군대도 모르게 진행되고 있다는 점이었다. 코로와이 국립 공원에서 벌어지는 일을 속속들이 알고 있는 사람은 이 지구상에 여섯 명 정도밖에 없었고, 모두 르모인의 수하였다.

「그렇습니다.」 그는 마치 회의장에서 나온 질문에 답하듯 커다랗게 말했다. 그렇다, 그가 산사태의 원인이 된 지진을 일으켰다. 그렇다, 벌써 다섯 명이 죽었다. 그렇다, 그 사람들의 피가 그의 손에 묻어 있다. 하지만 중국의 회토류 광산과 처리 시설에서는 매일 얼마나 많은 사람이 죽는가? 그중 상당수가 강제 노동과 아동 노동을 남용하고, 자기들부터 살인자, 총기 밀수업자, 인신매매범, 또는 그보다 더한 사람들이 모인 범죄 집단의 지배를 받고 있지 않은가? 이 시설들이 쏟아 내는 유독성, 방사성 폐수로 인해 하구에서는 또 얼마나 많은 사람이 죽어 나가는가? 그가 앉아 있는 비행기 부품, 그의 주머니 속 전화기, 모든 사람의 주머니 속 전화기, 모든 사람의 전자 기기, 모든 카메라, GPS 기능, LCD 디스플레이, 전 세계로 부품을 배송하는 모든 내비게이션 시스템, 그리고 모든 공장에서 제조되고 조립되고 창고에 보관되고 포장되고 수리되는 로봇과 컴퓨터는 어떻고? 다섯 명이 죽은 건 아무것도 아니라고, 르모인은 생각했다. 이런 계획에서 사망자 다섯 명은 근본적으로 사망자가 없는 거나 다름없었다.

밖에서는 경호원들이 서성대고 있었다. 그들은 르모인이 홀로 비행하는 것도, 그가 선택한 목적지도, 계속 거기로 돌아가는 것도 좋아하지 않았고, 그 이유를 함구하는 것 또한 좋아하지 않았다. 부분적으로는 그게 그 사람들이 프로그램된 방식에 맞지 않았기 때문이지만 — 그들은 모사드 출신으로 업계 최고, 최고 중의 최고였다 — 르모인이 생각하기에 가장 큰 이유는 다들 죽도록 지루했기 때문이다. 그들은 거의 10년째 전 세계를 돌아다니며 그를 경호하고 있었는데, 그의 경호원으로 일하는 내내 할 일이 없어도 너무 없었다. 그들은 비행기를 하나 더 빌려 그림자처럼 따라가게 해달라고 간절히 청했지만 그가 거절하자 산사태 지역을 도는 우회로를 타고 먼 길을 달려 반대편에서 그를 마중하겠다고 간절히 청했다. 위협 단계와 위험 신호와 실패한 납치 시도 건들을 들먹이며 그를 겁주려 했고, 감히 죽은 아내 이야기까지 꺼냈다. 하지만 르모인은 자기 경호 팀에게 명령받는 사람이 아니었다. 그 사람들의 시간을 자기 마음대로 낭비할 수 있다는 걸 보여 주기 위해 그는 전화기를 꺼내 트위터를 보며 몇 분 더 미적거린 뒤 조종석에서 나와 활주로를 가로질러 대기 중인 SUV로 걸어갔다.

「로지로 모실까요, 피크로 모실까요?」 그가 차에 타자 운전기사가 물었다.

「로지.」 그가 대답하자, 경호원 두 명이 선도 오토바이를 타고 먼저 출발했다. 르모인은 늘 적어도 두 개의 고급 호텔에 동시에 체크인하고 수시로 둘 사이를 오갔으며 한밤중에 바꾸는 일도 잦았다. 옷과 가방도 똑같이 두 개 준비하고, 방 청소하는 동안 참견하기 좋아하는 인간이 손댈 경우에 대비해 스위트룸 두 군데에 모두 악성 코드를 심은 미끼용 노트북을 뒀다. 하지만 대부분은 그냥 보여 주기용이었다. 사람들은 그가 특권 의식을 가질 거라고 당연히 기대했고, 그는 기꺼이 편집증적 괴짜 페르소나를 만들었다. 그건 우선 누구도 그에게 설명을 요구하지 않았다는 뜻이다. 그리고 권력을 과시할 편리한 구실이 있을 경우 늘 도움이 되었다. 이건 전략이라기보다 전술이었지만 — 그가 진짜로 성질을 부리는 일은 극히 드물었다 — 한편으로는 전술을 유지하는 게 전략이었다. 미치광이 이론[9]을 조금이나마 본능적으로 가지고 있지 않으면 어느 누구도 그가 도달한 자리에 이를 수 없다.

그는 가죽 머리 받침에 편안히 기댄 채 또다시 미라를 생각했다. 두 사람이 만난 건 순전히 뜻밖의 행운이었다. 다비시 부부가 떠난 후, 그는 활주로를 손꼽을 정도로밖에 쓰지 않았고, 몇 번은 비행기를 돌릴 시간 동안만 머물렀다. 두 사람이 권한 대로 차고에 차를 두기는 했지만, 그 차를 이용한 것은 오늘이 처음이었다. 오래 머무른다면 집에 들어갈 수도 있지만, 지금까지 현관문에 열쇠를 꽂아 본 적도 없었다. 사실 그는 한두 주 정도 캘리포니아에 가 있을 계획이었고, 바로 그날 아침 비서에게 일지 작업을 시작하라고 메시지를 보내 둔 참이었다. 새로 온 비서라서 아직 길들일 필요가 있었다. 아무래도 며칠 더 있다가 계획 변경을 알려야겠다고, 그는 생각했다.

로지에 도착한 그는 미라의 인터넷 검색 이력에 들어가서 자기가 떠난 뒤 미라가 한 시간 동안 인터넷을 사용했고, 대부분 시간을 오토노모에 대한 정보를 읽었고, 그러다 보니 자연

---

9 사람들이 자신을 예측 불가능하거나 극단적인 행동을 할 수 있는 인물로 인식하게 해서 두려워하게 만드는 것.

히 따라 나오는 자기 아내 기사도 읽었다는 것을 알았다. 미라는 그 기사들에 심지어 더 오래 머물렀고, 이미지 검색으로 전환해 〈기젤라 카자리안〉을 치고 두 사람이 함께 있는 사진과 각자 혼자 있는 사진들을 오갔다. 추락 현장 사진들에는 거의 머물지 않았다. 그러다가 이번 달 데이터 한계에 도달했다는 알림을 받고서야 브라우저에서 나가 전화기를 껐다. 시계를 확인해 보니, 30분 전이었다. 원하면 원격으로 전화기를 켤 수도 있지만, 그건 최후의 수단이었다. 대신 그는 상공에서 미라를 따라가는 드론의 실시간 영상에 접속해, 물가에서 조금 떨어진 곳에 후면 주차된 미라의 차를 봤다. 차의 뒷문이 열려 있었다. 미라는 호수 야트막한 곳에서 팔뚝을 물에 담근 채 몸을 구부리고 있었다. 마치 뭔가 물에 빠뜨려 죽이고 있는 것처럼 보였다. 르모인은 그 의미를 해석하기 위해 화면을 자세히 들여다보았다. 곧 미라가 다리에 힘을 주고 일어섰다. 그는 미라가 냉수 통에 물을 담고 있었다는 것을 알았다. 미라는 그 통을 밴으로 힘겹게 질질 끌고 갔고, 그런 다음 빈 통을 가지고 호수로 돌아가서 똑같은 작업을 되풀이했다. 두 번째 통 주둥이를 물에 담그다가 누군가 자신을 지켜보고 있을지도 모른다는 생각이 들었는지 미라가 고개를 죽 빼고 머리 위를 쳐다봤다. 짜릿한 한 순간, 두 사람의 시선이 마주친 듯한 느낌이 들었다. 하지만 햇살이 희미해지고 드론이 너무 높이 떠 있어 안 보인 게 분명했다. 다음 순간 미라는 시선을 내려 산맥을, 나무 꼭대기를, 자갈 덮인 호숫가 주변을 둘러봤다. 의심이나 두려움이라고는 조금도 없이 그저 생각에 잠긴 듯한 표정이었다. 물이 가득 차자 통을 똑바로 세우고 뚜껑을 돌려 잠근 다음 들어 올렸다. 몇 분 뒤, 미라는 밴 뒷문을 닫고 운전석에 올라타 큰길로 되돌아갔다.

르모인은 노트북을 열어 둔 채 면도와 샤워를 했다. 그가 맨몸에 타월을 감으며 욕실에서 나왔을 때 드론은 야간 버전으로 전환되어 있었다. 밴은 보이지 않았지만, 카메라는 양털 깎기 헛간 지붕 위에 멈춰 있었다. 미라가 차를 헛간 안에 넣었다는 뜻이었다. 옷을 입는 사이에도 화면에 아무런 움직임이 보이지 않자, 그는 양치하고 헤어 텍스처라이저를 뿌린 다음 접속을 끊고 모든 기기가 들어 있는 금고에 노트북을 넣고 잠근 뒤, 기사에게 레스토랑으로 가자고 연락했다. 그가 만날 손님 — 밉살스러운 우익 토크 쇼 진행자와 뻔뻔스러운 프로듀서 부인 — 은 벌써 와서 기다리고 있었다.

비밀리에 모니터링해 오면서 르모인이 알게 된 많은 것 중 하나는 대부분의 경우 자연스럽게 섞이려 할수록 남의 이목을 더 끈다는 사실이었다. 훨씬 더 좋은 위장은 뻔한 고정 관념에 어울리는 의상을 골라 보란 듯이 입고 다니면서 사람들 생각이 대체로 고정될 때까지 일부러 그들의 판단과 편견을 부추기는 행동이다. 그러고 나면 거의 무엇이건 마음대로 해도 된다. 사람들은 의견을 형성할 때는 빠르지만 그 의견을 바꿀 때는 느리기 때문에 — 격언을 살짝 바꿔 말하자면 — 자기가 본 게 무엇인지 이미 결정한 사람보다 더 눈먼 사람은 없었다. 미라는 이 사실을 분명히 알고 있었지만 — 적어도 자기의 속임수에 관한 한 그랬다. **그의** 속임수에 넘어가느냐는 다른 문제였다 — 압박에 무너졌다. 공포에 질리는 바람에 모든 걸 술술 불었다. 르모인이라면 절대 하지 않을 일이었다. 레스토랑에 도착해 차에서 내리면서 그는 또 미소를 지었지만, 건물로 들어가기 전에 표정을 싹 바꿨다. 그날 밤 그가 선택한 의상은 자유주의자 르모인, 염세가 르모인, 최후의 심판일에 대비해 뉴질랜드 시민권을 따려고 투자 기회를 흔들고 다니는 억만장자 르모인이었다. 그는 45분 늦었고 — 이건 그의 세계 사람들 사이에서 너무 흔한 권력 게임이어서, 때로 그는 사실 사람을 더 불안하게 만드는 건 제 시각에, 아니 심지어 더 일찍 도착하는 것 아닐까 생각하기도 했다 — 손님들은 그를 보자 눈에 띄게 안도했다. 그들은 의례적인 인사를 나누고 날씨가 최고라는 데 동의하며 자리에 앉았다.

르모인은 평생 술을 입에 대지 않았다. 그런 그가 어떤 상황에서도 알아볼 수 있는 한 가지 표정이 있다면, 그건 그가 술을 거절했을 때 특정 유형의 사교적 음주가가 짓는 당황스러운 실망의 기색이었다. 그는 지금 자기가 손사래로 와인 리스트를 거절하고 과일 껍질 넣은 탄산수를 주문하는 순간 상대방의 얼굴에서 그 표정을 포착했고, 그 순간 식사 시간을 짧게 줄

일 방법을 발견하리라는 걸, 필요하다면 메인 요리 전에 발견하리라는 걸 알았다. 「하지만 저 때문에 안 드시지는 마십시오.」 그는 정중하게 말했다.

그들은 더 당황한 기색을 보였다.

「아닙니다, 아니에요, 아니에요.」 토크 쇼 진행자가 소리 높여 말했다. 「저희도 함께하겠습니다. 하룻밤 안 마시면 좋은 일 아닙니까.」 그는 마치 억만장자가 감사 인사라도 하기를 바라는 것처럼 르모인을 향해 간절하게 고개를 기울였다. 「우리도 같은 걸로 하죠.」 르모인이 아무 말도 하지 않자, 그가 웨이터에게 말했다. 「같은 걸로 두 잔 더. 그래요, 친구. 고마워요.」

「원래 안 마시는 거예요, 로버트? 아니면 그냥 잠시 안 마시는 거예요?」 웨이터가 자리를 떠나자 부인이 물었다. 르모인은 짜증을 감추며 주제넘은 질문을 받으면 으레 하는 대답을 했다. 「네,」 그는 둘 중 뭔지 구체적으로 말하지 않고 답했다. 「아내가 죽은 후로 계속.」 그건 사실이었지만, 오해의 소지가 있었다. 부인의 얼굴이 붉어졌다.

「미안해요.」 부인이 말했다. 「물론 그러시겠죠.」

「하지만 몸에는 좋은 일이지요.」 남편이 아내를 도우려고 나섰다. 「좋은 점이 정말 많잖아요, 안 그래요? 전 늘 술을 줄이면 훨씬 더 많은 일을 할 수 있을 텐데 생각한답니다.」

부인이 고개를 끄덕이며 말했다. 「분명 잠도 잘 주무시겠죠.」

「아기처럼요.」르모인은 부인에게 자기가 지을 수 있는 최상의, 가장 짓궂은 미소를 지어 보이며 대답했다. 부인은 깜짝 놀란 듯했지만, 토크 쇼 진행자는 웃음을 터뜨리고 마치 그날 저녁의 첫 번째 장애물이 사라지기라도 한 것처럼 새로운 자신감에 차서 의자에 기대앉았다.

「어디에 묵고 계세요, 로버트?」

「피크요.」르모인이 대답했다.

「오, 좋은 곳이죠.」부인이 말했다.

「거기서 키위의 환대를 보여 드리길 바랍니다.」

르모인은 이 작자를 골려 줘야겠다고 결심했다. 「그게 뭐죠?」그가 물었다.

「잘 대접해 드리기를 바란다, 뭐 그런?」

「하지만 왜 그게 키위식이죠? 구체적으로?」

남자가 약간 당황스러운 표정을 지었다. 「그냥, 정말 우호적인 거죠.」그는 아내에게 도움을 청했다.

「격식 차리지 않고,」부인이 말했다. 「꾸밈없이요.」

「맛있는 음식에,」남자가 말했다. 「맛있는 커피요. 여긴 커피에 굉장히 까다롭거든요.」

「플랫화이트요.」부인이 말했다.

「그거 하나예요.」토크 쇼 진행자가 손가락 하나를 들며 말했다. 「우리가 정말 까다롭게 구는 건 그거 하나입니다.」

그들은 오클랜드에서 왔다. 르모인에게 평소 현지 주민들과 어울리는 습관 같은 게 있을 리 만무하지만, 정치적 연대는 위장의 일부였다. 골프장에서 두 사람을 알게 된 지 몇 분 되지 않아, 그는 토크 쇼 진행자가 최근 방송 규범 위반으로 방송 금지 처분을 받았고 그의 아내는 프로듀서로서 연대 책임을 지고 일을 그만뒀다는 사실을 알았다. 위반과 남용을 둘러싼 매우 공개적인 소란 — 그 자세한 사항을 낱낱이 기억할 정도의 관심은 없었다 — 끝에 그들은 이 강요된 시간을 휴가로 생각하기로 결심했고, 이제 두 사람에게는 즐기기로 작정한 사람들의 도전적이고 약간 공격적인 분위기가 흘렀다. 7번 홀에 왔을 때, 그들은 다른 곳에서 압도적 성공을 거둔 부류의 우익 미디어 플랫폼을 뉴질랜드에 만들어 보려는 구상을 시작했다고 하더니, 르모인이 뭐라고 말하기도 전에 에둘러 말하려는 노력조차 없이 사실 투자자를 찾는 중이라고 덧붙였다. 이건 보통 르모인이 사업하는 방식이 절대 아니었지만, 그에게는 신경 써야 할 위장 문제가 있었고, 자유주의적 생존주의자인 그로서는 허약한 자아에 불평불만투성이인 이 허무주의적 막말 진행자보다 자신의 생존 문제에 더 공감해 줄 사람을 찾기 힘들 것 같았다. 아무려면 어때, 그가 저녁 식사를 하며 서로 좀 더 알아 가는 게 어떻겠냐고 제안했더니 어찌나 노골적으로 탐욕을 드러내며 의기양양하게 굴던지 그 자리에서 초대를 취소할 뻔했다.

「네, 플랫화이트 마셨습니다.」그는 거짓말로 대답했다. 「맛있더군요.」

그들은 기뻐 보였다. 「그럼 저희가 제대로 대접하고 있는 거네요.」남자가 말했다. 「계속 여기 계실 생각이라면 응당 그래야죠.」

「제대로 하고 계신 것 맞습니다.」르모인이 말했다.

「여긴 조그맣지만 세상에서 제일 좋은 나라예요.」여자가 말했다.

「우리들 대부분에게요,」남자가 말했다. 「대부분의 경우.」

「갓존.」여자가 말했다. 「그런 말 들어 본 적 있어요?」

「아뇨.」르모인이 말했다.

「〈신의 나라God's Own Country〉에서 나온 말이에요. 갓스온God's Own. 하지만 갓존Godzone으로 들리죠.」

「여기 있으면 그런 느낌이 듭니다,」남자가 설명했다. 「갓존에 있다는.」

「브랜드로 나쁘지 않은데요.」르모인이 말했다.

「이미 등록된 걸로 알아요.」남자가 말했다. 「하지만 사실 틀린 생각은 아닙니다.」

「당신 사고방식을 알겠어요.」부인이 놀리듯이 말했다. 「언제나 생각을 하시는군요!」이번에는 둘 다 웃음을 터뜨렸다.

르모인은 식탁에서 벌떡 일어나 나가 버리고 싶은 충동을 억눌렀다. 「이제 이곳 미디어 상황이 어떤지 설명 좀 해주시죠.」그가 말했다. 「어디로 가고 있는 것 같습니까? 뭐가 변하고 있죠? 변하지 않는 건요? 주요 쟁점은 뭐고, 취약점은 뭐죠?」

하지만 그들이 대답하기 시작하자, 르모인의 마음은 다시 미라에게로 훌쩍 날아갔고, 두려워하면서도 도전적인 시선으로 그를 바라보던 미라의 모습이 또다시 보였다. 용기를 끌어모아 도망치려고 계산하던 미라의 모습을, 미라의 매혹을, 미라의 욕망을 봤다. 자기 이름을 어떻게 알았냐고 묻던 목소리에서 불안을 드러내던 가느다란 떨림을 들었다. 마음속으로 미라를 감미롭게 떠올리다가 그는 불현듯 깨달았다. **미라가 그의 획득물이 될 것이다. 미라가 그의 벤처 사업이 될 것이다. 미라가 위장의 마지막 조각이 될 것이다.** 이 흔해 빠지고 탐욕스럽고 젠체하는 분노 유발자들, 이 비굴한 잡것들, 아둔함을 거래하고 먹은 걸 싸지르면서 위험 인물을 자청하는 이 시시한 가짜 전문가들이 아니라. 다들 그가 미디어 쪽으로 진출할 거라 기대하고 있었지만, 그는 아무도 예상하지 못한 일을 할 작정이었다. 그는 버넘 숲에 투자할 예정이었다.

그는 자기 이름을 듣고 눈을 깜박거렸다. 두 사람이 그를 빤히 쳐다보고 있었다. 「왜요?」 그가 말했다.

잠시 침묵이 흘렀다. 그러더니 여자가 두려움에 떠는 이상한 목소리로 말했다. 「웃고 계셔서요.」

토니와 바에 다녀온 지 3주가 지났지만, 셸리는 그동안 토니를 보지도 연락을 받지도 못했다. 헤어지기 전에 주차장에서 전화번호를 교환하고, 그날 밤에 회원들끼리 일종의 내부 데이터베이스와 메시지 보드로 쓰는 공개 소스 폴더 링크 — 토니가 버넘 숲을 떠난 이후의 혁신 — 를 문자로 보냈는데도 아무런 답이 오지 않았다. 셸리는 추론해 봤다. 물론 토니가 대의에 느낀 매력은 늘 실제적이라기보다 이론적이었고, 집단 내에서 친했던 친구가 대부분 떠난 지 오래되었고 — 토니가 진심으로 흥미를 느낄 수도 있을 — 더 무정부주의적인 활동들은 어쨌거나 서류에 기록되어 있지 않아서 그럴 것이다. 무엇보다 토니는 사실 버넘 숲에 돌아와 본격적으로 활동할 마음이 전혀 없지만 예의상 궁금해했을 수도 있다. 셸리는 자기 행동을 정직하게 정당화할 수 없을 때면 늘 다른 사람의 행동을 과도하게 정당화하려는 경향이 있었다. 미라가 떠난 날 밤 이후, 셸리는 자신이 너무나 부끄럽고 너무나 당혹스러웠다. 미라의 믿음을 그처럼 끔찍하게 배신하려고 작정한 게 부끄러웠고, 성공 근처에도 가지 못해 당혹스러웠다. 셸리는 토니의 말을 일단 믿기로 결심했다. 토니에게서 아무런 소식도 없이 하루하루가 지날수록 이상하게 감사하는 마음마저 들기 시작했다. 토니가 가만히 있는 것이 고맙게도 셸리가 또다시 부끄러운 짓을 저지르지 않도록 막아 주는 일종의 자비 같았다.

셸리는 미라가 손다이크에서 돌아오자마자 토니의 귀환을 알리기로 결심했다. 그 전에는 소식을 알릴 이유가 없었다. 생각해 보면, 미라가 토니를 기다린 것도 아니고, 토니 본인이 완전히 돌아온 거라고 했으니 대단히 긴박한 소식도 아니며, 환송 파티에서 있었던 일에 대해서는 당시 미라의 생각보다 토니가 훨씬 더 혼란스러워했던 게 분명하지만 그건 두 사람 사이의 일이니 직접 만나서 이야기할 일이지 제삼자를 통하거나 문자 또는 전화로 할 이야기가 아니었다. 확신이 점점 사라지기는 했지만, 어쨌거나 손다이크에서 미라가 간혹 보내는 문자에도 토니가 미라에게 직접 연락했다는 암시가 전혀 없으니 분명 토니도 급하게 소식을 전할 마음이 없을 거라고 생각했다.

자기가 잘못했다는 건 알지만, 미라도 아파트에 없고 토니에게서도 연락이 없으니 그 일을 잊는 게 그다지 힘들지 않았다. 한겨울은 버넘 숲에서 휴한기였다. 매주 초에는 시금치와 근대를 연작하고 빈 밭을 갈고 봄에 심을 첫 번째 작물을 준비했지만, 양배추와 콜리플라워는 제대로 자리를 잡아 거의 손댈 필요가 없었고, 파와 당근은 다 솎아 내 할 일이 별로 없었다. 수확량은 꾸준했고, 텃밭은 대부분 알아서 잘 굴러갔다. 작년에 공사 지연으로 방치되어 있던 시외 부지에 돼지감자를 심었는데, 아주 무성하게 잘 자랐다. 미라가 떠난 첫째 주에 셸리의 주요 임무는 땅속 돼지감자 줄기를 캐서 판매용으로 포장하는 것뿐이었다. 셸리는 고독을 즐기고 버넘 숲에 바친 지난 세월에 미리 향수를 느끼며 느긋하게 그 일을 마쳤다. 이미 일자리를 찾기 시작했으며, 떠나고 나면 그리워할 모든 일을 애정 어린 마음으로 매일 분류했다.

저녁에는 버님 숲 페이스북 페이지를 업데이트했다. 도구와 자원자를 요청하는 새 공지를 내고, 시내 공식 재배지들의 〈전후〉 사진을 올리고, 땅 주인들에게 즐거운 후기를 공유해 달라고 부탁하고, 회원들의 스냅 사진을 올렸다. 미라는 늘 이 페이지는 필요악이며 땅 빌려줄 주인들을 안심시키는 용도로만 쓸모 있다고 생각했지만, 페이지 관리자는 셸리였고, 뭐라 해도 셸리는 그 어머니의 그 딸이어서 자기가 이력서에 쓴 주장들을 미래의 고용주들이 페이스북에 와서 재차 확인하리라는 걸 알고 있었다. 페이스북 속 버님 숲은 버려진 공간에 지속 가능한 유기농 텃밭을 만들고 불우 이웃을 돕는 책무 의식을 육성하고자 하는 풀뿌리 공동체라고, 신중한 비정치적 언어로 정의되어 있었다. 그 주의 〈텃밭 가꾸기 비법〉 — 가게에서 모종을 고를 때는 항상 큰 게 더 낫다 — 을 올리던 셸리는 언젠가 이 집단을 떠나고 싶은 마음이 들 거라는 걸 마음 한구석에서는, 저 깊은 곳에서는 늘 알고 있지 않았을까 하는 생각이 들었다. 그래서 구체적으로 지금 상황을 염두에 두고 미래의 고용주들에게 — 언젠가 미라가 셸리 어머니를 만화처럼 흉내 내며 썼던 표현인 — 이력서상 빈 시간을 일목요연하게 설명해 주기 위해 이 페이지를 기획했던 게 아닐까.

미라가 언제 돌아올 건지 아무런 말도 하지 않은 채 떠난 지

2주가 지났다. 두 사람은 짧고 가벼운 문자만 주고받았다. 셸리는 미라가 빨리 돌아올 이유를 주고 싶지 않았고, 미라는 셸리에게 시간이 필요하다고 여전히 신경 쓰고 있는 게 분명했다. 미라는 마을이 굉장히 조용하고 이상적인 조건이라는 말 외에는 손다이크에 있는 땅에 대해 거의 설명하지 않았고, 버넘 숲의 다음 전체 후이[10] — 후이는 분기에 한 번씩, 2월, 5월, 8월, 11월 첫째 월요일 저녁에 열렸다 — 가 가까워 오는데도, 두 사람 다 그 이야기를 피했다. 8월 첫째 일요일 늦은 밤에 셸리가 잘 준비를 하면서 내일 후이가 미라가 불참하는 첫 번째 모임이 될 수도 있겠다는 생각을 하고 있는데, 미라에게서 문자가 왔다. 〈굉장한 소식〉이 있다며, 내일 밤 사람들에게 발표하기 위해 날이 밝는 대로 출발하겠다는 내용이었다. 〈???〉 셸리가 답을 보내자, 몇 초 후 답이 왔다. 〈정신없는 2주였어……. 미리 한껏 기대하게 하고 싶지는 않지만, 우리 진짜로 대박 난 거 같아! 만나서 자세히 설명할게. 내일 봐♡♡〉 〈세상에, 뭐야?〉 이렇게 답을 쓰고 기다렸지만, 〈전송됨〉으로 표시된 문자 전송 기능은 〈읽음〉으로 변하지 않았다. 미라는 이미 전화기를 끄고 잠자리에 든 게 분명했다.

다음 날 아침에 일어나서 보니 문자가 〈읽음〉으로 표시되어 있고, 미라는 오는 중이며 이른 오후에는 집에 도착할 거라고만 답했다. 다시 걱정이 밀려오기 시작했다. 아침을 만들고 식

10 hui. 마오리어에서 온 단어로, 회의나 집회를 의미한다.

탁에 앉아 먹으면서 억지로 좋은 점들을 쥐어짜 봤다. 미라가 말하는 소식이 뭔지 모르겠지만, 버넘 숲이 정말로 곧 재정적으로 독립한다면 셸리는 양심에 거리낄 것 없이 떠날 수 있다. 미라가 힘들 때 떠난다고 비난할 사람은 아무도 없을 테니까. 미라는 좋은 기분으로 돌아올 테니 토니가 돌아왔다는 소식도 좋게 받아들일 것이고, 미라가 발표하겠다는 소식이 무엇이건 간에 셸리가 떠나겠다는 의향을 알리는 데 완벽한 타이밍이 되어 줄 것이다. 후이는 저녁 7시에 열리고, 미라는 2시 전에 도착할 테니 회합 전까지 대화할 시간이 충분하다. 셸리는 처음이자 마지막으로, 당혹스러워하지 않고 친구에게 말할 수 있을 것이다. 버넘 숲에서 보낸 지난 시간을 세상 그 무엇과도 바꾸지 않겠지만, 이제는 — 셸리는 소리 내어 연습했다 — 드디어 떠날 시간이라고.

샤워를 하면서 셸리는 토니가 나타날지 생각해 봤다. 아닐 것 같았다. 토니는 공개 소스 폴더에 손도 대지 않았고, 자원자 모집 요청에도 답하지 않았으며, 재배지에서도 본 적이 없고, 버넘 숲 회원 그 누구도 그냥 스치는 말로나마 토니가 돌아왔다는 이야기를 언급하지 않았다. 하지만 확실히 해두기 위해서 셸리는 옷을 입고 머리를 말린 다음 노트북을 열어 버넘 숲 메일 주소록에 있는 회원 모두에게 단체 이메일을 보내 오늘 밤에 후이가 열린다는 걸 상기시키고, 식사 준비에 필요하니 참석할 사람은 간단히 확인 메일을 보내 달라고 요청했다.

회합은 버넘 숲의 매우 오래된 회원 중 하나인 앰버 캘런더
— 앰버는 토니를 기억은 하겠지만, 셸리가 기억하기로 두 사
람은 친하지 않았다 — 가 운영하는 카페에서 열렸고, 버넘 숲
의 재배지에서 나온 재료로 앰버가 카페 부엌에서 직접 만든
수프 한 그릇을 의식 삼아 먹는 게 매 분기를 기념하는 전통이
었다. 셸리는 이메일을 보내는 목적에 너무 골몰한 나머지 앰
버가 이 회합을 주최하는 데 대단한 자부심과 만족을 느낀다
는 사실을, 그리고 앰버는 일전에 미라가 했던 못된 묘사대로
걸어다니는 불평불만 목록과도 같은 사람이라서 조그만 일에
도 금세 발끈한다는 사실을 잊고 있었다. 앰버는 거의 즉시 전
체 답장으로 응사해 셸리가 음식 준비를 맡는 거냐고 심히 무
례한 어조로 물었다. 자기는 벌써 브로콜리 열두 개를 준비해
뒀는데 계획이 바뀌었다면 좀 더 분명히 공지해 줬어야 한다
고, 셸리의 이메일을 보니 평소보다 더 많은 사람이 올 거라고
생각할 이유가 있는 듯한데, 이 회합은 이미 카페에 한 번에 쑤
셔 넣을 수 있는 법적 최대 인원수에 육박하고, 소방 규칙 위반
벌금은 꽤 비싸며, 자신은 카페의 미래를 생각해야 하지만 그
와 동시에 누구라도 되돌려 보내는 상황을 피하고 싶다고
했다.

　결국 셸리는 전체 메일을 하나 더 보내 물론 늘 그랬듯이 요
리는 앰버가 한다고 분명히 밝히고, 이번에도 모임을 주최해
줘서 고맙다고 공개적으로 감사를 한 뒤, 너무 완전히 숙이고

들어가지는 않으려고 미라의 깜짝 발표가 있으니 참석하는 게 좋을 거라고 덧붙였다. 이렇게 정정해서 보내고 나니 참석 확인 메일이 열두 통 와 있었다. 그중 핀 코포드닐슨이라는 이름이 너무 낯설어 어리둥절하다가 끝에 〈핀(K)〉라는 서명을 보고서야 핑크라고만 알고 있던 크러스트 펑크족 멤버라는 걸 깨달았다. 핑크는 적어도 1년 넘게 어떤 모임에도 나오지 않았기 때문에, 셀리는 그 이름이 여전히 이메일 주소록에 있는지조차 몰랐다. 왜 다시 오겠다고 하는지 궁금해져 페이스북에서 찾아보니 마지막으로 봤을 때와 전혀 다른 모습이었다. 닭볏처럼 빳빳하게 세운 모호크 스타일 머리와 눈썹 피어싱은 사라지고, 그 대신 세련된 두꺼운 테 안경에 군인처럼 짧게 자른 머리를 하고 있었다. 프로필을 보니, 그는 이제 제대로 자리 잡고 지역보건국에서 소프트웨어 엔지니어로 일하고 있었다. 페이스북을 찾아봤으니 망정이지, 같은 사람인지 알아보지도 못했을 것이다. 셀리는 원래 목적을 잊고 정확히 언제부터 스타일이 바뀌었는지 찾아보려고 핑크의 프로필 사진을 휙휙 넘기며 구경하다가 거의 15분이 지나고서야 서버에 지금까지 핑크의 이메일 주소가 남아 있다면 토니의 주소도 남아 있을지 모른다는 생각이 문득 들었다. 다시 주소록을 불러내 죽 내려가 보니, 아니나 다를까 토니의 이메일 주소 gallos.humour@gmail.com이 있었다. 떠나 있는 동안 구독 취소도 하지 않았다니 이상하다는 생각을 하다가, 다음 순간 바에서 토니가 없는 사이 버넘 숲이 얼마나 많이 변했는지 모른다고 떠들어 댄 모든 것을 토니가 모르지 않는다는 걸 깨닫자 당황스러웠다.

셸리는 오전에 아파트를 청소하고 점심을 먹은 뒤 톱밥을 얻으러 근처 철물점에 갔다. 전에 본 적 없는 매니저 청년은 셸리가 퇴비 더미에 넣을 톱밥이 필요하다고 설명하자 흥미로운 표정을 지었지만, 톱밥은 퇴비 더미에 공기구멍을 만들어 탄소를 더 공급해서 질소를 보충해 주며 식물질과 톱밥, 동물의 분뇨를 1:1:3 비율로 섞을 때 가장 이상적인 퇴비가 된다고 덧붙이자 점점 흥미를 잃었다. 그는 무뚝뚝하고 못마땅한 태도로 마지못해하며 조그만 가방 분량의 톱밥을 공짜로 쓸어 가도록 허락해 줬다. 자전거를 타고 집으로 돌아오면서 셸리는 버넘 숲에 있는 내내 자신은 어떤 상황에서 전문 지식을 과시해야 하고 어떤 상황에서 잘 모르는 척하는 게 나은지 파악하는 기술을 절대 정복하지 못했다는 생각이 들었다. 미라는 자신감 있는 행동이 어떤 사람들에게는 확신을 주고 어떤 사람들에게는 짜증을 불러일으킨다는 걸 본능적으로 아는 것 같았다. 미라는 별난 아마추어와 매력적인 사업가 사이 어딘가 정확한 지점에서 자기를 소개할 줄 아는데, 셸리가 그런 시도를 하면 왠지 상대방은 셸리가 바라는 걸 공짜로 주고 싶은 마음이 더 사라져 버리는 것만 같았다.

셸리는 3시가 넘을 때까지 퇴비 더미를 파헤쳐 가며 톱밥을 넣은 다음 미라에게서 온 문자가 있는지 확인해 봤다. 밴이 티

머루 조금 남쪽 지역에서 고장 났다. 긴급 차량 구조 서비스를 불러야만 했고, 몇 시간 내에 수리할 수 있는지 수리공의 판단을 기다리는 중이다. 혹시 최악의 상황이 벌어져 후이 시간에 맞춰 도착하지 못하면 전화를 걸어 발표를 전달하겠지만, 그래도 가능하면 버넘 숲 회원들에게 소식을 직접 알리고 싶다. 미라의 문자 내용이 어찌할 바 모르는 기색이라 셸리는 어떻게 답을 써야 할지 몇 분 동안 망설였다. 실험적으로 이렇게 써 봤다. 〈알았어, 대박 사건 ─ 토니 갤로가 돌아왔어 ─ 얼마 전 널 보러 집에 들렀는데 오늘 밤에 올지는 잘 모르겠어 그래도 참고로 하는 말인데 토니가 여전히 이메일 주소록에 있더라. 나도 조금 전에 알았어 그러니까 아마 올지도 몰라……. 어쨌거나 밴 빨리 고치길 바라. 연락해 줘♡♡〉 셸리는 입술을 잘근잘근 씹으며 한참 동안 문자를 바라보다가 끝내 삭제했다. 토니는 확인 메일을 보내지 않았고, 답을 보낸 서른 명 남짓 중 토니와 조금이라도 연결된 사람은 앰버와 핑크뿐인데, 앰버는 늘 토니를 싫어했고 핑크는 토니가 싫어했다. 모든 가능성을 따져 볼 때 토니는 오지 않을 테니까 미라에게 미리 경고할 필요도 없었다. 그래서 대신 이렇게 썼다. 〈저런, 큰 고장이 아니길 바랄게……. 상황 계속 알려 줘♡♡〉

셸리는 남은 오후 시간에 완두콩과 상추 준비 작업 ─ 지난 며칠 동안 빨리 발아하라고 완두콩을 접시 물에 불려 뒀는데, 드디어 싹이 나기 시작했다 ─ 을 하고, 온실로 개조해서 쓰려고 쓰레기장에서 가져온 고장 난 음료 냉장고를 청소했다. 5시 반이 조금 넘었을 때 미라가 드디어 밴 수리가 끝나 다시 가는 중이라고 문자를 보내왔다. 카페로 곧장 갈 건데 아주 조금 지각할 것 같다면서 이렇게 덧붙였다. 〈내 수프 좀 남겨 줘. 그런데…… 요리는 누가 하는지 알려 줄래?〉 셸리는 씩 웃으며 마녀 이모티콘을 보낸 다음 씻고 현관문을 잠근 뒤 자전거 뒤에 모종판 상자를 묶었다. 카페에 가기 전 시내에 있는 빈터들에 모종판을 배달해도 시간이 충분할 것 같았다.

맞바람이 치는 데다 가장 최근에 생긴 재배지 두 군데 사이 거리를 잘못 판단하는 바람에 셸리는 7시 20분쯤 후이에 도착했다. 카페 창문에는 뿌옇게 김이 서려 있었고 레몬그라스와 고수 향이 바깥에까지 풍겼다. 자전거를 주차 요금기에 묶고 있는데 토니의 목소리가 들리는 것 같아 셸리는 가슴이 철렁했고, 문을 열고 들어서면서 한 번 더 철렁했다. 셸리는 가장 늦은 사람 중 하나였다. 테이블을 모두 창가로 밀쳐놓고 의자를 타원형으로 배열했는데, 그 타원형 꼭지 부분에 앉은 토니에게 모두의 관심이 집중되어 있었다. 그는 여전히 주방장 앞치마를 두르고 있는 앰버를 향해 이야기하고 있었는데, 앰버는 온몸으로 언짢은 심기를 분명하게 내비쳤다. 셸리가 살며시 들어가는 동안 아무도 쳐다보지조차 않았다.

「당신은 여전히 패러다임 안에 있어요.」 토니가 말하고 있었다. 「모르겠어요? 여전히 사람들을 소비자 취급하고 있잖아요, 사람들이 더 책임감 있게 소비하고 덜 소비해야 한다고만 하면서. 하지만 시장의 언어로 계속 이야기하는 한, 문제의 근본 원인, 즉 **시장 그 자체**, 그리고 우리가 그놈의 개인주의, 소비주의에 찌든 나머지 시장 용어를 쓰지 않고는 아무것도 생각하지 못하게 되었다는 사실을 절대 해결하지 못해요. 신자유주의에 어떤 식으로든 진지하게 도전하려면, 소비 습관을 바꾸는 것보다 더 깊이 들어가야 해요. 우리가 실제로 **생각**하는 방식에 도전해야만 한다고요.」

「뭐, 말이야 쉽지.」 앰버가 반박했지만, 토니는 계속 말했다.

「그러니까 사람들이 이젠 도덕 언어를 꺼린다는 사실을 생각해 봐요. 권력 이야기 — 다들 권력 이야기**밖에** 안 하죠, 누가 권력을 쥐었느니 누가 권력을 원하느니 하면서. 그리고 특권 이야기를 하지만, 사실 그건 기본적으로 같은 이야기예요. 견고하게 확립된 권력이니까. 하지만 사람들의 행동이나 생활방식의 선택 또는 자기 표현 형태 — 사람들의 **자유** — 문제를 놓고 선악, 아냐, **악**까지 갈 것도 없지, 그냥 좋고 **나쁘다** 같은 말을 쓰잖아요? 그걸 그냥 완전히 금기 취급해요. 특히 좌파에서. 그게 어디서 나온 것 같아요? 시장이에요. 사람들의 선택이 **완전히** 도덕, 그리고 도덕적 측면과 무관할 수 있다는 생각, 그게 순수한 자본주의라고요. 시장을 도덕이 존재하지 않고, 사람들이 자유로이 평등하게 경쟁하고, 수요와 공급의 자연법칙이니 뭐니 하는 게 있는 가치 중립적 공간으로 보는 것, 물론 그건 다 개소리죠. 시장은 **만들어진** 거예요. 시장은 **언제나** 만들어지고, 사람들은 **언제나** 국가의 규제와 통제와 간섭을 받아요. 그런데 우리가 그 똑같은 논리를 완전히 반복하고 있다고요. 안 보여요? 권력을 절대법이자 자연법, **그리고** 도덕적 가치 면에서 완전히 상대화된 뭔가로 취급하잖아요. 그러니까 기본적으로, 소위 시장의 힘이라는 것에 대한 우리 생각과 정확히 똑같이. 전혀 다를 게 없어요. 안타까운 건 우리가 그러고 있다는 것조차 보지 못하는 거예요. 우린 이런 **개소리** 위에 있다고 생각하거든요. 사실은 그 안에 있으면서.」

셸리는 당장 돌아서서 문밖으로 나가 버넘 숲에서 영원히 사라져 버리고 싶은 충동을 억누르며 카페 안을 둘러봤다. 다들 말없이 수프를 먹고 있었지만, 토니의 말을 몹시 귀 기울여 들으며 누구도 그의 말을 끊을 생각이 없는 것처럼 보이는 모습에서 일말의 기쁨을 감지할 수 있었다. 앰버는 까다롭고 주제넘고 손윗사람인 걸 자랑스러워하고 자기 권리를 지키는 데 급급한 사람이라서, 다들 별로 좋아하지 않았다. 앰버가 사람들 앞에서 지적당하는 모습, 심지어 모욕당하는 모습을 보면 기뻐할 사람도 많았다. 그건 셸리도 예외가 아니었다. 하지만 아무리 그래도 토니의 열의에는 뭔가 불편한 데가 있었다. 그는 상체를 내밀고 앉아 열렬히 빠르게 의견을 개진하고 있었는데, 마치 오랫동안 말할 기회가 없었던 사람처럼 보였다. 그는 계속해서 문 쪽을 바라보았다.

「혹은 〈자유 시장〉이라는 용어, 그건 완전히 선전 용어인데, 다들 쓰잖아요, 심지어 좌파에서도. 완전히 미친 거지. 다들 자문해 봐야 해요. 왜 우리가 그들의 언어와 그들의 논리를 쓰고 있죠? 왜 우리가 그 사람들 일을 해주고 있는 거냐고요?」

「하지만 난 그 말을 안 썼어.」 앰버가 말했다. 「〈자유 시장〉이라고 한 적 없다고. 내 말은—」

「알아요, 알아요. 하지만 내 주장은—」

셸리는 부엌 출입구로 갔다. 「무슨 일이에요?」 셸리는 수프를 서빙하고 있던, 캘럼인가 콜린인가 하는 상냥한 말투의 세션 드럼 연주자에게 물었다.

그는 어깨를 으쓱했다. 「저 사람 이름이 토니죠? 핀이랑 같이 왔어요.」

「누구?」 멍청하게 묻고 나서 보니, 토니는 안경을 쓰고 군인 머리를 한 말끔한 차림의 젊은이 옆에 앉아 있었다. 「아, 그렇군요.」 셸리가 말했다. 「지금 무슨 이야기를 하는 거예요?」

「아마도 자본주의?」 그는 수프를 한 국자 떠서 셸리에게 줬다.

「그 문제는 벌써 해결되지 않았어요?」

「오.」 캘럼인지 콜린인지가 말했다. 「저 사람한테 가서 말 좀 해봐요, 할 수 있으면.」

셸리는 수프 고맙다고 말한 뒤 앉을 자리를 찾으러 갔다. 「냄새 끝내주네요.」 앰버 옆을 지나가면서 수프 그릇을 들고 속삭였지만, 앰버는 미소도 짓지 않았다. 셸리는 방 안에서 수프를 먹고 있지 않은 사람이 앰버뿐이라는 걸 보자 짜증이 났다. 〈희생자 행세에 중독되었어.〉 미라라면 눈을 굴리며 말했을 것이다. 〈자기 수프를 뜨러 갔을 때 수프가 동나 있으면 앰버는 행복해서 죽을 거야. 아주 하늘로 날아오를걸.〉

토니는 계속 떠들었다. 「개인을 정치적 주체의 기본으로 삼는 한, 자본주의의 다른 형태들에서 벗어나지 못해요. 내 생각은 이래요. 이 주제로 글을 써보려고 해요. 우리가 개인이라는 견지에서 이야기하기를 멈추고 그 대신 **관계**를 사회 경제 단위의 기본으로 본다면 어떻게 될 것인가? 관계, 유대, 연결, 이런 것들은 어떤 시스템에서도 진짜 개인, 진짜 데이터와 마찬가지로 기본이잖아요, 안 그래요? 관계 속에서 우린 현재 신자유주의적 상황에 급진적으로 도전하는 온갖 일을 해요. 희생하고, 다른 사람을 우위에 놓고, 타협을 배우고, 돌보고, 돕고, 귀 기울이고, 자신을 내주고. 근본적으로 관계, 유대, 연결은 자기 수양이나 제도에 따르는 게 핵심인 것과 종류가 다른 희생이에요. 개인주의적이 아니라 **상호적**이죠. 뭐랄까, 아까 당신이 말했던 것들, 즉 고기 안 먹고 비행기 덜 타고 지역 먹거리를 사는 일들이 물론 당신에게는 다 권력이지만, 거기엔 뭔가 청교도적인 면이 있어요. 금욕주의 프로그램이랄까, 언제나 엄격하고 일관되고 절대로 게으름 피우지 않고 하여간 그런 거. 하지만 결국에는 여전히 개인으로서 자신을 이야기하죠. **자신의 순수성, 자신의 도덕적 양심, 자신의 희생.**」

「하지만 사람들에게 강제로 —」

「요즘 좌파는 너무 즐거움이 없어.」토니는 계속했다. 「너무 금지하고 자기를 부정해요. 그리고 **단속**하고. 아무도 즐겁지 않아요. 다들 둘러앉아 너무 많이 하네, 적게 하네 하면서 서로 야단이나 치고 있잖아요. 희망이 어디 있어요? 인간성은 어디 있고? 서로 사랑하는 사람이 되기를 갈망해야 할 때 다들 수도 승이 되려 하고 있으니.」

문이 열렸다. 토니는 다시 고개를 들어 쳐다봤지만, 그냥 담배 피우러 나갔다 들어온 회원이었다.

「하지만 사람들에게 강제로 관계를 맺게 할 수는 없어.」토니가 잠시 말을 멈춘 사이 앰버가 말했다. 「그리고 심지어 관계 속에 있을 때도 여전히 개인이라고.」

토니는 자기 생각을 계속 따라갔다. 「평등 개념을 생각해 봐요.」그는 앰버에게서 살짝 몸을 돌려 모두를 향해 말했다. 「그게 정말로 의미를 지니는 건 전체 인간 규모에서 볼 때라고 주장할 수도 있겠죠. 하지만 큰 숫자로 보면, 그건 단지 동일성이나 순응을 의미할 뿐이에요. 완전히 똑같은 수많은 사람 말이에요. 누가 그런 걸 원하겠어요? 그건 억압적이고, 비인간적이고, 지루해요. 사람들이 공산주의에 대해 하는 말이 다 그런 거잖아요. 사람을 완전히 무감각하게 만드는 체제라고. 하지만 두 사람 사이에서 평등은 완전히 급진적인 생각이에요. 생각해 봐요. 가치관도 다르고 경험도 다르고 능력도 필요도 다른 두 사람이 서로 마주 보고 서로의 장점을 최대한 끌어내 두 사람 다 발전할 방식으로 살 수 있다면 얼마나 멋지겠어요! 그게 공생이고, 그게 상호 관계이고, 그게 **사랑**이죠. 그게 바로 좌파가 지향해야 하는 세상과의 관계라고요. 자기 아닌 누군가를 도와야만 하는 게 아니라, 돕고 **싶은** 거. 낭만적 사랑, 그게 우리의 이상이 될 수 있어요. 우리의 정치적 이상이.」

앰버는 눈살을 찌푸리고 있었다. 「하지만 나한테 비난하는 바로 그런 일을 네가 하고 있는 거 아냐? 이게 어떻게 시장 언어로 이야기하는 게 아니지? 우린 그걸 문자 그대로 〈결혼 시장〉이라고 부르─」

「그건 자본주의 구조 내에서고요, 우리가 해야 할 건 ─」

「우린 평등을 위해 **싸워야** 했다고. 그건 거저 주어진 게 아니야. 대부분의 역사 속에서 결혼은 재산 문제였어. 거래였다고. 네 말을 들으면 ─」

「물론, 물론이에요, 물론. 하지만 만약 그게 경제 단위인 **유대** 그 자체라면 ─」

「네 이야기를 들으면 그건 서로 다정하게 껴안기나 하고 뭐 그런 것들 같네. 하지만 평등은 **일반 표준**이 아니야. 모든 관계에는 힘의 불균형이 있고, 사람들은 늘 강요당하고 ─」

「하지만 우리가 비강압이라는 이상을 따르면 ─」

「배타적 관계처럼?」 앰버가 토니의 말을 자르며 말했다. 「그건 그냥 일종의 소유 아냐? 네 말을 고스란히 너한테 돌려줄 수도 있어. 넌 관계가 일부일처제에다 전통적이어야 한다고 가정함으로써 너무 자본주의적이고 개인주의적으로 굴고 있다고—」

「아, 말도 안 되는 소리 집어치워요.」 토니가 말했다. 「폴리아모리[11]야말로 **완전** 미친 자본주의적 짓이지. 그래도 당신이 내 주장을 증명해 주긴 하네요. 문자 그대로 이보다 더 개인주의적 예시는 있을 수 없을 테니까.」

앰버는 당황스러운 얼굴이었다. 「뭐?」

「소비주의 입문!」 토니가 소리 질렀다. 「그건 백화점에 가는 거나 다름없어요! 이 파트너는 당신한테 이걸 조금 주고 **저** 파트너는 저걸 조금 주니까 아무것도 놓치고 싶지 않아서 둘 다 사는 것, 바로 양다리죠! 앰버 당신은 레스토랑에서 메뉴에 있는 뭔가를 주문하고는 모든 부분을 다 바꿀 권리가 있는 것처럼 구는 사람 같아요. 토마토는 넣지 마세요, 빵을 바꿀 수 있나요, 소스는 따로 주세요. 아, 그냥 **먹으라고요**, 무슨 염병할 〈알레르기〉가 있는 것도 아니고, 목숨이 **위험한** 것도 아닌데, 그건 그냥 **까다로운** 거지. 그냥 **무례한** 거라고. 엿같이 자기 집착적이고 **지루해**. 폴리아모리가 무슨 새로운 개척지, 무슨 **저항 행위**라도 되는 것처럼, 소유를 초월해서 가부장 구조니 뭐니에서 스스로를 용감하게 해방시키기라도 한 것처럼 떠들어 대는 걸 보면 정말 돌아 버리겠다고요. 사실은 완전히 그 반대 아닌

11 비독점 다자간 연애.

가? 다른 사람들과 자고 싶다거나, 헌신하겠다는 약속을 할 수 없다거나, 불행하고 성취한 것도 없다거나, 뭐 그런 것들에 도덕적 책임을 지기 싫으니까, 자기 이기심을 직시하고 그걸 있는 그대로 인정하지 않으려고 도덕을 재정의하는 거지. 폴리아모리는 염병할 **사회주의**로 가는 길이 아니라고요. 그 결과는 초이기적이고 모르몬적이고 초자본주의적이고—」

「세상에,」 앰버가 말했다. 「내가 무슨 아픈 데를 찔렀나 봐.」

토니의 얼굴이 벌겋게 달아올라 있었다. 「여기 테스트가 있어요. 스스로 한번 질문해 봐요. 만약 **내가** 〈이봐, 폴리아모리 어때? 굉장한 생각 같은데, 안 그래, 친구들?〉이라고 말하면 어떻게 될까요? 나, 토니가? 그러면 다들 나한테 몰려와서 그렇게 가부장적인 생각은 들어 본 적도 없네 뭐네 하면서 떠들어 대겠죠. 하지만 **당신이** 그 말을 하면, 갑자기 그건 근사한 해방이 되는 거지. 뭐 깨닫는 바 없어요? 기억날 듯 말 듯 하지 않아요? 어쩌면 당신은 자기 생각보다 진보적인 사람이 아닐 수도 있다는 거? 어쩌면 다른 권력 구조가 작동하고 있을지도 모른다는 거? 이게 바로 지금까지 내가 계속하는 이야기라고요! 교차성,[12] 신자유주의, 뭐가 달라요? 똑같이 낡아 빠진 개소리지.」

앰버가 뒤로 물러나며 말했다. 「**뭐라고?**」

---

12 개인의 정체성은 성, 인종, 계급 등 다양한 요소가 상호 교차하며 형성되고, 따라서 차별도 복합적으로 작동한다는 것을 설명하는 용어.

「내 말 좀 끝까지 들어 봐요.」토니가 말했다.「끝까지 들어 보라고요, 어? 들어 봐요. 요즘 좌파에서 하는 대화는 늘 지나치게 경쟁적이에요. 항상 다들 기를 쓰며 자기가 자기 앞에 있는 사람들보다 억압이나 특권 부족이나 개인적 트라우마나, 아니면 **사실** 자기는 유대인이라거나 **사실** 자기는 양성애자라거나, 또 뭐가 있지, 자기는 4분의 1은 이런저런 민족이라는 점에서 한 수 위라고, 그래서 자기한테는 말하고 화내고 뭐든 할 수 있는 권리가 있다고 난리를 쳐요. 그게 시장이라고요! 이번에도! 그런 걸 섬세함이니 사회적 정의니 어쩌고저쩌고 하는 언어로 포장할 수야 있겠지만, 교차성의 핵심은 우리의 차이를 **초월**하거나 **없애는** 방법을 배우는 게 아니에요. **연대가** 아니라고요. 그 핵심은 브랜드를 강화하고 시장을 독점하고 모두가 자기 이익을 추구하는 거예요, 이익을 최대화하고 위험을 최소화하는—」

「이딴 소리를 듣고 있다니, 믿을 수가 없네.」앰버가 말했다.

「그건 우리를 차이 **안에** 가두고 있어요.」토니가 말했다.「그건 분리주의예요. 그리고 그저 **광고**일 뿐이고. 브랜드 관리. 그게 내가 하고 싶은 말이에요. **우리가 여전히 그놈의 패러다임 안에 있다는 거!**」

그는 동의를 구하며 주위를 둘러봤지만, 분위기는 그에게서 완전히 돌아서 있었다. 셸리도 느낄 수 있었고, 토니도 알아챘다는 걸 알 수 있었다. 그날 저녁 처음으로 셸리는 토니와 시선이 마주쳤고, 놀랍게도 토니에 대한 동정심이 울컥 솟구쳤다. 토니는 새빨갛게 달아오른 얼굴을 하고 황량한, 거의 버림받은 듯한 고독한 표정을 짓고 있었다. 마치 고칠 방법이 없는 뭔가를 망가뜨리기 일보 직전 같은 얼굴이었다.

「어, 그냥 분명히 해두려고 하는 말인데,」 앰버가 말했다. 「**교차성이 개소리**라고 했지?」

「아, 좀,」 토니가 지겹다는 듯이 말했다. 「그러지 말아요.」

「뭘 하지 말라고?」

「내가 그놈의 심장이라도 찌른 듯이 굴지 말라고요, 그저 ─」

「세상에,」 앰버가 말했다. 「이건 **내** 이야기가 아니잖아, 토니 ─」

「아뇨, 맞아요.」 토니가 말을 잘랐다. 「물론 앰버 당신 문제예요. 화를 내고 있잖아요. 얼마나 말도 못 하게 화났는지 과시하고 있잖아요. 이건 토론이 아니에요. 논쟁이 아니라고요. 그저 당신이 정체성 카드를 들이미는 또 하나의 방식일 뿐이지. 낡아 빠진 똑같은 개소리.」

토니 옆자리에서 핀이 불편한 기색으로 앉은 자세를 고쳤다. 「저기, 친구,」 그가 토니에게 조용히 말했다. 「분위기 파악 좀 하지?」

「분위기 파악하고 **있어**.」 토니가 말했다. 「여기 있는 사람들 다 백인이야. 내가 틀렸어? 여기 이 〈후이〉(그는 이 단어에 과장된 동작으로 인용 부호를 붙였다)에 참석한 사람들 다 백인

중산층이라고. 앰버처럼, 나처럼.」

「이거 완전 개판이네.」앰버가 말했다.

「내가 틀렸으면 말해 줘요.」토니가 말했다. 「정말로요. 내 말을 바로잡아 달라고요. 난 올바른 지적을 정말 좋아하니까.」

셸리는 당황스러운 심정으로 주위를 둘러보았다. 오늘 참석자들에게서는 보이지 않지만, 토니가 외국에 나가 있던 지난 몇 년 사이 버넘 숲 회원들은 구성이 다양해졌다. 공모자라는 더러운 기분을 떨치기 위해 셸리는 머릿속으로 세어 봤다. 위니, 지넌, 아마라, 사미르, 다들 버넘 숲 모임에 정기적으로 참석하는 회원들이었다. 모퉁이 가게에서 버넘 숲 농산물을 파는 피지 인디언 타마니스 가족도 있었다. 가정 고철 수거를 돕겠다고 신청한 사모아인 미술학도 아그네스 바이, 직장 주차장 옆 조그만 땅을 기부하고 집 창가에서 모종을 기르는 치과 의사 낸시 첸, 정원 한 구역을 내준 시찬타 씨, 마을 반대편 땅을 내준 시찬타 씨의 딸 바니다, 버넘 숲 회원들이 농산물을 가지고 문을 두드리면 언제나 필요 이상으로 많이 사주는 리 부인…… 아시아인과 태평양 섬 주민 출신 자원봉사자들은 말할 것도 없었다. 그리고 마오리족도…… 분명 참석자 중에 마오리족 회원이 있었는데? 셸리는 움찔하면서 다시 방 안을 둘러보며 사람들 얼굴을 하나하나 살펴보다가 타원형 저쪽에 앉아 똑같은 행동을 하고 있는 누군가와 눈이 마주쳤다. 두 사람 다 얼굴을 붉히며 황급히 고개를 돌렸다.

「예의를 말아먹었네.」앰버가 말했다.

「어디에다요?」토니가 말했다. 「당신 **브랜드**에?」

「저기, 누가 이거 찍고 있어?」앰버가 방 안을 둘러보며 말했다. 「기록용으로?」

「아, 아무렴요.」토니가 손을 들며 말했다. 「해요, 이 순간을 상업화해요. 하라고요, 해보시죠, 내 주장을 증명해 봐요.」

「**완전** 개판이야.」앰버가 다시 말했다.

셜리가 손을 들고 말했다. 「너무 과열되었다는 생각이 드는데, 다들 어떻게 생각해요? 그만하는 게 어떨까요?」

방 안 여기저기서 웅성웅성 동의를 표했지만, 토니는 물러설 기세가 아니었다. 「내가 실제로 하는 말을 좀 들어 보라고요.」그는 여전히 앰버를 향해 말했다. 「알겠어요? 내가 만드는 연결성에 대해 실제로 생각을 좀 해보라고. 마케팅 알고리즘은 당신을 사람으로 보지 않아요. 알아요? 그저 순수하게 카테고리의 매트릭스로만 보지. 여성이고 이성애자고 ― 아니면 무슨 애자든지, 하여간에 ― 백인이고 대졸이고, 직업이 있고, **이런** 종류의 친구들이 있고, **이런** 종류의 기사들을 공유하고, **이런** 종류의 사진들을 올리고, **이런** 종류의 검색을 하고…….알고리즘이 더 정교해질수록, 하위 범주들을 더 많이 진단할 능력이 생길수록 마케팅을 더 잘할 수 있어요, 뭘 팔든지 간에. 정체성 정치, 교차성, 무슨 이름으로 부르건 완전 똑같아. 똑같은 논리예요. 범주가 더 작을수록, 자신을 더 잘 팔 수 있죠. 더 안전해지고요, 경제적으로는.」

「그건 너무 지랄맞게 냉소적 —」

「네, 그래요. 그게 정확히 내 주장이에요. 우리가 계속 이렇게 생각하는 한 냉소주의에서 빠져나가지 못한다는 거. 다른 게 없잖아요. 우린 절대 공동의 목표를 향해 일하자고 합의할 수 없을 테고, 그건 순수한 좌익 정치 프로젝트 전체가 망했다는 소리예요. 공공재를 창조하고 보호하는 프로젝트를 어떻게 시작할 수 있겠어요? 모든 이익 집단 안에는 늘 하위 집단이 있고, 각자 자기들만의 특정 안건이 있고, 모두 방송 시간과 시장 점유율을 위해 서로 경쟁하는데 —」

「**방송 시간**이라고 했어?」 앰버가 말했다. 「정말이지, 사돈 남 말 하고 있네! **정말이지!**」

웃음소리가 터져 나왔다.

「미안해요.」 토니가 말했다. 그의 얼굴이 더 붉어졌다. 「알았어요, 말해요.」

「뭐,」 앰버가 고개를 젖히며 말했다. 「**난** 교차성이 마음에 안 든다며 문제를 제기하는 사람들이 항상 딱 너같이 생긴 게 우연이라고 생각하지 않아.」

토니의 표정이 순식간에 굳어졌다. 「아, 좀,」 그가 말했다. 「이건 딱 —」

「그리고 〈정체성 정치〉 말이야, 그 말 **역시** 선전 용어거든.」 앰버는 계속해서 말했다. 「**실제로** 주변화된 사람들, **실제로** 제도적으로 억압받는 사람들, **실제로** 목숨이 위험에 처한 사람들, 그 사람들은〈오, 이 굉장한 새로운 것에 대해 들어 봤어요, 정체성 정치라는 건데?〉이런 말 안 해! 그 사람들은 **정의**에 대해 말해, 그리고 **대표성**에 대해 ─」

「그리고 생존.」누군가 말했다.

「그리고 **생존**.」앰버가 말했다. 다들 부산하게 고개를 끄덕였다.

「하지만 난 그 어느 것에도 반대하지 않아요.」토니가 말했다.「전혀. 그건 내가 말하려는 핵심이 아니에요.」

「어쩌면 여전히 패러다임 안에 있는 건 너인지도 모르지.」앰버가 점점 확신에 찬 어조로 말했다.「어쩌면 넌 늘 언젠가 네가 **사상**이니 뭐니의 **시장**에서 최고가 될 거라는 걸 당연히 여겼는지도 모르지. 하지만 이제 네가 늘 독점해 왔던 이 공간이 열렸거든 ─」

「아니에요, 그게 아니라 ─」

「그래서 전통적으로 배제되어 왔던 온갖 사람이 이제 들어와서 목소리를 내는 거야. 그리고 그 사람들이 **너**를 쫓아내고 네 방송 시간을 줄이고 네 특권을 위협하니까, 넌 그러지. 이봐, 친구들, 세상이 너무 자본주의적이야, 모든 게 시장이야, 너무 끔찍해. 그러면 우린 다 이래. 어, 우리도 **알아**, 그건 네가 만든 제도야, 그러니 왜 우리가 네 말을 더 들어야 하는 거지? **무슨 이야기건 간에**? 왜냐하면 생각해 봐, 토니, **시대가 바뀌었다고**!」

방 안 여기저기에서 사람들이 손가락을 딱딱 튕기며 동의를 표했다.

「봐요, 나는 현 질서를 옹호하는 게 아니에요.」토니는 손을 들어 올리며 말했다. 「가부장제 엿 먹으라고. 자본주의도, 백인 우월주의도 다 엿이나 먹으라고 해요. 백 퍼센트, 다 무너뜨리자고. 난 세상이 **그대로** 있길 원하지 않—」

「아, 맞아.」앰버가 말했다. 「왜냐하면 문자 그대로 30분 동안이나 설교 듣는 게 너무 **새로운** 일이니까. 다름 아닌 이성애자 백인—」

「난 그저 교차성이 문제의 해답이라고 생각하지 않을 뿐이에요!」

「어, 또 누가 그렇게 생각하는지 알아? 빌어먹을 백인 우월주의자들이야, 토니!」

「봐요, 분명 이건 까다로운 주제예요—」

「**그거** 재수 없게 잘난 척—」

「하지만 내가 그냥 개새끼처럼 굴고 있는 건 아니라고요, 알아요? 그저 유명 인사 이름이나 들먹이면서 뻔하게 구는 인간이 아니라고요. 난 실제로 의견이 있어요. 실제로 대안을 제시하고 있다고요.」

「어, 그건 그만해도 될 것 같네!」

「하지만 그건 너무 미친 짓이잖아요.」토니가 말했다. 「그게 무슨 해결책이에요? 나한테 그냥 입 닥치라고—」

「입 닥치라는 게 아니야, 들으라는 거지. 그게 다른 거야.」

몇몇 사람이 박수를 쳤다.

「하지만 뭘 들으라고요?」 토니가 웃음을 터뜨리며 말했다. 「자기가 뭘 하고 있는지 모르겠어요? 그건 주장이 아니라고요!」

「아니, 맞아!」

「아니! 그건 그냥 당신의 대체 입장이지. 들어 보라고 했죠. 네, 말이야 좋지, 근사해요. 하지만 뭘 들으라고? 아무 의견도 안 내놨잖아. 당신이 가진 건 당신 정체성뿐이에요. 당신 브랜드뿐이라고. 그저 자신을 프로모션하려 하고 있잖아요. 정말이지 그걸 모르겠어요?」

「네가 하고 있는 걸 보자고.」 앰버가 말했다. 「너, 토니 말이야. 넌 몇 년 만에 돌아와서 대화를 완전히 주도하고 있어, 무례하고 건방지게. 우리가 기르고 널 위해 우리가 요리한 음식을 먹으면서 —」

「음식 맛있었어요.」 토니가 말했다. 「그 말을 해야 했는데.」

「그런데 말이야, 이게 바로 교차성이 중요한 이유라고! 넌 바로 거기서 밤샐 것처럼 떠들어 대며 날 비웃고 있지! 이게 바로 주장이야!」

문이 열리고 미라가 들어왔다.

「늦어서 너무 미안해요.」 미라가 앰버에게 말했다. 「냄새 굉장하네요.」 그 순간 미라가 토니를 봤다. 「맙소사, 젠장!」

「딱 내 심정이야.」 앰버는 명백히 웃음을 기대하고 말했지만, 아무도 웃지 않았다.

「뭐죠?」 미라가 어정쩡하게 미소 지으며 말했다. 앰버를 쳐다보다가 토니를 봤지만, 토니는 미라와 시선을 마주치지 않고 빈 그릇을 들고 일어나 부엌으로 갔다.

「상관없어.」 앰버가 말했다. 「이제 다들 왔네. 시작하자고.」

미라는 여전히 미소 지으려 애썼다. 「저기, 다들,」 미라는 주위를 둘러보며 말했다. 「무슨 일 있었어요?」

하지만 집단적 수치심이 카페 안을 채우고 있었다. 「아무것도 아니야,」 누군가가 말했다. 「걱정 마.」

앰버는 화난 표정으로 새침하게 말했다. **「아무것도 아닌 게 아냐.」** 그러고는 배식구 쪽으로 가서 숟가락을 정리하기 시작했다.

「뭐가 아닌데?」 미라가 셸리를 향해 물었다. 「무슨 일이야?」

이건 다 내 잘못이야, 셸리는 생각했다. **절대적으로, 전적으로 내 잘못이야.** 토니를 슬쩍 보니 등을 돌린 채 싱크대에서 그릇을 씻고 있었다. 「5분 정도 쉬는 게 어떨까요,」 셸리가 말했다. 「좀 진정하게?」

「난 진정할 필요 없어.」 앰버가 말했다. 「난 괜찮아. 난 그냥 계속하고 싶어. 거기 놔둬도 돼.」 앰버는 필요 이상으로 목소리 높여 토니에게 말했다. 「식기세척기가 있으니까.」

그는 못 들은 척했다.

「무슨 일인지 제발 말해 줄 수 없어요?」미라가 물었지만, 사람들은 한숨을 쉬고 중얼거리며 짜증을 표시하기 시작했다. 그때 누군가가 말했다. 「그건 나중에 하면 안 될까요? 애를 베이비시터에게 맡겨 두고 와서 9시 넘기면 안 돼요.」다른 사람들도 비슷한 청원을 하기 시작했다. 아침에 일이 있다느니 무슨 버스를 타야 한다느니 이미 너무 늦었다느니 떠들어 댔고, 순식간에 다들 부산하게 움직이기 시작했다. 다들 빈 그릇을 포개 쌓고, 공책을 꺼내고, 이번엔 누가 진행할 차례냐고 묻고, 논의 순서를 큰 소리로 알려 줬다. 미라는 토니를 따라 부엌으로 가야 할지 그 자리에 그대로 있어야 할지 마음을 정하지 못한 것처럼 주저했다. 셸리가 다가가서 말을 걸려고 했지만, 앰버가 더 빨랐다. 앰버는 미라에게 수프 그릇과 숟가락을 주고는 왁자지껄한 소음 아래로, 하지만 셸리에게는 분명히 들릴 정도로 말했다. 「참고로 하는 말인데, 토니는 완전 개새끼가 되었어.」미라가 셸리와 눈을 마주치며 어리둥절한 표정을 짓자, 셸리는 괴로운 얼굴을 한 채 긍정 반 부정 반의 의미로 어깨를 으쓱해 보였다. 다른 이야기를 할 틈이 없었다. 진행자가 회의 시작을 알렸다. 토니는 다시 방을 가로질러 걸어와서 안타까워하며 동정을 표하는 핀의 표정에 아무런 반응도 보이지 않고 자기 자리에 앉았다. 그는 모두의 시선을 무시하며 손을 무릎 위에 포개 얹고 신발을 바라보며 경청할 자세를 취했다. 앰버는 자기 수프를 뜨러 배식구로 갔고, 미라는 마지막 남은 자리에 앉았다.

버넘 숲의 회의는 대체로 수평적으로 이뤄졌다. 명부순으로 진행자 역할을 맡았고 — 이번 차례는 케이티 밴더라는 상냥한 소아과 간호사였다 — 논의는 다음 다섯 단계로 이뤄졌다. 활동 계획 제안, 명확한 설명 요청, 반대와 우려 표명, 수정, 그리고 마지막으로 합의 여부 확인이었는데, 이때 손가락을 치켜들어 흔들면 동의를, 내리면 반대를, 옆으로 하면 기권을 의미했다. 케이티가 관례대로 모두에게 회의 절차를 상기시킨 다음 버넘 숲의 3대 화합 원칙을 소리 내어 읽자 회의가 시작되었다. 「인간의 필요에 응하며 재생하는, 계급 차별이 없고 환경적으로 지속 가능한 직접 민주주의 경제를 발전시키고 보호할 것, 최대한 자본주의 구조 밖에서 활동할 것, 연대와 상호 협조를 실천할 것.」이 원칙은 너무 오래전에 만들어져 평소 셸리는 귀 기울여 듣지도 않았는데, 앰버와 토니의 논쟁이 여전히 귓속에서 울리고 있는 지금 들으니 갑자기 죄의식이 밀려왔다. 처음에는 〈자본주의〉라는 단어에서, 그다음에는 〈연대〉에서. 토니를 슬쩍 바라보니 그는 무표정한 얼굴로 여전히 신발만 물끄러미 바라보고 있었다.

미라가 첫 번째 제안을 상정했다. 케이티는 논의 시간을 정한 다음 미라에게 발언권을 줬다.

「좋아요, 어, 안녕하세요, 키아 오라 타토우.[13]」미라가 방 안

13 kia ora tātou. 〈우리 모두에게 건강을 기원한다〉는 의미의 마오리어.

을 둘러보며 말했다. 「자, 아는 사람도 있겠지만, 전 방금 손다이크에서 돌아왔어요. 최근 산사태가 일어났던 코로와이 고개 아랫마을요.」

평소와 달리 약간 긴장한 미라의 모습을 보고 셸리는 또다시 울컥 죄의식을 느꼈다. 토니는 꼼짝도 하지 않았다.

「거기 내려가 있을 때,」 미라가 계속해서 말했다. 「어쩌다 이 미국 남자를 우연히 만나 이야기하게 되었는데, 우리가 누구이며 어떤 일을 하는지 관심을 보이더니 — 좀 이상하게 들리긴 하겠지만 — 우리한테 자금을 조금 대주겠다고 제안했어요. 그러니까 우리가 제대로 된 비영리 기구가 될 수 있도록 돕겠다고. 우리가 원한다면 말이에요. 그러더니 내 생각에는 약간의 테스트 같은데, 우리에게 이 농장에 작물 심는 걸 의뢰하고 싶어 해요. 우리 실력을 확인하고 우리가 예산과 일정, 변수 같은 것들을 잘 처리할 수 있는지 보려고.」

셸리는 불편했다. 미라는 보통 이보다 더 말을 잘하는데, 더 권위 있고.

「그 사람이 제안한 돈은 10만 달러예요.」 미라는 계속해서 말했다. 「현금으로만, 어떤 조건도 없이, 계약 관계나 그런 것도 아니고. 그냥 기부 같은 거랄까. 크리스마스까지 지켜본 다음, 일이 자기 마음에 들고 우리가 진지하게 임하고 우리가 하는 일을 잘 알고 있다는 걸 증명할 경우, 제대로 된 장기 자금 조달 계획이랑 어떻게 키우고 어떤 단계를 밟을지 그런 것들에 대해 한 번 더 이야기를 나눌 거예요. 하지만 무슨 일이 있건, 10만 달러는 그냥 우리가 갖는 거예요.

　말도 안 되는 소리 같다는 거 알아요.」미라가 셸리 쪽을 바라보며 말했다.「그러니까, 솔직히 말해 나한테도 그렇게 들리지만, 그 사람은, 그러니까, 진짜, 진짜 부자예요. 그러니까, **진짜** 부자 — 내 생각에, 그 사람은 진취적인 청년들을 발견해서 성공시키는 걸로 자기를 신화화하는 것 같아요 — 뭐랄까, 자신을 반골이라고 생각하고 있는데, 우리에 관해 알게 되니까 마치, 이봐, 반골들끼리 만났네, 그런 식. 나도 알아요.」미라는 변명하듯 방 안을 둘러보며 더 빠르게 덧붙였다.「뉴질랜드에 피난처를 사는 미국 부자, 그건 우리가 딱히 동료로 삼을 유형이 아니라는 것 알아요. 게다가 그 사람은 완전 종말 대비자, 생존주의자? 뭐라고 부르건, 하여간 그런 사람이에요. 조종사 자격증도 있고, 비행기도 있고, 이 농장을 완전히 아무도 모르게 샀고, 심지어 벙커를 넣는다나, 그러니 상투적이죠. 그래도 참고삼아 말하자면, 그 사람은 저기 북쪽에 자연 보호 프로젝트에도 투자했어요. 적어도 올바른 쪽으로 마음을 쓰는 사람이라는 의미죠. 지난 몇 주 동안 많이 이야기해 봤는데, 완전히 나쁜 사람 같지는 않아요.」

　「그 사람이 누군데요?」누군가 물었지만, 케이티가 손을 내밀어 조용히 시켰다. 명확한 설명을 요구하는 건 두 번째 단계였다.「미안해요.」케이티가 미라에게 말했다.「계속해요.」

「음, 이제 남은 말은 그 사람이 이미 내게 1만 달러를 줬다는 것밖에 없어요.」미라가 살짝 얼굴을 붉히며 말했다.「내가 달라고 한 거 아니에요. 우린 무슨 동의 같은 걸 한 적도 없고, 난 뭐든 공식화하기 전에 그 제안을 모든 회원에게 물어보고 싶다고 확실히 말했으니까. 그런데 그 순간 그 사람이 뜬금없이 내 은행 잔고를 확인해 보라고 해서 봤더니 이미 이체가 이뤄졌더라고요. 그런 게 내가 말한 자기 신화화의 일부 아닐까 싶어요, 완전 연극적인 거. 내 계좌 번호를 어떻게 알았는지도 몰라요…… . 이 모든 걸 서면으로 적어 둔 것도 아니고. 하여간 그건 딴 이야기이고, 사실 그 사람이 애초에 우리한테 끌린 이유도 우리가 공공 설비를 전혀 사용하지 않기 때문이에요. 그러니 이건 법적 구속력을 지닌 거래 같은 게 절대 아니에요. 매우 비공식적이고. 내기와 더 비슷하죠. 아니면 도전 같은 거. 그러니까 그 사람이 우리한테 도전하고 있고, 어쩌면 우리가 그 사람에게 도전하는 건가? 하여간 이제 설명 끝났어요. 그 사람 이름은 로버트 르모인이에요.」

미라가 발언을 시작한 후 토니가 처음으로 고개를 들었다.「로버트 르모인?」그가 그 이름을 되풀이했다.

「네.」미라가 말했다.

「잠깐만.」케이티가 말했다.「우리 질문으로 넘어갈 준비가 된 거예요, 미라?」

「네, 준비되었어요, 고마워요.」미라가 케이티에게 말했다.

그러고는 토니에게 대답했다. 「들어 본 사람이에요?」

그들은 처음으로 서로 마주 봤다. 「오토노모 그 사람이잖아요.」 토니가 말했다. 「그 사람은 그냥 **부자**가 아니에요, 억만장자라고요.」

미라의 얼굴이 또다시 붉어졌다. 「어, 말했듯이, 우리가 선택할 동료는 딱히 아니지만―」

「그렇게 **생각**해요? 그 사람은 문자 그대로 우리가 지지하는 모든 것의 정반대에 있는 사람이에요.」

「확인차 말하는데, 지금은 질문**만** 해요.」 케이티가 말했다.

「오토노모가 뭐예요?」 누군가 물었다.

「기술 회사요.」 토니가 말했다. 「드론을 만드는.」

「감시 드론요.」 미라가 재빨리 말했다. 「군사용이 아니라.」

토니가 비웃는 소리를 냈다. 「물론,」 그가 말했다. 「그 둘은 절대 안 겹치니까.」

「질문만 해요, 여러분.」

「그 사람 부인을 기억해야 해요.」 토니가 다른 사람들을 보며 말했다. 「난리도 아니었어요. 부인이 헬리콥터에 타고 있었는데, 그게 아무런 이유도 없이 추락했거든요. 그 사람이 **어쩌다** 안 탄 날에.」

「토니―」

「내 말은 그냥,」 토니가 말했다. 「이게 우리가 이야기하고 있는 사람이라고요.」

「그러니까 사고 같지 않다는 말이에요?」누군가 말했다.

「뭐, 좀 이상했어요. 그러니까 헬리콥터는, 그건 그 사람의 실제 전문 분야거든요.」

미라가 화를 참으려 애쓰는 게 셸리의 눈에 보였다. 「무슨 일이 일어났는지는 아무도 몰라요.」미라가 딱딱하게 말했다. 「아무도. 토니 당신도 포함해서.」

토니는 입을 다물었다. 아주 잠깐 시선이 마주쳤지만, 셸리가 둘 사이에 스쳐 간 표정의 의미를 해석해 내기 전에, 미라는 다시 회원들을 향해 돌아섰다.

「봐요, 다 털어놓을게요.」미라가 말했다. 「그 사람은 투자 비자로 와 있는데, 여권 자격을 갖추려면 키위 기업을 후원해야 해요. 그러니까 이게 그냥 정직한 자선 거래 같은 건 아니에요. 그 사람도 여기서 얻어 가는 게 있어요. 그리고 맞아요, 억만장자예요. 원칙적으로 문제 삼고 싶다면, 전적으로 이해해요, 완전히. 어, 스물다섯 개 정도 위험 신호가 있네요. 알았어요. 하지만 다시 참고용으로 말하는데, 그동안 온라인에서 오토노모에 대해 좀 조사해 보니, 솔직히 별 —」

「구글 검색을 사니까.」토니가 불쑥 외쳤다. 「그 사람들이 검색 결과를 다 사버리니까 호의적인 것들만 보이는 거죠. **전문 감시 작전** 같은 거라서 당연히 —」

「질문만 해요, 제발.」케이티가 말했다.

「이건 그 사람 회사와 아무 상관 없어요.」미라가 말했다.

「그냥 그 사람 개인 일이에요.」

「그래서 핵심을 말하자면,」토니가 말했다. 「지구상에서 그 누구보다 오래 살려고 하는 억만장자 드론 제조업자가 그 장대한 계획을 이룰 수 있도록 우리 나라 여권을 살 수 있게 도와주자고 제안하는 겁니까?」

「지금은 질문만 해요.」케이티가 말했다.

「그게 질문이에요. 진심으로 대답을 듣고 싶습니다.」

「그 사람은 어쨌거나 여권을 얻을 거예요.」미라가 방어적으로 말했다. 「우리가 그 사람과 이야기한 유일한 사업체도 아닐 테니까 ―」

「언제부터 버넘 숲이 **사업체**였죠?」

앰버가 부엌에서 소리 높여 말했다. 「알겠지만, 비영리 사업체도 있어요. 생각해 봐요, 심지어 사회주의 사업체도 만들 수 있어요. 독립 협동조합처럼. 그건 모순이 아닙니다, **토니.**」

토니는 다시 입을 다물고 팔짱을 낀 채 신발을 물끄러미 바라봤다.

「시간적 측면에서 보면,」미라가 묻지도 않은 질문에 대답하며 말했다. 「이건 적어도 몇 달 작정하고 해야 하는 일이고, 봄에 대비해 최대한 빨리 시작해야 해요. 게다가 코로와이 고개가 바로 코앞에 있는 것도 아니니까, 주말 정도만 일할 수 있다고 해도 오가는 길이 멀고 비용도 많이 들 테고. 그래서 돈을 어떻게 할당해서 쓸지 잘 이야기해 봐야 해요. 예를 들어, 그중 얼마를 교통비와 거기 내려가 있을 회원들의 생활비로 써야 하는지 등등.」 미라는 다시 셸리를 바라보며 말하고 있었다. 「하지만 10만 달러, 그건 빙산의 **일각**에 불과해요. 그 사람이 실제로 작정하고 내놓을 돈도 아니고. 우리가 준비를 마치고 본격적으로 일하기 시작하면, 음, 제대로 된 급여를 줄 가능성도 있어요. 전국적 기구가 될 수도 있고, 이게 정말로, 정말로 크게 될 수도 있어요. 우리가 원한다면.」

미라는 애원하는 표정이었고, 다른 누군가 질문 — 농장에 잘 곳이 있어요? — 했을 때도, 미라는 즉시 고개 돌려 질문자를 바라보지 않고 희망에 차서, 간절하게 셸리의 표정을 탐색했다……. 그 순간 셸리는 미라가 자기가 찬성하기를 간절히 바란다는 것을 깨닫고 깜짝 놀랐다. 놀랍게도 어쩌면 미라는 토니 때문이 아니라 자기 때문에 긴장하고 있을지도 모른다는 생각이 불현듯 들었다.

미라는 질문에 대답하기 위해 고개를 돌렸다. 「야영할 거라고 생각했어요.」 미라가 말했다. 「거기 있을 때 난 그냥 밴에서 살았어요.」

「그러면 퇴비화 화장실 같은 걸 마련해야 할지도 모르겠네요?」

「네, 그렇죠.」

「돈을 줄 거라는 걸 어떻게 알아요? 그러니까 나머지 돈 말이에요?」

「그 사람이 참여한 자연 보호 프로젝트가 뭐죠?」

「그 돈에 대해 세금 낼 가능성은 없는 거 맞죠? 나중에?」

「실제로 어떻게 만난 거예요?」

「도대체 이런 일이 어떻게 생긴 거예요?」

셸리는 논의를 거의 듣지도 않았다. 가슴이 터져 버릴 것 같은 놀라운 심정으로 계속 미라만 주시했다. 토니는 더 이상 질문하지 않았고, 더 이상 움직이지도 않았다. 대화가 반대와 우려 단계로 넘어가자, 잠시 무거운 침묵이 흘렀다. 다들 토니가 가장 먼저 말할 거라고 기대하는 게 분명했다. 토니도 그렇게 느꼈는지, 고개를 들지 않고 매우 조용히 말했다. 「그건 피 묻은 돈이에요.」

미라는 논쟁하려 애쓰지 않았다. 「어떻게요?」 미라는 간신히 짜증을 억누르며 말했다.

「드론은 테러 무기예요.」 토니가 손가락을 세며 말했다. 「집단 감시는 전체주의적이고 억압적이죠. 억만장자 계급은 그 존재만으로 연대를 잠식합니다. 그건 근본적으로 지속 불가능하고 시대에 역행하고 정의에 반해요. 시민권을 팔고 사면 안 됩니다. 저항 행위가 **의뢰** 가능한 일이 되어서는 안 돼요. 맙소사, 계속 설명해야 해요? 이건 문자 그대로 적과 동침하는 행위라고요. 우리의 설립 원칙에 다 위배되잖아요. 정말로 저만 그렇게 생각하는 거예요?」

「토니, 당신은 아주 오래 떠나 있었어요.」

「맞아요!」

「그러니까 어쩌면 당신은 이해하지 못할지도 몰라요. 우리 모두 지난 몇 년 동안 버넘 숲을 계속 유지하려 애쓰는 것만으로도 너무 힘들었어요, 매일매일 손익 분기점에 도달하려고 애썼다고요.」미라는 셜리를 슬쩍 바라봤다. 셜리는 처음에는 자동으로, 그러다가 확신에 차서 고개를 끄덕였다.

「이해해요.」토니가 말하려 했지만, 미라가 계속 말을 이어 갔다.

「물론 이상적인 세상이라면 로버트 르모인 같은 사람이 존재하겠어요? 아뇨. 하지만 이상적인 세상이라면 이런 기회도 필요 없을 거예요. 우린 빚에 허덕이지도 않고 매일매일 우리 주장을 퍼뜨리기 위해 고생하지도 않을 거예요. 삶의 매 순간 이런 엿 같은 존재론적 위기 상태에 빠지지도 않고요.」

토니만 제외하고 방 안의 모든 사람이 고개를 끄덕이고 있었다.

「우리 원칙을 위반하는 거라고 떠드는데,」미라가 말했다. 「토니, 우린 원칙을 **살아가고** 있어요. 우리 모두가 하는 일, 우리가 매일 이 일에 쏟는 시간과 노동과 노력 ─ 돈은 말할 것도 없고 ─ **그런 것들이** 우리 원칙이에요.」

「그래서 피 묻은 돈 같은 건 전혀 신경 쓰이지 않는다는 겁니까?」토니가 공감과 긍정의 반응들 위로 소리 높여 말했다.

「난 정말이지, 왜 그게 피 묻은 돈인지 모르겠어요.」

「이해하고 싶지 않겠죠.」토니가 역겹다는 듯이 말했다. 「이게 왜 완전히 미친 변절 행위인지도 이해하지 못하니까.」

미라는 이제 누가 봐도 화가 나 있었다. 「제발 좀 진정할 수 없어요?」미라가 말했다. 「봐요, 그 사람이 뭐 이러기라도 했어요?〈이봐, 친구들, 여기 10만 달러 줄게, 이제 버넘 숲은 잊어버리고 가서 헤지 펀드나 시작해.〉애초에 그 사람이 이런 제안을 한 건 우리한테 **흥미**를 느꼈기 때문이에요. 그 사람은 어떤 일이 생길지 보고 싶어 해요. **궁금해**하고 **인상 깊어**했다고요. 잠시라도 그 사람이 누군지 잊고 그냥 누가 우리한테 **우리가 이미 하고 있는 일을 그대로** 계속하라고, 다만 더 큰 규모로, 더 큰 영향력을 가지고 하라고 돈을 주려 한다고 생각할 수는 없어요?」

「**우리가 이미 하고 있는 일,**」앰버가 회원들을 가리키며 토니에게 말했다. 「**우리가.**」

미라가 크게 숨을 내쉬었다. 「그리고 말이에요,」미라가 토니에게 말했다. 「이건 문자 그대로 우리에게 처음 생긴 진짜 재정 독립 기회예요. 당신이 떠나 있던 그 시간 **내내.**」

「혼란스럽네요.」토니가 말했다. 「그자가 너무 궁금해하고 너무 인상 깊어하고 너무 흥미로워한다는 걸 기억해야 하는 겁니까, 아니면 그자가 어떤 사람인지 잊어야 하는 겁니까? 모르겠어요? 당신은 보고 싶은 것만 보고 있잖아요. 이 일이 모든 면에서 우리 원칙을 완전히 거스른다는 걸 분명히 알고 있잖아요. 그러니 **이성적** 행동이 아니라는 걸 여기서 인정해요, 이건 **합리** —」

「도대체 왜 **우리 원칙**이라고 하는 거죠?」 앰버가 말을 시작했지만, 미라가 가로챘다.

「그래요, 이건 타협이에요.」 미라가 말했다. 「맞아요, 이 상황에는 우리가 정말로, 정말로 조심해서 생각해야 할 일들이 있어요. 하지만 타협을 거부하면 근본적으로 무력해지기를 선택하는 거나 다름없는 순간이 와요. 그런데 어떻게 **그게** 우리 원칙에 위배되지 않는다는 거죠? 그게 더 나쁘지 않나? 그저 우리가 **옳았**다고 말할 수 있기 위해서 우리가 한 모든 것, 힘든 노고를 다 내다 버리는 게? 〈아, 그래, 버넘 숲, 이제는 사라졌지만, 원칙은 정말 좋았지!〉 이러면서?」

「하지만 그 끝은 뭐죠?」 토니가 말했다. 「모르겠어요? 그 논리에 의하면 세상에는 진짜 아무 —」

「아니.」 미라가 말을 자르며 말했다. 「미안해요, 토니. 이건 **논리** 문제가 아니에요. 이건 당신이 그냥 내 입장을 논리적 극단까지 밀고 가는 사고 실험이 아니라고요. 그건 개별 교습에서나 하는 거고. 이건 철학 수업이 아니에요. 이건 어떻게 우리 집단을 지속 가능하게 이끌고 갈 것인가 하는 문제에 대해 우리가 집단으로서 직면한 실제적이고 실용적인 선택에 관한 이야기예요 —」

「이봐요.」 토니가 말했다. 「직접 민주주의는 어디 간 겁니까? 난 반대와 우려를 제기하—」

「미라는 거기에 대해 답하고 있는 거예요!」앰버가 말했다.

「그래서 제안하는 게 뭐예요?」미라가 토니에게 말했다.「돈을 돌려주라고? 내 은행 계좌에서 꺼내 직접 그 사람한테 갖다 주고—」

「그래요.」토니가 말했다.

「—이렇게 말하라고? 사실은 미안해요, 르모인 씨, 모르실까 봐서 하는 말인데, 이건 **피 묻은 돈**이에요, 그래서 이 돈을 어디에 쓸 수 있건, 이 돈으로 얼마나 많은 좋은 일을 할 수 있건, 그건 중요하지 않아요. 이렇게?」

「그래요.」토니가 다시 말했다. 그러고는 팔짱을 꼈다.「백 퍼센트, 맞아요.」

「좋아요.」미라가 말했다.「잘 알겠어요. 다른 반대 의견 있나요, 아니면 투표할까요?」

「그놈의 **투표**!」토니가 다시 팔짱을 풀며 소리 질렀다.「그 작자를 죽이는 것, 그게 우리가 할 일이에요. 그리고 민간인 사상자라고 부르는 거죠. 그놈의 드론 공격으로 살해당한 모든 민간인처럼요, 이라크에서, 예멘에서, 시리아에서—」

「로버트 르모인은 거기에 **개인적으로 책임**이 없—」

「절대적으로 있어요. 절대적으로 책임 있다고요.」

「그럼 가서 죽이든가.」미라가 마침내 분통을 터뜨리며 말했다.「주소 줄 테니, 가서 죽이라고요. 세상은 너무나 흑백이고, 당신은 너무나 순수하고 늘 너무나 이데올로기적으로 일관성 있는데, 다른 사람들은 모두 너무나 위선적이어서 여기 있기조차 부끄럽잖아요. 가라고요.」

「좋아요.」 케이티가 말했다. 「내 생각에 우리 ―」

「여기 있을 필요 없다는 거 알죠?」 앰버가 끼어들었다. 「가도 좋아요, 알잖아요. 언제든.」

「다음으로 넘어가야겠어요.」 케이티가 단호하게 말했다.

토니의 표정이 차가워졌다. 「이 문제를 합의 투표에 부칠 것을 제안합니다.」 그가 말했다. 「다수결이 아니라.」

「다수결이 합의죠.」 미라가 말했다. 「모두가 다수의 결정을 따르기로 동의하면, 그게 합의가 이뤄지는 거예요. 그게 바로 민주주의의 작동 방식이고. 어떤 사안에 대해 90퍼센트가 동의한다고 해서 그게 60퍼센트 동의보다 더 본질적으로 민주적인 건 아니에요. 민주주의는 모두가 똑같이 투표하는 게 아니라, 자신이 소수에 속하는 결과가 **나오더라도** 투표 결과에 따르기로 동의하는 거예요. 그게 합의고요.」

「미라,」 케이티가 말했다. 「토니도 이해한 것 같아요.」

「난 동참해요.」 셀리가 말했다.

「**정말?**」 미라가 어찌나 적나라한 안도와 감사를 담은 표정으로 돌아보던지 셀리는 가슴속에서 심장이 들썩이는 것을 느꼈다. 하지만 그게 애정 때문인지 수치심 때문인지는 자신도 알 수 없었다.

「네,」셸리는 미라에게 미소 지으며 말했다. 「10만 달러잖아요. 한번 해보자고요.」

그들은 투표를 했다. 토니는 그 직후 카페를 떠났고, 다음 날 미라와 셸리는 소지품을 상자에 담고 집을 청소한 뒤 집 전대 광고를 내고 집 열쇠를 친구에게 준 다음 두 번째로 밴에 짐을 가득 실었다. 두 사람이 후진해서 진입로를 나가며 노래를 고르고 도시를 떠나 여행길에 올랐을 때, 5백 킬로미터 떨어진 곳에서 다비시 씨는 엄숙한 표정의 엘리자베스 2세 여왕의 거대한 초상화 아래에서 무릎을 꿇었다가 오언 경이 되어 일어났다.

2부

「저게 메달이야?」마크 멀로이가 사진 액자를 빛 쪽으로 기울이며 말했다.「심장 박동 조절 장치인 줄 알았네.」

「어디 봐,」캐시가 말했다.「나도 보고 싶어.」

「이름이 다 달라요.」레이디 다비시가 부엌에서 말했다.「가슴에 단 건 가슴 별, 장식 띠에 단 건 배지라고 불러요.」부인이 새 샴페인병을 들고 부엌에서 나와 남편에게 코르크를 따라고 건넸다.

「가슴 별이라고요?」마크가 말했다.「외설 잡지에서처럼? 못된 곳을 가리려고?」

그는 점잔 빼며 가슴을 쑥 내밀고는 손가락 끝으로 유두를 가렸다.

「아, 마크.」캐시가 낙담한 척 말했다.

하지만 오언 다비시 경은 씩 웃고 있었다.「친구,」그는 병 주둥이를 감싼 포일을 벗기며 말했다.「급 높은 잡지를 좀 찾아보라고.」

「이젠 〈외설〉이라는 말을 쓰지도 않아요.」캐시가 얼굴을 찌푸리며 말했다.「쓰나?」

「그럼, 쓰고말고. 외설 영화?」

「아니, 포르노라고 하지.」

레이디 다비시는 이 대화를 듣고 있지 않았다.「오언이 왼쪽 주머니에 달고 있잖아요.」그러고는 계속해서 말했다.「하지만 만약 오언이 죽고 내가 남으면, 내가 다는 거예요, 반드시 오른쪽에다.」

「실례합니다만,」오언 경이 말했다.「저 아직 살아 있거든요. 여보세요.」

부인은 촛불 너머로 남편에게 미소 지었다.「만약이라고 했잖아.」

「난 이런 소소한 규칙들 배우는 게 너무 좋아.」캐시가 말했다.

마크가 또 다른 농담을 생각해 냈다. 그는 사진 속 오언 경이 매고 있는 넥타이를 가리켰다.「목 주위 저 올가미는 뭐지? 저건 이름이 뭐예요?」

오언 경이 코르크 마개를 땄다. 멀로이 부부는 오래 알고 지낸 사이 — 아이들이 함께 자랐다 — 지만, 친한 건 아내들이고, 오언 경은 자신과 마크가 농담으로 서로를 헐뜯는 식으로만 대화한다는 게 가끔 좀 피곤하게 느껴졌다. 대화를 이끄는 건 여자들이었다. 여자들은 정보를 제공하고, 침묵을 구하고 — 좀 당황스럽지만, 질이 액자에 넣어 둔 작위 수여식 사진을 보며 이야기했듯이 — 소품을 가져오고, 나중에 만날 약속을 정했다. 남자들이 불쑥 끼어들 때는 가격에 대해 불평하거나 교묘하게 모은 돈을 자랑하거나 둘 중 하나였다. 분명 늘 이런 식은 아니었는데 — 하지만 어쩌면 그랬을지도 모른다. 어쩌면 자신들이 빈 둥지에 남은 부모라는 걸 그가 이제야 눈치챈 것일 수도 있다 — 이제는 저녁 식사 모임이 늘 똑같은 패턴을 따르는 것 같았다. 초저녁에는 다들 경쟁적으로 소박하게 굴다가, 술이 얼큰하게 오르면 경쟁적으로 추잡한 농담을 했다.

「솔직해져 보자고요.」마크가 질에게 말했다. 「진실을 말해 줘요. 이제 오언은 자기가 우리보다 낫다고 생각해요? 거만해졌어요?」

「확실히 난 거만해졌어요.」질이 웃으며 대답했다. 「며칠 전에 비행기 예약을 했는데, 그거 있잖아요, 누르면 이름 앞 칭호들이 나오는 메뉴. 난 온통 레이디, 레이디, 레이디 생각뿐이었는데, 그건 선택 항목에도 없지 뭐예요! 완전히 사기당한 기분이었어요!」

「거실에서 〈이런 개떡〉 하는 소리가 들리는 거야.」오언 경이 말했다. 「정말로 고함을 질렀다니까. 내가 막 뛰어갔지, 무슨 끔찍한 일이라도 생긴 줄 알고.」

「그런 식으로 오언한테 신호를 보내는 거예요?」마크가 말했다. 그는 손을 입 주위에 컵 모양으로 동그랗게 오므렸다.

「떡!」

「마크, 그만해.」캐시가 두 손으로 그를 철썩 때리며 말했다.

「아냐, 맞아.」레이디 다비시가 말했다.「바로 그렇게 해요.」다들 박장대소했다.

웃음이 잦아들자, 캐시가 말했다.「그런데 별로 평등하지 않아. 질이 레이디 다비시가 된 건 단지 —」

「지당하신 말씀.」오언 경이 아내의 샴페인 잔을 채우고 아내를 향해 씩 웃으며 커다랗게 말했다.「자기 점심은 자기가 차려야지.」

「아니, 내 말은 만약 그게 데임dame 작위라면, 그러니까 만약 내가 데임 캐시가 되더라도, 마크가 로드lord 멀로이가 되지는 않을 거잖아.」

「마크 경이 되는 것 아니에요?」

「아니, 내 생각엔 아무것도 안 돼요.」

「부군?」

「호위관!」

「아아, 호위관!」

「아니면 신사?」레이디 다비시가 말했다.「신사 멀로이?」

「아마도 그냥 남자.」마크가 말했다. 그가 이두근을 키워 보였다.「남자 멀로이.」

「내 생각엔 아무것도 안 돼.」캐시가 또 한 번 말했다.

잠시 침묵이 흘렀다. 마크의 표정이 굳었다. 캐시는 눈치를 못 챘거나 상관하지 않았다. 캐시는 샴페인을 홀짝홀짝 마셨고, 마크는 자기 접시를 바라보다가 손가락 끝으로 빵 부스러기를 집기 시작했다. 다비시 부부는 시선을 교환했다.

마크는 도급업자였다. 옛날에는 주택 리모델링 사업으로 돈을 잘 벌었는데, 어느 날 비계에서 떨어져 허리가 부러졌다. 몇 달 물리 치료를 받고 회복해서 일터에 복귀해 보니 그가 없는 사이 동업자들이 — 그의 설명에 따르면 — 그를 잘라 내기 위해 회사 구조를 재편한 뒤였다. 수개월에 걸친 불화와 법정 다툼 끝에 결국 포기하고 자기 사업을 시작했지만, 불운 — 지불 거부 고객, 홍수, 가짜 보험 청구 — 이 계속 이어져 결국 사업을 접어야만 했다. 이제 그는 큰 건설 회사의 청부업자로 일하면서, 이야기를 들어 줄 사람만 있으면 자기가 얼마나 운이 없었는지 떠들어 댔다. 마크는 늘 최악의 상황을 상상하는 사람이었지만, 아무리 그래도 조금은 동정심이 들지 않을 수 없었다. 캐시는 마크가 우울증 약을 먹고 있는데, 그 약 때문에 살이 찌는 게 분명하다고 질에게 털어놓았다. 오언 경은 어쩌면 두 사람에게 뭔가 문제가 있을지도 모른다고 생각했다.

레이디 다비시는 이미 화제를 전환했다. 그러잖아도 말하려고 했다면서 이야기를 늘어놓았다. 며칠 전 매스터턴의 옛날 집 앞을 차로 지나다가 봤는데, 새 주인이 앞 울타리를 없애고 차고를 지어 놓았더라, 거실 창문 코앞에다. 멀로이 부부도 봤나? 방 하나를 없애고 더 나은 방을 만든다고 하지만, 그건 정말 아니다. 그 집에 조금도 안 어울리더라. 마크가 천하에 쓸모없는 아마추어에 대해 뭐라고 웅얼거리자, 캐시가 말했다. 「또 시작이야.」 유튜브 비디오를 보고 기술을 배울 수 있다고 생각하는 사람들만큼 마크를 화나게 하는 사람은 없었다. 그는 순식간에 기운이 펄펄 살아나 전에 다비시 부부에게 한 이야기를 또 하기 시작했다. 질은 그렇게 솜씨가 좋았다. 언제나 완벽하고 자연스럽게 티 내지 않고 누군가의 기를 살려 줄 방법을 찾아냈다. 오언 경은 초콜릿 상자에서 트러플을 하나 더 꺼내면서 이 저녁 식사 모임이 그들에게 주는 한 가지 장점이 있다면 그건 다른 사람들의 결혼을 조금도 부러워하지 않게 해준다는 것 아닐까 생각했다.

그의 생각은 그 주말에 해야 할 잡다한 일들 쪽으로 흘러갔다. 아우디 점검을 맡기고, 바비큐장 LPG 통을 바꾸고, 부엌칼을 갈아 두고, 처마 밑에 들어가서 낙수 홈통 덮개가 왜 자꾸 튀어나오는지도 알아봐야겠다. 특별히 급한 일은 없지만, 그는 부지런히 움직이는 게 좋았다. 지금 있는 웰링턴 아파트는 시내 거주용으로 산 집인데, 여기서 내내 지내다 보니 집이 훨씬 좁게 느껴졌다. 질은 오언이 공구를 꺼낼 이유를 만들려고 일부러 물건을 깨뜨리기 시작한다고 놀려 댔다. 물론 그건 사실이 아니었지만, 시내에 너무 오래 머물다 보니 약간 미칠 것 같은 기분이 들기 시작했다. 손다이크의 광활함이, 저 멀리 펼쳐진 산등성이 모양이, 호수 건너편까지 탁 트인 풍경이 그리웠다. 거대한 자연 앞에서 한없이 작아지는, 그러면서도 동시에 자연을 지배하는 듯한 찌릿한 느낌이 그리웠다.

지역 신문에다 이제껏 살아 본 곳 중 손다이크가 최고라고 했던 건 거짓말이 아니었다. 질의 아버지가 사망하고 목장을 물려받았을 때, 그들은 꼴사납게 넓은 와이라라파의 가족 저택을 처분하고 매매 대금 대부분을 자식들에게 주어 집 선불금을 지불하도록 도와주고, 레이철에게는 아직도 비용을 들을 때마다 놀라 눈알을 굴리게 되는 1920년대 스타일 결혼식을 포도원에서 성대하게 치러 줬다. 부부의 계획은 도로 옆 들판을 쪼개 분할 개발하되, 질이 차마 떠나 보내지 못하는 원래 목장 저택은 자기들이 계속 가지고 있는 것이었다. 그는 처음에는 내키지 않았지만 — 이사할 생각만 해도 지치지 않을 사람이 누가 있나? — 이제는 질만큼이나 그 집을 좋아했다. 산사태 이전에는 한 달에 몇 번씩 웰링턴에, 그리고 피할 수 없을 경우에는 오클랜드에 날아가서 업무를 처리하곤 했다. 퀸스타운 공항에 내려 산맥을 넘어 집으로 달려가는 긴 도로, 깊은 존재감과 돌아왔다는 느낌을 충만하게 채워 주는 그 길을 생각하는 게 중년 후반에 접어든 오언에게는 커다란 즐거움이었다. 아마도 그런 이유 때문인지 고개가 폐쇄된 것이 이상하게 개인적이고 기운 빠지는 일로 느껴졌다. 마치 마음속의 중요한 통로가 느닷없이 차단된 것만 같았다.

꼬리를 문 생각에 빠져 있으면서도 무의식적으로 대화를 듣고 있던 그는 캐시의 말에 상념에서 빠져나왔다. 「그러니까 고개가 다시 열릴 때까지 기다려야겠네요?」

다비시 부인은 그와 눈을 마주치며 망설였고, 둘 중 하나가 대답하기 전 아주 잠깐 사이 마크가 말했다. 「조만간 열리지는 않을 거야.」 그는 깊은 한숨을 내쉬며 고개를 저었다. 「카이코우라를 봐요. 거기 복구 과정을 보라고. 크라이스트처치도. 6년이 지났는데, 어디까지 왔는지? 나 참.」

「그래도 땅값은 변함없을 거예요.」 캐시가 말했다. 「경관도 근사하고 호수에서도 엄청 가깝잖아요. 파는 데는 아무 문제 없을 거예요.」

「아마도 나중에는.」 마크가 말했다. 「지금 공사 일꾼들을 거기 데려가려고 해봐. 그 사람들 묵을 데가 어딨겠어? 공급로는? 가장 가까운 마을이 어딨지? 오마라마인가? 아냐, 거긴 막다른 골목이나 다름없어. 고개가 다시 열리기 전엔 아무도 그 일을 하지 않으려고 할걸. 내가 장담하는데, 3년, 어쩌면 4년.」

「급하지 않잖아요.」 캐시가 위로하듯 말했다.

「뭐, 지금은 선택의 여지가 없지.」 마크가 말했다. 「안 그래? 산사태가 몇 달 뒤에 일어났으면 좋았을 텐데. 땅이 불티나게 팔렸을 테고, 그러면 남의 일이 되었을 텐데. 안 그래? 허, 그냥 재수가 없었던 거야. 재수 옴 붙은 거지, 허 참.」

오언 경은 점점 짜증이 나기 시작했고, 손가락에 낀 반지를 빙빙 돌리는 아내의 모습을 보니 아내도 후회할 말을 하지 않으려 참고 있다는 걸 알 수 있었다. 멀로이 부부가 도착했을 때부터 마크는 오언의 희소식을 시샘하는 티를 팍팍 냈다. 캐시는 괜찮았다. 약간 위선적이긴 하지만 적어도 축하하는 시늉은 했다. 마크는 축하 인사도 안 하고, 질문도 안 하고, 기사를 봤다는 말도 하지 않았다. 당연히 봤으면서. 사진 액자도 걸리적거리지 않게 다시 책장에 깔끔하고 정중하게 똑바로 세워놓지 않고 테이블 한가운데 뒤집은 채로 대충 뒀다. 오언 경은 그깟 일 관심도 없고, 사진도 상관없고, 축하 인사도 필요 없고, 누구에게서건 무엇도 받고 싶지 않았지만, 마크가 운이 없었다고 말하자 짜증이 났다. 상대방을 놀리는 거랑 상대방의 불운을 즐기는 건 이야기가 다르다.

「그냥 지켜봐야죠, 뭐.」 캐시가 공허하게 말했고, 레이디 다비시는 반지만 쳐다보며 미소 지었다.

왜냐하면 그건 불운이 **아니었기** 때문이다. 농장은 **팔렸다**. 아니, 양도 절차만 끝나면 된다. 매물 목록에서 거둬들인 건 산사태 때문도 불운 때문도 아니고, 매수자가 절대 비밀 엄수를 매수 조건으로 내걸었기 때문이다. 르모인은 그들이 부른 희망 가격의 두 배를 내놓았고, 오토노모와의 제휴 프로젝트를 생각하면 두 배 이상이었다. 오언 경이 자기가 생각해도 똘똘하게 매매 합의 조건의 일부로 협상한 그 프로젝트가 이미 언론 노출과 PR 형태로 이익을 내고 있으니 말이다. 계약금도 받았으니 혹여 매매가 틀어지더라도 — 그럴 이유는 없지만 — 두 사람은 손도 까딱하지 않고 살아갈 수 있었다. 그들은 부자, 그 어느 때보다 부자가 되었다. 백만장자가 몇 번은 되고도 남을 정도였다. 하지만 비밀 유지 계약에 묶여 그런 말을 할 수 없었다. 적어도 르모인이 벙커를 다 집어넣을 때까지는.

「그럼 기다릴 거야?」마크가 말했다.「분할 개발을 멈추고, 끝날 때까지 여기서 그냥 기다려?」

오언 경에게 물었지만, 대답한 사람은 레이디 다비시였다. 「사실은,」쾌활한 목소리였다.「그 땅 팔았어요.」

오언 경이 놀라서 입을 쩍 벌렸다.「질!」

「아, 뭘 그래.」레이디 다비시가 말했다.「이 친구들이 누구 한테 이야기한다고?」

「질,」그가 다시 말하며 고개를 저었다.「하지 마.」

「오언, 우리 친구잖아.」레이디 다비시가 말했다.「가장 오랜 친구. 우리가 언론에 대고 말하는 것도 아니잖아. 이건 기자 회견이 아니야, 걱정 마.」

이 쾌활하고 거의 노래라도 하는 듯한 목소리는 두 사람이 다툴 때 오언 경이 듣던 목소리였다. 순진무구하게 들리지만, 질이 저 목소리로 말하면 피를 보기로 작정했다는 뜻이었다.

그는 두 손 들었다.「뭐, 난 말 안 했어.」그가 말했다.「기록에 남겨. 난 입 다물고 있었다고. 난 말 잘 들은 거야.」하지만 갑자기 웃음이 터질 것 같았다. 사실 그도 거의 말할 뻔했기 때문이다. 마크가 한마디만 더 농담을 꺼냈으면 그냥 말해 버렸을 것이다. 그는 알고 있었다. 어쩌면 질도 알았을지 모른다.

「이 두 사람은 비밀 지킬 거야.」레이디 다비시가 여전히 그 목소리로 말했다. 「하늘이 두 쪽 난다 해도.」

「아, 엄청 신비주의네.」캐시가 말했다.

마크는 얼굴을 찌푸리고 있었다. 「그래서 비밀이 뭔데요?」 그가 물었다. 「목장을 팔았다고?」

「너무 연극 같죠.」레이디 다비시가 말했다. 「사실 말도 안 돼요. 네, 어떤 사람에게서 제안받았어요. 제임스 본드 영화를 너무 많이 본 사람한테서.」

「누군지는 말 못 해요?」

레이디 다비시가 망설였다. 「아마도요.」그러고는 질문하듯 오언 경을 쳐다보자, 그는 미소를 지으며 그냥 어깨만 으쓱했다.

「개발업자예요?」마크가 말했다.

「아뇨, 개인 거주용이에요. 하지만 그 땅을 다 원해요, 몽땅. 분할 개발하려던 땅 전체를. 집도 사겠다더라고요. 맞지, 오언? 하지만 우리가 그건 절대 안 된다고 했어요.」

「키위?」마크가 물었다.

「미국인이에요.」레이디 다비시가 말했다. 「억만장자요.」

캐시가 입을 딱 벌렸다.

「알아.」레이디 다비시가 말했다. 「이웃집 억만장자라니!」

「그럼 한 재산 받아 냈겠네.」마크가 오언 경에게 말했다.

「아, 그럼.」그가 즐거워하며 말했다. 「아주 좋은 가격에 팔았지.」

「산사태 때문에 깎아 달라고는 안 했어?」

「사실 그 반대야. 그게 매력 포인트였더라고. 안 그래, 질?」

「내 말이 그거예요.」레이디 다비시가 말했다. 「제임스 본드 같은 점. 그 사람은 쉽게 방어할 수 있는 곳을 찾더라고요. 진짜로 그런 표현을 썼다니까요. 〈쉽게 방어할 수 있는 곳〉이라고.」

「아이, 참,」캐시가 말했다. 「그냥 이름을 말해 줘. 어차피 우린 들어도 모를걸.」

「음, 우리한테서 듣지 않은 거야.」레이디 다비시가 말했다.

「우리한테서 아무 소리도 듣지 못한 겁니다.」오언 경이 말했다.

「그 사람 이름은 로버트 르모인이야.」레이디 다비시가 말했다.

「로버트 르모인?」캐시가 말했다.

「플로리다 헬리콥터 추락 사고 기억나요?」오언 경이 말했다. 「대서특필되었잖아요. 탑승자 전원 사망, 몇 년 전에? 그게 그 사람 부인이었어요.」

「카자리안.」레이디 다비시가 말했다.

「어, 기젤라 카자리안. 모델. 너무 젊었지.」

「그 이름 들어 본 적 있어?」 레이디 다비시가 말했다.

「아니.」 캐시가 말했다. 그러고는 마크를 쳐다보자, 그도 고개를 슬쩍 저었다. 「그런데 왜 비밀이야?」 캐시가 물었다. 「이해가 안 되네.」

「음,」 레이디 다비시가 말했다. 「내 생각엔 그 정도 돈이 있으면 —」

「납치.」 오언 경이 말을 자르고 끼어들었다. 「그런 부자들은 그런 걸 두려워해요. 그리고 강탈. 아주 다들 중증 편집증이지. 보안이 하늘을 찌르고. 뭘 하든, 어딜 가든, 계획, 비행기, 휴가, 정말 별것 아닌 일들까지 다 극비 사항이에요.」

「그냥 자만심이기도 해.」 레이디 다비시가 말했다. 「결국 그게 핵심이에요. 우리한테 비밀 유지 계약을 지키라고 그러는 거, 그건 다 그냥 자기 자만심을 충족시키려는 거예요. 그게 진짜 이유죠. 오언, 당신도 알잖아.」

「그럼.」 오언 경이 말했다. 「맞아, 질. 하지만 그 사람 부인은 진짜로 **죽었다고.**」

「그렇지만 그게 어떻게 비밀일 수가 있어요?」 캐시가 말했다. 「재산은 공적으로 기록되는데.」

「페이퍼 컴퍼니죠.」 오언 경이 말했다. 「신탁 소유인데, 그게 또 다른 회사 소유이고, 계속, 계속 그런 식으로. 무슨 이름이건 하나 찾으려면 엄청나게 파고들어 가야죠.」

「그럼 그 사람이 그냥 허풍 떠는 것일 수도 있겠네.」 마크가 말했다.

오언 경이 미소를 지었다. 「아냐,」 그가 말했다. 「제안은 진짜야.」

「계약금도 냈어요.」 레이디 다비시가 말했다. 「그 사람은 취소 안 해요. 뭐, 그럴 수도 있겠지만. 그 돈이 아쉬운 사람도 아니고.」

「하지만 무엇으로부터 방어하겠다는 거예요?」 캐시가 말했다. 「무엇으로부터 쉽게 방어한다는 거죠?」

「그냥 판타지예요.」 오언 경이 말했다. 「그 사람들은 다 그런 거에 환장하니까, 안 그래요? 그 억만장자들. 다들 〈왕좌의 게임〉 같은 걸 바라는 거죠, 아니면 또 ―」

그는 두 번째 예를 생각하지 못했다.

「음, 그 사람이 짓고 싶어 하는 그것 때문이기도 해요.」 레이디 다비시가 말했다. 「그게 다른 이유야, 맞지? 다른 사람들이 보는 걸 원치 않잖아. 자기가 ―」

「그 사람들은 다 그런 걸 해요.」 오언 경이 손님들을 향해 말했다. 「다들 그런 걸 집어넣는다고, 이런 ―」

「그런 것 본 적 있어요?」 레이디 다비시도 멀로이 부부를 향해 말했다. 「초대형 ― 그건 뭐든, 완전히 뭐든 견뎌요 ― 잠수함 기능이라고 부르더라고요.」

「어떤 종류의 폭탄도.」 오언 경이 고개를 끄덕이며 말했다. 「홍수, 화재, 극단적인 기후, 뭐든.」

「하지만 안은 호텔 같아요. 모든 게 있어요, 지하에. 정말 말도 안 되게, 거기엔, 어떤 데는 심지어 타워식 주차장에, 수영장에 —」

「사격 연습장도 —」

「볼링장, 영화관 —」

「작물도,」오언 경이 말했다.「태양등 아래에, 지하에.」

「네, 자체 전력에 물에 공기에 모든 게 있어요. 완전히 자립적이죠. 사실 믿기지가 않아요.」

「재난 대비 자급 생활.」오언 경이 말했다.「그게 명칭이에요. 세상의 종말에 대비해 은신처를 준비하는 거. 그 사람들은 재난 대비 생활자이고.」

「이런 건 구글에서 찾을 수 있어요.」다비시 부인이 말했다. 「그러니까 이건 실제로 거기 들어올 건 아니고, 그냥 선반에서 꺼내 살 수 있는 규격품 같은 —」

「살벌하게 높은 선반이지.」오언 경이 웃으며 말했다.「제일 싼 제품도 350만 달러니까!」

「정말로,」레이디 다비시가 말했다.「검색해 봐요. 구글에 〈고급 벙커〉라고 쳐봐요.」

「〈초부유층용〉이라고.」오언 경이 덧붙였다. 그들은 함께 고개를 끄덕였다.「평면도를 봐요. 심지어 그냥 평면도만 봐도 깜짝 놀랄걸요.」

이번에는 멀로이 부부가 시선을 교환했다. 두 사람 사이에 시선이 오간 건 채 1초도 안 되었고, 마크는 다시 자기 접시로 눈을 돌렸지만, 오언 경은 그 시선을 포착하고 상처받았다. 그건 서로의 의견이 같다는 걸 확인하고 집에 돌아가는 차 안에서 다시 이야기하자고 약속하는 그런 시선이었다. 두 사람이 뭘 알아챈 걸까? 예전에 봤던 것? 자기들끼리 몰래 이야기했던 것? 자기들끼리 만들어 계속 발전시켜 나간 어떤 애착 이론? 아니면 뭔가 놀라운 사실? 뭔가 새롭고 실망스러운 일? 그와 질이 변했다는 증거? 오언은 당혹스러운 심정으로 아내를 돌아봤지만, 질은 마지막 남은 샴페인을 따르고 있었다.

「난 모르겠어.」캐시가 말했다. 「그냥 뭐랄까, 슬퍼지네.」

잠시 침묵이 흘렀다.

「우리 집 조망이 바뀌거나 그러는 건 아니야.」레이디 다비시가 말했다. 「정말 세계에서 최고지. 게다가 그 사람이 거기서 내내 살 것도 아니고.」

「그 사람은 어떻게 돈을 번 거예요?」마크가 물었다.

「항공 기술.」오언 경이 말했다. 「드론.」

「와.」캐시가 말했다.

오언 경은 두 사람이 오토노모와 그의 자연 보호 프로젝트의 연관성을 발견하기를 기다렸지만, 둘 다 아무 말이 없었다. 어쩌면 정말로 그의 기사를 읽지 않았는지도 모른다. 갑자기 분노가 약간 치밀어 올랐지만, 죽어도 드러내지 않으리라 결심했다. 분노를 감추기 위해 모두의 술잔을 한 번 더 채우려고

병을 들었다. 얼른 마시고 둘 다 집에 가버렸으면 하는 마음이 갑자기 간절했다.

「어쨌거나,」 레이디 다비시가 의자에 기대앉으며 말했다. 「지난 몇 달은 정말 정신이 하나도 없었어요. 그 모든 게 그냥……. 그러니까 그 사람이 이런 믿을 수 없는 제안, 훨씬 높은 가격을 제안하고, 일이 진행되고, 모든 걸 비밀로 하고, 그런 모든 게 그냥. 그 사람은 굉장히…… 당신이라면 그 사람을 어떻게 설명하겠어, 오언?」

「그 사람은 자신을 신이 전 인류에게 준 선물이라고 생각해.」 오언 경이 말했다. 「미국인이거든.」 그러고는 레이디 다비시가 동의하기도 전에 캐시를 돌아보며 캐시의 일에 대해 물었다.

오언 다비시 경은 르모인과 함께 있을 때만큼 자신의 국적을 예민하게 의식해 본 적이 없었다. 그 억만장자를 알게 된 후 짧은 시간 동안 그는 굉장히 다른 두 가지 애국적 감정을 경험했다. 그는 르모인과의 제휴 관계가 몹시 자랑스러웠고, 자기가 국가에 숭고한 의무를 해냈다고 생각했다. 단순히 외국 자본을 유치해서가 아니라 뉴질랜드인들이 세계의 엘리트들 사이에서 경쟁할 수 있다는 걸 확인했고 또한 그 증명이 되었기 때문이다. 오언 경은 르모인의 사업을 확보했다는 것만이 아니라 그의 승인과 존중을 얻었다는 게 국가에 대단한 기여라고 생각했다. 샤워할 때나 잠에 빠져들기 전 같은 기분 좋은 순간이면 그는 가상의 대중의 관점에서 스스로에게 깊은 감사를 표했다. 하지만 그와 동시에 그는 그 남자가 겸손해지기를 간절히 바랐다. 그 점에서 자신은 뼛속까지 키위라는 생각이 들었다. 그는 오랜 세월 자기 나라를 자연스레 약자로, 적은 인구, 짧은 역사, 세계 권력 중심과의 지리적 거리로 인해 어떤 종류의 노골적인 국제 비교에서도 부당하게 불리한 위치에 처한, 정의롭고 용감하고 품위 있고 본질적으로 선량한 경쟁자로 생각하는 데 익숙했다. 자신을 예외 취급하는 방어적 습관은 자기 나라의 하찮음에 대한 깊은 두려움과, 끝내 결국 마땅한 보상이 이루어지지 않을 수도 있다는 깊은 불안의 반영이었다. 이건 대부분 무의식적 태도였지만, 그는 뉴질랜드가 크기 때문에 받는 불이익을 고려하지 않는 국제적 기준으로 평가받을 때마다 정말로 불편했다는 점을 인지하고 있었다. 이모든 것은 자연스럽게 반미 감정으로 이어졌다. 르모인의 막대한 부와 자신감을 환유적 차원에서 보지 않을 수 없었기 때문에, 그는 르모인을 만난 이후 계속해서 그를 무너뜨리고 싶다는 거의 도덕적 갈망에 시달렸다. 두 사람만 있을 때면 다비시 부부는 종종 경멸에 가까운 어조로 그 억만장자 이야기를 했다. 르모인이 **두 사람** 이야기를 아무에게도 하지 않는다는 걸 생각하면 더욱더 쓰라린 경멸이었다.

멀로이 부부는 오래 있지 않고 돌아갔다. 나중에 레이디 다비시가 남은 음식을 점심용으로 싸고 있을 때, 오언 경이 식기세척기에 접시들을 넣으면서 말했다. 「우리 깜짝 뉴스가 별로 호응을 받지 못했군.」

「뭐,」 아내는 그를 쳐다보지도 않고 말했다. 「돈 때문이야, 안 그래? 사람들은 남의 돈에 대해선 늘 이상하게 구니까.」

「맞아.」 그가 말했다.

아내는 여전히 그를 쳐다보지 않고 말했다. 「마크가 되게 뚱뚱해 보이더라. 얼굴이 벌겋더라고. 비아그라를 먹는 게 아닌가 싶어.」

「뭐? 왜?」

「그거 부작용이야, 벌건 얼굴. 그리고 약간 흐릿한 눈도.」

「잠깐만,」 오언 경이 말했다. 「비아그라 부작용을 당신이 어떻게 알아?」

「상식이야.」

「난 아닌데.」

「뭐, 이젠 그렇게 되었네.」 레이디 다비시는 딱딱하게 말하고 나서, 빵 도마 위 부스러기들을 쓰레기통에 쓸어 넣었다. 순간 오언 경은 이게 말다툼일지도 모른다는 생각이 들었다.

「무슨 문제 있어?」 그가 말했다.

「그 둘한테 말한 게 너무 짜증 나.」 레이디 다비시가 말했다. 「내가 말해 버렸다니, **믿을 수가 없어.**」

「아,」 그는 안도하며 말했다. 「분명 괜찮을 거야.」

「하지만 두 사람이 뭐 하러 비밀을 지키겠어, 안 그래? 내 말은, 그 둘은 르모인에게 아무런 의무가 없잖아. 무슨 서약을 한 것도 아니고. 양도 절차를 기다리는 것도 아니니 무슨 상관이 겠어?」

「당신이 말했잖아, 그 친구들이 말할 사람이 누가 있어?」

「하여간 다 너무 바보 같아.」 레이디 다비시는 터퍼웨어 뚜껑을 필요 이상으로 힘줘 닫으며 말했다. 「〈비밀 지켜〉라니. 너무 어린애 같아.」

「그 친구들은 아는 사람도 없어, 질. 친구가 누가 있어? 우리 말고는 아무도 없다고. 괜찮을 거야.」

「보통 못 참는 사람은 당신인데.」 레이디 다비시가 말했다.

「알아.」 오언 경이 말했다. 「비아그라 먹는 사람 누구 알아?」

「뭐, 확실하진 않고.」 레이디 다비시가 말했다. 「그냥 의심 가는 사람들뿐이지.」

「오…… 당신의 의심!」

「어, 부작용에 근거해서.」

「오…… 그 부작용! 알겠어. 왜냐하면 **실제** 효과에 대해 선…… 당신이 절대 알 수 없을 테니.」

「맞아,」 레이디 다비시는 드디어 미소를 지으며 남편이 이끄는 대로 가서 안겼다. 「거기에 대해선 내가 알 수 없지.」

그들은 침대로 갔다. 아침에 오언 경은 아우디 점검을 맡기고, LPG 통을 바꾸고, 낙수 홈통을 청소하고, 부엌칼을 다 갈았다. 오후 늦게 예전 와이라라파 시절 이웃이 잠깐 들렀고, 저녁에는 둘이 수영장과 사우나에 갔다가 배달 중국 음식을 주문했다. 월요일 아침 오언 경은 그 저녁 식사 모임 일을 다 잊고, 새로운 한 주의 시작을 기대하며 기분 좋게 다비시 방제 본사 사무실에 도착했다. 책상 위에 비서가 가져다 놓은 선물이 있었다. 이름을 〈오언 다비시 경, KNZM[14]〉으로 고쳐서 새로 만든 명함이었다. 그가 자리에 앉아 파란 잉크가 빛을 받아 은색으로 변하는 모습에 감탄하며 명함을 이리저리 돌려보고 있을 때, 컴퓨터에서 띵 소리가 났다. 고개를 들어 쳐다보자, 메일 수신함에 〈로버트 르모인 관련 인터뷰 요청〉이라는 제목의 이메일이 보였다.

그는 손을 뻗어 이메일을 열었다.

〈다비시 씨에게,〉 메일은 잘못된 호칭으로 시작되었다. 〈저는 프리랜서 기자로 현재 초부유층 사이에서 유행하는《재난 대비 자급 생활》에 대한 장기 탐사 기사를 준비하고 있습니다. 로버트 르모인과의 제휴 관계, 특히 손다이크 목장과 관련해서 몇 가지 질문을 드리고 싶습니다. 뵙고 이야기할 약속을 정할 수 있을까요? 원하시면 비공개로 해도 좋습니다. 감사합니다.〉 그러고는 오언 경이 모르는 이름과 전화번호가 적혀 있었다.

그는 가슴이 철렁해서 레이디 다비시에게 이메일을 전송하고 이렇게 덧붙였다. 〈이거 뭐라고 생각해?〉 그러고는 명함 모

---

14 Knight Companion of the New Zealand Order of Merit. 뉴질랜드 공로 기사.

서리로 책상을 초조하게 두드리며 이메일을 읽었다. 20초도 지나지 않아 전화벨이 울렸고, 그는 전화를 받았다.

「젠장.」레이디 다비시가 말했다.

「어떻게 생각해?」그가 말했다. 「마크였을까?」

「모르겠어, 젠장.」

「만약 그렇다면 정말 빠른데.」

「젠장.」레이디 다비시가 또 내뱉었다.

「다른 사람일 수도 있어.」그가 말했다. 「변호사 중 하나이거 나 뭔가 본 이웃일 수도…… 아니면 우리가 아예 모르는 사람 일 수도 있지.」

레이디 다비시가 못 믿겠다는 소리를 냈다. 「그냥 물어보면 안 돼?」

「누구한테…… 마크?」

「아니, 이 기자한테. 어떻게 알았는지 물어봐.」

「실제로 그 기자랑 이야기하라고?」

「뭐, 비공개로 할 수도 있다고 했잖아.」

「하지만 그건 아무 의미 없어. 그냥 그 사람들이 하는 말일 뿐이야. 알아? 이 작자 도대체 누굴까?」

아내가 자판 두드리는 소리가 들렸다. 「기다려 봐.」레이디 다비시가 말했다. 「지금 찾아보는 중이야. 자, 주요 신문사나 방송국에 있는 사람은 아니고 —」

「본인이 그렇게 말했어, 프리랜서라고.」

「이메일 주소가 뭐지?〈gallo's humour〉? 무슨 잡지사 이름 같은 건가?」

「그냥 농담 같아.」

「좋아, 그럼 아마 아무것도 아닌 사람일 거야.」레이디 다비시가 여전히 자판을 두드리며 말했다.「앤서니 갤로…… 나 그 사람 웹사이트에 들어왔어……. 꽤 시시해 보여. 블로그 글이랑 뭐 그런 것들이 좀 있긴 하지만, 아무것도 ─」

오언 경도 자기 컴퓨터의 브라우저를 열었다.「이 사람을 마크랑 같이 조사해 봐.」그가 말했다.「캐시랑도, 그리고 애들이랑도.」

잠시 두 사람 다 아무 말 없이 검색에 몰두했다.

「없어.」레이디 다비시가 이내 말했다.「연관이 없어.」

「페이스북을 봐봐.」

「벌써 봤는데, 없더라고.」

「그냥 로버트에게 이 메일을 전송하면 어떨까?」오언 경이 말했다.「지금 당장 전송한 다음 이 사람이 누군지도 모르고 어떻게 알아냈는지도 모르겠다고 말하는 거야. 그건 사실이잖아.」

「안 돼.」레이디 다비시가 말했다.「그러지 마, 만약을 생각해서.」

「그럼, 뭐? 그냥 무시해? 아닌 척…….」

「전화해 봐.」레이디 다비시가 말했다.「PR의 첫 번째 규칙만 기억해.」

「그게 뭔데? 미소?」

「그건 PR의 마지막 규칙이기도 해.」

그가 조급한 어조로 말했다. 「뭐냐고, 질?」

「아무 말도 하지 말 것.」

그 끔찍한 버넘 숲 투표 다음 날 아침, 어린 시절 쓰던 침실에서 잠이 깬 토니의 머릿속에는 자면서 이미 쓰기라도 한 것처럼 완전히 구상을 마친 기삿거리가 있었다. 그 기사는 초부유층을 살벌하게 고발하고 가차 없이 까발리는 글이 될 것이다. 기후 재앙을 공개적으로는 부정하면서 같은 입장을 비밀리에 공매도하고 투자 손실에 대비하는 저 위선자와 냉소주의자들, 보조금과 쉬운 대출 형태로 막대한 지원금을 받으면서 자립을 설교하고, 전처들에게서 자기 자산을 보호하려고 계약의 요새를 쌓아 올리며 관료주의를 한탄하는 백만장자와 억만장자 들, 국가 재정을 카지노 취급하고 복지 프로그램을 악의적으로 해체하며 불법적인 뒷거래와 끝없이 돌아가는 더러운 회전문을 통해 엄청난 돈이 되는 국가 계약을 따내고, 시민 규범을 잠식하고 사회적 기준을 파괴하며 염병할 **인터넷**이 보여주듯이 공공 자금으로 세워지고 공공 후원으로 번성했기에 응당 국민의 것인 기관들에 기생해 막대한 부를 축적하면서 세금은 회피하는 경제 기생충들, 젊고 건강한 피를 정기적으로 수혈받는, 말 그대로 뱀파이어 소시오패스들, 세계 인구 절반을 합친 것보다 더 많이 소비하고 태우고 버리는 암적 오염자들, 대중을 속이고 멸시하면서 민중주의자로 가장하는 숨은 파시스트들, 거짓말하고 훔치고 살인하면서 아무런 처벌도 받지 않는 작자들, 희생양을 만들어 내고 자살을 부추기고 폭력을 조장하며 불안을 유발하고는 보통 사람들의 삶과 철저히 단절되고 보통 사람들로부터 철통같이 방어되어 근본적으로 분리된 공간이나 다름없는 사치스러운 개인 영역으로 도피하는 놈들. 로버트 르모인은 세계의 종말에 대비해 뉴질랜드에 피난처를 사는 그런 수십 명, 어쩌면 수백 명의 초부유층 생존주의자 중 하나였다. 토니는 그 인간들을 다 수사할 것이다.

혼자 그렇게 말하면서 그는 지난 몇 달 사이 그 어느 때보다 활기찬 기분으로 노트북을 열고 자판을 치기 시작했다. 몇천 자를 써 갈기고 증오가 좀 사그라들자, 그는 그 글을 쓰려는 야심의 진짜 동기를 인정할 수 있었다. 그는 특종을 쥐고 있었다. 르모인이 미라에게 한 제안은 제대로 된 이야깃거리, 특집 기사와 다큐멘터리 팟캐스트와 국제적 주목을 끌 이야기였다. 이건 토니에게 일생일대의 기회, 자기 원칙을 확고히 하면서도 이름을 날릴 특종을 따낼 기회였다. 버넘 숲의 창립 회원이자, 르모인의 제안으로 너무나 지독하고 뻔뻔하게 더러워진 화합 원칙을 작성한 바로 그 당사자보다 이 일에 대해 더 잘 쓸 수 있는 사람이 어디 있겠는가? 토니는 흥분으로 내장이 조여

드는 기분을 느끼며 의자에 기대앉았다. 위장 수사를 할 수도 있다. 손다이크에 내려가 마음이 바뀌었다고, 미안하다고, 같이하고 싶다고 말하는 거다. 내부에서 그 프로젝트를 고발하는 거다. 일지를 쓰고 사진을 찍고 어쩌면 비밀리에 인터뷰도 하고, 그런 다음 서서히 실망하는 모습을 보여 줘 이야기에 서사를 부여하는 거다……. 그는 고개를 저었다. 그건 너무 도가 지나친 배신이다. 그러면 미라와의 관계도 끝나고, 어쩌면 버넘 숲도 끝장난다. 하지만 자신과 미라 사이에 무슨 관계가 있**기라도** 한가? 버넘 숲은 이미 스스로를 배신하지 않았나? 이미 자업자득 아닌가? 르모인과 손잡기로 했으니 이미 영혼을 판 것 아닌가?

아냐, 토니는 자신을 질책하며 단호하게 생각했다. 위장 수사와는 선을 그어야겠다. 그들은 친구이니 — 적어도 예전에는 그랬으니 — 대놓고 속이는 짓은 하지 않을 것이다. 하지만 자유 국가인 이 나라에서 기분 내켜 잠깐 손다이크에 여행 갈 계획을 짜겠다는데, 그저 잠시 캠핑하러 가겠다는데 누가 막겠는가. 거기 있다 뭔가 보거나, 우연히 마주치거나, 듣거나, 발견하면, 뭐, 공익을 위해 수사하고 발견한 일을 — 순전히 공익을 위해 — 보도하겠다는데 누가 막겠는가.

스스로를 설득해 과격한 계획을 접고 나자 토니는 자신의 현명함과 관대함에 기분이 좋아졌다. 그는 도덕을 시험받고 옳은 길을 택한 사람의 차분한 확신에 차서 1시가 조금 넘은 시간에 아직 샤워도 하지 않은 채 주린 배를 안고 아래층으로 어슬렁거리며 내려왔다.

「어젯밤에 늦게 왔더라.」 냉장고를 열고 들어다보는 토니에게 어머니가 말했다. 「모임은 즐거웠니?」

토니의 평정심이 한순간에 무너졌다. 「아뇨,」 그는 무뚝뚝하게 말했다. 「엉망이었어요.」

「저런, 엄청 기대했잖니.」 브렌다 갤로가 손을 가슴에 얹으며 말했다. 「무슨 일 있었어?」

「**그렇게** 많이 기대하지 않았어요.」 토니가 말했다. 그는 우유병 뚜껑을 열고 킁킁 냄새를 맡았다.

그의 누나, 버로니카가 부엌에 들어왔다. 「꼭 그런 식으로 킁킁거려야겠니?」 버로니카가 역겹다는 표정을 지으며 말했다.

「신선한지 보려는 거야.」

「그냥 유통 기한을 봐.」

「그게 항상 정확한 건 아니거든.」

「일주일 남았을 때는 정확한 거야.」

「뭐가 문제야?」 토니가 말했다. 「숨을 **불어넣는** 것도 아니잖아. 여기다 **코를 푸는** 것도 아니고.」

브렌다는 아들에게 시리얼 그릇이 필요할 거라 짐작하고 그릇을 건네줬다. 「즐겁지 않았다니 안됐구나.」

「어디서?」 버로니카가 물었다.

「버넘 숲에서.」브렌다가 말했고, 토니는 아버지나 어머니가 그 집단 이름을 입에 올릴 때마다 늘 느끼는 이상하고 불편한 이질감을 느꼈다. 「모임이 있었거든.」

「언제?」버로니카가 눈살을 찌푸리며 말했다.

「어젯밤에. 그 근사한 카페에서 — 그 친절한 여자가 운영하는 곳인데 — 이름이 뭐더라?」

「그 이야기 좀 그만하면 안 돼요?」토니가 아침을 식탁에 가져오며 말했다.

「캘런더.」어머니가 말했다. 「첼시 캘런더던가?」

「앰버.」토니가 이를 악물고 말했다.

「맞아, 앰버, 턱이 좀 있는.」

「난 그 이야기 이제 진짜 끝이에요.」토니가 말했다.

버로니카가 웃기 시작했다. 「넌 정말 구라쟁이야.」버로니카가 토니에게 말했다. 「정말이지 믿을 수 없는 구라쟁이!」

「버로니카.」어머니가 타일렀다.

토니는 버로니카를 매섭게 쏘아봤다. 「왜?」

「너 어젯밤 버넘 숲에 안 갔잖아. 폭스 앤드 페럿에서 로지 더마니랑 키스하고 있었으면서.」

「뭐라고?」브렌다가 또 가슴에 손을 얹으며 외쳤다.

「너 딱 걸렸어.」버로니카가 말했다.

「도대체 그걸 어떻게 안 거야?」토니가 말했다.

「해미시 로커가 봤대. 나한테 문자로 그러는 거야, 네 동생이 바로 지금 이 순간 누구랑 몸을 더듬고 있는지 맞힐 기회를 세 번 줄게.」

「네가 얼마나 변태인지 알긴 해?」토니가 말했다.

「폭스 앤드 페럿에 갔다고?」어머니가 물었다.

「내가 누굴 찍었는지 알고 싶어?」버로니카가 말했다.

「아니,」토니가 말했다. 「이야기하지 마.」

「모임 있다고 했잖니.」브렌다가 말했다.

「**진짜** 모임 있었어요.」토니가 말했다. 「그런데 모임은 개같았고, 난 사실상 제명당했고, 그래서 한잔하러 술집에 갔다가 로지 더마니를 만났는데, 아무래도 내가 염병할 동독 비밀경찰 치하, 염병할 1984년 속에서 살았다는 걸 잊어버렸나 보네 ─」

「말조심해라.」브렌다가 말했다. 「제명당하다니, 무슨 소리야?」

「신경 안 쓰셔도 돼요.」

「피오나 킨.」버로니카가 말했다. 「1번.」

「버로니카, 입 다물어.」토니가 말했다.

「데이지 윌리츠.」

「안 돼,」브렌다가 말했다. 「난 걔 싫더라.」

「제발 입 다물어.」토니가 버로니카에게 말했다.

버로니카는 씩 웃고 있었다. 「그리고 미라 번팅.」

「입 좀 닥쳐 줄래?」토니가 폭발하며 의자를 식탁에서 뒤로 밀었다. 「자기가 무슨 개소리를 하고 있는지도 모르지, 버로니카?」

「말조심해!」 어머니가 말했다. 「토니!」

「알아.」 버로니카가 두 손 들며 말했다. 「**안다고. 내가 말하는** 게 그거야. **못 맞혔다고.**」

「도대체 그런 건 왜 맞히려는 거야?」 토니가 말했다. 「뭐가 문제야? 그 정도로 딱하고 절박해? 염병할 해미시 로커랑 문자질이나 하고? 맙소사!」

「토니!」

「왜 부끄러워해?」 버로니카가 말했다. 「로지는 멋진데.」

「부끄러워하는 게 아니야.」 토니가 말했다. 「소름 끼쳐서 그래.」

「제명당했다는 게 무슨 말이니?」 브렌다가 다시 물었다.

「말하고 싶지 않다고 했잖아요.」 토니가 말했다. 그는 시리얼 그릇을 들었다. 「그리고 말인데, 미라는 나 아주 싫어해.」

「왜?」 버로니카가 물었다.

「무슨 일이 있었던 거야?」 어머니가 물었다. 「토니?」 하지만 토니는 이미 문을 쾅 닫고 나간 뒤였다.

토니는 정리하지 않은 침대 위에 책상다리 자세로 앉아 시리얼을 먹으면서 버넘 숲 초기 시절 미라와 했던 대화를 떠올렸다. 그들은 부의 재분배 윤리에 대해 논쟁했는데, 미라가 아버지 가족들이 따르던 오랜 관습을 이야기해 줬다. 거기서는 두 아이가 케이크나 비스킷을 나눠 먹을 경우 한 아이가 자르고 다른 아이가 선택하는 게 규칙이었다. 칼을 든 아이는 어쩔 수 없이 훨씬 작은 쪽을 갖게 되는 상황을 피하려고 늘 최대한 공평하게 자르려 애썼는데, 미라는 이게 다른 맥락에서도 공정함을 보장할 좋은 방법이 될 수 있을 거라고 했다. 예를 들어, 국가 예산 계획을 세울 때 나라의 세입이 어디서 들어올지 결정하는 사람들과 그 돈을 어떻게 쓸지 결정하는 사람들이 완전히 다른 당이라면 어떻게 될까? 모은 세금을 다른 당에 줘서 분배하게 한다면, 정부 역할을 줄이려는 보수주의자는 세금 인하 문제를 달리 생각할 수도 있고, 시민 사회 역할을 중시하는 진보주의자는 세금 인상에 대해 다른 생각을 가지게 될 수도 있다. 한 당에서 절제하는 모습을 보이면 다른 당의 선의와 타협을 촉진하는 데 큰 도움이 될 것이다. 어느 정당이건 자기만족에 빠지거나 자기 역할에만 굳어지지 않도록 왔다 갔다 하며 역할을 바꿀 수도 있을 거라고, 그러면 효과 있을 거라고 미라는 눈을 반짝반짝 빛내며 말했다.

토니는 반박했다. 미라가 설명한 것은 **사실상** 진정한 좌파의 대적이자 대자유주의자인 롤스의 사상을 변형한 것이라고 토니는 말했다. 미라는 자신을 급진파라고 하지 않았나? 그런 미라가 그렇게 온건하고 — 까놓고 말해 — 시대에 뒤떨어진 입장에 매력을 느끼다니, 그는 놀라고 솔직히 실망했다. 하지만 기겁하게도 미라는 질책을 조금도 받아들이지 않았다. 아무리 유명한 이름을 들먹인다 해도, 이건 **자기** 생각이라고 응수했다. 롤스에 대해서는 들어 본 적도 없고 알아야 한다고 생각한적도 없다며, 이건 오로지 자기 생각이라고 했다. 어떻게 고유한 생각이 시대에 뒤질 수 있지? 그건 용어상 모순이자 범주실수다. 온건하다는 비판에 대해서는, 물론 모욕하려고 한 말이겠지만 좌파 정치 프로젝트 전체는 함께 나누려는 사람들의자발성에 어느 정도 달려 있지 않나? 그리고 나눔이란 근본적으로 그저 온건의 다른 이름 아닌가? 어쨌거나 두 사람 중에서따지자면 토니야말로 상대의 생각을 거부하고 죽은 철학자 이름이 어떤 식으로든 **어떤** 의견에나 적법한 반응이라도 되는 듯들먹임으로써 현 질서를 지탱하는 죄를 더 크게 저지르고 있는 것 아닌가 ─ 그리고 좌파들은 왜 항상 누가 **실제로** 좌파인지 따지는가 ─ 그거야말로 시대에 뒤떨어진 것 아닌가? 만약그렇지 않다면, 아무래도 앞으로는 그래야 한다고 본다는 것이다. 왜냐하면 내내 이중간첩 취급을 당하는 건 정말로 불쾌하니까. 토니는 이 강력한 반박에 약간 얼떨떨해져서 긴 설명속으로 도피했다. 그가 무지의 베일 개념을 설명하는 동안 얼굴을 살짝 찌푸리며 그의 눈을 하나하나 쳐다보다가 입을 보다가 다시 눈을 바라보며 귀 기울이던 미라의 모습이 아직도눈앞에 선했다. 그가 설명을 끝냈을 때, 미라는 여전히 그를 향해 씩 웃으면서 고개를 흔들며 아니라고, 그가 틀렸다고, 자기생각이 훨씬 더 낫기 때문에 롤스와는 전혀 비슷하지 않다고 말했다.

토니는 생각했다. 왜 바로 그때 미라에게 키스하지 않았을까? 두 사람은 도서관 계단통의 내닫이창 창틀에, 그는 지금처럼 책상다리를 하고 미라는 무릎을 끌어안은 채 앉아 있었다. 손으로 팔꿈치를 감싼 채 무릎 위에 올려놓은, 만질 수 있을 정도로 가까운 미라의 팔뚝이, 끈을 맨 갈색 가죽 구두가, 짧은 양말이, 접어 올린 청바지 끝단이 아직도 눈앞에 선했다. 왜 키스하지 않았을까? 왜 슬쩍 그 발목을 잡지 않았을까, 아니면 손을 뻗어 그 팔을 쓰다듬지 않았을까, 아니면 — 대담하게도 — 흘러내린 머리카락을 귀 뒤로 넘겨 주지 않았을까? 왜 그렇게 간절히 원했으면서, 왜 그 후 내내 상상한 것처럼 그냥 몸을 기울여 키스하지 않았을까? 로지 더마니에게는 키스가 쉬웠다. 너무 쉬워서 거의 불안할 정도였다. 「진짜 너랑 키스하고 싶어.」 그가 말하자, 로지는 미소 지으며 말했다. 「해, 그럼.」 그래서 그는 키스를 했다. 그는 미라가 말하는 걸 상상했다. 「해, 그럼.」 자기가 창틀 좌석을 가로질러 몸을 기울이는 모습을, 손으로 미라의 목뒤를 감싸 자기 쪽으로 끌어당기는 모습을 상상했다. 「해, 그럼.」 마음속 미라는 말했고, 토니는 마지막 남은 우유를 다 마시고 침대 옆 협탁에 그릇을 놓은 다음 자리에서 일어났다.

셸리와 바에서 저녁 시간을 보낸 후 며칠, 몇 주 동안 토니는 셸리가 미라에게 자신의 귀국 소식을 알렸을지 한 번도 궁금해하지 않았다. 그는 두 사람이 서로에게 모든 걸 이야기한다고 확신했기 때문에 — 어쨌거나, 그 점에 대해서는 직접 들은 증거도 있다 — 점점 더 우울하고 점점 더 절망적인 심정으로 매일매일 미라의 전화를 기다리면서 미라가 결정권을 쥐고 있다고 단호하게, 반복해서 되뇌었다. 둘이 같이 잔 상황에 대해 미라가 조금이라도 불편하게 생각한다면 — 그는 기억을 쥐어짜 봤다. 그리고 자신했다. 먼저 선동한 건 **미라**였다, 자기는 불명예스러운 짓을 **추호도** 저지르지 않았다, 그건 **미라**의 결정이었다, **미라**가 **자기**에게 추파를 던졌다 — 미라를 쫓아다녀 그 상황을 더 불편하게 만들지 않을 작정이었다. 3주가 지나도 미라에게서 전화가 없자, 그는 이게 미라가 전하려는 의미라고 결론지을 수밖에 없었다. 이제 그 일에 더 이상 신경 쓰지 않아야 한다는 걸 알지만, 미라를 만나기 전까지는 멈출 수 없다는 것 또한 잘 알고 있었다. 미리 알리지 않고 혼자 후이에 갈까 고민하고 있는데 마침 코포드닐슨이 셸리의 이메일에 보낸 확인 메일을 보자, 갑자기 충동적으로 그에게 전화를 걸어 그 전에 맥주나 한잔하자고 청했다. (지금 생각하면 너무 멍청한 짓 같지만) 그의 의도는 어쩌다 보니 자연스럽게 온 것처럼 보이게 만드는 것이었다. 그는 미라에게 어깨를 으쓱하며 말하는 자신을 상상했다. 핀크랑 만난 김에 — 옛날 생각도 나고 — 뭐 어때 싶어서 따라왔다고.

잘못된 생각이었다. 핀은 토니와 대단히 친한 사이도 아닌데 그런 초대를 받아 매우 당황했고, 토니는 너무 긴장하고 정신이 딴 데 가 있어 대화가 이어지도록 신경 쓰지도 못했다. 어색하게 한 시간을 함께 보낸 뒤, 토니가 맥주 2파인트를 마신 불편한 속을 안고 이미 짜증 나고 방어적인 자세로 후이에 도착해 보니 미라는 와 있지도 않았다. 그는 비합리적이게도 미라의 지각을 자신에 대한 차가운 감정을 보여 주는 추가 신호로 받아들였다. 마침내 도착한 미라가 그를 보고 명백히 놀라는 표정을 놓치지 않았지만, 그때는 이미 너무 화가 나 있어 충격받은 미라의 표정을, 어떻게 버넘 숲에 다시 얼굴을 들이밀 정도로 뻔뻔할 수 있나 하고 그저 재미있어한다는 뜻으로 해석했다. 심지어 지금도 그는 미라와 셸리가 한편이라는 걸 전혀 의심하지 않았다. 셸리는 총알같이 미라에게 찬성표를 던졌고, 그는 나중에 두 사람 사이에 오가는 공감과 감사의 표정을 포착했다. 그건 그를 거의 비난하는 표정 같았다. 그는 포괄적인 굴욕감을 느끼며 후이를 떠났고, 한 시간 후 폭스 앤드 페럿의 바 앞에 줄 서 있을 때 로지 더마니가 어깨를 두드리자 실제로 괴로워하며 신음했다. 그는 말했다. 정말 미안한데, 정말이지 그냥 혼자 술 마시고 싶다고. 지금 생각해 보니, 연애에 있어서 그는 자기가 바닥을 쳤다고 생각할 때 제일 운이 좋았다는 걸 깨닫고 약간 우울해졌다. 그는 아무것도 잃을 게 없다는 사실을 알고 있을 때 가장 매력적인 사람 같았다.

문 쪽으로 걸어가는데 문 두드리는 소리가 났다. 문을 열자 버로니카가 커피를 담은 머그잔을 들고 서 있었다.

「미안해.」버로니카가 말했다. 「내가 못되게 굴었지.」

토니는 감동했다. 「고마워.」그는 잔을 받으며 말했다.

「엄마가 그러는데, 너 정말 모임을 기대하고 있었다며.」

「이젠 〈모임〉이라고 하면 안 돼,」토니가 음울하게 말했다.
「〈후이〉라고 해야지.」

「그래서 쫓겨난 거야?」

그는 한숨을 내쉬고 고개를 저었다. 「아니, 그냥 거지 같
아서.」

「미라를 말하는 거야?」

「하아,」토니는 어깨를 귀까지 으쓱 올리며 말했다. 「상관없
어. 그냥 바보 같았어.」

「그런데 어떻게 널 쫓아낼 수 있지?」버로니카가 말했다.
「그건, 그러니까, 원칙 위배 —」

「바로 그거지.」토니가 말했다.

「그걸 지적하는 사람이 아무도 없었어?」

「정말 누나가 거기 있었어야 했는데.」

「정말.」버로니카는 절망하는 시늉을 하며 고개를 젓고는
가려고 돌아섰다.

「저기, 로니카.」토니가 갑자기 말했다.

「어.」버로니카가 계단 난간에 손을 얹은 채 말했다.

「손다이크에 가려고 하는데 차 좀 빌려줄 수 있어?」

「손다이크에는 왜?」

왠지 본능적으로 르모인과 버넘 숲의 관계를 말해서는 안될 것 같았다. 대신 그는 장기 탐사 기사를 준비하고 있는데 추적해 보고 싶은 단서가 있다고 말했다. 초부유층 생존주의자에 관한 기사인데, 쓸 만한 정보를 가진 듯한 사람이 손다이크에 있다는 걸 최근에 알게 되었다고 말했다. 버로니카는 그가 예상한 것보다 훨씬 더 흥미를 보이며 물론 차를 빌려주겠고, 어차피 거의 몰지도 않으니 얼마든지 오래 써도 된다고 즉시 말했다. 두 사람은 그가 그 주 금요일에 떠나는 걸로 일정을 잡았고, 그는 커피를 마시고 그날의 팔 굽혀 펴기 운동을 마친 뒤 샤워를 하고 옷을 입었다. 토니는 자신감과 활력을 회복하고 다시 노트북 앞에 앉았다. 기사를 북마크하고 조사 범위를 설정하기 시작했다. 몇 시간 후 로지 더마니가 어젯밤에 정말 재미있었다고 문자를 보내오자, 그는 집에 돌아온 후 있었던 일 중 최고였다고 진심으로 답을 보냈다. 그러고는 손다이크로 떠나기 전에 한 번 더 만나고 싶다고 덧붙이자, 로지는 파티 모자, 펼친 손 두 개, 홍조, 세 개의 이모티콘을 답으로 보냈다.

두 사람은 목요일 밤에 만나 저녁 식사를 했다. 토니가 기사의 전반적인 의도를 설명하자 로지는 버로니카처럼 감명받았지만, 이건 의뢰받은 기사도 아니고 십중팔구 돈도 못 받을 거라고 자백하자 약간의 멈칫거림, 미세한 불신, 혹은 어쩌면 동정심이 감지되었다. 로지는 미소 지으며 기사가 완성되자마자 읽고 싶다고 상냥하게 말했지만, 토니는 로지가 자신에 대해 앞으로 바꿀 것 같지 않은 평가를 마쳤다는 느낌을 완전히 떨쳐 낼 수 없었다. 저녁 시간은 꽤 즐거웠다. 로지는 가족법 전문 사무 변호사이고, 실내 네트볼을 하고, 마블 영화를 좋아하고, 드라마 「배틀스타 걸랙티카」를 좋아하고, 최근에 베트남으로 휴가를 다녀왔다고 말했다. 로지가 타이밍이 너무 안 좋다며 얼마나 오래 가 있을 거냐고 묻자, 토니는 두 사람이 절대 이뤄지지 않으리라는 사실을 찔리는 죄책감과 함께 분명히 깨달았다. 그는 그 느낌을 억지로 누르고 계속 연락하자고, 물론 돌아오자마자 알려 주겠다고 약속했다. 그들은 레스토랑 밖에서 다시 키스했고, 로지가 태워 주겠다고 했지만, 그는 두 블록 떨어진 곳에 차를 세워 뒀다며 거절했다. 그는 손을 흔들며 로지를 배웅했지만, 로지의 진홍색 포드 피에스타가 길모퉁이를 돌아 사라지자 얼굴에서 미소가 서서히 사라졌다. 집에 오는 버스 안에서 토니는 앞좌석에 이마를 기댄 채 무릎 사이로 보이는 도돌도돌한 리놀륨 바닥을 물끄러미 바라보다가 주위의 소음을 듣고서야 정류장에 도착하기 전 하차 벨을 누를 수 있는 마지막 신호등 근처에 왔다는 것을 깨달았다. 익숙한 높은 울타리들, 익숙한 대문 안 진입로들, 도로 안쪽에 자리한 익숙한 교외 대형 주택들을 지나 집으로 걸어오는데 주머니 속에서 전화기가 울렸다. 그는 로지일 거라 생각하고 부모님 집에 도착해 침대에 눕고 나서야 전화기를 확인했다. 하지만 로지가 아니었다. 사용자 셸리 노크스에 의해 새 파일이 〈버넘 숲〉 공유 폴더에 추가되었다는 알림이었다. 토니는 침대 옆 등을 다시 켰다. 그리고 침대에 앉아 파일을 열고 읽기 시작했다.

파일 제목은 〈일정 — 코로와이 고갯길 1606번지〉였고, 내용은 마쳐야 할 임무 당번표와 재배 계획, 작물 목록, 연속 갱신 예산, 원하는 물품 목록, 그리고 손으로 그린 목장 지도였다. 토니는 파일을 꼼꼼히 읽어 봤다. 활주로는 부지 꼭대기 가까이 있고 〈접근 금지〉라고 적혀 있었지만, 벙커에 대한 언급이나 앞으로 벙커가 지어질 자리는 표시되어 있지 않아 그는 파일을 다운받아 놓고 브라우저를 열어 지역 의회 데이터베이스를 조회했다. 벙커를 지으려면 르모인이 자원 관리 및 개발 허가를 받아야 하니, 만약 운이 좋다면 온라인으로 벙커 설계도를 볼 수 있을지도 모른다.

토니는 한 시간이 넘도록 소득 없이 인터넷을 돌아다닌 끝에 겨우 코로와이 고갯길 1606번지 관련 계획 허가를 발견했다. 하지만 그건 그저 분할 개발 허가였고, 작년 11월에 오언과 질 다비시에게 주어진 것이었다. 두 사람이 르모인에게 목장을 판 것이 분명했다. 그 이름을 검색하자 최근 작위 수여에 관한 신문 기사들이 쏟아졌고 — 체제의 화신이구먼, 토니는 냉소적으로 생각했다 — 그 기사들은 오토노모와 다비시 방제의 제휴에 대한 기사들로 이어져 그의 냉소를 한층 더 자극했다. 그는 오토노모 같은 기술 회사 거물이 저런 시시한 연줄에서 뭘 얻을 수 있는지 이해되지 않았고, 〈제(除)〉라는 단어로 끝나는 브랜드 이름을 가진 회사의 환경 보호 신임장을 극도로 불신했다. 그는 이 모든 흔적이 대가성 거래를 의미한다고 확신했고, 주홍이마모란앵무가 — 주장에 따르면 — 오언 다비시가 가장 좋아하는 토종 새라는 사실을 알았을 때는 미라와 마찬가지로 얼굴을 찌푸렸다. 실제로 토니는 오토노모 프로젝트가 멸종 일보 직전 위기 상황에 처한 이 조류의 운명에 영향을 미칠 가능성이 매우 희박하다는 것을 발견했다. 왜냐하면 그 프로젝트는 북섬에서 착수되는데, 주홍이마모란앵무(미라처럼 그도 구글에서 찾아봐야 했다)는 오로지 — 다비시 부부의, 하지만 이제는 르모인의 뒤쪽 울타리 바로 뒤에 자리한 코로와이 분지를 포함하는 — 얼마 남지 않은 남쪽 골짜기에서만 발견되기 때문이었다.

그는 목장이 정확히 언제 매각되었는지, 르모인이 정확히 얼마 지불했는지 알아보려고 창을 하나 더 열었지만, 놀랍게도 어떤 정보도 찾을 수 없었다. 코로와이 고갯길 1606번지는 부동산 매물 목록에서 사라졌고, 어떤 식으로든 로버트 르모인과 손다이크를 — 나아가, 그를 오언이나 질 다비시와 — 연결하는 검색 결과는 하나도 나오지 않았다. 그는 기사 작위를 보도한 기사들로 돌아가 샅샅이 살펴보다 오언 다비시가 언론 인터뷰에서 오토노모는 몇 번 언급했지만 실제로 르모인의 이름은 한 번도 댄 적이 없다는 것을 알아챘다. 토니는 흥분하기 시작했다. 미라가 르모인이 목장을 비밀리에 샀다고 말하긴 했지만, 그 매매 건이 아직 대중에게 알려지지 않았다면 그 또한 특종이 될 수 있었다. 공로 기사 작위를 받은 오언 다비시, 그렇게 태연자약한 얼굴로 미스터 토종 키위, 미스터 1백 퍼센트 순수, 미스터 다 괜찮을 거야를 연기한 오언 다비시에게는 특히 타격이 클 특종 기사. 토니는 토지 기록 데이터베이스에 들어가 5달러를 내고 그 부지 소유권 증서 열람을 요청했다. 새벽 2시 조금 넘어 드디어 다시 불을 끄고 잠에 빠져들기 전 마지막으로 그의 머리를 스친 생각은, 누구의 말인지는 잊어버렸지만 어디선가 들었던 인용구였다. 〈사람들이 인쇄물로 보고 싶어 하지 않는 것만 뉴스고 나머지는 다 광고다.〉

그는 다음 날 늦게 손다이크에 도착해서, 자기 차 외에는 주차된 차가 한 대밖에 없는 텅텅 빈 방문객 센터 옆 장기 주차장에 차를 세웠다. 기자 수첩과 구술 녹음기를 가져왔지만, 현지인들에게 접근하기 전 며칠 동안 버넘 숲을 관찰하면서 회원들의 일상 활동 패턴을 파악하고 — 가능하다면 — 르모인의 활동 패턴도 알아보고 싶었다. 파일에는 억만장자에 관한 언급이 전혀 없고, 후이에서 미라는 르모인이 활주로를 자주 사용한다고 했지만, 목장이 르모인의 출발지가 아니라 도착지라는 암시가 느껴졌다. 그건 르모인이 다른 곳에 살고 있다는 뜻일 수 있었다. 온라인을 샅샅이 뒤졌지만, 르모인의 현재 상황에 대해서는 가장 기본적인 정보조차 찾아낼 수 없었다. 확실히 그 인간은 자기 정보를 대중에게 감추는 데 달인이었다. 그래서 토니가 — 인상적으로 잘 정리된 셸리의 일정표에서 영감을 받아 — 스스로에게 부과한 첫 번째 과업은 르모인의 비행기 꼬리에 적힌 항공기 등록 부호를 찾는 것이었다. 그것만 있으면 공개 소스를 이용해서 과거 르모인의 움직임을 재구성하고 어쩌면 미래의 움직임까지 예상할 수 있었다.

그는 버로니카의 차 트렁크를 열고 후면 범퍼 위에 앉아 운동화를 도보 여행용 신발로 갈아 신었다. 장거리 운전으로 몸이 뻐근했고, 눈알 뒷면이 눈구멍 안쪽에 닿고 뇌 양옆이 관자놀이에 부딪히는 듯한 무딘 두통이 느껴졌다. 움직여야 했다. 그는 신발 끈을 묶으면서 낮게 깔리는 구름을 곁눈질로 올려다보고 밤이 되기 전에 야영지를 만들 시간은 있겠다고 판단했다. 〈야영지〉라고 해봤자 배낭과 작은 천막뿐이었지만, 별 아래에서, 특히 겨울에, 심지어 — 어깨에 비 몇 방울이 떨어지는 게 느껴졌다 — 비 내릴 때 홀로 노숙하는 것보다 토니가 더 좋아하는 일은 거의 없었다.

학부 시절 코로와이산맥을 조금 돌아다녀 봤기 때문에 그는 손다이크 주변 지역을 어느 정도 알고 있었다. 그의 계획은 마드리갈 빙하 아래에 있는, 예전에 등반 가서 하룻밤 묵었던 마드리갈 오두막으로 올라가는 길을 따라 국립 공원에 들어가는 것이었다. 오두막은 고개에서 남쪽으로 걸어서 여섯 시간 정도 거리에 있지만, 그가 기억하기로 그 길은 처음 약 한 시간 동안 마을 위 능선을 가로지르기 때문에, 코로와이 분지 끝에 도달하기 전 길에서 벗어나 서쪽으로 방향을 틀어 덤불을 헤치며 언덕을 내려가면 뒤쪽에서 다비시 부지에 접근할 수 있을 것 같았다. 그쪽 국립 공원 땅은 대체로 숲이 우거져 있지만, 수목 한계선 위로 가면 마을과 호수 너머를 내려다보는 넓고 탁 트인 조망이 펼쳐졌던 기억이 있다. 산 중턱 높이 오르면 목장이 잘 내려다보이는 지점이 분명 있을 것이다. 이를 목표로 그는 남쪽으로 내려오면서 아웃도어용품점에 들러 쌍안경을 사고, 그럴 리 없겠지만 혹시라도 변명이 필요할 상황이 생기면 최근 뉴스에서 열렬하게 떠드는 주홍이마모란앵무를 찾아온 조류 관찰자 행세를 해야겠다고 상상하며 즐거워했다.

그는 배낭을 메고 국립 공원을 향해 출발했다. 길이 골짜기를 벗어나 급격히 오르막을 이루며 능선과 만나자 두통이 사라지기 시작했다. 회색 구름 장막이 거센 바람을 타고 고개에서 내려오면서 아래쪽 조망을 가로막고 녹색과 파란색을 퇴색시켜 희끄무레한 회색으로 만들어 땅거미를 저지하는 것처럼 보였다. 이제 비가 꾸준히 내리고 있었다. 능선에서 내려와 나무들 사이에서 야영 텐트를 치고 비 피할 곳을 찾았을 때는 이미 흠뻑 젖고 빛이 거의 사라져 현재 위치가 어디인지 짐작으로 알 수밖에 없었다. 주차장을 떠나기 전에 지도에서 방문객 센터와 농장 정문 사이 거리를 재어 자신의 평균 보행 속도로 나누고, 거기에 언덕 오르는 시간 20분을 더했다. 그 계산이 대체로 맞다면, 그는 활주로 위 경사면 어딘가, 길이 고개 쪽으로 올라가기 시작하는 지점보다 약간 북동쪽에 있을 것이었다.

산을 계속 내려오다가 얼마 지나지 않아 그는 이끼 긴 비탈에서 튀어나온 평평한 화강암 판과 마주쳤다. 거기서라면 비를 어느 정도 피할 수 있을 것 같았다. 이보다 더한 야영지들도 봤다. 그는 배낭을 벗고 천막을 흔들어 꺼낸 뒤 발라클라바 위로 헤드램프를 묶었다. 나사를 돌려 버너를 조립하고 불 위에 물을 올려놓는 사이 마지막 남은 빛이 어둠 속으로 사라졌다. 갑자기 그는 비가 그쳤다는 사실을 깨닫고 눈을 껌벅였다. 잎사귀와 줄기에서 끝없이 떨어지는 물방울 소리만 계속 들렸고, 멀리서 들리는 커다란 소리는 뒤편 골짜기에서 부는 바람 소리가 분명했다. 강이나 폭포일 리 없었다. 그는 근처에 그런 게 없다는 것을 알고 있었다.

버넘 숲에서는 비를 반겼겠지. 그는 그들이 들판에 방수포를 편 뒤, 방수포가 날아가지 않도록 가운데 눌러 놓고 모서리를 말뚝으로 고정하는 모습을 상상했다. 아마 배수관 아래 빗물관을 설치하고, 도로 옆 배수로에 집수 장치도 만들 것이다, 그러고는 흠뻑 젖은 채 깔깔거리며 미라의 밴에 다시 우르르 올라타고 작전 본부로 삼은 양털 깎기 헛간으로 달려가겠지. 토니는 그들이 낡아 빠진 목재 홈통들 사이에 빨랫줄을 매달아 젖은 재킷을 널어 말리는 광경을 상상했다. 그리고 그 위쪽 높은 공간에 다들 모여 행복하고 활기차게 시끌벅적 잡담을 나누며 저녁 식사 준비를 하는 광경을 머릿속에 떠올렸다. 카레용 채소를 썰고 쌀을 씻고 밀가루 묻힌 빈 와인병으로 차파티 반죽을 밀겠지. 그러면 누군가는 서투른 실력으로 기타를 치거나 『리스너』의 십자말풀이 힌트를 읽어 주거나 온라인에서 화제가 되는 최근 기사의 요지를 설명할 테고, 누군가는 현재까지 작업 진척 상태를 목록화하거나 다음 날 할 일을 맡기거나 심을 씨앗 세트에 라벨을 붙이고, 누군가는 뜨개질을 하고, 누군가는 물 조리개로 쓰려고 빈 요거트병 바닥에 달군 바늘로 구멍을 뚫을 테고, 그러다가 가끔은 기타에서 흘러나오는 소리에 대화를 멈추고 한두 소절 다 함께 노래를 부르다가 곧 어색하게 웃으며 멈추겠지. 토니는 버넘 숲에서 그런 자발적이고 자연스러운 화합의 순간들 뒤에는 늘 불편한 자의식이 이어지곤 했다는 걸 떠올렸다. 잠시 모두가 약간 컬트 집단 비슷한 느낌이 들어 기분이 언짢아졌기 때문이다.

물이 끓었다. 그는 불을 끄고 냄비 안의 물 반은 건조 콩밥 파우치에 붓고 밀봉한 다음 끓도록 옆에 두고, 나머지 물로 차를 만들었다. 달콤한 연유를 티백 위에 짜서 붓고 연유가 섞여 들어가 차의 매끈하고 희미한 진줏빛이 헤드램프 빛에 비칠 때까지 다용도 실리콘 도구에 달린 숟가락으로 저었다. 마지막 남은 향을 다 우려내려고 냄비 옆면에 대고 티백을 눌렀다가 티백이 터지는 바람에 몇 분 동안 찻잎을 건져 내야 했다. 하다 보니 아주 기분 좋게 몰입되어 더 집중하기 위해 의식적으로 꼼짝하지 않고 천천히 호흡하면서 오로지 손목만, 다음에는 손끝만 움직여 숟가락으로 토피사탕색 차 표면에 뜬 조그만 검은 반점들을 쫓았다.

그는 파우치에 든 저녁을 먹고 차를 마신 다음, 흠뻑 젖은 옷을 벗고 플리스와 울 레깅스로 갈아입은 뒤 몸을 덥히기 위해 팔다리를 열심히 문질렀다. 휴대 전화는 전원을 끄고 지퍼 백에 넣어 배낭 밑바닥에 뒀다. 신호가 잡히지 않을 거라 생각했는데, 확인차 켜보니 놀랍게도 신호 막대가 네 개나 잡혔다. 로지에게서 잘 도착했는지, 재미있게 잘 있는지 묻는 문자가 와 있었다. 그는 무난한 답을 보내고 로지가 답할 기회도 주지 않은 채 다시 전화기를 껐다. 이런 용맹무쌍한 상황에서도 여전히 웹에 접속할 수 있다는 것이 이상하게 조금 실망스러웠다. 그는 이를 닦고 거품을 나무 밑 덤불에 뱉은 다음 천막 안으로 기어 들어가 헤드램프를 끄고, 낑낑거리며 여분의 셔츠를 접고 한 번 더 접어 베개로 삼았다. 시간은 아직 9시도 안 되었을 테고, 부모님 집에서 두어 달 살면서 사실상 야행성 인간이 되기는 했지만, 사방이 한 치 앞도 볼 수 없을 정도로 깜깜하고 비 내린 숲의 향기가 너무 아늑하고 친밀하게 느껴져, 그는 침낭 안에서 스트레칭을 하고 숲 바닥 위에서 편한 자세를 찾기 위해 꼼지락거리다가 곧 잠이 들었다.

다음 날 아침, 숲은 새 지저귀는 소리와 함께 생생하게 살아 있었다. 방울새, 공작비둘기, 회색 휘파람새, 그 밖에 알 수 없는 새들이 지저귀고, 쨱쨱거리고, 종 치듯, 피리 불듯 노래하고 울며 사방을 변화무쌍한 소리의 망토로 감쌌다. 이 모든 소리가 나무 꼭대기 위로 낮게 드리워져 골짜기를 가득 채우고 양쪽에 우뚝 솟은 산봉우리를 가리고 있는 구름 낀 무거운 하늘에 의해 증폭되는 것 같았다. 그는 새소리를 음미하고 하늘을 바라보고 미소 지으며 20분쯤 더 침낭에 누워 있다가 일어나 아침 식사를 준비하려고 물을 한 냄비 끓였다. 즉석 죽을 파우치째로 먹고 나머지 물로 인스턴트 커피를 끓였다. 화강암 판 뒤에서 소변을 보고 다시 이를 닦은 다음 배낭에 짐을 챙겼고, 재킷은 말리려고 배낭에 묶었다. 지금 위치가 어딘지 파악할 만한 장소를 찾아 언덕을 막 내려가는데 구름이 걷히기 시작했다.

토니는 곧 전망을 볼 수 있을 것 같은 노출 암반 기부에 도달했다. 올라가서 골짜기를 둘러보는 순간 목장을 지나쳤다는 걸 깨닫고 낙심천만했다. 지금 그의 위치는 바리케이드 한참 남쪽이었고, 사실 주위 산맥의 높이와 형태로 판단할 때 거의 산사태 현장에 와 있었다. 골짜기가 고개로 올라가기 시작하면서 좁아졌기 때문이다. 전날 밤 생각보다 빨리 걸은 것이 틀림없었다. 두통과 다가오는 땅거미 때문이었을 수도 있고, 방문객 센터에서부터의 거리를 지도 밑에 표기된 축척과 손가락 마디를 이용해 눈짐작하는 바람에 과대평가했을지도 모른다. 이 실수에 그는 간담이 서늘해지고, 갑자기 철저히 홀로된 느낌이 들었다. 다른 사람과 일정을 공유하지 않다니, 바보 같은 짓이었다. 심지어 가족조차 그가 정확히 어디 있는지 몰랐다. 손다이크에 간다고는 했지만, 오지에 간다는 말은 하지 않았고, 얼마나 오래 있을지도 명시하지 않았다. 가족은 몇 주 지나야 그가 언제 돌아올지 궁금해하기 시작할 것이다. 최소한 그가 차로 돌아오지 않을 경우 수색 구조대가 어디서부터 수색해야 할지 알 수 있도록 방문객 센터에서 목적을 설명하는 서류라도 작성했어야 했다. 다시 전화기를 꺼내 어머니에게 문자를 보낼까 싶기도 했지만, 그건 더 부끄러웠다. 대신 그는 벌받는 기분으로 다시 북쪽으로 출발했다. 그리고 주변을 세심하게 살피며 극도로 조심스럽게 한 발 한 발 내디뎠다.

꼭 야영할 필요가 없었다는 건 알고 있고 — 마을로 들어오는 길에 멀쩡한 환경 보존부 캠핑장을 지나쳤다 — 인정하지만, 수풀을 헤치며 언덕을 내려오는 계획은 아무래도 너무 극단적이었다. 지금 생각해 보니, 어쩌면 후이에서 있었던 일을 벌충하기 위해서였는지도 모른다. 자기는 그저 또 하나의 뻔한 마르크스주의자 지식인이 아니라는 걸, 평생 힘든 일이라고는 단 하루도 해본 적 없는 보들보들한 손으로 노동 계급을 이론화하며 점잖 빼는 소리나 늘어놓는 방구석 비평가가 아니라는 걸 증명하고 싶었던 것 같다. 토니는 책을 많이 읽은 걸 굉장히 자랑스럽게 여겼고, 이 나라 문화의 특징인 방어적 반지성주의에 욕을 퍼붓곤 했지만, 그럼에도 불구하고 이런 학

220

구적 성향을 지나치게 거친 실용성으로 보완하려는 깊은 욕구가 자기 내면에 있다는 것을 가끔 인지하고 있었다. 그는 육체적 고난을 감수하고, 필요 이상으로 자신의 체력과 인내심을 시험하고, 다른 사람에게 돈을 주면 훨씬 더 수월하고 종종 더 싸게 해결할 수 있는 문제들을 직접 고쳐 보겠다고 복잡한 해결책을 고안하곤 했다. 외국에 나가고 나서야 그는 이런 특징 자체가 자기 나라 사람들이 가진 광의의 태도, 다시 말해 노력해서 하는 일을 쉽게 하는 일보다 늘 더 존경하고, 불편함을 인격의 시험장으로 여기는 경향이 너무 심한 나머지 불평불만을 하지 않고 번거로움이나 형편없는 서비스를 참고 견디는 것을 국가적 자긍심으로 여기는, 키위 고유의 특성이라는 것을 깨달았다. 한 번도 자신이 특별히 애국자라고 생각해 본 적이 없었기 때문에 — 사실 애국자와 국가주의자 사이에 실질적인 차이가 있다고 믿지도 않았다 — 그는 자신의 국적이 단지 행동이나 기대뿐만 아니라 정치적 신념 차원에서도 자기 형성에 막대한 영향을 발휘했다는 걸 깨닫자 놀랍기도 하고 심지어 부끄러웠다. 오로지 스스로의 이성과 지성으로 자신이 만들어진 거라 생각하고 싶었는데 말이다. 예를 들어, 초부유층에 대한 혐오는 어느 정도 전혀 정치적 입장이 아니라 그저 매우 키위적 경멸 — 어린애처럼 편안하게 살고 노동을 남에게 위임하는 사람들, 간단히 말해 도움 없이는 살 수 없는 강인하지 못한 사람들에 대한 경멸 — 의 표현이었다. 그들의 사치는 자기 스스로 노력해서 얻은 게 아니라 그저 돈으로 산 것에 불과하고, **그런 건** 어떤 바보라도 할 수 있는 일이니까.

쓰러진 나무등치를 넘는데, 바로 앞 양치식물로 뒤덮인 덤불 사이에 음악 페스티벌에서 쓰는 것 같은 지지대 없는 철조망 울타리가 서 있는 게 보였다. 오랫동안 손대지 않은 게 분명했다. 철조망은 산을 오르락내리락하면서 커브를 그리고 멀어지며 저 위쪽 몇만 제곱미터의 땅을 둘러싸고 있는 것 같았다. 철조망 한 지점에 이끼 낀 플라스틱 표지판이 붙어 있었다. 〈연구 진행 중—접근 금지.〉 토니는 약간 궁금해져서 안을 들여다봤지만, 그곳에서 어떤 연구가 벌어지는지 힌트를 전혀 찾을 수 없었다. 아마 지진학 관련이겠지, 그는 생각했다. 산사태가 일어난 건 결국 지진 때문이니까.

그는 언덕 위쪽으로 방향을 틀어 철조망을 왼쪽에 끼고 걸었다. 그리고 얼마 안 가 조그만 언덕 위에서 휴대 전화 기지국을 지붕에 올린 트레일러를 발견했다. 트레일러는 그걸 여기까지 끌고 온 게 분명한 트럭에 아직 붙어 있었고, 거기서부터 희미한 바퀴 자국이 수풀로 이어지다가 사라졌다. 이동식 주택인 두 번째 트레일러가 그 뒤에 주차되어 있었다. 트레일러는 문이 열려 있었고, 계단 위에는 울 비니에 지퍼가 달린 녹색 플리스를 입은 체격 좋은 40대 남자가 앉아서 담배를 피우고 있었다. 남자는 토니를 보자 자리에서 벌떡 일어났다.

「키아 오라.」 토니가 말했다.

「안녕하세요?」남자가 당황해하며 말했다. 그는 담배를 탁 튀겨서 버렸다.

잠시 침묵이 이어졌다. 둘 다 상대방이 먼저 말하기를 기다렸다. 그러다가 토니가 트럭을 향해 고개를 까닥했다.「여기까지 끌고 오느라 고생깨나 했겠네요.」

「네.」남자가 말했다.

「사륜구동은 아닌 것 같은데?」

「네, 그렇진 않죠.」말투로 보아 미국인 아니면 캐나다인이었다. 토니는 그 차이를 전혀 분간하지 못했기 때문에 틀릴까 봐 묻지 않았다.

「정말 전파가 필요하겠네요.」토니가 말했다.

남자가 철조망 쪽을 슬쩍 봤다.「누군가는 그렇겠죠.」

「저기서 한다는 연구요,」또다시 짧은 침묵 끝에 토니가 물었다.「그거 ―」

「네, 지구 물리학요.」남자가 말했다.「방사 측정 조사.」

「아, 그렇군요.」토니가 말했다.「어떤 게 포함되나요?」

「나한테 묻지 마요.」남자가 말했다.「난 그냥 경비니까.」

「하지만, 그러니까 방사성? 방사능 같은 건가요?」

토니는 화강암에 방사성 물질이 포함되어 있다는 걸 알고 있었다. 고등학교 화학 시간이 생각났다. 가이거 계측기를 화강암 덩어리와 바나나, 형광 시계 침이 달린 빈티지 시계 위에서 흔드는 실험을 한 적이 있었다. 코로와이 고개 주변에는 화강암이 많고, 어젯밤 잔 곳도 화강암 판 옆이었다. 그는 새로운 흥미를 느끼며 울타리를 쳐다봤다.

하지만 남자는 어깨만 으쓱했다. 「말했잖아요.」

「허,」 토니가 말했다. 「말해 줘야 한다고 생각하지 않으세요?」

「네, 뭐.」 남자는 다시 어깨만 으쓱했다.

「이 위에 얼마나 오래 있었어요?」 토니는 질문했다가, 친근하게 덧붙였다. 「죄에 대한 벌로?」

「충분히 오래 있었죠.」 남자가 말했다. 「댁은요?」

「그냥 도보 여행 중이에요.」 토니가 말했다. 「머리 좀 식히려고.」

「그렇군요.」

「적어도 비는 안 오네요, 안 그래요?」

「네,」 남자가 말했다. 「그러네요.」

더 이상 할 말이 생각나지 않았다. 「좋은 하루 보내세요.」

「댁도요.」 남자가 말했다.

두 사람은 고개를 까닥하고 인사했다. 뒤돌아서서 다시 막 출발하려는 순간, 뭔가가 토니의 눈에 들어왔다. 기지국 트레일러 지붕 위, 격자 모양 전파 탑 기부에 조그맣고 가냘픈 앵무새 한 마리가 붙어 있었다. 몸체는 거의 청록색에다 노란 볏을 하고 부리 위쪽에 선명한 주홍색 띠가 있었다. 토니는 걸음을 멈췄다. 「세상에.」 그 새를 가리키려고 뒤로 돈 순간 그는 얼어붙었다. 그가 등 돌린 몇 초 사이 남자는 조용히 플리스 지퍼를 내리고, 오른손을 왼쪽 겨드랑이 밑으로 넣고 있었다. 마치 총을 꺼내려는 듯한 자세였다.

두 사람은 서로 응시했다.

「네?」남자가 움직이지 않고 말했다.

토니는 머릿속이 하얘졌다. 심장이 쿵쾅쿵쾅 뛰었다.

「뭐요?」남자가 여전히 움직이지 않고 말했다.

「앵무새.」토니가 말했다. 그는 새를 가리켰다.「멸종 일보 직전인 새. 겨우, 어, 60마리 정도만 남아 있어요..」

남자는 아무 말도 하지 않았다. 그의 눈이 새 쪽을 향했다. 새는 고개를 까딱하더니 신호탑 위에서 폴짝 뛰어 시야에서 사라졌다. 새가 사라지자, 남자는 다시 토니를 쳐다봤다. 손은 여전히 겨드랑이에 있었다. 남자가 눈을 가느다랗게 떴다.

「운이 좋네요.」토니가 말했다.「그러니까…… 세상에, 이런 가능성이 얼마나 있겠어요?」

남자는 여전히 실눈을 뜬 채 보일락 말락 하게 고개를 끄덕였다.

「음…… 그럼 갈게요.」토니는 인사한 뒤 돌아섰다. 몇 걸음 걷다가 뒤를 돌아보니 남자는 담뱃갑을 꺼내 들고 있었다. 그는 담배를 하나 흔들어 꺼내 입가에 물고는 담뱃갑을 속주머니에 다시 넣고 플리스 지퍼를 닫았다. 그가 고개 숙여 라이터로 불을 붙이는 사이 토니는 숲속으로 사라졌다.

착각이었을까? 남자의 플리스 안에서 슬쩍 보였던 권총

케이스 같던 갈색 가죽, 어깻죽지를 모으고 팔꿈치를 벌리고 가슴을 앞으로 내민 약간 뻣뻣한 자세, 갈빗대에 부딪히던 묵직하고 딱딱한 물건? 그 장면을 열심히 그려 볼수록 더 바보 같은 기분이 들었다. 사실 코로와이 최강의 포식자는 흰족제비 정도였다. 공원에 사슴이나 돼지도 몇 마리 있겠지만, 뉴질랜드에는 공수병도 없기 때문에 그런 동물들에게는 위협이 될 만한 거리가 하나도 없었다. 권총, 그것도 숨긴 권총을 들고 사냥한다는 이야기는 들어 본 적이 없다. 어쨌거나 국립 공원 한가운데서 하는 어떤 연구에 **무장 경비**가 필요하겠는가? 심지어 경찰도 특별한 상황에서만 총을 들고 다니는 나라에서?

물론 그건 다 그의 상상이다. 그게 분명하다. 여기는 뉴질랜드이고, 사람들은 총을 휴대하지 않는다. 괜히 겁먹었던 거다. 토니는 바보 같은 기분이 들어 걸음을 재촉하며 의식적으로 다른 생각을 하려고 노력했다. 억지로 다시 주홍이마모란앵무 생각을 했다가, 루이지라는 사랑앵무를 길렀던 학창 시절 친구 닐 와일리로 생각이 흘러갔다가, 어느 여름 와일리 집에서 했던 파티에서 정원 램프 불빛 아래 정어리 게임[15]을 했던 기억으로, 다시 펌프 손잡이가 달린 자가발전 램프로 흘러갔다. 손잡이를 누르면 윙윙거리며 빛이 점점 환해지다가 손바닥의

---

15 숨바꼭질과 반대로 술래만 숨고, 숨은 술래를 찾은 사람도 같은 장소에 계속 숨어 마지막 한 명이 남을 때까지 하는 게임.

압력을 줄여 기계 작동이 멈추면 빛이 희미해지던 램프인데, 어린 시절 자주 가지고 놀았다. 그런 생각에 빠져 양치식물이 무성한 비탈에 다다라 위를 쳐다보니 가축용 철조망 울타리가 있었다. 다비시 목장의 위쪽 경계선을 표시하는 울타리가 틀림없어 보였다. 울타리를 따라 최대한 조용히 걸으며 나무들 틈으로 아래를 내려다보니 이내 누가 봐도 활주로가 분명한 넓고 평평한 테라스 끝 쪽에 외로워 보이는 풍향 깃발이 서 있었다. 그는 실망해서 걸음을 멈췄다. 활주로에는 비행기가 없었다.

그날은 토요일이었고, 셸리의 파일에 따르면 주말 동안 목장에서 작업할 회원들이 전날 저녁 차 한 대로 이곳에 내려왔을 것이다. 주요 재배지는 부지 아래쪽 근처, 즉 양털 깎기 헛간과 붙어 있는 가축우리 안, 북쪽 울타리 경계선, 저택 바로 위 방목장 안 여기저기 자리한 관목 숲에 있었다. 회원들은 아마 그 구역들에만 있을 테고, 목장은 충분히 넓고 나무도 많으니 둘러보고 싶다면 숨을 곳도 많았다……. 하지만 굳이 사람 수가 늘어난 날 모험을 감행하는 건 바보짓이나 마찬가지였다. 조사를 제대로 시작하기도 전에 들키는 위험을 무릅쓰고 싶지 않았다.

토니는 그날 나머지 시간을 울타리 위 언덕 경사면을 돌아다니며 절벽과 바윗덩어리를 조사하고 수목 한계선 위로 올라가 삼각 측량으로 산맥과 호수 사이 자신이 있는 위치를 가늠

하며 정찰 작업을 했다. 양털 깎기 헛간이 잘 보이는 높은 지대를 찾았지만, 쌍안경으로 회원들 얼굴을 알아볼 수는 있어도 그들이 가축우리 사이를 몸을 굽혔다 폈다 돌아다니며 물건을 끌고 드나드는 게 정확히 무슨 작업인지는 알 수 없었다. 게다가 쌍안경을 너무 오래 들여다보고 있으니 머리가 아팠다. 그날 밤은 활주로 근처에서 야영했다. 그리고 일요일 아침에는 능선을 따라서 난 길로 돌아와 또다시 구름이 짙은 날 거기서 목장에 갈 경우를 대비해 분기점 표시용으로 돌무덤을 쌓았다.

돌무덤을 다 쌓은 뒤에는 능선 아래 아늑한 장소를 찾아 사과와 치즈로 차가운 점심을 먹고 차에서 가져온 마지막 물을 마셨다. 물병을 다시 채울 수 있는 가장 가까운 장소가 어딜까 생각하고 있는데, 바로 머리 위에서 윙윙거리는 경비행기 소리가 들렸다. 낮은 고도로 나는 걸 보니 착륙하려는 게 분명했다. 비행기는 다비시 목장 위에서 선회하다가 하강하면서 나무 뒤로 사라졌다. 토니는 가방에 물병을 다시 쑤셔 넣고 급히 그 뒤를 따라갔다. 15분쯤 후 약간 헐떡거리며 울타리에 도착해 비행기가 착륙한 걸 확인했지만 — 프로펠러가 멈춰 있었다 — 조종사는 보이지 않았다. 하지만 토니는 기분이 좋았다. 꼬리의 등록 부호가 선 자리에서 선명하게 읽혔기 때문이다. 그는 주머니에서 볼펜을 꺼내 손등에 문자를 적었다. 〈줄루 킬로 찰리 유니폼 오스카.〉 그는 적은 걸 작은 소리로 읽으며 음미했다. 그는 학교에서 음성 문자[16]를 배웠고, 그 지식을 상기할 상황을 늘 즐겼다.

비행기를 한 시간 정도 지켜봤는데도 아무런 움직임이 없자 울타리를 넘어 더 가까이 가서 볼까 하는 생각이 잠깐 들었다. 하지만 오래 인내한 보람이 있어, 마침내 진한 운동복 차림의 남자가 언덕을 천천히 걸어 올라와 모습을 드러냈다. 그 남자는 르모인이 분명했다. 그 옆에 미라가 있었고, 그들은 대화에 열중해 있었다. 약 10분 뒤, 합의에 도달했는지 두 사람은 악수를 나누고 작별 인사를 했다. 미라는 다시 언덕 아래로 내려갔고, 르모인은 다시 조종석으로 올라갔다. 토니는 엄지와 집게손가락으로 총 모양을 만들어 억만장자에게 겨누고 방아쇠를 당기며 속삭였다. 「탕.」 프로펠러가 삐걱거리며 돌아가기 시작했다. 르모인은 기수가 남쪽을 향하도록 깔끔하게 180도 회전해서 기체 방향을 돌린 다음 속도를 높여 굉음을 내며 활주로를 달려 이륙했다.

토니는 비행기가 떠날 때까지 계속 쳐다보지 않았다. 비행기가 코로와이산맥 정상을 넘어 사라질 즈음, 그는 물병을 다시 채우고 버로니카의 차 트렁크에서 노트북을 꺼내 인생 처음으로 제대로 된 단서 ― 그는 그 단어를 속삭여 봤다 ― 를

16 통신 중 철자를 명확히 전달하기 위해 사용하는 표준화된 체계. 국제 민간 항공에서 사용하는 나토 음성 문자NATO Phonetic Alphabet가 그 예로, A는 알파Alpha, B는 브라보Bravo, C는 찰리Charlie 등으로 발음한다.

찾으러 손다이크로 돌아가고 있었다.

방문객 센터 주차장에 돌아온 그는 USB 와이파이 어댑터를 노트북에 꽂고 차 조수석에 앉아 뉴질랜드 민간 항공 당국 웹사이트를 거의 두 시간 동안 뒤진 끝에 르모인이 몰던 등록 기호 ZK-CUO 비행기가 퀸스타운 근처 항공 클럽 소유라는 정보를 발견했지만, 그 순간 배터리가 곧 나간다는 알람이 떴다. 방문객 센터는 이제 문을 닫았지만, 큰길에 인접한 식당은 아직 열려 있는 것 같았다. 그는 가게에 가서 음식을 주문하면 카운터 뒤에서 노트북을 충전해 줄 수 있는지 주인에게 물어봤다. 요금 2달러에 전기 사용을 합의하고 기계를 넘겨준 다음 버거값과 핫도그값으로 낼 현금을 세고 있는데, 주인이 갑자기 물었다. 「비행기 관찰해요?」

토니는 한순간 어리둥절했다가 남자가 손등에 써놓은 등록 기호를 봤다는 걸 깨달았다. 「아,」 그는 말했다. 「사실은 아니에요. 비행기보다 조종사에게 더 관심 있거든요. 로버트 르모인이라고?」

남자는 모르겠다는 표정이었다.

「억만장자요,」 토니가 말했다. 「미국인. 그 사람에 관한 이야기를 쓰고 있어요.」

「아, 그래요?」

「네.」 토니는 돈을 건네며 말했다. 「사실 본 적 있는지 물어보려고 했어요.」

남자는 어깨를 으쓱했다. 「내가 어떻게 알겠어요.」

「작은 수상 비행기인데, 저 위 고개 옆 활주로를 통해 들락거려요.」

「태러노 집 말하는 거요?」

「다비시 아닌가요?」

하지만 남자는 고개를 끄덕였다. 「맞아요.」 그가 말했다. 「질 태러노. 예전에는요, 질 아버지죠.」

「아, 맞아요.」 토니는 다비시 부부가 그 땅을 상속받았다는 것을 기억하고 말했다. 「그래요.」

「목장을 분할 개발하려고 했죠.」

「맞아요.」

「못 했지.」 남자가 말했다. 「시장에서 거둬들였어요. 사는 사람이 없으니.」

「제 생각에는 이미 판 것 같은데,」 토니가 말했다. 「아니에요?」

「아니지, 친구. 도로가 폐쇄되었으니 안 되죠. 제값을 받을 수 없으니.」

「하,」 토니는 흥미를 보이며 말했다. 「제가 잘못 알았네요.」 그는 남자가 파라핀지를 벗기고 미리 만들어 둔 버거 패티를 꺼내 그릴 위에 탁 놓는 걸 지켜봤다. 「그러니까 비행기는 못 보신 거죠?」

「비행기야 늘 있죠.」 남자가 말했다. 「하늘에 항상 떠 있으니. 항공 클럽 거. 뭐, 예전엔 그랬지.」

「그렇군요.」토니는 건성으로 대답했다. 「그럼, 사장님도 비행기 관찰하세요?」

「아니, 친구.」남자가 다시 대답했다. 그는 토니의 핫도그를 튀김 바구니에 담아 큰 통에 담근 다음 덧붙였다. 「하지만 그분은 했어요, 질 아버지요.」

「태러노요?」

「네, 그 활주로, 구조 수색대 모두 그분이 만든 거예요. 다비시가 아니라. **그 작자**야 신경도 안 쓰지.」

토니는 약간의 빈정거림을 감지했다. 「다비시가 최근에 기사 작위를 받은 거 맞죠?」

남자가 콧방귀를 뀌었다. 「완전 개짓거리지.」

토니는 공감한다는 듯이 고개를 끄덕였다. 「그럴 자격이 없다고 생각하시는 건가요?」

「모두 연줄이에요.」남자가 말했다. 「안 그래요? 다 그런 친구들한테 주는 거라고. 아무 의미 없고. 다 개짓거리지.」

「정부에 지인이 있다는 말인가요?」

「아마도.」

토니는 기다렸지만, 남자는 더 자세한 설명을 하지 않았다. 「부인은 더 잘 아시겠네요?」

「질,」그가 말했다. 「그래요, 질은 좋은 사람이지.」

「남편은 아니고요?」

「그 작자는 심지어 여기 **출신**도 아니에요.」남자가 험악하게 말했다. 그러다가 갑자기 토니도 여기 사람이 아니라는 생각이 든 것 같았다. 「그러고 보니,」그는 토니를 위아래로 쳐다보며 말했다. 「뭐, 기자 같은 거요?」

「아직은요.」토니가 말했다. 「다음에 또 만나면 제게 다시 물어봐 주세요.」

남자는 이 대답에 만족했는지 더 이상 아무것도 묻지 않았고, 토니의 음식이 준비되자 카운터 너머로 정중하게 고개를 끄덕이며 건네줬다. 토니는 쌓여 있는 나달나달한 『우먼스 데이』와 『우먼스 위클리』 잡지들을 휙휙 넘겨 보며 주문한 음식을 먹은 다음 디저트로 초콜릿밀크셰이크를 주문했다. 셰이크를 다 먹고 포장지를 휴지통에 버렸을 즈음, 그는 모든 유명인의 결혼과 이혼, 그리고 2014년의 다이어트 유행에 대한 전문 지식을 얻었고, 노트북은 충전되었다. 주인이 콘센트에서 빼내 카운터 너머로 돌려준 노트북을 받아 폭신한 파우치에 넣다가 토니는 질문이 하나 더 생각났다.

「그런데,」그가 말했다. 「고개 근처, 산사태 난 곳 위쪽에 있는 연구 현장에 대해 뭐 아시는 거 있어요? 방사 측정 조사?」

「모르겠는데요.」남자가 말했다. 「그게 뭐요?」

「됐습니다.」토니가 말했다. 「잘 먹었어요.」

〈태러노〉를 〈활주로〉, 〈손다이크〉와 함께 검색하자 결과가 조금 나왔으나, 모두 몇 년 지난 정보였다. 식당 주인이 한 말과 일치했다. 질의 아버지인 나이절 태러노가 지역 항공 클럽을 위해 자기 땅에 활주로를 만들었고, 가끔 구조 수색대가 활주로를 훈련장으로 사용하기도 했다. 태러노 본인도 구조 수색대에서 자원봉사자로 일했고, 5년여 전 일흔아홉 살에 뇌졸중으로 사망했는데, 딸과 사위가 목장을 물려받은 후에는 항공 클럽과의 관계가 대부분 끝난 것 같았다. 찾을 수 있는 데까지 찾아보니, ZK_CUO 비행기는 태러노 사망 후 그 활주로를 사용한 유일한 비행기였다. 공개된 비행 기록 일지에 기록된 바로는 지난 몇 개월 동안에만 열 번 이상 그곳에 내렸다.

밤이 깊어 가고 배터리도 다시 거의 다 닳아 가고 있었다. 그는 노트북을 집어넣고 멀지 않은 곳에 있는 호숫가 환경 보존부 야영장으로 달려가 천막을 흔들어 펴면서 휴대용 태양열 발전기 파는 곳을 찾을 수 있다면 살 만한 가치가 있을지 생각해 봤다. 미라라면 그 아이디어를 비웃었을 것이다. 미라라면 즉시 손다이크 집들의 차고와 뒤 베란다를 수색하러 갔을 테고, 지키는 사람 없는, 장식용 줄 조명이나 잔디 깎는 기계, 세척기용 야외 충전 포인트 목록이나 한 시간 정도 가벼운 집안일을 도와주는 대가로 전기 사용을 허락해 준 마음씨 좋은 현지인들의 명부로 무장하고 의기양양하게 돌아왔을 것이다. 「자네 돈은 넣어 둬.」 미라는 관대한 군주 흉내를 내며 말했을 것이다. 「그런 잔돈은 저리 치우게. 전기를 공짜로 줄 테니.」 하지만 그건 예전의 미라다. 토니는 침낭 안으로 기어 들어가

234

며 씁쓸하게 생각했다. 새로운 미라 — 넉넉한 자금을 가지고 가치를 극대화하며 이길 수 없으면 한편이 되라고 하는 미라 — 가 무엇을 할지는 아무도 모른다.

월요일 아침, 잠에서 깨어 보니 이메일이 하나 와 있었다. 그가 요청한 코로와이 고갯길 1606번지 소유권 증서였다. 첨부 파일을 열어 보니 소유권자는 2014년 5월부터 질과 오언 다비 시였고, 분할 개발 허가가 주어졌지만 부지에는 아직 어떤 구체적인 변화도 일어나지 않았다.

토니는 침낭에서 일어나 앉아 얼굴을 찌푸렸다. 후이에서 미라는 르모인이 목장을 샀다고 분명하게 말했다. 분명히 샀을 것이다. 그자는 미라에게 벌써 1만 달러를 줬다. 왜 자기 땅도 아닌 곳에 와서 농사를 지으라고 돈을 주겠는가? 벙커는 또 어떻고? 미라는 르모인이 벙커를 넣는다고 확실하게 말했다. 어떤 생존주의자가 다른 사람 소유 땅에 벙커를 짓겠는가? 그건 벙커의 목적에 전혀 맞지 않는다. 토니는 점점 짜증이 솟구치는 걸 느끼며 소유권 증서를 다시 한번 읽었다. 땅 소유자가 법적으로 바뀌지 않았다면, 그가 쓸 이야기는 없다. 아니, 이야기가 **있긴** 하지만, 그저 웬 외국 억만장자가 자기에게는 어떤 분명한 이익도 없는데 공공연한 좌익 비영리 기업에 1만 달러를 기부했다는 것뿐이다. **그런 걸** 쓰느니, 차라리 자기 오줌을 마시는 게 낫다.

그는 당장 오언 다비시에게 이메일을 쓰기로 했다. 어쩌면 완벽하게 논리적인 설명이 있는데 그가 놓친 것일지도 모른다. 어떤 경우건 간에, 모든 당사자에게 솔직히 설명할 기회를 주는 게 좋은 언론인의 자세다. 그는 남은 배터리 7퍼센트를 노려보며 다비시 방제 웹사이트에서 이메일 주소를 찾아 간단히 문의 메일을 썼다. 메일을 보낸 다음, 얼음장 같은 호수에 잠깐 뛰어들었다가 옷을 입고 부탄가스 버너를 이용해 아침을 만들었다. 경치를 감상하며 천천히 아침을 먹고 휴대용 태양열 발전기를 팔 만한 근처 철물점을 찾으려고 전화기를 켜는 순간 전화벨이 울리는 바람에 놀라서 펄쩍 뛸 뻔했다. 그는 전화를 받았다.

「여보세요?」

「앤서니? 오언 다비시입니다.」 커다랗고 악센트 강한 목소리가 들렸다.

「오, 와, 안녕하세요.」 토니는 허둥지둥 일어나서 차 키를 찾아 주머니를 뒤지며 말했다. 「이렇게 빨리 연락을 주시다니, 정말 감사합니다.」

「그냥 이메일에 답하는 겁니다.」 오언 경이 말했다. 「예의상 간단히 답 전화하는 거예요. 기사를 쓰고 있다고 했죠?」

「네, 잠깐만요. 제가 잠깐 ―」 그는 차에 후다닥 들어가 여기저기 더듬거리며 구술 녹음기를 찾았다. 「네, 로버트 르모인에 대한 기사를 쓰고 있어요.」 그는 전화기를 스피커 모드로 돌리고 녹음기의 버튼을 눌렀다.

「정확히 나한테 바라는 게 뭡니까?」

「음,」토니는 한 판에 다 걸기로 결심하고 말했다. 「손다이크 목장 부지를 르모인에게 파셨는지 묻고 싶습니다.」

잠시 침묵이 흘렀다. 그러더니 오언 경이 말했다. 「앤서니, 우리 회사와 오토노모가 함께 사업한다는 소식은 이미 알고 있으리라 생각합니다. 이건 계속될 관계예요. 언론에 이야기 해서 이 관계를 위태롭게 하고 싶지 않습니다.」

「르모인은 총…… 1천만 달러를 땅값으로 지불했습니다, 맞죠?」

토니는 이게 그럴듯한 숫자인지 전혀 몰랐다. 다비시가 정 정해 주길 바랐다. 하지만 오언 경은 그저 이렇게만 말했다. 「여기서 뭘 얻으려 하는지 모르겠군요.」

「그냥 이해해 보려고 하는 중이에요.」토니는 짜릿한 흥분 을 느끼며 말했다. 완전히 헛다리 짚고 있는 거라면 오언 경은 분명 즉각 부정했을 것이다. 「그러니 매매가 이뤄졌다는 사실 은 확인해 주시는 거죠?」

「아뇨, 확인해 드릴 수 없습니다. 전 아무것도 확인하지 않 겠습니다.」

「왜 못 해주시는지 말씀해 주시겠어요?」

「이봐요, 앤서니, 더 이상 이야기하기 전에 괜찮다면 당신이 누구와 이야기했는지 알고 싶군요. 이런 소리를 어디서 들은 겁니까?」

「제 출처는 밝힐 수 없습니다.」토니가 말했다.

「그럼 어떤 인터뷰건 관심 없습니다. 미안합니다.」

「최근에 인터뷰를 좀 하셨지요.」오언 경이 전화를 끊기 전에 토니가 재빨리 말했다. 「그런데 그 어떤 인터뷰에서도 로버트 르모인의 이름을 언급하지 않으신 게 눈에 띄더군요. 그 이유를 말씀해 주실 수 있을까요? 바보 같은 질문이라면 죄송합니다. 이 업계에서는 때로 단순한 누락을 은폐로 착각하기 쉽거든요.」

다시 잠시 침묵이 흘렀다. 토니는 자기도 모르게 숨을 죽였다. 자신의 대담한 행동을 스스로도 믿을 수 없었다. 그때 오언 경이 좀 더 조심스럽게 말했다. 「어디에 있는 거죠, 앤서니?」

「사실 지금 손다이크에 있어요.」토니가 말했다.

「그런가요.」오언 경이 말했다.

「좋은 곳이네요.」토니가 말했다. 「능선 위에서 목장도 잘 보이고요. 굉장한 위치예요. 분명 그 사람이 지불한 값만 한 가치가 있어요.」

오언 경이 한숨을 내쉬었다. 「잘못 안 겁니다.」

「그럼 제대로 알도록 도와주세요.」토니가 말했다. 「로버트 르모인과 무슨 거래를 하신 거죠?」

「앤서니, 지금 당신이 말하는 건 사업 관계입니다. 그건 말할 준비가—」

「그러니까 관계가 있단 말이죠? 개인적으로 아는 사이입니까?」

「거기에 대해서는 말할 준비가 안 되어 있습니다.」

「언제 처음 만났습니까? 그 정도는 말해 주실 수 있나요?」

「아니요.」 오언 경이 말했다.

「음, 아마도 제가 기억을 살짝 일깨워 드릴 수 있을 것 같군요.」 토니가 말했다. 「최근 손다이크로 꽤 여러 번 여행한 비행 기록 일지를 봤거든요. 등록 기호가 줄루 킬로 찰리 유니폼 오스카인 비행기인데, 뭐 떠오르는 것 없습니까?」

「이봐요, 앤서니.」 오언 경이 단호하게 말했다. 「당신이 이메일을 보냈으니 요청한 대로 예의상 답 전화를 걸긴 했지만, 언론에 이야기하는 데는 관심 없습니다. 알겠요? 기사 잘 쓰기를 바라—」

「딱 한 가지만 더요.」 그가 전화를 끊기 전에 토니가 재빨리 말했다. 「다비시 씨?」

오언 경이 짜증을 표했다. 「이야기할 것 없습니다, 앤서니. 시간 낭비예요.」

「이건 사실 다른 질문이에요.」 토니는 거의 무작위로 화제를 택했다. 그가 바라는 건 그저 오언 다비시와 통화를 계속하는 것이었다. 「그러니까…… 음…… 방사 측정 조사 프로젝트인데요? 말씀드렸듯이, 제가 저 위에 —」

「우리 회사는 방사 측정과 관계없어요.」 오언 경이 조급하게 말을 잘랐다. 「우린 그냥 방제 회사예요. 완전히 다른 기술이라고요. 드론 종류도 다르고.」

「뭐라고요?」 토니가 말했다. 「드론이라고 하셨어요?」

오언 경이 또 짜증 내는 소리를 냈다. 「미안합니다만, 앤서니,」 그가 말했다. 「그건 오토노모 사람이랑 이야기해 봐야 할 겁니다. 우리와는 아무 상관 없어요.」

「오토노모요?」 토니가 말했다. 「잠깐만요, 드론 종류가 다르다니 그게 무슨 말씀이죠?」

질문을 받으면 못 참고 과학 설명을 쏟아붓는 사람들이 있다. 오언 다비시가 그런 부류 같았다. 「그건 항공 자기 탐사 및 방사 측정 조사라고 부르는 겁니다.」 그는 여전히 무뚝뚝하게 말했다. 「그건 아주 멀리, 저 위쪽에서 하는 거예요. 수천 미터 위. 높이 나는 비행기에서. 지구 물리 탐사 지도화죠. 우리 프로젝트와는 전혀 다른 겁니다. 다른 기술, 다른 드론, 몽땅 달라요.」

「죄송합니다만,」 토니가 말했다. 「무슨 말씀이신지 모르겠어요.」

「방사 측정 조사라면서요.」 오언 경이 되풀이했다.

「아뇨,」 토니가 말했다. 「코로와이 국립 공원에 있는 연구 현장을 말한 건데요. 산사태 지역 위쪽에 있는.」

대화가 끊겼다. 그러더니 오언 경이 말했다. 「뭐라고요?」

「방사 측정 조사 현장요. 저 위 고개 근처, 산사태 지역 위쪽에 있는 거요.」

「뭔가 오해가 있었던 것 같군요.」오언 경이 말했다.

「경비원이랑 이야기했는데,」토니가 말했다. 「방사 측정 관련 연구라 —」

「어디에 있는 경비원이요?」

「국립 공원요.」토니가 말했다. 「목장 뒤쪽 울타리 바로 뒤예요.」

「미안합니다만, 무슨 소린지 모르겠군요.」

「거기에 이동식 송신탑과 경비원이 있고 철조망이 쳐져 —」

「뭐라고요? 뭐라는 건지.」

「오토노모 이야기를 하셨잖아요.」토니가 말을 시작했으나, 오언 경이 커다랗게 말했다. 「어쨌거나 고맙습니다.」그러더니 토니가 뭐라고 말하기 전에 전화를 끊었다.

토니는 구술 녹음기를 끄고 앞좌석에 앉아 얼굴을 찌푸린 채 앞창 너머로 구름 낀 호수 표면을 물끄러미 응시했다. 손에 쥔 전화기가 진동해서 깜짝 놀라 내려다보니 문자가 와 있었다. 로지였다. 잘하고 있는지 궁금해하는 내용이었다.

〈음, 첫 번째《할 말 없습니다》를 받았어.〉그는 답을 보냈다. 〈뭔가 걸린 것 같긴 해.〉

〈그렇고말고.〉로지는 답했고, 토니는 갑자기 회의에 빠져들었다. 그게 정말 그렇게 의심스러운 일인가? 맞다, 다비시는 대답을 거부했다. 그래서 뭐? 그는 언론에 대답할 의무가 없다. 취임 선서를 한 것도 아니다. 면직된 것도 아니다. 그냥 민간인이다. 그 사람 일은 토니가 상관할 일이 아니다. 그는 르모인에게 땅을 팔았다고 확인해 주기를 거부했다. 르모인에게 땅을 팔지 **않았기** 때문이다. 토니도 확인한 사실이다. 소유권 증서가 바로 여기 있다. 좋다, 르모인은 미라에게 다른 소리를 했다. 하지만 땅을 임차해서 벙커를 넣을 수도 있지 않나. 아니면 르모인과 다비시가 신사 협정을 맺었는지도 모르지. 혹은 매매를 앞두고 있지만 여전히 조건을 협의하는 중일 수도 있고, 그런 경우라면 다비시는 어떤 질문에도 대답하고 싶지 않을 것이다. 토니처럼 아무것도 아닌 사람, 탐사 보도 지망생, 흉내뿐인 기자, 신탁 재산에 의존하는 아마추어, 제대로 된 기사를 낸 적도 없고 경험도 없어 삼류 기자라고조차 부를 수 없는 애송이의 질문은 특히!

「젠장, 토니.」 그는 소리 내어 말했다. 「닥쳐.」

전화기 화면이 다시 밝아졌다. 로지가 이모티콘 두 개, 총, 그리고 담배를 보냈다. 그러더니 문자가 왔다. 〈아, 잠깐만.〉 그러고는 순서를 바꿔 처음에 담배, 그리고 총을 보냈다. 〈연기 나는 총.〉[17] 로지가 설명을 덧붙였다. 〈꼭 찾기를 바라!!!!!〉

토니는 미소 짓지 않았다. 〈네가 그렇게 말하니 웃기다.〉 그는 토요일 아침 경비원과 만났던 일을 생각하며 차가운 표정으로 답을 쓰다가, 바보 같은 생각이 들어 문자를 지웠다. 〈참고로 말하는데, 나 며칠 연락 안 될지도 몰라.〉 대신 이렇게 썼

17 범죄나 사건을 해결할 수 있는 결정적 단서를 의미한다.

242

다. 〈직감을 따라가는 중이야…….〉 그는 문자를 몇 초 바라보다가 마음을 정하고 〈보냄〉 버튼을 눌렀다. 〈굉장해.〉 로지에게서 또 문자가 왔다. 그러고는 〈궁금하네〉. 그러고는 〈조심해〉. 토니의 엄지손가락이 자판 위에서 주저했다. 로지는 르모인이 버넘 숲에 한 제안을 모른다. 그는 — 별 상관도 없지만 — 미라의 이름을 언급하고 싶지 않아 그냥 초부유층 생존주의자들을 조사하고 있다고만 말했다. 지금은 미라 생각을 하고 싶지 않았다. 그래서 한편으로는 죄의식과 씁쓸함 때문에, 한편으로는 그렇게 믿고 싶어서, 한편으로는 그저 대화를 끝내기 위해 이렇게 답했다. 〈♡♡♡〉

「어떻게 생각해?」 미라가 삽에 기대며 말했다. 「절대 미안하다는 말 안 하는 사람은 고맙다는 **말도** 안 하는 사람일까? 아니면 서로 다른 범주의 사람일까?」

「오, 재밌는데.」 셸리는 생각해 봤다.

「얼마 전에 어떤 블로그에서 읽었는데,」 미라가 계속해서 말했다. 「거기 주인장 여자가 미안하다는 말을 더 이상 하지 않기로 결심한 거야, 절대로. 그래서 미안하다고 해야 할 때마다 그 대신 고맙다고 말할 방법을 찾은 거지. 말하자면, 〈늦어서 미안해〉라고 하는 대신 〈기다려 줘서 고마워〉 이렇게. 〈엉망진창이라 미안해〉라고 하는 대신 〈이해해 줘서 고마워〉 이런 식으로. 블로그에 이 작은 변화가 자기 인생과 인간관계를 완전히 변화시켰다고 쓴 거야, 갑자기 말이야. 친구들과의 관계가 훨씬 건강하고 성숙하고 정직해졌대. 자기 인생의 모든 사람을 훨씬 더 소중하게 여기니까 그 사람들도 자기를 소중히 여긴다는, 그런 이야기야.」

「와아,」셀리가 말했다.「이야기해 줘서 고마워.」

「들어 줘서 고마워.」

「내가 듣고 있다고 생각해 줘서 고마워.」

「그러지 않았다면, 대놓고 티 내지 않아 줘서 고마워.」

두 사람은 씩 웃으며 잠시 말없이 땅을 팠다. 그러다가 셀리가 말했다.「그건 방향이 다른 것 같아. 고맙다는 건 누군가를 인정해 주는 일인 반면, 미안하다는 건 책임을 받아들이는 거잖아.」

「맞아,」미라가 말했다.「그게 그 사람의 주장이야. 그 둘은 동전의 양면 같다고.」

「하지만 **모든** 상황에서 그런 것은 아니지.」셀리가 말했다.「그렇지?」

「글쎄,」미라가 말했다.「그 글을 읽고 특권에 대해 생각하게 되었어. 또 특권을 가졌다는 죄의식에 대해, 그 특권으로 인해 늘 사과해야 하는 필요성에 대해서도. 그러니까 만약 네가 특권을 가진 위치에 있다면, 어쩌면 — 모르겠어 — 어쩌면 우리는 사회적으로든 뭐로든 뭔가 완전히 놓치고 있는지도 몰라. 이를테면 완전히 똑같은 상황에서 그냥 쉽게 고맙다고 할 수도 있지 않을까. 그러면 모두 더 건강하고 행복해질지 몰라.」

셸리는 얼굴을 찌푸리고 있었다.「하지만 제도적으로 박해받아 온 사람에게 어떻게 고맙다고 할 거야?」

「내 말은〈박해받아 줘서 고마워〉이런 식이 아니라, 그저 자기 존재를 사과할 게 아니라, 다른 사람들의 존재에 감사할 방법을 찾자는 거야. 알겠어? 당연히, 할 수 있는 **유일한** 일로서 하자는 게 아니라.〈알았어, 고맙다고 했어, 그래, 끝, 사회적 정의 달성〉이러자는 게 아니라, 그냥 그 효과가 어떤지 보기 위한 첫걸음으로 해보고 거기서부터 나아가는 거지.」

미라가 덧붙였다.「그리고 어쨌거나, 제도적으로 억압받아 온 사람에게 어떻게 **미안**하다고 해? 진짜로 말이야. 그것도 같은 문제야.」

「맞아.」셸리는 이렇게 말했지만, 목소리에 약간의 의구심이 묻어 있었다.

「난 그냥 이게 좀 급진적 아이디어가 될 수 있을 거라고 생각해.」미라가 열을 올리기 시작하며 말했다.「다른 사람이 자기의 선행을 인정하고 감사하거나 자기의 진정성을 알아봐 주면, 기분이 정말 좋잖아. 안 그래? 그러면 자신에 대한 긍지가 생겨. 그리고 명예와 존엄을 느끼게 되고. 거기서 나오는 도미노 효과가 사회를 완전히 바꿀 수도 있다고. 누가 알겠어? 해볼 만하잖아, 안 그래?」

셸리는 여전히 회의적인 얼굴이었다.「하지만 때로는 미안하다는 말을 정말로 해야 할 때도 있어.」

「그래, 당연하지. 자기 잘못에 대해서는 사과를 해야지. 자기 존재에 대해 사과하는 식이 아니라 그게 사실 얼마나 의미가 있겠어?」

「어쩌면.」셸리는 말을 꺼냈다가 침묵에 빠져들었다.

그들은 작은 당근 씨앗과 빨리 자라 올라와서 열을 표시하는 무 씨앗을 섞어 당근밭을 만들고 있었다. 앞으로 몇 주 동안 그들은 싹을 솎아 내 가장 강한 작물들만 남겨 놓고, 집 화분 작업대에서 모종 상태로 가져와 심었다가 솎아 낸 비트와 파, 양상추를 무와 함께 먹을 것이다. 다음 차례는 케일과 완두콩과 양파, 재배용 자루에 든 감자였다. 사방이 석회암이니 덩이줄기들을 땅에 직접 심으면 잘 자라지 않을 거라고 미라는 판단했다. 다음에는 부지 경계선을 따라 브로콜리와 양배추, 허브를 심고, 정글짐 모양의 지지대 옆에 오이를 심는다…… 그러다 보면 9월이 되고, 봄이 될 것이다. 양털 깎기 헛간 옆 가축우리들은 이미 조각조각 이어진 온실로 변모했다. 축사 난간에는 잡다한 유리판과 강력 아크릴판을 얹고, 방풍용으로 비닐 시트를 길게 둘러치고 기둥에 스테이플러로 고정시켰다. 주말 팀은 도시에서 트레일러 한가득 거름을 가지고 내려왔고, 토요일과 일요일 내내 땅을 헤집으며 거름을 넣었다. 흙은 이제 발에 밟혀 굳게 다져진 회색이 아니라 까맣고 기름지고 촉촉하고 공기가 잘 통했다. 「잘 부서지는 흙.」그들은 늘 과장된 악센트로 이렇게 말하며, 그 소리에 웃음을 터뜨렸다.「넵, 선생님, 바로 저기 아주 좋은, 잘 부서지는 흙이 있습니다.」 「와아! 난 잘 부서지는 흙 아주 좋아해요!」평소 같으면 미라 는 쇠똥을 찾아 이웃 들판을 훑고 다녔겠지만, 사실상 고속 도 로 옆 모든 농장이 정문에서 자루에 담은 똥거름을 팔았고, 르 모인이 계좌로 보내 준 돈이 있으니 최소한 진짜 똥을 구하러 다닐 필요가 없어졌고, 다른 필요한 것들도 마찬가지였다. 지 금까지 (너무 눈에 띄지 않기 위해 네 개의 다른 목장에서) 스 무 자루 넘는 거름을 샀고, 그날 아침 미라는 헛간 안 양지바른 곳에 발아용 온상(溫床) 만드는 작업을 했다. 손다이크의 환경 이 회원들에게 익숙한 환경보다 더 아고산대[18]여서 서리 대비 용으로 짚을 두둑하게 깔았지만, 심은 작물 중 일부는 생존하 지 못할 것 같았다.

「하지만 내 질문에 대답하지 않았잖아.」미라가 잠시 후에 말했다.「두 가지 유형의 사람이 있다고 생각해, 아니면 하나 만 있다고 생각해?」

「음, 물론 겹치는 부분이 있지.」셸리가 말했다.「이를테면 나쁜 놈들은 뭘 해줘도 고맙다는 말을 안 하고 무슨 짓을 저지 르고도 미안하다는 말을 안 해…… 하지만 내 생각을 해보자 면, 음, 나라면 사실 내 잘못이 아닌 일에 억지로 사과하기를 택할까, 아니면 진심이 아닌데 억지로 감사하는 걸 택할까?」

18 해발 1,500~2,500미터 지대로, 고산대와 저산대 사이.

「당연히 두 번째지.」

「사실은 안 그래.」 셸리가 말했다. 「미안하다고 말하는 걸 좋아한다는 건 아냐. 하지만 그렇게 말해서 누군가 기분이 나아진다면, 뭐 난 괜찮아. 그건 받아들일 수 있어, 뭐든. 어쨌거나 사과는 나보다 상대방에 대한 거니까. 하지만 억지로 **감사**해야 하는 건 싫어.」

「그래?」 미라가 말했다. 「그거 굉장히 이상하네.」

「그래, 어릴 때 난 생일과 크리스마스를 정말 싫어했어. 사실은 좋아하지도 않는 선물을 받고 너무 행복해하며 감사하는 척하는 게 끔찍했어. 그보다 더 싫은 건 상상이 안 되더라. 이유는 모르겠어. 하여간 그래서 심지어 좋아하지도 않는 것들에 푹 **빠진** 척했어. 사람들이 나한테 뭘 줄지 미리 알아서 놀라지 않아도 되도록 말이야. 1달러짜리 믹스 젤리처럼. 이 이야기 해줬지?」

「아니.」 미라가 말했다.

「어머, 난 한 줄 알았어.」 셸리가 말했다. 「어, 하여간 난 모든 사람에게 단 걸 미치게 좋아한다고 말했고, 늘 완벽한 믹스 젤리를 찾는 척, 원하는 선물은 그것밖에 없는 척했어. 위쪽이 꼬여 있는 조그맣고 하얀 젤리 봉지. 그거라고, 그게 나한텐 전부라고. 난 믹스 젤리 꼬마였고 그 분야 전문가였지만, 사실 그건 좋아하지도 않는 선물을 받고 감사해야 하는 게 너무 싫어서 꾸며 낸 거짓말이었어.」

「너무 재밌다.」미라가 말했다.「특히 그렇게 싼 걸 골랐다니 말이야.」

「알아,」셸리가 말했다.「1달러짜리 믹스 젤리에는 말 그대로 1달러밖에 못 쓰니까.」

「너무 소박하잖아. 꼬마 셸리가 불쌍해.」

「그 젤리들을 먹지도 않았어.」셸리가 말했다.「딱딱해질 때까지 가지고 있다가 버렸지.」

「그건 더 슬프다!」

「이 이야기를 해준 적이 없다니 믿을 수가 없네.」셸리가 말했다.

「내가 지금까지 너한테 준 생일 선물들을 생각하고 있어.」미라가 말했다.

「아냐, 너 때문에 스트레스받은 적은 없어.」셸리가 말했다.「그저 숙모, 삼촌, 그런 사람들 얘기야. 그리고 아빠 엄마 친구들. 사실 날 모르는 사람들 말이야.」셸리는 콘크리트 조각을 파내 옆으로 치웠다.

「그래도 장담하는데, 넌 이상해.」미라가 말했다.「장담하는데, 대부분 사람은 미안하다고 말하는 걸 더 힘들어해.」

「맞아,」셸리가 말했다.「앰버처럼.」

「완전.」미라가 말했다.「세상에, 앰버가 사과한 적이 있기나 한가?」

「적어도 고맙다는 말은 하지.」

「맞아, 아픈 말로 잔인하게 짓밟을 수 있으면. 이를테면 〈일개떡같이 해줘서 고마워〉.」

「〈내 인생을 망쳐 줘서 고마워.〉」

「〈그런 멍청한 이메일로 내 엿 같은 인생을 완전히 망쳐 줘서 고마워, 셸리.〉」

「앰버의 **엿 같은 인생은 완전히**,」 셸리가 웃으며 되풀이했다. 「**망했어.**」

「우리 너무 못됐다.」 미라는 말은 이렇게 했지만 즐거워했다.

「너무 못됐어.」 셸리가 말했다. 그러더니 잠시 후 좀 진지하게 말했다. 「가엾은 토니.」

미라가 셸리를 흘긋 봤다. 「왜 그런 말을 해?」

셸리는 미라와 눈을 마주치지 않고 말했다. 「모르겠어. 그냥 앰버 생각을 하고 있었어, 그리고 그 모든 일에 대해.」

「넌 다 토니 잘못이라고 했잖아.」 미라가 말했다.

「어.」 셸리는 또다시 회의적인 투로 말했다. 그러더니 좀 더 단호하게 덧붙였다. 「아냐, 맞아. 그랬어. 전적으로 그래.」

미라는 왈칵 짜증이 치밀었다. 「하지만?」

미라에게는 재미있는 논쟁을 놓치고 나중에 서투른 — 혹은 지나치게 짧은 — 요약으로 듣는 것보다 더 감질나는 일이 없었다. 미라는 다른 사람의 사건 설명에 의존하는 걸 싫어했다. 누구의 의견이 정당하고 누구의 논리가 설득력 있으며 누구의 수사가 훌륭한지 다른 사람의 판단을 받아들이기에는 자신의 분별력에 대한 자부심이 너무 컸다. 더욱 하나는 건 재미있는 논쟁이 심지어 자기 없이 벌어질 수 있다는 것이었다. 미라는 어느 자리에 있건 거기서 자신이 가장 활기차고 가장 독창적인 생각을 하는 사람으로 꼽히는 일에 너무 오래 익숙해져 있었고, 이제껏 살아오면서 대화의 기술 — 수많은 기술 — 에 관한 한 진심으로 감탄하고 부러워한 사람을 거의 만나 본 적이 없었다. 그런데 토니 갤로가 그런 사람이었다. 토니가 떠났을 때 미라는 그의 부재를 사무치게 느꼈고, 지난 4년 동안 걸핏하면 토니가 돌아오는 공상에 빠졌기 때문에 그 순간을 놓친 게 너무 화났다. 게다가 토니와 앰버의 불화에 대해 그나마 들은 이야기로만 보면 토니가 논쟁에서 압도적으로 진 것 같아 더 화가 났다. 미라는 그날 밤 정확히 어떤 말이, 어떤 어조로, 어떤 취지로 오갔는지 몇 번이나 셸리를 신문했지만, 셸리는 이상하게 설명을 아꼈다. 토니가 〈싸우려 작정하고 왔다〉는 둥, 〈엄청 거들먹거리는 형편없는 인간〉이었다는 둥, 〈심각하게 불쾌한〉 태도로 떠들었다는 둥 욕하면서도, 한편으로는 〈최후의 순간까지는 아무도 진짜로 앰버의 편을 들지 않았다〉고, 〈사실 토니는 꽤 도발적인 발언을 했다〉고, 〈앰버도 형편없는 인간〉이었다고 인정했다. 그러고는 미라가 토니 주장의 요점에 대해 질문을 더 하면 셸리는 얼굴을 붉히며, 뭔가 관계의 시장 논리에 관한 이야기였지만 솔직히 진짜 요점은 정말 기억이 안 난다고 얼버무렸다.

「저기, 우리가 법인 조직이 될 때 말이야」 그때 셸리가 말했다. 「크리스마스 이후에 10만 달러를 받으면.」

「왜 완전히 딴 이야기를 꺼내는 거야!」

「아냐, 관련 있어. 우리가 법인 조직이 될 때 말이야?」

「어…… 만약에 된다면.」

「우리 이름을 바꾸는 것 어떻게 생각해?」

미라가 고개를 들었다. 「버넘 숲이 어때서?」

「그냥 마오리어 이름이라면 더 말이 될 것 같다는 생각이 들어서.」 셸리가 말했다.

「뭐?」 미라가 말했다. 「왜?」

「음, 네가 말했듯이, 이게 정말 커질 수도 있잖아. 안 그래? 그래서 혹시 이게 뉴질랜드 바깥까지 퍼져 나간다면 ―」

「하지만 그건 좀…… 우리는 마오리가 아니잖아.」

「맞아, 하지만 우린 키위잖아. 그리고 그건 키위 ―」

「그럼 그게 전유[19] 같은 게 아니란 말이야?」

「어떻게?」 셸리가 말했다. 「그냥 언어를 쓰는 건데.」

「하지만 마오리 원예 농업은, 그러니까 온전한 전체야.」 미라가 말했다. 「땅과의 관계, 그게 완전 중요하고 신성해. 거기 있는 온갖 종류의 것을 우리는 모르 ―」

---

19 문화 전유. 지배 집단이나 특권 집단이 피억압 집단이나 소수 집단의 문화를 허락 없이 가져다 사용하는 것을 의미한다.

「하지만 만약 우리가 제대로 된 사업체가 된다면, 어차피 조약[20]이랑 이중 문화주의랑 그런 것도 다 생각해야 하잖아.」셸리는 이제 약간 방어적으로 말했다. 「내 말은, 위원회니 뭐니 그런 게 생길 거잖아, 안 그래? 고용 다양성과 취지도 제대로 생각해야 할 테고—」

「난 그렇게 멀리까지는 생각하지 않았던 것 같아.」미라가 말했다.

「토니가 버넘 숲이라는 이름을 지었잖아? 그런데 토니가 더 이상 함께하지 않으면—」

「그건 토니의 아이디어가 아니라 내 아이디어였어.」미라가 말했다.

「아,」셸리가 말했다. 「미안.」

「화합 원칙은 토니가 만들었어. 〈월 스트리트를 점령하라〉[21] 시위 때문에. 그 사람들 거야.」

「아, 그렇구나.」셸리가 말했다. 「좋아, 알았어. 그럼 더 말이 되네.」

「어차피 옛날 일이야, 상관없어.」

「아냐, 아냐.」셸리가 말했다. 「아주 상관있어. 난 꼭—」

「아냐, 괜찮아.」미라가 말했다. 「꼭 제안 올려 봐.」미라는

20 1840년 영국 왕과 마오리족 사이에 체결된 와이탕기 조약. 현재 뉴질랜드 법률과 정책 결정 과정에서 중요한 역할을 한다.
21 2011년 뉴욕 월 스트리트에서 경제적 불평등과 부의 집중, 금융 시스템의 타락에 항의해 벌어진 사회 운동.

삽을 땅에 박아 놓고 양동이에 물을 채우러 가서는 필요 이상으로 꾸물거렸고, 올 때도 비닐하우스를 지나는 길로 우회해서 바람에 떨어진 비닐 시트 가장자리를 다시 붙였다.

미라는 토니가 이제 버넘 숲에 속하지 않는다는 소리를 셸리가 아무렇지 않게 하는 걸 들으니 속상했다. 물론 후이에서 투표가 끝나고 토니를 제외한 모두가 〈찬성〉했다는 게 밝혀졌을 때, 본인이 직접 말했다. 「난 여기서 나가.」 그는 일어나서 재킷을 들고 새빨간 얼굴로 오직 미라만 쳐다보며 말했다. 「그저 이 상황이 굉장히 실망스럽다는 말을 하고 싶어. 너무너무 실망했어, 미라.」 그러고는 앰버에게 말했다. 「음식 만들어 줘서 고마워요. 수프 정말 맛있었어요.」 토니가 문을 쾅 닫고 나가자, 누군가 〈도대체 **저 사람** 누구예요?〉 하고 말했고, 그러자 모두 웃음을 터뜨렸다. 미라는 속이 울렁거렸다. 일어나서 토니를 따라 나가려고 했지만, 셸리가 손을 잡고 만류했다. 「토니는 3주 전에 돌아왔어.」 셸리는 이상하게 애원하는 표정으로 강하게 속삭였다. 「우리 집에 왔었어. 너한테 왜 전화하지 않았는지 모르겠네.」 미라는 얼굴을 찌푸리며 고개를 끄덕인 다음 셸리의 손을 놓고 거리로 나왔지만, 토니는 **전력 질주**로 카페에서 한 블록 떨어진 곳을 달려가고 있었다. 미라가 이름을 두 번이나 불렀지만 그는 돌아보지 않았다. 그때 셸리가 문간에 나와 서서 이상하게 긴장한 목소리로 말했다. 「이게 도대체 무슨 일인지 모르겠네. 토니는 마치 딴사람 같았어.」

미라에게는 그렇지 않았다. 수염이 어쩌면 약간 더 수북해지고, 눈은 약간 더 날카로워지고, 얼굴은 약간 더 성숙해졌지만, 그의 호전적 에너지, 정당한 분노, 혁명적 열의는 조금도 변함없었다. 사실 토니를 보자마자 미라는 심장이 쿵 내려앉았다. 세상 모든 사람 중 그날 밤 미라가 여기까지 달려와 전할 소식을 가장 들려주고 싶지 않은 사람이 토니였기 때문이다. 미라는 토니가 자신의 발표에 경악할 거라고, 르모인과 얽힐 가능성에 경악할 거라고, 르모인이라는 말만 들어도 경악할 거라고 추호도 의심하지 않았고, 실제로 그랬다. 아니, 토니는 옛날과 전혀 다름없었어, 지금 미라는 씁쓸히 불평하며 생각했다. 토니는 달라지지 않았다. 변한 사람은 바로 미라였다.

피곤하지만 잠들지 못하는 밤이면 되살려 보는 평생의 모든 실수와 분별없는 행동, 사교적 실책, 치졸한 악의, 이기적이고 비겁한 행동, 허영심이 드러난 끔찍한 순간, 다른 사람을 구해 주지 못했던, 다른 뺨도 내주지 못했던, 모욕을 참지 못했던 수치스러운 순간들, 그 모든 기억 중에서 토니의 환송 파티 밤이 미라에게는 가슴 가장 깊숙한 곳에 맺혀 있는 괴로운 기억이었다. 토니가 출국하고 몇 주 동안 미라는 참을 수 없을 정도로 지독한 자기혐오에 빠져 그 마지막 만남을 — 어쨌거나 자기가 기억나는 대로 — 머릿속에서 재생하며 거의 끊임없이 생각했다. 뭘 기대했던 걸까? 토니와 자면, 토니가 떠나지 않고 남을 거라고? 마음을 바꿔 비행기표를 찢어 버리고 세상을 보겠다는 꿈을 버릴 거라고? 자기 때문에? 그 생각을 인정하자 미라는 얼굴이 새빨개졌다. 팔을 잡고 풀 언덕 아래 어두운 곳으로 이끌었을 때 깜짝 놀라던 토니의 표정, 금방이라도 상처받을 것 같은, 거의 어리둥절해하던 그 표정, 숨이 목에 걸려 제대로 숨도 쉬지 못하던 모습을 상기하고 얼굴이 붉어졌다. 미라는 나중에 토니를 거기 버려두고 가버렸다. 아니, 사실은 토니를 버리고 **싶어서** 그랬다. 미라는 바로 자신에게 토니를 버릴 **기회**를 주려고, **자기**가 버리고 **토니**가 남겨지는 사람이 되게 하려고 같이 잔 것이었다. 미라는 안으로 들어가서 술을 한 잔, 또 한 잔, 또 한 잔, 또 한 잔, 또 한 잔, 또 한 잔 따랐다. 아무와 이야기하지 않아도 되도록 춤을 추고, 이야기를 들을 필요 없도록 고개를 끄덕이며 토니를 피했다. 미소 짓고 돌고 흔들고 박자를 맞췄다. 누구에게든, 무슨 말이라도 한다면, 말하려고 입만 열어도 목소리가 갈라지고 울음이 터질 거라는 걸 미라는 알고 있었다. 다음 날 아침에 일어나자, 몸이 사정없이 떨리고 머릿속이 깨질 듯이 울리고 심장이 미친 듯이 뛰고, 숙취가 너무 심해 몸을 거의 움직일 수조차 없었다. 물론 미라를 돌봐준 건 셀리였다. 셀리는 미라가 침대 옆에 토해 놓은 걸 치우고 설탕 넣은 밀크티를 만들어 주고 목욕을 시켜 줬다. 미라는 너무 부끄럽고 너무 기운이 없고 토니의 비행기가 떠났고 토니가 전화도 없이 가버렸다는 게 죽을 듯이 비참한 나머지 셀리에게 왜곡된 이야기를 들려주며 자신을 위로했다. 취기를 과장하고, 거의 기억이 없다고 주장하고, 토니가 **그날** 밤, 출국 전 마지막 밤을 택해 자기 마음을 알려 당황스러운 척했다. 물론 다들 알고 있듯이 그건 오랫동안 예견된 일이었지만, 토니 입장에서 보면 타이밍이 훨씬 더 비겁한 ── 미라가 생각해 보니, 훨씬 더 잔인한 ── 것 아닌가? 하지만 미라는 곧 고개를 흔들고 어깨를 으쓱하면서 그 일을 젊은 시절의 실수, 어리석지만 궁극적으로 피해는 없었던 사건으로 치부하며, 사실은 세상 그 무엇보다 무서운 생각을 억눌렀다. 그건 토니가 돌아오면, 혹시라도 돌아온다면, 그가 마침내 미라가 두려워하던 자신의 실체, 즉 미라는 조그맣고 정체된 연못에 사는 평범한 물고기에 불과하다는 사실을 보게 될 거라는 두려움이었다.

「사실 난 아이디어가 두 개 있어.」 미라가 돌아오자 셸리가 말했다. 「이름 말이야.」

「아, 그래?」 미라는 실리콘 양동이 손잡이를 눌러 가장자리를 주둥이 모양으로 만들고 흙 위에 물을 뿌렸다.

「응, 처음에는 이렇게 생각했어. 좋다, 그냥 버넘 숲을 그대로 번역하자. 〈움직이는 숲〉 이렇게 말이야. 그러면 〈테 나헤레 네케Te Ngahere Neke〉 혹은 〈테 나헤레 에 네케 아나Te Ngahere e Neke Ana〉가 돼. 그것도 좋긴 하지만, 테 레오[22]를 모르면 발음이 약간 까다롭거든. 그래서 또 생각했지. 음, 사실 그건 우리가 진짜로 하는 일을 잘 포착하지 못한다고. 원예 말

22 마오리어.

이야. 그래서 〈테 마라 네케Te Māra Neke〉를 생각했어, 움직이는 정원.」

「테 마라 네케.」 미라가 되풀이했다. 미라는 양동이를 기울여 마지막 남은 물이 흙에 스며드는 걸 지켜봤다.

「응, 테 마라 네케.」 셸리가 말했다. 「어떻게 생각해?」

「모르겠어.」 미라가 말했다. 「좀 생각해 봐야 할 것 같아.」

「좋아.」 셸리가 말했다. 「저기, 하지만 훨씬 더 중요한 건, 이 흙 충분히 잘 부서지는 것 같지?」

「완전 잘 부서져.」 미라가 말했다. 「응, 잘된 것 같아.」 미라는 그 자리를 떠나 당근 씨앗을 뿌린 다음 씨 뿌리기 일정을 업데이트하러 갔지만, 갑자기 너무 죄의식이 몰려와 울음이 터질 것만 같았다.

미라가 버넘 숲에서 한 발표는 완전히 정직하지 않았다. 그건 토니 탓이라고, 토니가 후이에 올 거라고는 생각하지 못했고, 토니가 너무 적대적인 태도로 너무 전투적으로 의견을 개진하는 바람에 자기도 모르게 방어적이 되었다고 말하고 싶었지만, 사실 미라는 그날 밤 카페에 도착하기 훨씬 전부터 어떤 사실들은 말하지 않기로 이미 결심했다. 예를 들어, 미라가 아는 한 다비시 부부는 목장에서 어떤 비밀스러운 일이 벌어지는지 전혀 모른다. 르모인은 아직 그 땅이 자기 소유가 아니고 그냥 계약금만 낸 상태라고 터놓고 말했다. 많은 회원이 버넘 숲에서 무단 침입 행위를 저지른다는 걸 전혀 모르고 있으니,

진실을 말하면 법을 어기는 건 언제, 어떻게 해야 적절한지를 두고 길고 지루한 논쟁만 벌일 테고, 셸리가 곧 떠나 버릴 것 같아 너무 불안했고, 이런 기회가 올 거라고는 꿈에도 생각지 못했고, 게다가 따지고 보면 다비시 부부가 르모인에게 자기들이 없는 동안 저택을 포함해 목장을 마음대로 써도 좋다는 전권을 줬고 집처럼 편히 생각하라고 부추겼으니 모두가 거짓말은 아니라고 혼자 정당화했다. 그런 환대가 버넘 숲에까지 해당하는지는 물론 의문의 여지가 있지만, 르모인에게 그런 문제를 제기했더니 그는 그저 어깨만 으쓱하고 씩 웃으며 미라는 무정부주의자라고 하지 않았느냐고 말했다. 분명 그 위험이 매력의 일부 아니냐면서.

미라는 억만장자들 중에 사이코패스가 많다는 걸 알고 있었고, 사이코패스의 주요 특징 중 하나가 거짓말 성향이라는 것도 알고 있었다. 어쩌면 르모인은 다비시 부부를 만난 적조차 없을지도 모른다. 어쩌면 르모인도 무단 침입 중일지 모른다. 어쩌면 그는 버넘 숲을 무너뜨리기 위해 손에 넣고 싶어 하는지도 모른다. 혹은 어쩌면 세금 공제를 위해 손실거리를 찾고 있는지도 모른다. 어쩌면 그의 의도는 그냥 그들에게 죽도록 일을 시키려는 것일지도 모른다. 어쩌면 투자할 의도 자체가 전혀 없을지도 모른다. 그 제안을 그저 미끼로만 흔들었을 수도 있다. 아니면 전혀 다른 목적으로 미라를 길들이고 있을지도 모른다. 아니면 미라에게 누명을 씌우려 하고 있거나, 그냥 장난 삼아 가지고 노는 것일지도 모른다. 미친놈일 수도 있다. 미라를 죽이려는 계획일 수도 있다. 집단 전체를 죽이려는 획책일 수도 있다. 미라는 최선을 다해 자책했지만, 아무리 준엄하게 질책해도 자기가 알기로 다비시 목장 문제로 버넘 숲에 거짓말을 한 사람은 자기뿐이라는 사실을 도저히 떨칠 수가 없었다.

미라는 다른 사람들에게 집은 절대 접근 금지라고, 버넘 숲은 완전히 자족적인 유목 기업으로 시험받고 있고 르모인은 버넘 숲이 최대한 공공 설비를 사용하지 않고 지내는 걸 보고 싶어 한다고 설명했다. 그리고 시내에서는 튀지 않게 조용히 다니라고 부탁하며, 사업체로 처음 이미지를 구축하려 할 때 누가 되지 않기 위해서라고 덧붙였다. 「서사를 통제하기 위해서예요.」 미라가 말했다. 「르모인은 모든 게 준비되어 제대로 설립될 때까지 우리가 활동하지 않기를 바라거든요.」 그런데 조금 놀랍게도 회원들은 여기에 전혀 반대하지 않았다. 미라는 누군가 왜 집에 여전히 가구가 다 있냐고, 왜 현관 앞에는 아직도 여러 가지 사이즈의 장화들이 있냐고, 게다가 거실 벽난로 위에 걸린 거대한 다비시 가족사진은 뭐냐고 물을까 봐 걱정되었다. 하지만 그런 질문이 나오지 않는 걸 보니 분명 아무도 창문 안을 들여다볼 정도로 집 가까이 가지 않은 것 같았다. 그들은 양털 깎기 헛간 안에 텐트를 치고, 처마 밑에서 가스버너로 음식을 만들었다. 그리고 며칠 동안 불편을 견디다가 결국 귀찮게 호수에 가서 목욕하지 않아도 되도록 야영용 냉수 샤워 시설과 퇴비화 화장실을 임대하자는 의견에 정중하게 찬성표를 던졌다. 매달 할인을 받지만 이 시설은 버넘 숲 역사상 단일 건으로 역대 최고 지출이었다. 아무도 안 쓰고 비어 있는 다비시 집의 욕실을 생각하자 미라는 가슴이 아팠다. 바로 언덕 위에 있는데⋯⋯. 하지만 미라는 다수에 표를 던지고 입을 다물었다. 임대는 셸리가 알아봤고, 시설을 르모인의 주소지에 설치할 거니까 송장에 그의 이름을 써야 하는 것 아니냐고 미라에게 물었다. 미라는 생각해 보는 척하다가 아직 르모인이 목장을 샀다는 사실이 바깥에 알려지지 않았는데 임대업체 직원이 그 이름을 알아보고 소문이 퍼지면 안 좋을 테니 쓰지 않는 게 좋을 것 같다고 가볍게 말했다. 셸리는 이를 당연히 받아들였다. 사실 셸리는 전혀 의심할 줄 몰라 미라의 신용카드와 연락처로 배송을 예약했고, 미라는 살짝 불안에 떨었지만 며칠 뒤 칸막이 시설 두 개가 정문에 도착하자 운전기사에게 송장은 무시하고 대신 현금을 내도 되냐고 조용히 물었다. 기사의 기분이 즉시 티 나게 밝아지는 걸 보니 그 건을 기록에서 지우고 세금으로 내야 할 돈을 자기가 챙길 심사인 게 분명했다.

이제 억만장자가 준 1만 달러에서 남은 돈은 3천 달러뿐이었다. 1천 달러로 주말 팀이 쓸 주유권을 구입하고, 2천 달러는 음식값으로 썼다. 대부분 보존 식품이지만, 가게 자체 브랜드 쌀과 파스타 수십 봉지, 병아리콩과 강낭콩 깡통들, 대용량 포장 오트밀과 전지분유, 초대형 땅콩버터, 업소용 사이즈 식초와 올리브유 외에도 올리브, 김치, 안초비, 반건조 토마토, 이국적인 처트니, 고급 비스킷, 초콜릿, 팬케이크 가루, 살사, 포테이토칩, 구워 먹을 마시멜로, 절인 고기, 딱딱한 치즈, 괜찮은 커피, 콤부차 균, 과일 설탕 조림도 샀다. 수년 동안 버넘 숲 자원봉사자들을 관리해 온 셸리는 맛있는 음식을 넉넉히 주는 것보다 집단의 화합에 더 좋은 것은 없다는 강한 믿음을 가지게 되었고, 그 원칙을 생각해 술집에도 1천 달러어치 주문을 넣었다. 셸리는 확실히 펑펑 써버릴 돈을 쥔 상황을 즐기고 있었지만, 일주일 만에 그만한 돈을 써본 일이 한 번도 없는 미라는 자금이 그처럼 빠르게 술술 빠져나가는 걸 보고 속으로 경악했다. 버넘 숲 전통에 따라 그들은 매일 저녁 수평적인 현황 점검 모임을 했고 모든 중요한 결정은 반드시 투표에 부쳤지만, 손에 돈을 쥐고 있으니 논쟁 참여도가 훨씬 떨어졌고, 지금까지 함께 검토한 모든 제안이 통과되었다. 현재까지 그들은 캠핑용 냉장고와 6구 바비큐 가스 그릴, 팝업 인터넷 구독이 가능한 휴대용 루터, 휴대 전화 충전용 태양열 발전기, 그리고 헛간이 바람을 막아 주는 자리에 즉흥적으로 판 모닥불 구덩이에 쓸 장작도 한 트레일러 가득 샀다. 이렇게 하나씩 사들일 때마다 버넘 숲 야영장은 좀 더 자리를 잡았고, 좀 더 눈에 띄었고, 다비시 부부가 집에 올 경우—미라는 그런 일이 일어나지 않기를 기도했다 — 좀 더 죄가 늘어나는 셈이었다.

지금 목장에서 살고 있는 회원은 일곱 명이었지만, 미라와 셸리를 제외하고 이달 말 이후에도 손다이크에 남겠다고 한 사람은 아직 아무도 없었다. 회원 대부분은 직장과 가족에 매어 아예 내려오지도 못했다. 시간을 낼 수 있는 사람은 프리랜서이거나 일시적 백수이거나 집이 부자이거나 — 종종 그렇듯이 — 세 가지 모두에 해당하는 사람들이었다. 배우인 헤이든 미키와 카트리나 헌트는 죄수들에게 연극을 가르치며 전국 감옥을 순회 중이었고 곧 돌아가 「카바레」 여름 공연을 위한 리허설을 시작할 예정이었다. 극작가인 에런 창은 헤이든의 학교 친구였다. 막 인류학 박사 학위를 끝낸 내털리 오미슨은 외국의 박사후 선임 연구원 자리를 알아보고 있었다. 비주얼 아티스트인 제시카 배럿은 10월에 웰링턴으로 이사 가 산후 휴가 대체 근무자로 국립 박물관에서 일할 예정이었다. 그사이 광고 카피를 쓰고 있었는데, 그건 목장에서도 원격으로 할 수 있는 일이었다. 모두 미라가 잘 모르는 사람들이었다. 에런과 제시카 사이에 연애 감정이 생기지 않았다면, 서먹서먹한 분위기가 쉽게 깨지지 않았을지도 모른다. 두 사람은 거의 처음 만난 순간부터 서로 보기만 하면 실없이 미소 지었고, 단둘이 있으려고 점점 더 허술한 핑계를 대기 시작했다. 두 사람이 오랫동안 자리를 비우는 상황은 곧 모두의 농담거리가 되어 다들 부모 비슷한 마음을 나누고 자신의 과거 연애를 애틋하게 회상하면서 반쯤은 아이러니하게 실시간으로 단체로 드라마를 시청하듯 흥미진진해했다.

그날 오후 — 월요일이었다 — 두 사람은 달걀을 사러 에런의 차를 타고 막 나갔다. 헤이든과 카트리나는 헛간에서 밀린 이메일을 처리하고, 내털리는 낮잠을 자고 있었다. 미라는 북쪽 울타리를 따라 산책하면서 한 달 전 혼자 야영할 때 심어 놓은 작물을 살펴보려고 물조리개 배낭과 손잡이 긴 괭이를 가지러 갔다. 하지만 그건 대부분 핑계였다. 셸리와 대화를 나눈 후 미라는 머뭇대며 자신을 들여다보게 되었고, 잠시 혼자 생각할 시간을 가지고 싶었다.

테라스에 도착해서 보니 넓은 파종 방식으로 심은 상추 중 뿌리내린 건 겨우 몇 개뿐이었다. 미라는 주름진 파스텔색 잎들이 다갈색으로 변하고 있는, 수확까지 일주일 정도 남은 통통한 상추 여섯 포기를 세었다. 하지만 베이비비트와 시금치는 잘 자라 방목장 누런 풀밭 가장자리를 따라 띄엄띄엄 자주색과 녹색 줄무늬를 만들고 있었다. 미라는 줄을 따라 걸으며 한 손으로 물조리개 막대를 휘두르고 한 손으로 괭이질을 했다. 그러는 동안 미라의 생각은 밭고랑을 파던 날로 되돌아갔다. 사실 그날은 르모인과 처음 만난 날 다음 날이었다. 늦은 아침, 엔진 소음이 들려 고개를 들어 보니 비행기 한 대가 코로와이산맥 정상을 넘어와 한쪽 날개를 살짝 내리며 머리 위에서 커다랗게 원을 그렸다. 비행기는 나무 꼭대기들 위로 사라졌고, 잠시 후 르모인이 언덕 위에 나타나 미라를 향해 들판을 걸어 내려왔다. 그는 전과 마찬가지로 밋밋한 운동복 차림에 로고 없는 야구 모자를 쓰고 있었다. 순간 미라의 머릿속에는 나무 옷걸이에 걸린 똑같은 옷 수십 벌이 한결같은 간격으로 가지런히 걸려 있는 옷장, 고요하고 티끌 하나 없으며 박물관 유리 장식장처럼 칸마다 간접 조명이 있는 옷장의 모습이 슬쩍 스쳐 지나갔다. 미라는 고개를 숙인 채 계속 땅만 파면서 이번에는 아무런 반응도 하지 않고 먼저 말을 걸지도 않고 자기 정체를 드러내지도 않겠다고 의지를 다졌지만, 그는 미라 앞까지 곧장 걸어와 흙바닥에 책상다리를 하고 앉은 채 무릎에 편안하게 손을 얹었다. 르모인이 움직일 때마다 회향풀과 후추가 섞인 애프터셰이브 향이 살며시 풍겨 와 두 사람 사이에 머물렀다. 미라는 결국 침착함을 유지하지 못하고 고개를 돌려 르모인을 쳐다봤다.

「자, 버넘 숲 말입니다,」 눈이 마주치자 그가 말했다. 「할 수 있는 얘기 다 해줘요. 처음부터, 하나도 빼놓지 말고.」

미라는 즉시 대답하지 않았다. 「재미있네요.」 미라는 시선을 돌려 자기 무릎 사이 땅바닥을 내려다보며 조심스레 말했다. 「내가 어떤 단체 소속이라고 말한 건 알지만, 맹세코 그 이름은 말하지 않았는데요.」

「안 했다고요?」

미라는 그를 다시 힐끗 쳐다봤다. 「안 했어요.」 미라가 말했다.「사실, 확신해요. 우리 이름이 뭔지 절대 말하지 않았어요. 그랬으면 기억할 거예요.」

「그렇다면 그게 의미하는 바가 뭘까요?」

「그건…… 우리가 서로를 검색하고 있다는 거겠죠.」

그는 미라의 암묵적 인정에 미소를 지었다.「음,」그가 말했다.「자신을 검색하는 것보다는 확실히 더 낫죠.」

미라는 당황했고, 그걸 감추기 위해 이를 악물고 눈살을 찌푸리며 그를 쳐다봤다.「왜 버넘 숲에 대해 알고 싶은 거죠?」

「내가 어떤 사람인지 알아냈다는 뜻으로 들리네요?」

「당신이 **뭔지** 알아냈어요,」미라가 경멸을 담아 말했다.「어떤 사람이 아니라.」

「재미있는 구분이군요. 어쩌면 내가 그 간격을 줄이는 걸 도와줄 수 있을 것 같은데.」그는 여전히 미소 짓고 있었다.「난 돈이 많아요.」

「네,」미라가 말했다.「그건 알아냈어요.」

「그리고 그 돈을 당신에게 좀 주고 싶어요.」

미라가 그를 노려봤다.

「버넘 숲에 대해 말해 줘요.」그가 말했다.「간단히 설명해 봐요. 기본적인 구상 전체를. 그게 무엇이며, 뭐가 될 수 있는지. 거기서 뭘 원하는지. 이제까지 원한 것 전부. 솔직하게 다 말해 봐요.」

하지만 미라는 불쾌한 표정을 지었다.「무슨 말인지 모르겠네요.」

「분명하게 말하고 있다고 생각하는데. 당신 말대로 난 당신 단체에 대해 조사를 했고, 알아낸 것이 좀 있어요. 흥미로워요. 그래서 그 기본 구상에 대한 설명을 요청하는 겁니다.」

「우리의 헌장이, 어, 명백하게 반자본주의적이라는 것도 알 텐데요.」 미라가 말했다.

「그런가요?」

「그런데 당신은 **벤처 투자가**잖아요. 당신 이름에 말 그대로 박혀 있다고요.」

「뜻밖의 동료죠.」 그가 말했다. 「재미있잖아요. 그렇게 생각하지 않아요?」

「아뇨.」 미라가 말했다. 「별로. 절대.」

그는 빙긋 웃으며 기분 좋게 말했다. 「그러니까 헌장도 있단 말이군요.」

미라는 그에게서 물러나며 말했다. 「뭘 하려는 거예요? 이게 뭐죠?」

「초청입니다.」 르모인이 말했다.

「평판 유지용 뭐 그런 건가요? 그러니까 어떤 포커스 그룹이 당신한테 비루한 사회주의자들이랑 좀 어울려 다니라고 하던가요? 당신이 저지른 지독하고 완전히 불법적인 일에서 관심을 돌리려고?」

그가 웃음을 터뜨렸다. 「어떤 포커스 그룹도 나한테 이래라

저래라 하지 않아요. 설령 그런 일이 있다 해도, 약속하는데 난 정반대로 행동할 겁니다.」

미라는 아무 말도 하지 않고, 거짓말인지 간파하려고 그의 표정을 살폈다.

「그래서 당신은 돈이 필요 없군요.」그가 잠시 후에 말했다.

「당신한테는 안 받아요.」

「아, 난 세상이 끝장난다는 걸 알아요.」그는 관심 없다는 듯 손짓하며 말했다. 「불덩이가 되고 있다는걸요. 다 우리가 믿을 수 없이 이기적이고 욕심부리고 오염시키고 있기 때문이죠. 난 알아요.」그는 생각에 잠긴 채 미소 지으며 잠시 들판 너머를 응시하다가 말했다. 「사실 이 목장이 바로 그걸 끝까지 지켜볼 곳입니다. 종말이 오면 여기가 바로 내가 올 장소예요. 벙커를 넣고 있어요. 바로 저기에.」

미라는 그가 가리키는 곳을 보지도 않은 채 말했다. 「축하해요.」

「고마워요.」그가 말했다. 「버넘 숲에 대해 말해 봐요.」

미라는 그를 노려봤다. 「왜요?」

「뭐,」그가 말했다. 「난 공유 경제 주식을 장기 보유하거든요. 그런데 당신 같은 조직은 한 번도 본 적이 없어요. 구글에서 알아낸 것으로 판단할 때,」그는 미라를 향해 싱긋 웃으며 잠시 말을 멈췄다. 「잠재력이 있다고 봅니다. 개인적으로는 당신의 진취성이 마음에 들고. 매력적이에요.」

「그리고?」

「그리고 뭐요?」

「그리고 진짜 이유는 뭐죠?」

그는 재미있어하며 미라를 유심히 바라봤다.「왜 진짜 이유가 있을 거라고 생각해요?」

「몰라요.」미라가 말했다.「비밀 안건이 있는 사람 같아 보여서요.」

「내가 무엇인지 때문에? 아니면 내가 어떤 사람인지 한번 알아보려는 겁니까?」

「그림이 좀 그려지기 시작하네요.」

「신이시여, 날 도와주소서.」

「억만장자잖아요.」미라가 말했다.「벌써 도와주신 것 같은데요.」

르모인이 박장대소했다.「알겠어요, 당신 말이 맞아요.」그는 이제 매우 쾌활하게 말했다.「진짜 이유가 **있긴** 해요. 뭐냐면, 오언 다비시는 좀 비열한 작자예요. 그래서 그 작자한테서 뭘 훔치는 사람들에게는 다 호의를 가지고 있죠. 어때요?」

「비열한 작자라고 생각하면서 왜 같이 사업을 하죠?」

그가 다시 웃었다.「**그건**,」그가 말했다.「매우 참신한 질문이네요.」

미라는 고개를 돌렸다. 르모인이 웃어서 얼마나 안심했는지 절대 들키지 않을 작정이었다. 웃는다는 건 사이코패스일 리 없다는 뜻 아닌가? 어느 크리스마스 날 아버지가 『사이코패스 테스트』라는 책을 주었는데(이미 읽은 책이어서, 미라는 아버지와 함께 친척들을 차례로 진단하며 즐겁게 놀았다) 체크 리스트 중 하나인 〈웃지 못한다〉를 어렴풋이 기억하고 있었다. 정말 그랬나? 아니면 잘못된 기억일까? 미라는 좀 더 단호하게 생각했다. 음, 어쨌거나 매력적인 건 분명 사이코패스의 징후 — 아주 좋지 않은 징후 — 였고, 르모인은 매력 빼면 시체였다. 미라는 르모인에게 점점 심각하게 매력을 느꼈다.

르모인은 여전히 미라를 바라보고 있었다. 「좋아요.」 잠시후 그가 말했다. 「절대적 진실을 말해 주죠. 몇 달 전에 오언 다비시에게 이 목장을 사겠다고 제안했어요. 아주 후한 가격이었는데, 다비시는 좀 더 짜낼 수 있을 것 같다고 결심하고 자기가 하는 부차적인 프로젝트를 후원하는 조건으로만 목장을 팔겠다고 하더군요. 난 그 프로젝트에 별 관심 없었지만 이 땅을 원했기 때문에 좋다, 해보자 그랬고, 협상을 시작했죠. 이리저리 협상하는 도중에 다비시 부부에게 비밀 유지 계약서를 요청했어요. 여러 가지 이유에서 난 사생활 보호를 아주 중요하게 여기기 때문에, 두 사람에게 거래가 완전히 마무리될 때까지 우리의 합의에 대해 누구와도 이야기하지 말라고 분명히 말했습니다. 오언 다비시는 그 요청을 선택적으로 해석하더군요. 그렇게 오만하고 비열한 작잡니다. 내 이름만 거론하지 않으면 비밀 유지 계약을 위반하지 않고도 그 애지중지하는 프로젝트 이야기를 마음대로 할 수 있다고 생각하더군요. 난 열 받았고, 보복할 방법을 찾고 있었어요. 당신 기업에 자금을 대고 싶은 이유 대부분은 버넘 숲이 다음으로 커다란 뭔가가 되고 — 당연히 그렇게 될 테고 — 당신, 미라 번팅이 이 나라에서 누구나 아는 이름이 되면 — 그것도 당연히 그렇게 될 테고 — 그 작자가 아주 돌아 버릴 거거든요. 그러고는 그 모든 게 여기서, 바로 자기 코앞에서 시작되었는데 자기와 아무런 관련도 없고 심지어 조금도 모르고 있었다는 이야기가 나오는 거죠. 이런 작자에게는 자기 등 뒤에서 채소나 기르는 스물 몇 살짜리 무정부주의자들한테 묻히는 것보다 더 짜증 나는 일이 없을걸요. 생각만 해도 흥미진진하잖아요.」

미라는 관심 없는 척, 초연한 척하는 걸 포기하고, 이제는 홀딱 빠져서 그를 바라보았다. 「그러니까 난, 어, 당신의 복수 도구군요.」 미라가 말했다.

그가 다시 미소 지으며 말했다. 「물론 당신만 좋다면.」

「당신 사이코패스예요?」 미라가 물었다.

그는 생각하는 시늉을 했다. 「자,」 그는 손가락으로 턱을 톡톡 두드리며 생각에 잠겨 말했다. 「사이코패스라면 어떻게 반응할까요?」

두 사람의 대화는 절대 길지 않았다. 그를 점점 더 알게 되면서, 미라는 자기가 무슨 이야기를 하고 있건 그가 대화에 한껏 몰두해 있다가도 갑자기 거기서 휙 빠져나오는 정확한 순간을 예상할 수 있었다. 그러고 나면 그는 안절부절못하고 퉁명스러워졌고, 종종 미라의 말을 중간에 끊으며 이제 가야겠다고 말하고는 벌떡 일어나 가버리곤 했다. 「그건 그렇고, 그거 정말 개똥 같은 매너네요.」 처음 그런 행동을 했을 때는 뒤에 대고 소리도 질러 봤지만 그는 들은 척도 안 했고, 다음에 만났을 때 그 이야기를 꺼내려니 너무 수치스러웠다. 능란한 논객으로 자부하는 모든 사람 — 혹은 어쩌면 끼 부리는 데 능란하다고 자부하는 모든 사람 — 과 마찬가지로 미라는 잔소리꾼 취급받는 걸 본능적으로 깊이 두려워했고, 겉으로는 안 그런 척했지만 여전히 그를 많이 무서워하고 있었다. 미라는 냉정하고 경멸하는 태도를 취하고 조금 웃기는 이야기를 해도 절대 웃지 않고, 그와 비슷한 대화 스타일을 택해 인사 대신 날카로운 질문을 던지고, 그가 질문으로 되받아치면 함축적으로 대답하면서 두려움을 상쇄했다. 미라는 르모인이 미라라는 만만찮은 상대를 만났다는 걸(그게 미라가 쓴 표현이었다, **자기가 르모인**이라는 만만찮은 상대를 만났다는 게 아니라) 증명해 보이겠다고 결연히 마음먹었다. 왠지 그가 뭔가 숨기고 있다는 느낌은 여전히 들었지만, 자신이 그걸 밝혀낼 사람이라는 — 아니, **반드시** 자기여야만 한다는 — 더 강한 확신을 가지고 있었다.

「억만장자와 생존주의 이런 게 다 뭐예요?」 세 번째인가 네 번째 만났을 때 미라가 물었다. 「그냥 군비 경쟁이에요? 그냥 과시용 경쟁 같은 거? 아니면 당신들은 우리가 모르는 뭔가를 알고 있는 거예요?」

「둘 다.」그는 매우 차분하게 말했다.「그러니까 물론 과시용 경쟁입니다. 아닌 게 있어요?」

미라는 아닌 걸 생각해 보려고 했지만, 아무것도 떠오르지 않았다.「그래서 나머지 사람들이 모르는 뭘 알고 있어요?」대신 그렇게 물었다.

「얼마나 쉬운지 알죠.」르모인이 말했다.

미라는 이해가 안 되었다.「뭐가 쉽다는 거예요?」

「모든 게.」그는 어깨를 으쓱하며 말했다.「부자가 되는 것, 계속 부자로 사는 것, 이기는 것 모두 너무 쉬워요. 난 원하는 게 있으면 가져요, 그럼 내 것이 되죠. 원하는 걸 말하면 사람들이 내게 갖다 바쳐요. 난 원하는 걸 하고, 아무도 날 막지 않아요. 매우 간단하죠. 나한테 쉬운 일이라면, 모든 사람에게도 쉬울 수 있고, 그 생각을 하면 두려워요. 다른 모든 걸 차치하고, 그렇다면 이건 유지할 수가 없으니까. 모두가 정상에 있을 수는 없잖아요. 그럼 그건 더 이상 정상이 아닐 겁니다. 안 그래요? 그건 그냥 사실이죠.」

그가 덧붙였다.「난 권력의 성채 안에서 살았어요. 높은 식탁에 앉아 식사하고, 절대 열리지 않는 문 뒤를 봤죠. 다른 사람들도 마찬가지고. 어떤 수준에 도달하면 모든 게 완전히 똑같거든요. 그냥 다 운이 있고 허점을 알고 적시에 적소에 있으면 되는 거예요. 그러고 나면 나머지는 복리 성장이 다 알아서 해주거든요. 그래서 바리케이드를 쌓는 겁니다. 우리가 지금 위치에 도달한 게 얼마나 말도 안 되게 쉬운 일이었는지 나머지 세상 사람들이 알게 될 때를 대비해서요.」

「세상에,」미라가 말했다. 「정말 음침하네요.」

「음, 기분이 너무 우울해진다면, 그게 그저 과시용 경쟁이기도 하다는 걸 기억해요.」

「그 모든 게 내가 보기엔 너무 엿 같아요.」미라가 말했다. 「그리고 너무 **유치하고**. 기본적으로 그 핵심은 그냥 당신네가 지구를 엉망진창으로 만들고 싶으면서 치우는 책임은 지고 싶지 않으니까, 그 대신 이런 작은 요새를 짓는 거잖아요. 그래서 정말 큰 사태가 벌어지면 그냥 도망쳐서 숨으려고, 그래서 당신이 저지른 짓에 누구도 책임을 묻지 못하게 하려고. 안 그래요? 사람들은 〈보모 국가〉에 대해 온갖 개소리를 지껄이지만, 도대체 어떤 인간이 엉망진창을 만들어 놓고 다른 사람에게 치우라고 하죠? 바로 아기예요. 빌어먹을 보모가 있는 사람요.」

「난 〈보모 국가〉라는 용어를 좋아하지 않습니다.」르모인이 말했다. 「그건 여성 혐오적이에요.」

미라가 그를 노려봤다. 「지금 약 올리는 거예요?」

「그냥 공통점을 찾으려고 한 겁니다.」

「실제로 종말이 벌어질 거라고 믿어요?」미라가 물었다. 「그러니까 살아생전에?」

그가 미소 지었다. 「음, 난 아주 오래오래 살고 싶은데요.」

「하지만 적극적으로 대비하고 있잖아요. 적극적으로 계획을 세우고 있잖아요.」

「난 아주 많은 계획을 세워요.」그가 말했다.

「이해가 안 되는 게 있어요.」미라가 말했다. 「분명 당신은 미래에 전 지구적 대참사가 벌어진다는 생각에 엄청난 시간과 에너지를 써왔잖아요. 하지만 이렇게 매우 구체적인 시나리오에 대비하면서 그 많은 시간을 쓴다면, 어느 정도는 그런 일이 일어나도록 분명 힘을 쓰고 있을 거예요, 안 그래요? 내 말은, 이렇게 애쓰고 벙커를 짓고 총이랑 우주 비행사 식량이랑 약이랑 오만 것을 쌓아 놓고 있는데, 준비가 다 끝나면 모든 게 멀쩡하지 **않길 바라는** 마음이 사실 어디 한구석에 있을 거라고요. 당신은 종말이 벌어지기를 원해요. 왜냐하면 그러면 절대 아무도 믿지 않았던 것이 옳았다는 게 증명될 테니까. 반면 세상이 실제로 나빠지는 게 아니라 **더 좋아진다면**, 사람들이 실제로 **함께** 일하기 시작하고 서로의 차이를 **제쳐 두고** 공동의 이익을 추구한다면, 만약 **그런 일**이 벌어진다면, 당신은 그저 멍청한 과대망상주의자처럼 보일 거잖아요. 안 그래요?」

르모인이 어깨를 으쓱했다. 「그런 생각은 안 해봤는데요.」그가 말했다.

「그리고 훨씬 **더 엿** 같은 건 뭐냐면, 당신한테는 세상을 더 낮게 **만들** 힘이 있다는 거예요. 역사를 통틀어, 오늘날 억만장자들보다 재난을 막을 힘을 더 많이 갖춘 사람은 사실상 없었어요. 당신이 쓸 수 있는 기술, 자원, 돈, 영향력, 연줄……. 사실 역사상 그 누구도 이보다 더 강력한 힘을 가진 적은 **한 번도** 없었어요. **단 한 번도.**」

「맞아요, 우린 신들 같아요.」그가 사무적으로 말했다. 「하지만 신들은 변덕스럽기도 해요, 미라. 늘 사람들이 원하는 걸 하지는 않거든요. 신들은 알 수 없는 방식으로 움직이죠.」

미라는 너무 놀라서 웃음이 났다. 「정말로 진지하게 자기가 **신**이라고 생각하는 거예요? 어떤 아이러니도 없이?」

르모인은 눈도 깜박하지 않고 미라를 빤히 응시했다. 「알겠어요.」그가 말했다. 「당신은 내가 내 존재에 대해 사과하길 바라는군요. 당신 앞에 무릎을 꿇고 머리를 바닥에 닿게 조아리며 내가 저지른 온갖 사악하고 탐욕스러운 짓에 대해 용서를 구하길 바라고 있어요. 당신은 내가 회개하고 모든 재산을 줘버리길 바라죠. 왜냐하면 드디어, 이 오랜 세월 끝에, **마침내** 난 당신을 만났고 빛을 봤으니까. 그렇죠?」

「꽤 괜찮은데요.」미라가 말했다. 「시작으로는.」

「그래서, 다시 말하자면,」그가 말했다. 「**당신도** 신이 되고 싶어 하죠.」

미라가 얼굴을 찌푸렸다. 「이봐요, 여기서 영원히 살겠다고 난리 치는 사람은 내가 아니라고요.」미라가 말했다. 「난 생존주의자가 아니에요. 염병할 테크노 미래주의자도 아니고. 난 내가 죽는다는 걸 알아요. 그래도 괜찮다고요.」

「다른 대안이 없다고 생각하니까 괜찮은 거죠.」 르모인이 말했다.

「난 다른 대안 **없어요**. 그게 인간이라는 거예요.」

「다른 대안이 **실제로** 있다는 걸 알게 된다면, 그러면 생각이 아주 많이 바뀔걸요. 그것도 인간이죠.」

다음번에 만났을 때는 미라가 이런 말로 인사를 대신했다. 「이론상으로 우린 철천지원수 사이라는 거 알고 있죠?」

「누구의 이론?」 그가 대답했다.

미라가 손다이크에 돌아온 이후 그는 딱 한 번 날아와서 나머지 회원들에게 자기소개를 하고 비공식적으로 프로젝트의 성공을 빌었다. 그는 모두의 이름을 다시 말하고, 그들의 활동에 전문적 관심을 보이고, 짧고 지적인 질문들을 던지고, 모두에게 행운을 빌며 대체로 좋은 인상을 줬지만, 한 시간 뒤 그를 배웅하러 나간 미라의 옷은 땀으로 흠뻑 젖어 있었다. 평범하게 힘든 일을 하고 흘리는 평범한 땀이 아니라 공포와 흥분의 냄새를 강하게 풍기는 이상한, 동물 같은 땀이었다. 그러고 나서는 너무 신경이 곤두서고 탈진한 나머지 침낭에 기어 들어가 곤히 잠들었다. 일대일로 그렇게 많이 만났는데도 사람들과 함께 있는 르모인의 모습을 보니 기분이 몹시 이상했다. 어쩌면 르모인도 같은 기분이었는지, 작별 인사를 하면서 이젠 미라가 혼자 있지 않으니 전처럼 자주 들르지 않을 거라고 솔직하게 말했다. 두 시간 뒤, 미라는 자신이 실패했다는 확신을 강하게 느끼며 양배추와 플라스틱 냄새가 퀴퀴하게 밴 텐트 안에서 잠이 깼다. 르모인은 둘 사이에 무슨 일이 생길 거라 기대하고 있었던 게 분명했다. 하지만 이젠 자기가 혼자 있지 않으니 그런 일은 없을—아니, 일어날 수 없을—게 확실했다.

르모인을 만난 후 몇 주 동안, 미라는 그가 같이 자자고 애원하지만 자기는 비웃으며 거절하는 판타지를 계속해서 꿈꿨다. 그건 몹시 오만한 상상이라는 걸 알고 있었다. 수치스럽게 오만했다. 유치했다. 심지어 섹시하지도 않았다. 두 사람의 육체는 거의 등장하지도 않았다. 하지만 미라는 그 판타지에 당황하면서도 상상력이 다시 그쪽을 향할 때마다 계속해서 그 장면을 그려 봤다. 수없이 변형해 봤다. 언젠가는 르모인이 미라에게 키스하려 했고, 언젠가는 사랑한다고 말했고, 언젠가는 협상하려 했고, 언젠가는 너무 일찍 사정했고, 언젠가는 돈을 주겠다고 했고, 언젠가는 울부짖었다. 변함없는 건 미라의 반응뿐이었다. 미라는 늘 고압적이고 늘 고결하고 늘 차가웠다. 아마도 그건 자신이 어찌할 도리 없이 성적으로 억압되어 있다는 뜻이었을 것이다. 아니면 더 안 좋은 뜻일 수도 있었다. 하여간 그건 주된 성적 판타지가 전혀 성적이지 않다는 점에서 분명 미라에겐 좋지 않은 의미였다. 그래서 미라는 **혹시라도** 르모인이 자신을 유혹한다면, 자기는 나르시시스트도 **아니고,**

순진한 소녀도 **아니고,** 내숭쟁이도 **아니라는** 걸 스스로의 무의식에 증명하기 위해 그 유혹을 거절하지 않겠다고 이미 작정하고 있었다.

미라는 잡초를 뿌리에서 자르고 깔끔하게 멀리 던졌다. 자르고 던지고, 자르고 던지고, 자르고 던졌다. 거의 열 끝까지 갔을 때 엔진 소음이 들려 열심히 위를 쳐다봤지만, 하늘은 텅 비어 있었다. 다음 순간 소리가 뒤쪽에서 더 분명해졌다. 뒤돌아보니 낙농장에서 돌아오는 에런과 제시카였다. 도시의 차는 안간힘을 쓰며 바퀴 자국을 따라 양털 깎기 헛간으로 덜컹대며 달려와 시야에서 사라졌다. 미라는 사라지는 차를 안타깝게 지켜보다가, 문득 남의 시선이 의식되어 다시 능선을 올려다봤다. 누가 보고 있을지도 모르니 — 말도 안 되는 소리였다. 지켜보는 사람이 아무도 없었으니까 — 전혀 다른 소리를 듣고 놀란 상황으로 보이려는 것처럼 이번에는 능선을 꼼꼼히 살펴봤다. 그러다가 미라는 깜짝 놀랐다. 하늘을 배경으로 빨간 재킷 차림 남자의 윤곽이 보였다. 남자는 커다란 배낭을 메고 능선을 따라 남쪽으로 빠르게 걷고 있었는데, 너무 멀어서 알아볼 수는 없었지만 걸음걸이와 전체적인 비율의 뭔가가 이상하게 익숙했다. 미라는 더 잘 보려고 손차양을 만들었다. 두 사람 사이의 거리가 너무 멀어 남자를 알아봤다고 하면 터무니없는 소리겠지만 — 정말이지, 남자는 그 누구도 될 수 있었다 — 설명할 수 없는 기이한 찰나의 순간, 미라는 그 남자가 토니라고, 이제까지 만져 본 모든 돈을 걸고 말할 수 있을 것 같았다.

「1천만 달러?」레이디 다비시가 말했다. 「고맙지만, **그것**보다는 조금 더 많았지.」레이디 다비시는 페투치네 두 접시를 식탁에 놓고 부엌으로 돌아가서 후추 통을 가져왔다.

「정신없는 친구야.」오언 경이 말했다. 「우선, 매매가를 잘못 알았어. 그러더니 코로와이산 위에 있는 일급 기밀 연구 현장 이야기를 꺼내더라고 ―」

「일급 기밀인지 당신은 모르잖아.」

「알아.」오언 경은 레이디 다비시가 검은 후추를 접시 위에 갈아 주는 사이 몸을 뒤로 기대며 말했다. 「당신하고 전화를 끊자마자, 환경 보존부의 제니 스코비한테 전화해서 솔직하게 물어봤어. 확실히 하고 싶어서.」

레이디 다비시가 자리에 앉아 냅킨을 펼쳤다. 「어떻게 물어봤는데?」

「뭐라고 말했냐고?」

「응.」

오언 경은 접시를 쳐다보았지만 딱히 음식을 보고 있는 것 같지는 않았다. 「이랬지. 〈미안한데, 제니, 좀 뜬금없다는 건 알지만, 혹시 지금 코로와이에서 진행 중인 지질학 조사 같은 게 있어? 산사태 지역 위쪽에서?〉」

「그랬더니, 없대?」

「웃더라고.」오언 경이 말했다. 「이리는 거야, 〈아, 그러게 요.〉 어디에도 그런 데 쓸 돈은 없다는 듯이 말이야. 내가 농담 하는 줄 알고, 웃기는 말이 언제쯤 나오나 기다렸대.」

「저쪽 그릇에 파르메산치즈 있어.」레이디 다비시가 말했다.

그는 자동으로 그릇을 들어 치즈를 좀 떠냈다. 「말이 안 돼.」 그가 말했다.

「뭐, 제니가 모르는 것일 수도 있지.」레이디 다비시가 말했 다. 「내 말은, 제니는 그냥…… 뭐지? 정책 분석가? 그런 거잖 아. 제니가 온갖 자잘한 일을 아는 건 아니 ―」

「아냐,」오언 경이 말을 잘랐다. 「내 말은 그게 아냐. 그 앤서 니라는 친구가 명확하게 〈방사 측정〉이라는 단어를 썼거든. 그게 말이 안 돼. 방사 측정 목적으로는 지상 시험 장소가 있을 수 없어. 왜냐하면 요즘엔 다 공중에서 하니까. 고도 비행용 드 론을 쓴다고. 그게 내가 하려는 말이야.」

「오언, 그건 당신 분야가 아니잖아.」레이디 다비시가 말했 다. 「당신이 사실 이해 못 ―」

「난 이해해. 왜냐하면 그건 오토노모와 관련 있거든. 오토노 모에서 지난 2010년에 전국을 다 조사했어. 심지어 처음 만났 을 때 로버트한테 그 건에 대해 물어보기까지 했다고. 대규모 정부 계약 건이었어. 포괄적 항공 지구 물리 조사. 자기 탐사와 방사 측정, 둘 다. 보고서가 온라인에 올라와 있어. 누구나 찾아볼 수 있게. 한 번 더 할 이유가 없는 일이야. 자료를 볼 수 있으니. 게다가 **지질학**이라고. 데이터가 유효 기간이 지나 쓸모없어지는 것도 아니야.」

「파르메산 좀 줘.」

그는 치즈 그릇을 넘겨줬다. 「보고서를 찾아봤어,」 그가 말했다. 「오늘 오후에. 어쩌면 오토노모에서 뭔가 찾았을지도 모른다는 생각이 들어. 우라늄 매장량 같은 거, 혹은 리튬, 혹은 심지어 금, 혹은…… 모르겠어. 돌아와서 좀 더 자세히 보고 싶은 **뭔가를**.」

「왜 안 먹어.」 레이디 다비시가 말했다.

「크고 두꺼운 보고서야.」 그는 포크를 집어 들고 흔들며 말했다. 「엄청 **빡빡하고**, 본격 과학 저널에 실릴 만한 그런 거. 지도에는 전국 방방곡곡에 대해 에이커 단위까지 지질학적 구성을 적어 뒀어. 그래서 코로와이를 찾아봤는데, 우리 아래에 뭐가 있을 것 같아?」

「다이아몬드.」 레이디 다비시가 말했다.

그는 웃지 않았다. 「그냥 돌이야.」 그가 말했다. 「세 가지 종류의 돌. 그게 다야. 가장 평범한 ―」

「석회암.」

「그게 하나고.」

「화강암.」

「이번에도 정답. 그리고 ―」

「말하지 마.」레이디 다비시는 생각했다. 「아버지라면 알았을 텐데. 점판암?」

「편암.」오언 경이 말했다. 「석회암, 화강암, 그리고 편암.」

「그렇구나. 그래서?」

「아무것도 없어. 그게 핵심이야. 너무 **평범**하다고. 거긴 아무것도 없어.」그는 다시 포크를 내려놓았다.

「어때?」레이디 다비시가 자기 포크로 그의 접시를 가리키며 말했다.

「굉장해,」오언 경이 말했다. 「정말 맛있어. 질, 고마워.」

「오언, 당신은 맛도 안 봤잖아.」

「미안,」오언 경이 한숨과 함께 접시를 밀며 말했다. 「그냥 너무 흥분해서 그래. 그 전화를 받고 나서 계속.」

「당신이 흥분할 일을 만드는 거야. 그냥 그 사람 실수일 수도 있잖아.」

「목장 매수 제안에 대해 알고 있었잖아. **그건** 실수가 아냐. 도대체 누가 말해 줬을까?」

레이디 다비시는 포크를 놓고 두 사람 사이 식탁 위에 손바닥을 아래로 한 채 손을 내렸다. 「오언, 그냥 잠시만 차분하게 생각해 봐. 그 사람이 누구건 간에 — 그리고 그가 뭐 **대단한 사람**이라고 생각할 이유는 전혀 없어 — 그냥 보잘것없는 기자야. 어? 벌써 세 가지나 틀렸잖아. 매매가도 틀렸어. 공원에 연구 현장이 있다고 했지만, 그것도 틀렸어. 방사 측정 이야기,

당신이 말했듯이, 그 과학에 대해서도 틀렸어.」

오언 경은 고개를 저었다. 「하지만 앤서니는 **손다이크에서** 나한테 전화했어. 자기는 능선 위, 공원 땅 안에 있다고 했고, 연구 **현장에서** 경비원과 이야기했다고 분명히 말했어. 국립 공원 **안에서.**」

「산사태 지역 위?」 레이디 다비시가 말했다.

「어.」

「좋아, 어쩌면 거기에 뭔가 **있을지도** 모르지. 하지만 그냥 단층 관련일 거야.」 레이디 다비시가 말했다. 「지진 때문에 강화되어. 그렇겠지? 아마도? 아니면 테스트 같은 것일 수도 있고, 그런 일이 다시는 생기지 않도록 말이야. 구조 공학 같은 거. 아니면 토목. 그런데 구조 공학이랑 토목 공학의 차이가 뭐야? 사실 난 잘 모르겠어.」

그는 질문을 무시했다. 「그런데 왜 방사 측정이라고 했을까?」

「음, 로버트에 관한 기사를 쓴다며.」 레이디 다비시가 말했다. 「그 대규모 조사에 대해 읽었을 수도 있잖아. 당신 말대로, 온라인으로. 그러고는 잘못 기억한 거지. 안 그래? 그게 맞는 것 같아. 그냥 헷갈린 거라고. 기억해, 그 사람은 자격증도 없잖아, 오언. 그냥 멍청이일 수도 있어.」

「내가 보기엔 꽤 똑똑한 것 같던데.」 오언 경이 말했다.

「그리고 공원에 있다는 이 연구 현장이 토목 공학 연구라면,」 레이디 다비시가 더 자신 있게 계속 말했다. 「아니, 구조

284

공학이건 산사태와 관련된 뭐 어떤 공학이건 간에, 그렇다면 왜 환경 보존부에서 모르는지 설명도 되고. 이제 알겠지? 문제 해결.」

「하지만 거긴 보존 지역이야. 그러려면 ─」

「하지만 비상시에는 다른 규칙이 적용되는지도 모르지. 고가 도로를 새로 지어야 할 테니까, 안 그래? 그리고 고개 위 도로도?」

「나도 그렇게 생각해.」오언 경이 말했다.

「음, 맞아.」레이디 다비시가 말했다. 「담당 부처가 다른 거야. 그게 완전히 말이 되고 이치에도 맞아. 앤서니는 그냥 실수한 거고.」

오언 경은 흔들리는 것 같았다. 「하지만 우리가 목장을 판걸 어떻게 알았을까?」

「그거야 나도 모르지.」레이디 다비시가 단호하게 말했다. 「하지만 이건 알아. 앤서니가 완전히, 전적으로 백 퍼센트 정확한 사실이 아닌 기사를 내면, 어떤 지면에 내건 간에 평생 들어 본 적도 없고 아무도 안 읽는 가장 사소한 지면에 낸다 해도, 우리 마음에 안 들면 소송을 거는 거야. 명예 훼손으로 엄청난 타격을 가하고 평판을 진흙탕에 처박아 주는 거지. 앞으로 뭐에 대한 글을 쓰건 앤서니 말을 다시는 그 누구도 절대 믿지 않도록 끝장내 주는 거야. 알겠지? 이제 그만 식사해.」

그는 한 입 먹었다. 「맛있어.」그가 말했다.

「내 연어카르보나라에 문제가 있을 리 있나.」

「그럼요, 마님.」오언 경이 말했다.

질과 오언 다비시 사이의 오랜 농담은, 남편이 스스로를 아는 것보다 질이 남편을 더 잘 안다는 것이었다. 레스토랑에 가면 질은 늘 오언이 메뉴를 보기도 전에 그가 무엇을 시킬지 말할 수 있었고, 휴가를 갈 때는 오언이 무엇을 빠뜨리고 짐을 쌀지 늘 미리 알았다. 오언의 이야기, 오언의 애착 이론, 오언이 좋아하는 말장난을 몽땅 알고 있었다. 종종 다른 사람들과 함께 있을 때면 질은 오언이 막 하려고 하는 말을 너무 쉽게 예측할 수 있었고, 재미 삼아 머리카락 한 올 차이로 오언을 앞서 완전히 똑같은 일화를 똑같은 표현과 똑같은 어휘로, 심지어 똑같은 곳을 강조하며 시작하곤 했다. 오언은 결코 기분 나빠하지 않았다. 그저 이야기에 맞춰 고개를 끄덕거리기 시작했고 껄껄 웃으며 말하곤 했다.「이거 재미있는 이야기야.」그리고「다들 좀 들어 봐.」그는 질이 자기보다 자신의 내면을 더 잘 알고 자기보다 더 기억력이 좋으며 자기에게 최고의 이익이 될 일을 ─ 그게 무엇이며 어떻게 해야 할지 ─ 더 잘 알고 있다는 걸 당연하게 받아들이는 것 같았다. 그는 아내의 말을 열심히 따랐고, 자신이 기억하는 것, 자신이 상상하는 것, 자신이 믿는 것에 대해 아내가 종종 살짝 야단치는 태도로 말하면 더할 나위 없이 만족스러워했다.

「목욕?」오언 경의 접시가 비자 레이디 다비시가 말했다.

「목욕하면서 위스키나 한잔할까?」

「내가 설거지할 테니 빨리 가서 목욕해.」

「정말 괜찮겠어?」 그는 이렇게 말했지만, 이미 의자를 식탁에서 밀고 있었다.

특히 최근 몇 년 사이 레이디 다비시는 오언 경이 아내가 뻔히 예측할 수 있게 행동하는 데서 어떤 자부심 같은 걸 느낀다는 생각이, 나이가 들수록 점점 더 한정된 본능과 습관의 힘에 무력해진 둔한 야수의 이미지로 자신을 의도적으로 희화화하고 이를 과장해서 연기하고 있다는 생각이 들었다. 그런 행동을 하는 이유는 단순했다. 그는 아내가 자신을 속속들이 알고 있다는 걸 보여 주는 모습을, 그 희화화된 이미지를 가져가서 다듬고 깊이와 미묘함을 추가하고 색조를 넣어 개선하는 모습을 보기 좋아했다. 아이들이 10대였을 때, 한동안 두 사람은 이걸 이용해 일종의 2인조 코미디를 하기도 했다. 그는 말하곤 했다. 「결혼해서 이 정도 되면 말이야, 서로를 너무 잘 알기 때문에 사실 질이 끝낼 수 있어, 내 —」 그러면 질이 말을 가로채 〈맥주를!〉 또는 〈푸딩을!〉이라 외치고, 이에 오언이 화난 척하면(「문장이라고, 여보, **문장!**」) 모두 웃음을 터뜨리곤 했다. 물론 핵심은 그거였다. 질은 언제나 오언보다 한발 앞서 있었고, 그게 바로 그가 바라는 아내의 자리였다.

레이디 다비시는 자기들이 항상 한 쌍으로 묶여 거론되는 부부라는 데 자부심을 느끼고, 오언도 그렇게 생각한다는 걸 알고 있었다. 우쭐한 순간이면 자기들의 결혼은 공익에 대한 일종의 봉사, 사람들이 기준으로 삼는 관계라는 생각이 들 정도였다. 그러니 혹시 두 사람이 헤어지기라도 한다면, 친구와 가족들은 분명 공포와 절망에 휩싸일 것이다. **두 사람**이 해내지 못한다면, 세상 그 누구도 희망이 없다. 아이들은 모두 반듯하게 자라 돈 잘 버는 직업을 가지고 있었다. 맏이는 결혼했고 나머지 둘도 결혼한 거나 다름없어, 셋 다 몇 년째 사랑하는 사람과 안정된 관계를 지속하고 있었다. 두 사람은 재정적으로도 넉넉했다. 기사 작위를 받기 훨씬 전, 르모인을 만나기 훨씬 전부터 그랬다. 훌륭한 자산 포트폴리오에다 두둑한 키위세이버 연금 펀드도 두 개 있어 원하면 둘 다 예순에 은퇴할 수도 있지만, 두 사람은 자기 일을 사랑했고 도전하고 성취하는 상대방의 모습을 좋아했기 때문에 그럴 생각이 없었다. 여전히 건강했다. 부디 건강이 계속되길. 외모도 괜찮았다. 「어쨌거나 아직은 쓸 만해.」 오언 경은 말했다. 그는 짧게 깎은 은빛 수염을 쓰다듬며 남자는 진심으로, 열정적으로 사랑할 때마다 털이 하나씩 하얗게 변한다고 말하고는 아이들이 그 말에 넌더리 치는 모습을 보며 즐거워했다. 그런데 그건 거의 확실히 적게 센 거지, 레이디 다비시는 생각했다. 두 사람은 서로 사랑했다. 서로를 웃게 만들었다. 서로에게 친절했다. 두 사람은 행복했다.

그럼에도 불구하고, 레이디 다비시는 종종 이제는 모든 말 뒤에 〈그럼에도 불구하고〉가 끈질기게 숨어 있는 것처럼 느껴지는 인생 단계에 도달했다는 기분이 들곤 했다. 중년은 부부에게 다른 방향의 변화를 가져왔다. 지난 10년 동안 레이디 다비시는 자기는 점점 더 관대하고 마음이 열린 사람이 되어 가는 반면, 남편은 계속해서 점점 더 관습적이 되고 위험을 회피한다고 느꼈다. 확실히, 두 사람은 점점 멀어지고 있었다. 하지만 이 말은 흔한 쓰임새와 다른 의미를 담고 있었다. 서로 소원해지고, 서로의 필요와 바람을 점점 보지도 듣지도 않고, 독립적이고 무심해지며, 어쩌면 과거의 불만도 쌓여 가고, 자유의 맛을 보기 시작하고, 우위를 점하고 점수를 기록하는 데 집착하는 징후를 보이는 이혼 전 단계를 의미하는 게 아니었다. 레이디 다비시는 그런 걸 하나도 경험하지 않았다. 오히려 과거그 어느 때보다 오언 경을 더 친밀하고 더 다정하게 이해한다고 느꼈다. 그저 두 사람 사이 공간이 점점 더 넓어지는 게 분명히 보일 뿐이었다. 처음 보는 영화나 드라마를 함께 감상할 때면 그게 느껴졌다. 그럴 때면 레이디 다비시의 마음속에서는 두 가지 감상이 나란히 생겨났다. 자신의 감상과 오언 경이 느낄 게 분명한 감상. 레이디 다비시는 두 개의 감상을 혼자 속으로 비교하고 다른 점을 검토하고, 심지어 둘이 대화를 시켜보기도 했다. 그래서 영화나 드라마 한 회가 끝나고 실제로 오언 경과 감상을 나눠 보면 그건 자기 머릿속에서 이미 벌어졌던 훨씬 심도 있고 사색적인 대화의 축약본에 불과했다. 물론새로운 걸 볼 시간 자체가 거의 없기는 하지만. 오언 경은 좋아하는 작품을 다시 보는 걸 더 좋아했고, 리엄 니슨의 액션 영화나 제임스 본드가 아니면 극장에 가려고 하지도 않았다.

욕실 문이 닫히고 팬이 돌아갔다. 1초 후 물 흐르는 소리, 그러고는 변기 시트 탁 내리는 소리가 들리더니 한숨 소리가 들렸다. 이제 오언 경은 앉아서 욕조에 물이 차오르는 걸 지켜보면서 셔츠 단추를 아래에서부터 풀고 있을 것이다. 레이디 다비시는 오언 경의 이런 모습을 상상하면서 접시를 식기세척기에 넣고 결국 두 사람 중 남편이 더 보수적이고 심지어 고루한 게 당연하다고 생각했다. 오언 경은 10대 시절부터 계속 같은 일을 했지만, 자신의 커리어는 훨씬 다양했고, 그래서 다른 방식으로 자신을 단련할 수 있었다. 레이디 다비시는 처음 학교를 졸업한 후 응급 구조원 훈련을 받았지만 — 오언 경과는 응급 현장에서 만났다 — 레이철을 가지면서 일을 그만뒀고, 곧이어 리엄과 제시가 11개월 터울로 생겨 시끌벅적한 사내아이들에게 둘러싸였다. 10년 후 다시 일을 시작했을 때, 레이디 다비시는 끝없는 밤 당직과 연이은 주말 교대 근무를 감당할 자신이 없어 처음 훈련받았던 직업을 제쳐 두고 화물 수송 회사의 물류와 운영 담당으로 취직했고, 그걸 시작으로 영업 사원, 인사과 직원을 거쳐 15년이 조금 넘는 동안 관리직까지 올라갔다. 50대 초반 무렵에는 여섯 자릿수 연봉[23]을 받고 있었지만, 직업적 소명을 일찍 저버렸다는 후회에 계속 시달리다

23 억대 이상의 연봉에 해당.

가 결국 모든 걸 접고 자기 사업을 시작하기로 결심했다. 먼지 쌓인 의학 교재를 다시 꺼내고 출발점으로 되돌아와 주택 담보 대출을 받았다. 다행히도 대출은 그 후 다 갚았다. 승승장구하는 다비시 방제의 수준에는 못 미치지만, 누구의 도움도 없이 회사가 2년 만에 수익을 내기 시작했다는 점에서 큰 자부심을 가지고 있었다. 레이디 다비시는 교사, 간병인, 운동 코치, 출산 전 교실 참가자, 직장인 그룹, 경찰관 들에게 제세동기 기초 훈련부터 요즘 심리적 응급 처치라고 부르는 훈련까지 망라하는 공인된 응급 처치 훈련 코스를 제공하는 1인 기업을 운영했다. 원하면 언제든 중단했다가 다시 시작할 수 있는 유연한 일이어서, 아버지가 돌아가시고 부부가 손다이크의 옛집으로 이사 갔을 때도 별로 고생하지 않고 남쪽에서 새로운 고객층을 찾아 일을 계속할 수 있었다. 물론 예상할 수 있듯이, 오언 경은 설득이 좀 필요했다. 부부는 이사 문제에 대해 설왕설래하고, 출퇴근 가능성에 대해서도 설왕설래하고, 몇 달 동안 분할 개발 계획에 대해 설왕설래 논쟁을 벌였는데, 어느 날 밤 오언 경이 이렇게 싸움을 벌인 건 오로지 장인어른이 정말로 가셨다는 걸 마음 한구석에서 차마 받아들일 수 없어서였다고 갑자기 털어놓으면서 아내를 무장 해제시켰다.

맞아, 레이디 다비시는 위스키병을 전자레인지 옆 선반에 다시 갖다 놓고 싱크대를 닦으려고 스펀지를 들며 자기 생각에 동의했다. 그렇다. 오언 경이 자기처럼 생각이 바뀌지 않는 건 당연하다. 남편은 한 번도 누구 밑에서 일한 적이 없고 늘 같은 회사에 있었고 늘 같은 일을 했지만, 자기는 사람들과 함께, 또는 사람들 밑에서 일하는 게 어떤 건지, 사실은 회사 제품이 마음에 안 들지만 한 팀으로 일해야 하는 게 어떤 건지 잘 알고, 게다가 이제는 자영업 경험까지 있다. 또한 10년을 전업주부로 살면서 스스로에 대해 더 확실히 알게 되었고, 더 유능해졌고, 새로움과 자극에 더 감사하게 되었고, 준비된 자세로 있다가 기회가 왔을 때 잡겠다는 의지가 더 결연해졌다. **그뿐만 아니라,** 레이디 다비시는 다른 모든 고려 사항을 단호히 무시하는 태도로 생각했다. **그뿐만 아니라,** 남편은 남자고 자기는 여자라는 단순한 사실을 빼놓을 수 없었다. 그리고 자기 생각을 인정하며 현명하게 고개를 끄덕였다. 레이디 다비시는 여자가 남자보다 우월하다고 솔직하고 당당하게 믿었다. 여자의 마음이 남자보다 더 섬세하고 더 유연하고 더 넓고 더 회복력 있고, 사회적으로나 상황적으로나 더 날카롭다는 것은 자명한 사실 같았다. 성별의 차이가 애초에 존재하는지 의심하거나, 실제로 그런 범주에 대해 이야기하는 게 과연 가능한지 의심하는 사람들에게 레이디 다비시는 고개를 흔들고 웃으며 딸아이를 키우는 것과 아들 둘을 키우는 것은 천양지차로 다른 경험이었다고 단호하게 말하곤 했다. 「완전히 다른 **종** 같다니까요. 내 말이 맞아요. 〈남자는 화성에서 왔다〉고 하잖아요!」하지만 이렇게 자기 성별의 우월성에 대한 믿음의 결과로 레이디 다비시는 여자보다 남자에게 훨씬 낮은 기준을 적용해 남자들에게 더 너그러운 경향이 있었다. 오언 경 — 그리고 아들들과 돌아가시기 전의 아버지 — 에 대한 레이디 다비시의 우월적 태도는 귀여워하며 응석을 받아 주는 형태로 나타나기도 하고, 심지어 아부 섞인 관대함으로 보이기도 했다.

오언 경이 욕조에 들어가면서 물 튀기는 소리, 욕조에 미끄러지며 앉아 몸을 담그느라 삐걱대는 소리가 들렸다. 남편은 먼저 욕조 밖으로 손을 뻗어 위스키를 집어 들어 가슴뼈 위에 올려놓고 팔을 욕조 양쪽에 걸친 다음 잔 테두리를 턱에 대고 있을 것이다. 그러고는 조용해졌다. 팬이 윙윙 도는 소리와 잔을 들어 홀짝대기 위해 자세를 바꾸느라 가끔 삐걱거리는 소리만 들렸다.

「좋아?」레이디 다비시가 남편에게 소리쳐 물었다.

「아주 좋아.」불분명한 소리가 들려왔다.

레이디 다비시는 부엌 불을 끄고 종료를 앞둔 트레이드 미 웹사이트의 경매를 확인하기 위해 구석에 있는 서재로 천천히 걸어갔다. 레이디 다비시는 알루미늄판으로 만든 벽걸이 물고기 조각에 입찰한 세 사람 중 하나였다. 집 안 장식과 딱히 어울리지도 않고 어디에 둘지도 확실치 않고 경매가도 적정 가치의 상한선을 훨씬 넘겼는데, 뭔가 마음이 안정되지 않고 불만스러웠다. 그건 레이디 다비시가 뭔가 사고 싶은 기분, 특히 별로 필요도 없고 지나치게 비싼 물건을 사고 싶은 기분이라는 뜻이었다. 계정에 로그인해 보니 자기보다 높은 입찰가가 올라와 있어 레이디 다비시는 그 최고가에 5달러를 더 올렸다.

「질.」 오언 경이 욕실에서 불렀다.

「응.」

「좋은 스크럽제 좀 가져다주겠어? 저쪽 샤워실에 있어.」

다시 와서 컴퓨터를 보니, 최고 입찰가가 또 바뀌어 있었다. 레이디 다비시는 두 번째로 입찰가를 높였고, 경매가 마지막 10분에 돌입해 카운트다운 시계가 깜박거리기 시작하는 걸 보면서 노년에 접어들수록 남편에 대한 애정이 엄마의 마음과 비슷해지는 것 같다는 생각을 했다. 아이들에게서는 느껴 보지 못한 종류의 모성애였다. 어쩌면 할머니의 마음, 현명하고 애정 넘치고 관대하고 너그러우면서도 동시에 약간 지치고 회고적이고 조금 거리가 있는 그런 마음일지도……. 하지만 누나의 마음이기도 했다. 레이디 다비시는 남편을 속속들이 알고 있었다. 남편을 자랑스러워했다. 최고의 행복을 바랐다. 남편을 떠나고 싶은 마음은 전혀 없었고, 남편이 자신을 떠나고 싶어 할까 봐 — 혹은 과거 그런 마음을 품은 적이 있거나 앞으로 그럴까 봐, 심지어 그럴 수 있을까 봐 — 두려워하거나 걱정하는 마음도 전혀 없었다. 작위 수여식 전날 밤, 오언 경은 그의 기사 작위가 사실 두 사람 모두를 인정하는 선물이라고, 기쁠 때나 슬플 때나 함께한 날들에 대한 정당한 보상, 그동안 내내 긍정적 사고방식과 정직한 성격으로 살아온 데 대한 정당한 보상, 품위 있고 점잖게 서로를 사랑해 온 것에 대한 정당한 보상이라고 다정하게 고백했다. 「우린 받을 자격 있어, 질.」 그는 어둠 속에서 침대에 누워 말했다. 「우리 둘 다. 우린 정말 자격 있어.」

그럼에도 불구하고.

묘한 일이야, 레이디 다비시는 경매가 끝나기를 기다리는 동안 판매자의 다른 물건들을 클릭해서 훑어보며 생각했다. 기사 작위를 받고 내내, 아니 그보다 더 전, 그러니까 르모인을 만난 후 내내 오언 경은 끊임없이 〈자격〉 이야기를 했고, 그 주제에 머물수록 그가 자기 삶에 대해 느끼는 만족감이 점점 사라지는 듯한 느낌이 들었다. 이제 남편은 거의 다른 사람 같았다. 습관을 중시하고 자신 있게 만족하며 굳고 단단한 땅을 밟고 살던 남자는 사라지고, 이상하게 젊고 열의에 차고 무모하고 불안하고 확신 없는 어떤 사람이 그 자리를 차지했다. 평상시 오언 경이라면 기사 작위를 받고 기분 좋아하거나, 어깨를 으쓱하고 웃으며 시시하다고 농담을 던졌을 테지만, 그는 오히려 화가 난 것 같았다. 누가 자기 이름을 올렸을지, 추천이 실제로 어떻게 이뤄지는 건지, 전에도 후보에 올라간 적 있는지 거의 매일 궁금해하다가 금세 회의에 빠져 그 영예는 아마도 오로지 산사태 때문에, 혹은 자기와 상관없는 모종의 정치적 이유로, 혹은 (이게 가장 씁쓸한 의심이었는데) 르모인과의 관계 때문에 주어진 것 같다며 우울하게 말하곤 했다.

억만장자를 대하는 그의 행동은 이상하게 모순적이었다. 단호하게 협상을 이끌어 가며 오로지 자기 힘을 과시하려는 마음에 별것 아닌 걸 가지고 논쟁을 벌여 놓고는, 다음 순간 르모인에게 집에 대한 전권을 주고, 활주로도 좋을 대로 사용하라고 부추기며 저녁 식사에 초대하고, 같이 사냥 가자고 제안하고 — 레이디 다비시가 보기에는 너무나 기괴하게도 — 혹시 양을 죽이고 도축해 보고 싶은 생각이 있느냐고 물었다. (로버트는 없다고 했다.) 억만장자 앞에서 그는 아첨과 허세를 동시에 부렸고, 어색하게 남자다움을 과시하는 동시에 부자연스럽게 알랑거렸다. 레이디 다비시가 남편 때문에 수치심을 느끼는 일은 좀처럼 드물었지만, 지난 몇 달 동안은 심지어 딱한 마음이 든 적이 한두 번이 아니었다. 예를 들어, 이 방사 측정 조사 사업만 해도 그랬다. 소위 이 기자라는 작자 — 정말이지, 아무것도 아닌 블로거 — 가 멀로이 부부를 초대하기 훨씬 전에 조사를 시작했다는 걸 알았으면, 즉 두 사람이 르모인과 한 합의 사항에 대해 그 작자가 뭘 알아냈건 말건 자기들 책임이 아니라는 걸 알았으면 오언 경은 안심해야 했다. 그 사실을 알았으니, 편하게 질문 방향을 돌려 역으로 그에게 국립 공원에 있다는 그 연구 현장에 대해 물어보고, 거기서 무슨 일이 벌어지는 것 같으냐며 **그 작자의** 생각을 알아내야 했다. **그런 다음,** 그래도 **여전히** 걱정된다면 르모인에게 직접 전화해서 어떤 기자가 르모인의 개인적인 일을 알아보고 다닌다며 — 질문할 거리가 있다면 — 방사 측정에 대해 물어야 했다. 하지만 오언 경의 생각은 곧장 음모 쪽으로 돌진했다. 그 전화를 받은 후 그는 무너졌고 혼란에 빠졌고 상처 입었다. 그는 자기가 뭔가 놓치고, 패배하고, 밀려나고, 창피당하고, 심지어 속았다고 확신했다. 앤서니가 아니라 르모인에게. 그는 앤서니에게 신경도 쓰지 않았다! 레이디 다비시는 카운트다운 30초를 남겨 놓고 목록으로 돌아오며 느긋하게 생각했다. 남편을 잘 알지 못했다면 그가 짝사랑에 빠졌다고 의심했을지도 모른다고.

경매가 끝났다. 레이디 다비시가 이겼다. 인터넷 뱅킹으로 돈을 보내고 판매자에게 배송지 주소를 확인하는 이메일을 쓴 다음 조각 사진들을 스크롤해 마지막으로 보며 지불한 가격보다 50달러 정도는 더 싸야 맞을 것 같다는 생각이 들었지만, 그래도 구매에 만족했다. 곧 욕실 문이 열리고 오언 경이 살구와 코코넛 향을 확 풍기며 나왔다. 그와 함께 위스키의 숲 향이 비누의 과일 향 비누와 기분 좋게 뒤섞였다. 그는 아내를 위해 목욕물을 남겨 뒀고, 레이디 다비시는 촛불을 켜고 상향등을 끈 채 욕실에 들어가 — 왜 남편은 대낮같이 밝은 불빛에서 목욕을 하는지 절대 이해할 수 없었다 — 물 온도를 새로 올리려고 온수를 최대치로 틀었다. 레이디 다비시는 셔츠와 바지를 벗고 브래지어를 풀면서, 문 뒤 전신 거울에 비친 자기 모습을 취향과 기대가 완벽하게 일치하는 오랜 두 친구 사이에 오갈 법한, 냉정하고 비꼬는 시선으로 평가했다. 홍미와 체념과 실망의 판단을 담은 시선이었다. 레이디 다비시는 몸을 숙여 물을 섞은 다음 욕조에 들어가 기대 누워 이 모든 생각을 머릿속에서 몰아내려고 의식적으로 노력했다.

30분 후 욕실에서 나왔을 때, 레이디 다비시는 오언 경이 자고 있을 거라고 생각했다. 그는 자연 보호 프로젝트 착수를 감독하러 다음 날 아침 일찍 노스랜드에 갈 예정이었고, 그 감독 장면을 6시 뉴스 한 꼭지에서 칭찬 일색으로 다루기 위한 촬영이 예정되어 있었다. 하지만 놀랍게도 그는 거실에 앉아 노트북 위로 몸을 구부린 채 신용 카드를 기울여 카드 번호와 화면의 뭔가를 대조하고 있었다.

「뭐 해?」레이디 다비시가 가운을 단단히 여미며 물었다.

그가 돋보기 너머로 죄지은 사람처럼 아내를 쳐다봤다. 「크라이스트처치 가는 비행기를 예약하고 있어.」그가 말했다.

이런 일은 한 번도 없었다. 그가 아내와 먼저 이야기하지 않고 무슨 계획을 세운 적은 결코 없었다. 「크라이스트처치?」레이디 다비시가 〈남극?〉이라고 묻는 듯한 어조로 말했다.

그는 여전히 카드 번호를 확인하느라 아무 대답도 하지 않았다.

「뭐 하러?」레이디 다비시가 잠시 후 물었다.

「그 연구 현장을 직접 보고 싶어서.」그가 말했다.

레이디 다비시의 입이 쩍 벌어졌다. 「뭐라고? **코로와이에** 가서?」

「어,」그가 말했다. 「공항에서 차를 렌트해 운전해서 갈 거야.」

「오언!」레이디 다비시가 야단치듯 소리쳤다. 「적어도 상의는 해봐야지!」

그는 인증 코드를 찾으려고 신용 카드를 뒤집었다. 「당신은 토요일에 수업 있잖아.」그가 번호를 쳐 넣으며 말했다. 「당신은 바쁘니까.」

「뭐라고? 이번 주 토요일? 오언, 잠깐만. 이야기 좀 해.」

「금요일 밤부터 일요일 밤까지만이야.」그가 말했다. 「잠깐 다녀오는 거야. 어쨌거나 집도 한번 살펴보면 좋고.」그가 터치 패드를 클릭하자 컴퓨터에서 위잉 소리가 났다.

「하지만 운전 거리를 생각해 봐. 당신은 내내 차에만 있게 될 거야.」

「뭐, 이제 예약 끝났어.」그가 노트북을 가리켰다. 「방금 예약했다고.」

레이디 다비시는 속절없이 화를 내며 그를 노려봤다. 「로버트는 어쩌고?」

「로버트가 왜?」

「혹시 집에 돌아갈 경우 알려 주겠다고 했잖아. 거기 있을지도 몰라.」

오언 경은 코웃음을 쳤다. 「로버트는 거기 있지 않을 거야.」그가 말했다. 「질, 제발.」

「질, 제발?」레이디 다비시는 화가 나서 말했다. 「질, 제발,

뭐가?」

「그냥…… 뭐 우리 집에 있지 않을 거라고 생각했어.」

「당신이 거기 있어도 된다고 했잖아.」

「어, 내가 그랬지, 고마워. 내가 보기에 그 사람은 더 좋은 곳들에 있을 것 같아서.」

그의 말투에서 쓸쓸함이 감지되었다. 「거기 내려가면 정확히 뭘 찾을 거라고 생각하는 거야?」

하지만 레이디 다비시가 이야기할 태세로 소파 팔걸이에 앉는 순간, 그는 노트북을 덮고 돋보기를 접어 치우며 일어났다. 「그걸 알면 안 가지. 왜 가겠어, 내가.」

「오언, 이거 내일 프로젝트 착수 때문이야?」

「이게 그 일이랑 무슨 상관이야?」

「모르겠어, 그냥…… 중요한 날이고, 걸린 게 많고, 당신이 긴장했을 수도 있고.」

「뭐, 난 아니야.」

「당신이 실망했다는 거 알아 ―」

「착수 건과는 상관없어, 질. 뭣 때문인지 말했잖아.」

「오언, 말했잖아. 아마 앤서니가 그냥 실수한 걸 거야.」

「어, 들었어.」 그는 아내를 보고 있지 않았다. 「난 자러 갈 거야. 불은 당신이 끌래?」

「오언.」 레이디 다비시가 당혹해하며 말했지만, 그는 이미 들어가고 없었다.

여왕의 생일 기념 서훈 대상자가 발표되고 언급이 나오고 언론이 영예를 떠들썩하게 축하한 이후, 오토노모 홍보부에는 다비시 방제와 맺은 제휴 관계에 대해 한마디 해달라는 뉴질랜드 지방 언론사들의 전화가 계속해서 걸려 왔다. 그중 르모인을 콕 집어 묻거나 손다이크, 산사태, 목장에 대해 언급한 전화는 하나도 없었지만 — 다비시 부부는 양측이 소명한 비밀 유지 계약을 정신적으로는 아니더라도 문구는 준수했다 — 전화가 끈질기게 걸려 올 때마다 르모인은 점점 더 짜증이 났다. 그는 자기를 속이려는 사람은 늘 후회하게 만들어 주겠다는 철칙을 가지고 있었다. 다비시가 자연 보호 프로젝트를 팡파레 — 초청장, 연설, 6시 뉴스 보도 — 를 울리며 착수하려 한다는 사실을 알고는 그 자리에 나타나 복수해 줄까 하는 생각도 잠깐 해봤다. 헬리콥터로 도착해, 스포트라이트를 다 빼앗고, 야단법석을 일으키는 것이다. 그러고는 인터뷰를 당당하게 거절하면(〈아닙니다, 아니에요, 오늘은 오언 경의 날이죠.〉 이렇게 경쾌하게 말하는 거다. 〈이건 오언 경의 아이디어입니다. 전 그냥 새 때문에 왔어요.〉) 모여 든 기자들은 불가피하게 다비시에게 가서 마이크를 들이대고 카메라를 켜고 물을 것이다. 두 사람은 어떻게 만났나? 다비시는 왜 이 프로젝트에 저 억만장자가 개인적으로 참여한다는 걸 말하지 않았나? 개인적 참여인가? 두 사람의 관계에 정확히 무엇이 포함되어 있나? 아니면 대놓고, 이 관계에서 르모인이 얻는 것은 무엇인가? 혹시 시민권을 따려는 건가? 거기에 대해 다비시에게 이야기한 적 있나? 뉴질랜드에 땅을 살 계획은? 여기 정착하나? 여기에 투자하나? 지금까지 다비시가 밝힌 제휴 관계에 무엇이 더 있나? 다비시가 뭐라고 대답하건, 결국 어느 지점에 이르면 어떤 식으로든 비밀 유지 계약을 깰 수밖에 없을 테고, 그러면 르모인이 나서서 모든 거래를 끝내고 소송을 걸어 그 작자가 가진 모든 걸 빼앗는다. 그건 매력적이지만 르모인이 절대 실행하지 않을 판타지였다. 오언 다비시가 제 발등을 찍는 꼴을 보는 것보다 더 즐거운 일은 없겠지만, 적어도 앞으로 몇 달 동안은 다비시가 필요한 게 사실이었다.

다비시가 손다이크 땅 매매 조건으로 오토노모와 다비시 방제의 부차적 제휴를 처음으로 제안했을 때, 르모인은 다비시가 국립 공원에서 진행 중인 그의 작전에 대해 어찌어찌 알아냈고 이제 협박 조건을 제시하는 단계로 넘어가고 있다고 몇 분 동안 확신했다. 돌이켜 보면, 르모인이 목장의 방어적 입지를 떠벌리면서 조금 세게 나간 것 같기도 했다. 산사태 덕분에 자기에게 이런 기회가 생겼다며 기뻐하고, 짓고자 하는 벙커의 특징을 설명하면서 광적인 생존주의자 역할을 어쩌면 조금 과하게 즐겼을지도 모른다. 위장용 역할을 너무 과장되게 연기하는 바람에 그게 오히려 일종의 단서가 되었을 수도 있다. 「이 땅을 정말로 사고 싶어 하시는군요.」 다비시가 제대로 보고 말했다. 「음, 그렇다면, 친구, **저도** 정말로 원하는 게 있습

302

니다.」

그건 협박이 아니라, 그저 멸종 위기에 처한 토종 새들을 드론으로 모니터하는 자연 보호 프로젝트에 대한 따분한 사업 제안이었다. 다비시가 원하는 핵심은 오토노모 기술을 공짜로 사용하는 것이었다. 그 정도 지원이야 눈 감고도 할 수 있지만, 르모인은 조종당하는 걸 좋아하지 않았고 환경 문제에 독실한 척하는 독선은 더 싫었다. 환경 보호론자들은 도대체 언제쯤이면 남한테 도와달라고 빌면서 동시에 그 사람들을 꾸짖을 수는 없다는 걸 깨달을까? 그는 다비시의 말을 자르고 그 제안을 당장 거절했다. 그 대신 목장 매매가를 50만 달러 더 올리면서 그게 최종 제안이고 안 되면 포기하겠다고 협박했다. 「요즘 전 오토노모에 아무런 영향력이 없습니다.」 그는 다비시에게 딱 잘라 말했다. 「그래서 하고 싶어도 그렇게 해드릴 수가 없어요. 이건 개인적인 매수입니다. 오토노모와 전혀 관련 없어요.」 다비시가 그의 엄포를 간파하고 반격했을 때 그는 깜짝 놀랐다. 왜냐하면 그건 정말로 엄포였기 때문이다. 오토노모는 모든 면에서 완전히 그의 손안에 있을 뿐 아니라 국립 공원 내에서 수행 중인 작전은 다비시에게 제시한 가격의 1백 배를 주고도 넉넉히 남을 가치를 지니고 있었다. 르모인은 철저하게 약자 입장이었다. 공원의 추출 현장은 여전히 바쁘게 움직였고, 부하들은 여전히 배치되어 있었으며, 침출 작업은 아직 몇 달 더 진행해야 했다. 그에게는 대안이 없었다. 사실 이게 그의 대안이었다.

르모인은 억만장자 심리를 과장해 버릇없고 심술궂은 인간인 척 연기하며 본심을 감췄고, 다비시에게 자기는 장난질에 익숙하지 않다고 말하며 과장된 오만한 태도로 원하는 건 항상 가지고야 만다고 선언했다. 그는 더 협상을 진행하기 전에 비밀 유지 계약을 고집했고, 계약서에 서명과 서약이 끝나고서야 오토노모에 계약 변경 권한을 준다는 몇 가지 제한을 걸어 다비시 방제에 드론과 작동 시스템을 약간 제공하는 계약에 몹시 마지못한 태도로 동의했다. 양측 사이에 정식으로 계약서가 작성되었고, 다비시는 곧장 언론에 자랑을 늘어놓았다. 게다가 주홍이마모란앵무 문제가 생겼다. 알고 보니 마지막으로 남은 얼마 안 되는 이 멸종 직전 조류 개체는 전 세계에서 거의 오로지 코로와이 국립 공원에서만 발견되었다. 르모인은 짜증이 머리끝까지 치밀어 올랐다. 코로와이 국립 공원은 절대 감시를 불러들이고 싶지 않은 장소였다. 그는 완벽하게 그럴듯한 반대 사유를 생각해 냈지만(《거긴 내 집 뒷담이 될 곳입니다. 내 뒷담 위에 드론이 있는 건 싫습니다》) 다비시가 어찌나 완강하던지 또다시 저 인간이 뭘 알고 저러나 하는 생각이 들기 시작했다. 작전을 완전히 바꾸려 궁리하고 있는데, 여왕 생일 기념 발표가 나오고 몇 주 후 다비시 부부가 집으로 저녁 식사 초대를 했다. 밤늦게 다비시가 화장실에 간 사이, 부인이 비틀거리며 식탁 위로 몸을 쑥 내밀더니 사실 남편이 고집부리는 데는 별다른 이유가 없다고 털어놓았다. 남편은 자신을 코로와이 주민으로 여기게 되어 이 지역을 배신하는 것처럼 보이고 싶어 하지 않는다. 그게 다다. 뉴질랜드인들은 자국인에게 매우 엄격할 수 있는데, 이 딱한 양반은 기사 작위를 받는 바람에 지금 모란앵무를 생각할 겨를이 없다. 남편은 자기는 되돌려주는 사람이라는 걸, 이게 자기만의 일이 아니라는 걸, 자기가 누구이며 어디서 왔는지 잊지 않았다는 걸 보여 줘야만 한다. 그게 키위의 특징이다. 사실 남편은 주홍이마모란앵무를 본 적도 없다. 그걸 본 사람은 자기 아버지 ― 〈어디 사진이 있을 텐데〉 ― 이고, 사실은 이런 거다. 사실 오언이 자기 아버지를 친아버지보다 더 사랑했고, 그건 너무나 감사한 일이지만, 때로는 그것 때문에 좀 머리가 제대로 안 돌아갈 때도 있다, 나무만 보고 숲을 보지 못할 정도로 말이다, 이런 감상적인 경향이 산사태 ―〈끔찍하죠, 경제적 손실이 어마어마해요〉 ― 이후 더 현저해져 아무래도 코로와이가 이 김에 좀 휴식을 취할 수도 있지 않을까 생각하는 것 같다. 화장실 물 내리는 소리가 들리자, 부인은 르모인의 팔을 툭 건드리며 걱정하지 말라고, 자기가 오언에게 말해 마음을 돌려놓겠다고 속삭였다. 순간 르모인은 만약 **자기** 아내가 자기 등 뒤에서 이런 식으로 이야기하는 걸 봤다면 그냥 죽여 버렸을 거라는 생각이 들었다.

질 다비시는 약속을 지켰다. 며칠 후 르모인은 몇몇 조항을 재치 있게 수정하고 주홍이마모란앵무는 전혀 언급하지 않은 새로운 계약서를 받았다. 프로젝트 착수를 위한 멸종 위기종을 대체할 새로는 뉴질랜드흰제비갈매기가 제안되고 받아들여졌다. 모래에 보금자리를 짓는 연약한 바닷새인데, 르모인은 그 새의 생존 여부에는 눈곱만큼도 관심 없었지만, 그래도 딱 한 가지 미덕은 있는 새였다. 흰제비갈매기는 안전하게 약 1천 킬로미터 떨어진 노스랜드 지역에서만 발견되는 새였다. 마침내 계약이 이뤄졌다. 하지만 협상 과정에서 다비시는 어쩐지 자신과 르모인이 진짜 사업 동업자라고, 아니 심지어 — 이건 진심으로 이해할 수 없지만 — 친구라고 믿게 된 것 같았다. 그는 자연 보호 프로젝트의 진척 상황을 르모인에게 이메일로 알려 주기 시작했다. 형식이 엉망진창인 목록과 초점이 안 맞는 사진들, 커졌다 작아졌다 하는 글자로 이뤄진 그 메일들을 보면서 르모인은 그냥 〈수신 거부〉를 답으로 보내는 상상을 했다. 매주 업데이트되는 소식이 특별히 그를 위해 애써 쓴 내용이라는 걸 모른 척하면서 말이다.

프로젝트 착수 전날 밤, 르모인은 샌프란시스코행 여객기를 타고 집으로 갔다. 그는 종종 충동적으로 행동했는데, 그건 오로지 여가 시간 동안 이유를 곰곰이 생각해 보기 위해서였다. 그는 평생 심리 치료 같은 건 한 번도 받아 본 적 없고, 그럴 생각도 전혀 없었지만, 자기 분석을 즐겼다. 자신을 이해할 수 있는 사람은 오로지 자기뿐이라는 생각에 그는 전율했다.

그는 자신의 동기에 감탄하고, 자신의 특이한 정신에 경탄하고, 자신을 2인칭으로, 혹은 더 즐겁게 3인칭으로 평가하기를 좋아했다. 어떤 면에서는 혼자 하는 체스 게임 같은 거였다. 그는 어린 시절 늘 컴퓨터보다 자신과 체스 두기를 더 좋아했다. 그는 체스보드를 앞에 놓고 혼자 맨발에 책상다리 자세로 앉아 턱을 주먹으로 괸 채 게임을 했고, 절대 평범한 게임 상황을 만들려고 애쓰지 않았다. 그러니까 매번 체스보드를 돌릴 때마다 억지로 부자연스럽게 상대, 즉 자기의 다음 수를 모르는 척하지 않았다. 대신 그는 그 반대 상황을 훈련했다. 바로 상대의 다음 수를 확신하고 움직이는 것, 상대의 계획을 정확히 알고 한발 앞서 계획하는 것. 그의 목표는 작용과 반작용, 동작과 대응 동작에 관한 한 양손잡이처럼 능수능란해져 게임을 하면 반은 백이, 반은 흑이 이기는 경지에 도달하는 것이었다. 그 정도 경지에 달해야만 진정으로 자신을 대가라고 부를 수 있을 거라고 여겼다. 이 목표에 어찌나 열중했던지, 그는 점차 살아 있는 상대와 하는 게임에는 완전히 흥미를 잃고, 누가 체스를 두자고 하면 규칙을 배운 적이 없다고 거짓말하곤 했다. 그 사람이 그가 혼자 체스 두는 모습을 이미 봤다면 더 좋고, 그가 혼자 체스 두는 **도중에** 청한다면 훨씬 더 좋다! 르모인은 남들에게 수수께끼로 보이고 싶어 했다. 자신이 겉으로는 도무지 파악할 수 없는 불가사의한 사람, 오로지 자신만 열쇠를 쥐고 있는 퍼즐이라고 생각하면 자기 분석이 훨씬 더 달콤해졌다.

왜냐하면 열쇠가 있었기 때문이다. 그의 본질에 이르는 비밀, 그를 완전히 설명해 주는 실마리이자 모든 면에서 현재의 그를 만든 건 사춘기 초기 단 8주의 시간이었다. 인가 없이 나온 두 권의 전기, 셀 수 없는 인물 소개, 끝없는 언론의 추측, 최소 열두 편의 탐사 특종에도 불구하고 아무도 그걸 발견하지 못했다는 사실에 르모인은 지극히 만족했다. 르모인은 양손을 머리 뒤로 깍지 끼고 눈을 감은 채 비행기 좌석에 기대앉았다.

그는 캘리포니아에서 조부모와 함께 자랐다. 미국 대사관과 세계 각국을 도는 외교 사절단을 위해 컴퓨터 기술자로 일하던 아버지는 당시 중국 선양의 미국 영사관에서 통역사로 일하던 르모인의 어머니를 만났다. 두 사람은 결혼하지 않았고 르모인이 아버지와 함께 지낸 건 유아기 때뿐이었다. 두 사람이 헤어진 직후, 어머니는 캄보디아에서 국무부 고위직 자리를 수락하고 르모인을 미국으로 돌려보내기로 결심했다. 어머니 집안인 로퍼가는 미군과 오랜 관계를 맺고 있었고, 르모인은 외할아버지인 로퍼 대위가 의학법과 계약법 전문 군 법무관으로 일하던 어윈 육군 기지 근처에서 자랐다. 아버지와는 연락이 완전히 끊겼고, 어머니도 아주 가끔, 때로는 1년에 한두 번밖에 보지 못했다. 어머니의 근무지는 프놈펜 이후 다카, 이슬라마바드, 콜롬보, 울란바토르 등 르모인에게는 그저 글자나 지도 위 색깔로만 존재하는 곳들로 계속해서 바뀌었다.

어린 시절 그는 집에 올 때마다 말도 별로 없고 날카롭게 구는 어머니보다 아버지에게 훨씬 더 관심이 있었다. 그는 아버지의 게임인 체스를 두기 시작했고, 아버지의 관심사인 암호 해독에 흥미를 가졌으며, 언젠가는 아버지와 같은 길을 가겠다는 야심으로 로퍼 대위의 코모도어 64 컴퓨터로 베이직 BASIC을 사용해 프로그래밍을 독학하기 시작했다.

르모인이 아홉 살 때 로퍼 대위가 사망하자, 외할머니는 거의 하룻밤 사이 집을 정리해 르모인을 데리고 당신이 성장기에 살았던 국경 도시 칼렉시코로 이사했다. 나중에야 르모인은 외할머니가 슬픔을 이기지 못해 신경 쇠약에 걸렸다는 걸 알게 되었다. 그 사실을 깨닫는 데 시간이 걸린 이유는 이사 직후 누군가 자신을 미행하고 있다는 것을 알아차렸기 때문이다.

목이 굵고 볼과 눈이 푹 꺼진 퀭한 얼굴의 남자가 두 사람이 사는 동네에 계속 나타나기 시작했다. 남자를 처음 본 건 버스에서였는데, 르모인과 외할머니가 금요일 밤마다 저녁을 먹는 작은 식당에서 또 봤고, 그다음에는 시내 극장에서도 봤다. 좌석의 반이 비어 있고 훨씬 좋은 자리가 널렸는데도 남자는 출구 옆 구석 자리에 앉아 있었다. 그 남자는 외야 관람석에 몸을 내밀고 앉아 경기를 보기도 하고, 저가 상점에서 진열대를 둘러보기도 하고, 나뭇결무늬 패널이 달린 쉐보레 셀러브리티 운전석에 앉아 신문을 읽기도 했다. 어느새 그 차는 르모인이 어디를 보건 그곳에 있었다. 거리 저쪽 끝에, 학교 정문 옆에, 외할머니 진료일에는 병원 밖에, 그 후에 들른 드라이브스루 줄 뒤에, 운전석 창문턱에 우람한 팔꿈치가 걸쳐진 그 차가 있었다. 르모인은 아무에게도 이 이야기를 하지 않았지만, 만약의 경우에 대비해 로퍼 대위의 총을 장전해 가방에 넣고 다니기 시작했다.

외할머니가 과대망상에 시달리기 시작했지만, 어머니는 지구 반 바퀴 떨어진 곳에 있어 소용없었고 아버지는 연락할 방법조차 없었다. 그는 가족도, 친구도 없는 낯선 도시에 사는 아홉 살짜리 아이였고, 암살자임이 분명한 남자에게 미행당하고 있었다. 르모인은 이 남자가 자기를 죽이러 왔다고 확신했다. 그는 처음부터 자기는 특별하고 다른 아이들보다 뛰어나며 눈에 띄는 사람이라 생각했다. 따라서 자기가 가치 있는 사람이라면 ― 사실이 그러했고 ― 위험한 사람이라는 것 또한 너무나 자명하다고 생각했다. 8주 동안, 르모인은 그 퀭한 얼굴의 남자가 자신을 찾아오기를 기다렸다. 그 8주 동안 밤마다 로퍼 대위의 권총을 들고 누워 있었다.

그러던 어느 날 쉐보레 셀러브리티가 사라졌다. 남자가 사라졌다. 르모인은 가는 곳마다 사람들 얼굴을 유심히 바라보고, 주차장의 차들을 세고, 끊임없이 자기 뒤를 확인하고, 침실 커튼을 휙 닫고, 왔던 길을 되돌아가고, 돌발 행동을 하고, 뻔한 행동을 하고, 현재 위치에 대해 거짓말하고, 현재 위치를 떠벌리고, 소소한 덫들을 놓고, 어디든 들어갈 때마다 안을 세밀히 살피고, 길을 걸을 때는 양쪽 편을 다 살폈다. 하지만 아무것도 없었다. 그 퀭한 얼굴의 남자는 다시 나타나지 않았다.

외할머니의 건강은 계속 악화되었지만, 어머니는 르모인이 열두 살이 된 3년 후에야 집에 돌아왔다. 어머니는 그에게 세가지 사실을 말해 줬다. 첫째, 어머니는 그동안 이야기와 달리 국무부에서 일한 적이 없었다. 어머니는 르모인이 태어나기 전부터 CIA 스파이로 활동하고 있었다. 두 번째, 르모인의 아버지 역시 스파이였다. 함께한 임무가 너무 기밀이고 위험해서 한두 번은 르모인에게 원격 보호 조치를 취해 두기도 했지만, 르모인은 절대 눈치채지 못했을 것이다. 물론 그에게는 어떤 나쁜 일도 일어나지 않았다. 안전을 위해 실제로 비밀 경호원을 붙여 둔 적도 있었다. 어머니가 르모인이 느꼈던 공포, 그 퀭한 얼굴의 사내가 자기를 죽이러 온 사람이며 자기는 죽을 거라고 확신했던 르모인의 심정을 거의 알지도 못하면서 이런 사실을 어찌나 편안하게 털어놓던지, 세 번째이자 마지막 소식은 제대로 듣지도 못했다. 그건 어머니가 유방암 4기 진단을 받아 살날이 몇 달밖에 남지 않았다는 소식이었다.

장례식에서 가짜 동료들이 어머니의 가짜 업적에 대해 가짜 추도 연설을 하는 동안 르모인은 입을 굳게 다물고 앉아 있었다. 나중에 눈 밑 살이 축 처지고 불그스레한 주정뱅이 코를 가진 칙칙한 안색의 남자가 어깨를 건드리며 〈롭? 로비? 난 데이비드 르모인이다, 네 아버지〉라고 말했을 때도 아무런 감정을 내비치지 않았다. 그는 그저 손을 내밀며 예의 바르게 말했다. 「사실 로버트라고 불리지만, 만나서 굉장히 기쁩니다.」 그는 어머니가 해준 이야기를 절대 알리지 않겠다고 결심했다. 아버지가 그 이야기를 꺼내고 싶어 하는 기색을 보고 그는 멍청한 척, 생각에 잠긴 척했고, 두 사람 사이에 어떤 관계도 생길 수 없도록 아버지의 인생과 일에 대해서는 일부러 전혀 흥미 없는 척했다. 데이비드와는 다시 연락이 끊겼고, 몇 년 후 오토노모가 9억 달러의 비공개 가치 평가를 받고 공개 상장 준비를 시작했을 때, 르모인은 아버지의 전화를 거절하는 쾌감을 만끽했다.

술을 안 마시는 건 나의 복수야, 비행기가 순항 고도에 올라 탄산수와 얼음 잔을 받았을 때 르모인은 생각했다. 막대한 재산도 그의 복수였다. 그의 신비주의, 불투명함, 다양한 호기심, 속을 알 수 없는 매력, 이 모든 건 타고난 특성이 아니라 자기를 속인 모든 사람, 부모, 조부모, 군대, 정부, CIA에 복수하기 위해 갈고 닦은 자질이었다. 그는 그들에 대한 앙심을 품고 권력자가 되었다. 그들에 대한 앙심으로 뛰어난 성공을 이뤘다. 그들에 대한 앙심으로 생존했다. 왜냐하면 그 사람들은 이제 다 죽었기 때문이다. 아버지는 뇌졸중으로, 외할머니는 감기 후 폐렴으로 사망했다. 그리고 물론 기젤라도 있다. 르모인은 기젤라를 떠올려 봤지만 어째서인지 모습이 생각나지 않았고,

그래서 대신 미라를 생각했다. 자신을 노려보던 미라의 모습을 생각했다. 미라의 손톱 밑에 낀 흙을 생각했다.

14시간 후, 그는 팰로앨토 사무실로 돌아와 수분 보충 정맥 주사를 맞으며 자유로운 한 손으로 그동안 쌓인 귀찮은 서신들을 스크롤하며 확인했다. 현지 시각으로 거의 밤 9시였다. 비서들은 아직 모두 책상에 앉아 찍소리도 내지 않고 너무나 의식적으로 성실하게 일하고 있었다. 그건 의심의 여지 없이 그에게 보여 주기 위한 행동이었다. 그가 예고 없이 돌아오지 않았다면 모두 몇 시간 전에 퇴근했을 것이다. 르모인은 비위 맞추는 짓을 질색해, 도착하자마자 더블 샷 코르타도를 주문했다. 마시려는 게 아니라—일주일에 한 번 소량의 LSD를 하기 시작하면서 커피는 입에도 대지 않았다—그저 그가 밤새도록은 아니더라도 새벽까지 사무실에 있을 작정이라는 걸 알고 낙담한 직원들의 얼굴을 보기 위해서였다. 코르타도는 이제 다 식었고 거품은 구멍이 생기고 가라앉았다. 잔을 책상 옆 탁자 위로 치우는데, 서류 가방에서 낯선 진동 소리가 들렸다. 그가 쓰는 전화기는 둘 다 바로 앞 책상 위에 놓여 있었기 때문에, 시차 영향으로 머리가 흐릿한 찰나 누가 자기 짐에 뭔가 넣어 둔 게 아닐까 하는 생각이 들었지만…… 다음 순간 정신을 차리고 그 소리가 뭔지 깨달았다. 그는 정맥 주사를 빼고 서류 가방을 열어 진동하고 있는 세 번째 전화기를 들었다.

「네.」 그는 다른 한 손으로 베니션 블라인드를 탁 닫으며 말했다.

「여보세요?」저 멀리서 들리는 듯한 상대편의 목소리가 말했다.「웨슐러 씨?」

「웨슐러요.」르모인이 말했다.「무슨 일이지?」

「방금 일주일 내 두 번째 보안 침해 상황이 있었습니다. 이건 더 이상 공론이 아닙니다. 병력이 더 필요합니다.」

르모인은 이미 전화기를 귀와 어깨 사이에 끼우고 두 손으로 키보드를 치며 현지 서버와 연결을 끊고 원격 사용자로 코로와이 시스템에 들어갔다.「어떤 침해?」

「동일 인물로 보입니다. 혼자 여행하는 백인 남성입니다. 위협이라고 생각되지는 않지만, 문제는 그자가 우리 바로 앞에 나타날 때까지 열 감지 장치가 감지하지 못했다는 겁니다. 두 번 다요. 이 사건은 그동안 저희가 계속 말해 온 바를 증명합니다. 보충 병력이 필요합니다. 한 명이라도 막지 못하면, 이미 실패한 겁니다.」

「그자는 지금 어디 있지?」르모인은 모든 카메라에 접속했다. 눈앞의 화면이 네 개, 여덟 개, 그리고 열두 개로 분할되었다.

「다시 말씀드리지만, 그자 자체는 위협으로 보이지 않습니다. 문제는 ─」

「그자는 어디 있지, 병사?」

잠시 멈칫하더니 목소리가 대답했다.「모릅니다.」

「놓쳤군.」

「대단히 죄송하지만─」

「죄송 따위 집어치워.」르모인이 폭발했다. 「죄송하지 않으려면 일을 제대로 하라고. 죄송하지 않으려면 애초에 이딴 일이 일어나지 않게 해야지.」

목소리가 굳건했다. 「전에도 말씀드렸듯이, 기술이 이곳 조건에 적합하지 않습니다. 단지 그 때문입니다. 드론은 숲을 뚫지 못하고, 비가 오면 거의 무용지물입니다. 열 감지 장치도 엉망입니다. 인정합니다, 이런 일은 절대 일어나지 않았어야 한다는 걸─」

「어, 좋아,」르모인이 말했다. 「이제야 말이 통하는군.」

「이건 명령이나 실행 실패가 아닙니다. 지상 병력이 충분하지 않고 기술에 지나치게 의존하기 때문입니다. 그저 맞는 방법이 아니─」

「닥쳐,」르모인이 말했다. 「주둥이 닥치라고.」그는 몸을 구부려 분할 창을 하나하나 뜯어봤다. 「여기서 누굴 찾아야 하는 거지? 인상착의를 설명해 봐.」

잠시 침묵이 흐른 뒤 목소리가 말했다. 「목표는 백인 남성, 갈색 머리, 수염, 푸른 눈, 중간 정도 키. 나이는 서른 살 정도. 빨간 재킷, 검정 반바지, 각반과 부츠 착용. 모두 몹시 낡았습니다.」

버넘 숲 회원일 수도 있겠군, 르모인은 생각했다. 그는 양털 깎기 헛간을 내려다보는 영상을 골라 확대하고 신속하게 머릿수를 셌다. 「그 외에는?」

「처음 목격된 건 토요일 아침 10시입니다.」 목소리가 말했다. 「현지인으로 보였습니다. 배낭을 메고 있었고, 밤에 야영했습니다. 잠시 잡담을 나눈 뒤 계속 갔습니다. 의심스러운 점은 아무것도 없었습니다.」

르모인은 일곱 명을 셌다. 모두 있었다. 「하지만 다시 돌아왔군.」 그가 말했다.

「그렇습니다. 오늘 14시 40분에 추출 지점 NE4 근처에서 목격되었습니다. 손에 ―」

「그러니 의심할 이유가 **있었군.**」 르모인이 말했다. 「단지 그걸 놓친 것뿐이지.」

「그자는 쌍안경을 들고 있었고, 토요일 아침 대화에서 새 관찰자라고 믿을 만한 이유가 있었습니다. 우린 확신 ―」

「자네가 놓쳤어.」 르모인이 되풀이했다.

잠시 침묵이 흐른 뒤 목소리가 말했다. 「네, 그렇습니다. 저희가 놓쳤습니다.」

「〈저희〉가 누구지?」 르모인이 말했다. 「**모두** 그자와 이야기한 건가? 모든 사람이?」

목소리가 기계적으로 변했다. 「저희는 어떤 개인 행동에 대해서도 함께 책임집니다. 저희는 하나처럼 행동하고, 하나처럼 생각하고, 하나처럼 움직입니다.」

「좋아, 그럼 하나처럼 죽도록 움직여 그자를 찾아내.」르모인은 이렇게 말하고 전화를 끊었다.

민간 군사 계약 업체의 문제는 풍족한 자금에 너무 익숙해져 있는 거야, 르모인은 집게손가락으로 입술을 강박적으로 두드리며 영상을 보고 생각했다. 그래서 그들은 게을러졌다. 민첩성을 잃었고, 가진 걸 활용해 창의적으로 일하는 능력을 잃었다. 그들은 코로와이에 도착한 이래 계속 보충 병력을 요청했다. 르모인이 정말로 CIA 특수 작전 부대의 준군사 지휘관 제임스 웨슐러 중령이라면, 국립 공원에서 수행 중인 작전이 정말로 점증하는 중국의 시장 지배력을 막기 위해 비밀리에 공조하는 정부 연합의 재정 지원을 받고 있다면, 그들이 추출하는 희토류 원소가 민간 군사 계약 업체에서 믿고 있듯이 정말 방위 분야에서 최첨단 용도로 사용될 예정이었다면, 물론 보충 병력이 왔을 것이다. 하지만 이 모든 건 사실이 아니었다. 진실은 보충 병력이 존재하지 않는다는 것이었다. 더 이상의 병력은 없었다. 애초에 아무도 존재조차 모르는 작전을 지원할 사람은 없었다.

그리고 드론은 무용지물이 아니었다. 그 군인은 병력을 더 보충할 수단으로 그렇게 말했을 뿐이다. 그는 대화 상대가 그 드론을 만든 회사 창립자라는 걸 알았다면 아마 기겁했을 것이다. 맞다, 드론에는 — 모든 기술이 그렇듯이 — 한계가 있지만, 그자는 마치 실리콘 밸리의 모든 회사가 부러워하는 인터페이스를 갖춘 최첨단 장비 군단이 아니라 커피 캔 두 개에 끈 하나만 달랑 받은 것처럼 나불댔다. 르모인은 화가 치밀어 오르기 시작했다. 정말 짜증 나는 건 일을 만족스럽게 해낼 유일한 방법은 자기가 사소한 하나하나까지 직접 챙기는 것이라는 사실을 매일매일 상기하는 것이었다.

그는 실시간 영상 화면을 작게 줄이고 침입자의 휴대 전화에 들어갈 수 있는지 보려고 이동식 기지국 데이터를 불러왔다. 명령어를 치자 앞의 화면 아래쪽에 스프레드시트가 펼쳐졌지만, 그자는 휴대 전화도 없이 다니는지, 전화기를 꺼놓은 건지, 그날도, 그 전날도, 그 주 내내 기지국에 잡힌 새 전화번호가 없었다. 르모인은 계속 내려가면서 봤다. 그리고 드디어 금요일 밤 기지국 가까운 곳에서 잡힌 모르는 번호를 발견했다. 전화기는 연결된 후 문자를 하나 받고 답을 보낸 다음 곧 다시 꺼졌다. 그자는 그날 밤 야영했다. 그자가 포착된 게 토요일 아침이라면, 금요일 밤에 전화기를 사용했을 가능성이 있었다. 그 문자 두 개를 읽을 방법은 없었지만 — 그러려면 적어도 다른 사람들을 끌어들여야 하는데, 절대 그러고 싶지 않았다 — 양쪽 전화번호를 추출했고, 그냥 확인차 미라의 전화기에 있는 연락처 목록과 비교해 보았다. 맞는 번호가 없었다. 그렇다면 분명 버넘 숲과 관련된 사람은 아니었다. 그는 전화번호를 하나하나 검색 엔진에 쳐 넣었다. 첫 번째 전화번호는 아무 결과도 나오지 않았지만, 두 번째 번호는 크라이스트처치

법률 회사 웹사이트에 로지 더마니라는 변호사의 연락처로 나와 있었다. 변호사라니 좋지 않은 소식이었지만, 어쩌면 그냥 여자 친구나 아내일지도 모른다.

여자의 페이스북 계정은 비공개였고, 프로필 사진은 머리가 벗겨지고 한쪽 눈이 없는 테디베어였다. 데이트 상대 여부를 전혀 알 수 없는 사진이었다. 르모인은 일회용 앱을 열어 남자의 번호를 치고 통화를 눌렀다. 쉿쉿거리는 침묵이 몇 초 흐르다가 ─ 앱이 전 세계 여러 나라의 대리 서버들을 돌며 전화를 연결하고 있었다 ─ 딸깍 소리가 들리더니 녹음된 음성이 그의 귀에다 말했다. 「안녕하세요, 토니입니다. 뭐 해야 하는지 알죠? 그럼 안녕.」

르모인은 삑 소리가 나기 전에 전화를 끊었다. 그러고는 토니가 법률 회사 사람이 아니라는 걸 확실히 하기 위해 법률 회사 웹사이트 연락처 페이지를 확인한 다음 ─ 그런 사람은 없었다 ─ 로지의 번호로 전화했다. 이번에는 전화가 연결되었다. 로지는 두 번째 신호에 전화를 받았다.

「안녕하세요, 로지입니다.」

「네, 안녕하세요. 전 토니와 연락하려고 하는데요.」 르모인이 말했다.

「네?」 로지가 말했다. 「토니요?」

「네. 계속 전화해 보는 중인데, 혹시 토니가 어디 있는지 아실까 해서요.」

「누구시죠?」

「아, 죄송합니다.」르모인이 말했다. 「존이에요, 직장 동료.」

이건 도박이었다. 토니가 실제로 어디서 일하는지 전혀 모르지만 — 토니가 누군지도 몰랐다 — 혹시 로지가 그가 대답할 수 없는 질문을 하면 그냥 끊어 버릴 생각이었다.

로지가 잠시 머뭇거리다가 물었다. 「이 번호는 어떻게 알았어요?」

「책상 위에 있었어요.」르모인이 말했다. 「저기, 방해해서 정말 죄송합니다. 토니의 휴대 전화에 계속 전화했는데 도무지 연락이 안 돼서요. 휴가 갔거나 뭐 그런 건가요?」

로지는 또 잠시 말이 없다가 대답했다. 「네, 휴가 갔어요.」

르모인은 행운을 좀 더 믿어 보기로 했다. 「언제 돌아오는지 아세요?」

「토니는 —」로지는 망설였다. 「미안하지만, 전 별로 —」

「괜찮습니다.」르모인이 말했다. 「계속 전화해 볼게요. 어쨌거나 감사합니다.」그가 전화를 막 끊으려는데, 로지가 말했다. 「잠깐만요.」

「네?」르모인이 말했다.

「토니는 오지에 있어요.」로지가 말했다. 「도보 여행 중이에요.」

「아, 그렇군요.」르모인이 말했다. 「새 관찰하러요?」

「어, 네,」로지가 말했다. 「그런 거 같아요.」

「언제 돌아올 것 같나요?」르모인이 말했다.

「며칠 안에 올 것 같은데,」로지가 말했다. 「이름이 뭐라고 하셨죠?」

「괜찮아요, 휴대 전화에 계속 연락해 보겠습니다.」

「용건이 뭔가요?」로지가 물었다. 「원하시면 전해 드릴 수도 있어요 —」

「그럴 필요 없어요.」르모인이 말했다. 「제가 연락할게요, 안녕히 계세요.」그러고는 전화를 끊었다.

시간 낭비했군, 르모인은 검색 기록을 지우고 비밀번호를 바꾼 다음 깨끗한 전화기를 다시 가방에 넣으며 생각했다. 위험 인물은 아니었다. 남자는 민간 군사 계약 업체에서 찾을 것이다. 정해진 각본에 따라 그 지역에서 나가라고 권고하면 끝이다. 어쩌면 향후 며칠 사이 여자가 그와 연락이 닿아 발신 번호 표시 제한으로 온 전화를 받았다고 — 직장 동료 존이라던데? — 이야기할지도 모른다. 두 사람은 누구였을까 궁금해하다가 이상한 일이라는 데 동의하며 어깨를 으쓱하고 다시는 그 이야기를 꺼내지 않을 것이다. 르모인은 원격 서버와 연결을 끊고 현지 네트워크에 자기 명의로 다시 로그인했다. 베니션 블라인드를 다시 올리다가 유리 너머로 화들짝 놀란 비서 몇 명과 눈이 마주치자, 그들은 성실하게 일하는 척 연기하며 재빨리 컴퓨터 모니터 뒤로 숨었다. 이제 그는 미소를 지으며 자기 컴퓨터 앞에 앉아 방금 오언 다비시에게서 온 이메일을 봤다. 〈흰제비갈매기 날아오르다!!〉라는 제목이 달려 있었다. 자연 보호 프로젝트 착수에 대한 긴 설명이 이어졌지만 읽지 않았고, 그 아래 동영상 하나가 첨부되어 있었지만 열어 보지 않았다. 르모인은 여전히 미소 지으며 아이콘을 눌러 이메일을 휴지통으로 보냈다.

토니는 드론을 보기 전에 소리부터 들었다. 저 멀리서 윙윙과 쉿쉿 사이의 소리, 조개껍데기 안에서 나는 소리 비슷한 격한 소리가 들렸다. 첫날 밤 야영할 때 듣고 폭포 소리라고 생각했던 바로 그 소리였다. 소리는 그가 경사면을 내려갈수록 점점 더 시끄럽고 또렷해지면서 때로는 웅웅대는 것 같다가, 때로는 거의 입자로 쪼개지는 것 같다가, 덜컹대며 점점 높아져 끼익거리는 소리로 변해 갔다. 그는 주말에 갔던 길을 다시 가볼 생각으로 국립 공원으로 돌아왔지만, 능선을 따라가는 길에서 벗어난 지 세 시간이 지났는데도 낯익은 지표가 전혀 나오지 않았다. 현재 위치가 금요일 밤에 야영했던 곳에서 멀지 않다는 걸 알려 주는 유일한 신호가 그 격한 소리여서, 그는 무의식적으로 그쪽을 향해 발걸음을 옮기기 시작했다. 쓰러진 나무둥치를 넘거나 커튼처럼 얽힌 덩굴을 치우면 갑자기 샘물이, 어쩌면 이끼 긴 돌 위로 흐르는 하얀 격류가, 수십 년간 떨어진 폭포에 깎여 생긴 협곡이, 시끄럽게 쏟아지는 급류가 만들어 낸 웅덩이가 꼭 나타날 것 같았다. 사방에 수풀이 너무나 빼곡하게 우거진 탓에 어느 쪽으로든 50미터 이상은 보이지 않아, 전화기를 꺼내 신호를 잡아 봐야 하나 생각한 순간 앞이 트이면서 코로와이 분지가 내려다보이는 조그만 절벽 위가 나왔다. 그러자 나무들 위로 왔다 갔다 날아다니는 날개 네 개짜리 매끈한 드론이 보였다.

그는 1분 정도 드론이 날아다니는 걸 지켜보며 서 있었다. 머릿속에서 오언 다비시의 말이 들렸다. 〈그건 항공 자기 탐사 및 방사 측정 조사라고 부르는 겁니다.〉 다비시는 말했다. 〈그건 아주 멀리, 저 위쪽에서 하는 거예요. 수천 미터 위.〉 이 드론은 고도가 채 50미터도 되지 않는 것으로 보아 지면 가까이에서만 할 수 있는 어떤 임무를 수행 중인 것 같았다. 오락용이라고 생각하기에는 너무나 조직적인 움직임이었다. 뭔가 찾기 위해 이 지역을 샅샅이 훑고 있는 것처럼 보였다. 주변 경치를 휙 둘러보니 분지 저쪽 끝 능선의 모양으로 위치를 파악할 수 있을 것 같아 마음이 놓였다. 길을 잃은 건 아니었다. 그냥 또 지나친 것뿐이었다. 연구 현장은 그가 생각했던 앞쪽이 아니라 오른쪽, 현재 드론이 순찰하고 있는 곳보다 약간 북서쪽에 있었다.

그날 아침 국립 공원으로 향하기 전에, 토니는 기계들을 충전하고 보급품을 채우러 손다이크로 갔다. 식당은 오후까지 문을 안 열었지만, 주유소에서 식료품을 한 바구니 정도 사자 점원이 가게 안쪽 구석에 있는 콘센트를 쓰게 해줬다. 토니는 음료수 진열장 옆 먼지 쌓인 리놀륨 바닥에 앉아 노트북을 벽 콘센트에 꽂고 휴대 전화를 노트북에 꽂은 채, 한 손으로 〈방사 측정 조사〉, 〈오토노모〉, 〈드론〉을 검색하고 다른 손으로 구술 녹음기를 귀에 대고 다비시와의 대화를 작은 소리로 다시 틀었다. 다비시의 말이 맞는 것 같았다. 지구 물리 조사는 정말 공중에서 진행되었고, 그건 정말 오토노모가 전 세계 고객에게 제공하는 서비스 중 하나였다. 게다가 오토노모는 지난 2010년 보호 구역의 광물 자원 〈재고 조사〉라는 수상쩍은 탐사의 일환으로 뉴질랜드에 대해 포괄적 조사를 수행했다. 그 조사는 정부에서 위임했고, 목표는 〈경제적 가치가 있는 광물 매장지〉를 찾고 채굴에 필요한 예상 비용을 산출하는 것이었다.

그 당시, 정부에서는 뉴질랜드 국립 공원에서 채굴을 허가하기 위해 법안 변경을 고려하고 있었다. 토니는 이 법안을 잘 기억하고 있었다. 그가 그 법안에 반대해 행진했던 수천 명 중 한 사람이었기 때문만이 아니라 — 그는 석탄재를 시커멓게 묻힌 굴뚝 청소부로 분장하고, 〈광산MINE〉이라고 쓰고 줄로 그은 다음 그 밑에 〈우리의 것OURS〉이라고 쓴 플래카드를 들었다[24] — 그 법안의 실패가 그가 살면서 본, 시위 활동을 통해 얻어 낸 몇 안 되는 결정적 승리 중 하나였기 때문이다. 대중의

24 〈광산〉을 뜻하는 영어 단어 〈mine〉의 다른 의미, 〈나의 것〉을 이용한 항의 문구.

항의에 직면해 그 법안은 결국 폐기되었다. 그는 서론을 대충 훑어보려고 미소를 지으며 보고서를 다운받았다. 르모인과 뉴질랜드의 관계에 그렇게 언짢은 이력이 있어서 좋았고, 자기 글에 이제 민주주의와 좌파의 최근 승리를 언급하고 축하할 이유가 생겨서 좋았다. 토니의 인생에서 처음으로 민영화에 미친 권력자들의 계획이 좌절되었다. 토니의 인생에서 처음으로 그들이 사탕발림하는 자유 시장 신조가 탐욕과 타락이라는 실체를 드러냈다! 그 승리의 기억이 어찌나 감미로웠던지, 토니는 보고서에서 코로와이에 대해 쓴 부분을 읽고 거의 실망했다. 코로와이나 코로와이 고개 근처에서는 경제적 가치가 있는 광물 매장지가 전혀 발견되지 않았다는 내용이었다.

그는 인상을 찌푸리며 오토노모에서 위임받은 조사와 토요일 아침에 경비가 한 말 사이의 연관성을 알아보기 위해 구글로 돌아가 국립 공원에서 현재 어떤 과학 연구가 진행 중인지 물었다. 생각나는 모든 연구 용어를 온갖 방식으로 조합해 봤지만, 아무런 결과도 나오지 않았다. 종류를 막론하고 어떤 연구가 코로와이에서 이뤄지고 있음을 시사하는 정보는 전혀 나오지 않았다. 이상했다. 코로와이는 공유지다. **무엇인가**는 공개되어야 한다. **무엇인가**는 온라인에서 찾아볼 수 있어야 한다.

하지만 코로와이에서는 분명 무슨 일이 벌어지고 있었다. 그가 직접 봤다.

보고서가 조작되었을 수도 있지 않을까?

토니는 일말의 의심도 없이 뉴질랜드 정부가 더러운 음모를 꾸밀 수 있다고 믿었다. 내각이라는 게 뭔가, 토니는 끓어오르는 분노를 느끼며 생각했다. 결국 공무 시간에 개인 주식 포트폴리오나 강화하고 서민들이 투표하러 나오지 않도록 적극적으로 저지하는 백만장자 부동산 거물들의 비밀 집단 아닌가. 그 대부분은 숨 쉬듯 거짓말하는 작자들이다. 공공 소유 원칙에 대한 존중 따위는 안중에도 없는 자들이다. 불과 몇 년 전, 기본적으로 바로 이 문제에 대한 국민 투표 결과를 노골적으로 무시하고 공공 소유 자산 일부를 팔아 치운 자들 아닌가? (그 자산의 정당한 소유자인) 뉴질랜드 국민이 보유에 찬성투표를 던졌음에도 불구하고 말이다. 토니의 상상이 그를 앞서 달려가기 시작했다. 억만장자를 폭로하는 것도 달콤하겠지만, 자기 정부, 너무나 환경주의적이고 너무나 깨끗하고 너무나 무해하다고 소문이 자자한 **뉴질랜드 정부**를 폭로하는 것은 훨씬 더 달콤할 것이다.

그는 또 싱글거리며 충전기를 빼고 전선을 챙겼다. 버넘 숲은 잊어버려, 그는 주유소 직원에게 목례하고 밖으로 나와 버로니카의 차 문을 열며 생각했다. 벙커도 잊어버리고, 생존주의와 성장 해킹, 기술 미래주의, 제국주의 단계 자본주의의 쇠퇴, 딱할 정도로 비굴하게 초부유층에게 구애하는 뉴질랜드의 행태에 대해 쓰려고 했던 내용도 잊어버려. 그런 건 다 잊어버려. 이게 그의 이야기였다. 아직은 전체 그림이 다 잡히지 않지만, 분명 그림이 만들어지고 있었다. 코로와이에서 무슨 일이 벌어지고 있든 비밀리에 진행되고, 그, 토니 갤로, **앤서니** 갤로가 그걸 까발리는 사람이 될 것이다.

그는 자기를 향해 다가왔다 멀어졌다 다가왔다 멀어졌다 하며 연안 비행을 하는 드론의 움직임을 계속해서 즐겁게 지켜봤다. 그러다가 이내 눈을 껌벅이며 첫 번째 드론보다 더 낮고 빠르게 나는 드론을 한 대 더 발견하고는, 또다시 눈을 껌벅이며 갑자기 깨달았다. 분지는 완전히 드론 천지였다. 드론들은 각자 자기만의 생각이 있는 것처럼 독자적으로 움직였다. 일부 드론은 숲속으로 내려갔다가 다시 올라왔고, 일부는 선회했고, 일부는 제자리에 떠 있었다. 토니의 호기심이 점점 커졌다. 그는 배낭을 내려놓고 좀 더 자세히 보려고 쌍안경을 꺼냈다. 토요일 아침에 우연히 본 트레일러 위 이동식 기지국을 떠올리며, 그 기둥의 목적이 드론을 무선 충전하는 것 아닐까 생각했다.

시야 정중앙에 있는 뭔가가 시선을 끌어 쌍안경의 렌즈를 눈에 갖다 대자, 바로 정면 허공에 떠 있는 드론이 깜짝 놀랄 정도로 커다랗게 보였다. 드론은 열기로 희미하게 가물거리며 프로펠러를 윙윙 돌렸고, 착륙용 지지대 사이에 매달려 있는 검은색 돔 모양 카메라 유리 케이스는 불투명한데도 반짝반짝 광이 나서 거의 젖은 것처럼 보였다. 토니는 그 기계가 자기를 봤다고, 자기를 **보면서** 실시간으로 평가하고 있다고 확신했다.

심장이 쿵쾅댔지만, 아무것도 못 본 척하며 쌍안경을 그대로 눈에 댄 채 느린 동작으로 차분히 방향을 틀었다. 대신 중거리에 있는 조그만 나무숲에 초점을 맞추고 1~2분 정도 이리저리 둘러보다가 하품을 하며 일어나 쌍안경을 다시 가방에 넣었다. 그러고는 나른하게 기지개를 두 번 켠 다음 배낭을 어깨에 메고 아까 나왔던 수풀 속으로 느릿느릿 걸어 들어갔다.

그는 곧 나무에 에워싸였지만, 그래도 뒤에서 들려오는 드론의 소음이 희미해질 때까지 느긋한 걸음걸이로 보이길 바라는 속도로 계속 걸어갔다. 드론 소리가 사라진 순간, 그는 여전히 뒤돌아볼 엄두도 내지 못한 채 달리기 시작했다. 양치식물로 뒤덮인 덤불 사이를 뚫고, 나무뿌리와 쓰러진 둥치를 허둥지둥 넘고, 덩굴과 가지를 밀어 헤치고, 나무 지붕 사이사이로 내려쬐는 올리브색과 청록색 햇살을 최대한 피해 가며 최대한 빨리 달렸다. 그렇게 5백 미터 정도 달려간 뒤, 그는 왼쪽으로 급격히 방향을 틀어 왔던 길을 따라 언덕 아래로 내려가 조금 전에 서 있던 절벽 아래까지 달려간 다음, 다시 방향을 바꿔 오른쪽으로 달려 코로와이 분지 안으로 들어갔다.

그는 달리면서 몸을 숨길 만한 장소를 찾아 주위를 탐색했고, 이내 이웃 나무줄기에 기대어 쓰러진 거대한 토타라나무를 발견했다. 나무가 쓰러지면서 뽑힌 거대한 뿌리와 흙덩이가 숲 바닥에 흙으로 만들어진 원형 극장 같은 형태를 이루고 있었다. 그는 그 구덩이 안으로 휙 몸을 날려 엎드린 다음 거친 숨을 몰아쉬며 바깥을 내다봤다. 심장 소리가 귓속에서 쿵쿵 울렸다. 철조망이 보였다. 숨은 장소에서 쉰 걸음 정도 될까, 일정한 간격으로 붙은 경고 표지판 문구 〈연구 진행 중 — 접근 금지〉가 보일 정도로 가까운 거리였다.

그는 호흡이 정상으로 돌아오고 추적당하지 않았다는 게 확실해질 때까지 꼼짝하지 않고 엎드려 있었다. 그런 다음 최대한 조용하고 효율적인 동작으로 배낭을 열고 발라클라바와 덧바지를 꺼냈다. 그는 발라클라바를 머리에 쓰고 바짓부리를 각반 주위에 단단히 조였는지 확인하며 덧바지를 입은 다음 울 장갑도 꼈다. 예전에 시민 자유 의식 집단에서 마련한 디지털 은폐 워크숍에 참가한 경험이 있어, 절연복을 입으면 드론 열 감지 기술이 그를 발견할 가능성이 줄어든다는 것을 알고 있었다. 그리고 나무들도 그의 열 징후를 분산시키는 데 도움이 될 것이다. 게다가 지금은 낮이어서 훨씬 더 도움이 된다. 열 감지 기술은 공기가 시원해져 인체와의 대비가 더 두드러지는 밤에 훨씬 잘 작동한다. 그는 온몸을 내려다보며 할 수 있는 한도 내에서는 아마 최대로 안전한 상태가 되었을 거라고 생각했지만, 다음 순간 새로운 생각이 떠올라 빨간 재킷을 벗고 짙은 색 플리스로 갈아입은 뒤 플리스 가장자리를 바지 허리춤에 쑤셔 넣었다. 이제 그의 몸은 발라클라바 눈구멍 외에는 한치도 남김없이 옷으로 덮여 있었다.

구덩이에서 기어 나와 철조망을 조사하러 가보는 게 어떨까 궁리하고 있는데, 근처 덤불을 헤치고 걸어오는 둔중한 발소리가 들리더니 두 남자가 다가오는 모습이 보였다. 둘 다 검정 패딩 재킷을 입고, 하나는 휴대용 기구 — 컨트롤 패드 같은것 — 를 만지작거리고 다른 한 명은 주위 나무를 숙련된 동작으로 휙휙 둘러보며 경계 태세로 걸었다. 토니는 다시 그림자 속으로 몸을 움츠렸지만, 남자들은 숲 바닥은 훑지 않고 눈높이에서 주위를 둘러보았다. 한 남자의 시선이 토니가 숨어 있는 구덩이 위를 슥 스쳐 지나갔다.「뭐 있어?」그가 조종기를 든 남자에게 묻자, 상대가 고개를 저으며 대답했다.「시간 낭비야. 그자는 반대쪽으로 가고 있었어.」첫 번째 남자가 고개를 끄덕였고, 몇 초 후 그들은 사라졌다.

남자들은 그를 찾고 있었다. 머릿속에서 토니는 기사 제목 밑에 쓰인 자기 이름을 보고, 인터뷰하는 자기 모습을 상상하고, 경쾌한 글로켄슈필 소리와 은은하게 그 밑에 깔린 현악기로 구성된 팟캐스트 시작 음악을 들었다. 남자들은 그를 찾고 있었다. 경계 태세를 취하고 있었다. 지금까지 세 명 보았지만, 더 있을 수도 있다. 지금 철조망 쪽을 조사하겠다는 건 멍청한 생각이다. 철조망을 넘는 것도 문제지만, 다시 나오는 것도 고려해야 한다. 하루이틀 기다리면서 자기가 이 지역을 떠났다고 생각하게 만든 다음 감시 작업을 시작하는 게 낫겠다. 이 구덩이는 여느 야영지 못지않게 훌륭했다. 거미는 좀 있을지 몰라도 안전했다. 그는 여기 가만히 있으면서 철조망을 감시하고 저들의 리듬과 일과를 파악하고, 일지 기록을 시작하고 계획을 세우기 시작할 예정이었다. 토니는 발라클라바 속에서 싱긋 웃었다. 드론을 피해 달리고 구덩이에 숨고 옷을 껴입고 은폐 전략을 쓴 이 모든 일, **이것들은** 그의 이야기를 굉장하게 만들어 줄 요소였다. 그는 본능에 따라 움직이고, 직감을 따르고, 현재를 살아가고, 쓸 수 있는 모든 걸 활용해 진실을 추적하고 있었다. 목숨을 걸고 조사하고 있었다. 그는 이야기의 일부였고, 이야기 그 자체였다! 토니는 여전히 싱글거리며 마지막 판타지 하나를 스스로에게 허락했다. 그는 연단에 올라 상을 받는 자신의 모습을 상상했다.

아무래도 한동안 전화기도 사용하면 안 될 것 같았다. 그건 안타까운 일이었다. 로지와 연락하면 좋을 텐데, 그냥 정말 뭔가 제대로 파고 있다는 걸 알려 주고 그간의 이야기만 들려줘도 좋을 텐데……. 하지만 그는 고개를 저었다. 로지는 좋은 사람이지만…… 음, 사실 그게 다다. 로지는 **좋은** 사람이다. 자기 정부를 신뢰하는 사람, 규칙을 지키고 사람들을 겉모습 그대로 받아들이고 만나는 모든 사람을 일단 믿어 주는 데 자부심을 가진 선량하고 반듯한 시민이다. 로지는 **과격분자**가 아니다. 만약 여기서 벌어지는 일에 대한 이론을 들려주면, 로지는 장단을 맞춰 줄 것이다. 완전 미쳤고 완전 교묘하고 완전 이상하다고 동의하겠지만, 진심은 아닐 것이다. 정부가 음모를 꾸미는 일이 가능하다고조차 믿지 않을 것이다. **뉴질랜드**에서,

2017년에 그런 일은 불가능하다! 그가 처한 위험을 이해하지도, 알아채지도, 그 규모를 사실대로 파악하지도 않을 것이다. 토니는 그런 식으로 보는 반응을 대할 기분이 아니었다.

어쨌거나, 그는 수첩을 꺼내고 만년필 뚜껑을 열면서 생각했다. 며칠 동안 연락이 안 될 거라고 이미 말했다. 로지는 자신의 연락을 바라고 있지 않을 것이다. 사실 여자 친구도 아니지 않은가.

그는 수첩의 깨끗한 페이지를 폈다.

〈나는 드론을 보기 전에 소리부터 들었다.〉 그는 이렇게 쓰고 기대앉아 수첩을 찬송가 책처럼 들고 그 문장을 소리 내어 속삭였다.

「〈해리 포터〉에서 말이야,」 셸리가 말했다. 「덤블도어가 이런 말 하는 장면 있지. 우리 모두 옳은 일과 쉬운 일 중 하나를 선택해야 하는 순간이 온다?」

「그러게.」 미라가 말했다. 미라는 딸기 덩굴손을 들어 올리고 희석한 액상 비료를 흙에 부었다.

「내가 보기에 덤블도어는 잘못 생각하고 있어.」 셸리가 말했다. 「그 생각을 하고 있었거든. 뭐가 옳은지는 사실 아무도 모르잖아. 내 말은, 뭐가 옳은지 안다고 **생각할** 수 있고, 안다고 자신에게 **말할** 수도 있겠지만, 선택하는 시점에는, 그러니까 그 순간에는 절대 확신하지 못하잖아. 그냥 바랄 뿐이지. 그냥 일단 행동하고 최선의 결과가 나오길 바라는 거지. 지나고 보면, 그게 옳은 일이었을 수도 있고, 아니었을 수도 있지. 아닐 경우에는, 적어도 노력은 했다고 말할 수밖에. 하지만 **잘못된** 일은 말이야, 종종 훨씬 분명해. 잘못된 일은 많은 경우 옳은 일보다 더 잘 보여. 더 명확해. 이건 내가 안 넘을 걸 **아는** 선, 이건 내가 **절대** 하지 않을 일, 이런 식으로.」

「어,」 미라가 말했다. 「알겠어.」

「그래서 어쨌거나,」 셸리는 계속해서 말했다. 「이런 생각을 했어. 살면서 하는 진짜 선택들, 정말 어렵고 파장이 큰 선택들은 절대 옳은 일과 쉬운 일 사이의 선택이 아니라고. 그건 잘못된 일과 어려운 일 사이의 선택이야.」

「하,」 미라가 말했다. 「그래, 정말 좋은 지적이야.」

셸리는 기다렸지만, 미라는 더 이상 아무 말도 하지 않았다.

「말 좀 해봐, 덤블도어.」 잠시 후 셸리가 농담 삼아 덧붙였지만, 미라는 이미 물 깡통을 들고 들판 다른 곳으로 가고 있었다. 실망한 셸리는 손으로 떼고 있던 짚 더미를 향해 다시 고개를 돌리고 과장해서 얼굴을 찌푸렸지만, 다음 순간 불충을 저지른 기분이 들었다. 셸리는 표정을 말끔히 지운 채 짚 더미를 양손으로 단단히 붙들고 계속 일했다.

대학 시절 셸리는 영문과 학생지에 정기적으로 도서 리뷰를 기고했다. 마감이 닥쳐올 때, 혹은 다루는 책이 너무 어렵거나 정치적으로 너무 논쟁적이어서 어떻게 해야 자기 의견을 진실

되면서도 책임 있게 제시할 수 있을지 잘 모를 때, 셸리는 늘 과하게 칭찬하며 회피했다. 사람들은 언제나 비판 행위는 득달같이 비판하고 미적지근해 보이는 글은 게으르다고 대놓고 무시했지만, 감정 과잉 글에는 보통 아무도 질문하지 않았다. 셸리가 칭찬한 책을 경멸하는 사람들조차 셸리가 정말로, 진짜로 열광적인 칭찬을 퍼부으면 절대 논쟁을 벌이지 않았다. 그냥 셸리는 수준 낮은 사람이라고 제쳐 놓고 함께 토론하지 않았다. 그게 다다. 물론 위험도는 절대 특별히 높지 않았지만, 그럼에도 불구하고 과월호를 뒤적이다가 과찬을 늘어놓은 리뷰들이 모두 작가가 두려웠거나 끝까지 읽지 않았거나 비겁해서 이해하지 못했다고 인정하지 못했던 책들이라는 걸 보면 가끔 마음이 아팠다. 늘 그렇듯이 셸리는 자신을 비하하며 이런 식의 지적 부정행위를 마음대로 저지르는 사람은 자기밖에 없을 거라고 굳게 믿고 있었다. 그래서 버넘 숲에서 활동한 지 몇 년 되었을 때, 미라가 거짓말하는 중이라는 걸 가장 확실하게 보여 주는 징후가 셸리의 말에 무조건 맞장구치기 시작할 때라는 것을 깨닫고 놀랐다.

예를 들어, 덤블도어 이야기는 평소 같았으면 미라가 즐겨 분석하고 고민했을 그런 수사적 표현이었다. 셸리는 그 생각을 이틀 전에 처음 했고, 그동안 머릿속에서 계속 연습하고 가다듬으며 미라에게 이 이야기를 무심히 꺼낼 기회를 노렸다. 덤블도어 이야기가 어려운 선택에 관한 철학적 논쟁을 불러일으키고, 그 논쟁이 향후 버넘 숲의 운영 문제에 대한 논의로 자연스럽게 흘러가기를 기대했다. 「테 마라 네케.」셸리는 도전적으로 속삭였다. 이름 문제는 셸리도 미라도 다시는 거론하지 않았고, 미라는 다른 회원들도 고려해 보도록 안건을 상정해 보라고 제안했지만 셸리는 그러지 않기로, 적어도 두 달 반 뒤에 열릴 전체 후이 때까지는 하지 않기로 결심했다. 그때까지는 그 이야기를 다시 꺼내 봤자 소용없다는 걸 셸리는 알고 있었다. 그 대화 이후 미라는 내내 셸리의 말에 동조하고, 평소답지 않게 감사와 공감을 표하고, 의견 차이가 생기면 즉시 물러나고, 두 사람의 의견이 완전히 일치하지 않는 문제를 피했다. 밤 모임 때는 미라답지 않게 말이 없었다. 무례하지는 않지만 무관심했고, 불만이라도 있는 것처럼 냉담했다. 셸리는 모인 회원들의 얼굴을 진짜 당혹스러운 표정으로 둘러보는 미라의 모습을 몇 번이나 포착했는데, 그럴 때 미라는 마치 버넘 숲의 활동 모습을 생전 처음 보는 사람 같았다. 버넘 숲을 미라가 아니라 르모인의 입장에서 보는 것 같았다.

짚 더미에서 나온 먼지에 셸리가 한 번, 두 번, 세 번 재채기를 하자, 저 멀리 들판 반대쪽 끝에서 미라가 〈몸조심해〉라고 말했다. 셸리는 고맙다고 대답하지 않았다. 그냥 소매에 대고 얼굴을 사납게 북북 문질렀다.

셸리 어머니가 채용 설명회에서 즐겨 들려주는 교훈적 이야기 중에 취미로 수채화를 그리는 여자 이야기가 있었다. 이 취미 화가는 어느 날 아카로아 하버 언덕에서 그림을 그리다가 뉴욕에서 신혼여행차 이 나라에 온 미술계 저명인사 — 노크스 부인은 절대 그의 이름을 말하지 않았다 — 의 눈에 띄었다. 이 거물은 이젤 위에 놓인 취미 화가의 소박한 스케치에 홀딱 빠져 언젠가 꼭 작품 전시회를 열어 주겠다고 맹세했다. 자기 명함을 여자의 손에 쥐여 주며 가능한 한 빨리 전화해 달라고 당부했다. 전시회를 여는 건 취미 화가의 평생 꿈이었지만, 왠지 그 생각만 해도 절망적인 공포가 밀려왔다. 여자는 그 명함을 지갑에 간직하며 가끔 꺼내 봤지만, 결국 전화를 걸 용기는 내지 못했다. 몇 달이 지나고, 몇 년이 흐른 어느 날 그 취미 화가는 기사를 읽다가 우연히 그 거물의 이름을 봤고 그가 사망했다는 사실을, 사망한 지 좀, 사실 몇 년 지났다는 사실을 알게 되었다. 그건 취미 화가가 기회를 놓쳤다는 최종 증거, 스스로의 야심을 망쳤다는 최종 증거, 마음속 가장 깊은 곳에 꼭꼭 숨겨 놓은 소망을 무시하고 자기에게 가장 이익이 될 일을 외면하고 가장 소망하던 것으로부터 심술궂고 고집스럽게 도망쳤다는 최종 증거였다. 여기서 노크스 부인은 말을 멈췄다가 엄숙한 어조로 말하곤 했다, 그 수채화 취미 화가는 바로 자기라고. 「완전 개소리야.」 미라는 이 이야기를 처음 들었을 때 말했다. 「그런 일은 없었어. 1천 달러 걸게.」 하지만 몇 년이 지난 지금 셸리는 떼어 낸 짚을 무릎 꿇고 앉아 땅바닥에 깔며 생각했다, 미라는 이야기의 핵심을 놓쳤다. 그게 만들어 낸 이야기라면, 어떤 면에서는 그 때문에 훨씬 더 통렬한 이야기가 되니까. 노크스 부인이 얼마나 간절히 바랐으면, 얼마나 심술궂고 고집스럽게 행동했으면 그런 이야기를 꾸며 냈겠는가?

셸리 노크스는 자기 파괴 욕구를 이해했다. 만약 미라가 노크스 부인처럼, 셸리처럼, 세상 모든 사람처럼, 그동안 셸리에게 숨겨 온 일은 스스로에게도 숨겨 온 일이었다고, 버넘 숲이 유명해지는 게 두렵다고, 르모인이 준 돈이 두렵고, 노출되는 게 두렵고, 기회가 두렵고, 미래가 두렵고, 성공이 두렵다고 고백했다면 셸리는 전적으로 이해했을 것이다……. 하지만 사실은 그렇지 않다고 셸리는 씁쓸하게 생각했다. 지금 벌어지는 상황은 그게 아니었다. 미라가 셸리에게 거짓말을 해온 이유는 자기 파괴 욕구보다 훨씬 더 원초적이었다. 셸리는 그게 뭔지 정확히 알고 있었다.

셸리는 로버트 르모인을 딱 한 번 만났고, 속을 알 수 없는 매끄러운 매너를 갖춘 남자라는 인상을 받았다. 〈자신을 잘 통제하는 사람〉이라는 문구가 다소 예상치 않게 떠올랐다. 셸리는 사람을 그런 식으로 묘사할 생각을 한 번도 해본 적이 없었기 때문이다. 르모인은 셸리와 악수하면서 셸리의 얼굴을 아주 유심히 살폈고, 계속해서 회원들과 인사를 나눌 때도 하나하나 얼굴을 빤히 응시했다. 소개가 끝난 뒤 모두가 양털 깎기 헛간 옆 가축우리에 서서 한담을 나누고 있을 때, 미라가 후에서 르모인에 관해 했던 말이 생각났다.「그 사람이 우리한테 도전하는 것 같아요.」미라는 말했다.「아니, 어쩌면 우리가 그 사람에게 도전하는 건가?」그렇다, 셸리는 그를 평가하며 생각했다. 그의 태도에는 완강하게 도전적인 데가 있었다. 초연하게 거리를 둔 태도에서, 항상 하지만 아주 미미하게만 흥미를 보이는 태도에서 암묵적 도발이 느껴졌다. 솔직히 르모인이 마음에 안 든다고는 말할 수 없지만 — 그는 자신감 있고 언변이 뛰어나고 담백한 유머 감각을 갖추고, 심지어 장난기까지 있었다 — 마음에 걸리는 건 미라가 완전히, 명백하게 르모인에게 사로잡혀 있고 그 마음이 모두에게, 무엇보다 르모인에게 빤히 보인다는 걸 본인은 모르는 것 같다는 사실이었다. 이 걱정스러운 상황이 버넘 숲의 다른 회원들에게 어떤 영향을 미칠지 점점 두려운 생각이 들기 시작했는데, 순간 르모인이 고개를 돌려 셸리를 똑바로 바라보면서 도발적으로 눈썹을 치켜올리며 싱긋 미소를 지었다. 셸리는 너무 놀라서 미소에 화답도 하지 못했다. 그냥 르모인을 빤히 쳐다보기만 했고, 머릿속을 온통 채운 생각은 **내가 무슨 생각하는지 아는 것 같아**가 아니라 **내가 무슨 생각하는지 자기가 알고 있다고 내가 생각하기를 바라는 것 같아**였다. 그건 훨씬 더 불길했고, 이상하게도 훨씬 더 인상적이었다.

「둘이 같이 잔 거 아니지?」르모인이 떠난 후 셸리가 미라에게 물었다.

「뭐라고?」미라가 황당함을 과장하며 말했다.「아냐! 절대!」

「그냥 그런 분위기가 느껴지는 것 같기도 해서.」

「정말?」미라가 새침해졌다. 「난 그런 느낌 못 받았는데.」

「아, 좀, 그건 사실이 아니잖아.」

「정말이야, 생각도 안 해봤어.」

「어, 하지만 혹시라도 그런 일이 생긴다면 말이야, 하고 싶을 것 같아?」

「그럼 **무서울 것 같아.**」미라는 웃음을 터뜨리며 대답했다. 「셸리! 넌 그 사람 안 **무서웠어?** 그러니까 넌 그런 생각 안 했어? 그 남자는 평생 본 사람 중 제일 무서운 사람이라고, 우리가 그런 사람 반경 1백만 킬로미터 안에 들어가는 게 어떻게 가능이나 하냐고, 우린 대체 누구며, 이게 다 무슨 뜻이냐고?」

그러자 셸리도 웃기 시작했고, 누군가 뭐가 그렇게 재밌냐고 물었고, 그러자 어쩐지 이 상황이 더 재미있게 느껴졌고, 곧 모두가 전혀 말도 안 되는 이 특별한 상황이 너무 웃겨서 다 같이 웃음을 터뜨렸다. 몇 시간 후, 침낭을 펴고 늘 하던 대로 그날 하루 대화를 머릿속으로 복기하던 셸리는 그제야 미라가 그 질문을 깔끔하게 회피했다는 걸 깨달았다.

하지만 그건 단순한 질문이 아니었다. 그저 수사적 질문이 아니었다. 셸리는 갈퀴로 땅을 긁어 선을 긋고 두드리고 돌을 골라내며 생각했다. 버넘 숲 전체의 생존이 걸린 진지한 문제였다. 그 문제에 대해 생각하면 생각할수록, 웃을 기분이 사라졌다. 르모인은 일시적 변덕으로 그 제안을 철회할 힘을 가지고 있었다. 정식 계약서 같은 것도 없었다. 이 일이 싫증 나면, 르모인은 언제든 마음을 바꾸고 버넘 숲에 떠나라고 명령할 수 있었다. 그러면 그들이 뭘 어쩌겠는가? 누구에게 호소할 수 있겠나? 땅도 르모인의 것이고 권력도 르모인의 것이니, 법은 완전히 그의 편일 것이다. 셀리는 흙바닥을 때렸다. 르모인과 자면 모두가 위험해질 수도 있다는 게 미라에겐 안 보이나? 미라는 그들의 힘든 노고, 여기까지 오느라 한 희생, 모든 믿음을 위태롭게 할 것이다. 도대체 뭘 위해서? 제정신으로는 이 남자와 미래가 있다는 생각을 할 수 없다! 미라는 르모인이 어떤 사람인지 알고 있다. 미라는 르모인이 자기와 가볍게 장난치고 있다는 걸 알고 있다. **자기**가 그 장난에 장단 맞추고 있다는 것도 알고 있다. 미라는 그냥 자고 돌아다니는 것뿐이다. 이제껏 늘 그랬듯이 원하는 건 뭐든 하고, 이제껏 늘 그랬듯이 모두를 당연하게 여기고, 이제껏 늘 그랬듯이 반항을 위한 반항을 하고, 보잘것없는 사람들을 묶어 두는 규칙은 너무 지루하고 평범해서 자기에게는 적용되지 않는 것처럼 행동할 뿐이다.

　새삼스러운 일도 아니지, 셀리는 이제 진짜 씁쓸한 심정으로 생각했다. 미라는 버넘 숲 활동을 위한 일상적 관리 업무를 늘 자기가 하기에 하찮은 일로 여겼다. 행정 업무와 민주적 규약도 늘 자기 시간과 관심을 쏟을 가치가 없는 일처럼 행동했다. 그런 점에서 두 친구는 완벽하게 서로를 보완했다. 미라가 종종 지적했듯이, 셀리는 사실 관료적 절차를 꽤 좋아했다. 목록에서 항목을 하나씩 지우고 조직하고 미래의 청사진을 만들고 피드백과 이의 제기 절차를 만드는 데서 진정한 성취감을 느꼈다. 미라는 그런 일을 견디지 못했다. 미라는 추측하고, 자신의 대담한 상상력이 어디까지 유연하게 펼쳐질 수 있는지 느끼고, 자신을 시험하고 반박하고, 무엇을 가정하고 상상하고 품는 게 가능한지 끊임없이 이해를 확장해 나가는 일을 즐겼다. 그런 쉴 없는 모험 에너지를 셸리는 진심으로 존경하고 부러워했지만, 가정이나 바람으로 처리할 수 없는 일상적 존재 측면에 이르면 이 에너지가 때로는 일종의 변덕, 심지어 무정함으로 변할 때도 있다는 것 또한 알고 있었다. 셸리가 느끼기에 추상, 상상으로 남아 있는 상상, 아이디어로만 남아 있는 아이디어에는 안전감 같은 게 있었다. 최근 며칠 동안 셸리는 미라가 버넘 숲에 이렇게 오랫동안 흥미를 유지해 온 이유가 어쩌면 버넘 숲이 어떤 형태도 없었기 때문 아닐까 하는 생각이 들었다. 버넘 숲은 과세 신고도 하지 않고 단속도 받지 않는, 때로는 범죄자, 때로는 박애주의 친구 모임 같은 집단에 불과했다. 버넘 숲이 공식적으로 법인 조직이 되는 시점이 오면 미라는 이 추상적 가능성의 영역을 떠나는 걸 굉장히 힘들어할 것 같았다.

만약 그 시점에 도달한다면 말이다. 그들은 아직 숲에서 나오지 못했다고, 셸리는 말장난을 냉정하게 인지하며 생각했다. 버넘 숲은 경제적 자립과 거리가 멀었다. 그건 여전히 **만약**

의 문제였고, 그러는 사이 미라의 태도가 문제가 되기 시작했다. 버넘 숲은 회의 진행도 늘 순번에 따라 돌아가며 하고 모든 지도 업무도 꼼꼼하게 나누고 공유하는 수평적 조직이지만, 미라가 설립자라는 사실은 절대 아무도 잊지 않았다. 절대 아무도 잊지 **않았다**. 우선, 미라는 타고나길 추종자 유형이 아니었다. 또한 미라에게는 다른 회원에게 쉽게 양도하거나 교대할 수 없는 권위가 있었다. 그건 전문가의 권위였다. 미라가 의견 제시를 거부하고 아무 설명 없이 다수결의 의견에 맡긴 다음 회의가 끝나자마자 말없이 나가 버리면, 사람들이 불안해하는 게 셸리의 눈에 보였다. 사람들은 스스로를 의심하고 서로에게서 멀어지기 시작했고, 그러면 작업에 차질이 생기기 시작했다. 그럴 때 없는 에너지를 끌어모아 인력 공백을 채우고 간극을 메우고 기강을 다시 세우고 주위 모든 사람에게, 그 누구보다 셸리에게 빤히 보이는 사안을 인정하는 예의조차 보이지 않는 친구를 대신해 변명하는 것은 늘 버넘 숲에서 두 번째로 오래된 회원인 셸리의 몫이었다. 슬쩍 미라 쪽을 보니 미라는 능선 위 하늘을 유심히 바라보고 있었다. 그날 오후에만 분명 백 번은 봤다. 셸리는 화가 치밀어 올랐다. **난 버넘 숲에 모든 걸 걸었는데, 넌 자고 돌아다닐 생각뿐이구나.**

셸리는 자기는 늘 지는 쪽에 있을 운명이라고 생각하는 데 오랫동안 익숙해져 있었다. 뉴질랜드는 셸리가 투표권을 가지기 전부터 중도 우파가 지배하고 있었고, 셸리는 소위 대립한다는 정당들 그 어디에도 흥미를 느끼지 못했다. 부모님 세대 사람이 주택 소유나 해외여행, 뜻밖의 소득, 교육 자체를 위한 교육, 치열한 경쟁 속에서 두 번째 기회에 대해 즐겁게 이야기하는 걸 들을 때마다 숨 막히고 추한 패배감이 치밀어 올랐다. 누가 낙관적인 시각에서 미래 — 심지어 아주 가까운 미래 — 이야기만 해도 그런 기분이 들 때가 있었다. 하지만 절망 속에도, 자신과 자기 세대 전체가 권력을 쥔 자들에게 부당하게 대우받고 기만당하고 시민 참여를 방해받고 약탈당하고 조롱당하고 비방당했다는 느낌 속에도 일종의 만족감, 순교에 가까운 경건함이 있다는 걸 셸리는 모르고 있었다. 대기를 가르는 비행기 엔진 소리가 들려 미라 쪽을 보자, 미라는 연장을 내려놓고 활주로를 향해 벌써 언덕을 성큼성큼 올라가고 있었다. 갑자기 셸리는 안주하는 자신이 역겹게 느껴졌다. 비행기는 착륙하기 위해 기체를 옆으로 기울였다가 선회해서 돌아오고 있었다. 순간 어머니 목소리가 들렸다. 〈달려들어 기회를 잡아.〉

「기다려!」 셸리는 장갑을 벗고 언덕을 오르면서 외쳤다. 미라는 당황해서 주저했고, 셸리가 둘 사이의 거리를 좁히며 다가오자 어색한 미소가 억지 미소로 변했지만, 셸리는 못 본 체했다. 미라는 거의 수치스러워하는, 거의 겁먹은 얼굴이었다. 마치 셸리가 미라의 거짓말을 폭로하기라도 한 것 같았다. 하지만 미라는 아무 말도 하지 않고 여전히 미소 지으며 그저 고개만 끄덕였다. 두 친구는 아무 말 없이 보조를 맞췄다.

두 사람이 활주로에 도착했을 때 비행기도 착륙해서 멈췄고 르모인이 비행기에서 내렸다. 그는 두 사람이 다가오는 걸 보고도 놀라지 않는 것 같았다. 하지만 저 사람은 한 번도 놀란 기색을 보인 적 없을 것 같아, 셸리는 생각했다. 르모인의 얼굴에 놀란 표정이라니 왠지 상상이 안 되었다.

「캘리포니아에 다녀왔습니다.」그가 인사 대신 말했다. 「뭘 좀 가져왔어요.」그가 주머니에서 지퍼 백을 꺼내더니 두 사람이 내용물을 볼 수 있도록 들어 올렸다. 버스표 크기 정도의 조그만 색종이 조각으로, 미니 고객 적립 카드처럼 사각형으로 나뉘어 있었다. 각각의 사각형은 손톱 정도 크기이고 청록색 별 도장이 찍혀 있었다.

셸리는 그게 뭔지 몰라, 도움을 받으려고 미라를 흘끗 쳐다봤다.

미라는 벌써 고개를 저으며 양손을 들어 올렸다. 「사양해요.」미라가 말했다. 「난 안 해요.」

그가 봉지를 미라에게 내밀었다. 「집들이 선물이에요.」

「헛간들이겠죠.」미라는 그의 말을 바로잡으며 팔짱을 꼈다.

르모인은 미라를 보고 싱긋 웃었다. 「헛간이랑 집.」그는 대신 셸리에게 봉지를 건네며 말했다. 「자고 갈 겁니다. 다 함께 이걸 좀 해볼까 생각했죠.」

미라가 그를 매섭게 쏘아봤다. 「뭐죠? 술은 안 마시면서 **약**

은 해요?」

저게 그거구나, 셸리는 새로운 흥미를 느끼며 봉지를 살펴봤다.

「해본 적 있어요?」르모인이 말했다. 그는 셸리에게 물었지만, 미라가 대답했다. 「아뇨.」

르모인은 여전히 셸리의 대답을 기다리고 있었다.

「이것에 대한 글을 읽은 적 있어요.」셸리가 말했다.

그가 폭소를 터뜨렸다. 「어땠어요?」그가 물었다. 「수많은 알록달록한 언어? 수많은 신조어와 새로운 문법?」

「구체적인 단어는 아무것도 생각나지 않아요.」셸리가 말하자, 그는 다시 웃으며 말했다. 「훌륭해요.」셸리는 갑자기 기분이 좋아졌다. 「그런데 그 글을 읽으니 해보고 싶어지긴 하더라고요.」셸리가 말했다.

「모든 사람이 한 번은 해봐야죠.」그가 조종석에서 더플백을 꺼내며 말했다. 「스타트업에서는 집단 내 신뢰 구축용으로 늘 합니다. 유대 강화 활동 같은 거죠.」

「멋지네요.」셸리가 여전히 상기된 얼굴로 말했다.

「약이 상상력에 미치는 영향은 놀라워요.」르모인이 말했다. 「그냥 맛만 봐도요. 완전히 체험할 필요도 없어요. 약을 하면 그 순간 속으로 들어가 감각이 날카로워지고, 현재에 더 충실해지고, 온갖 것과 연결되고, 창의성이 솟구치죠. 마음에 들 겁니다.」

미라가 다시 그를 노려봤다. 「마치 누구한테 돈이라도 받고 하는 말 같네요.」

「아뇨,」 그가 말했다. 「그게 불법 약물의 근사한 점이에요. 광고 전무. 평생 단 한 번 순수한 결정을 내리는 거죠. 패키지도, 알고리즘도, 당신 목구멍에 약을 쑤셔 넣는 대형 제약 회사도 없이.」

「그냥 운동복 차림의 어떤 남자가 우리 마음에 쏙 들 거라고 이야기할 뿐이죠.」

셸리는 순간 르모인의 표정이 살짝 경직된 듯하다고 느꼈다. 미라도 자기가 선을 넘었다는 걸 눈치챈 게 분명했다. 미라는 재빨리 몸을 틀더니 저 멀리서 무슨 소리를 들었는데 무슨 소린지 잘 모르겠다는 듯이 눈을 게슴츠레 뜨고 계곡을 둘러봤다. 그건 셸리가 아는 버릇이었다. 미라가 당황할 때 하는 행동이었다. 미라는 얼굴을 보이지 않으려 애쓰고 있었다.

「뭐,」 르모인이 셸리에게 말했다. 「모두를 기쁘게 할 수는 없으니까요.」

미라는 여전히 등을 돌리고 있었다.

「색맹인 사람들이 그걸 했어요.」 셸리가 말했다. 「내가 읽은 글에서. 그런데 그 사람들이 평생 처음으로 색깔을 봤대요. 사실 좀 아름다웠어요.」 셸리는 봉지를 르모인에게 돌려주려 했지만, 그는 고개를 저었다.

「당신 선물이에요.」 그는 셸리를 응시하며 말했다. 「셸리,

맞죠?」

「네.」셸리는 깜짝 놀라며 대답했다.

「모두를 위한 선물.」그가 말했다.「사회주의니까, 봐요? 내가 제대로 이해하고 있죠.」그는 더플백을 바닥에 툭 던지고는 조종석 뒤에 둔 알루미늄 아이스박스를 가져오려고 조종실로 다시 들어갔다. 셸리는 미라를 흘끗 봤지만, 미라는 손가락 옆에 난 베인 상처를 살펴보고 있었다.「저녁을 가져왔어요.」르모인이 다시 나타나서 말했다.「오늘 밤에 같이 파티나 할까 해서요. 긴장 풀고, 서로에 대해 좀 더 알아 가고.」

그는 아이스박스를 내려놓고 더플백을 그 위에 툭 던진 다음 다시 들었다.

「옮기는 것 도와드릴까요?」셸리가 말하는데 동시에 미라가 말했다.「그래서 저녁은 뭐죠?」

미라는 신랄하게 굴려고 무척 애쓰는데, 그냥 무례하게 들릴 뿐이라고 셸리는 생각했다.

르모인은 셸리에게 대답했다.「정말 친절하군요.」그는 더플백을 어깨에 메고 셸리에게 아이스박스를 건넸다.「그거 가지고 야영지로 내려가서 다른 사람들 좀 모아 줄래요? 우리도 곧 내려간다고 얘기해 주고.」

그는 셸리를 보내고 있었지만, 그렇게 말하면서 셸리의 팔을 슬쩍 건드리며 미소 지었고, 셸리는 자기가 이겼다는 것을 알았다. 셸리는 땅바닥을 쳐다보는 미라를 마지막으로 한 번

흘긋 보고 양털 깎기 헛간을 향해 언덕을 내려갔다. 비행기가 보이지 않는 곳에 이르자, 셸리는 아이스박스를 땅바닥에 내려놓고 안에 뭐가 있는지 열어 봤다. 안에는 손질된 재료들 — 두껍고 매끄러운 국수, 다진 땅콩, 라임 조각, 녹두, 얇게 썰어 오일에 무친 양파, 조각조각 썬 고추, 막대 모양 두부 — 이 각각 담긴 플라스틱 통들이 쌓여 있었다. 병도 두 개 있었는데, 하나에는 끈적한 황갈색 소스가, 다른 하나에는 휘저어 섞은 계란 같은 게 들어 있었다. 팟타이구나, 셸리는 메뉴를 깨닫고 이상하게 감동했다. 단체용으로 좋은 선택이었다. 인기 많고. 채식이기도 하고. 물론 르모인이 재료를 직접 준비했을 리는 만무하지만 — 분명 전속 요리사가 있겠지 — 그래도 그에게 애정이 느껴졌다. 셸리는 내용물을 아이스박스에 다시 집어넣고 뚜껑을 닫았다.

다른 사람들은 가축우리에서 조류 방지용 그물을 설치할 틀을 만들고 있었다.

「우리 돈줄은 어때?」 셸리가 다가오자 헤이든이 말했다.

「같이 저녁 먹으러 올 거야.」 셸리가 아이스박스를 들어 보이며 말했다. 「팟타이.」

「와, 우리를 위한 거야?」 내털리가 말했다. 「그럴 필요까진 없는데.」

「집들이 선물도 가져왔어.」 셸리는 지퍼 백을 꺼내려고 주머니에 손을 넣으며 말했다.

「선물?」

「응,」 셸리가 봉지를 들어 보이며 말했다. 「어마어마한 양의 1급 마약.」

다들 웃기 시작했다. 잠시 후에는 셸리도 웃음을 터뜨렸다.

「근사한데.」 헤이든이 말했다.

미라는 LSD에 강경한 자세를 취한 걸 이미 후회하고 있었지만, 너무 경멸 조로 얘기한 터라 이제는 체면을 구기지 않고는 결정을 바꿀 수 없을 것 같았다. 르모인이 있으면 늘 그랬듯이 초연하고 까다롭게 굴었을 뿐인데, 흥을 깨는 내숭쟁이가 되어 버려 당황스러웠다. 그리고 실망했다. 왜냐하면 미라는 환각 버섯을 몇 번 해봤고 그 경험을 굉장히 즐겼기 때문에, 그 제안을 다른 사람이 했다면 순수한 호기심과 흥미에서 봉지를 받았을 것이기 때문이다. 셸리가 소나무 방풍림 아래로 사라지자, 미라는 찡그린 얼굴로 팔짱을 낀 채 씁쓸하게 체념하며 애초에 정말로 갖고 있지도 않았던 입장을 더 강하게 고수할 준비를 했다.

르모인이 미라를 보고 싱긋 웃었다. 「솔직히 말해, 당신이 청교도일 줄은 전혀 몰랐습니다.」 그가 말했다. 「놀랐어요.」

「뭐, 모든 사람이 염병할 판에 박힌 전형은 아니니까요.」 미라가 딱딱거렸다.

그의 미소가 더 커졌다. 「통제력 잃는 걸 좋아하지 않는군요.」 그가 말했다. 「안 그래요?」

「집어치워요, 당신한테 날 설명할 의무는 없잖아요.」 미라가 말했다. 「우린 오지 한가운데 있어요. 가장 가까운 병원까지도 몇 시간 걸린다고요. 말만 하고 아직 행동하지 않은 사람이랑 약을 하고 싶지 않은 건 이해해야죠. 게다가 그런 면에서 우린 이미 기본적으로 불법 침입 중이에요. 분명 당신 같은 사람에게는 법이 존재하지 않겠지만, 우리 모두에게는 확실히 존재해요. 만약 뭐라도 잘못되면 우린 완전 끝장이라고요. 그러니까 네, 사양할게요.」

「자기를 설명할 의무 없다는 사람치고 꽤 자세한 설명이군요.」

「그리고 난 청교도 아니에요.」 미라가 말했다. 「그냥 완전 바보 천치일 뿐이지.」

「아니면 전형이거나.」 르모인이 말했다.

미라가 그를 노려봤다. 「그럼 이제 내가 어떤 식으로 전형인지 설명해 줄 건가요? 난 모르겠거든요.」

「전혀요.」 그가 말했다. 「난 그저 전형은 굉장히 쓸모 있을 수도 있다는 말을 하려고 했어요. 나중에 한번 고려해 봐요.」

「그래요?」

「네.」 그가 말했다. 「그러면 사람들이 당신을 과소평가하거든요. 알아야 할 걸 다 알았다고 생각하니까. 사람들은 경계심을 풀어요, 게을러지죠. 자기를 드러내고.」

「조언 감사해요.」미라가 말했다.「하지만 난 여자예요. 이미 과소평가당하고 있다고요, 평생 매일매일.」

그가 웃음을 터뜨렸다.「멋진 대답이군요.」그가 말했다.「하지만 그 말 조금도 안 믿어요.」

「그동안 사실 우린 여기서 굉장히 열심히 일했어요.」미라가 말했다.「이 일을 진지하게 받아들이고 있다고요. 우리한텐 이게 휴가가 아니에요. 등골 빠지게 일하고 있어요.」

「분명 그랬겠죠.」

「그래서 말인데, 오늘 밤 약을 먹기 전에 실제로 뭔가 서면으로 남길 수는 없을까요? 그러니까 계약서나 뭐 그런 거요. 그냥 당신이 우리를 질질 끌고 다니는 게 아니라는 걸 확신할 수 있도록.」

그는 미라를 유심히 바라보며 아무 말도 하지 않았다.

「봐요, 이게 내가 걱정하는 거예요.」미라가 말했다.「이게 당신에겐 그냥 정말 별 의미 없는 놀이 같은 걸까 봐 걱정돼요. 하지만 우리한텐 이 일이, 그러니까 생계거든요. 내가 보기에, 우리가 여기 서 있는 잠깐 동안에도 당신은 아마 10만 달러를 벌겠지만—」

「당신 말이 맞아요.」그가 미라의 말을 자르며 말했다.「내가 당신을 질질 끌고 다녔어요.」

미라는 무슨 소린지 몰라 머뭇거렸다.

「이건 내게 드문 경험이에요.」르모인이 말했다.「이게……」

그는 두 사람 사이의 공간을 가리켰다. 「계속 즐기고 싶었어요. 질질 끌면서.」

「맞아요.」미라가 자신 없게 말했다. 「확실히.」

「하지만 그래요.」그가 말했다. 「서면으로 뭔가 작성합시다. 좋은 생각이에요.」

미라는 다시 당혹스러운 기분이 들기 시작했다. 「그냥 우리 마음의 평화를 위해서예요.」미라가 말했다. 「그러니까 그동안 우리가 한 일을 보면 실망하지 않을 거예요.」

「그럼요.」그가 활달하게 말했다. 「실망하지 않을 겁니다.」

하지만 미라는 얼굴이 빨개졌다. 르모인을 잘못 판단했고, 르모인을 신뢰하지 못했고, 자기가 잘못했다는 기분이 들었다. 르모인은 두 사람 사이에 가능성의 창을 계속 열어 뒀는데, 미라는 그걸 보지 못했고 창을 쾅 닫아 버렸다.

느닷없이 그가 말했다. 「정문 비밀번호를 바꿨어요.」

「네?」미라가 말했다. 「언제요?」

「오늘 아침에.」그가 말했다. 「이제는 7172입니다. 숫자마다 1을 더했어요.」

미라가 뒤로 물러나며 화난 어조로 말했다. 「오늘 차를 안 써서 운이 좋았군요. 밖에서 들어오지도 못할 뻔했잖아요.」

「7172예요.」그가 다시 말했다. 「기억하기 쉬워야 하니까.」

당혹스러웠던 마음이 다시 냉소로 바뀌기 시작했다. 「우리한테 말해 주기도 전에 번호를 바꾸다니, 이상하잖아요.」미라가 말했다. 「여기 사는 사람은 우린데 완전 개판이야.」

그는 눈도 깜박이지 않고 잠시 미라를 응시했다. 그러더니 말했다. 「아내가 죽었을 때, 미라, 우리 집 앞에는 1년 동안 파 파라치가 있었어요. 내가 집에서 나오면, 아니 창문만 열어도 나한테 고함을 질렀죠. 〈그 헬리콥터 알고 있었죠, 안 그래요? 그래서 그날 뒤에 남은 거잖아요. 부인을 없애고 싶어서 일부 러 보낸 거죠.〉 또 이런 말도. 〈그거 살인이었습니까?〉 아니면 〈고의적 파괴 행위였나요?〉 아니면, 모르겠어요, 〈부인을 때렸 다는 게 사실인가요?〉 물론 아니에요. 모두 완전히 거짓이고 완전히 역겨운 주장이에요. 하지만 그게 그 주장의 핵심이었 죠. 그 사람들은 날 화나게 만들려고 기를 썼어요. 내가 반응하 면 그게 이야기가 되니까. 그리고 그건 법에 위배되지도 않아 요. 그 사람들은 그저 질문을 했을 뿐이니. 그건 그 사람들 일 이거든요. 심지어 이런 말도 했어요. 〈부인이 아직 살아 있다 는 게 사실입니까?〉 얼마나 잔인해요? 아내가 죽은 남자한테? 아무런 근거도 없었어요. 정당성에 대한 증명도, 아무것도. 그 냥 질문에 불과했죠. 질문하는 걸 막을 수는 없잖아요. 안 그 래요?」

미라는 경악했다. 「세상에,」 미라는 말했다. 「정말 미안해요. 끔찍한 일이네요.」

「그래서 난 기자가 별로예요.」 그가 말했다. 「말할 필요도 없 지만.」

「상상조차 못 하겠어요, 맙소사.」

「내겐 예방 조치가 필요해요.」

미라의 얼굴이 다시 붉어졌다. 「네, 물론이죠.」

「버넘 숲이 공식적으로 활동을 시작하면 ─」 그가 어깨를 으쓱했다. 「음, 어쨌거나 그건 이미 한 이야기이고. 그동안 당신을 질질 끌고 다녔어요. 이걸 즐기고 있었어요. 이런 소소한 의견 교환, 그리고 우리끼리의 시간, 폭풍 전 고요를요. 하지만 당신 말이 맞아요. 일이 중요하죠.」 그는 미라에게 살짝 슬픈 미소를 지으며 언덕 아래를 가리켰다. 「내려갈까요?」

그는 미라에게 아내 이야기를 한 적이 한 번도 없었다. 사실 친척이나 동료, 친구 이야기도 한 적이 없었다. 함께 언덕을 내려가면서 미라는 아무래도 르모인이 자기를 신뢰하기 시작한 것 같다고 생각했다. 르모인은 화제를 버넘 숲으로 바꿔 작물의 건강, 작물을 심는 일정, 날씨에 대해 물었다. 르모인은 걸어가면서 앞의 들판을 매우 유심히 살펴봤는데, 그걸 본 미라는 갑자기 울컥 연민이 솟구쳤다. 그러고는 자기는 르모인이 겪은 일과 비교될 만한 일을 평생 한 번도 경험하지 않았다는 부끄러움을 느꼈다.

양털 깎기 헛간에 도착했을 때는 해가 지고 있었다. 에런과 제시카는 강풍용 랜턴을 켜고 헤이든은 불쏘시개를 자르고 있었다. 르모인이 가져온 저녁 재료는 곧바로 넣어 볶을 수 있도록 바비큐 옆에 포장된 채로 가지런히 놓여 있었고, 헛간 안에서는 셸리와 카트리나와 내털리가 식탁을 차리고 있었다. 사실 식탁이 아니라 양털 깎기 헛간 안에 서 있던 낡은 문짝을 흔들거리지 않도록 자갈을 넣은 기름통 두 개 위에 올려놓고 토이토이 갈대와 하라케케꽃으로 만든 커다란 중앙 장식을 둘러싸고 짝 안 맞는 도기와 캠핑용 조리 도구를 늘어놓은 상차림에 불과했지만, 촛불을 켜니 매력적으로 보였다. 르모인의 반응이 궁금해서 슬쩍 보니 그가 미소 짓고 있어 미라는 마음이 놓였다.

「멋지게 꾸며 놓았군요.」 그가 말했다.

「늘 익숙하던 곳들보단 아무래도 좀 고급스럽죠?」 셸리가 말했다. 「뭐, 그렇다고요.」

「제 복장이 이곳의 격에 떨어지지 않아야 할 텐데요.」 르모인이 말했다.

「조금 그렇긴 하네요.」 셸리가 말했다. 「하지만 그걸로 타박하진 않을게요.」

문득 미라는 셸리가 르모인을 유혹하고 있다는 생각이 들었다. 미라는 발갛게 달아오른 셸리의 뺨을 설명해 줄 열린 와인병을 찾아 주위를 둘러봤다. 병은 식탁 위에 있었고, 이미 반이 비어 있었다. 다시 셸리에게 시선을 돌리는데, 친구가 **자기**를 보고 있어 움찔했다. 분명 셸리는 미라의 시선이 와인병에 가 있는 것을 봤다. 미라는 셸리에게 미소 지으려고 했지만, 셸리의 시선은 이미 다른 곳을 향했다.

「그쪽 코스튬 파티 이야기를 하던 중이었어요.」 내털리가 말했다.

「아, 네.」 르모인이 말했다. 「아주 유명하죠.」

「광대 복장을 한 당신 사진을 봤어요.」 카트리나가 말했다. 「졸업 모자 쓴 사진?」

「주제가 뭐였어요? 광대 대학, 뭐 그런 거?」 내털리가 말했다.

「도저히 모르겠더라고요.」

미라는 무슨 소리인지 알 수가 없었다. 「무슨 이야기를 하는 거야?」

「오토노모 전통요.」 르모인이 설명했다. 「매년 핼러윈 때 코스튬 파티를 하거든요. 사실 바보 같지만, 이젠 그렇게 되었어요. 매년 점점 더 판이 커지고 있죠.」 그는 다시 다른 사람들을 바라봤다. 「사실 그해 주제는 좋았어요.」 그가 말했다. 「〈런던 지하철역들〉이었죠. 난 옥스퍼드 서커스 역이었고.」

「아!」 모두가 일제히 감탄하며 웃음을 터뜨렸다.

「정말 멋진 파티 주제네요.」 셸리가 말했다.

「킹스크로스.」 내털리가 말했다. 「패딩턴, 해머스미스, 좋은 게 너무 많아.」

「엘리펀트 앤드 캐슬.」 르모인이 말했다. 「그게 우승자였을 거예요.」

「우승자는 그럼 5성급 호텔 휴가나 뭐 그런 걸 받겠네요, 아니에요?」셸리가 말했다. 「어마어마하잖아요.」

「과해요.」르모인이 말했다. 「사실, 정말 솔직히 말하자면, 저 파티는 좀 지나쳐요.」

「아니에요! 그런 말 하지 말아요!」셸리가 말했다. 「멋지잖아요!」

셸리는 **진짜로** 르모인을 유혹하고 있었다. 이제 셸리는 미라의 시선을 피했다.

「그해에 물론 빅토리아가 몇 명 있었고,」르모인이 말했다. 「끝내주는 나폴레옹도 하나 있었죠, 워털루요.」

「다른 주제들은 어떤 게 있었나요?」카트리나가 말했다.

「어, 뭐가 있었더라,」르모인이 말했다. 「작년엔, 아, 맞아요, 〈밥 딜런 가사〉였어요. 난 세상에서 제일 큰 목걸이로 꾸몄죠. 그런데 똑같은 생각을 한 사람이 두 명 더 있었고, 결국 내가 세상에서 제일 큰 게 **아니었어요.** 그 사람들 목걸이가 내 것보다 더 커서 좀 민망했어요.」

「표범무늬 필박스 모자가 수두룩했겠네요.」카트리나가 말했다.

「정말 그랬어요.」

「나라면…… 그 가사가 뭐더라? 안개, 암페타민, 진주로 분장했을 거예요.」

「안개는 좋은 의상이죠. 그건 그냥…… 안개니까.」

「네, 〈넌 뭐야?〉하고 물으면, 〈아, 나? 그냥 안개〉이렇게.」

「루빅큐브,」르모인이 말했다. 「그건 다른 해 주제였는데, 다들 루빅큐브 면에 있는 여섯 가지 색깔로 된 여섯 개의 품목을 입고 오는 거였어요. 그날 밤이 끝날 때는 한 가지 색만 입고 있어야 한다는 것이 규칙이었죠.」

「세상에,」셸리가 와인 잔으로 쓰고 있던 캠핑용 플라스틱 머그를 다시 채우며 말했다. 「그것도 너무 좋아요! 나 이 아이디어들 완전 훔칠 거야!」

르모인은 미라를 지켜보고 있었다. 「이제 날 다르게 보고 있군요.」 그가 말했다.

미라는 너무 솔직한 말에 깜짝 놀랐다. 「그런 것 같아요,」미라가 말했다. 「아주 약간.」

「난 코스튬 파티 같은 데는 안 가는 사람 같아요? 걱정 말아요, 전에도 그런 말 들어 봤으니까.」

하지만 그 이상이었다. 그는 너무 **정상**이고 너무 긴장감 없고 너무 편안하고 너무 보통 사람 같았다. 미라는 거의 민망한 기분으로 르모인이 처음으로 완전히 인간처럼 보인다는 사실을 인정했다. 그는 더 좋아하는 것도 있고 습관도 있고 경험을 통해 만들어졌고 운이 좋을 때도 있고 운이 나쁠 때도 있고 가족과 추억, 과거가 있는 사람처럼 보였다. 유혹도 받고 다른 사람들을 위해 존재하고 다른 사람들이 생각도 하고 다른 사람들이 은밀히 떠올리기도 하는 그런 사람 말이다.

그는 미라의 대답을 기다리고 있었다.

「굉장히 이상한 경험을 하고 있어요.」미라가 마침내 말했다. 「자기 검색 엔진이 뭐랄까, 사용자에 대한 자기 판단에 따라 아주 특정한 맞춤형 결과를 내놓는다는 걸 깨닫는 중이에요. 그래서 다른 사람들은 쉽게 검색 가능한 정보가 자기한테는 전혀 보이지 않는 것, 난 당신이 옥스퍼드 서커스로 분장한 사진을 전혀 보지 못했거든요. 구글에서 당신을 **그렇게** 검색했는데도.」

그는 미라에게 싱긋 미소 지으며 윙크했다. 미라는 셸리가 르모인의 윙크를 포착한 걸 곁눈질로 보고는 미소 지으며 농담을 함께 나누려고 셸리를 쳐다봤지만, 이번에도 셸리는 이미 시선을 돌린 뒤였다.

「여기도 핼러윈을 더 크게 하면 좋을 텐데.」카트리나가 말하고 있었다. 「하지만 말이 안 되잖아. 계절이 안 맞는데. 밤 9시까지는 어두워지지도 않고, 호박이나 낙엽 같은 것도 없으니.」

「맞아, 무섭지가 않아.」내털리가 말했다. 「봄이니까.」

「사람들도 이해를 못 해.」제시카가 헛간으로 막 들어오며 말했다. 「초등학교 때 한번은 사탕을 얻으러 갔는데, 아무도 그게 뭔지 모르는 거야. 이웃들에게 〈저기, 이런 거예요, 제가 옷을 차려입기로 작정했으니까 여러분이 저한테 사탕을 줘야 하거든요, 만약 안 주시면 제가 여러분 집을 부숴……〉.」

「……기본적으로 인질 상황 같은 거지.」에런이 끼어들

었다.

「그런데 찬장에 사탕도 하나 없는 거야. 다들 과일이니 비스킷 같은 걸 들고 나오더라고. 완전 대참사였어.」

「이봐요,」 에런이 르모인에게 말했다. 「그나저나 약 고마워요. 투 메케Tu meke.」

「투 메케?」 르모인이 말했다.

「네, 말하자면…… 짱.」

「짱?」 르모인이 말했다.

제시카가 웃음을 터뜨렸다. 「키위 말을 다른 키위 말로 설명하고 있잖아.」 제시카가 에런에게 말했다.

「투 메케는, 그러니까 고맙다는 말이에요. 안 그래도 되는데, 뭐 그런 의미로. 기대 이상이라고요.」

「짱은, 어, 인상적이라는 뜻이에요.」 제시카가 말했다. 「근사하다, 인상적이다, 그런 거.」

「진짜 문화 교류군요.」 르모인이 말하자, 다들 웃음을 터뜨렸다.

「미라는 안 한대.」 셸리가 갑자기 날카롭고 커다란 목소리로 말했다. 「그래도 다른 사람은 다 할 거지?」

모두 그런 것 같았다.

「그래도 와인은 사양 안 해.」 미라가 세 번째로 셸리와 시선을 맞추려고 애쓰며 말했지만, 병을 건네준 사람은 카트리나였다.

「그럼, 오늘 밤에는 파티를 하고,」르모인이 말했다. 「일 이야기는 내일 합시다, 좋죠?」

「하지만 약도 일종의 일이라고 하지 않았어요?」셸리가 말했다. 「유대 강화 활동이라면서요.」

「맞아요, 실리콘 밸리의 관행 같은 거죠.」르모인이 또 미라에게 윙크하며 말했다. 「하지만 약이 멋진 도구가 될 수도 있어요. 난 그렇게 생각해요. 50년 전에는 담배가 선반에 있고 콘돔이 계산대 뒤에 있었는데, 지금은 반대잖아요. 환각제와 술이 그렇게 될 겁니다, 장담해요. 뒤집힐 겁니다」

미라는 반대 의견을 표명하듯이 와인병을 들고 길게 한 모금 마셨다. 셸리의 시선이 느껴졌지만, 이번에는 미라가 셸리의 눈길을 피했다. 대화는 약물을 소량 섭취할 경우 좋은 점으로 흘러갔고, 미라는 바비큐 불을 붙이려고 밖으로 나왔다.

머릿속에서 토니의 목소리가 들렸다. 〈자기 최적화니 자기 실현이니 하는 이딴 개소리들,〉미라는 쪼그려 앉아 가스통 밸브를 열고 점화 스위치에서 딸각 소리가 날 때까지 누르면서 토니의 목소리를 상상했다. 〈피할 길이 없어. 이젠 온갖 사소한 것까지 자기의 잠재력을 극대화하고, 자기를 완성하고 연마하고, 인생을, 육체를, 염병할 시간을 최고로 소중히 여기는 것과 연결돼. 이젠 모든 게 회사 수련회야. 모든 게 **유용성**을 가지고 있지. 술이 떡이 되어 한 번 자기 존재에서 도피하고 싶잖아? 세상 모든 사람이 그렇듯이 그냥 자기 인생에서 한 번 벗어나고 싶잖아? 못 해. 심지어 환각제도 목적을 위한 도구여야 하거든. 조직력 향상을 위한 거고, 신뢰와 건강과 창의력을 위한 거여야 해. 육체적·심리적 완성을 향한 진정한 여행이어야만 하지. 애초에 그걸 하기로 한 선택의 온전함을 보여 주는 행위여야만 한다고. 판단 착오일 수가 없어. 판단 착오라는 건 없거든. 잘못일 수가 없어. **잘못**은 없으니까. 그건 그냥 선택일 뿐이고, 선택은 중립이고, **우리는** 중립이고, 모든 것이 중립이고, 모든 것이 게임이고, 게임에서 이기고 싶으면 자신을 최적화하고 실현하고 이용해서 이점을 가져야 할 테고, 유약함이나 필멸이나 한계나 인간성이나 염병할 시간의 흐름 같은 진짜 인간 경험을 하면 안 돼. 그것들은 그저 집중을 흩트리는 방해물, 결함, 우리가 엄선하고 맞추고 자유로이 선택한 진정한 존재의 **걸림돌**에 불과하니까. 물론 우리가 우리 인생의 소비자인지 생산물인지 결코 알 수 없지만, 확신할 수 있는 한 가지는 이 지구상에서 우리에게 **어떤** 판단을 내릴 권리를 가진 사람은 아무도 없다는 거야, 어느 쪽으로건. 시장의 자유! 중요한 건 그것뿐이야! **존재**하는 건 그것뿐이라고!〉

미라가 다시 들어왔을 때 사람들은 소셜 미디어 이야기를 하고 있었다.

「엄청난 거부 움직임이 생길 거예요.」 제시카가 르모인에게 이야기하고 있었다. 「아까 콘돔이랑 담배 이야기와 비슷하게요. 임신 중 흡연 같은 것처럼, 언젠가는 온라인에서 너무나 많은 시간을 보내고 그게 우리한테 얼마나 해로운지 몰랐다는 걸 믿을 수 없는 시대가 올 거예요.」

「절대,」 내털리가 말했다. 「그 반대일걸. **이걸** 아무도 못 믿을 거야.」 내털리가 주위를 향해 손짓했다. 「직접 만나는 거, 얼굴을 마주하고 실제로 대화를 나누는 거.」

「그러니…… 달리 말하면, 이제 시작인 거지.」 에런이 말했다.

「더 많은 소셜 미디어,」 내털리가 고개를 끄덕이며 말했다. 「더 많은 인터넷, 더 많은 가상, 더 많은 디지털. 그냥…… 더 많이. 이제 그게 문화의 일부야. 사람들의 사고방식이고. 내 말은—」

내털리가 헤이든을 가리켰다. 그는 한 손으로 무선 스피커를 켜고 다른 손으로 전화기에서 플레이리스트를 고르고 있었다.

「이봐, 헤이든,」 카트리나가 말했다. 「지금 네가 예시로 쓰이고 있어.」

「바이오 해킹.」 헤이든이 전화기에서 고개를 들며 말했다. 「그게 다음 타자야. 사람들의 손에 마이크로칩을 심어 손만 흔들면 자동차 문도 열고 뭐든 하는 거지. 이미 일어나고 있는 일이야.」

「그럼 우린, 어, 기억을 클라우드에 업로드하는 거지.」

「업로드만이 아니야, 기억을 바꿔.」

「필터도 넣고.」

「어, 기본적으로 전화기랑 합체하게 될 거야.」

「드라마 〈블랙 미러〉의 에피소드처럼.」

「현실을 직시하자고.」 내털리가 말했다. 「그 드라마는 기본적으로 다큐멘터리야.」

셸리는 르모인을 보고 있었다. 「무슨 생각 해요?」 셸리가 말했다.

갑자기 조용해지면서 모두 고개를 돌려 그를 쳐다봤다. 「음,」 르모인이 턱을 문지르며 말했다. 「인쇄기가 발명된 후 첫 번째 종교 개혁이 일어났어요. 스마트폰 발명 이후 뭔가 비슷한 일이 일어나겠죠.」

셸리가 얼굴을 찡그렸다. 「혁명 같은 거요?」

르모인은 어깨를 으쓱했다. 「활동가는 당신이잖아요, 당신이 말해 줘요.」

「우우,」 헤이든이 야유했다. 「해봐요, 예언해 보라고요.」

「다들 내게 그것만 원해요,」 르모인이 말했다. 「예언.」 그는 중앙 장식 너머로 미라에게 미소 지었다.

「하지만 두 번째 종교 개혁? 그건 도대체 어떤 모양일까? 내 말은―」

「어쨌거나 다 핵심에서 벗어났어.」 제시카가 끼어들었다. 「마치 우리가 여기 있으면서 볼 것처럼 미래 이야기를 하잖아. 우린 다 죽은 뒤일 텐데. 우린 완전 죽어 있을 거야. 불에 타고 있을 거라고.」

「아니면 물밑에 있거나. 해수면이 ─」

「아니면 역병으로 죽을 수도.」

「이런 대화를 하니까 우울해진다.」헤이든이 말했다.「약 지금 하면 안 돼?」

셸리가 지퍼 백을 꺼냈고, 모두 복용 분량과 시간과 기대 효과에 대해 의논하기 시작했다. 미라는 바비큐를 점검하러 또다시 밖으로 나갔다. 웍을 그릴 위에 안정감 있게 놓기 위해 평평한 부분을 찾으려고 괜히 만지작거리며 시간을 끌고 있는데, 뒤에서 인기척이 느껴졌다. 고개를 들자 르모인이 헛간에서 나와 벽 그림자 속에서 주머니에 손을 넣은 채 서 있었다.

「나도 안 하려고요.」그가 말했다.「당신이 심심하지 않도록.」

「그럴 필요 없어요.」미라가 말했다.

「괜찮아요,」그가 말했다.「내 말 믿어요. 파티에서 혼자 멀쩡한 정신으로 있는 게 어떤 기분인지 아니까.」

미라는 거부할 수 없었다.「그래서 이게 파티인가요?」

그는 미소 지으며 손을 가슴에 얹었다.「그대가 없으면 파티가 아니죠.」

미라는 갑자기 르모인에게 화가 치밀었다.「당신이 안 할 필요는 정말 없어요.」미라가 말했다.「내 앞가림은 할 수 있다고요, 정말로. 가서 회사 조직력 향상 체험이나 해요. 난 정말이지 상관하지 않으니까.」

「난 그보다 당신이랑 있고 싶은데요.」

둘 다 잠시 말이 없었다. 그러다가 미라가 먼저 말했다. 「뭐 좀 물어봐도 돼요? 너무 개인적인 질문이면 말해도…….」 미라는 어둠침침한 불빛 속에서 르모인의 표정을 읽으려고 그를 흘끗 쳐다봤다. 「당신이 왜 비행기 조종을 배우기로 했는지 궁금해졌어요.」

그는 꼼짝도 하지 않았다. 「기젤라 사고 때문에 묻는 거겠죠.」

「네.」 미라가 말했다. 그가 아내의 이름을 말하는 걸 들으니 기분이 이상했다. 「궁금했어요, 그게 당신 방식의 대처법인지…….」 미라는 자신 없어졌다. 「뭐, 제가 상관할 일은 전혀 아니지만요.」

르모인은 다시 말이 없었다. 안에서 누군가가 소리를 질렀고 다른 누군가는 커다랗게 웃음을 터뜨렸다. 그러더니 누군가가 볼륨을 한껏 높이는 바람에 「배드 앤드 부지Bad and Boujee」[25]가 귀청을 찢을 듯이 터져 나왔다. 바비큐 옆에 놓은 음식 통들이 쿵쿵대는 진동에 맞춰 흔들거렸다.

마침내 르모인이 말했다. 「날 길러 주신 우리 외할머니는 건강하지 못한 사람이었어요, 정신적으로. 알코올 중독에다 불

---

25 미고스Migos가 2017년 발표한 힙합 송으로, 성공을 통해 얻은 물질적 부와 자신감, 매력을 과시하는 노래.

안정하고 거짓말쟁이였어요. 변신하는 것 같았죠. 외할머니가 어떻게 나올지, 기분이 좋을지 나쁠지 전혀 알 수 없었어요. 외할머니는 때때로 정신 병원에 입원했는데, 정신 병원에서 권하는 활동 중에 소형 모형 세트를 만드는 게 있었어요. 알다시피, 모든 게 아주 작아서 다루기 쉽거든요. 모형을 손에 들고 있으면, 전체를 다 볼 수 있어요. 그래서 균형적인 시각이 생기죠. 그게 일종의 치료예요.」

「그렇군요,」 미라가 말했다. 「말이 되네요.」

「음,」 그가 말했다. 「난다는 건 모든 걸 작아 보이게 만드는 또 하나의 방법이에요.」

미라는 두부 통을 향해 고개를 끄덕이며 음악에 맞춰 손가락으로 플라스틱 통 걸쇠를 딸각딸각 열었다 닫았다 했다. 르모인이 두 사람 사이의 공간을 건너와서 키스할 거라는 이상한 예감이 들었다. 하지만 몇 초가 지날 때까지 아무 말도 들리지 않아 고개를 들어 보니 실망스럽게도 그는 이미 안으로 들어가고 없었다.

미라는 바보가 된 기분으로 요리할 준비를 하며 통들을 열기 시작했다. 안에서는 사람들이 약 조각을 나누는 소리가 들렸다. 누군가 르모인에게 하나 권했는지 르모인이 〈난 괜찮아요, 미라가 심심하지 않게 같이 있어 주려고요〉라고 대답하자, 셸리가 또다시 그 커다랗고 날카로운 목소리로 말했다. 「아, 요즘엔 그런 식으로 말하나 보죠?」

음악 소리 아래로 침묵이 흘렀다. 분명 모두 셸리 쪽을 바라볼 거라는 생각이 들었다. 과연 잠시 후 셸리가 부자연스럽게 웃으며 말했다. 「미안한데…… 무슨 일이 벌어지고 있는지 다들 모르는 척하고 있는 거였어?」

「좋아.」 제시카가 단호하게 말했다. 「이제 우리 저녁을 먹어야 할 것 같아.」

그러자 르모인이 차분하고 명료한 목소리로 말했다. 「무슨 하고 싶은 말 있어요?」

그건 셸리를 향한 질문일 수밖에 없었다. 다시 침묵이 흘렀다. 미라는 어둠 속에 서서 놀라 입을 딱 벌린 채 셸리의 대답을 기다렸다.

「누군가는 다른 이유로 이걸 하는 거일 수도 있다는 생각이 들어서 좀 걱정돼요.」 셸리가 마침내 말했다.

「하지만 그게 인생이잖아요, 안 그래요?」 르모인이 가볍게 말했다. 「사람들은 늘 자기 나름의 이유로 뭔가를 해요. 동기를 단속할 수는 없죠.」

「알아요.」 셸리가 재빨리 말했다. 「그건 나도 알아요.」

「확실해요?」 르모인이 말했다.

「셸리,」 누군가 끼어들었다. 「이건 네가 상관할 일이 아닌 것 같은데.」

셸리가 또 그 부자연스러운 웃음을 터뜨렸다. 술 마시면 늘 그렇듯이 셸리의 얼굴이 빨개졌을 것이다. 눈도 위험하게 빛

날 것이다. 「하지만 조금 상관있어.」셸리가 말했다. 「그러니까 둘이 그 짓을 하고 싶어 하는 게 분명한데 —」

몇 명이 동시에 말했다.

「셸리!」

「이봐, 멈춰.」

「제발, 저 사람 좀 내버려둬.」

「난 좀 걱정돼.」셸리가 그 말을 자르며 소리 높여 말했다. 「그러면 나머지 우리는 어떻게 되는 거야?」

미라는 르모인의 대답을 들으려고 귀를 쫑긋 세웠지만, 그는 대답할 필요를 못 느끼는 게 분명했다. 아무 소리도 들리지 않자, 미라는 어깨를 으쓱하는 그의 모습과 비웃음, 차분함, 나른한 흥미가 뒤섞인 그의 표정을 상상했다. 셸리는 다른 사람들에게 호소하고 있을 것이다. 여전히 미소를 띤 채, 미결 안건임을 암시하려고 손바닥을 내밀고 있을지도 모른다. 하지만 사람들은 이미 다른 화제를 끄집어내고, 사과하려 하고, 웃어넘기려 하고 있었다. 곧 내털리가 〈그나저나 미라는 어디 있어?〉 하고 말하자, 제시카가 〈음식 만들고 있어. 우리도 가서 돕는 게 좋겠다〉라고 말했고, 순식간에 사람들이 불안한 눈빛에 환한 미소를 띤 채 헛간에서 나왔다. 미라는 그 미소에 화답하며 대화를 듣지 않은 척, 자기만의 세계에 빠져 있던 척, 상황을 조금도 모르는 척했지만, 미라가 그런 척하고 있다는 걸 그들이 안다는 걸 미라도 알았고, 미라가 아는 걸 그들이 알고 있다는 것도 미라에게 분명히 보였다.

저녁을 먹는 동안 셸리는 아무 말도 하지 않았다. 셸리와 미라는 식탁의 양쪽 끝에 앉았기 때문에 미라는 셸리가 몸을 앞으로 숙여 음식을 먹을 때 옆모습밖에 볼 수 없었다. 다른 사람들은 두 사람 사이의 공간을 지킬 필요를 의식하는지 아무도 두 사람을 대화에 끌어들이려고 애쓰지 않았다. 미라가 아는 한, 모두 세대 차이에 대해 이야기를 나누고 있었다. 내털리는 X 세대는 반려동물 이름을 아이 이름처럼 짓고 아이 이름을 반려동물 이름처럼 짓는다며 르모인을 놀렸고, 카트리나가 밀레니얼 세대의 정의는 절대 자기에게 해당하지 않는 것 같다고 하자, 제시카는 그거야말로 카트리나가 할 수 있는 **가장** 밀레니얼 세대스러운 발언이라고 대답했다. 종종 그렇듯이 대화가 밀레니얼 세대가 온갖 방식으로 부당한 대우를 받았다는 이야기로 흘러가자, 르모인은 자기는 또래 사람들이 왜 그렇게 복지 국가에 대해 향수를 느끼는지 모르겠다, 자기 부모 세대인 베이비 부머야말로 그 좋은 반증 아닌가, 도움을 너무 많이 주면 어떤 일이 생기는지 봐라, 자기들은 도움을 당연시해놓고, 다른 모든 사람에 대한 원조를 빼앗아 버리지 않았느냐고 말했다. 웃고 반박하고 자기는 다르다며 자기 입장을 제시하는 미라 본인의 목소리도 들렸지만, 그건 마치 자기가 자신의 경험 바깥에 앉아 베일 너머에서 대화에 참여하고 있는 것처럼 느껴졌다. 누군가 〈아, **젠장!**〉 하고 소리쳤고 식탁을 둘러싼 이들이 하나하나 차례로 웃기 시작하자, 그제야 미라는 다들 약을 먹었고 이제 약효가 돌기 시작했다는 것을 깨달았다. 그 순간 르모인이 하라케케꽃 건너편에서 미라와 눈을 맞추며 고개를 까딱거려 **여기서 나갑시다**라는 뜻을 전했다. 미라는 가슴이 철렁했다. 미라는 아무 말 없이 자리에서 일어났고, 상처와 방어감, 경멸이 뒤섞인, 이상하게 10대 아이 같은 표정으로 자기 쪽을 바라보는 셸리를 봤다. 르모인은 사람들에게 작별 인사하고, 미라는 차가운 표정으로 셸리와 조금 더 시선을 맞추다가 등을 돌려 밖으로 나갔다. 르모인이 그 뒤를 따라 어둠 속으로 나와 바비큐 바람막이용으로 비스듬히 세워 둔 바네트 트럭을 돌아서 걸어왔다. 그가 미라와 발걸음을 맞추는 동안 두 사람은 아무 말도 하지 않았고, 그래서 나중에 미라는 자기가 먼저 르모인의 손을 잡았는지 르모인이 먼저 자기 손을 잡았는지 기억하지 못했다.

언덕을 올라 집까지 걸어오는 데 20분 정도 걸렸다. 집 안은 어둡고 춥고, 다른 가족이 사는 집에서 나는 딱히 설명하기 힘든 낯선 향기와 비누 냄새가 났다.

「젠장,」 열쇠로 문을 열고 들어가서 르모인이 말했다. 「이놈의 나라에는 중앙난방이 없다는 걸 깜박했군.」

그는 열펌프 제어 장치를 찾아 먼저 들어갔다. 미라는 애국심을 보여 주려고 재킷 지퍼를 내렸다가 마음을 고쳐먹고 다시 올렸다. 미라가 거실 입구로 들어가는 순간, 열펌프 셔터가 열리면서 뜨거운 공기를 뿜어내기 시작했다.

「세상에,」미라가 말했다.「바깥보다 여기가 더 추운 것 같아요.」

「그러게요.」그가 말했다.「저녁 먹으러 내려가기 전에 이걸 틀어 뒀어야 하는데.」

미라는 아무 말도 하지 않았지만, 그게 르모인이 이 밤의 끝이 이럴 거라는 것을 언제나 예상하고 있었다는 뜻일까 궁금했다. 그러고는 **자신**도 이 밤의 끝이 이럴 거라고 언제나 예상하고 있었던 건지 궁금했다. 그리고 그랬다는 걸 깨닫자 얼굴이 새빨갛게 달아올랐다. 심장이 빠르게 뛰었다. 갑자기 자기가 육체로, 동물로, 육신으로 화한 듯한 느낌이었다. 온몸 구석구석에서, 사타구니에서, 위장에서, 입에서 고동치는 맥박이 느껴졌다.

「분명 열펌프가 하나 더 있을 겁니다.」르모인이 말했다.「이건 말도 안 되지.」

그는 열펌프를 찾으러 갔고, 미라는 다비시의 깜깜한 거실을 둘러보며 한숨을 내쉬었다. 램프 불을 켰지만, 커튼이 다 열려 있고 달이 아직 뜨지 않아서 자기 모습이 전망 창에 선명하게 비쳤다. 미라는 눈살을 찌푸리며 불을 다시 끄고 대신 창 쪽으로 다가가서 창에 비친 자기 모습 너머 바깥의 어둠을 내다봤다. 순간 미라는 얼어붙었다.

정문에 차가 있었다. 라이트가 꺼져 있어 안에 누가 있는지는 보이지 않았지만, 키패드에 바싹 붙여 주차된 것으로 보아 운전자가 비밀번호를 누르고 들어올 생각에 차를 갖다 댄 것 같았다.

「로버트.」미라가 불렀다.

그는 대답이 없었다.

「로버트.」미라가 더 크게 불렀다.

그가 문간에 다시 나타났다.「왜요?」그가 말했다.

미라는 유리창 너머를 가리켰다.「정문에 누가 있어요.」

다음 순간 르모인은 미라 옆에 서서 창 너머 아래쪽을 응시했다.「모르는 차인데.」그가 말했다.「당신은 알아요?」

「당신이 비밀번호를 바꿨잖아요.」미라가 말했다.

그가 전화기를 꺼냈다.「젠장,」그가 말했다.「누가 인터콤을 눌렀어요. 20분 전에.」

「이웃일지도 모르죠.」미라가 말했다.「누가 음악 소리를 들었을 수도 있잖아요.」

그는 전화기를 두드렸다.「그렇다면 지금 어디 있는 거지?」그는 거의 혼잣말을 하고 있었다.「대문을 넘어서 들어왔나?」

르모인은 미라가 볼 수 없는 각도로 전화기를 들고 있었지만, 창문에 비친 화면으로 미라는 르모인이 농장을 고공에서 내려다보는 앱을 켰다는 것을 알았다. 실시간 영상 같았다. 이제껏 그가 농장을 감시하고 있었을지도 모른다는 생각을 한번도 해본 적이 없었다. 미라는 무슨 말을 하려고 입을 열었지만, 르모인이 뭔가 움직이는 물체를 지나 화면을 내리는 모습을 보느라 잠시 주의가 흐트러졌다……. 다음 순간 저속 기어로 힘겹게 회전하는 엔진의 포효 소리가 들렸다. 미라는 멍청하게 정문의 SUV를 쳐다봤지만, 차는 여전히 그 자리에 있었고 차창도 여전히 캄캄했다. 다음 순간, 미라가 뭐라고 말할 틈도 없이 바네트가 집 앞을 휙 지나 언덕 아래로 질주해 내려갔다.

「뭐야?」 차가 시야에서 사라지자, 미라가 말했다. 「누가 운전하는 거야?」

르모인은 이미 달려 나가고 있었다. 쿵 하는 소리와 함께 날카로운 타이어 마찰음이 들렸다. 미라도 돌아서서 르모인을 따라 집 밖으로 나가 언덕 꼭대기로 달려 올라갔고, 바네트가 자갈 도로에서 벗어나 나무를 들이박고 멈춘 모습을 봤다. 미라는 이슬 젖은 풀 언덕을 비틀거리며 허둥지둥 미끄러져 내려갔다. 보닛에서 연기가 나는 게 멀리서도 보였고, 띵띵띵 하는 방향 지시등 소리, 비가 내리는 것도 아니고 일주일 내내 비가 온 적도 없는데 쉭쉭 돌아가는 와이퍼 소리가 들렸다. 다음 순간, 셸리가 완전히 어리둥절한 표정으로 운전석에서 내리는 게 보였고, 후미등의 희미한 붉은 불빛 아래 진입로에 쓰러진 사람이 보였다. 남자는 골반이 뒤틀려 있고, 팔 하나는 바깥으로 뻗고 팔 하나는 가슴에 얹은 채 꼼짝도 하지 않았다. 미라는 달리기 시작했지만, 남자가 누구인지 알아볼 정도로 가까이

가기도 전에, 머리카락 색과 두상 모양과 시커멓게 벌린 입과 초점을 잃고 응시하는 하얀 눈을 보기도 전에, 르모인이 재킷 뒤를 휙 잡아당겨 가슴에 꼭 끌어안기도 전에 — 그건 미라가 르모인에게 가장 가까이 다가간 순간, 르모인이 미라를 처음으로 안은 순간이었다 — 셸리가 털썩 무릎을 꿇고 앉아 목 졸린 듯한 소리를 내기도 전에, 남자가 정말로 죽었다는 것을 확인하기도 전에, 그게 오언 다비시라는, 속이 뒤집힐 것 같은 꺼림칙하고 끔찍한 확신이 들었다. 오언 다비시가 갑작스레 찾아왔던 것이다. 오언 다비시가 예상치 않게 집에 왔던 것이다.

3부

질 다비시가 남편과 마지막으로 이야기를 나눈 건 그가 크라이스트처치 공항에 내린 후 남쪽으로 내려가기 위해 렌터카를 빌렸을 때였다. 그는 도착하면 다시 전화해서 밤 인사를 하겠다고 약속했지만, 질은 8시 조금 넘어 사실 지금 자러 들어간다고 문자를 보냈다. 일주일 동안 정신 건강과 웰빙 관련 워크숍을 연달아서 하느라 너무 지쳐, 남편과 떨어져 있는 며칠 안 되는 밤이면 늘 하던 대로 포장 음식을 먹으며 저질스러운 TV 프로그램을 볼 기운조차 없었다. 질은 전화 걸지 말라는 부탁과 함께 안전 운전하고 물 많이 마시고 한 시간마다 차 세운 뒤 다리를 펴고 다른 차들이 먼저 지나가도록 양보해 주라고 당부한 다음 마지막으로 보고 싶다고 적었다. 딱히 사실은 아니지만, 남편이 듣기 좋아한다는 걸 알기 때문에 덧붙인 말이었다. 질은 남편이 상의 없이 비행기표를 산 일로 더 이상 화내지 않았다. 오언은 자연 보호 프로젝트 착수 문제 때문에 신경과민 상태였다고, 질은 클렌징을 하고 토너와 로션을 바르고 양쪽 눈 아래에 세럼을 세 방울씩 찍으며 생각했다. 게다가 르모인이 착수식 날 나타나지 않자 최선을 다해 숨기기는 했지만 몹시 실망한 기색이었다. 목장에 가서 일주일 정도 지내고 나면 본래 모습으로 돌아올 것이다. 게다가 남편은 늘 운전할 때 가장 머리가 잘 돌아간다고 했다. 질은 불을 끄고 거의 열세 시간 동안 곤히 잤다. 다음 날 일어나서 도착했다는 문자가 없는 걸 보고 살짝 발끈했지만, 가운 허리끈을 매며 다시 추론해 보니 자기가 깨우지 말라고 부탁했고 남편도 오래 운전하느라 녹초가 되었을 것 같았다. 남편은 아무래도 도착하자마자 곧장 잠자리에 들었을 것이다.

질은 샤워하고 옷을 입은 다음 언덕을 걸어 내려가 두 사람이 제일 좋아하는 웰링턴 카페에서 카푸치노를 사서 마시면서 우체국 창문에 진열된 문구류를 구경하고 대화로 공유해야 할 의무감 없이 자기 마음 가는 대로 아무 생각이나 하며 거기서 떠오르는 연상을 따라가는 기분을 즐겼다. 그날 오후 마지막 정신 건강 워크숍 하나가 남아 있어 그 전에 잠깐 시내에 들러 ─ 자신의 정신 건강을 위해 ─ 옷이나 좀 살까 생각하고 있는데, 주머니 속에서 전화기가 울려 꺼내 보니 아버지 전화였다. 손다이크의 집 유선 전화라는 뜻이었다. 전화번호 정보를 고쳐야 한다는 걸 알고 있었지만, 이렇게 시간이 지났는데도 차마 아버지 이름을 지울 수가 없었다. 질은 빈 커피 컵을 휴지통에 버리고 전화를 받았다.

「안녕 자기, 운전은 어땠어?」

하지만 전화를 건 사람은 오언 경이 아니었다. 르모인이었다.「질?」그가 말했다.「저 로버트입니다. 성가시게 해서 미안하지만, 남편분과 연락이 안 돼서요.」

레이디 다비시는 심장이 죄어드는 느낌이 들었다.「오언은 거기 있어요.」레이디 다비시가 바보같이 말했다.「집에 있다고요.」

「네, 저도 오언을 기다리고 있었어요.」르모인이 말했다.「오언이 며칠 전 여기 내려온다고 이메일을 보냈기에 좋다고, 그때 보자고 답을 보냈거든요. 그런데 답장이 어쩌다 임시 보관함에 들어가 있었고, 그걸 오늘 아침에야 봤어요. 귀찮게 해서 미안합니다만, 혹시 제가 이메일에 답을 안 해서 계획을 바꾼 건가 싶어서요. 방금 휴대 전화에 전화를 걸어 봤는데, 전화기가 꺼져 있더라고요.」

레이디 다비시는 무슨 소리인지 이해가 되지 않았다.「하지만 오언은 집에 있어요.」그 말만 반복했다.「손다이크에 있다고요. 어젯밤에 운전해서 갔어요.」

잠시 침묵이 흐르다가 르모인이 말했다.「아뇨, 질…… 오언은 여기 없어요.」

「비행기로 크라이스트처치에 내려갔어요,」레이디 다비시는 밀려오는 공포를 느끼며 말했다.「어제. 일 마치고 나서요.

거기서 바로 운전해서 갈 예정이었어요.」

「저한테도 그렇게 말했습니다.」르모인이 당혹스러운 어조로 말했다.「계획을 바꾸지 않은 게 확실한가요?」

「비행기에서 내렸다고 전화 왔어요. 3시, 3시 반 정도.」

「허,」르모인이 말했다.「음, 전 5시쯤 비행기로 왔어요. 계속 기다렸는데 시간이 —」

「오언은 당신이 거기 올 거라고 생각하지 않았어요.」레이디 다비시가 말했다.

「네,」그가 말했다.「제가 너무 멍청했어요. 이메일 말입니다. 임시 보관함에 처박혀 있었어요.」

「이해가 안 되네요.」레이디 다비시가 말했다.「그럼 오언은 어디 있는 거죠?」

「분명 아무 문제 없을 겁니다.」르모인이 말했다.「어쩌면 피곤해서 어딘가 차를 세워 놓고 있을지도 모르죠.」

「아니에요, 그럼 나한테 말했을 거예요.」레이디 다비시의 목소리가 점점 높아지고 긴장되었다.「그럼 나한테 문자를 보냈을 거라고요. 무슨 일이 벌어진 거예요.」

「성급하게 결론짓지는 맙시다.」르모인이 말했다.「그러니까 전화기가 죽었거나 그럴 수도 있잖아요. 어쩌면 —」

「오언은 차에서 충전해요.」레이디 다비시가 말했다.

「하지만 렌터카라고 하지 않았어요?」

「아, 그러네.」레이디 다비시는 희망을 붙들며 말했다.「네,

맞아요.」

「오만가지 다른 가능성이 있잖아요.」르모인이 말했다.

「네,」레이디 다비시가 다시 말했다. 「그래요.」

「생각해 보자고요.」그가 말했다. 「어디 들를 만한 곳이 있나요? 도중에 방문하고 싶은 친구라거나?」

「아뇨,」레이디 다비시가 말했다. 「없어요. 말했잖아요, 바로 집으로 갈 예정이었다고.」

「알았어요,」르모인이 말했다. 「알았어요.」

「그리고 누군가 나한테 전화했을 거예요.」레이디 다비시가 말했다. 「혹시라도 무슨—」

침묵이 흘렀다. 그러고 나서 르모인이 말했다. 「미안하지만, 오언이 히치하이커를 태운 적 있어요?」

「세상에,」레이디 다비시가 공포에 질린 목소리로 말했다. 「아뇨. 그러니까, 어쩌면 한두 번, 사람들이…… 하지만 아니에요. 몇 년 동안 그런 적 없어요. 밤에는 절대, 아니에요.」

「놀라게 해서 미안합니다.」르모인이 말했다. 「그냥 갑자기 그런 생각이 들어서요.」

두 사람 다 아무 말도 하지 않았다.

「방금 오언한테 전화해 봤다고 했죠?」레이디 다비시가 물었다.

「네, 통화 연결이 안 되었어요.」

다시 침묵이 흘렀다.

「전화기 위치 추적을 해볼 수도 있는데.」르모인이 말했다. 「아, 하지만 안 되겠네. 그러려면 지메일 비밀번호가 필요할 거예요.」

「제가 알아요.」레이디 다비시가 말했다.

「그래요?」르모인이 놀란 목소리로 말했다. 「어, 잘됐네요. 그럼 찾을 수 있어요. 쉬워요.」

「정말요?」레이디 다비시가 말했다. 「우리가 할 수 있어요?」

「그럼요, 오언이 전화기를 가지고 있다면.」르모인이 말했다. 「〈내 기기 찾기〉를 써본 적 없어요?」

「아뇨,」레이디 다비시가 말했다. 「이런 일은 한 번도 없었어요. 이건 오언답지 않아요.」

「지금 컴퓨터 앞에 있어요?」그가 물었다. 「컴퓨터에서 〈내 기기 찾기〉를 검색해 봐요.」

레이디 다비시는 이미 언덕을 달려 올라가기 시작했다. 「잠깐만요, 집에 가고 있어요.」

「질,」그가 단호하게 말했다. 「침착해야 해요, 알죠? 아무 일도 아닐 거예요, 알겠어요?」

레이디 다비시는 금방 다시 전화하겠다고 약속하고 전화를 끊은 뒤 혹시나 하는 마음에 오언 경의 번호로 전화를 걸었다. 하지만 르모인의 말대로 전화기는 꺼져 있었다. 「오언 다비시입니다, 메시지를 남겨 주세요.」세상 어떤 목소리보다 익숙하고 세상 어떤 목소리보다 소중한 목소리가 귀에 들렸다. 레이디 다비시는 목소리를 떨지 않으려고 애쓰며 말했다.「안녕, 자기, 질이야. 그냥 어디 있나 궁금해서. 이거 듣자마자 전화해 줘.」그러고는 잠시 망설이다가 약간 쉰 목소리로 말했다.「사랑해.」그리고 눈을 깜박거려 눈물을 참으면서 버튼을 눌러 전화를 끊었다. 자기가 오언을 얼마나 사랑하는지, 오언이 자기에게 모든 면에서 얼마나 절대적으로 중요한 존재인지, 오언이 없다면 자기 인생이 얼마나 불확실하고 재미없고 공허할지 사무치게 느껴졌다. 그건 자신만의 인생이 아니었다. **그들의** 인생이었다. 두 사람이 함께 공유해 온 하나의 인생이었다. 함께 구축하고 만들고 함께 살아온 존재여서 서로가 서로에게서 떼려야 뗄 수 없었다. 레이디 다비시는 언덕을 달려 올라가면서 미친 듯이 생각했다. 다시 한번 시간이 주어진다 해도 그 어떤 것도, 단 1초도, 심지어 싸우고 실수한 일조차 바꾸지 않을 거라고. 처음부터 다시 할 수 있다 해도 모든 걸 고스란히 똑같이 지킬 거라고.

레이디 다비시는 집에 돌아오자마자 컴퓨터를 켜고 목장의 유선 전화로 전화를 걸었다. 르모인은 부인이 〈내 기기 찾기〉를 검색하고 오언 경의 이메일에 로그인한 다음 탐색을 누르는 동안 기다렸다. 7초 만에 결과가 나왔다. 모니터에 지도가 뜨더니 조그만 회색 전화 아이콘이 〈오언의 전화기〉라는 꼬리표와 그 아래에 〈마지막 사용 시간 17/08/18 23:32〉라는 정보를 달고 나타났다.

「아!」 레이디 다비시가 모니터 가까이 얼굴을 갖다 대며 말했다.

「뭡니까?」 르모인이 말했다.

「오언은 손다이크에 있어요.」

「정말요?」 르모인이 말했다. 「어, 잘됐네요. 시간 기록은요?」

「23시 32분요, 어젯밤. 아냐…… 이럴 리가 없어.」

「뭐가요?」

「오언이 전망대 위에 있대요.」 레이디 다비시가 말했다.

「전망대가 뭐죠?」

「고개로 올라가는 길이에요. 호수를 내려다보는 전망대가 있어요.」

「거긴 폐쇄되지 않았나요?」

「네.」 레이디 다비시가 말했다. 「하지만 바리케이드는 그 뒤에 있어요. 아직 전망대에는 갈 수 있어요.」

「대략적인 위치일 수 있어요.」 르모인이 말했다.

「실수일 수도 있을까요? 시스템 결함이라거나? 옛날 데이터 같은 걸 보여 줄 수도 있지 않을까요?」

「왜 그런 말을 하는 거죠?」

「어, 오언이 왜 밤에 거길 올라가겠어요? 볼 게 아무것도 없는데.」

르모인은 주저하는 듯했다. 그러더니 말했다. 「시계를 뒤로 좀 돌려 봐요. 타임라인 기능 보이죠?」

「네.」

「오언이 공항을 떠난 시간이 언제라고 했죠?」

「3시 반 정도요.」 레이디 다비시가 말했다.

「그걸 넣어 봐요.」 르모인의 말대로 하자 몇 초 후 아이콘이 다시 나타났다. 오언의 전화기는 크라이스트처치 주차장에서 〈17/08/18 15:31〉이라는 꼬리표를 달고 있었다.

「뭐가 보입니까?」 르모인이 말했다.

「네, 오언이 보여요.」 레이디 다비시가 말했다. 「3시 반, 렌터카를 찾고 있어요.」

「좋아요, 앞으로 돌려서 오언이 어디로 가는지 봐요.」

레이디 다비시가 타임라인을 앞으로 돌리자 아이콘이 남쪽으로 움직였다.

「네,」 레이디 다비시가 곧 말했다. 「8시 40분에 손다이크에 들어갔어요.」

「그다음에는요?」

「어, 빈 곳이 있어요.」

「여기서는 신호가 잘 안 잡혀요.」 르모인이 말했다. 「8시 40분 다음 위치는 어디죠?」

「전망대요, 11시 32분. 그게 마지막이에요.」

두 사람 다 잠시 말이 없었다. 그러다가 르모인이 말했다. 「당신이 말한 것처럼 시스템 결함일 수도 있어요. 그래도 제가 한번 올라가 볼까요?」

「그래 주시겠어요?」레이디 다비시가 너무나 안도하며 말했다. 「오, 정말 감사해요. 고마워요.」

「지금 갈게요. 그사이 오언과 연락되면 전화 주세요.」

「로버트,」레이디 다비시가 말했다. 「정말 고마워요. 이렇게 친절하게 애써 주시다니.」

「우선 오언부터 찾읍시다.」르모인이 말했다.

레이디 다비시는 전화를 끊은 다음 오언 경의 이메일을 확인했다. 겨우 한 시간 전쯤 로버트 르모인에게서 온 안 읽은 메일을 봤다. 메일 제목은 〈RE: 흰제비갈매기 날아오르다〉였고, 르모인이 쓴 내용은 이랬다. 〈오언…… 미안합니다. 며칠 전에 보낸 줄 알았어요. R ≫ 안녕하세요, 오언, 착수 축하합니다. 저도 갔더라면 좋았을 텐데. 아시다시피 전 이번 주 캘리포니아에 있지만, 주말에 목장에서 만나도록 하죠. 버넘 팀이 하는 일을 보고 있는데, 마음에 들어요. 다음 단계로 진행시키면 좋겠습니다. 당신도 동의하면 좋겠군요. 곧 만나서 이야기합시다, 로버트.〉

레이디 다비시는 눈살을 찌푸렸다. 이게 무슨 소리지? 버넘 팀은 누구고? 화면을 아래로 내려 화요일 오후 늦게 오언 경이 보낸 원래 메일을 봤지만, 그건 그냥 노스랜드 자연 보호 프로젝트 착수에 대한 긴 설명이었다. 레이디 다비시가 이미 본 6시 뉴스 영상 클립이 첨부되어 있었다. 메일에서 막 나오려는 순간 첨부 영상 아래 추신이 보였다. 〈그건 그렇고, 이번 주말에 그냥 이것저것 한번 둘러보려고 손다이크에 갑니다. 금요일 밤늦게 도착해요. 혹시 거기 있으면 만날 수도 있겠죠? 잘 지내요, 오언.〉 레이디 다비시는 습관적으로 쯧쯧 혀를 찼다. 오언 경의 이메일 서식은 결코 21세기에 발맞추지 못했다. 도대체 왜 본문 위가 아니라 안 보고 넘어가기 쉽게 영상 **아래**에 추신을 붙여 놓은 거야?

레이디 다비시는 여전히 고개를 절레절레 저으며 검색창에 〈버넘〉을 쳐 넣었지만, 스코틀랜드의 어느 마을 지도와 셰익스피어의 『맥베스』에 대한 온갖 고등학교 시험 문제만 수두룩 나왔고, 가까운 검색 결과는 버넘 숲이라는 이름으로 활동하는, 크라이스트처치의 원예 공동체 같은 단체의 페이스북 페이지뿐이었다. 〈우리는 풀뿌리 공동체 프로젝트입니다〉라고 프로필 페이지에 적혀 있었다. 〈우리는 버려진 공간에 지속 가능한 유기농 텃밭을 만들고, 연대와 상호 원조 원칙을 충실히 실천하고 있습니다.〉 작물이 무럭무럭 자라는 가정집 텃밭, 솜씨 좋게 만든 샐러드, 상자에 담은 제철 채소, 땅을 파고 뿌리를 자르고 모종에 물을 주는 미소 띤 젊은이들의 사진들이 있었다. 이건 아닐 것 같은데. 레이디 다비시는 다시 얼굴을 찌푸리며 오언 경의 이메일로 돌아와 메일 상자에서 〈버넘〉을 검색했다. 한 개의 결과가 나왔다. 〈버넘 숲〉이라는 제목으로 오언 경과 르모인이 3주 전에 주고받은 이메일이었다.

〈안녕하세요, 로버트, 아까 이야기 즐거웠습니다. 이 말을 하려고 했는데, 질이 이 일을 어떻게 생각할지 잘 모르겠어요. 그러니 당분간은 우리끼리만 알고 있는 게 가장 좋지 않을까요? 속이겠다거나 그런 건 아니고, 그냥 본격적으로 활동하게 될 때 첫인상을 좋게 하고 싶어서요. 잘 지내요, 오언.〉 오언 경이 쓴 이메일이었다.

몇 시간 후 르모인이 짧은 답장을 보냈다. 〈저도 괜찮습니다.〉 그 주제에 관한 이메일은 그게 끝이었다.

레이디 다비시는 너무 놀라서 뒤로 기대앉았다. 오언 경에게 비밀이 있었다니! 30년의 생일과 크리스마스를 보내면서 한 번도 자기를 놀라게 하지 못했던 사람, 자기 자신보다 더 속이 빤히 보이는 사람, 거짓말이 너무 서툴고 바보 같고 그럴듯하지 못해 그 무능력이 오래전부터 가족들 사이 농담거리가 된 사람, 그런 **그**에게 **비밀**이 있었다니! 그것도 **로버트 르모인**과! 레이디 다비시는 오언 경이 쓴 말을 다시 읽고 — 〈속이겠다거나 그런 건 아니고〉 — 얼굴이 달아올랐다. 남편이 자기를 속였다. 남편이 해냈다. 레이디 다비시가 속아 넘어갔다. 하지만 왜? 오언 경이 왜 자기에게 뭔가를 숨기겠는가? **무엇이건 간에** 왜 자기에게 숨기겠는가? 숨길 게 뭐가 있어서? 레이디 다비시는 다시 버넘 숲 페이스북 페이지로 돌아가 사진란으로 들어가서 이번에는 사진들을 클릭해 가며 더 천천히 봤다. 단체 회원들은 모두 20대와 30대였다. 자기 또래 비슷한 사람조차 없었다. 레이디 다비시는 어마어마하게 큰 서양 호박을 자랑스럽게 들고 카메라 앞에서 포즈를 취하는 미소 띤 젊은 여자의 사진에서 한참 머물렀다. 옛말이 머릿속에 떠올랐다. 남자의 말 중에서 1백 퍼센트 진실인 것은 두 개가 있는데, 그중하나는 술꾼이 되었다는 말이다. 하지만 **오언**은 아니야, 레이디 다비시는 다시 얼굴을 붉히며 생각했다. 다른 남자들은 확실해, 하지만 **오언**은 아니야!

다음 순간 그 주 초반 오언 경의 이상한 행동이 생각났다. 오언 경은 그 기자니 뭐니 하는 앤서니와 이야기한 다음 매우 동요하더니 상의도 없이 남쪽으로 가는 비행기를 예약했다. 그것도 거짓말이었을까? 갑자기 말도 안 되게 앤서니가 실존 인물이기는 할까 하는 생각이 들었다. 하지만 물론 맞다. 자기가 바보같이 구는 것이다. 오언 경이 앤서니에게서 온 이메일을 전송해 줬고, 두 사람은 전화로 그 문제를 의논했고, 직접 그 남자의 웹사이트에도 들어갔다. 그 남자가 쓴 글도 읽었다. 아니, 적어도 읽으려고 했다. 물론 앤서니는 실존 인물이다. 레이디 다비시는 뱃속에 고여 들어 목구멍까지 스멀스멀 올라온 두려움을 억누르려고 애쓰며 손톱으로 책상 모서리를 톡톡 두드렸다. 오언 경은 앤서니가 손다이크에 있다고 했다. 맞다, 어쩌면 두 사람이 지금 같이 있을지도 모른다. 그게 말이 된다. 애초에 오언 경이 거기 내려간 이유는 앤서니였다. (안 그런가?) 어쩌면 둘이 함께 어떤 이유로 — 방사 측정 문제를 이야기하려고 ― 전망대에 올라갔는데, 오언 경이 어쩌다가 전화기를 거기 뒀고, 그러다 전화기가 방전되었고, 오언 경은 그걸 모르고 전화기를 떨어뜨렸고, 두 사람은 차를 타고 떠난 것이다. 이제라도 곧 오언 경이 전화해서 말할 것이다. 〈미안, 여보, 너무 걱정했지. 그런데 말이야, 어젯밤에 무슨 일이 있었는지 당신은 믿지 못할 거야…….〉

레이디 다비시는 앤서니에게 전화해 보면 되겠다고 생각했다. 적어도 르모인이 다시 전화할 때까지 기다리는 동안 시간을 보낼 수는 있을 것이다. 오언 경의 이메일 수신함에서 앤서니의 이메일을 찾았지만, 아무것도 나오지 않았다. 오언 경이 지워 버린 게 분명했다. 두 사람이 멀로이 부부에게 비밀을 털어놓은 게 어쩌다 새어 나갈까 봐 아마 편집증적으로 지웠을 것이다. 상관없다. 오언 경이 전송해 준 메일이 여전히 레이디 다비시의 전화기에 있었다. 레이디 다비시는 전화기를 꺼내 그 메일을 발견하고 앤서니의 전화번호를 찾아냈다. 자기가 주도적으로 상황을 해결하고 있다는 생각에 기분이 조금 나아진 레이디 다비시는 결국 이 모든 게 아무것도 아닌 일로 야단법석을 떨었다는 걸 알게 되면 그날 오후 정신 건강 워크숍에서 들려줄 이야깃거리로 괜찮겠다고 용감하게 생각했다. 시작할 때 분위기를 부드럽게 하는 용도로 이 이야기를 들려주면서 우리가 얼마나 쉽게 공포에 질리는지, 얼마나 쉽게 균형적 시각을 잃고 최악의 상황을 상상하는지 설명하는 것이다. 〈물론 알고 보니 남편은 완전히 멀쩡했어요.〉 레이디 다비시는 웃으면서 사람들에게 말하는 걸 상상했다. 〈하지만 그 잠깐 사이 정말 미쳐 버리는 줄 알았다니까요.〉

레이디 다비시는 전화번호를 눌렀다.

「안녕하세요, 토니입니다. 뭐 해야 하는지 알죠? 그럼 안녕.」녹음된 목소리가 들렸다. 레이디 다비시는 실망해서 삐 소리가 나기 전에 전화를 끊었다가 생각을 고쳐먹고 다시 전화를 걸었다. 「토니, 안녕하세요, 저는 질 다비시예요.」레이디 다비시는 이제 좀 더 차분하게 말했다. 「쓰고 계신 기사 건으로 제 남편 오언이랑 이야기한 적 있죠? 남편이 당신과 이야기하려고 손다이크로 내려갔는데, 연락이 안 돼요. 혹시 남편과 같이 있을까 해서요. 아니면 남편이 어디 있는지 혹시 아세요? 어쨌든 답 전화 주세요.」레이디 다비시는 이렇게 말하고 자기 전화번호를 남긴 후 전화를 끊었다.

순간 부엌에서 울리는 유선 전화 소리에 레이디 다비시는 깜짝 놀랐다. 레이디 다비시는 전화를 받으러 달려가며 생각했다. 르모인의 말처럼 오언 경의 전화기가 죽었다면 — 분명 전화기를 바꿀 때도 되었다, 1년 넘게 썼으니까 — 아마도 레이디 다비시의 휴대 전화 번호가 당장 생각나지 않아서 — 정말이지 딱 그다운 일이다. 왜냐하면 **자기**는 **그의** 모든 번호를 외우고 있으니까 — 다 괜찮다고 안심시켜 주려고 집 전화번호로 전화하는 걸지도 모른다. 그뿐만 아니라, 버넘 숲 이야기도 해줄 것이다. 그게 뭔지, 왜 숨겼는지도 설명해 줄 것이다.
그러고 나면 두 사람은 이렇게 오랜 시간 끝에 드디어 오언 경
이 정말 진짜로 레이디 다비시를 놀라게 하는 데 성공했다며
함께 웃을 테고, 레이디 다비시는 자기가 남편의 이메일을 읽
었다고 고백하지 않아도 될 테고, 남편을 의심하지 않아도 될
테고, 남편이 바람을 피웠나 궁금해하지 않아도 될 테고, 슬퍼
하지 않아도 될 테고…….

「여보세요.」 레이디 다비시가 헐떡거리며 말했다.

르모인이었다.

「질, 로버트예요.」 그의 목소리는 이제 더 무겁고 더 멀리 있
는 것 같았다. 「뭐라고 말씀드려야 할지…….」 그게 레이디 다
비시가 마지막으로 들은 말이었다.

르모인은 시체를 본 순간부터 전략을 세우기 시작했다. 그
가 미라를 안은 것은 위로해 주기 위해서가 아니라, 머릿속에
서 갖가지 공격과 방어 전략들을 돌려 보고 가능한 선택지들
을 그려 보고 바꿀 수 없는 일들(다비시는 죽었다, 셸리는 자
신이 준 약을 먹고 환각을 보고 있다)과 바꾸거나 다듬을 수
있는 일들(다비시는 밴에 치였다, 밴은 셸리가 운전했다)을 구
분해서 정리하는 동안 가만히 있게 하기 위해서였다. 몇 초 후
미라가 그의 품에서 벗어나려고 팔로 그의 가슴을 밀고 자갈
도로 위에 내동댕이쳐진 채 물끄러미 허공을 바라보는 시신을

다시 보려고 고개를 빼며 몸부림치자 르모인은 더 힘주어 미라를 껴안고, 〈나를 믿어요, 보지 말아요〉라고 중얼거렸다. 결국 미라는 몸부림을 그만두고 울기 시작했다.

좋지 않은 상황이었다. 다비시는 아직 이 땅의 법적 소유자였다. 그는 자기 땅 자기 집 앞 진입로에서 르모인이 이 나라에 직접 들여온 불법 약물에 취해 정신이 완전히 나간 사람이 모는 차에 치여 죽었다. 그리고 애초에 그가 어둠 속에서 혼자 진입로를 걸어 올라온 이유도 오로지 르모인이 정문의 비밀번호를 바꾸고 알려 주지 않았기 때문이다. 게다가 언덕 아래 양털 깎기 헛간에는 무단 침입자 다섯 명이 약에 심하게 취해 있고, 그중 누군가 셸리가 어둠 속으로 차를 몰고 나가는 모습을 봤을 수도 있고, 그중 누군가 바네트가 다비시를 박은 다음 미끄러져 진입로 가장자리 포플러에 처박히는 소리를 들었을 수도 있고, 그중 누군가 당장에라도 나타나 멍한 환각 상태에서 무슨 일이 벌어지고 있냐고 물을 수도 있었다. 어찌어찌 집단 환각 경험이 끝날 때까지 기다릴 방법이 있다고 해도, 약물 효과가 사라질 때까지 르모인이 경찰 신고를 미룰 이유를 생각해 낸다 해도, 남자의 죽음이 셸리도, 버넘 숲도, 당연히 르모인의 잘못도 아닌 불행, 순수한 사고처럼 보이게 할 수 있다 해도, 무단 침입은 피해 갈 도리가 없었다. 버넘 숲 회원들이 다비시나 그의 아내 모르게, 허락도 받지 않고 목장에 무단 거주하고 있다는 사실은 피할 수 없었다. 양털 깎기 헛간 야영지는 누가 봐도 정착한 지 오래된 모양새였다. 수많은 모종판과 뿌려 놓은 씨들은 그 자체로 이들이 르모인의 초청으로, 르모인의 격려를 받으며, 그리고 미라의 계좌 기록이 증명하듯이 르모인의 돈으로 여기서 오래 살았다는 것을 보여 주는 증거였다. 르모인은 머리를 재빨리 굴리며 생각했다. 이 모든 게 드러나면, 질 다비시가 남편의 사망 정황을 알게 되면, 르모인이 온갖 방식으로 자기를 속이고 남편을 속이고 사실상 남편을 죽음에 이르게 했다는 것을, 그것도 단지 악의로 재미 삼아 그랬다는 것을 알게 되면, 질 다비시가 양측의 합의 사항을 존중해서 매매와 분할 개발을 계속 진행하고 자기가 자란 사랑하는 땅의 상당 부분을 그에게 팔아 그를 미래의 이웃으로 만들 리 만무했다! 절대로. 르모인이 쥐고 흔들던 수백만 달러는 이제 불쾌하고 역겨운 돈, 남편의 추억에 대한 모욕이자 자신에 대한 폭력으로 보일 것이다. 질 다비시는 아직 자기가 권한을 가지고 있는 매매 철회만으로 이 일을 끝내지 않을 것이다. 르모인에게 소송까지 걸 것이다. 뉴스가 온통 이 사건으로 도배될 테고, 수년간 법정을 들락거릴 것이다. 사방에 알려질 것이다. 악취가 풍길 것이다. 귀청이 터지도록 시끌벅적해질 것이다. 그러는 동안 코로와이의 추출 현장은, 그의 지시를 기다리는 용병들은, 그 모든 추출 도구는, 희토류 주맥은 어떻게 될 것인가? 안 돼, 르모인은 미라의 머리카락에 턱을 기댄 채 보일락 말락하게 고개를 흔들며 다시 생각했다. 안 돼, 질 다비시가 진실을 알아내는 위험을 무릅쓸 수는 없다. 그건 진실이 바뀌어야 한다는 뜻이었다.

르모인의 시선이 시신에 머물렀다. 시신을 없애는 건 선택지가 아니었다. 이 지역에 수색 구조대를 불러들이면 국립 공원 내에서 실행 중인 작전을 들킬 수 있었다. 다비시는 발견되어야 하고, 그것도 빨리 발견되어야 하지만, 거기에는 문제가 있다. 시신이 빨리 발견될수록 검시관이 사망 시각과 원인을 입증할 도구가 더 많아진다. 르모인은 주유소의 CCTV가 주고속 도로 양방향을 다 찍고 있다는 것을 알고 있었다. 다비시가 몰던 SUV는 아마도 30분쯤 전 그가 들어올 때 카메라에 시각이 찍혔을 테고, 고개 너머 전방 도로는 폐쇄되었으니 시신을 싣고 나가 다른 곳에서 사망한 척 꾸미면 시간이 맞아떨어지지 않는다. 게다가 다비시가 왜 도착하자마자 집을 떠났을지 의문이 생길 것이다. 손다이크에 남아 있는 몇 안 되는 주민 중 그날 오후 르모인의 비행기가 착륙하는 걸 본 사람이 몇이나 될지 알 도리 없지만, 설령 본 사람이 없다 해도 비행기는 여전히 보란 듯이 활주로에 서 있고, 지난 몇 시간 사이 손다이크에서 나간 차량을 확인해 보면 르모인이 차로 이곳을 떠나지 않았다는 걸 쉽게 알아낼 수 있을 것이다. 게다가 그건 빌린 비행기이고 착륙 사실도 알렸기 때문에, 비행 기록상 그는 계속 분명히 목장에 있었다. 지금 이륙하면 또 시간이 맞아떨어지지 않을 테고, 그게 아니더라도 오밤중에 비행기가 이륙하면 소음이 분명 사람들의 기억에 남을 것이다.

그래서 선택지가 몹시 제한적이었다.

르모인은 남자의 마지막 순간을 그려 보려고 애썼다. 다비시는 자기 집 정문으로 차를 몰고 와서 창문을 내리고 비밀번호를 아마도 여러 번 눌렀지만 문이 열리지 않았겠지. 멀리서 반짝이는 양털 깎기 헛간의 불빛을 봤을까? 들판 너머 저 멀리서 흘러오는 음악 소리를 들었을까? 르모인은 정문에서 헛간이 보이는지 머릿속으로 확인해 봤다. 음, 어쨌거나 다비시는 인터콤을 눌렀을 테고, 아무도 대답하지 않자 차에서 내려 대문을 넘어 집으로 걸어 올라왔겠지. 비밀번호가 바뀌어 분명 답답하고, 어쩌면 화가 났을지도 모른다. 누구에게 전화를 걸었을까? 비밀번호를 넣는 데 문제가 있었던 적이 있는지 물으려고 아내에게 전화했을까? 아니면 이웃에게? 아니면 열쇠공에게? 키패드를 설치한 보안 회사에? 만약 그랬다면 도와줄 사람이 벌써 오고 있을지도 모른다.

르모인은 갑자기 미라를 놓아주고 시신 쪽으로 갔다. 다비시의 바지 왼쪽 주머니에 납작한 사각형이 보였다. 전화기였다. 그는 무릎을 굽히고 전화기를 살살 꺼내 죽은 이의 얼굴을 피하며 그의 축 늘어진 손 밑에 조심조심 밀어 넣고 엄지손가락으로 센서 버튼을 눌러 지문 인식으로 잠긴 화면을 열었다.

셸리가 그를 지켜보고 있었다. 「저 남자 누구예요?」 셸리가 물었다.

르모인은 무시했다. 그는 먼저 통화 기록을 살펴보고, 다비시의 마지막 통화 — 아내에게 건 통화 — 가 그날 오후 3시 30분이라는 것을 알아냈다. 통화 시간은 1분 29초였다. 르모인은 안도하며 문자를 열었다. 다비시가 받은 마지막 문자는 오후 5시 12분에 아들 제시가 보낸 것이었다. 〈아빠, 아빠랑 맥 삼촌이랑 키런의 총각 파티에 초청받았어요?〉 다비시는 6시 33분에 답을 보냈다. 〈아닌 것 같은데. 그게 언제야?〉 그것이 끝이었다.

「저 남자 누구예요?」 셸리가 또 물었다.

그러자 미라가 그의 뒤에서 말했다. 「쟨 몰라요.」

르모인은 고개를 들어 애처로운 표정을 하고 두 손으로 이상하게 목을 붙잡고 있는 셸리를 쳐다봤다가 미라를 봤다. 「뭘 말이에요?」 그가 물었다.

「쟨 몰라요.」 미라가 다시 말했다. 꽉 막힌 목소리였다. 「아무도 몰라요.」

「무슨 말이에요?」 그가 말했다. 「뭘 아무도 모르는데?」

미라는 다시 울면서 손으로 얼굴을 가렸다.

「저 사람 누구예요?」 셸리가 양손으로 이상하게 강박적으로 목을 어루만지며 물었다. 「여기서 뭘 하는 거예요?」

르모인은 일어나 밴으로 가서 뒷문을 열었다.

「저 사람 어디서 왔어요?」 셸리가 여전히 목을 어루만지며 말했다. 「죽은 거예요?」

「걱정 말아요.」 르모인이 말했다. 「저 사람은 진짜가 아니에요.」

「아니에요?」 셜리가 말했다. 셜리는 의심스러운 표정으로 시신을 쳐다봤다.

「아니에요.」 르모인이 말했다. 「이건 진짜가 아니에요. 모의 상황이에요.」

「아,」 셜리가 이해하지 못한 채 말했다. 「뭐 때문에요?」

그는 셜리의 겨드랑이에 손을 넣고 부축해 일으켜 세웠다. 「밴에 타요.」 그가 말했다.

셜리는 온순하게 응했다.

「지금부터 5천까지 세요.」 그가 말했다. 「하지만 숫자 하나하나 다 말해야 돼요. 하나도 빠뜨리지 말고. 알겠죠? 그게 중요해요. 훈련의 일부거든요.」

「무슨 훈련요?」

「끝나면 설명해 줄게요.」 그가 말했다. 「자, 이제 말해 봐요, 하나.」

「하나,」 셜리는 고분고분 말했다. 「둘, 셋, 넷.」

「좋아요.」 그가 말했다. 「계속해요, 멈추지 말고.」 그는 문을 닫고 미라를 바라봤다.

「저 사람들한테 뭐라고 한 거죠?」 그가 말했다.

미라는 밴 후미등에서 희미하게 비치는 붉은 불빛 바로 바깥에 서 있었다. 방향 지시등이 여전히 띵띵띵 울렸다. 르모인은 문득 배터리를 방전시키지 않는 게 좋겠다는 생각이 들었다. 보닛은 찌그러지고 연기가 나고 앞 유리창에는 금이 가 있지만, 운행은 가능할 수도 있었다. 그는 운전석으로 가서 키를 돌려 등과 소리를 껐다.

미라는 르모인이 다시 올 때까지 움직이지 않았다. 「거짓말을 하진 않았어요.」 미라가 말했다. 「이야기를 꾸미진 않았어요. 그냥…… 몇 가지 빠뜨렸을 뿐이에요.」

「어떤 것들? 돈?」

「아뇨,」 미라가 충격받은 표정으로 말했다. 「아니에요.」

「그럼 뭐?」

「어,」 미라는 쳐다보지 않고 시신을 가리켰다. 「그리고 저 사람 부인.」

「왜요?」 르모인이 물었다.

미라는 덜덜 떨며 숨을 삼켰다. 「왜냐하면……」

그는 미라를 한 대 치고 싶었다. 「왜?」 그가 더 크게 다시 물었다. 「빨리 말해요.」

「그러지 않으면 사람들이 오지 않을 것 같아서요.」 미라가 실토했다. 「오고 싶어 하지 않았을지도 몰라요. 투표에 붙였거든요. 투표에서 지고 싶지 않았어요.」

그는 계속 무표정했다. 하지만 속으로는 크게 안도했다. 그러니까 자신과 마찬가지로 미라도 뭔가 숨기고 있었다. 자신과 마찬가지로 미라도 버넘 숲을 속이고 있었다. 그건 쓸모 있지.

미라의 뺨에 눈물이 흘러내렸다. 「구급차를 불러야 해요.」 미라가 말했다.

「구급차는 필요 없어요.」르모인이 말했다. 「저 사람은 죽었으니까.」그는 화면을 열려고 남자의 전화기를 기울여 봤지만 화면이 잠겨 있어 다시 시신 쪽으로 가서 두 번째로 자갈길에 무릎을 꿇고 죽은 남자의 엄지손가락으로 센서를 눌렀다. 곧 사후 경직이 시작된다, 르모인은 생각했다. 다비시의 피가 이미 엉덩이와 등에 고이고 있을 테고, 자갈 때문에 눌린 자국이 생길 수도 있다. 최대한 빨리 그를 SUV 운전석으로 옮겨야 한다.

「뭐 하는 거예요?」미라가 말했다.

르모인은 대답하지 않았다. 그는 왜 다비시가 예상치 않게 집에 왔는지 말해 줄 단서를 찾으러 그의 이메일 앱을 열었다. 수신함을 내려가다가 다비시가 월요일 밤에 산 웰링턴에서 크라이스트처치 왕복 에어 뉴질랜드 탑승권을 발견했다. 한 사람 표였고, 금요일 늦은 오후에 떠나 일요일 밤에 돌아가는 일정이었다. 이틀 치 렌터카도 예약 내역에 포함되어 있었다. 그러니까 저 SUV는 렌터카이고, 그건 엔진 상태가 좋다는 뜻이다, 르모인은 여전히 가능한 선택지들을 굴려 보며 생각했다. 그건 또한 다비시가 차를 받았을 때 주행 거리계가 기록되었을 거라는 뜻이기도 하다.

이메일 수신함에는 그가 이곳에 온 이유를 설명해 주는 게 아무것도 없어, 이메일 송신함에 들어가 봤다. 목록을 내려가다 보니 자기 주소가 있었다. 다비시가 화요일에 자연 보호 프로젝트에 대해 써서 보냈는데 그가 읽지도 않고 지운 이메일이었다. 그는이 이메일을 열어, 처음으로 맨 아래 붙은 추신을 봤다. 〈그건 그렇고, 이번 주말에 그냥 이것저것 한번 둘러보려고 손다이크에 갑니다. 금요일 밤늦게 도착해요. 혹시 거기 있으면 만날 수도 있겠죠? 잘 지내요, 오언.〉

「이런 젠장.」 그가 소리 질렀다.

「뭐예요?」 미라가 말했지만, 그는 또 대답하지 않았다.

다비시가 집에 온다고 알렸는데, 그가 놓쳤던 것이다.

그는 미라를 향해 돌아섰다. 「집에 올라가요.」 그가 말했다. 「부엌문 옆에 목장 차가 있어요. 그걸 여기로 몰고 와요. 천천히, 소리 내지 말고, 불도 켜지 말아요.」

「싫어요.」 미라가 말했다.

「미라,」 그가 말했다. 「그냥 좀 해요.」

「싫어요.」 미라는 다시 말하며, 뒷걸음질로 그에게서 물러났다. 「경찰을 불러야 해요. 전화기를 다시 갖다 둬요. 그걸 만지면 안 돼요. 다시 주머니에 넣어요.」

르모인은 화를 억누르기 위해 이를 악물었다. 「좋아요,」 그가 말했다. 「그게 당신이 원하는 거예요? 난 이걸 갖다 두고, 우린 경찰을 부르고?」

「네.」미라는 말했지만, 목소리가 날카롭고 이상했다.

「그럼 경찰이 와서,」르모인이 말했다. 「무슨 일이 있었는지 묻겠죠. 그렇죠? 음, 우선 이건 살인 사건이에요. 그렇죠? 그건 분명해요. 과실 치사. 셸리는 상황이 안 좋아요. 셸리는 죄 없는 남자를 자기 땅에서, 자기 집 현관 밖에서 죽였어요. 이건 법정 소송건, 당장 유죄 선고가 나올 사건이에요. 그런데 셸리가 약에 취해 있었다는 게 밝혀지면, **그 때문에** 일이 더 커져요. 약물 사용, 무모한 위험 행위, 음주 운전. 그럼 최소 몇 년은 징역을 살아야겠죠. 게다가 약으로 제정신이 아닌 사람이 셸리뿐만이 아니라는 게 밝혀지면요? 당신들 전부. 그럼 이제 당신도 연루돼요. 무단 침입에, 절도에, 재물 손괴에, 공공 기물 파손까지. 왜냐하면 **이 남자는 당신들이 여기 있는지 몰랐으니까.** 미라, 그리고 홀로 남은 부인도 모르고. **부인**은 이 일을 어떻게 생각할까요? 자녀들은? 이쯤 되면 이 이야기는 뉴스에서 난리가 날 겁니다. 나라 여기저기서 사람들이 이런 대화를 나누기 시작할 거예요. 〈이봐, 어느 날 집에 왔는데 우리 집 뒷마당이 온통 파헤쳐져 있더라고, 너무 무서웠어〉 혹은 〈얼마 전에 말도 안 되게 비싼 수도세가 나왔어〉. 당신들이 사람들 뒤에서 몰래 살금살금 다니고 훔치고 거짓말하고 세무원을 속이고 법을 어긴 이야기들이 갑자기 나오기 시작할 거예요. 이게 버넘 숲의 끝이에요, 미라. 당신들은 끝났어요. **셸리**는 끝장났어요. 그보다 더할 거예요. 셸리는 감옥에 갈 거라고요. 의심할 여지

없이. 당신 덕분에.」

미라는 흐느끼고 있었다. 「하지만 당신이 셸리한테 약을 줬잖아요.」미라가 말했다. 「당신이 정문 비밀번호를 바꿨잖아요. 당신이 인터콤도 못 들었고요.」

「당신과 나요.」르모인이 말했다. 「우리가 같이 셸리를 이렇게 만들었어요. 이건 우리 잘못입니다. 우리 때문에 사람이 죽었어요, 미라. 하지만 우리가 바로잡을 수 있어요.」

「그럴 수 없어요.」미라가 말했다. 「모든 게 끝났어요, 우린 끝장이에요.」

「아니,」르모인이 말했다. 「우리가 처리할 수 있어요.」

「맙소사!」미라가 털썩 무릎을 꿇으며 말했다. 「하느님, 맙소사!」

르모인은 미라 옆에 웅크리고 앉아 양손으로 미라의 어깨를 단단히 붙잡았다. 「이건 사고예요.」그가 말했다. 「내 말 들려요? 이건 사고라고요. 우리가 이 남자를 살릴 수는 없어요. 남자가 죽었다는 사실을 바꿀 수는 없어요. 하지만 셸리에게 일어날 일은 바꿀 수 있어요. 남은 평생을 감옥에서 보내는 건 막을 수 있다고요. 버넘 숲도 구할 수 있고요.」

「아니에요.」미라가 말했다. 「입 다물어요, 그만해요.」

그는 미라를 더 세게 잡았다. 「미라, 날 봐요. 우린 아무도 안 죽여요. 다비시는 이미 죽었어요. 그는 사고로, 끔찍한 사고로 죽었고, 우리가 할 일은 그 사고 정황을 바꾸는 것뿐이에요. 그게 다예요. 그런 다음에 경찰을 부를 겁니다. 물론 그럴 거예요. 준비가 끝나면. 알겠어요? 아직은 아니에요. 미라, 날 믿어야 해요. 내가 알아서 할게요. 난 뭘 해야 할지 알아요. 내가 처리할 수 있어요. 하지만 우리가 같이 하는 거예요. 무슨 말인지 알아요? 이건 우리가 함께 내려야 하는 결정이라고요.」

미라는 눈을 꼭 감은 채 숨을 깊게 들이쉬고 멈췄다. 셸리는 여전히 숫자를 세고 있었다. 「백스물하나, 백스물둘, 백스물셋⋯⋯」

「셸리를 위해서,」 르모인이 말했다. 「**우리**가 셸리를 이 지경으로 만들었어요. 우리가 셸리를 구할 겁니다.」

미라는 다시 눈을 떴지만, 르모인을 쳐다보지 않았다. 미라는 땅을 보고 고개를 끄덕였다.

그는 미라를 부축해 일으켰다. 「가서 사륜구동을 여기로 조용히 가져와요,」 그가 말했다. 「아무한테도 들키지 말고.」

모든 한계는 이점으로 바꿀 수 있어, 그는 미라가 어둠 속으로 사라지는 것을 지켜보며 생각했다. 모든 약점도 시각을 달리해서 보면 장점이 될 수 있고. 다비시는 집에 온다는 것을 그에게 알렸다. 그렇다면 르모인은 그를 기다리고 있었던 거다. 그들은 공동 투자 사업이 될 수 있지 않을까, 재미 삼아 함께 생각해 본 아이디어에 관해 논의할 계획이었다. 르모인이 몇 주 전 다비시에게 먼저 제안했고, 다비시가 아내에게는 왠지 자기 나름의 이유로 비밀로 한 아이디어였는데⋯⋯ 다만 다비시가 집에 오지 못한 것이다. 그는 자기 집 정문을 지나쳐 ― 왜 그랬는지는 이제 누구도 알 수 없다 ― 계속 운전해서 전망 대까지, 바리케이드까지 올라갔고, 거기서 알 수 없는 이유로 차량을 제어하지 못해 절벽으로 떨어지면서 SUV 연료 관이 손상되었는지 시신이 불타 버렸다. 르모인은 고개를 끄덕였 다. 목격자도, 비난할 사람도 없다. 르모인은 아침까지 기다리 다 뭔가 정말로, 진짜로 문제가 생겼나 하는 생각이 들기 시작 했다고 하면 그럴듯하다. 그때쯤이면 다른 사람들은 약에서 깰 테고 그가 진입로를 치우고 밴을 없앨 시간도 충분하다.

르모인은 다비시의 시신으로 가서 세 번째로 그의 엄지손가 락으로 센서 버튼을 눌렀다. 다비시는 저장된 정보가 자기에 게 불리하게 쓰일까 봐 위치 정보 서비스를 꺼놓는 유형이 아 닐 것 같았다. 아니나 다를까, 지도에 들어가 보니 전화기의 현 재 위치가 분명하게 표시되어 있었다. 그 기능을 비활성화하 고 다비시의 위치 기록을 완전히 지워 버리려다가 갑자기 다 비시와 아내가 이런 식으로 서로의 위치를 보고 있을지도 모 른다는 생각이 문득 들었다. 많은 커플이 그렇게 하는데, 하필 사망한 날 밤에 다비시가 위치 서비스를 껐다면 부인이 의심 할 수도 있다. 르모인은 이미 두 사람이 서로 비밀번호를 공유 한다는 걸 알고 있었다. 예전에 다비시가 가짜로 자기 비하를 하면서 무심히 자랑을 늘어놓는, 결혼한 사람들 특유의 태도 로 눈을 굴리며 그런 이야기를 한 적이 있었다. 어쩌면 그것도 그에게 유리하도록 써먹을 수 있을지 모른다. 르모인은 연결된 기기가 있는지 확인하고 아무것도 나오지 않자, 대신 지난 30분간 다비시의 움직임을 지운 다음 서비스를 일시적으로 비활성화했다. 그러고는 다비시의 전화기 화면이 다시 꺼지는 걸 막기 위해 홈 화면에 엄지손가락을 댄 채 주머니에서 자기 전화기를 꺼냈다.

이메일을 예전에 보내고 받은 것처럼 보이게 만드는 것은 간단하다. 그냥 시계를 이미 지나간 날짜와 시각에 맞추고 이메일을 보낸 다음 시계를 현재로 재설정하기만 하면 된다. 그러면 수신자의 기기는 그 이메일을 정말로 과거 날짜에 받은 메일처럼 정리해서 보관한다. 물론 안 읽은 메일로 표시되겠지만, 그건 양쪽 기기를 다 가지고 있으면 쉽게 해결할 수 있다. 사실 양쪽 기기를 다 가지고 있으면, 오고 간 이메일을 모두 과거로 집어넣을 수도 있다. 그리고 자판을 몇 번만 두드리면 다비시가 처음부터 버넘 숲에 대해 알고 있었던 것처럼 만들 수도 있다. 하지만 지나친 설정은 하지 않을 것이다. 모자라는 게 더 낫다. 르모인은 한 손에 자기 전화기를, 다른 손에 죽은 남자의 전화기를 들고 자판을 쳤다.

저 위 집에서 부르릉 하며 시동 거는 소리가 희미하게 들리더니, 몇 초 후 목장 차가 언덕을 내려왔다. 르모인이 예상했던 것보다 엔진 소리가 훨씬 조용했다. 미라가 변속기를 중립에 놓고 언덕을 내려오는 게 분명했다. 이것만 봐도 미라가 그의 뜻에 따른다는 것을, 결심하고 한 팀이 되었다는 것을 확실히 알 수 있었다.

「누구 만났어요?」 그가 전화기 두 대를 치우며 말했다.

미라는 고개를 저었다.

「이번에 할 일은 좀 끔찍할 겁니다.」 그가 말했다. 「하지만 당신이 해야 할 일은 이게 다예요. 이 일만 끝내면 나머지는 내가 알아서 할게요.」

미라는 고개를 끄덕였다.

「저 사람을 정문으로 데리고 내려가서 차에 다시 앉혀야 해요.」 르모인이 말했다. 「운전석에. 할 수 있겠어요?」

미라가 다시 고개를 끄덕였다.

「몸에 돌조각이 묻어 있으면 안 돼요.」 르모인이 말했다. 「잘 털어야 해요.」

하지만 미라는 이미 차에서 내려 시신 쪽으로 걸어가 쭈그리고 앉았다. 몽유병자처럼 아무 표정 없는 굳은 얼굴이었다.

르모인도 더 이상 아무 말 하지 않았다. 두 사람은 다비시 양옆에 무릎을 꿇고 앉아 그가 똑바로 앉을 때까지 상체를 들어 올린 다음 사륜구동 차량으로 힘겹게 끌고 갔다. 르모인은 머리와 어깨를 들고 미라는 발을 들었다. 두 사람은 약간 휘청거리며 다비시를 뒷좌석에 접어 넣었고, 르모인은 그가 쓰러지지 않도록 옆 좌석에 앉았다. 미라는 다시 운전석에 들어가 시동을 걸고 기어를 중립으로 유지한 채 주차 브레이크를 풀고 언덕을 내려가 정문까지 갔고, 정문 안쪽 키패드에 가까이 가서야 몸을 내밀어 안에서 문을 열 버튼을 누를 수 있도록 기어를 2단으로 바꿨다.

문이 다시 닫히기 전 몇 초 사이에 나가야 했다. 미라는 문틈 사이로 깔끔하게 차를 몰고 나가 SUV 옆에 댔다. 차 문이 잠겨 있어 르모인은 키를 찾으러 다비시의 바지 주머니를 잠깐 뒤져야 했다. 그들은 운전석 문을 열고, 우선 옷에 돌조각이 묻었을지도 모르니 옷을 탈탈 털고 신발 밑창도 확인한 다음 사륜구동에서 시신을 질질 끌고 나와 SUV로 옮겼다. 르모인이 다비시에게 안전띠를 채운 다음 차 문을 닫으려고 몸을 뒤로 빼다가 팔꿈치로 경적을 찌르는 바람에 밤공기 속으로 경적이 빵 하고 울려 퍼져 두 사람은 혼비백산했다.

「미안해요.」 그가 말했다.

미라는 아무 말도 하지 않았다. 미라는 마치 뺨 안쪽을 씹기라도 하는 것처럼 턱을 이쪽저쪽으로 이상하게 움직이고 있었다.

「여기서부터는 내가 할게요.」 르모인이 말했다. 「가서 셸리랑 있어 줘요.」

「밴은 어쩌고요?」

「먼저 이거부터 하고.」 그가 말했다. 「가요.」

「그 사람 전화기 아직 당신이 가지고 있어요.」

「다시 넣을게요.」

「두 손으로 전화기를 만지고 있었잖아요, 지문이 —」

「닦을게요.」 그가 말했다. 「걱정 말고 가요.」

하지만 미라는 움직이지 않았다. 미라는 그를 물끄러미 바라보았다. 미라의 얼굴은 어둠에 묻혀 거의 윤곽밖에 보이지 않았다. 「그 사람을 어쩔 거예요?」 미라가 물었다.

「모르는 게 나아요.」 그가 말했다. 「우린 시간 낭비하고 있어요. 당신은 돌아가서 셸리랑 있어요.」

「도움이 필요할 수 있잖아요.」 미라가 말했다.

도와줄 사람 있어요, 그는 거의 말할 뻔했지만, 하지 않았다. 대신 소리 내어 말했다. 「봐요, 이야기는 이래요. 당신이랑 나는 내일 아침 앞으로의 자금 지원 문제를 논의하려고 오언 다비시와 만나기로 했어요, 셸리도. 우리 셋 다. 당신은 흥분했죠. 이 사람, **당신이 여기 있다는 걸 알고 있고,** 당신에 관해 그동안 내내 알고 있던 사람과 직접 만나는 건 처음이니까요. 당신은 이 사람 땅에서 지난 몇 주 동안 한 일을 보여 주려고 기대하고 있었어요. 알겠어요? 이제 가서 이 이야기를 연습해요. 믿을 때까지 계속 반복해요. 당신은 버넘 숲의 자금 문제에 대해 이야기하려고 내일 오언 다비시를 만나는 겁니다.」

「다른 사람들은요?」

「지금 다른 사람들 걱정은 하지 마요. 그건 나중에 해결해요. 이제, 가요.」

미라는 다시 안으로 들어가려고 키패드 쪽으로 걸어가면서 밤이 지나기 전에 비밀번호를 예전으로 돌려놔야 한다고 르모인에게 상기시켰다. 그러더니 손을 펴서 집게손가락으로 키패드를 가리킨 채 주저했다.

「미라,」 그가 말했다. 「우린 시간이 없어요.」

미라가 그를 향해 돌아섰다. 「우린 이것 때문에 싸운 거예요.」 미라가 말했다. 「나랑 셸리요. 셸리는 다른 사람들에게 내일 다비시와 만나는 걸 말하고 싶어 했는데, 난 그러고 싶지 않았거든요. 난 그 일을 비밀로 하고 싶어 했어요.」

「좋군요,」 르모인이 말했다. 「그거 괜찮네요.」

「그래서 셸리가 날 쫓아온 거예요.」 미라는 이루 말할 수 없이 안도한 어조로 말했다. 「네, 괜찮겠어요.」

르모인이 고개를 끄덕였다. 그는 손을 허리에 올린 채 미라가 키패드의 숫자를 누르자 철문이 활짝 열리는 모습을 지켜봤다.

숫자들은 사람 같았다. 숫자들이 하나하나 어둠 속에서 나타나 일렬로 행진해 와서 셸리가 소리 내어 세는 순간 몸에 물리적으로 부딪혔다. 셸리는 바퀴 아래에서 쿵 부딪히는 느낌을, 자기 몸이 길에서 벗어나는 느낌을, 밴이 나무에 쾅 처박히는 느낌을, 방향 지시등 소리를, 앞 유리창 와이퍼가 획획 움직이는 소리를, 와이퍼 고무가 금에 걸려 끌리는 소리를 몇 번이나 계속해서 느끼고 들었다. 너무 늦게, 너무 늦게 길에서 피하려 하던 낯선 사람의 놀란 표정을, 그 손등을, 구부러진 상체를 너무 늦게 몇 번이나 계속 봤다. 그러고는 다음 정수가, 그다음 정수가, 그다음 정수가 나타났고, 셸리는 여전히 운전석에 앉아 발은 페달에, 손은 운전대 10시, 2시 방향에 올려놓은 채, 자기가 할 수 있는 일은 아무것도 없다고, 계속 숫자를 세어야 한다고, 계속 죽여야 한다고, 다시, 또다시 나무에 처박아야 한다고 상상했다.

그러다가 갑자기 자기가 어디 있는지 잊어버렸다. 방금 커다랗게 읊조려 어둠 속으로 보낸 숫자가 뭐였는지 잊어버렸다. 숫자를 아래로 세어야 하는지 위로 세어야 하는지 잊어버렸다. 어느 숫자부터 시작했는지, 언제부터 셌는지, 왜 세는지도 잊어버렸다. 다음 순간 셸리는 운전석에 앉아 있지 않았다. 셸리는 뒷자리에 있었고, 조용했고, 모든 것이 고요했고, 말할 수 없이 깊은 안도감을 느꼈다. 그 침묵과 고요는 오로지 진입로의 그 낯선 사람이 아직 일어나지 않은 일, 나무와 핸들과 금이 간 앞 유리창이 아직 일어나지 않은 일이라는 것을 의미했으니까. 셸리는 매 순간이 뒤따르는 순간 속에 미리 예시되도록 한 바퀴 원을 그리며 도는 듯한 시간 동안 밤이 주위에서 요동치며 자신을 검은 기류로 적시고 머리카락을 휘젓고 옷을 잡아당기는 것을 느끼며 완벽히 감사하는 마음으로 밴 바닥에 누워 있었다. 1센티미터만 움직여도, 몸을 뒤척거리거나 입술만 적셔도, 심지어 숨 쉬는 리듬만 바꿔도, 이 모의 상황이 끝나고 미래가 과거가 된다는 것을 셸리는 알고 있었다. 빛이 한결같이 비치며 어둠이 점차 회색으로 변하는 것을 깨닫자 셸리는 피하려고 눈을 질끈 감았고, 자갈을 저벅저벅 밟는 발소리와 나지막한 목소리가 들리자 소리를 듣지 않으려고 기를 썼다. 다른 사람들이 있다는 것을, 낯선 사람들이 있다는 것을, 낯선 사람, 단 한 명의 낯선 사람, 진짜 사람, 살과 피를 가진 사람, 살아 있는 사람, 살아 있던 사람, 죽을 수도 있는 사람이 있다는 사실을 받아들이지 않으려고 죽을힘을 다했다.

운전석 문이 열리더니 누군가 올라타면서 차가 흔들렸다. 점화 장치에 차 키를 꽂는 소리가 들렸다. 틱틱틱, 그리고 부르릉 하며 시동이 걸렸다. 그러고는 변속기를 후진에 놓는 긁히는 소리가 들리더니 차가 후진하자 보닛 너머에서 바스락거리는 소리, 삐걱대는 소리, 탁 하고 부러지는 소리가 차례로 들렸다. 그러자 누군지 모를 운전자가 주차 브레이크를 당기고 시동을 끄고 차에서 내려 서스펜션을 반대 방향으로 흔들었다. 셸리는 여전히 눈을 질끈 감고 있었다. 미라가 〈이해해요〉라고 말하는 소리가 들렸다. 그러고는 발소리가 들렸고, 그 후에는 오랫동안 아무 소리도 들리지 않았다.

깜박 잠든 게 분명했다. 셸리가 다시 정신을 차렸을 때는 새벽이었고 밴은 달리고 있었다. 눈을 뜨자 빠르게 지나가는 전봇대들이, 그 너머로 비스듬한 파형 철판 지붕들이 보였다. 외벽에는 목재 패널과 오아마루석을 쓰고 잘 꾸민 앞마당과 차

고를 갖추고 흰색, 분홍색, 연하늘색으로 칠한 나지막한 철조
망 울타리를 두른, 약 1천 제곱미터 넓이의 땅에 지은 깔끔한
방갈로들이 있다는 뜻이었다. 밴은 사거리 교차로에 섰다가
좌회전했고, 셸리는 저 높이 치솟은 코로와이산맥의 능선을
보고 여기가 손다이크 뒷길이라는 것을 알았다. 누군지는 모
르겠지만 운전자는 번화가, 즉 셸리가 번화가라고 생각하는,
주유소와 일련의 기념품 가게, 닫힌 길가 카페 두 개가 있는 조
그만 거리까지 오기 전에 고속 도로에서 벗어난 게 분명했다.
밴은 다시 좌회전하고 또 좌회전해서 진입로로 들어가 마침내
치장 벽토를 바른 단층 주택 같은 곳 옆에 멈췄다. 밴 옆 창문
너머로 이끼 낀 배수관과 곰팡이로 시커멓게 얼룩진 불투명한
욕실 창문이 보였다. 운전자는 시동을 끄고 차에서 내려 저쪽
으로 걸어갔고, 1분쯤 후 다시 돌아오는 발걸음이 들리더니 밴
뒷문이 활짝 열리고 어제와 마찬가지로 청바지에 천 조각을
덧댄 울 스웨터 차림의 미라가 서 있었다.

두 사람은 서로를 물끄러미 바라봤다.

「여기가 어디야?」 마침내 셸리가 말했다.

미라는 곧장 대답하지 않았다. 그러다가 말했다. 「우리가 이
야기할 수 있는 곳.」

셸리는 일어나 앉아 미라의 어깨 너머로 인적 없는 주택가
를 내다봤다. 이른 아침 겨울 햇살에 모든 색이 부드럽고 투명
해 보였다. 아주 잠깐 셸리는 진입로의 낯선 사람이 그저 가짜

였기를 바랐다. 고개를 돌려 미라의 어깨 너머로 앞 유리창을 보니 사선으로 길게 금이 가 있었다.

「일어나.」미라가 말했다.

셸리가 밴에서 내리자, 뒤에서 미라가 뒷문을 조용히 닫고 문을 잠갔다. 집은 방치된 듯 보이는 노란색 별채로, 창문에는 레이스 커튼이 달려 있고 현관문에는 유리창 세 개가 세로로 나 있었다. 미라는 열쇠로 문을 열고 뒤로 물러나 셸리를 먼저 들어가게 한 뒤 텅 빈 거리를 아래위로 살핀 다음 따라서 들어왔다.

집 안은 황폐한 분위기였다. 너덜너덜한 비닐 소파가 구닥다리 텔레비전을 마주 보고 있었다. 전기 벽난로 양쪽 벽감에는 지그소 퍼즐 상자와 책등이 망가진 나달나달한 보급판 책들이 쌓여 있었다. 둥근 아치 너머에는 핫플레이트와 전자레인지가 있는 조그만 부엌이 있고, 그 옆 벽에 있는 두 번째 둥근 아치에는 커튼이 쳐져 있었다. 소파 위에는 반 고흐의 「해바라기」 복제화 액자가, 맞은편 벽난로 위에는 빨간 이탤릭체로 〈휴가를 위한 집〉이라는 문구가 적힌 사각형 캔버스가 걸려 있었다. 방은 춥고 표백제와 방향제 냄새가 났다.

「로버트의 친구 소유 집이야.」미라가 말했다. 르모인에게 이런 집을 가진 친구가 있다니 너무 어울리지 않아서 셸리는 웃음을 터뜨렸다. 「미안.」셸리가 말했다. 「그냥, 이상해서.」

미라가 벌컥 화를 냈다. 「밴에서 뭐 하고 있었던 거야?」미라가 말했다. 「약을 하고, 그러고는, 뭐야, **재미 삼아 드라이브**라도 하려고 했던 거야? 오밤중에? **혼자서?** 넌 도대체 왜 그러는 거야? 어딜 가려고?」

셸리는 대답하려고 입을 열었지만 말이 나오지 않았다. 어둠 속의 그 낯선 사람이 보였다. 그의 눈, 그의 입, 그의 손—

미라는 포기하고 부엌으로 들어갔다. 여전히 분을 삭이지 못한 채 찬장 문을 비틀어 열고 서랍을 쾅 닫으며 머그잔을 꺼내고 전기 포트에 물을 받기 시작했다. 셸리는 미라가 조리대 위 찬장 문을 열고 멸균 우유 한 상자와 인스턴트커피병을 꺼내는 모습을 비참하게 바라봤다.

「면접이 있어.」 셸리가 말했다.

미라가 돌아봤다.

「자선 단체 관리국 일자리에 지원했어.」 셸리가 말했다. 「네가 집을 비운 지난달에. 엄청 많은 곳에, 기본적으로 조금이라도 자격이 되는 곳이면 다 지원했어. 하지만 여기는 내가 정말 가고 싶었던 곳이야. 어제 이메일이 왔는데, 내가 면접 후보에 올랐대. 다들 저녁 먹으러 앉기 직전에 알았어. 로버트랑 활주로에 있을 때 사실 전화까지 했는데, 무음으로 해둬서 전화 소리를 못 들었어. 하지만 괜찮아, 어차피 모든 사항을 이메일로 다 알려 줬으니까. 면접은 다음 주야, 화요일.」

미라의 얼굴이 분노로 팽팽해졌다. 「무슨 개소리야, 셸리?」

「네 질문에 대답하고 있잖아.」 셸리가 말했다. 「재미로 드라이브한 거 아냐. 어젯밤에 말이야, 난 떠나고 있었어. 그러니까 떠날 거라고. 내가 떠나는 거야. 버넘 숲을 떠난다고. 알겠어? 너한테 말하는 거야. 난 나간다고.」

「미쳤어?」 미라가 말했다.

셸리는 다시 웃으려고 했다. 「네 말이 맞아.」 셸리가 말했다. 「그런 상태에서 운전대를 잡다니 정말 멍청하고 위험한 짓이었어. 물론 수리비는 낼게. 네 차잖아. 내가 그 차를 가져갈 권리는 전혀 없는데, 또 완전히 취한 채 몰아서 너무 미안해. 하지만 사실 솔직히 말하면, 그러니까 박은 게 다행일 수도 있어. 안 그래? 그래서 목장을 벗어나지도 못했잖아……. 그게 더 잘된 일일 수도 있어. 누굴 정말 다치게 했을 수도 있잖아. 게다가 차도 괜찮고, 맞지? 내 말은, 아직 굴러가니까. 분명히 그 차로 여기까지 왔잖아. 그러니 내가 완전히 망가뜨린 건 아니지, 그렇지?」 셸리의 목소리가 점점 더 날카로워졌다. 당장에라도 히스테리를 일으킬 것 같은 느낌이었다.

「그리고 봐,」 셸리는 주머니에서 전화기를 꺼내 미라의 얼굴 앞에서 흔들며 열정적으로 덧붙였다. 「면접 관련 이메일을 보여 줄 수 있어. 보여 줄게, 사실 꽤 괜찮은 자리야. 초봉도 괜찮고, 내가 하고 싶은 다른 많은 일을 위한 발판이 되어 줄 거야. 사무직이지만, 그러니까 칸막이 자리 그런 거, 하지만 비영리 분야에서 일하는 거, 그게 바로 내가—」

셸리의 전화기는 죽어 있었다. 셸리는 전원 버튼을 누르고 살짝 흔들며 화면을 켜려고 했지만, 아무런 변화가 없었다.

「그만해,」미라가 말했다.「못 참겠어, 그만해.」

「충전기 가져왔어?」셸리가 말했다.「밴에 가서 가져올게. 키 좀 줄래?」

「아니, 셸리,」미라가 말했다.「키 못 줘.」

또다시 낯선 사람이 나타났다. 또다시 앞 창문이, 또다시 바퀴 아래에서 쿵 부딪히는 느낌이 —

「저기, 미라, 난 시도해 봤어, 알아?」셸리는 이제 아주 소리 높여 말했다.「난 여기 내려왔고, 시도해 봤고, 정말로 이 일이 잘되길 바랐어, 정말이야. 하지만 미안해, 어젯밤 내가 한 말이랑 같아. 난 우리가 굉장히 다른 이유로 이 일을 하고 있을지 모른다는 생각이 들어. 어쩌면 늘 그랬을지도 몰라, 아니 어쩌면 그냥 로버트 때문일지도 모르지. 넌 그게 어떻게 될지 생각해야 해 — 이해해, 나도 인간이니까 — 하지만 난 내 미래를 생각해야만 해, 알겠어? 그래서 이렇게 하는 거야. 난 내 미래를 생각하고 있고, 정말로 이 일을 원해. 악감정은 전혀 없어. 정말이야, 그냥 내가 떠날 때가 된 것뿐이야.」셸리는 간절하게 전화기를 다시 흔들었다.「충전만 하면,」셸리가 말했다.「그 이메일을 보여 줄 수 있어. 충전만 하면 돼.」

침묵이 흘렀다. 그러더니 미라가 매우 조용히 말했다.「정말로 기억 안 나?」

「물론 **기억해.**」셸리는 다시 웃으며 말했다.「어떻게 잊겠어?

지난 4년은 믿을 수 없을 정도로 멋졌어. 물론 기억해. 언제나 할 거야. 난 버넘 숲에서 한 경험을 사랑해. 나 자신에 대해, 세상에 대해, 모든 것에 대해 매우 많은 걸 배웠어. 그리고 우린 정말로 변화를 만들었잖아, 그렇지? 자랑스럽게 생각하고 있어.」

「맙소사,」미라가 말했다.「맙소사!」미라는 돌아서서 부엌 싱크대를 두 손으로 움켜잡았다.

셸리는 전화기를 내려다보다가 화면에 시커멓게 비친 자기 얼굴을 보고 전화기를 뒤로 기울였다.

그때 미라가 잠긴 듯한 목소리로 말했다.「너한테 해야 할 이야기가 있어.」

「알겠어,」셸리는 안도하며 말했다. 셸리는 전화기를 주머니에 다시 넣었다.「물론이야.」

미라는 여전히 고개를 숙이고 있었다.「로버트는 아직 목장을 사지 않았어.」

「알겠어.」셸리가 다시 말했다. 셸리는 고개를 끄덕이고 있었다.

「계약금을 걸었어. 제안은 수락되었고, 곧 매매가 이뤄질 거야. 그냥 계약 관련 일들을 마무리하지 않은 것뿐이야. 부차적인 일이 있어, 자연 보호 프로……. 그건 상관없어. 주인은 —」미라는 조리대를 내려다보며 거칠게 숨을 들이마셨다.「주인 이름은 오언 다비시야.」

셸리는 여전히 고개를 끄덕이고 있었다. 밴의 붉은색 후미등 불빛에 남자의 시신이 보였다.

「말하려고 했어.」미라는 여전히 고개를 돌리지 않고 말했다. 「후이에서. 하지만 그때 토니가 거기 있었고, 토니 때문에 긴장했던 것 같아. 그 이야기를 한다는 걸 잊어버렸고, 그리고 나서는…… 모르겠어. 너무 늦어 버린 것 같았어.」

「괜찮아,」셸리가 말했다. 「정말로, 걱정하지 마.」머릿속에서 르모인의 말이 들렸다. 〈걱정 마요, 저 사람은 진짜가 아니에요.〉

미라가 마침내 돌아서서 셸리를 마주 봤다. 「난 그 사람이 집에 오는지 몰랐어.」미라가 말했다. 「로버트도 몰랐어. 그리고 정문이 — 로버트가 변경한 — 그러니까, 정문에 문제가 있었어. 그래서 그 사람이, 문을 넘어온 것 같아.」

셸리는 여전히 고개를 끄덕이고 있었다. 「괜찮아,」셸리가 다시 말했다. 「정말 괜찮아.」

「셸리,」미라가 말했다. 「그만해.」

두 사람 다 입을 다물었다. 셸리는 아직도 열려 있는 조리대 위 찬장에 시선을 고정하고 있었다. 셸리는 모든 병과 캔에 붙은 상표를 눈으로 훑었다. 모든 품목이 깔끔하게 정리되어 있는데, 이상하게 개봉된 게 하나도 없다는 사실이 눈에 들어왔다. 고무줄로 묶은 파스타 봉지도, 뚜껑을 찢은 시리얼 상자도, 끈적한 게 흘러내려 묻어 있는 병들도 없었다. 어수선한 구석도, 먹고 남은 음식도, 터퍼웨어도 없었다.

「어쨌거나 우린 여기서 뭘 하는 거야?」 셸리가 말했다.

「다른 사람들에게는 로버트가 중재에 나섰다고 말할 거야.」
미라가 말했다. 「자기가 우리한테 며칠 떠나 있으면서 터놓고
이야기해 보라고 말했다고. 일대일로 다 쏟아내 보라고. 전체
를 위해서.」

「버넘 숲을 위해서.」 셸리가 미라에게 낯선, 상냥한 가짜 목
소리로 반복했다.

미라는 눈을 감았다. 「말이 좀 되지.」 미라가 말했다. 「어젯
밤 저녁 식사 때 네가 그런 행동을 했으니. 다들 무슨 일이 있
다는 걸 알고 있어.」

「물론 그렇겠지.」 셸리가 말했다. 「문제는 내가 며칠밖에 쓸
수 없다는 거야. 말했잖아, 면접이 있다고 —」

「세상에, 셸리.」 미라가 폭발했다. 「넌 면접에 못 가! 넌 사람
을 죽였어! 알아? 네가 사람을 죽였고, 로버트는 지금 거기서
그 뒤처리를 하고 있다고. 네가 지금 어떤 미친 환상 세계에 살
고 있는지 모르겠지만, 그 빌어먹을 세상에서 당장 튀어나와.
넌 지금 남은 평생을 감옥에서 보내기 일보 직전이라고! 알
겠어?」

셸리는 대답하려고 입을 열었다가 다시 닫았다. 셸리는 비
닐 소파에 앉았고, 미라는 커피를 타려고 부엌으로 돌아갔다.

「그래서 로버트는 어디 있어?」 미라가 돌아오자, 셸리가 조

심스럽게 물었다.

「우리는 모르는 편이 낫다고 했어.」미라도 조심스럽게 말했다. 미라는 바닥에 책상다리를 하고 앉았다. 「우린 그냥 여기서 기다려야 해. 누가 와서 밴을 수리해 줄 거야. 그냥 집 안에 있으면 자기가 다 알아서 할 거라고 로버트가 그랬어. 그리고 며칠 후 목장으로 돌아가서 그냥, 계속하는 거야.」

셸리는 잠시 아무 말이 없었다. 말없이 커피잔만 내려다보다가 말했다. 「이건 누구 집이야?」

「제기랄, 셸리, 나도 몰라! 친구 거래.」

「좀 이상해,」셸리가 말했다. 「안 그래? 봐, 아마 아직 7시도 안 되었을걸. 이건 정말 갑작스러운 통보잖아. 우리 이 미친 상황이, 그런데 갑자기 이 집이, 완전히 마음대로 쓸 수 있는 집이 있고, 찬장에는 음식이 있어. 숨기에 완벽한 곳 같지 않아? 필요한 것도 다 있고? 도대체 그 〈친구〉가 누구야?」

「말했잖아, 나도 모른다고.」

「심지어 **괜찮은** 곳조차 아니야.」셸리가 말했다. 「여긴, 그러니까, **로버트**는 절대 머물지 않을 곳이야. 넌 상상이 돼? 로버트가 여기 와서 ─」

「닥쳐!」미라가 고함쳤다. 「그놈의 집 타령 좀 집어치워! 우리가 가진 건 이게 다야, 알겠어? 여기 아니면 경찰차 뒷자리라고, 셸리. 여기 아니면 구석에 철제 변기가 있고 창문도 없고 미친 아동 성추행범 새끼가 이층 침대 위에서 숟가락을 갈아

칼을 만들고 있는 빌어먹을 콘크리트 감방이라고! 알겠어? 이젠 이게 네 인생이야. **이게 우리 인생이라고.**」

「난 전화기를 충전해야 해.」 셸리가 말했다.

「절대,」 이번에는 미라가 웃음을 터뜨렸다. 「꿈도 꾸지 마.」

「알아? 바로 이래서 내가 떠나고 싶었던 거야.」 셸리가 말했다.

「뭐가?」

「이것,」 셸리가 두 사람 사이의 공간을 가리켰다. 「내가 사실은 한 번도 진짜 선택을 해본 적이 없다는 걸 알아? 절대? 네가 날 존중하지 않는다는 거 알아. 어쩌면 넌 날 좋아하지 않을지도 모르지. 네가 굳이 날 옆에 두는 유일한 이유는 내가 쓸모 있어서라는 걸 넌 너무 티 내거든. 네가 귀찮게 신경 쓰고 싶지 않은 온갖 자잘한 일, 온갖 허드렛일, 온갖 행정 업무, 온갖 지루한 일을 내가 다 하잖아. 하지만 진짜 미래에 대해 진짜 큰 결정을 내릴 때가 되면, 넌 마치 난 존재하지도 않는 것처럼 굴어. 미라, 넌 버넘 숲이 네 재산인 것처럼, 네 새끼인 것처럼, 다른 사람들은 네가 참여를 허락해 줬으니 그냥 감사해야 하는 것처럼 행동하지. 로버트만 제외하고. 안 그래? **그 사람**은 잘못을 저지를 수가 없어, **그 사람**은 너무 매혹적이야, **그 사람**은 너무 수수께끼야, **그 사람**은 너무 무시무시해. 오, 그게 다 무슨 소리일까? 뭐, 사실 그게 뭘 뜻하는지는 꽤 분명해. **로버트**도 알고 있어. 그래서 널 자기 손바닥에 올려놓고 있는 거야. 네가 너 자신, 완벽한 너 자신 빼고는 아무한테도 관심 없다는 걸 알 거든, 안 그래? 둘이 서로 그 짓을 하고 싶어 하는 것도 당연하지. 둘은 너무 공통점이 많거든.」

미라는 말이 없었다. 그러다가 몹시 냉정하게 말했다. 「음, 그 중재 이야기가 이젠 거짓말이 아닌 것 같네. 우린 진짜로 터놓고 이야기하고 **있으니까**.」

셸리는 갑자기 미라를 참을 수가 없었다. 셸리는 일어나서 집 나머지 구역으로 들어가는 커튼을 휙 젖혔다. 아치 너머에는 짧은 복도를 따라 조그만 침실 두 개와 화장실이 있었다. 셸리는 더 작은 침실로 들어가서 문을 닫고 이불 밑으로 기어 들어가서 누운 채 자살할 용기가 생기기를 바랐고, 그러는 사이 태양은 능선 위 하늘을 가로지르며 방 안을 비스듬히 노란빛으로 채웠다.

미라는 어쩌다 경찰 드라마를 보게 될까 봐 텔레비전을 켜기도 무섭고, 그렇다고 책을 읽을 의지나 정신력도 없었다. 셸리가 침실 문을 닫고 들어간 뒤, 네 시간 반 동안 미라는 소파에 등을 기대고 무릎을 가슴에 붙인 채 꼼짝도 하지 않고 앉아 있다가 갑자기 일어나 벽난로 옆 책장에서 지그소 퍼즐 하나를 꺼냈다. 상자에 그려진 이미지는 고리버들 세공 바구니 안에서 놀고 있는 골든리트리버 강아지 세 마리였고, 상자 안에는 비닐 포장도 뜯지 않은 퍼즐 조각들과 제품군 내 다른 퍼즐 열두 개를 광고하는 전단지가 들어 있었다. 미라는 봉지를 뜯어 거실 탁자 위에 퍼즐 조각들을 쏟은 다음, 서로 맞물리는 부분들을 기계로 자를 때 생긴 미세한 회색 먼지를 털어내며 하나하나 뒤집고, 조각들을 잘라 담을 때 제대로 분리되지 않고 두 개씩, 세 개씩 붙어 있는 조각들을 따로 모았다. 그림이 위로 오도록 조각들을 모두 정리한 다음에는 종류별로 분류하기 시작했다. 리트리버 털의 질감과 바구니의 반복적인 짜임새 덕분에 1천 조각치고는 예상보다 더 어려운 퍼즐인 것 같아 만족스러웠다. 가장자리 조각들과 강아지 두 마리의 얼굴을 다 찾아냈을 때 뒤에서 침실 문이 조용히 열리는 소리, 발소리, 복도로 가는 커튼을 끼익 하고 다시 젖히는 소리가 들렸다.

미라는 돌아보지 않았다. 아무 말 없이 몇 초 지난 뒤, 셸리가 다시 커튼을 내리자 공기의 흔들림이 느껴졌다. 문이 열렸다 닫히고, 1분 뒤 물소리가 들렸다. 미라는 타탄체크 리본을 묶은 바구니 손잡이에 집중하며 계속 퍼즐을 맞췄다. 곧 물소리가 그치더니 셸리가 젖은 머리를 타월로 두르고 임페리얼 레더 비누와 치약 향기를 풍기며 나왔다. 셸리는 소파를 돌아 부엌으로 들어가서 미라에게 등을 돌린 채 찬장과 서랍을 다 열어 보고 닫더니 리소토 한 상자와 버섯 캔 하나, 말린 허브가 들어 있는 병 하나, 오일병 하나를 꺼냈다. 요리가 끝나자 셸리는 음식을 똑같이 나눠 담아 가지고 거실로 와서 거실 탁자 위 퍼즐 조각 사이에 놓았다.

「고마워.」미라가 말했다.

셸리는 아무 대답도 하지 않았다. 그냥 바닥에 책상다리를 하고 앉아 자기 그릇을 들고 먹으며 퍼즐을 구경했고, 조금 있다가 포크를 내려놓더니 손을 뻗어 미라가 이미 맞춰 본 지점에 조각을 갖다 대봤다. 미라는 아무 말도 하지 않았다. 그냥 셸리가 그 조각들이 맞지 않는다는 걸 깨닫고 원래 자리에 갖다 둘 때까지 그쪽을 보지 않았다. 하지만 셸리가 다음에 시도한 조각은 맞았고, 셸리는 음식을 다 먹고 나서도 그대로 앉은 채 침묵 속에서 퍼즐을 맞춰, 마침내 바구니 손잡이를 완성했다. 완성된 손잡이는 울퉁불퉁 광택이 나서 손바닥으로 쓰다듬고 매만지고 싶을 정도였다. 오후가 끝나 가고 있었다. 셸리가 스탠드 전등을 켠 뒤 앉은 자리 가까이로 끌고 왔다. 미라는 두 사람의 그릇을 부엌으로 가져가서 씻고, 희미한 불빛 아래서 차 두 잔을 끓이고 생강비스킷 한 통을 열면서 거실 스탠드가 저와트 전구만 들어가는 제품이라서 다행이라고 생각했다. 퍼즐은 자정쯤에 완성되었다. 셸리는 마지막 조각을 끼워 넣고 미라의 시선을 피하며 즉시 자리에서 일어나더니 침실로 가서 조용히 문을 닫았다. 미라는 마지막으로 완성된 퍼즐을 손으로 쓸고 눌러 보면서 조각들이 손가락 끝과 손바닥뼈 아래에서 미세하게 흔들리고 휘어지는 느낌을 만끽한 다음 주머니에서 전화기를 꺼내 전원을 켰다.

문자가 두 개 와 있었다. 하나는 내털리, 하나는 카트리나였

427

고, 내용은 거의 비슷했다. 너희 생각을 하고 있다, 잘 지내라, 둘이 시간을 좀 가지면서 관계 개선을 하게 되어 다행이다, 돌아와서 만나기를 고대하고 있다, ♡, 그런 내용이었다. 미라는 답을 보낼까 고민하다가 그러지 않기로 했다. 대신 브라우저를 열고 지역 뉴스에 들어갔다. 입이 바짝바짝 마르고 숨이 가빠졌다. 페이지를 여는 데 시간이 많이 걸렸다. 지난 몇 주 동안 전화기가 점점 더 느려지고 있었다. 더 좋은 계약으로 바꿔야겠다고 생각했다. 여기저기 알아보고 다른 회사에서 견적을 받아 본 뒤 현재 쓰는 통신사에서 그 가격에 맞춰 줄 수 있는지 확인해 봐야 할 것 같다. 필요 없는 파일을 지우고 공간과 메모리만 잡아먹는 사용하지 않는 앱들 — 예를 들어, 설치한 날 이후 한 번도 열지 않은 조류 추적 앱이나 기타 연습용으로 매일 코드 진행을 게시하는 앱 같은 것, 솔직히 말하면 미라는 사실 한 번도 기타 배울 생각을 해본 적이 없었다 — 도 다 지우는 게 좋을 것 같다. 미라는 땀에 젖은 손바닥을 청바지에 닦고 침을 꿀꺽 삼키려고 했지만 침이 나오지 않았다.

드디어 웹사이트가 다 다운되었다. 〈코로나이 고개 전망대 추락 사망 사고〉라는 제목이 그날 오후 찍은 사진 위에 붙어 있었다. 〈경찰 저지선〉이 커다랗게 보이고, 그 너머에 경찰차와 남자 예닐곱 명이 모여 있는 것이 흐릿하게 보였다. 미라는 화면을 내리며 기사를 읽었다. 기사는 짧았다. 금요일 밤늦게 SUV 렌터카 한 대가 코로와이 고개 전망대 근처에서 추락했다. 운전자는 남성이며 생존하지 못했고, 현재 정식 신원 조회가 진행 중이다. 동승자는 없다. SUV는 가드레일 틈을 뚫고 달려 절벽으로 추락한 듯하다. 차량 잔해를 수거하는 동안 응급 지원이 원활하게 이뤄지도록 현지 주민들은 현장 접근을 피해 협조해 줄 것을 부탁드린다. 그게 다였다. 미라는 기사 끝에 목격자가 있으면 와서 정보를 달라는 호소가 있을 거라고 생각했지만, 마지막 문장은 고개 너머 도로는 다섯 명이 사망한 산사태가 나면서 올해 2월부터 폐쇄되었다는 사실만 되풀이했다.

손에 든 전화기가 진동해서 미라는 소스라쳤다. 화면의 기사가 발신 번호 표시 제한으로 걸려 온 전화임을 알리는 화면으로 바뀌었다. 미라는 화면을 밀어 전화를 받고 기기를 귀에 갖다 댔다.

「로버트예요.」 르모인이 말했다. 「어때요?」

「괜찮아요.」 대답하는데 갑자기 목이 울컥 메었다.

「셸리는 자러 갔어요?」

「네.」

「셸리는 어때요?」

「별로 안 좋아요. 약간 충격받은 상태예요.」 미라는 마음을 안정시키려고 전화기를 들지 않은 손의 손가락을 최대한 넓게 벌린 채 완성된 퍼즐을 쓸어 봤다. 「구직 면접이 있대요. 다음 주, 자선 단체 관리국에서요. 사무직 같은 거. 버넘 숲을 떠날 작정이었대요. 어쨌거나 적어도 계획은 그랬대요.」

「왜요?」

「오랫동안 그러고 싶어 했어요. 그냥 지겨워서겠죠, 내가 지겨워서.」

잠시 침묵이 흐른 뒤 르모인이 말했다. 「알았어요, 알려 줘서 고마워요.」

「당신은 어때요? 다른 사람들은요?」

「좋아요. 다들 두 사람을 걱정하고, 둘이 푸는 중이라고 하니 마음을 놓더군요. 약간 당혹스러워하기도 하고. 어젯밤에 셸리가 나간 건 눈치도 못 챈 것 같았어요.」

「음, 다행이네요.」

「뉴스 봤죠.」 그가 말했다. 질문이 아니라 진술이었다.

무슨 이유에서인지 미라는 뉴스를 봤다고 인정하고 싶지 않았다. 「아직은요,」 미라는 거짓말했다. 「너무 무서워서요.」

다시 침묵이 흘렀다. 「뭐가요?」 그가 말했다.

「모르겠어요,」 미라가 말했다. 「모르겠어요! 내가 이걸 할 수 있을지 정말 모르겠어요, 로버트.」

「당신이 할 일은 없어요.」 그가 말했다. 「다 끝났어요.」

잠시 두 사람 다 말이 없었다. 이윽고 미라가 말했다. 「그분 부인은 이제 알아요?」

「네, 오늘 계속 통화했어요.」 르모인이 말했다. 「비행기 타고 내려오겠다는 걸 말렸어요.」

「정말요?」미라가 말했다.「어떻게 말렸어요?」

「지금 부인이 어떤 심정인지 겪어 봐서 안다고 했죠. 이랬어요. 〈얼마나 끔찍한 심정인지 압니다. 지금 자신을 더 괴롭히고 싶은 마음도 있다는 걸 알고 있어요. 하지만 절 믿으세요. 그 추락 현장은 안 보는 게 낫습니다. 그 장면을 기억하면 안 돼요.〉또 이런 말도 했고요.〈제 말 믿어요. 가족과 함께 있어요. 자녀들과 함께 있어요. 여기 와봤자 자신에게 벌만 줄 뿐이에요. 그러지 말아요.〉」

「그랬더니 말을 들었어요?」

「네.」

「하지만 장례식이 있잖아요?」

「웰링턴에서 할 것 같아요.」

미라는 다시 입을 다물었다. 미라는 거실에 있던 다비시의 가족사진, 뿌듯한 표정의 부모님, 모두 아버지의 넓은 이마와 광대뼈와 커다란 입과 싱글거리는 미소를 닮은 행복한 표정의 세 자녀를 생각하고 있었다.

미라는 눈을 질끈 감았다.「로버트?」

「네?」

「그 사람 어떻게 죽은 거예요?」

르모인은 숨을 훅 들이마셨다가 굉장히 천천히 내뱉었다.「다비시는 차를 몰고 바리케이드 쪽으로 올라갔어요.」그가 말했다.「차에서 내려 조금 걷다가 다시 차에 탔죠. 타이어 자국으로 봐서 집으로 돌아오기 위해 삼단 회전을 하려고 한 것 같은데, 너무 넓게 돌아서 차가 가드레일 끝을 지나 절벽으로 떨어졌어요. 떨어지면서 몇 번 뒤집히다가 연료 관이 손상되었고, 그래서 오늘 아침에 발견되었을 때는 모든 것이 심하게 탄 상태였습니다. 전화기는 주머니에 있었어요. 그거랑 주행 거리계, 손다이크 고속 도로 카메라를 조합해 보면 마지막 동선을 꽤 제대로 파악할 수 있을 겁니다. 물론 검시도 하겠지만, 체내에서 알코올이 나오진 않을 거예요. 물론 차를 건드린 흔적도 없고. 물론 알 수 없는 것들이 두어 가지 있죠. 우린 다비시가 왜 거기 올라갔는지 몰라요. 왜 차를 제어하지 못했는지도 모르고. 하지만 어젯밤 그 위에는 아무도 없었어요. 몸싸움 흔적도 없고. 다비시에게는 이렇다 할 적도 없어요. 그러니 수사할 이유가 없을 겁니다.」

미라는 여전히 눈을 감고 있었다. 「버넘 숲은요?」

「그게 이 일과 무슨 관련이 있는지 모르겠군요. 차 내비게이션을 보면 다비시가 집에 오지 않았다는 걸 알 겁니다. 다비시는 전에 당신들 누구와도 연락한 적이 없어요. 내일 아침에 당신을 만나러 내려오고 있었다는 걸 보여 주는 증거 문서들이 이젠 있지만, 어젯밤 우린 다 목장에 있었고, 다비시는 거기 없었어요. 아주 명확해 보이는데요.」

「하지만 부인은,」 미라가 여전히 눈을 감은 채 말했다. 「부인은 알 거잖아요.」

르모인은 곧바로 대답하지 않았다. 그러더니 신중하고 분명하게 말했다. 「내가 아는 건, 미라, 그저 남편이 부인을 깜짝 놀라게 하고 싶어 했다는 것뿐이에요. 내일 당신들을 만난다고 다비시가 흥분해 있었다는 것, 당신들에게 자체 자금을 지원하자는 이야기를 우리가 나눴다는 것, 우리가 당신들에게 자신을 증명할 기회를 주고, 당신들은 크리스마스까지 목장에서 살고, 그 후에 모두 함께 정식으로 대화를 나눌 예정이었다는 것뿐입니다. 다비시가 부인에게 왜 당신들 이야기를 하지 않았는지는 나도 몰라요. 어젯밤에 왜 바리케이드까지 올라갔는지 모르는 것처럼. 그 이유가 뭐든 간에, 본인이 죽었으니 이젠 알 길이 없죠. 알겠어요?」

「알았어요.」 미라가 말했다. 미라는 눈을 떴다가 거의 비명을 지를 뻔했다. 셸리가 거실에 들어와 소파 끝에 서서 미라를 바라보고 있었다.

「로버트야?」 셸리가 말했다.

미라는 공포에 질려 고개를 끄덕였다.

「우린 백만을 원한다고 말해.」 셸리가 말했다. 「10만은 충분하지 않아.」

침묵이 흘렀다.

「들었어요?」 미라가 속삭였다.

「네.」 르모인이 대답한 뒤 통화가 끊겼다.

르모인은 마음에 드는 세 가지 사실을 알았다. 첫째, 미라는 자기가 미라의 휴대 전화를 해킹했다는 사실을 전혀 모르는 게 분명했다. 아직 미라가 받은 문자를 마음대로 삭제하거나 바꾸지는 않았지만, 기본 기능을 수행하는 데도 예전보다 시간이 오래 걸릴 테니 미라가 뭔가 잘못되었다고 의심하는 건 시간 문제였다. 그는 평소와 마찬가지로, 미라가 전화기를 켜는 순간 알림을 받고 자기 기기로 로그인해서 미라의 사용자 인터페이스를 불러내 미라가 전국 뉴스 웹사이트 이름을 검색창에 치고 그 뒤 사선을 친 다음 〈사우스캔터베리〉를 치고 다시 사선을 쳐 넣는 것을 지켜봤다. 검색을 시작한 걸 보니 셸리는 분명히 자러 들어갔고 이제 미라는 죄의식을 덜고 한편으로는 부추기기 위해 몰래 온라인 검색에 빠져 있는 게 분명하다고 제대로 추론했다. 미라는 자존심이 강해 자기가 이렇게 지켜본다는 걸 알았다면, 어깨 너머 정도가 아니라 미라의 눈을 통해 보고 있다는 걸 알았다면 절대 이런 평범한 방식으로 유혹에 넘어가지 않았을 것이다. 그들은 함께 기사를 처음부터 끝까지 두 번, 첫 번째는 빨리, 그리고는 4분의 1 속도로 다시 읽었다. 그들은 함께 기사 아래 댓글을 확인하고 다시 올라와서 두 번째로 사진을 자세히 들여다봤다. 그들은 함께 배경에 모여 있는 사람들이 누군지 보려고 속절없이 사진을 확대했다. 순간 그는 미라에게 이상한 애정을 느끼고 충동적으로 전화를 걸었다. 온종일 전화기를 꺼놓고 있다가 정말로 지금

막 켰는데 어떻게 딱 그 순간 전화를 했느냐는 질문을 반쯤 기대했지만, 미라는 르모인의 전화를 전혀 의심스러워하는 것 같지 않았다. 오히려 그 반대였다. 르모인의 목소리를 듣고 안심하는 것 같았다. 그건 좋은 소식이었다. 미라는 생각했던 것보다 훨씬 속이기 쉬운 사람이었다.

두 번째 기분 좋은 일은 미라가 그에게 거짓말을 했다는 사실이었다. 르모인은 기만을 탐구하기를 좋아했다. 아무리 하찮아 보여도, 대충 둘러대는 말 같아도 가리지 않았다. 사실 대수롭지 않아 보이는 거짓말이야말로 사람의 특징, 그들의 치졸한 허영심, 오만, 맹점과 약점과 자기를 신화화하고 자기만 예외시하는 특징을 가장 잘 드러낸다는 것을 그는 종종 발견했다. 그 모든 걸 정보 삼아 모아 두면 나중에 유리하게 써먹을 수 있었다. 물론 급을 따지자면 미라의 거짓말은 꽤 순진한 거짓말 — 심지어 거짓말이라기보다 과장 정도였다. 어쩌면 미라는 **정말로** 뉴스 보는 게 무서웠을 수도 있다. 다만 **너무** 무섭지는 않았을 뿐이다 — 이지만, 그래도 드러내는 게 있었다. 미라는 르모인에게 실제보다 강한 사람이자 동시에 약한 사람으로 보이기를 원하는 것 같았다. 미라는 자기가 은폐를 도운 사망 사건을 밤늦게 몰래 잠깐 검색해 본 것을 자존심 때문에 인정하지 못했고, 그건 충분히 평범한 심리였다. 하지만 그 자존심 때문에 완전한 거짓말도 하지 못했다. 왜냐하면 미라는 추락 사고 뉴스를 **안 봤다**고 한 게 아니라, **아직** 안 봤다고 말했기 때문이다. 그건 더 의미심장했다.

미라에게는 부모 같은 면과 아이 같은 면이 있다고, 르모인은 미라의 인터페이스에서 연결을 끊고 자기 전화기를 치우면서 생각했다. 때때로 압박 상황에서 아이가 튀어나오면, 미라는 당황하고 자포자기하며 심지어 자기 파괴적인 모습까지 보였다. 두 사람이 처음 만난 날 자신의 정체를 스스로 폭로했을 때처럼 말이다. 다른 때는 부모 같은 면으로 상황에 대처했고, 그럴 때면 미라는 고고한 태도를 취하며 실망감을 보이고 자기 책임이 아니라는 분위기를 풍겼다. 마치 모두 사회적 계약을 지키기를 바라지만 이제 그게 깨졌으니 — 혹은 어쩌면 애초에 계약 자체가 제대로 성립되지 않았으니 — **자기**도 그걸 지키느라 시간을 낭비하지 않을 작정이고, 그게 싫은 사람이 있다면, 뭐, 그건 다 그들 탓일 뿐이라고 말하는 것 같았다. 이게 미라의 엄격한 면모, 까다롭고 냉정하고 도덕적으로 많은 것을 요구하는 면모였지만, 그 또한 미라를 망가뜨릴 수 있었다. 르모인은 깨달았다. 미라가 경찰에 자수한다면 아이처럼 고통에 못 이겨 무력하고 절망적으로 하는 게 아니라, 자수야말로 올바르고 유일한 길이라고 결론 내리며 진지하게, 심지어 준엄하게 하리라는 것을. 그에게 거짓말한 사람은 미라 안의 아이, 르모인의 호평을 갈구하는 아이, 평범하고 실망스러운 사람이라는 생각을 단 한 순간도, 심지어 긴박한 상황 속에서도 견디지 못하는 아이였다. 하지만 오언 다비시 경에 대한 기사를 **아직** 읽지 않았다고 말한 사람은 부모였다. 그는 아이를 다룰 수 있었다. 아이는 그걸 원했다. 하지만 부모는 지켜봐야 할 것이다.

이제 그는 대화 중 마음에 들었던 세 번째 일을 생각하고 있었다. 르모인은 미소를 지었다. 그는 셸리 노크스를 완전히 잘못 판단했다. 그는 셸리를 하찮은 심부름꾼, 열등 종자, 들러리, 동승자 정도로 여겼다. 다른 많은 사람도 그랬겠지만, 그는 셸리를 완전히 무시했다. 양털 깎기 헛간에서 저녁 식사 도중 셸리가 약에 취해 그에게 대들었을 때도 그는 단순한 히스테리, 단순한 성적 질투, 자기가 졸개인지도 모르고 있어 복종을 가르쳐 줘야 하는 졸개의 감정 토로 정도로 치부하고 무시했다. 이제 그는 자기가 얼마나 잘못 판단했는지 알았다. 셸리에게는 미라에게 없는 무자비함이 있었고, 그런 부족함에 대해 미라는 **자기**밖에 탓할 사람이 없었다. 그건 셸리가 울분을 키워 왔기 때문이었다. 늘 무시당해 와서 셸리는 무감각해졌고, 주변 사람들에게 자기가 그저 평범하고 하찮은 사람이 아니라는 것, 단순한 중간 관리자나 언제든 대기 중인 미라의 대역이 아니라는 것을 증명하려는 결의를 굳게 다졌다. 미라의 야망에는 한계가 있었다. 미라는 자기가 잘못한 일이 있으면 도망치고 묻어 버렸다. 거기서 이익을 취하고 잘못을 극복하고 승리해서 르모인이 그러하듯 — 셸리가 그러하듯 — 성공으로 세상을 무안하게 하는 대신, 고통받고 싶어 했다. 셸리는 이익이 될 기회를 봤고, 그 기회를 잡았다. 셸리는 불리한 조건을 강점으로 바꿨다. 이곳의 자산은 바로 셸리였다. 그가 믿을 수 있는 사람은 바로 셸리였다. 그가 이용할 수 있는 사람은 바로 셸리였다.

밤이 늦었지만, 르모인은 옷을 벗고 침대에 들어가기 전 팰로앨토의 비서에게 봉투에 셸리 노크스를 수신자로 한 서류 파일 봉투를 최대한 빨리 다비시 목장으로 보내라고 지시하는 이메일을 보냈다. 그는 코로와이 고개의 실시간 감시 영상을 마지막으로 확인한 다음 노트북과 불을 끄고 거의 40시간 동안 깨어 있었다고 계산하면서 잠 속으로 빠져들었다.

르모인은 그날 오후 딱 필요한 만큼 이상은 일분일초도 더 손다이크에 머물지 않았다. 그날 아침 일찍 셸리와 미라가 안 가로 떠난 뒤, 그는 나머지 사람들의 상태를 확인하러 양털 깎기 헛간으로 내려갔다. 다들 아직 자고 있었다. 르모인은 사람들을 깨우고 심각한 척 연기하며 자기가 중재에 나설 수밖에 없었다고 말했다. 이후 대화는 미라와 셸리가 이 강제 은둔에서, 희망컨대 관계를 좀 개선한 뒤 돌아오고 나서야 진행할 수 있을 것이다. 좋은 소식은 두 사람이 돌아오자마자 정식으로 일을 진행할 수 있다는 것이다. 그는 이미 재정 후원 프로그램 전체를 짜뒀고, 그의 변호사들이 법인 설립 문서를 작성하고 그들을 비과세 단체로 등록하는 신청 절차를 밟고 있다. 이름을 공식적으로 등록했고 온라인 도메인도 사뒀다. 현재 웹사이트를 제작 중이며, 그가 좋아하는 디자이너가 로고와 서체 시안을 만들고 있다. 이제 남은 주요 작업은 미래상 성명서, 사명 성명서, 5년 계획안을 작성하는 것이다. 조직을 어떻게 구조하고 관리할지 결정하고 은행 계좌를 만들고 위원을 임명하는 일이 남아 있지만, 이 모든 일은 미라와 셸리가 돌아와야 할 수 있을 것이다. 단체 숙취에 시달리도록 그들을 두고 가기 전, 그는 환각 경험이 즐거웠냐고 물었다. 〈짱〉이었나? 완전 짱이었다고, 그들은 여전히 멍한 얼굴에 흐릿한 눈을 하고 웃으며 단언했다.

르모인은 집으로 돌아가서 다비시에게 자기가 보냈다고 착각한 척하는 짧은 이메일을 보내고 한 시간 정도 기다린 다음 고인의 부인에게 전화했다. 르모인의 계획대로 두 사람은 고인의 전화기가 마지막으로 있었던 장소를 함께 확인한 다음 르모인의 계획대로 이미 알고 있는 것을 찾아 바리케이드까지 올라갔다. 그는 전망대에 차를 세우고 내려 자갈에 난 타이어 자국과 절벽 가장자리의 부러진 나무줄기를 조사한 다음, 아무도 없다는 걸 알면서도 혹시나 누가 보고 있을지 모르니 〈맙소사!〉 하고 말했다. 그는 천천히 가드레일로 걸어가서 아래를 내려다보다가 불탄 SUV 차대를 보고는 두려움에 떠는 목소리로 〈오언?〉 하고 불러 보고는 공포에 질려 고개를 절레절레 흔들며 손으로 얼굴을 한참 쓸었다가 마침내 — 자신의 사실적인 연기에 거의 감동하며 — 전화기를 꺼내 911을 눌렀다.

딸깍 소리가 들리더니 첫첫 하는 통화 연결음이 미세하게 달라졌다. 전화가 다른 번호로 연결되고 있다는 뜻이었다. 르모인은 순간 긴장했지만, 뉴질랜드의 긴급 서비스 번호가 111이라는 사실이 기억났다. 그걸 모르는 미국인들, 혹은 어쩌면 미국 TV를 너무 많이 본 키위인들을 위한 연결 서비스가 있는 게 분명하다고 생각하는 사이, 강한 뉴질랜드 억양을 가진 굵은 목소리의 여자가 전화를 받아 어떤 긴급 서비스가 필요하냐고 물었다.

그는 구급 인력이 올 때까지 기다리는 동안 전화를 몇 통 더 돌렸다. 첫 번째는 질 다비시에게 했고, 질이 기절해서 통화가 끊기자 웰링턴의 긴급 서비스에 전화해 그 주소로 구급차를 보내 달라고 요청했다. 다음에는 팰로앨토의 비서에게 전화해서 차로 두 시간 반경 내 숙소를 알아보고 퀸스타운 호텔 두 군데에서는 모두 체크아웃하고 수행원들을 새 주소로 오게 하라고 시켰다. 그다음에는 킹스턴의 항공 클럽에 전화해서 계획했던 것보다 비행기를 더 오래 쓰게 되었다고 알렸다. 비행기는 활주로에 좀 더 세워 둘 작정이었다. 소방관들이 윈치로 차량 잔해를 절벽 위로 끌어 올리고 시신을 자루에 넣고 꼬리표를 붙이는 동안 비행기가 하늘로 날아오르는 모습을 보이고 싶지 않았고, 고인의 가족이 슬퍼하고 있는데 자기가 공짜로 다비시 목장에 머무는 모습도 보이고 싶지 않았다. 15분 후, 테카포 호수 근처에 옥외 온수 욕조와 실내 온수 수영장을 갖춘 침실 여덟 개짜리 집을 찾았다는 비서의 이메일이 왔고, 막 확인 답장을 보내는 순간 경찰차가 고속 도로 곡선 구간을 돌아서 나타나 그의 옆에 섰다. 그는 차 후면 범퍼에 기대서 있다가 일어나 전화기를 주머니에 넣고 존중의 뜻으로 어깨를 똑바로 폈다.

「이런 질문을 드려서 죄송합니다만,」 경찰이 진술을 받고 절벽 아래 잔해의 상태를 신중하게 파악하기 시작하자 그가 말했다. 「혹시 제가 누군지 아십니까? 이런 질문을 하는 이유는 — 제가 쓸 수 있는 돈이 좀 있는데 — 어쩌면 조금이나마 도움이 될 수 있을 것 같아서요.」

경찰들이 미심쩍은 눈길을 교환했다.

「저기, 그냥 솔직히 말씀드리죠.」 르모인이 말했다. 「전 억만장자입니다. 제겐 돈이 문제가 안 돼요. 그러니 필요한 장비나 지원, 제가 말해 볼 수 있는 사람, 어떤 식으로든 여러분 일에 도움이 될 만한 게 있다면 부디 알려 주세요. 제 말은, 맙소사, 저기 밑에 있는 사람이 정말 오언이라면…… 그 사람은 제 친구였어요. 같이 사업을 했어요. 부인도 알고요. 전 그 친구 집에 묵고 있었어요, 세상에. 저 친구는 어젯밤에 절 만나러 오고 있었다고요. 그러니까 필요한 건 뭐든지. 네? 꼭 말해 주십시오. 제가 할 수 있는 일이라면 뭐든지, 뭐든지요.」

경찰의 표정이 부드러워졌다. 그들은 르모인의 연락처를 적고 팔을 어루만지며 위로했고, 그가 시계를 보며 질 다비시가 괜찮은지 확인하러 꼭 다시 전화해야 한다고 하자 자리를 비켜 줬다. 정오쯤 되자 소방차가 도착했고, 한 시간 후에는 견인 차량과 크레인이 장착된 트럭이 왔고, 사람들이 어떻게 절벽을 오를지, 아래에 있는 잔해에서 시신을 꺼낼지 아니면 끌어올릴 때까지 기다릴지 토론하며 우왕좌왕하는 동안, 르모인은 손다이크로 돌아가서 고속 도로 변 식당에서 사람들에게 돌릴 콜라와 버거를 샀다. 그가 돌아오자 다들 진심으로 기뻐했고, 그가 자기 것도 주문한 것을 보자 더 기뻐했다. 손다이크 식당에 억만장자라니! 억만장자가 자기들과 어깨를 맞대고 도로변 자갈 위에 서서 흰 빵에 붉은 고기에 지방 천지에다 설탕도 첨가한 점심, 자랑스러운 점심, 노동자의 점심을 먹다니! 르모인은 계속 우울한 표정을 짓고 콜라 캔으로 오언에게 혼자 건배했고, 다들 식사를 끝내자 경찰관들에게 먼저 가보겠다고 조용히 말했다. 시신의 신원 확인을 위해 남고 싶지만 그건 다른 사람이 할 일이라는 말을 이미 들었고, 진술도 마쳤고, 무슨 일이 있으면 연락할 전화번호도 줬으니. 그는 경찰들과 악수하고 감사 인사를 건네면서 차량 회수든 검시든 뭐든 자기가 도울 일이 있으면 돕겠다고 다시 한번 말했다.「언제건, 밤이건 낮이건 전화하십시오.」그가 말했다.「전 아무래도 고인의 가족들과 웰링턴에 있을 것 같습니다. 그분들이 원하는 바에 따라서요. 하지만 언제든 연락받을 수 있습니다.」그는 차 문에 손을 얹고 잠시 주저하는 척했다.「그런데,」그가 시선을 저

먼 곳으로 옮기며 말했다. 「이상해요. 전 종교가 없고, 종교를 가진 적도 없고, 가질 생각도 없지만, 방금 오언을 생각하니 갑자기 성호를 긋고 싶어지는군요.」

르모인은 다음 날 아침 늦게 일어나자마자 감시 영상을 틀었다. 손다이크에는 비가 내려 시야가 좋지 않았지만, 전망대 위로 고도를 내려 보니 SUV 잔해는 다 치워졌고 바리케이드 옆 도로변 자갈도 깨끗했다. 그건 시신의 신원이 공식적으로 밝혀졌다는 뜻일 수 있었다. 뉴스를 확인했지만, 전날 밤 그와 미라가 함께 읽은 기사 이후로 후속 기사는 없었다. 그는 양털 깎기 헛간 상공 영상으로 옮겨 갔고—아무것도 없었다. 비 때문에 버넘 숲 회원들은 모두 헛간 안에 있었다—그러고 나서는 안가의 상공 영상을 틀어 봤지만 새로운 건 거의 없었다. 차고 지붕 아래로 튀어나온 미라의 밴 후면 범퍼가 보이는 것 외에는 아무것도 없었다. 늘 하듯이 코로와이 침출 구덩이 상공 영상도 확인했지만, 그쪽은 비가 더 거세게 내려 자기가 정확히 뭘 보고 있는지 확인하는 데만도 몇 분이 걸렸다. 어디에도 인간의 움직임은 보이지 않았다.

르모인은 수영을 하고 스무디를 만든 다음 질 다비시에게 전화를 걸었다.

「이틀째군요.」 질이 전화를 받자, 그가 말했다. 「어떤 점에서는 전보다 낫고, 어떤 점에서는 훨씬, 훨씬 더 안 좋죠.」

「애들이 여기 와 있어요,」 질이 말했다. 「감사한 일이죠. 그냥 모든 일이 진짜가 아닌 것 같아요.」

「압니다.」

「오언에게 말하려고 했던 것들이 계속 생각나요.」질의 목소리는 공허했다. 「그냥 작은 것들. 지난주에 봤는데, 오언이 들었다면 웃었을 일, 신문에서 읽은 것, 그냥 잊어버리고 말하지 않은 것.」

「정말 힘든 시간이에요.」그가 말했다.

「그래요.」질이 말했다. 잠시 두 사람은 아무 말도 하지 않았다.

「질,」그가 마침내 말했다. 「솔직하게 말해야겠습니다. 전 장례식에 참석하지 못해요.」

질이 이상한 웃음소리를 냈다. 「맙소사,」질이 말했다. 「누군들요?」

「제가 가면 언론이 따라올 테고, 그러면 이야기가 돼요. **제가 이야기가 될 겁니다.** 그건 싫어요. 오언도 그럴 겁니다. 그러니 장례식에는 안 가려고요. 그냥 아셨으면 해서.」

「지금 어디 계세요?」질이 갑자기 물었다.

「무슨 뜻인지?」

「그러니까 어느 방에 있냐고요? 집 어디에 있죠?」

「집 아닌데요.」르모인이 말했다.

「아,」질이 말했다. 「집에 계신 줄 알았어요.」

「거긴 그냥 오언을 만나러 간 거예요.」그가 말했다. 「계속

444

거기 있는 건 적절하지 않은 것 같아서.」

「언제 떠났어요? 오늘, 어제?」

「어제요.」

「아.」 질이 다시 말했다.

다시 침묵이 흘렀다.

「제가 다시 가볼까요?」 그가 말했다.

「아니에요.」 질이 말했다. 「로버트, 뭐 한 가지만 말해 줄래요?」

「뭘요?」

「버넘 숲이 뭐죠?」

르모인은 숨을 훅 들이마셨다. 하지만 예상한 일이었다.

「당신 이메일에 있었어요.」 질이 말했다. 「어제 보낸 이메일, 이미 보냈다고 착각했던 이메일이요.」

「알아요.」 그가 말했다. 「질—」

「찾아봤어요.」 질이 말했다. 「원예 공동체라는 곳밖에 안 나오더라고요.」

「이메일 읽지 말아요. 그래 봤자 괴로워질 뿐입니다.」

「크라이스트처치에,」 질이 말했다. 「오언은 크라이스트처치에 제대로 가본 적도 없어요. 음, 금요일에는 가지만, 그것도 그냥 통과할 뿐이고요.」

「지금은 이 문제를 이야기할 때가 아닙니다.」 그가 말했다. 「하지만 맞아요, 원예 단체예요. 오언과 저는 자체 자금을 조달해서 지원하자는 논의를 하고 있었어요. 하지만 정말이지 지금은 그게 중요하지 않아요. 중요한 건—」

「지금 지원이라고요?」질이 말했다. 「투자 같은?」

「지금은 정말 그 이야기를 할 때가 아닙니다.」그가 더 단호하게 반복했다. 「질, 그건 그냥 아이디어에 불과했어요. 그냥 생각해 보던 일이었죠. 우린 아직—」

「어떤 투자요?」질이 말했다. 「얼마나?」

「음, 비영리라서 기부에 가깝다고 봐야죠. 박애 차원 그런 것. 북쪽 프로젝트 다음으로 자연스러운 수순 같았어요. 이미 지도 괜찮고, 가치도 괜찮고. 친환경 증명으로도 좋고. 하지만 말했듯이—」

「이해가 안 돼요.」질이 두 번째로 그의 말을 잘랐다. 「로버트, 이 말은 해야겠어요. 전혀 이해가 안 돼요.」

그는 인내심을 잃고 있었다. 「뭐가 이해가 안 됩니까?」그가 목소리를 고르게 유지하려고 애쓰며 말했다.

「전부 다요,」질이 격하게 말했다. 「자연 보호 딱지요.」

「무슨 자연 보호 딱지요?」

「그러니까 우린 그냥 웃기다고 생각했거든요.」질이 말했다. 목소리가 점점 날카로워졌다. 「**하하하** 이런 게 아니라, 그냥 웃기다고요. 오언은 **자연 보호론자**가 아니에요. 방제 회사잖아요. 사방에 고객이 있어요. 오언은 사냥꾼이에요. 오언 아버지는 도살업을 했고. 오언은 절대 그런 히피 유형이 아니라고요. 관심도 없어요, 그런…… 내 말은, 물론 오언도 관심을 가지고 있고 저도 그렇기야 하죠. 하지만 그런…… 이 드론 프로젝트 말이에요. 오언이 그런 상상을 한 건 당신을 만나고 나서예요. 그게 당신 분야이고, 오언도 봤거든요. 그게 어떤 식으로…… 다른 나라에서…… 게다가 원래는 코로와이에서 진행될 예정이었잖아요, 기억나요? 그건 그냥 오언이 애착을 가진 아이디어였어요, 일종의…… 이렇게 크게는 아니……. 그런데 갑자기 **자연 보호**에 기여했다고 오언한테 기사 작위를 주잖아요. 프로젝트는 아직 착수도 안 했는데! 우린 어안이 벙벙했죠.」

르모인의 다른 한 손이 주먹을 꽉 쥐었다. 「음, 그건 제가 설명할 이야기가 아닌 것 같습니다.」 그가 말했다. 「우리 나라에서는 기사 작위 같은 걸 안 주거든요.」

「그런데 지금 당신이 친환경 증명이니 재정 지원이니 박애주의 같은 소리를 하니까, 어, 이건 **그**이답지 않다는 거죠. 이해가 안 돼요.」

그는 철회해야 한다는 걸 알았다. 「질,」 그가 말했다. 「이건 정치적인 게 아니에요. 그냥 브랜드 관리예요. 오언은 자연 보호론자로 칭송받았잖아요. 이미지에 잘 맞았어요. 이건 평판 문제예요. 우리가 이야기한 것도 그런 식이었고요.」

「저랑은 안 했어요.」 질이 말했다. 「저한테는 한마디도 안 했어요.」

「음, 그것도 제가 말할 수 있는 문제는 아니죠. 오언이 왜 부인을 놀라게 하려고 했는지 전 모릅니다. 묻지도 않았고요.」

질이 숨을 들이마셨다. 「정말 솔직하게 말해 주겠어요?」

「뭐에 대해서요?」

「거기 ─」 꼴깍 침 삼키는 소리가 들렸다. 그러더니 질이 쉰 듯한 목소리로 말했다. 「거기 여자가 개입되어 있나요?」

그는 너무 놀라서 거의 웃음을 터뜨릴 뻔했다. 「아, 질,」 그가 말했다. 「아뇨. 아니에요, 질. 잘 들어요, 오언은 그 사람들을 만나지도 않았어요. 이번 주말에 모두를 처음 만나러 내려오던 길이었어요. 그래서 저도 거기서 기다리고 있었고요. 다음 날 다 같이 이야기하려고. 정말이에요, 오언은 그 사람들이랑 전화도 한 적 없어요. 그런 일은 없어요, 약속해요.」

「알았어요.」 질은 말했지만, 납득한 어조가 아니었다.

「질,」 그가 말했다. 「그런 생각이 드는 것 이해합니다. 정말이에요. 하지만 자신에게 그러지 말아요, 오언에게 그러지 말아요. 내 말을 믿어요. 그러면 슬픔이 더 길어지고 더 힘들어질 뿐입니다.」

전화기 저쪽 멀리서 덜컥대는 소리, 그리고 목소리들이 들렸다.

「미안해요.」 질이 말했다. 「누가 왔어요. 가봐야겠어요.」

「잘 있어요.」 그가 말했다. 「필요하면 전화해요.」

「고마워요, 로버트.」 질이 말했다. 「정말로, 고마워요. 전화 고마워요.」

르모인은 눈살을 찌푸리며 전화를 끊은 뒤 텅 빈 방에 대고 욕설을 퍼부었다. 잘못 계산했다, 엄청나게. 그는 오언 다비시를 있는 그대로 받아들였다. 더 중요한 건 기사 작위도 있는 그대로 받아들였다는 것이다. 끝도 없는 그놈의 주홍이마모란앵무니 흰제비갈매기 이야기에 신물이 난 나머지 그는 다비시가 환경에 대한 깊은 열정이나 이상에 의해 움직인 적이 없다는 걸 알아채지 못했다. 그 자연 보호 프로젝트는 그저 연줄을 통해 이익을 얻고 자기 사업을 돋보이게 하고 장비를 가지고 놀고 억만장자의 후광에 편승하려는 수단에 불과했다. 다비시는 자연 보호론자가 아니었다. 그냥 자기 잇속만 차리는 평범한 기회주의자인데, 오로지 정치적 편의와 운발로 기사 작위를 받았던 것이다.

이제 르모인에게는 심각한 문제가 생겼다. 질 다비시는 그의 이야기를 믿지 않았다. **그를** 믿지 않는 건 아니지만—적어도 그는 아직 부인의 신뢰를 얻고 있다—이미 버넘 숲을 의심하고 있었다. 가시가 피부 아래 박혀, 혈액을 타고 흐르고 있다. 조만간 부인은 단체를, 특히 젊은 여자들, 매력적이고 활동적이고 생기 넘치며 야외에서 일하느라 다들 날씬하고 햇볕에 그을린 젊은 여자들을 만나 보고 싶어 할 테고, 그러면 미라가 목장에 가장 오래 있었다는 사실을 알게 될 테고, 그러면 미라가 이 단체 설립자라는 것도 알게 될 테고, 그러면 미라와 이야기하고 싶어 할 테고, 그러면 미라에게 질문하기 시작할 테고,

그러면 미라는 무너질 것이다.

시신의 신원이 확인되자마자 다비시 방제에 애도를 표해야겠다. 너무 비극적인 손실이라느니, 아직 너무 젊고 너무 할 일이 많다느니, 그 분야의 거인이라느니, 가정적인 남자라느니, 모두에게 영감을 준다느니, 허튼소리를 지껄여 대야겠다. 다비시는 금요일 밤 자기를 만나 조만간 시작할 또 하나의 프로젝트, 두 사람 모두에게 몹시 소중한 환경 운동 프로젝트를 논의하러 집에 오던 길이었다는 이야기도 해야지. 그 이메일은 분명 유출될 테고 — 그건 쉽게 손쓸 수 있다 — 일단 질 다비시도 다른 출처를 통해 남편의 유산에 대해 알게 되고, 그의 미덕을 칭송하는 소리를 듣고 또 듣고 글로도 읽고 방송에서도 보기 시작하면, 자기가 오해한 것 아닐까 생각하기 시작할 것이다. 기억은 통제하기 쉽고, 슬픔에 빠져 있을 때가 가장 쉽다. 그는 질이 품은 의심을 본인을 향해 돌려놓을 것이다. 할 수 있다. 질의 마음을 바꿔 놓을 수 있다.

그리고 버넘 숲은? 뭐, 그 인간들은 그 백만 달러를 벌어야만 하도록 만들어 주지, 르모인은 생각했다. 준비 작업에 파묻히게 해줄 작정이었다. 리더십 교육, 편견 방지 교육, 미디어 교육, 기금 모금 워크숍……. 그가 상상할 수 있는 온갖 말도 안 되는 시간 낭비 코스를 다 듣게 해줄 것이다. 전국으로 답사 여행도 보내고. 잠재적 기부자, 전략적 파트너, 정치가, 인플루언서, 생각할 수 있는 온갖 사람과 회의를 잡아 줄 것이다. 공동체 지도자들도, 소수 집단들도. 지루해서 눈물이 쏙 빠지도록 만들어 줄 것이다.

세 번째 전화기가 더플백 안에서 울리기 시작했다. 그는 가방을 뒤적여 전화기를 꺼냈다.

「웨슐러요.」 그는 전화를 받았다. 그런 뒤 잠시 듣고만 있었다. 그의 빈손이 다시 주먹을 움켜쥐었다. 그가 말했다. 「어디서?」 그러고는 「얼마 전에?」 그런 뒤 전화를 끊었다.

그는 코로와이 침출 구덩이 상공 영상에 들어가 보관된 금요일 영상을 다운로드했고, 영상이 변환되는 동안 초조하게 기다렸다. 그러고는 창을 열고 커서를 타임라인 오른쪽 끝까지 끌고 간 다음 되감기 버튼을 눌러 영상이 4배속으로 역재생되면서 이미지가 떨리고 흔들리는 모습을 지켜봤다. 그는 거의 15분 동안 눈도 깜박이지 않고 영상을 본 끝에 스크린 가장자리에서 조그맣게 흔들리는 움직임을 발견했고, 즉시 손을 뻗어 자판을 눌러 영상을 일시 정지시켰다. 진한 색 장갑과 발라클라바, 목까지 지퍼를 올린 재킷 차림의 남자가 손에 환한 사각형을 들고 성큼성큼 걸어가던 중 한쪽 다리를 앞으로 뻗은 자세로 포착되었다. 르모인은 영상을 조금 더 앞으로 돌려 재생 버튼을 누르고, 모니터 앞으로 상체를 구부린 채 남자가 침출 구덩이들 주변을 조심스럽게 돌아다니다가 허리를 구부리고 르모인이야 진짜 정체를 알지만 위에서 보면 지형 윤곽처럼 보이는 거대한 위장용 그물망의 가장자리를 들어 올리는 모습을 지켜봤다. 그러자 이상한 착시 효과가 생기면서 마치 남자가 손으로 그림자를 드리우는 것처럼 보였다. 남자는 허리를 펴고 환한 사각형을 두 손으로 잡고 얼굴에 갖다 댔다가 가슴까지 손을 내리더니 오른손 엄지손가락으로 그 물건을 어루만졌다. 사람들에게서 못 본 지 수년은 된 동작이었다. 르모인의 피가 얼어붙었다. 환한 사각형 물체는 카메라였다. 남자는 사진을 찍고, 그런 다음 필름을 감고 있었다.

토니는 비를 기다리고 있었다. 비는 느닷없이 내렸다. 구름이 낮고 길게 깔리고 몇 방울 후드득 떨어지더니 이내 억수같이 쏟아졌다. 하지만 토니는 하늘이 활짝 열리기도 전에 재킷 지퍼를 올리고 배낭을 둘러메고 숨어 있던 토타라나무 밑에서 기어 나와 달리고 기고 헛디디고 미끄러지며 코로와이 분지 밖으로 달렸다. 주머니 안에 든 소중한 필름을 손으로 덮어 가리고 배낭을 덜렁거리며 사이렌 소리, 경고의 고함 소리, 총소리, 이제는 착각할 수 없는 드론 소리에 귀를 기울이며 수풀을 뚫고 지그재그로 달렸다. 하지만 아무도 오지 않았다. 무릎과 발목이 비명을 지르고 숨을 쉴 때마다 허파를 찌르는 것 같았지만 그는 몇 시간 동안 쉬지 않고 달려 능선 위 길로 돌아왔고, 왼쪽과 오른쪽 계곡을 가득 채운 구름 위를 달려 목장 위쪽에 만들어 둔 돌무덤을 지났다. 비가 잦아들기 시작하더니, 그가 손다이크로 내려가고 있을 때 완전히 멈췄다. 그는 버로니카의 차를 주차해 둔 방문객 센터에 갈 때까지 절대 멈추지 않겠다고 결심하고 이를 악물고 속도를 높였다.

토니는 이틀 전 코로와이 철조망 안에 들어가는 데 성공했다. 거기서 본 것 대부분이 이름은 뭔지 몰라도 환경 파괴라는 것을 보자마자 알 수 있었다. 유독하고 탐욕스럽고 불합리한 제국주의 단계 자본주의의 산업적 수치의 표시를 그는 알아볼 수 있었다. 그는 모두 사진기로 찍었다. 누가 봐도 은폐가 아닌 다른 과학적 목적 없이 땅 위에 펼쳐진 거대한 위장용 그물망, 그걸 들자 보이던 거대한 격자 모양으로 땅에 박힌 수십 개, 어쩌면 수백 개의 맨홀 뚜껑, 그 너머에 역시나 위장되어 숨겨진 PVC 파이프 더미와 돌돌 말린 호스, 텅 빈 드럼통, 수많은 돌무더기, 트랙터 크기의 정체 모를 ― 일종의 펌프 같아 보이는데, 소방차처럼 옆구리에 밸브와 다이얼 들이 달린 ― 장비 등을 모두 찍었다. 주위 식물은 다 죽거나 죽어 가고 있었다. 나무는 시들시들하고, 양치식물 잎은 시커멓게 말라 죽고, 죽은 나뭇가지에는 하얀 먼지가 쌓이고, 죽은 벌레 껍질들이 발밑에서 바삭바삭 밟혔다. 심지어 새들도 죽어 있었다. 사냥꾼새, 흰눈썹솔새, 부채꼬리딱새, 케레루. 어떤 새들은 여전히 통통하고 반들반들했지만, 어떤 새들은 말라비틀어지고 부패해 납작해져 있었다. 그는 거기에 한순간도 더 있고 싶지 않아 신속하게 움직였고, 필름 한 통을 다 쓴 뒤 그 구역을 떠나기 전에 마지막으로 맨홀 아래 뭐가 있는지 보고 싶어 뚜껑 하나를 옆으로 밀어 봤다. 뚜껑은 몹시 무거웠지만, 억지로 힘을 주니 움직였다. 뚜껑을 옆으로 밀자, 지름이 1미터 조금 안 되는 원통형 시추공이 암반을 뚫고 박혀 있었다. 얼마나 깊은지는 알 수 없었다. 왜냐하면 맨홀에는 속이 뒤집히는 역한 냄새를 풍기는 화학 용액이 입구까지 찰랑찰랑 차 있었기 때문이다. 즉시 뚜껑을 다시 덮었지만, 그 냄새는 가시지 않았다. 유독하고 사악한 악취였다. 그 악취가 코와 폐뿐만 아니라 혈관과 창자, 손가락 끝에서까지 느껴졌다. 탈진한 몸으로 더듬더듬 차 키를 찾아 문을 열려고 덜컥거리면서 그 냄새를 다시 생각하자, 메스꺼움이 밀려오고 머리가 찌르는 듯이 아프기 시작했다. 운전석에 들어가 문을 닫아도 여전히 그 냄새가 나는 것 같았다. 그는 키를 점화 장치에 꽂고 환기를 위해 창문을 열었다.

그러고는 덜덜 떨면서 앉아 있었다. 그는 여전히 쫄딱 젖고, 여전히 거칠게 숨을 몰아쉬고, 맥박은 여전히 목에서 고동치고 있었다.

정부의 제안은 전혀 철회되지 않았다. 그들은 대중의 압력에 굴복한 게 아니었다. 평화 시위를 존중한 게 아니었다. 대중의 정서에 조건부로 항복한 게 아니었다. 그들은 국민의 의지에 반해, 국민 **모르게**, 불법으로, 비도덕적으로, 환경 감시도 없이, 아니, 그 어떤 감시도 없이, **게다가** 오토노모와의 관계를 생각하면, 외국 기업과 공모해서 그냥 몰래 국립 공원을 채굴하기 시작했던 것이다. 이건 역사적 규모의 도둑질이고 ― 최고 수준의 음모와 부패였다 — 민주주의에 대한 범죄이고 — 이 나라 역사를 통틀어 가장 심각한 음모, 가장 충격적인 거짓말, 가장 터무니없는 자연 약탈이자 권력 남용이었다 — 반역이었다. **반역**, 토니는 머릿속으로 소리 없이 되풀이하며 참으로 고색창연하고, 심지어 공상적으로 느껴지는 단어라고 생각했다.

그는 충격이 너무 커서 웃음을 터뜨렸지만, 그 웃음은 거의 즉시 가라앉았다. 그 대신 도저히 용서할 수 없는 후기 자본주의의 타락, 환경뿐만 아니라, 시민 기관뿐만 아니라, 지적·정치적 이상뿐만 아니라, 이제는 **가능**하다고 느낀 것들에 대한 자신의 기대마저 타락시킨 후기 자본주의를 향한 분노와 절망이 물결처럼 밀려왔다. 오늘날의 무분별하고 파괴적이고 영혼 없고 자기중심적이며 황폐한 이기심에 대한, 자신의 정치적 무의미함과 무력함에 대한, 그리고 자신의 당연한 유산, **미래**를 팔아 치워 버리거나 황폐하게 만든 부모 세대의 철저한 뻔뻔스러움에 대한 익숙한 슬픔과 무력한 분노의 파도가 덮쳐왔다. 그들은 그를 영원한 사춘기 속에 가뒀고, 진짜 삶을 서서히 잠식해 식민지화하고 유아적 비현실을 제시하는 인터넷으로 인해 이런 현상은 한층 심해지고 있었다. 〈진짜 삶이라니.〉 토니는 씁쓸하게 생각했다. 왜냐하면 후기 자본주의는 후기 자본주의의 논리 외에는 아무것도 〈진짜〉라고 인정하지 않고, 자기 이익만이 유일한 보편이며 이익 추구만이 유일한 절대라 선포하고, 그런 목적에 부합하지 않는 모든 것은 조롱받아 마땅한 나약함이나 백일몽이라며 비웃기 때문이다.

　그러더니 그런 분노 또한 잦아들고 덜덜 떨리는 몸과 쿵쾅
거리는 심장만 남고, 가슴에 행복감과 몹시 비슷한 감정이 차
오르기 시작했다. 그는 커다랗게 말했다. 「세상에,」 그리고 또
한 번 「세상에,」 외친 다음 감탄하며 조용히 말했다. 「겁나 유
명해지겠네.」

　그는 갑자기 손다이크와 조금 거리를 두고 싶어져 안전띠를
채우고 키를 돌려 시동을 걸었다. 가장 가까운 마을은 차로 한
시간 정도 떨어져 있었다. 인터넷 연결이 잘 되는 모텔에서 하
룻밤 편히 지내면서 뜨거운 물로 샤워도 하고 생각을 정리한
뒤 다음 계획을 짜볼 생각이었다. 노트북은 조수석 아래 ― 손
을 뻗어 확인해 보니, 여전히 거기 있었다 ― 있고, 전화기는
배낭 맨 아래쪽에 지난 한 주 내내 그랬듯이 전원을 끄고 사춘
기 이래 지금까지 도보 여행을 할 때마다 가지고 다녔지만 한
번도 쓸 일 없었던 비상 포일 담요에 싸서 냄비 안에 넣어 뒀
다. 그건 너무 지나친 조심일 수도 있었다. 특히 그가 찍은 사
진들은 디지털이 아니어서 훔치거나 추적하는 건 물론이고 그
를 제외하고는 아무도 볼 수조차 없으니까. 하지만 그는 현상
소에서 사진을 현상할 때까지, 아니 현상하고, 복사하고, 복사
본을 안전한 장소에 두고, 기사를 쓰고, 『가디언』, 『쥐트도이체
차이퉁』, 『뉴욕 타임스』 등 각국의 갖가지 신문사에 보내기 전
에는 쉴 수 없었다. 전 세계 신문 1면에 내 이름이 실리기 전에

는 절대 쉴 수 없어, 그는 생각했다.

방향 지시등을 켜고 어깨 너머를 보며 차를 고속 도로로 빼고 있는데, 뭔가 차 보닛을 세게 쳤다. 토니가 휙 돌아보자, 식당 주인이 왼쪽 헤드라이트 옆에 서서 멍청하게 싱글거리며 손을 흔들고 있었다.

「이제 기자예요?」 그가 물었다.

토니는 남자를 쳐다보기만 했다.

「물어봐 달라면서요.」 남자가 운전석 창 쪽으로 어슬렁어슬렁 걸어오며 말했다. 「그랬잖아요. 〈다음에 또 만나면 제게 다시 물어봐 주세요.〉 이제 다시 만났으니까, 그래서.」

「아,」 토니가 말했다. 「그랬지.」 그는 거의 반사적으로 — 어쩌면 긴장으로 쌓여 있던 에너지를 쏟아 내고 싶어서 — 시동을 끄고 핸드 브레이크를 세게 잡아당긴 다음, 마치 남자가 교통경찰이고 단속에 걸려 멈춰 선 것처럼 핸들을 양손으로 꼭 잡고 있었다.

「그래서?」 남자가 물었다. 「기자예요?」

대답하기 전 찰나의 침묵 속에서 토니는 그 소리, 멀리서 웅웅대는 소음, 조개껍데기 속에서 나는 것 같은 소리, 점점 높아져 가는 부르릉 소리를 또 들었다.

「뭐 하나 부탁 좀 해도 될까요?」 토니가 남자에게 말했다. 「고개 들고 저 위에 드론이 있는지 좀 봐줘요.」

「지금?」 남자는 말하면서 벌써 고개를 뒤로 빼고 이리저리 돌리며 하늘을 확인했다. 그러더니 멈추고 손가락으로 가리켰다. 「보자,」 남자가 말했다. 「그러네. 저거 봐! 어…… 이제 날아가 버리는데.」 남자는 다시 싱글거리며 토니를 돌아봤다. 「멋진데요! 저거 누구 거예요?」

창자가 흐물흐물 녹아내리는 것만 같았다. 토니는 핸드 브레이크를 풀고 시동을 다시 켠 다음 운전석 창문을 닫으려고 버튼에 손가락을 갖다 댔다. 「분명 정부 관계자일 거예요.」 그는 평상시 목소리를 유지하려고 애쓰며 말했다. 「그리고 아까 하신 질문에 대한 대답은, 맞아요.」

토니는 앞 창문을 통해 최대한 하늘을 볼 수 있도록 핸들 위로 상체를 구부린 채 손다이크에서 달려 나오면서 어머니가 즐겨 해주시던 옛날이야기를 생각했다. 어머니가 갓 결혼하고 조부모님을 처음으로 저녁 식사에 초대했을 때 이야기였다. 어머니는 잘 보이고 싶어서 긴장해 있었는데, 첫 번째 코스를 내오려고 부엌에 들어가서 보니 당황스럽게도 수프가 스토브 위에서 굳어 있었다. 어머니는 수프를 거르려고 체를 꺼냈는데, 당황한 나머지 체를 싱크대에 놓고 냄비 안 수프를 거기다 부어 버렸고, 그 순간 실수를 깨달았다. 물론 수프는 배수구로 흘러가 버렸고 남은 건 응결된 덩어리뿐이었다. 그 이야기는 너무 많이 들어서 마치 자기 기억 같았다. 뭔가 결정적 구절 — 토니 할머니가 했던 신랄한 말 — 이 있는 이야기였지만, 그건 기억나지 않았다. 토니의 뇌리에 남은 내용은 체에 남은 덩어리와 배수구로 흘려 버린 수프, 엉뚱한 부분만 남겼다는 것을 깨달은 어머니의 경악이었다.

미라는 모르고 있다. 호수 끝을 지나 언덕을 내려가고 평원을 향해 계속 달려 1차선 다리를 건너고 바위 깎은 길을 지나고 버려진 철길 건널목들을 지나고 갑자기 그늘로 들어갔다가 다시 나오며 달려가는 동안 토니의 머릿속에서는 계속 이 생각이 맴돌았다. 미라는 모른다. 회원들도 모른다. 토니는 확신했다. 그들이 일하는 모습을 능선에서 쌍안경으로 보지 않았다 해도, 심지어 후이에 가서 미라가 흥분과 열망을 감추지 못하며 르모인의 제안에 관해 이야기하는 것을 듣지 않았다 해도 확신했을 것이다. 미라가 영혼을 팔았을지언정, 그건 적어도 미라에게는 영혼이 있긴 하다는 뜻이겠지. 토니는 생각했다. 미라는 코로와이에서 벌어지는 일을 모른다. 알 리가 없다. 미라는 모르고 있다.

토니는 소변을 보고 싶었지만 5분, 그러고도 10분, 그러고도 15분을 더 달렸고, 마침내 도저히 참을 수 없는 상태가 되자 협곡이 내려다보이는 도로변 일시 정차 구역 자갈땅에 차를 세웠다. 그는 시험 삼아 시동을 끈 뒤 창문을 열고 귀를 기울여 봤지만, 새소리와 나뭇가지를 스치는 바람 소리밖에 들리지 않았다. 그는 차에서 내려 손차양을 하고 하늘을 쳐다봤다. 투명한 청록색 하늘은 비가 온 뒤라서 높고 맑았고, 하얀 구름이 북쪽과 동쪽에서 질주하고 있었다. 그는 눈이 시릴 때까지 수

평선을 꼼꼼히 살핀 다음 최대한 빨리 볼일을 보고 차로 돌아왔다. 계기판 시계를 확인해 보니 시속 평균 80킬로미터로 45분을 달려왔다. 그럼 60킬로미터, 곡선 구간을 고려하면 직선거리 — 드론이 나는 궤도 — 로는 아마 그보다 좀 덜 될 것이다. 50킬로미터라고 치자. 드론이 그렇게 멀리, 그렇게 빨리 날 수 있을까? 연료를 재보급하기 전에 얼마나 오래 날 수 있을까? 알 수 없지만, 토니는 드론을 따돌렸다고 꽤 확신했다.

막 다시 출발하려는 순간, 창문을 진하게 코팅한 SUV 두 대가 반대 방향에서 굉음을 내며 그를 지나쳐 손다이크 쪽으로 달려갔다. 1초도 지나지 않아 끼이익 하고 타이어 소리가 났고, 두 번째 차가 일시 정차 구역을 지나 고속으로 후진하더니 차를 휙 옆으로 틀어 협곡 위 다리를 막았다. 첫 번째 차도 곧 그 뒤를 따라 토니를 지나쳐 후진했고 끼이익 하고 핸드 브레이크를 당겨 아스팔트 위에 시커먼 자국을 남기며 차를 돌려 두 번째 차 옆에 끽 멈춰 섰다. 그러고는 아무 일도 일어나지 않았다. 창문을 어둡게 선팅한 차들은 공회전 상태로 부르르 떨며 기다렸다.

토니는 속이 울렁거렸다. 그들은 토니를 가두고 있었다. 손다이크로 돌아가는 길은 — 손다이크까지 갈 수 있다 쳐도 — 막다른 골목이었다. 이 사람들은 분명 방어 운전의 고수들이었다. 그를 찾으러 파견된 사람들이었다. 어쩌면 길에서 밀어 버리라고 보냈는지도 모른다. 토니의 전화기는 배낭 바닥에 있지만, 어찌어찌 전화기를 꺼내 켤 수 있다 해도 신호가 잡히지 않을 수도 있고, 신호가 잡힌다 해도 구조 팀이 여기까지 오는 데는 시간이 걸릴 것이다. 지난 45분 동안 그는 아무도 보지 못했다. 운전자도, 농부도, 자전거 타는 사람도, 도로 공사 인부들도 없었다. 목격자가 없구나, 그렇게 생각하자 속이 더 뒤집어질 것 같았다.

　그는 왼쪽을 쳐다봤다. 일시 정차 구역 가장자리를 따라 나지막한 가드레일이 있고, 그 너머로는 자갈 언덕이 가파른 경사를 이루며 협곡으로 떨어졌다. 샛강은 아래쪽으로 갈수록 부채꼴로 넓어지며 바위투성이 여울이 되었고, 그 너머 언덕에는 원시림이 빽빽하게 우거져 있었다. 차에서 내려 절벽 가장자리를 미끄러지며 뛰어내리면 물살을 타고 헤엄쳐 다리를 지나 숲으로 갈 수 있을 것이다. 한발 앞설 수 있다. 저들은 아마 자신이 차를 떠나리라고는, 더구나 물에 뛰어들 거라고는 전혀 예상하지 못할 것이다. 운을 걸어 봐도 될까? 토니는 옆 좌석에 놓인 배낭을 힐끗 보고 다시 SUV들을 봤다. 그는 조심스레 안전띠를 풀고, 안전띠를 다시 매라고 깜박이는 계기판 붉은 등을 무시하며 최대한 천천히, 눈에 띄지 않게 움직였다. 점화 장치에 꽂힌 키를 돌려 기어를 1단으로 놓은 다음 손다이크에 돌아가기 위해 삼단 회전을 하려는 것처럼 자갈 위에서 깔끔한 커브를 그리며 가드레일 옆에 차를 바싹 갖다 댔다. 그에 반응해 저쪽 차 엔진 소리가 살짝 커지는 게 들렸다. 그는 차를 후진시켜 삼단 회전의 두 번째 지점까지 동작을 완료했다. 그는 여전히 일시 정차 구역 안이었고, 길 건너편으로 와서 지나온 방향을 바라보고 있었다. 운전석은 가드레일 바로 옆에 있었다. 이상하게 기분이 차분했다. SUV들이 추적 태세를 갖추고 전진했다. 선팅 창문 너머로는 아무것도 보이지 않았다. 토니는 행운을 빌며 주머니 속 필름을 만졌다. 숨죽이고 셋까지 센 뒤 배낭을 움켜쥐고 문을 열어젖혔다. 그는 뒤도 돌아보지 않고 가드레일을 훌쩍 뛰어넘어 강물을 향해 언덕 아래로 몸을 날렸다.

일요일 저녁 늦게 미라가 별채 부엌에 서서 전기 포트 물이 끓기를 기다리고 있는데, 진흙투성이 SUV 한 대가 진입로로 들어오더니 남자 한 명이 내렸다. 그는 미라의 시야에서 사라져 차고로 들어가더니, 1분 후 SUV로 돌아가 뒷좌석에서 커다란 공구 상자와 코킹 건을 꺼냈다. 남자는 물건들을 차고에 갖다 놓고 다시 자기 차로 돌아가 트렁크를 열고 완충 비닐 포장재로 싸고 테이프를 칭칭 두른 커다란 꾸러미를 꺼냈다. 밴에 새로 끼울 앞 유리창이 분명했다. 그는 꾸러미를 조심조심 바닥에 놓고 트렁크를 닫은 다음 꾸러미를 들고 밴과 집 옆벽 사이의 좁은 틈으로 들어가기 위해 몸을 옆으로 틀며 다시 미라의 시야에서 사라졌다. 곧 드르륵 커터 칼 뽑는 소리, 슥슥 비닐 완충재 자르는 소리, 딸깍 공구 상자 여는 소리, 긁어내는 소리, 그리고 가끔 북북 문지르는 소리, 깨진 유리 조각 부딪치는 소리에 섞여 일하는 움직임 소리가 들려왔다. 도와줄 수 있다 해도 절대 간섭도, 자기소개도 하지 말라고 르모인이 경고했기 때문에 미라는 물이 다 끓고 나서도 한참 동안 레이스 커튼 옆에 꼼짝하지 않은 채 서서 저 남자는 누구며 어디서 왔으며 돈을 얼마나 받았고 정확히 무슨 이야기를 들었을까 생각했다. 30분 조금 안 되어 남자가 공구 상자와—이제 카트리지가 빈—코킹 건, 깨진 유리 조각이 가득 든 두꺼운 쓰레기봉투를 들고 다시 나타났다. 그는 이것들을 SUV 트렁크에 집어넣고 문을 닫은 다음 운전석에 탄 뒤 진입로를 후진해 나가더니 뒤도 돌아보지 않고 떠났다.

예전에 초부유층을 위한 특별 개인 맞춤형 서비스에 관한 기사를 읽은 적이 있었다. 어떤 변덕스러운 요구도 만족시켜주고, 어떤 바람도 들어주며, 어떤 물건이라도 언제 어디든 묻지도 따지지도 않고 가져다주는 서비스였다. 고객은 특별한 금장(그건 미라의 상상일까?) 기기의 버튼을 눌러 그 너머에서 상시 대기 중인 헌신적인 관리인에게 알리기만 하면 된다. 르모인이 그 비슷한 일을 한 건지 궁금했다. 〈뉴질랜드 손다이크에 도망자 두 사람을 위한 안가가 필요합니다.〉 미라는 르모인이 황금 무전기에 대고 말하는 모습을 상상했다. 〈코로와이 고갯길 1606번지에서 주 고속 도로상에 있는 CCTV를 지나지 않고 갈 수 있어야 하고, 일주일 치 식량과 세면도구가 준비되어 있어야 하고, 거리에서 안 보이는 차고가 있는 집이어야 해요. 일급 기밀이고, 당장 필요합니다.〉 미친 소리 같았지만, 그 대안을 생각해 봐도 마찬가지였다. 오언 다비시가 죽임을 당했을 때 이미 완전히 준비된 집이 기다리고 있다니, 말도 안 되는 소리 아닌가.

셸리 말이 맞았다. 지금 상황이 이상했다. 이 집도 이상했다. 부엌 찬장에 있는 음식도 이상했다. 화장실 선반의 뜯지 않은 칫솔들, 뜯지 않은 비누, 다양한 치수에다 옷깃이나 허리춤에 상표가 전혀 없고 모두 국방색 아니면 검은색인, 침실 벽장 안 새 옷들, 게다가 48시간도 안 되어 1994년식 닛산 바네트 앞 유리창을 가지고 나타난 이 남자, 이 모든 것이 지독하게, 무시 무시하게 이상했다. 르모인이 이 모든 걸 혼자 했을 리 없다. 분명 사람들이 있다. 하지만 어떤 사람들? 그 사람들은 누굴까? 무엇을 알고 있을까?

포트의 물이 다 식어 미라는 버튼을 다시 눌렀다. 두 번째로 물이 끓자 마일로 코코아 두 잔을 타고 끈적한 연유를 한 숟가 락씩 첨가한 다음 조그만 맥아분유 가루 덩어리들이 깨져 표 면 아래로 가라앉아 녹을 때까지 저었다. 미라는 머그잔을 들 고 셸리와 온종일 베네치아 대운하 그림인 두 번째 퍼즐을 맞 추던 거실로 돌아오며, 셸리는 둘이 이리저리 해봐도 계속 안 되던 물 부분을 맞추고 있을 거라고 생각했다. 하지만 셸리는 거실에 없었다! 미라는 머그잔을 거실 탁자에 내려놓았다. 복도 커튼 주변을 찾아봤다. 침실 두 개도 비어 있고 화장실에도 없었다. 미라는 심장이 쿵 떨어지는 것 같았다. 호흡이 가빠지고, 주변 시야가 깜깜해지며 좁아졌다. 바로 그 순간, 현관문이 열리면서 셸리가 들어왔다.

두 사람은 그날 처음으로 서로 마주 봤다.

「밴이 다 수리되었어.」 셸리가 말했다. 「그런데 창이 너무 깨끗하고 반짝반짝해. 돌아가기 전에 흙길 같은 데서 좀 몰아야 할 것 같아. 먼지 좀 쌓이게.」

「좋은 생각이야.」 미라가 말했다.

잠시 침묵이 흘렀지만, 두 사람 다 시선을 돌리지 않았다.

「나가는 소리 못 들었어.」 미라가 말했다.

「어, 바로 좀 전에.」 셸리가 말했다. 「그냥 밴을 좀 보려고.」

「어,」 미라가 말했다. 「소리를 못 들어서.」

다시 침묵이 흘렀다.

셸리가 다가와서 머그잔 하나를 들었다. 「마일로 고마워.」

「셸리.」 미라가 말했다.

「어?」

「이거…… 우리가 하고 있는 중재 말이야.」

「어.」

「효과 있었어?」

셸리가 얼굴을 찌푸렸다. 「뭐라고?」

「내 말은, 내일 돌아가면 뭐라고 말할 거야? 효과 있었어?」

「어,」 셸리가 말했다. 「효과 있었다고 해야지.」 셸리가 무슨 말을 할 것처럼 잠시 주저하더니 머그잔을 건배하듯이 살짝 들고 말했다. 「잘 자.」

「잘 자.」 미라도 말했다.

셸리는 머그잔을 들고 침실로 가서 문을 닫았고, 미라는 완성되지 않은 대운하를 내려다봤다. 미라는 한동안 아무 말 없이 그림 한가운데 삐쭉삐쭉 빈 자리를 물끄러미 바라보다가 한숨을 내쉬고 앉아 마지막 조각들을 맞추기 시작했다.

다음 날 아침, 두 사람은 침대보와 타월을 빨고 재활용 쓰레기를 내놓았다. 미라는 부엌에서 스프레이형 표백제를 찾아 전등 스위치와 지그소 퍼즐 상자들을 포함해 집 안 이곳저곳 표면을 닦고, 셸리는 뚜껑을 딴 병과 음식 상자들을 목장에 갈 때 가져가려고 따로 챙겼다. 셸리는 도착한 날 이후 전화기 충전 이야기를 꺼내지 않았지만, 밴에 타자 자동으로 카세트 어댑터에 꽂힌 충전기를 쥐더니 주머니에서 전화기를 꺼내 꽂았다. 미라는 아무 말도 하지 않았다. 그냥 기어를 넣고 진입로에서 후진해 나왔다. 몇 초 후 셸리의 전화기에 불이 들어오자, 셸리는 그동안 온 문자들을 확인하기 시작했다. 「오, 멋진데!」 셸리가 말했다.

「뭐가?」 미라가 물었다.

셸리가 전화기를 미라 쪽으로 돌렸고, 미라는 도로에서 시선을 돌려 전화기를 곁눈질했다. 화면에는 코로와이 고갯길

1606번지 셸리 노크스 앞으로 발송된 택배 사진이 있었다. 「오늘 아침에 나한테 온 거야.」 셸리가 말했다. 「카트리나가 중요한 일일까 봐 열어 봤는데, 모두 버넘 숲 관련 서류래.」

「무슨 서류?」

「법인화 서류 같은 거겠지.」

「그렇구나.」

「로버트가 보냈어.」 셸리는 이렇게 말한 뒤 전화기에 빠져 답을 쓰기 시작했다. 그들은 곧 주 고속 도로로 이어지는 T자형 삼거리에 도착했다. 차를 멈추면서 계기판을 보니 연료 탱크가 거의 비어 있었다. 미라는 오른쪽으로 틀어 주유소로 가서 기름을 채운 뒤 목장으로 돌아갈까 잠시 생각했지만, 르모인은 우회하지도, 사람을 태우지도, 내려 주지도, 꾸물대지도 말라고 강경하게 말했다. 둘 다 곧장 목장으로 돌아와야 한다고 했다. 어쨌든 밴은 아마 적어도 50킬로미터는 더 갈 수 있을 테니 ─ 조금 전에 오렌지색 불이 들어왔다 ─ 앞으로 며칠 사이 볼일 보러 나갈 핑계가 있는 것도 혼자만의 시간을 즐길 기회로 좋을 것 같았다. 미라는 좌회전했고, 5분 후 그들은 다비시 목장 철문에 다가가고 있었다.

「잠깐만,」 셸리가 전화기에서 고개를 들더니 말했다. 「앞 유리창.」

「아, 맞다, 잊어버렸어.」 미라는 다시 후진해서 남쪽 울타리 너머에 있는 자갈 깔린 보조 도로로 달려갔다. 「조금만 달려 올라갔다가 다시 내려올게.」미라가 말했다.

「좋아.」셸리가 말했다. 셸리의 시선이 산허리를 감고 돌아 사라져 전망대와 바리케이드 쪽으로 올라가는 고속 도로에 머물렀다. 두 사람 다 아무 말도 하지 않았지만, 미라는 셸리가 오언 다비시 생각에 빠져 있다는 것을 알 수 있었다. 미라가 기어를 2단으로 바꾸자, 밴은 삐걱거리고 덜컹대며 돌길을 따라 언덕으로 올라갔다.

언덕을 가로지르고 소나무 방풍림을 지나 활주로로 이어지는 목장 문 앞에 이르렀다. 앞 유리창이 꽤 지저분해 보여, 미라는 밴을 돌리려고 최대한 넓게 원을 그렸다. 하지만 길가 조그만 골짜기 안으로 밴을 들이밀었다가 후진 기어를 넣으려는 순간, 전방 숲속에서 뭔가 갑자기 움직이는 바람에 소스라치게 놀라 시동을 꺼뜨리고 말았다. 어떤 남자가 숲속에서 두 사람을 향해 다가오고 있었다. 남자는 헐렁한 안전 조끼를 입고 반자동 소총을 들고 국방색과 검은색 옷차림이었다. 두 사람을 만나러 서둘러 오는 모습을 보니 분명 차가 올라오는 소리를 듣고 다른 사람이라고 착각한 것 같았다. 하지만 고개를 들고 밴을 보더니, 주저하는 표정으로 걸음을 딱 멈췄다. 남자는 다가와서 인사를 해야 할지 도망가야 할지 모르는 표정으로 잠시 머뭇거렸다. 그러고는 후자를 선택해 돌아서서 숲속으로 사라졌다.

미라와 셸리는 얼어붙은 채 앉아 있었다. 「저 사람 도대체 뭐야?」셀리가 말했다.

「몰라.」미라가 말했다.

「이 근처에 군사 기지가 있나?」

「아닌 것 같은데.」

「총 가진 것 맞지?」

「어.」

「어, **총을 든 남자였어.**」

「사냥하고 있었는지도 모르지.」미라는 자신 없이 말했다.

「여기가 사유지야?」셀리가 말했다.

「아니, 이쪽은 국립 공원이야.」

「국립 공원에서는 사냥 불가잖아, 맞지?」

「아니, 내 생각엔 분명히 할 수 있어.」

「정말?」

「어, 꽤 확실해. 어떤 지역에서는.」미라의 시야가 다시 망원경처럼 좁아지기 시작했다.

「로버트한테 전화해 봐.」셀리가 말했다.

하지만 미라는 움직이지 않았다. 심장이 죄어드는 것 같았다.

「전화해,」셀리가 말했다.「당장.」

「못 해.」

「그게 무슨 소리야?」

미라는 고개를 흔들었다.

「무슨 소리냐고?」셸리가 다시, 더 강하게 말했다. 「미라!」

미라는 차마 셸리를 쳐다볼 수 없었다. 「전화번호를 몰라.」 미라가 말했다.

「젠장, 며칠 전 밤에 전화했었잖아.」

「아니, 로버트가 전화한 거야.」

「그러면 네 전화기에 번호가 남아 있을 거잖아, 로버트의 ―」

「발신 번호 표시 제한이었어.」

「뭐라고?」

「발신 번호 표시가 제한되어 있었다고.」

「뭐라고?」

「로버트가 나한테 전화한 건 그날이 처음이었어.」미라가 말했다. 「그때 빼고는 항상 그냥, 나타났어.」

「젠장, 미라.」셸리가 폭발했다. 「이건 중요한 정보야, 안 그래? 어, 이런 계획을 다 짜고 있는데, 인생을 바꿀 이런 어마어마한 결정을 하고 있는데 ―」

「알아.」미라가 말했다. 「미안해.」

「혹시라도 뭐가 잘못되면? 도대체 그 사람이랑 어떻게 연락할 거야?」

「몰라!」미라는 거의 소리 지르고 있었다. 「나도 몰라! 몰라! 모른다고!」

그때 미라의 전화기가 주머니 속에서 진동하기 시작했다. 미라는 핸드 브레이크를 올리고 전화기를 꺼냈다. 화면을 훑

꿋 보더니 기울여서 셸리에게 보여 줬다. 발신 번호 표시 제한으로 걸려 온 전화였다. 「오싹하네.」 미라가 말했다.

「받아.」 셸리가 말했다.

미라는 전화를 받았다.

「지금 뭐 하는 겁니까?」 르모인이 미라의 귀에 대고 소리 질렀다. 「무슨 일이에요?」

「목장으로 돌아가는 중이에요.」 미라가 말했다. 「그런데 방금 뭘 봤—」

「거짓말 말아요.」 그가 말했다. 「거짓말하지 말라고. 당신들이 어디 있는지 다 아니까. 바로 지금 당신들을 보고 있다고. 뭐 하고 있는 겁니까?」

미라는 멍청하게 앞 유리창 너머 원시림을 쳐다봤다. 「뭐라고요?」 미라가 말했다. 「무슨 소리예요?」

「곧바로 돌아오기로 했잖아요. 우회도, 아무것도 하지 않는다고. 젠장, 왜 코로와이로 가고 있는 거예요?」

「앞 유리창을 좀 지저분하게 만들고 있었어요.」 미라가 말했다. 「너무 새것처럼 보이지 않게 하려고. 셸리의 아이디어였어요.」 미라는 잠시 말을 멈췄다가 계속했다. 「로버트, 방금 어떤 남자를 봤어요, 조금 전에요. 군인 같은데, 어쩌면 총도 들었고, 소총 비슷한—」

「목장으로 돌아가요.」 르모인이 말했다. 화가 머리끝까지 난 목소리였다. 「지금 당장. 돌아가서 우리가 합의한 대로 하고, 그놈의 입 닥치고 거기 가만히 있으라고요.」

「잠깐만요,」 미라가 말했다. 「로버트 ─」 하지만 그는 이미 전화를 끊은 뒤였다.

미라와 셸리는 서로 마주 봤다.

「뭔가 잘못되었어.」 셸리가 말했다.

「군인 이야기를 듣고도 놀란 것 같지 않아.」 미라가 말했다.

「우린 그 사람이 군인인지 모르잖아.」

「어, 뭐든 간에.」

「우릴 보고 있다니, 그건 무슨 소리야?」

「드론으로 보고 있는 것 같아.」 미라가 말했다. 「밤에…… 그러니까, 금요일 밤에 그 사람이 전화기로 뭐랄까, 실시간 영상, 고공 촬영 영상 비슷한 걸 보는 걸 봤어. 아무래도 내내 우릴 지켜보고 있었던 것 같아.」

둘 다 잠시 침묵에 빠졌다.

「하라는 대로 하는 게 좋을 것 같아,」 셸리가 말했다. 「돌아가는 게 낫겠어.」

「그래,」 미라가 말했다. 「그러는 게 좋겠어.」

하지만 그때 미라의 전화기가 다시 울렸다. 미라가 전화를 받았다.

「스피커 모드로 돌려요.」 르모인이 말했다.

미라는 시키는 대로 했다.

「셸리 거기 있어요?」 그가 말했다.

「여기 있어요.」셀리가 말했다.

「좋아요,」그가 말했다. 이젠 좀 더 차분하고 통제된 목소리였다. 「당신들이 겁먹는 걸 원치 않으니 무슨 일이 벌어지고 있는지 말해 줄게요. 내 목숨을 노리는 자가 있다는 보고를 받았어요. 가끔 있는 일이에요. 내 경호 팀이 알아서 하고 있어요. 당신들은 걱정할 필요 없어요. 남자 한 명이고, 도보로 다니고, 국립 공원에 있어요. 잘못된 생각에 심취해 자신을 혁명가라고 착각하는 미친놈이겠죠. 누군지도 모르고 상관도 안 해요. 우리 팀이 찾을 겁니다. 늘 해내요. 하지만 혹시나 누구를, 혼자 다니는 남자를 본다면 즉시 나한테 전화해요. 다가가거나 대화하지 말고. 무장하고 있을 수도 있으니까. 최대한 멀찍이 떨어져서 즉시 나한테 전화해요.」

「미라에겐 당신 전화번호가 없어요.」셀리가 말했다.

르모인은 잠시 아무 말도 하지 않다가 말했다. 「번호를 알려 줄게요. 자, 이제 목장에 돌아가서 다른 사람들에게 우리가 합의한 대로 이야기해요. 알았죠? 이 이야기는 말고. 이건 우리끼리만 아는 겁니다. 다른 사람들이 겁내는 건 원치 않아요.」

「어디서 전화하는 거예요?」셀리가 말했다.

「안전한 곳에서. 당신들도 안전해요. 걱정하지 말아요. 우리 팀에서 그자를 찾을 거니까.」

「우리가 본 남자가,」미라가 말했다. 「그 남자예요?」

르모인은 주저했다. 「아뇨,」마침내 그가 말했다. 「그건 우리 팀입니다.」

「로버트,」미라가 말했다. 「혹시라도 이게 그 일과—」

「아니에요.」르모인이 말했다.

「하지만 어떻게 확신하죠?」

「확실해요,」그가 말했다. 「약속하죠. 이건 다비시와도 상관없고, 버넘 숲과도 상관없고, 당신들과도 전혀 상관없어요.」

토니는 물 표면 장력을 깨기 위해 발가락을 아래로 뻗은 자세로 발부터 떨어지려고 했다. 차가운 물에 빠진 충격으로 반사적으로 물을 마실까 봐 한 손으로는 코와 입을 가리고 다른 한 손으로는 필름이 든 주머니를 꽉 움켜잡았다. 하지만 배낭 무게에 몸이 휘청하면서 앞으로 고꾸라져 떨어지는 바람에 한쪽 무릎이 먼저 물에 닿은 뒤 곧이어 몸이 거의 배 치기를 하듯 떨어졌고, 몸 아래쪽으로 굴러 내린 배낭 때문에 물속으로 끌려 들어갔다가 강물에 실려 하류로 내려가면서 몇 초 후 배낭의 부력으로 다시 떠올랐다. 그는 다리를 차고 팔을 휘젓고 숨을 헐떡이고 바위와 가지에 부딪히고 뭐든 붙잡아 보려고 버둥대면서 강물에 휩쓸려 다리를 지나고 굽이를 돌아 얕은 급류 쪽으로 내려갔다. 얼음장 같은 한기가 고환을 움켜잡고 고통이 팔과 다리를 휩쓸고 지나갔다. 그의 몸은 돌 위에서 부딪히고 구르며 얕은 여울로 들어왔다. 그는 가까스로 물에서 기어 나와 절뚝거리며 넘어지고 손으로 바닥을 짚으며 무릎을 꿇었다가 몸을 일으켜 다시 비틀거리면서 숲속으로 들어갔다. 물에 젖은 부츠와 옷, 배낭의 무게가 그를 아래로 잡아당겼지만, 멈추지 않았다. 그는 수풀을 헤치고 비틀대고 절뚝거리며 걸어갔다. 감히 뒤돌아보지도 못했고, 자기가 어디로 가는지 어느 방향으로 가고 있는지 그들이 쫓아오고 있는지도 몰랐다. 아는 것이라고는 그저 자기가 오른발에 심하게 의존하고 있다는 것, 턱이 덜덜 떨리기 시작했다는 것, 왼쪽 팔을 흉골에 딱 붙이고 있다는 것, 어금니가 심장 박동에 맞춰 고동치듯 딱딱거리고 두개골이 이상하게 조이고 꼬리뼈가 아프다는 것뿐이었다. 그리고 무엇보다 참을 수 없을 정도로, 한 걸음 내디딜 때마다 토할 것 같은 통증이 손목을 휘감고 발목을 산산조각 내는 것 같은 느낌이 들었다. 팔이 부러지고, 발목이 부러졌다. 둘 다 같은 쪽에.

고통을 잊으려고 그는 머릿속에서 소지품 목록을 만들어 봤다. 필름은 아직 주머니 속에 안전하게 있다. 그날 아침 숨어 있던 토타라나무를 떠나기 전 지퍼 백 두 개에 필름을 밀봉한 선견지명에 그는 하느님께 감사드렸다. 배낭에 안감용으로 넣어 둔 쓰레기봉투 덕분에 배낭 속 내용물 — 적어도, 그가 가지고 다닌 얼마 안 되는 물건들 — 은 별로 젖지 않았을 것이다. 코로와이 고개 위에서 일주일 동안 잠복하느라 식량은 거의 떨어졌고, 마지막 남은 물은 그날 아침 버로니카의 차까지 돌아오는 긴 여정 도중에 다 마셨다. 그는 항상 배낭 맨 위 칸에 넣고 다니는, 익숙한 흰색 장식 끈과 크고 튼튼한 지퍼가 달린 응급 키트를 머릿속에서 열었다. 키트에는 아마도 유효 기간이 오래전에 지났을 항히스타민제 한 통, 반쯤 사용한 해열 진통제 한 통, 방부제 연고 하나, 이스트 냄새가 나는 붕대 한 롤, 종이 아코디언처럼 접힌 반창고, 전해질 가루 한두 포, 그리고 의료용 접착테이프 한 롤이 들어 있다. 그 외에 뭐가 있더라? 토니는 발을 헛디뎌 무릎을 꿇으며 넘어졌다. 스위스 군용 칼, 그는 부러진 손목을 여전히 몸에 붙인 채 다시 일어나며 생각했다. 침낭, 아직 4분의 3 정도 남은 부탄가스 한 통, 플라스틱 바비큐 라이터, 캠핑용 버너, 작은 천막, 갈아입을 옷, 그리고 발라클라바 — 아니다, 그건 차에 다시 탔을 때 벗어서 뒷좌석에 던졌다. 그럼 발라클라바는 없고. 시야가 흐려지기 시작했다. 빈 물병 두 개, 기자 수첩과 구술용 녹음기, 만년필, 카메라, 쌍안경, 감히 쓸 용기가 생길지 모르겠지만 포일 담요에 싸서 냄비 안에 넣어 둔 전화기, 인스턴트커피 한 봉지, 분유 한 봉지, 몇 개인지 모를 남은 티백들, 그리고 말린 자두 조금 — 아니다, 그건 벌써 다 먹었다. 피넛 슬랩 초코바 하나. 숨소리가 목에서 거칠게 났다. 자동차 조수석 아래 두고 온 노트북 생각을 했다. 버로니카의 차를 생각했다. 점화 장치에 키를 꽂아 두고 왔다. 바보, 절벽에서 뛰어내릴 때 키를 협곡에 버렸어야 하는데.

전화기를 켜봐야 할지 생각했다. 이런 숲속에서는 통신 상태가 좋지 않지만, 신호가 잡힐 수도 있었다. 코로와이에서 야영한 첫날 밤 황야에서도 웹에 접속되는 걸 보고 이상하게 실망했던 기억이 떠올랐다. 지금은 실망하지 않을 것이다. 아무래도 그냥 해버리는 게 좋겠어, 그는 시야가 다시 흐려지는 걸 느끼며 생각했다. 아무래도 그냥 전화기를 켜서 경찰에 전화하는 게 좋겠다. 아니면, 구조 수색대나, 아니면 어머니나. 어머니에게 전화해서 다 설명하는 거다. 그 음모를 몽땅 다, 드론들, 다비시와의 통화, 그가 본 모든 걸 설명하는 거다. 그러면 그들이 신호로 그의 위치를 파악하더라도, 총을 들고 와서 그를 죽이더라도, 그가 죽고 나서 주머니 속 필름을 찾아 빛에 노출시키고 조각조각 잘라 버리더라도, 수첩을 태우고 구술 녹음기를 분해하고 노트북과 전화기를 다 부숴 버리더라도, 경찰과 수색 구조대와 응급 서비스가 모두 정부에 매수당해 타락하고 뇌물을 먹고 협박받아 침묵하며 코로와이에서 벌어지는 일에 공모하고 있다 하더라도, 이 음모 전체가 은폐되더라도, 그런 일이 벌어지더라도, 그의 이야기는 안전할 것이다. 어머니는 진실을 알고 있을 테니까. 어머니는 그가 편집증도, 망상에 빠진 것도, 미친 것도 아니라는 걸 알 테니까. 어머니는 그의 죽음을 설명하기 위해 그들이 들려준 거짓말을 믿지 않을 테니까. 어머니는 쉬지 않을 테니까. 코로와이에 당신이 직접 올 때까지, 아들이 시작한 일을 당신이 마무리할 때까지, 당신이 밝혀 ─

그는 나무뿌리에 걸려 휘청거렸다. 이번에는 다친 발목이 버티지 못하는 바람에 부러진 팔목으로 땅을 짚으며 앞으로 고꾸라졌다. 그는 땅에 대고 비명을 질렀고, 몸을 뒤틀고 구부리며 울기 시작했다. 콧물이 흘러내려 눈물과 흙과 뒤섞이면서 얼굴 위에서 진흙으로 변했다. 진정하려고 떨리는 숨을 크게 들이마셨다가 흙을 한입 가득 들이마시는 바람에 숨이 막혀 캑캑거렸다. 그는 땅바닥에 누운 채 구역질하고 침을 뱉고 숲 바닥을 퍽퍽 치다가 기침의 고통 때문에 다시 울기 시작했다. 어쩌면 갈비뼈도 부러졌을지 모른다. 마침내 그는 억지로 눈물을 삼키고 안간힘을 써서 부러진 팔을 배낭끈에서 빼낸 다음 옆으로 굴러 겨우겨우 바로 앉았다. 그리고 멀쩡한 손으로 배낭 버클을 풀고 전화기를 넣어 둔 냄비를 꺼냈다. 그는 포일 꾸러미를 꺼내 풀려다가 버넘 숲 아주 초창기의 기억이 문득 떠올라 주저했다. 어느 날 회의 중 일이었다. 미라가 잡일 당번표를 작성했는데, 그는 그 일을 하지 않으려 수작을 부리고 있었다. 「난 식물 키우는 데 영 재주가 없어.」 그는 잡초 뽑기 대신 더 지적인 일거리가 있기를 바랐다. 하지만 미라는 웃었다. 「그런 건 없어.」 미라가 대답했다. 「정원 일은 누구나 할 수 있어. 몇 가지 기본 원칙을 지키고 시간만 들이면 돼.」 그러고는 그의 반대를 예상하고 덧붙였다. 「대부분의 잡초는 사실 굉장히 죽이기 힘들어. 잡초도 생명이 있거든. 살고 싶어 해.」

그는 전화기를 그대로 두고 배낭 주머니 지퍼를 닫은 다음 응급 키트를 꺼내 덜덜 떨며 딱딱 부딪치는 이로 지퍼를 열고 내용물을 땅바닥에 쏟았다. 그리고 해열 진통제를 골라냈다. 남은 약은 네 알뿐이었다. 그는 그중에서 두 알을 삼키고 살기 위해 피넛 슬랩 초코바를 조금 잘라 먹은 다음 물병이 정말 다 비었는지 확인하려고 두 개 다 꺼냈다. 한 병 바닥에 반 모금 분량의 물이 찰랑거렸다. 그는 이 물을 뚜껑에 따르고 전해질 한 포를 넣은 다음 손가락으로 저어 거친 오렌지색 반죽을 만들었다. 뚜껑을 깨끗이 핥아먹고는, 강한 과일 향이 나는 짠맛에 얼굴을 찡그렸다. 그리고 여전히 한 손으로 왼쪽 부츠 끈을 풀고 신발을 벗긴 다음 발목 부상 정도를 알아보기 위해 젖은 양말도 벗었다. 발목은 이미 심하게 부어 있었고, 피부는 발갛고 만지면 뜨거웠다. 그는 발목을 움직여 보려다가 외마디 비명을 질렀다. 부러진 게 확실했다. 항히스타민제가 염증에 도움이 될까? 알 수 없지만, 도움이 될 수도 있을 것 같아 그것도 두 알 삼켰다. 그러다가 부츠를 벗은 게 바보 같은 짓이었음을 깨달았다. 발이 급속히 부어올라 그냥 두면 다시는 부츠를 신지 못할 것 같았다. 발목을 재빨리, 꽁꽁, 이왕이면 부목 같은 걸 대고 싸매야 했다.

그는 가늘면서 단단해 보이는 가지를 찾아 주위 나무들을 살펴보다가 문득 가방에 들어 있는 플라스틱 바비큐 라이터를 떠올렸다. 가방을 뒤적여 라이터를 꺼내 알루미늄 주둥이를 아래쪽으로 해서 발목에 수직으로 갖다 댔다. 그러고는 붕대를 참을 수 있는 한도까지 최대한 꽁꽁 감은 다음 배낭에서 마른 양말 한 켤레를 찾아 한 짝을 펼쳤지만, 몇 분 동안 한 손으로 양말을 발가락에 끼우려고 낑낑대다가 결국 포기했다. 이제 발은 거의 두 배로 커졌다. 다시 부츠를 신는 건 절대 불가능했다. 그는 자신의 어리석음을 욕하며 아치형 깔창을 꺼내 물을 비틀어 짠 뒤 맨발 아래 놓고 마지막 남은 의료용 테이프로 고정했다. 이걸로 만족할 수밖에 없다고 생각한 다음 순간, 또 바보짓을 저질렀다는 것을 깨달았다. 발을 따뜻하고 마른 상태로 유지하기 위해 먼저 비닐봉지로 감싼 다음에 했으면 더 좋았을 뻔했다. 하지만 테이프를 다 써버려 다시 풀면 접착제만 망가질 뿐이었다. 통증 때문에 머리가 제대로 돌아가지 않았다.

그는 신지 않은 부츠 한 짝의 끈을 풀어 끝부분을 서로 묶은 다음 그 고리를 머리 위로 넘겨 손목을 고정시킬 일종의 팔걸이로 만들었다. 통증을 더는 데 조금은 도움이 되었다. 그리고 모든 물건을 다시 배낭에 넣고 팔을 조심조심 배낭끈에 끼운 다음 낑낑대며 일어나 부러진 발목에 몸무게가 실리지 않도록 살짝 콩콩 뛰어 근처 나무줄기에 몸을 기댔다. 목발로 쓸 만한 Y자 모양 가지를 찾아봐야겠다고 생각했지만, 일단 계속 움직여야 했다. 차폐물이 기본 원칙이다. 물이 기본 원칙이다. 살아서 나가는 게 기본 원칙이다. 그는 살고 싶었다.

어린 시절 코로와이에서의 탐험 여행은 모두 산이 더 높고 경로가 더 잘 알려진 공원 북쪽과 서쪽에서 했다. 지금 있는 곳은 전에 한 번도 와본 적 없는 북동쪽이어서, 도움을 요청할 산악 감시원이나 도보 여행자를 만날 가능성이 있는 오두막 또는 등산 경로가 근처에 있는지 전혀 알 수 없었다. 계속 동쪽으로 가면, 물결처럼 펼쳐진 주위 원시림이 고도가 높아지면서 결국 넓고 탁 트인 풀밭이 되어 드론에 쉽게 포착될 것이다. 그의 뒤 북쪽으로는 손다이크와 해변을 연결하는 고속 도로가 있는데, 그 도로는 그날 오후 까맣게 선팅한 SUV 두 대가 나타날 때까지 인적이라고는 없었다. 남쪽으로 가면 막다른 골목인 고개로 돌아가게 된다. 최고의 선택은 서쪽, 하웨아 호수 근처에 있는 공원 주 출입구 쪽으로 가는 것이었다. 아마도 거리가 1백 킬로미터 가까이 되겠지만, 가는 내내 확실히 차폐물이 있고 더 가까이 갈수록 사람을 만날 가능성도 더 높았다. 이미 그는 그들을 기습한 이점을 가지고 있었다. 이제는 드론에 대해 아는 것을 이용해 그 이점을 적극 밀어붙일 때였다. 계속 숲으로만 다니고 절연 상태를 유지하고 밤 이동을 피하고 전화의 유혹에 저항할 것이다. 몇 가지 기본 원칙을 지키고 시간만 들이면 된다.

그는 태양을 찾으려고 뒤로 기대어 나무 지붕 너머 하늘을 살펴봤다. 나침반, 적어도 지도를 챙겼더라면 좋았을 텐데. 다음번에는 기억해야겠다고 생각하다가, 거의 웃음을 터뜨릴 뻔했다. 전해질 가루와 초코바 한 입 덕분에 다시 기운이 났다.

그는 빈약한 식량으로 최대한 오래 버티려면 무엇으로 보충할 수 있을까 생각해 봤다. 호로피토잎은 먹을 수 있고, 마누카잎이나 카누카잎을 씹으면 영양분을 약간 얻을 수 있을지도 모른다. 방가지똥은 보면 알아볼 수 있겠지만, 그런 식물 몇 개를 제외하면 어떤 게 독성이 있고 어떤 게 없는지 전혀 모른다. 버섯은 독이 있을까 봐 무서워서 시도해 볼 수 없다. 베리 철은 아니지만, 그것도 무섭기는 마찬가지다. 새 둥지에서 알을 훔치는 게 어떨지 생각해 봤지만, 그러려면 나무를 기어 올라가야 한다. 낚시는 전혀 아는 바가 없다. 사냥도. 어디서 시작해야 하는지조차 모른다.

빛이 약해지고 있었는데 — 아마 오후 4시나 5시 정도 될 것 같았다 — 왼쪽보다 오른쪽 하늘이 좀 더 밝은 느낌이었다. 해는 서쪽에서 지니까, 그가 남쪽을 바라보고 있다는 뜻이었다. 석양을 오른쪽에 두고 계속 가다가 어두워지면 숨을 장소를 찾아보고, 비 온 뒤 샛강이 불었을 테니 물 흐르는 소리에 계속 귀 기울이며 갈 것이다. 그는 살고 싶었다. 토니는 배낭 버클을 허리에 단단히 조이고 출발했다. 절뚝거리며 걸음을 내디딜 때마다 고통스러운 신음이 저절로 나왔다. 그가 떠나자, 그가 서 있던 자리에 부채꼬리딱새 한 마리가 휙 내려앉아 그가 들쑤셔 놓은 조그만 벌레들을 찾아 총총거리며 땅바닥을 쪼기 시작했다.

로지 더마니는 불안해지기 시작했다. 로지는 토니의 동료인 척하는 남자에게서 온 이상한 전화에 대해 일주일 전 토니에게 문자를 보냈고, 발신 번호 제한 표시와 잠깐씩 끊기던 통화 연결, 상대편 목소리에서 명백하게 티 나던 미국식 악센트를 웃기게 과장하며 묘사했다. 〈도대체 거기서 뭘 조사하고 있는 거야???〉 질문을 쓰고, 눈살을 찌푸린 외알 안경과 응시하는 눈 두 개 이모티콘을 붙였다. 그러고는 너무 심각하게 여기는 것처럼 보이지 않으려고 덧붙였다. 〈난 음모론 좋아!!! 이미 #신봉자라는 거 보이지ㅋㅋ.〉 사실 로지는 그 전화 때문에 몹시 불안했지만, 그렇게 말하면 토니에게 겁을 줄까 봐 걱정스러웠다. 로지는 최근 데이트한 사람 중 토니가 단연코 마음에 들었기 때문에, 편집증 환자나 매달리는 여자처럼 보여 토니와 잘될 기회를 날려 버리는 짓은 절대 하고 싶지 않았다.

하지만 토니에게서는 답이 없었다. 그는 문자 수신 확인 기능을 활성화하지 않았기 때문에, 로지는 토니가 자기 문자를 읽었는지 알 수 없었고, 며칠 후 전화해 봤을 때는 ─「솔직히 나 완전 다크 웹 수준까지 갔잖아.」 로지는 웃으며 말하는 상상을 했다. 「토니, 나 좀 말려 줘.」─ 통화가 연결되지 않았다. 물론 토니가 며칠 동안 연결되지 않을 거라고 말했지만, 〈연락이 안 된다〉는 게 정확히 무슨 뜻이냐고, 그때 캐묻지 않은 게 후회되었다. 휴대 전화가 터지지 않는 곳에 간다는 건가? 아니면 전화기를 내놓으라고 요구할 수도 있는 사람들과 같이 있는 건가? 토니는 초부유층에 대한 기사를 쓰고 있다. 그러니 어쩌면 어떤 특별한 모임, 어떤 은둔처, 개인 정보 보호에 예민한 사람들과 하는 내부 모임 같은 데 초대받았는지도 모른다……. 아니면 일할 때는 다른 전화기를 사용할지도 모른다……. 아니 어쩌면, 로지는 이제 분개하며 생각했다, 토니는 그냥 좀 혼자 있고 싶고 〈연락이 안 된다〉는 건 그저 전략적 완곡 어법인데, 자기가 편집증적으로 굴며 매달리고 너무 밀어붙이는지도 모른다. 로지는 화면을 다시 올리고 토니에게 보낸 문자들 — 토니의 마지막 문자 이후 여덟 개였다 — 을 보며 한숨을 내쉬었다. 토니는 아마 그냥 잠수 타고 있는지도 모른다. 자기가 이미 망쳐 버린 것 같다는 생각에, 로지는 낙담하며 전화기를 치워 버렸다.

로지는 우울한 생각을 떨쳐 버리려고 운동하러 가면서 생각했다. 비록, 그렇다, 토니의 누나 버로니카가 **사실** 같은 헬스장에 **다니고** 주말 밤이면 **사실** 가끔 거기서 마주치긴 하지만, 오늘 밤이 그런 밤일 가능성은 거의 없었다. 왜냐하면 버로니카는 크라이스트처치 여성 병원 관리 담당 의사라서 근무 시간이 주마다 다르고, **게다가** 남자 친구, 아니 사실은 약혼자도 있고, 그 사람도 의사여서 근무 시간이 길고 들쭉날쭉하기 때문에 버로니카가 체육관에 있을 가능성은 훨씬 **적었다.** 특히 지금은 약혼자가 마라톤 준비를 하고 있어 종종 — 로지는 두 사람을 한두 번 본 적이 있다 — 버로니카랑 같이 자전거 타면서 야외에서 훈련하는 걸 더 좋아하니까.

「로지?」

버로니카였다.

「아, 안녕하세요?」버로니카는 러닝머신을 끄고 폴짝 뛰어 내리며 말했다. 「잘 지냈어요?」

버로니카가 장난스러운 표정을 지으며 말했다. 「그러니까, 너랑 토니랑, 어?」

「네,」로지가 말했다. 「어, 그러니까…… 어쩌면요.」

「나 지금 토니한테 너무 화나 있어.」버로니카가 말했다.

「왜요?」로지가 물었다.

「저기, 토니가 손다이크에 내려가 있는 건 알지?」

「네.」

「어, 거기 간다며 내 차를 빌려달라고 했거든, 그런데…… 미안.」버로니카가 자세를 바로잡으며 말했다. 「너는 그러니 까…… 그런데 내가 막 열 내고 있네.」

「괜찮아요.」로지가 말했다.

「저기, 난 사실 토니한테 화 안 났어.」

「이야기해 줘요.」

「이야깃거리도 없어. 그냥 토니가 나쁜 놈이라고」

「이봐요,」로지는 버로니카의 어깨에 오른손으로 훅을 날리 는 시늉을 하며 말했다. 「이미 시작한 건 마무리해야죠!」

「알았어.」버로니카가 말했다. 「토니가 나한테 차를 빌려달라는 거야. 자기가 쓰고 있는 기사를 위해 비밀 정보원이랑 인터뷰를 할 거라면서. 그래서 그러라고 했지. 한 번 크게 도와준다고 생각하면서. 그런데 어제 케이티 밴더를 만난 거야. 걔 알아? 버넘 숲의?」

「알긴 해요.」로지가 말했다. 「잘 아는 건 아니지만.」

「어, 나도 그래.」버로니카가 말했다. 「하여간, 걔한테 토니에 관해 물었어. 왜냐하면 토니가 지난번 모임 때 자기가 쫓겨났다고 했는데 그 이유를 알고 싶었거든. 그런데 케이티가 첫째, **그런 일은 절대 없었다**는 거야, 그리고 둘째, 다들 손다이크에 내려가 있대! 버넘 숲 사람들이 손다이크에 내려가 있는 거야! 지금!」

「뭐라고요?」로지가 말했다.

「내 말이!」버로니카가 말했다. 「나한테 완전 거짓말한 거지! 내 차를 쓰려고! 게다가 내가 화난 것도 **알아**. 왜냐하면 답장을 전혀 안 하거든—」

「잠깐만요,」로지가 말했다. 「**뭐라고요?**」

버로니카가 반걸음 물러나며 말했다. 「저런, 내가 뭘 들쑤신 것 같은데.」

「나한텐 이런 이야기 하나도 안 했어요.」로지가 말했다.

「이런 젠장,」버로니카가 말했다. 「알았어. 저기…… 어, 미안해…… 이럴 생각은 아니—」

「억만장자에 관한 기사를 쓰고 있댔어요.」

「어쩌면 그럴지도 몰라.」 버로니카가 자신 없는 표정으로 말했다. 「그러니까, 어, 케이티 말이 애초에 거기 내려간 이유가 미라 번팅이 억만장자를 만났기 때문인데, 그 오토노모 남자, 아내가 ─」

「미라 번팅.」 로지가 말했다.

잠시 침묵이 흘렀다.

「내가 완전 사달을 냈네.」 버로니카가 말했다. 「저기, 내가 한 말 다 잊어버려, 알겠지? 미안, 미안, 미안, 미안.」

「아니, 기다려요.」 로지가 말했다. 「그 모임 이야기는 뭐예요?」

「나 정말 괜히 문제 일으킬 생각 없어.」 버로니카가 말했다. 「정말이야, 뭐 대단한 것도 아니 ─」

「무슨 일이 있었는데요?」

「이건, 어, 어쨌거나 전적으로 전해 들은 정보인데 ─」

「알아요.」 로지가 말을 자르며 말했다. 「무슨 일인데요?」

「케이티 말로는 그냥 의견 충돌이 있었대.」 버로니카가 말했다.

「누가요? 토니랑……?」

「내 생각에…… 다른 사람들이.」 버로니카가 말했다.

「무슨 일로요?」

하지만 버로니카는 발을 빼고 있었다. 「정말이지, 토니한테 물어봐.」 버로니카가 말했다. 「미안, 아무 말도 하지 말아야 했는데. 그리고 토니도 정말 나쁜 놈은 아냐. 그냥 내 동생이지. 그리고 사실 난 두 사람이 만나서 정말 좋아. 진짜야. 미안, 로지. 미안해!」

버로니카는 얼굴이 빨개져서 체육관 반대쪽으로 허둥지둥 가더니 이어폰을 끼고 일립티컬 기구에 올라가 기구 설정 한 계보다 더 세게 핸들을 당기고 페달을 밟기 시작했다. 로지는 러닝머신을 15분밖에 안 했지만 타월과 물병을 챙겨 들고 옷을 갈아입으러 로커 룸으로 갔다.

이 상황에서 자존감이 있는 사람이라면 그냥 토니의 번호를 지우고 잊어버려야 한다. 처량한 그림이 이제 선명해졌다. 두 사람이 만난 날 밤에 토니가 버넘 숲에서 곧바로 폭스 앤드 페럿에 왔다는 사실, 며칠 뒤 저녁 식사 데이트 때 토니가 쓰고 있다는 기사에 대해 이상하게 방어적으로 굴면서 자신의 질문을 피하고 이야기하면서 자기 눈을 보지도 않고 기회가 생기자마자 화제를 바꿨던 사실, 그렇게 황급히 손다이크로 떠나면서 얼마나 가 있을 거냐는 질문에 답을 잘 모르는 것 같았다는 사실, 그리고 이제 자기 문자에 답도 하지 않는다는 사실, 갑자기 이 모든 게 참을 수 없이 싸구려 같았다. 셀 수 없을 정도로 많이 읽고 보고 듣고 쓴 이야기 같았다. 로지는 집에 돌아와 닭가슴살을 삶고 샐러드 소스를 뿌리고 와인 한 잔을 따른 다음, 자기는 토니가 캐스팅한 역할을 하지 **않겠다**고, 추리닝 바지를 입고 술에 취해 딱하게 그를 온라인 스토킹이나 하며 저녁 시간을 보내지 **않겠다고** 단호하게 다짐했다.

하지만 젠장, 보는 사람이 아무도 없었다.

로지는 노트북을 열고 미라 번팅을 검색했지만, 공통의 친구들과 알 만한 지인들 연락처를 샅샅이 뒤졌는데도 버넘 숲 페이스북 페이지에 올라온, 태그조차 하지 않은 오래된 사진 몇 장뿐이었다. 미라는 소셜 미디어를 자기 수준 이하라고 여기고 있거나 ― 그건 학창 시절 미라와는 거의 잘 모르는 사이였을 때 받았던 막연하게 오만한 느낌과 분명 맞아떨어졌다 ― 소셜 미디어는 자기 수준 이하인 **척하면서** 사실은 절대 아무것도 올리지 않고 절대 아무 위험도 무릅쓰지 않으면서 아바타로 매일 몰래 인터넷을 샅샅이 뒤지고 있을 것이다. 두 번째가 더 맞을 것 같다고, 지금 로지는 자기식으로 오만하게 생각했다. 로지는 와인을 한 잔 더 따르고 버넘 숲 + 손다이크를 검색한 뒤 초코바 껍질을 까면서 버넘 숲 + 손다이크 + 억만장자를 검색했다. 뉴스 기사 하나가 떴다. 결과는 〈손다이크〉와 〈억만장자〉만 맞고 〈버넘 숲〉은 아니었지만, 어쨌거나 로지는 기사를 클릭해서 읽었다. 금요일 밤에 사업가이자 자연 보호론자인 그곳 주민이 손다이크의 자기 집 근처에서 교통사고로 사망했다는 내용이었다. 오언 다비시 경은 사망 한 달 남짓 전에 기사 작위를 받았고, 자연 보호 활동 공로를 인정받은 바 있다. 〈그는 미국 테크 거물 오토노모 ―〉

로지는 기사에서 나오려다가, 대신 모니터 앞으로 다가앉았다.

〈— 와 제휴해 멸종 위기에 처한 토종 조류를 모니터하는 프로젝트를 시작했다. 오토노모의 공동 창업자이자 전 CEO인 로버트 르모인은 애도 편지를 보내 오언 경의 유지를 이어 가겠다고 맹세 —〉

로지는 화면을 스크롤해서 내렸다. 페이지 하단에 관련 기사 링크가 있었다. 르모인이 오토노모사 드론 신모델을 소개하는 2015년 영상 클립이었다. 로지는 영상을 클릭하고 전체 화면으로 키웠다. 처음에는 화면 보호기를 보는 줄 알았다. 고공에서 정글과 도심, 하얀 모래 해변, 눈 덮인 산비탈 위를 활공하며 따라가던 장면이 서서히 희미해지면서 드론을 클로즈업해서 도는 화면으로 전환되었다. 받침대 위에 놓인 드론은 아래에서 찍어 웅장해 보이고, 카메라 케이스가 빛을 발하고, 착륙대와 프로펠러가 회전하는 빛 속에서 반짝거렸다. 그러다가 카메라가 뒤로 빠지면서 40대 남자가 어둠 속에서 나타났다. 그가 조종기 키를 누르자 기계가 윙윙거리며 살아나더니 받침대에서 떠올라 시야에서 사라졌다. 화면이 다시 드론의 시각으로 바뀌었다. 이제 드론은 남자를 빙빙 돌다가 점점 더 높이 올라가 방향을 바꿔 창문 밖으로 나갔고, 지붕과 첨탑과 교외 잔디밭과 수영장 들을 지나고 산비탈을 오르고 풀과 아까시나무들이 열기 속에서 어른거리는 대초원 위를 지나 옆으로 기울어지며 바다로 나가 고래 꼬리 위로 날아갔다. 드론이

나는 동안 내레이션이 카메라의 사양과 무선 충전 성능, 비행 가능 조건, 최대 속도 등 드론의 특징을 설명했다. 이제 드론은 마천루 즐비한 맨해튼으로 다가갔고, 한 고층 건물 옥상에 아까 그 남자가 조종기를 든 채 받침대 앞에 서서 기다리고 있었다. 드론이 받침대 위에 착륙하고 프로펠러가 멈추자, 그 이미지가 사라지고 조종기를 든 남자의 인터뷰로 바뀌었다. 남자의 얼굴과 어깨를 보여 주는 인터뷰 화면에 오토노모 공동 창업자 르버트 르모인이라는 소개가 떴다. 그가 말을 시작했다. 「이 기술은 지구상 모든 국가의 모든 경제 모든 분야에 영향을 미칠 힘을 가지고 있다고 해도 과언이 아닙니다. 응용 분야는 무궁무진합니다. 농업, 법 집행, 야생 동물 보호, 교통 관리, 공급망 보안, 국경 보안, 평화 유지 및 인도적 지원, 심지어 개인의 심적 평화…….」

그의 이야기는 계속되었지만, 로지는 입을 딱 벌린 채 앉아 있었다. 이 사람이 로지에게 전화한 남자였다. 확실했다. 음색, 악센트, 어조, 말투 모두 의심의 여지가 없었다.

로지는 완전히 어리둥절해서 뒤로 기대앉았다. 왜 **로버트 르모인**이 ― 세계 최고 부자 중 한 명인 그가 ― **토니**를 찾아 **자기**에게 전화를 했으며 다른 사람 행세를 했을까? 로지는 고개를 저으며 오언 경의 사망 기사로 돌아가 더 꼼꼼하게 다시 읽고는 얼굴을 더 찌푸리며 전화기를 들어 토니와 마지막으로 나눈 문자를 읽어 봤다. 〈잘하고 있어?〉 로지는 지난 월요일에 문자를 보냈다. 〈음, 첫 번째《할 말 없습니다》를 받았어. 그러니 뭔가 걸린 것 같긴 해.〉 그가 답을 보냈다. 〈그런 것 같네.〉로지가 답했다. 〈참고로 말하는데, 나 며칠간 연락이 안 될지도 몰라, 직감을 따라가는 중이야…….〉 그가 답했다. 그러고는 〈♡♡♡〉로 끝맺었다. 로지는 고개를 젓고 입술을 잘근잘근 씹으며 주고받은 문자를 물끄러미 바라봤다. 토니에게 전화해 봤지만, 예상대로 전화는 곧바로 음성 사서함으로 넘어갔다. 〈안녕하세요, 토니입니다. 뭐 해야 하는지 알죠? 그럼 안녕.〉 토니의 목소리가 말했다. 로지는 전화를 끊고 잠깐 생각하다가 버넘 숲에서 가끔 자원봉사하는 실내 네트볼 동호회 회원에게 문자를 보냈다. 〈안녕, 혹시 미라 번팅 전화번호 가지고 있어?〉 20초도 지나지 않아 답이 왔다. 로지는 미라의 번호를 자기 전화번호부에 복사해 넣고 다시 생각할 틈도 없이 문자를 쳤다. 〈안녕, 미라, 같이 학교 다녔던 로지 더마니야. 오랜만! 토니(갤로)랑 연락하려고 하는데, 전화기가 꺼져 있어서. 혹시 네가 도와줄 수 있을까 해서. 너희랑 같이 손다이크에 내려간 거 알아. 부탁해서 미안한데, 긴급한 일이라서. 고마워, 잘 지내, 로지♡〉

로지는 문자를 보냈다. 토니와 달리 미라는 문자 수신 확인 기능을 켜놓았고, 로지는 문자 상태 표시가 〈발신〉에서 〈읽음〉으로 바뀌면서 17/08/24 21:49라는 날짜와 시각이 표시되는 것을 지켜봤다. 1초 후 회색 말풍선이 나타났고, 점 세 개가 깜박거리며 미라가 답을 쓰고 있다는 것을 알렸다. 다음 순간 로지는 이상한 광경을 봤다. 회색 말풍선이 멈추더니 1초 후에 사라졌고, 〈읽음〉 표시가 다시 〈발신〉으로 바뀌었다. 로지는 시스템 오류가 분명하다고 생각하며 앱에서 나갔지만, 다시 켜봐도 상태 표시는 여전히 〈발신〉이었다. 몇 분 후 다시 확인해 보고, 잠들기 전에 다시 확인해 보고, 다음 날 아침에 일어나서 다시 확인해 봐도 수신 확인 표시는 절대로 바뀌지 않았고 미라에게서 답도 없었다.

버넘 숲으로 귀환하는 건 셸리가 생각했던 것보다 쉬웠다. 셸리와 미라는 자신들의 가짜 중재에 대해 사람들이 물을 법한 갖가지 질문에 대한 대답을 연습했지만, 다행히 사람들은 너무 예의가 바르거나 너무 민망해서인지 자세한 사항을 묻지 않았다. 잘 지냈어, 돌아와서 기쁘다 등의 인사를 돌아가며 어색하게 나누고 나자, 다행히 그날 아침에 택배로 도착한 서류 파일로 화제를 돌릴 수 있었다. 셸리는 봉투를 열어 해야 할 서류 작성, 계획, 예산 수립 작업이 꽤 많은 걸 보고 훨씬 더 안도했고, 자연스럽게 5년 계획과 미래상 성명서와 비영리 단체의 메시지에서 해야 할 일과 하지 말아야 할 일을 논의하느라 바빠서 한동안 오언 다비시도, 손다이크의 그 섬뜩한 집도, 르모인에 대한 위협도 다 잊어버렸다. 미라마저 논의에 자극받은 듯 보였지만, 한 시간 정도 지나자 자리에서 일어나 허리를 펴면서 이런 법인 이야기를 듣고 있으니 머리가 아프다며 자기는 자전거 타고 북쪽 울타리 쪽에 올라가 비 온 뒤 작물들이 괜찮은지 살펴보겠다고 했다. 셸리는 노트북에서 고개를 들고 미소 지었고, 미라도 미소로 화답했다. 순간 두 사람의 우정은 과거에 그랬듯이 편안하고 따뜻하고 어떤 의심이나 비난, 숨겨진 상처, 억측도 없어 보였다.「두 사람 사이 문제를 해결해서 정말 다행이야.」미라가 자전거를 타고 나간 뒤 내털리가 조용히 말하자, 셸리는 거의 어떤 책략도 없이 뺨에 손바닥을 갖다 대며 말했다.「나도 그래.」

다른 사람들은 평온한 주말을 보냈다. 토요일은 그냥 날아갔고, 일요일에는 비가 와서 모두 실내에 있었다. 그게 다였다. 바리케이드로 올라가고 내려오는 고속 도로 교통량이 평소와 달리 많았다고 하는 사람도 없고, 지역 뉴스를 읽은 사람도 없어 보였다. 그건 놀랍지도 않았다. 셸리와 마찬가지로 그들도 아마 대부분의 온라인 뉴스는『가디언』같은 사이트에서 읽고 가까운 곳 뉴스는 소셜 미디어와 라디오 뉴질랜드에 의존할 것이다. 셸리는 기회가 있을 때마다 추락 사고 기사를 새로 고침 해봤지만, 시신의 신원이 공식적으로 확인되지 않는지 기사 제목에 아직 사망자의 이름이 들어가지 않았다. 그렇게 되고 나면, 다비시는 중요한 사람이고 사고 원인을 모르니 라디오 뉴질랜드에서 그 이야기를 할 가능성이 크다. 하지만 당분간 다른 사람들은 오언 다비시가 최근 사망했다는 사실은 물론, 그가 존재했던 것조차 모른 채 지낼 거라고 셸리는 확신했다.

그들은 사명 성명서를 구상하며 남은 시간을 보냈다. 늦은 오후 에런이 미소수프국수를 한 냄비 올렸고, 제시카는 가축 우리 안 온상으로 어린 시금치와 파를 따러 나갔다. 헤이든은 달걀 일곱 개를 삶아서 깠고, 카트리나는 달걀을 반으로 자르기 시작했다. 그런데 갑자기 카트리나가 고함을 질렀다. 잘린 계란 하나에 노른자가 두 개 들어 있었다. 「쌍둥이야!」카트리나가 외쳤다. 「내 첫 닭 쌍둥이! 세상에! 나 너무 선택받은 기분이야!」

다른 사람들도 구경하러 모여들었고, 셸리는 그 틈을 타 화장실에 가서 기사를 다시 새로 고침 해봤다. 이번에는 기사가 바뀌어 있었다. 추락 사고 사망자는 59세의 오언 다비시 경으로 자랑스러운 손다이크 주민이었고, 겨우 2주 전에 기사 작위를 받았다. 셸리는 기사를 빨리 훑어 읽으며 오언 경의 생애와 그에게 기사 작위를 선사한 자연 보호 프로젝트에 대한 굵직굵직한 사항들을 확인했다. 오토노모도 언급되었고, 르모인도 마찬가지였지만, 다행히 버넘 숲은 등장하지 않았다. 소셜 미디어도 확인해 봤다. 셸리가 트위터나 인스타그램에서 팔로하는 어떤 계정에도 이 이야기는 없었다. 아마 앞으로도 없을 것이다. 하지만 지금은 5시가 조금 넘은 시각, 누군가 라디오 뉴질랜드의 「체크포인트」를 틀어 볼 가능성이 있는 시각이어서,

셸리는 안전을 위해 다시 안으로 들어가 미드레이크의 「사람들의 용기The Courage of Others」앨범을 틀었다. 이 애틋하고 따뜻하며 전혀 거슬리지 않는 음악을 들으면 누구도 시사 문제에 대한 논쟁적인 인터뷰를 듣고 싶은 기분이 들지 않을 것이다. 미드레이크 뒤에는 더 내셔널의 「복서Boxer」를, 그 뒤에는 플리트 폭시스의 데뷔 앨범을 걸어 놓았다. 그때쯤이면 「체크포인트」는 끝날 테고, 셸리는 밤 오락거리로 카드놀이를 제안할 것이다.

「와, 이 앨범 너무 좋아.」셸리는 소리가 방 전체에 퍼지도록 스피커를 돌리며 말했다. 「이건 노래 한 곡만 들어도 앨범 전체를 다 듣게 되는 그런 앨범이야. 알지?」

미라는 사람들이 저녁 식탁에 막 앉고 있을 때 돌아왔다.

「자, 여러분,」제시카가 말했다. 「이제 다 모였으니, 건배하고 싶어. 사실 나 일어서서 할래.」제시카는 일어서서 맥주 캔을 높이 쳐들었다. 「그냥 이 순간을 기념하고 싶어서.」제시카가 말했다. 「어, 솔직히 말해 우리 모두 이 일이 잘될 수도 있고 안 될 수도 있다고 생각하면서 여기 내려왔잖아. 그런데 그런 일이 진짜 **이뤄지고** 있어, 버넘 숲이 대규모로 **이뤄지고** 있다고. 우린 수평적이고 리더도 없고 등등 그래야 하는 건 알지만, 난 미라에게 축배를 들고 싶어. 우리 다 알고 있지만, 정말이지 우리가 여기 있는 건 네 덕분이야. 여길 찾은 건 너야. 이 미친 억만장자를 발견한 것도 너고, 이런 미래상을 가진 것도 너고. 내가 뭐 잘못 말한 거 없지?」

셸리는 계속 미라의 시선을 피하고 있었지만, 그 순간 미라를 흘끗 보자 미라의 얼굴이 달아오르고 있어 깜짝 놀랐다.

「아냐.」 미라가 훨씬 더 빨개진 얼굴로 말했다. 「정말 잘된 일이야. 대단해, 대단한 일이야.」

셸리가 재빨리 자기 캔을 들었다. 「버넘 숲을 위하여.」 셸리가 말했다.

「난 미라한테 축배를 들고 있었어.」 제시카가 기분 나빠하며 말했지만, 다른 사람들은 이미 버넘 숲에 축배를 들고 있었다.

「그리고 미라를 위하여.」 누군가 덧붙였다. 「우리의 raison d'être(존재 이유).」

「우리의 joie de vivre(삶의 기쁨).」

「우리의 coup de grâce(결정적 한 방).」

「우리의 pièce de résistance(대표작).」

다들 웃고 있었지만, 미라는 간신히 억지 미소를 지었고, 모두와 캔을 부딪치며 건배한 뒤 한 모금도 마시지 않고 맥주를 식탁에 내려놓았다.

셸리가 상체를 내밀며 말했다. 「에런, 그나저나 오늘 저녁 정말 맛있어.」

「이거 정말 만들기 쉬워.」 에런이 말했다.

「말이야 그렇지.」 셸리는 즐거운 목소리로 말했지만, 시선은 숟가락으로 그릇 안의 계란을 휘휘 젓고 있는 미라에게 가 있었다.

「plat du jour(오늘의 요리)?」 누군가 말했다. 「이제 다 끝났나?」

제시카는 여전히 얼굴을 찌푸리고 있었다. 「뭔가 놓치고 있는 기분이야.」 제시카의 시선이 미라에게서 셸리로, 다시 미라에게로 돌아왔다. 「나만 이렇게 느끼는 거야, 아니면 다들 이상하게 굴고 있는 거야?」

셸리가 억지웃음을 웃었다. 「어, 그래,」 셸리가 말했다. 「상황이 그간 좀 이상했지. 우리 다 느꼈을 거야.」

「그냥 저녁이나 먹자.」 내털리가 손을 휘저으며 말했다. 「옛날 일 들추지 말고.」

제시카가 뒤로 물러났다. **「옛날 일 들추려는 게 아니라 —**」

「여러분,」 카트리나가 말을 자르고 끼어들었다. 「우리 그냥 멋진 내 쌍노른자 이야기나 계속하면 안 될까? 그 이야기가 **약간 빨리** 끝나 버린 것 같거든.」

「사실은,」 미라가 말했다. 「하고 싶은 말이 있어.」

발갛게 달아오른 뺨과 달리 차분하고 진지하고 결연한 확신에 찬 미라의 표정을 본 순간 셸리는 심장이 쿵 내려앉았다. 미라가 사람들에게 무슨 말을 하려는 건가 싶어 갑자기 공포에 빠진 셸리는 미라와 눈을 맞추려고 애쓰며 뭘 해야 미라를 막을 수 있을까 궁리했다. 식탁을 엎을까? 비명을 질러 볼까? 발작하는 척할까? 입속에 모래가 가득 차 있는 느낌이었다.

미라는 잠시 마음의 준비를 하더니 고개를 들었다.

「오늘 아침,」 미라가 말했다. 「다들 법률 문제니 공공 메시지니 그런 이야기를 하고 있을 때, 난 나 자신에 대한 일종의 깨달음을 얻었어. 나가서 혼자 생각하면서 정리했어. 난 결심했어.」

「네 말이 전적으로 옳아.」 미라가 제시카에게 말했다. 「내가 좀 전에 이상하게 굴었어. 온종일 그랬어. 내 생각에 빠져 있었어. 미안하게 생각해. 하지만 결심했는데,」 미라는 숨을 들이마셨다. 「우리가 법인이 되면 내가 대표가 되면 안 될 것 같아. 그건 셀리가 해야 한다고 생각해.」 뺨의 홍조가 가라앉고 있었고, 시선은 이제 투명하고 꼿꼿했다. 「오늘 깨달았어. 내겐 그런 머리가 없다는걸.」 미라는 셀리에게 말했다. 「네겐 있어. 넌 거의 출발점부터 버넘 숲의 중심에 있었고, 그 누구보다 많은 피와 땀, 눈물을 쏟아부었어. 네가 아까 쓰던 용어들, 대중 대상이니 고객 대상 같은 용어들 말이야. 난 네가 그 모든 걸 이미 하고 있었다는 걸 깨달았어. 난 그런 문제에 엄청 거만하게 굴었지. 알아, 내가 그랬다는 거. 널 당연하게 여기고, 내 역할을 안 했어. 그래서 이건 어느 정도 나 나름의 사과야. 하지만 또 이게 옳은 일이라는 것도 명백해. 네가 버넘 숲을 이끌어야 해. 넌 정말 잘할 거야. 나보다 나을 거야. 물론 모든 건 투표로 정할 테지만, 그냥 말할게. 투표를 하면 난 너한테 표를 던질 거야.」

침묵이 흘렀다. 모두 고개를 돌려 셸리의 반응을 기다렸다. 셸리는 어찌어찌 미소를 지으며 농담을 했다. 「어…… 우리 아직 약 하고 있는 거 아니지?」 그러자 모두 웃음을 터뜨리며 셸리에게도 축배를 들었고, 어찌어찌 대화가 이어졌고, 더 내서널의 「복서」가 흘러나왔고, 누군가 〈자, **이건** 전체를 다 들어야 하는 앨범이야〉라고 말했고, 어찌어찌 셸리는 계속 미소 짓고 웃고 저녁도 먹었고, 어찌어찌 빈 그릇을 들고 자리에서 일어나 설거지통으로 가져가면서 음악에 맞춰 고개를 까닥이고 코러스가 나오면 함께 부르기도 하고 행복하고 낙관적이고 감사하고 느긋하고 만족한 표정을 지으려고 애썼다. 미라가 무슨 짓을 하고 있는지 정확히 알고 있는 표정, 미라가 일어나 말을 시작하는 순간 다 알았다는 표정을 짓지 않으려고 안간힘을 썼다. 미라는 자기 살 궁리를 하고 있었다. 진실이 밝혀진다면, 그들이 한 짓을 누군가 알게 된다면, 셸리가, 집단의 리더이자 간판, 주도자, 건축가, 비난받을 사람인 셸리가 책임지도록 만들고 있는 거였다. 미라는 그저 추종자에 불과할 것이다. 대표도 영향력 있는 인물도 아니다. 어쩌면 심지어 버넘 숲 일원조차 아닐지 모른다. 미라는 탈출하려고 한다. 이미 탈출 준비를 하고 있다. 이 승진은 사과가 아니다. 셸리는 창백한, 거의 구역질할 것 같은 얼굴로 덜덜 떨며 생각했다. 이건 애정 어린 친절도 보상도 아니다. 이건 도주 계획이다.

미라가 일어나 옆에 와서 설거지에 동참했다. 「괜찮아?」 미라가 말했다. 「대표님?」

셸리는 미라를 쳐다볼 수가 없었다. 「어, 괜찮아.」 셸리는 손을 닦으며 평상시 목소리로 말했다. 「로버트가 전화번호 줬어?」

「아니.」 미라가 말했다.

「전화번호 받으면 나한테도 보내 줄래?」

「물론. 하지만 비행기가 아직 여기 있으니까, 분명 곧 돌아올 거야.」 미라가 난색을 보였다. 「연락할 일 있어?」

「아니.」 셸리가 말했다. 「전화번호가 있으면 좋을 것 같아서, 그게 다야.」

「서류에 있을지도 몰라.」 미라가 말했다.

「아, 그러네.」 셸리는 없는 걸 알면서 대답했다. 「그래, 좋은 생각이야. 어쩌면 그럴지도.」 그러고는 카드를 가져오겠다고 말한 뒤 자리를 떠났다.

오랫동안 셸리는 그저 자기가 거짓말을 잘 못 하니까 미라가 탁월하고 능란한 거짓말쟁이라고 생각해 왔다. 처음 친구가 되었을 때부터 셸리는 미라가 자기와 완전히 정반대 자질과 재능을 가지고 있다는 생각에 익숙해져 있었고, 무단 침입이나 도둑질이나 명백한 규칙 위반 도중에 걸리면 늘 미라가 침착함을 유지하며 정교하고 뻔뻔스러운 거짓말을 늘어놓았고 셸리는 그 옆에서 수치심에 웅크리고 있기만 했다. 하지만 시간이 지나면서 셸리는 사실 미라가 특정 상황에서만 거짓말을 잘

한다는 사실을 알게 되었다. 우선, 준비된 거짓말이 있어야 하고, 그 거짓말이 도덕적으로 정당하다는 것을 어떤 측면에서 본인이 믿을 수 있어야 했다. 그리고 어느 정도 상황을 통제할 수 있어야 하고, 자신의 창의적 능력을 자유로이 펼치며 만끽할 수 있어야 했다. 또한 미라는 진심이 아닌 칭찬을 왠지 굉장히 힘들어해, 진심 아닌 말을 해야만 하는 상황에 빠지거나 그런 말을 하기가 부끄러우면 진짜 형편없는 거짓말쟁이가 되어 얼굴이 새빨개지고 눈도 못 맞추고 기회가 생기자마자 달아나 버리곤 했다. 그게 바로 오늘 밤 미라가 보여 준 행동이었다. 하지만 카드를 나누고 섞고 한 더미로 모아 두드리고 다시 섞기 위해 뒤로 구부리면서 셸리는 문득 오늘 밤은 사실 미라가 거짓말을 못 한 경우가 아니라 끔찍할 정도로, 역겨울 정도로 잘한 경우일지도 모른다는 생각이 들면서 분노가 치밀어 올랐다.

다음 날 아침 셸리는 일찍 일어나서 추락 사고 기사를 새로고침 해봤다. 기사는 이제 웹사이트 전국 뉴스 면에 실렸고, 마지막에는 오언 경의 장례식이 오는 금요일 웰링턴에서 열린다는 새로운 문단이 추가되어 있었다. 유가족은 꽃 대신, 오언 경을 기억하며 이제는 그의 경력상 마지막 작품이 된 환경 보호 프로젝트에 기부해 달라고 부탁했다. 이 요청은 확실히 존중받았다. 그날 아침 늦게 셸리가 다비시 정문에서 발견한 비닐 포장 꽃다발 하나 — 꽃다발은 눈에 띄지 않도록 신중하게 치웠다 — 외에는 아무도 카드를 갖다 놓거나 조문하러 목장에 오지 않았기 때문이다. 친구도, 가족도 집에 내려오지 않았다. 특종을 찾으러 온 기자도, 직감을 따라온 경찰도, 이상한 느낌이 들어서 온 이웃도, 르모인이 놓친 우연한 목격자도 없었고, 나머지 버넘 숲 회원들은 여전히 아무것도 몰랐다.

다들 투표할 필요도 없이 대표 역할은 이미 셀리 것인 양 셀리를 대했고, 셀리는 이게 독이 든 성배라는 것을 알면서도 누가 자기의 허락을 구하거나 판단에 따르거나 문제와 해결책과 아이디어를 들고 올 때마다 살짝 짜릿함을 느꼈고, 수요일 오후 자선 단체 관리국에서 보낸 목요일 아침 면접 확인 이메일에 그사이 다른 제안을 받았고 많은 숙고 끝에 받아들이기로 했다고 답장을 보낼 때쯤엔 그저 손톱만 한 불안밖에 느끼지 않았다. 한편 미라는 그 누구보다 오랜 시간 일했다. 마치 자신은 이 조직의 두뇌 역할을 영원히 내려놓았고 그저 일꾼으로만 여겨지고 싶다는 사실을 강조하기라도 하듯, 아침 일찍 일어나 점심도 건너뛰며 해가 질 때까지 일했다. 미라가 대부분 시간을 양털 깎기 헛간이 보이지 않는 목장 저택 위 테라스에서 보내자, 셀리는 위치 추적 앱에 의존해 미라의 위치를 확인했고, 때로는 하루에 열두 번씩 확인할 때도 있었다. 셀리는 앱을 열 때마다 지도가 옆으로 휙 이동하면서 미라의 위치를 예상치 못한 곳에 표시할까 봐 두려움에 떨었다. 미라가 경찰서에 들어가고 있거나, 국제공항 출발 데스크에 있거나, 심지어 시속 1백 킬로미터 속도로 고속 도로를 달리고 있을까 봐 두려웠다. 하지만 지금까지는 그 노란 점이 늘 대체로 정확히 똑같은 장소에 미라의 위치를 표시해 줬다.

목요일 밤늦게 셸리가 막 텐트 지퍼를 닫고 침낭 안으로 들어가려는데, 전화기에 불이 켜지더니 모르는 번호에서 문자가 왔다. 〈로버트입니다, 안 자요?〉

〈아직은요.〉 셸리가 답했다.

〈이야기하고 싶어요. 30분 후 집으로 올라와요.〉

셸리는 놀라서 일어나 앉아 텐트 지퍼를 열고 고개를 내밀어 미라의 텐트에 불이 켜져 있는지 봤다. 그 캔버스 텐트는 캄캄했다. 벌써 잠자리에 든 게 분명했다. 제시카와 에린의 텐트에서 희미하게 빛이 새어 나왔지만, 셸리가 지켜보는 사이 그 불도 꺼지고 두 사람이 잠자리에 들며 중얼대고 뒤척이는 소리가 희미하게 들렸다. 그들이 머무는 양털 깎기 헛간에서 정문이 보이지는 않았지만, 그렇다 해도 르모인이 누구도 모르게 집에 왔다고 생각하자 오싹했다. 셸리는 다시 누워 르모인의 요청대로 30분을 기다린 다음 일어나 더듬더듬 부츠를 찾았다. 부츠는 이미 차갑고 이슬에 젖어 있었다. 울 비니와 헤드램프를 쓴 다음 텐트에서 빠져나가 지퍼를 최대한 조용히 올리고 목장 저택을 향해 총총거리며 언덕을 올랐다. 헤드램프는 야영지에서 완전히 벗어나 오르막 앞에 와서야 켰다. 램프를 독서용으로 사용해 아래쪽으로 굽혀 뒀기 때문에 셸리는 각도를 위로 올리고 설정을 조절했다. 마침내 램프는 전방 풀밭에 길고 하얀 타원형 조명을 드리우며 걸음을 내디딜 때마다 까딱거리면서 어렴풋하게 불을 밝혔다.

집 창문들이 캄캄했다. 셸리는 현관 앞에 도착해 램프를 다시 끄고 문을 두드렸다. 아무런 대답이 없었지만, 몇 초 후 덜컹대는 차고 문 모터 소리가 들려 집 옆으로 돌아가 보니 문이 덜그럭거리며 올라가고 있었다. 차고 안에는 진한 색 SUV가 주차되어 있었고, 그 너머 세탁실로 통하는 문간에 르모인이 스위치를 누르며 서 있었다.

「안녕하세요.」 셸리가 말했다.

「들어와요.」 셸리가 들어오자 그는 다시 스위치를 눌러 덜그럭거리며 문을 닫았다. 셸리는 르모인을 따라 세탁실을 지나고 복도를 내려가 거실로 들어갔다. 그는 스탠드를 켜고 소파에 앉아 셸리에게도 앉으라고 손짓했다. 셸리는 비니와 헤드램프를 벗어 플리스 주머니에 쑤셔 넣으며 소파에 앉았다.

「그래,」 그가 말했다. 「잘 지내요?」

셸리는 습관적으로 〈좋아요〉라고 대답하려다가, 이번에는 진실을 말하기로 결심했다. 「사실,」 셸리가 말했다. 「솔직히 말해 약간 압도된 기분이에요.」

「정확히 뭐 때문에요?」

셸리는 다른 곳을 바라봤다. 「내 생각엔, 미라 때문인 것 같아요, 약간.」

그는 고개를 끄덕였다. 「말해 봐요.」

「미라는 이제 대표를 맡고 싶지 않대요.」셀리가 말했다. 「모두에게 말했어요. 자기한테 맞지 않는대요. 제가 해야 한다고 생각한대요.」

「젠장.」그가 말했다.

「안 좋은 거예요?」셀리가 말했다.

「그건 우리가 합의한 사항이 아니에요.」그가 말했다. 「어떤 큰 변화도 있어선 안 된다고 미라한테 말했건만. 미라는 각본에서 벗어나면 안 돼요. 정말 화가 나는군요, 그런 짓을 절대 하지 말라고 했는데.」

셀리는 양심의 가책을 느꼈다. 「우린 주말 동안 좀 심하게 싸웠어요.」셀리가 말했다. 「미라한테 날 한 번도 존중하지 않았다는 등 온갖 불만을 쏟아 냈어요. 어쩌면 미라는 미안해서 나한테 만회하려고 그러는지도 몰라요.」

그는 고개를 저었다. 「진짜 그렇게 생각하지도 않잖아요.」

「사실 내 생각이 뭔지도 모르겠어요.」셀리가 말했다.

「그렇게 생각하지도 않고,」그는 셀리를 유심히 바라봤다. 「그 자리를 원해요?」

셀리는 웃으려고 했다. 「그게 중요해요?」

「물론 중요하죠. 원하지 않으면 그렇다고 해요, 지금.」

셀리는 주먹을 주머니에 넣고 무릎 위에서 플리스를 8자 모양으로 꼬았다. 「네,」마침내 셀리가 말했다. 「원해요.」

「좋아요,」그가 말했다. 「다른 사람들은 어떻게 지내요?」

「좋아요.」 셸리가 말했다. 「평소대로.」

「내가 알아야 할 건?」

「없는 거 같아요.」 셸리가 말했다. 「미라 일 빼고는.」

「알았어요, 좋아요.」 그가 말했다. 「셸리, 당신한테 사과하고 싶어요. 지난번에 이야기할 때는 스트레스를 받아서 화를 주체하지 못했어요. 당신한테 위협 이야기를 하면 안 되는데. 안 그래도 당신과 미라는 걱정거리가 많잖아요. 당신은 여전히 그렇고.」

「그 남자를 찾았어요?」

「찾을 겁니다.」 르모인이 말했다. 「그건 걱정하지 말아요. 중요한 건 당신은 이미 걱정거리가 많은데 내가 더 보탠 것 같다는 겁니다. 미안해요.」

셸리는 감동했다. 「많이 무서울 것 같아요.」 셸리는 말했다. 「그런 일을 처리해야 하다니.」

「그렇게 생각하겠지만,」 르모인이 말했다. 「처음 몇 번은 그랬던 것 같아요. 하지만 지금은 ―」 그는 어깨를 으쓱했다. 「어쨌거나 그 사람은 찾을 겁니다. 중요한 건, 당신은 걱정할 필요 없다는 거예요.」

「**당신은** 걱정돼요?」

그는 잠시 대답이 없었다. 「절대 안전 같은 건 없어요.」 그가 말했다. 「그걸 늘 기억해야 하죠. 하지만 우린 상황이 좋아요. 극복할 겁니다.」

셸리는 여전히 무릎 위에서 손을 꼬며 고개를 끄덕였다.

「한 가지 더,」 그가 말했다. 「말하고 싶은 건 벙커 문제 결정을 내렸다는 거예요. 모두 갖다 됐습니다. 아침에 팀이 도착해서 현장 준비를 시작할 테고, 그러면 잠시 많은 차량이 목장을 들락거릴 거예요. 당신들 있는 곳에는 안 가요. 그냥 알려 주는 거예요.」

「하지만 내일은 장례식이잖아요.」 셸리가 말했다. 「그건 좀 무심하지 않 ─」

「최적의 타이밍이 아니라는 건 동의합니다.」 그가 말했다. 「하지만 난 문제를 해결하는 중이에요. 질 다비시는 내가 버넘 숲에 대해 한 이야기를 믿지 않아요. 난 질이 질문하는 걸 원치 않습니다. 빨리 움직이면 이야기를 바꿀 수 있어요. 알겠어요?」

셸리는 눈살을 찌푸렸다. 「그게 무슨 소리예요, 믿지 않는다니?」

「질은 편집증이 생겼어요.」 르모인이 말했다. 「당신들 중 하나가 남편과 잤을 거라고 생각해요.」

셸리는 너무 놀라서 웃음이 터졌다. 「**뭐라고요?**」

르모인은 미소 짓지 않았다. 「그게 문제예요.」 그가 말했다. 「우리가 앞서 나가 질한테 다른 생각거리를 줘야 해요. 관련 없는 것으로. 이게 그 방법입니다.」

「미라는 당신이 아직 땅을 산 것도 아니라고 했어요.」

「그랬죠, 그러나 지금은 샀어요. 말했듯이, 난 빨리 움직이거든요.」

「하지만 계획 승인 같은 게 필요하지 않아요? 그리고 ―」

「너무 느려서,」 그가 말했다. 「수수료보다는 차라리 벌금을 내려고요.」

「알겠어요,」 셸리가 말했다. 「무슨 말인지 이해했어요.」

「좋아요,」 르모인이 말했다. 「일꾼들이 당신들을 귀찮게 하는 일은 없을 겁니다. 그냥 건설 현장을 피해 그 사람들이 자기 일을 하도록 두면 돼요. 알겠죠?」

그 말은 이제 그만 가라는 소리처럼 들렸다. 셸리는 자동으로 고개를 까딱하며 인사하고 자리에서 일어났다. 그러자 그가 〈셸리?〉 하고 불렀다. 그 목소리 속 무언가로 인해 셸리는 다시 소파에 앉았다.

「네?」 셸리가 말했다.

그는 잠시 가만히 앉아 있었다. 그러더니 말했다. 「있어요.」

미라는 다음 날 아침 일찍 일어나 곧장 저택 위 테라스로 갔다. 어젯밤에 준비해 둔 커피가 재배지에 도착해 그루터기에 앉아서 마실 때쯤에는 거의 미지근해 씁쓸한 기쁨을 느꼈다. 미라는 강철 같은 호수 표면 위로 솟아 새벽빛을 받는 산을 바라보며 감옥에 있는 자신의 모습을 상상했다. 창문도 없고 변기는 휑하게 노출되어 있고 양손으로 붙들었을 법한 지점이

반질반질하게 닳아 빛나는 창살이 달린 감방을 상상했다. 콘크리트 마당을 시계 방향으로 도는 운동 시간, 구더기가 들끓는 음식, 습진과 동상과 심한 기침, 짧은 머리와 죽은 눈빛을 하고 불쾌한 미소를 짓는 감방 동료를 상상했다. 유리창 뒤에서 옹기종기 붙어 기다리는 면회일의 부모님, 생기 없고 창백한 얼굴에 한쪽 눈을 긴 머리로 가린 바싹 마르고 쇠약한 미라가 간수 두 명의 호송을 받으며 나오자 충격을 받아 손으로 입을 가리는 어머니와 미라가 가리려고 애쓴, 감방 동료가 만든 얼굴의 멍을 보고 〈아, 얘야, 또 이런 일이〉 하고 한탄하는 아버지의 모습을 상상했다.

「그만.」미라는 상상을 떨치려고 고개를 흔들며 소리 내어 말했다. 부끄럽지만 이번에도 미라는 **자기**가 다치고 **자기**가 학대받는 상상의 시나리오에 빠져 있었고, 이번 가상의 미래 상황에서 가해자는 가상의 감방 동료이고 부모님은 이상하게도 다시 합쳤을 뿐만 아니라 당신들의 딸, 당신들의 어린 딸이 저지른 짓을 발견했을 때 느낄 끔찍한 공포나 혐오, 형언할 수 없는 불쾌감이 아니라 미라에 대한 걱정과 무력한 비극적 사랑을 함께 표현하고 있었다.

미라는 아직도 이러고 있었다. 일주일 내내, 주말 내내 이러고 있었다. 미라가 죽음에 일조하고, 사망 은폐에 일조한 그 남자의 시신이 전소된 SUV 잔해에서 잘려 나와 자루에 봉인되고, 비행기에 실려 시체 보관소에 도착하고 화학 물질이 주입

된 다음 카트에 실려 냉장고에 들어갔다가 다시 나와 — 사실은 일어나지도 않았던, 오언 경이 일으키지도 않았던, 르모인이(분명 누군가의 도움을 받아서?) 순식간에 성공적으로 조작한 추락 사고 때문에 — 아내나 자식에 의해, 혹은 얼굴이 너무 심하게 타서 치과 기록을 통해 정식으로 신원 확인이 이뤄지는 동안 계속 상상에 빠져 있었다. 미라는 손다이크의 빈집을, 밴의 앞 유리창을 고치러 온 남자를 생각했다. 보조 도로에 있던 군인을, 〈그 사람은 우리 팀입니다〉라고 했던 르모인의 말을 생각했다. 르모인의 죽은 아내를 생각했다. 그리고 생각했다. **넌 또 이러고 있어.** 미라는 자신이 역겨워져 고개를 저었다. 미라는 여전히 악당을 찾고 있었다. 여전히 필사적으로 — 그리고 소용없이 — 자기보다 더 극악무도하고 비열한 누군가를 찾으려고 기를 썼다.

장례식은 오전 11시였다. 미라는 1분간 묵념, 혹은 기도할 말을 생각할 수 있다면 기도라도 해야겠다고 생각했다. 남은 커피를 흙바닥에 버리고 빈 보온병이 마를 때까지 흔들었다. 아침으로 바나나와 초코바를 가져왔지만, 허기를 느끼는 게 죄스러워 아침은 그루터기 위 빈 보온병 옆에 두고 쇠스랑과 모종삽을 가지러 갔다. 아침에는 단호박밭과 애호박밭의 잡초를 뽑고 오후에는 곧 콩이 열리기 시작할 콩 줄기가 타고 올라갈 격자 울타리를 만들 생각이었다. 미라는 뱃속에서 나는 꼬르륵 소리를 들으면서 무릎 보호대로 쓰는 온수병을 질질 끌며 열을 따라 움직이기 시작했고, 가끔 멈춰 허리를 펴고 뻣뻣한 손을 흔들었다.

단호박밭 두 번째 열 끝에 왔을 때쯤 대기가 고요해지더니 갑자기 광물과 뒤섞인 흙먼지 향이 풍기면서 주위 모든 생명체의 잎과 새싹 들이 선명해지는 느낌이 들었다. 곧 폭우가 내린다는 것을 깨닫고 미라는 속으로 욕을 퍼부었다. 양털 깎기 헛간으로 돌아가 아늑하게 사람들과 모여 별 뜻 없는 잡담을 나누고 서로의 농담에 웃으며 남은 하루를 보내야 한다는 생각만 해도 견딜 수가 없었다. 비를 맞으며 계속 일하면 너무 관심을 끌까? 미라는 머리 위 하늘을 쳐다봤다. 미라가 쳐다보는 사이에도 하늘은 시시각각 낮아지고 있었다.

빗방울이 몇 방울 후드득 떨어지다 금세 빗줄기가 굵어지며 호우가 내리기 시작해 주변 땅바닥이 시커멓게 젖는 것을 보다가 밴을 타고 나가서 볼일을 보면 되겠다는 생각이 들었다. 온종일 나가 있는 거다. 가장 가까운 철물점으로 가서 완두콩 건초 더미 몇 개 더, 골분[26]과 혈분[27] 한 자루, 그 외 별로 필요 없는 것도 좀 사와야겠다. 〈혼자 가는 게 더 나을 것 같아.〉미라는 키를 흔들며 다른 사람들에게 무심하게 말하는 자신의 모습을 상상했다. 〈그럼 조수석에도 짐을 실을 수 있으니까.〉

26 동물의 뼈를 쪄서 아교질을 뺀 다음 갈아서 만든 가루. 단백질, 인산, 석회분 등이 풍부해 거름이나 사료로 쓴다.
27 가축의 피를 건조시킨 것. 사료나 비료로 쓴다.

연료 탱크가 거의 바닥났다는 게 생각났다. 그럼 더 잘되었다. 나갈 이유가 더 생겼다.

비는 이제 정말 쏟아붓고 있었다. 미라는 후드를 덮어쓰고 아침과 빈 보온병을 가지러 몸을 거의 반으로 숙인 채 작업 장갑을 벗으며 그루터기로 달려가 당연히 보온병이 있을 자리에다 가기도 전에 손부터 뻗었다. 하지만 보온병이 그 자리에 없었다. 그루터기는 텅 비어 있고, 표면은 비에 젖어 시커멓고 매끄러웠다. 미라는 분명 일어나다가 풀밭에 떨어뜨렸을 거라고 생각하며 주위를 한 바퀴 돌아봤다. 하지만 바나나와 초코바까지 건드렸을 리는 없었다. 그랬으면 알아챘을 것이다. 모두 그 자리에 둔 게 확실했다. 그 장면을 완벽하게 떠올릴 수 있었다. 바나나, 초코바, 보온병. 세 가지 다. 미라는 떨어지는 빗줄기 사이로 눈을 가늘게 뜨고 고개를 들었다. 그리고 거기 들판 가장자리, 소나무 방풍림 속 그루터기 뒤에 몸을 살짝 가린 채 토니가 서 있었다.

미라는 너무 놀라서 말도 나오지 않았다. 토니는 입술에 손가락을 갖다 댔다가 엄지손가락을 귀에 대고 새끼손가락을 입쪽으로 뻗어 〈전화기〉 표시를 만들었다. 그러더니 손바닥을 위로 하고 들어 올려 질문을 표시했다. 〈네 전화기는 어디 있어?〉 그가 입 모양으로 말했다. 미라는 말없이 주머니에서 전화기를 꺼내 토니에게 보여 줬지만, 토니는 다시 집어넣으라고 격렬하게 손짓하고는 두 번째로 입술에 손가락을 갖다 대며 오라고 손짓했다. 그는 이 모든 동작을 한 손으로 했다. 미라는 비를 맞으며 다가가다가 토니의 다른 쪽 팔이 팔걸이 같은 데 놓인 것을 봤다. 토니는 상태가 정말 안 좋아 보였다. 수염이 덥수룩하고, 눈 아래는 자줏빛에다 푹 꺼져 있었다. 더 가까이 가서 보니 토니는 미라의 보온병을 부러진 팔로 들고 있었다. 이제 그는 보온병을 팔꿈치 밑에 끼고 자유로운 손으로 뚜껑을 돌려 열더니 미라에게 내밀며 전화기를 그 안에 넣으라고 손짓했다.

「토니, 이게 무슨?」 미라가 속삭였지만 토니는 고개를 저었고, 미라가 전화기를 덜컹 하고 보온병 안에 떨어뜨리고 그가 뚜껑을 다시 꼭 돌려 닫기 전까지 아무 말도 하지 않았다. 토니는 나무에 축 늘어져 기대 있었다. 고개를 내리자 토니의 왼쪽 발이 축축한 흙투성이 붕대로 칭칭 싸매져 있는 게 보였다.

「길을 잃었어.」 그가 마침내 거칠고 쉰 목소리로 말했다. 「공원 반대쪽으로 가고 있었는데, 그것들이 계속 추적하는 바람에 방향을 틀었어. 여기 올 생각은 아니었지만, 먹을 것도 없고 팔도 부러지고 발도…… 나 좀 도와줘, 미라. 부탁이야.」

미라는 정신이 없었다. 「뭐라고? 무슨 소리를 하는 거야, 토니 ―」

「내 말 잘 들어.」 토니가 나무줄기에 기댄 자세를 바꾸려고 살짝 콩콩 뛰며 말했다. 「로버트 르모인은 벙커를 짓는 게 아니야. 여기서 그걸 하는 게 아니라고. 그 인간은 국립 공원을 채굴하고 있어. 코로와이를 파헤치고 있어. 공모야. 그 인간과 정부, 그리고 다비시, 오언 다비시의 공모. 그자들은 비밀리에 이 짓을 하고 있고, 1천 개는 될 온갖 법을 어기고 있어. 날 데리고 현상소에 좀 가줘. 내가 이 사진들을 현상해서 그걸 만천하에 까발릴 수 있게. 경찰에는 못 가. 다른 사람은 아무도 끌어들일 수 없어. 그건 너무…… 미라, 이건 최고로 미친…… 들어 봐, 들어 봐, 내 말 좀 들어 봐, 제발.」

「무슨 사진?」미라가 말했다.

그는 보온병을 떨어뜨리고 재킷 주머니에서 지퍼 백 하나를 꺼내 들어 올렸다. 봉지가 펴지면서 바닥에 든 회색 뚜껑 달린 땅딸막한 원통이 보였다. 필름 통이었다. 토니는 지퍼 백을 미라에게 내밀며 말했다. 「미라, 들어 봐. 거대하고, 완전 극비고, **완전 불법**인 채굴 작전이 이 산 바로 뒤에서 벌어지고 있어, 바로 지금, **국립 공원 안에서**. 듣고 있어? 내가 알아냈어. 내가 침입해서 이 사진들을 찍었고,」그가 봉지를 흔들었다. 「이제 그자들이 내 입을 막으려고 날 죽이려 하고 있어. 난 강에 뛰어들 수밖에 없었고, 차를 버렸고, 버로니카의 차, 키를 그 안에 뒀는데…… 그건 중요하지 않아. 이 사진들을 꼭 현상해야 해. 진실을 알려야 해. 이건 최고 수준의 미친 국제적 음모이고, 이 공원 전체에 드론들이 득실거리고 있 —」

미라는 토니가 미쳐 가는지도 모른다고 생각했다. 「천천히,」미라가 말했다. 「좀 천천히 말해 봐. 무슨 말인지 모르겠어. 도대체 뭘 —」

「드론이 날 계속 추적하고 있어.」토니가 말했다. 「일주일 내
내. 나무 때문에 낮게 날 수밖에 없어. 사방을 샅샅이 훑고 다
니는 소리가 들려. 밤에는 너무 추워서 못 움직여. 공기가 내
체온과 차이가 많이 나서 놈들이 금방 알아볼 테니까. 하지만
비가 오면 놈들이 잘 작동하지 못해. 남자들도 있어, 총을 든
남자들. 내 말은, 이건…… 그리고 너 전화 쓰면 안 돼. 이제부
터 전화를 쓰면 안 돼, 왜냐하면 그건…… 내 말 들어. 그냥 들
으라고.」

「듣고 있어.」미라가 말했다.

「내 말 들어.」토니는 거의 울음을 터뜨릴 것 같은 목소리로
말했다. 「난 오언 다비시와 이야기했어. 인터뷰하려고. 벙커에
대해서. 로버트 르모인에 대해서. 하지만 이야기를 거부하는
거야, 그 사람이 르모인한테 내가 전화 건 이야기를 한 것이 분
명해. 그래서 르모인이 내 번호를 가졌고, 생각해 보니 그렇게
해서 그자들이 알게 된 것 같아, 내가…… 미라, 들어 봐. 네가
버넘 숲에서, 후이에서 한 모든 이야기, 벙커니, 그자가 이곳
을, 이 목장 전체를 어떻게 샀는지 그런 거. 그자는 안 샀어. 이
땅은 팔린 적 없어. 왜냐하면 다비시도 한패거든. 알아? 그건
다 그자들이 국립 공원에서 저지르고 있는 이 어마어마하게
불법적인 짓을 숨기려는 엿 같은 위장일 뿐이고, **그자들은 다
한패야.**」

「하지만 로버트는 오언 다비시를 싫어해.」 미라는 이렇게 말했다가, 말한 다음에야 르모인을 이름으로 불렀다는 것을 깨달았다. 「나한테 그랬어, 다비시는 비열한 작자라고.」

「미라, 그 인간을 믿으면 안 돼.」 토니가 말했다. 「정말이야, 그자가 하는 말은 한마디도 믿으면 안 돼. 너한테 거짓말하는 거야.」

「계약금을 걸었다고 했어. 계약 진행을 천천히 하고 있다고, 왜냐하면 ─」

「아냐,」 토니가 말했다. 「미라, 아냐. 그 인간이 한 이야기는 다 거짓말이야.」

「여기 얼마나 오래 있었어?」 미라는 손다이크 전반에 대해 물었지만, 토니는 목장에 대해 물은 것처럼 대답했다.

「어제부터.」 그가 말했다. 「네가 이른 저녁에 일하고 있기에 내려가려고 했는데, 그 SUV를 보고 도망쳤어. 그놈은 나쁜 놈이야, 미라. 그 차로 날 길에서 밀어 버리려고 했어. 그자만이 아냐, 진짜야, 다비시도, 빌어먹을 정부도 다 한패야. 그러니까 이 채굴 현장, 이 화학 약품들, 너도 보면 ─」

「잠깐만,」 미라가 말했다. 「천천히 말해 봐. 무슨 SUV?」

「어젯밤에 집으로 올라간 차.」 토니가 말했다.

「뭐라고?」 미라가 말했다.

「그러고 나서 헤드램프를 쓴 사람을 봤어.」 토니가 말했다. 「걸어가는 걸. 나중에.」

미라는 고개를 저었다.「잠깐만,」미라가 말했다.「난 잘—」

「왜 다비시한테 기사 작위를 줬다고 생각해?」토니가 격렬하게 말했다.「미라, 이걸 따라가면 결국엔……. 내가 사진을 보여 줄게, 그 채굴 현장을, 그 규모를. 거기엔 군인들도 있어, 경비도 있고. 제발 나를 현상소에 데려가 줘, 내가 사진을 보여 줄게. 그럼 너도 알게 될 거야. 미친 소리처럼 들린다는 거 알아. 내가 너라도 그렇게 생각할 거야. 모르겠어. 하지만 네가 살면서 선택해야만 하는 순간이 있다면, 미라, 지금이 바로 그때야. 이게 그 선택이야, 바로 지금, 바로 여기서. 제발 도와줘. 난 미친 거 아냐. 진실을 말하고 있는 거야. 하느님께 맹세해.」

미라는 뭔가 말하려고 입을 열었지만, 말이 나오지 않았다. 속에서 이상한 감각이 올라왔다. 미라는 오언 다비시에게는 아무 죄가 없다고 한 치도 의심하지 않았다. 하지만 만약 토니 말이 맞다면, 어쩌면 그는 사실 죽어 마땅한 사람이었을지도 모른다. 어쩌면 끔찍한 인간이었을지도 모른다. 어쩌면 범죄자였을지도 모른다. 어쩌면 반역자에다 도둑놈이었을지도 모른다. 어쩌면 르모인이 다비시의 사망 은폐를 도운 것은 셸리 때문이 아니라, 셸리를— 혹은 버넘 숲을— 구하거나 자기를 보호하기 위해서가 아니라, 완전 다른 무엇인가를 보호하기 위해서, 미라가 모르는, 미라가 절대 알 수 없는, 아무도 모르는 거대한 음모를 숨기기 위해서였을지도 모른다. 미라는 가슴이 터질 것만 같았다. 그렇다면 이건 진짜로 악당이 **있다**는 뜻, 자신보다 더 극악무도하고 비열한 누군가가 있다는 뜻이다. 자기는 안전하다는 뜻이다. 그럼 세상에 진실을 말할 수도 있다. 강권에 못 이겨 그랬다고 말할 수도 있다. 그리고 사람들은 자기 말을 믿을 것이다. 용서해 줄 것이다. 르모인이 더 나쁜 놈이니까. 다비시가 더 나쁜 놈이니까. 정부가 더 나쁘니까. 이건 모두 거대한 음모다. 모든 게 괜찮아질 것이다.

「미라,」 토니가 말했다. 「뭐라고 말 좀 해봐.」

생각할 틈도 없이 미라는 말했다. 「그 사람 죽었어.」

「뭐라고?」 토니가 말했다.

「다비시,」 미라가 말했다. 「금요일 밤에 죽었어. 차가 절벽으로 떨어졌어.」

토니의 입이 놀라서 벌어졌다. 「세상에.」 그가 머리를 쥐어뜯으며 말했다. 「미라, 그자들이 나한테 하려고 했던 짓이 바로 그거야. 날 길에서 밀어 버리려고 했어. 세상에, 젠장! **내 말이 바로 이거라고!**」

갑자기 미라는 자기가 토니를 도울 거라는 것을 깨달았다.

「여기 있어.」 미라는 보온병을 집으며 말했다. 「가서 밴을 가져올게. 어차피 기름을 넣어야 하거든. 와서 널 태우고 넌 뒷좌석에 숨어서 같이 나가면 돼. 난 그냥 기름 넣으러 간다고 할 거니까 아무도 모를 거야. 알겠지?」

「전화기 쓰지 마.」 그가 말했다. 「금속 안에 넣어 두면 추적할 수 없어. 꺼내지 마. 그리고 아무한테도 아무 말 하지 말고.」

「안 해.」미라가 말했다.「여기서 기다려, 돌아올게.」

「잠깐만,」그가 손을 내밀며 말했다.「잠깐만 기다려.」

미라는 이미 뒷걸음치고 있었다.「움직이지 마.」미라가 달려가기 시작하며 말했다.「금방 다시 올게.」

「잠깐만,」그가 말했다.「미라.」

미라가 걸음을 멈췄다.「응?」

미라는 갑자기 토니가 굉장히 조그매 보였다. 그는 숨을 크게 들이쉬었다.

「뭐?」미라가 말했다.

「미안해,」토니가 말했다.「내 환송 파티 말이야. 난 절대 ─」

「절대 뭐?」미라가 말했지만, 그는 말을 잇지 못했다.

「난 그냥 ─」콧물이 흘러내렸다. 그는 손등으로 콧물을 쓱 닦았다.「그냥 내가 다 망쳐 버린 것 같아서.」그가 마침내 말했다.

미라는 토니에게 한없이 자애로운 감정이 들었다.「네가 망친 게 아냐,」미라는 말했다.「내가 망쳤어.」

토니는 애써 미소를 지었다.「〈아냐, 네가 먼저 끊어.〉」그가 말했다.

미라는 죄가 없다는 기분에 한껏 들떠 커다랗게 웃음을 터뜨렸다. 안도감과 감사로 터져 버릴 것 같았다.「토니,」미라는 미소를 띠고 다시 돌아와 토니의 손을 잡으며 말했다.「우린 괜찮아. 정말이야, 우린 정말 괜찮아. 우린 그냥…… 어렸어.」

「그래,」 토니는 자기의 지저분한 손을 잡은 미라의 깨끗한 손을 내려다보며 말했다. 「우린 어렸어.」

미라는 토니의 손가락을 힘주어 잡았다가 놓았다. 「여기 있어,」 미라가 말했다. 「다시 올게.」

「음식 좀 가져다줘,」 토니가 말했다. 「진통제도. 그리고 조심해.」

미라는 여전히 미소 띤 채 언덕을 달려 내려갔지만, 집을 돌아 전망이 확 트인 계곡 앞에 선 순간 얼굴에서 미소가 싹 걷히며 비틀거렸다. 위쪽 방목장에서 잡초를 뽑고 있던 몇 시간 사이 아래쪽 들판이 공사판으로 변모해 있었다. 언덕 아래 정문은 활짝 열려 있고, 중장비 차량이 줄지어 진입로를 기어 올라오고 있었다. 화물 컨테이너를 실은 대형 트레일러, 굴착기, 불도저, 조립식 이동 사무실, 캠핑카—

빗속에서 차 엔진 소리가 들려 당황해서 돌아보니 까맣게 선팅한 르모인의 SUV가 앞 유리창 와이퍼를 휙휙 돌리고 울퉁불퉁한 땅 위에서 덜컹거리며 들판을 가로질러 미라를 향해 달려오고 있었다. 차가 옆으로 다가오더니 조수석 창문이 내려갔다.

「구출하러 왔습니다,」 르모인이 말했다. 「비가 대단하네요.」

미라는 그를 물끄러미 바라봤다.

「당신 전화기가 죽은 것 같아요,」 그가 말했다. 「전화하려고 했는데. 무슨 일이에요?」

미라는 말이 나오지 않았다. 「이게 다 뭐예요?」 미라는 주위를 가리키며 겨우 말했다.

「내 벙커.」 르모인이 말했다.

섹스를 한 다음 날 아침이면 셸리는 종종 완전히 노출된 기분을 느끼며 잠에서 깨곤 했다. 마치 섹스 도중 몰래 촬영되고, 지금 그 영상이 고화질로 자기 몸과 얼굴 위에 상영되고 있는 느낌이었다. 그건 수치심이라기보다 금기를 어기는 흥분에 가까운 감각이었고, 그날 아침에는 그 느낌이 심지어 처음 섹스한 날보다 더 강렬했다. 셸리는 미라가 자기를 흘깃 보기만 해도 밤에 무슨 일이 있었는지, 어디서 언제 어떻게 했는지 단박에 알 거라고 확신했다. 그래서 셸리는 위치 추적 앱의 노란 점이 양털 깎기 헛간에서 완전히 벗어날 때까지 기다렸다 내려가서 나머지 버넘 숲 회원들과 함께 아침 식사를 했고, 놀랍게도 사람들은 모두 오늘 아침도 섹스 없는 여느 날과 똑같은 날인 것처럼, 셸리도 아홉 시간 전에 밤 인사를 나눈, 섹스하지 않은 똑같은 사람인 것처럼 반갑게 맞아 줬다.

르모인은 놀랄 만큼 세심한, 자기의 쾌락보다 셸리의 쾌락에 더 집중하는 듯한 연인이었다. 그가 즐기는 확실한 한 가지는 셸리에게 그를 보라고 명령하는 것이었다. 셸리가 그 명령에 복종하면, 그는 셸리와 열심히 눈을 맞추며 갑자기 탐욕스럽고 갑자기 이기적으로 변하고 움직임이 빨라지고 호흡이 거칠어지고 셸리가 눈을 감거나 고개를 돌려 베개에 머리를 묻기 무섭게 그 명령을 되풀이해, 셸리는 그게 르모인을 더 흥분시킨다는 것을 제대로 깨닫고 그 명령에 불복하기 시작했다. 그러고 나서 다비시 저택의 캄캄한 손님방에 벌거벗은 채 누워 있는데, 르모인은 친밀하게 셸리에게 파고들며 손톱으로 자기 등을 가볍게 아래위로 쓸어 달라고, 어릴 때 외할머니가 자기를 재울 때 그렇게 해주셨다며 졸린 목소리로 부탁해서 셸리를 두 번째로 놀라게 했다. 셸리는 옆으로 돌아누워 르모인을 마주 보고 그의 부탁대로 팔을 들어 그의 따뜻하고 매끄러운 등을 쓸었다. 그러자 그는 셸리를 바싹 당겨 안고 쇄골에 대고 깊게 숨을 쉬더니 눈을 감고 순식간에 잠이 든 것 같았다. 셸리는 조심조심 그의 품에서 나와 약 30분 동안 그를 지켜보며 왜 그와 미라가 자지 않았는지, 만약 그런다면 어떤 식일지, 이것과 비슷할지, 아니면 매우 다를지 궁금해하다가 결국 침대 발치에 뭉쳐 있던 이불을 끌어당겨 두 사람 위로 덮었다. 그는 꼼짝도 하지 않았다. 몇 시간 후 셸리가 잠에서 깼을 때 그는 없었다. 셸리는 다시 잠이 들었고, 다시 깼을 때는 아침이었다.

셸리는 다른 사람들이 일과를 시작하다가 셸리가 없는 것을 눈치채기 전에 야영지로 돌아가려고 재빨리 옷을 입고, 침대를 정리하고, 르모인이 콘돔과 포장지뿐만 아니라 포장을 열 때 이로 찢은 다음 뱉은 가장자리 조각까지 다 챙겨 나갔는지 꼼꼼하게 확인했다. 하지만 침대 옆 협탁과 침대 아래까지 깨끗했다. 거실로 나오자 르모인이 거실 탁자에 앉아 노트북 두 대로 동시에 작업하고 있었다. 그는 셸리를 보자 두 대를 다 덮고 일어나더니 탁자를 돌아서 걸어와 셸리의 팔뚝을 단단히 잡고 뺨에 세게 키스했고, 그 동작에 셸리는 실제보다 더 어려지면서 동시에 더 나이 든 것 같은 기분이 들었다.

「당분간은 거리를 둘 작정이에요.」그가 말했다. 「다른 사람들이 우리에 대해 궁금해하는 건 싫거든요. 만약 내가 내려가서 당신과 이야기한다면, 그건 오로지 단체 차원일 겁니다. 알겠죠?」

「그럼요.」셸리가 말했다. 「네, 물론이죠.」

「그리고 미리 경고하는데, 굉장히 사무적으로 굴 수도 있어요. 짧게, 요점만 이야기하고.」

「걱정하지 말아요,」셸리가 말했다. 「설명할 필요 없어요.」

「하지만 필요하면 나한테 전화해요. 무슨 이유건, 언제건. 오늘은 힘든 날일 테니, 어떤 식으로든 너무 버거운 느낌이 들면 주저하지 말고 조용한 곳에 가서 전화해요.」

순간 셸리는 기분이 나빴다. 〈왜 오늘이 힘들 거라고 하는 거죠?〉 방어적으로 그렇게 막 말하려는 순간, 셸리는 두 사람이 잔 사실이 아니라 장례식 이야기를 하고 있다는 것을 깨달았다. 「고마워요.」셸리는 그저 그렇게만 말했다. 「난 괜찮을 거예요.」

그는 엄지손가락으로 셸리의 턱을 잡아 얼굴이 자기 쪽으로 향하도록 살짝 뒤로 기울였다. 「어젯밤엔 정말 좋았어요.」 그가 말했다.

「네.」 셸리가 얼굴을 붉히며 말했다.

「그래요.」 그가 말했다. 그는 생각에 잠긴 듯 미소 지으며 저쪽으로 걸어가다가 갑자기 뭔가 생각난 기색을 보였다. 「아, 가기 전에,」 그가 말했다. 「신원 조사를 좀 하고 있는데, 그냥 일상적인 보안 차원에서요. 이 이름이 계속 나오더라고요, 토니 갤로.」

「토니요?」 셸리가 말했다. 「맙소사.」

「이 사람에 관해서 좀 알고 싶어요.」 르모인이 말했다. 「누구예요?」

「저,」 셸리는 말했다. 「어, 그건 미라한테 물어보는 게 좋겠어요.」

「난 미라를 믿지 않아요.」 그가 말했다. 「그래서 당신한테 묻는 거예요.」

셸리는 그의 직설적인 발언에 깜짝 놀랐다. 「저,」 셸리는 이렇게 말하며 시간을 끌었다. 「정확히 뭐가 알고 싶은데요?」

「마지막으로 그 사람을 본 게 언제죠?」

「후이 이후로는 못 봤어요.」 셸리가 말했다.

그가 눈살을 찌푸렸다. 「후이가 뭐예요?」

「모임요. 여기 내려오는 문제로 투표했을 때, 토니는, 어, 정말로 반대했어요. 그리고 그 문제로 토니와 미라가 크게 싸웠고.」

「그러니까 그 사람도 버넘 숲 사람이군요.」

「그랬죠,」셀리가 말했다.「정말 초창기 때요. 그러다가 외국에 나갔어요. 오랫동안 떠나 있었죠, 몇 년 동안.」

「그 싸움 이야기 좀 해봐요. 그 사람은 왜 반대했죠? 논점이 뭐였어요?」

「음, 토니는 정치적이에요.」셀리가 말했다.「그러니까, 굉장히…… 어, 토니는 당신과 엮이는 걸 싫어했어요. 그건 우리가 추구하는 가치에 위반된다면서요. 게다가 질투심도 좀 있었던 것 같아요. 둘 사이에 뭐가 좀 있었거든요.」

「사귀었어요?」

「미안한데요,」셀리가 다시 웃으며 말했다.「이게 정말 보안 문제나 뭐 그런 —」

「대답해요.」르모인은 전날 밤 〈날 봐요〉라고 말하던 어조로 말했고, 셀리는 자기도 모르게 약간 흥분되기 시작했다.「둘이 사귀었어요?」

「그 비슷해요.」셀리가 말했다.「네, 옛날에. 둘은 굉장히 가까웠어요. 다들 두 사람이 어쩌면 언젠가 결국 결혼하지 않을까 늘 생각했죠. 둘이 사귈까 말까 그런 거.」

「싸움 이야기 좀 더 해봐요.」르모인이 말했다.

「음,」셀리가 말했다.「토니는 시작도 하기 전에 진 거나 다름없었어요. 왜냐하면 미라는 늦게 왔고 토니는 우리 모임 장소인 카페의 주인 앰버라는 회원이랑 논쟁하고 있었는데, 세상만사를 자기만 아는 것처럼 구구절절 설명을 늘어놓으며 공격적으로 굴어, 미라가 도착했을 때는 이미 분위기가 안 좋았어요.」

「그래서 어떻게 되었는데요?」

「그냥 갑자기 폭발했어요.」 셸리가 말했다. 「우리가 우리의 모든 믿음을 배신한다며 난리 치다가 당연히 투표에서 졌고, 그러자 떠났어요.」

「그러고 나서는요?」

「아무것도 없어요.」 셸리가 말했다. 「말했듯이, 토니는 떠났어요. 토니를 본 건 그때가 마지막이에요.」

「미라는요?」

「마찬가지예요.」 셸리가 말했다. 「그 후로 두 사람이 연락했다면 그게 더 놀라울걸요. 어, 그 둘은 서로 전화번호조차 모를 거예요. 그 후이, 그날 모임, 그게 토니가 외국에서 돌아온 뒤 미라가 토니를 처음 본 날이었어요. 하지만 둘이 이야기할 기회도 없었고, 우린 다음 날 여기로 내려왔으니까.」

「알았어요, 셸리.」 르모인은 잠시 생각하다가 말했다. 「도움이 되었어요. 고마워요, 배웅해 줄게요.」

그는 셸리를 현관으로 안내했고, 문을 열어 주면서 말했다. 「오늘 밤에 전화기 켜놓고 있어요.」

「알았어요.」셸리는 다시 속이 울렁거렸다. 「잘 있어요.」

「잘 가요.」그가 말했다.

셸리는 훤히 노출된 듯한 느낌을 아침 식사 후에도 오전 내내 느꼈다. 정오 조금 전, 헤이든이 재배지에서 돌아와 대형 트레일러와 중장비 차량 행렬이 정문으로 쏟아져 들어오고 있다고 말했다. 「분명 벙커 건설이 시작된 거야.」셸리는 다들 쫄딱 젖어 웃으며 비를 피하러 달리는 것을 보며 문득 미라도 곧 돌아오겠다는 생각이 들었다. 비는 정말로 세차게 내렸고 잦아들 기미가 전혀 보이지 않았다. 셸리는 작업하던 엑셀 파일을 저장하고 노트북을 치운 다음, 딱히 누구에게랄 것도 없이 시내에 주유하러 가겠다고 알렸다. 그리고 나간 김에 철물점에도 들를지 모른다고 말했다. 완두콩 건초 더미도 더 필요하고 골분과 혈분도 한 자루 더 필요할 것 같다며.

「고마워,」셸리는 같이 가주겠다는 내털리에게 말했다. 「하지만 혼자 가는 게 더 나을 것 같아. 그러면 조수석에도 물건을 실을 수 있으니까.」

오언 다비시를 죽인 날 밤 이후 운전은 처음이었다. 셸리가 키를 점화 장치에 꽂자 계기판의 시계가 깜빡거리며 살아났다. 시계를 보니 장례식이 거의 끝나갈 시간이었다. 아마 마지막 찬송가 부를 즈음 되어, 영구차가 대기하고 운구 행렬 — 다비시의 아들들, (형제가 있다면) 형제들, 어쩌면 조카, 어쩌면 가장 친한 친구 — 이 놋쇠 손잡이를 잡고 관을 들어 올리려고 앞으로 나오고 있을 것이다. 안전띠를 매고 들판을 가로질러 정문 쪽으로 가려고 밴을 돌린 다음 막 기어를 2단으로 놓고 속도를 높이려는 순간, 검게 선팅한 르모인의 SUV가 언덕 꼭대기에 나타나더니 반대 방향에서 달려왔다. 서로 교차하기 전 차가 속도를 낮추면서 앞 유리창에서 돌고 있는 와이퍼 사이로 서로에게 인사할 수 있을 정도로 가까워졌을 때, 셸리는 르모인 옆에 미라가 앉아 있는 것을 보고 깜짝 놀랐다. 두 차가 계속 달려가기 전 두 친구의 시선이 얽힌 것은 4분의 1초도 안되는 찰나였지만, 셸리는 미라의 얼굴에서 자기가 예상했던 상처받고 실망한 표정과 전혀 다른 표정을 읽었다. 미라는 눈을 크게 뜨고 거의 애원하는 듯한, 거의 절망한 듯한 표정을 짓고 있었다. 마치 셸리가 못 받을 걸 알면서도, 제시간에 받지 못한다는 걸 알면서도 어떤 메시지를 기를 쓰고 전하려는 듯한 표정이었다. 셸리는 들판을 가로질러 진입로 옆에 늘어선 포플러들을 향해 달려갔고, 땅을 팔 준비를 하고 목장에 계속해서 도착하는 중장비 차량 행렬을 만났다. 기다시피 속도를 줄여 컨테이너 트럭과 레미콘 차, 불도저, 캠핑카 옆을 지나치며 도대체 그 메시지가 뭘까 상상해 보려고 애썼다.

토니는 오후 내내 미라가 돌아오기를 기다렸다. 그날 아침 미라가 사라져 간 언덕에 시선을 고정한 채, 비가 잦아들어 보슬비가 되고, 그러고는 안개가 되고, 구름이 걷히고, 빛이 희끄

무례하게 변하다 어둠이 내릴 때까지 이제나저제나 미라가 나타나기를 고대했다. 새벽이 오기 전까지는 소나무 숲속 은신처를 떠날 수도 없었다. 미라의 아침을 먹은 게, 버린 바나나 껍질을 다시 집어 들어 흙을 털고 그것도 먹은 게, 옆 소나무 껍질을 한 조각 잘라 혓바닥에 올려놓고 눈을 감은 채 송진을 빨아 먹은 게 까마득한 옛날 같았다. 송진을 빨며 갈대 껍질에 진통제 효과가 있다는 기억을 환기하고 코로와이 호숫가의 갈대를 떠올리다 보니 고요한 호수를 둘러싼 아름드리나무들의 장면이 자기의 기억인지 바람인지 알 수가 없었다. 그는 탈진해서 헛것을 보고 있었다. 전날 밤 어머니에게 코로와이 음모 이야기를 했는지 안 했는지 기억하려고 몇 시간을 끙끙댔다. 분명히 했다고 생각했는데, 머릿속 기억을 더듬어 보니 그 기억 속 장면 어디에도 자기 모습은 없었다. 그와 전화하는 어머니, 전화를 끊고 나서 혼자 거실에 서 있는 어머니, 며칠 후 수상한 정황 없는 사고로 토니가 사망했다는 소식을 받는 어머니, 셋째 아이이자 장남인 토니의 복수를 다짐하는 어머니의 모습만 보였다. 그는 발목과 팔의 아픔을 잊으려고 뱃속을 갉는 듯한 허기에 집중하며 누워서 잠을 청하려고 했지만, 의식이 가물거리면서 머리 위에서 살랑거리는 나뭇가지들이 그의 이름을 속삭이는 것 같았다.

「토니…… 토니…… **토니!**」

잠이 확 달아났다. 나뭇가지가 아니었다. 미라가 방풍림을 바스락바스락 헤치고 어둠 속을 더듬으며 그를 찾고 있었다. 그가 미라를 본 순간, 미라도 그를 봤다. 미라는 헐떡이며 달리면서 메고 있던 배낭에서 이미 한쪽 팔을 빼고 배낭을 늘어뜨린 채 버클을 풀고 있었다.

「미안해.」미라는 배낭 입구를 죄고 있는 끈을 느슨하게 풀고 양손을 안으로 집어넣으며 속삭였다.「셸리가 밴을 가져갔어. 내가 하려고 했는데 셸리가 주유하러 가서는 철물점에서 세월아 네월아 하다가 온 데다 로버트까지 와서 티 내지 않고는 빠져나올 수가 없었어. 여기, 이것들 ―」

미라가 배낭 안 내용물을 토니 쪽으로 밀었다. 구급상자, 해열 진통제 한 갑, 초콜릿, 샌드위치, 사과 하나씩, 초코바 한 상자, 땅콩 한 봉지였다.

「저 아래쪽은 지금 완전 미친 축제야.」미라가 말했다.「갑자기 목장에 사람이 천 명은 있는 것 같아. 내일 어떻게 해서든 여기로 밴을 가지고 올라올 건데, 그러려면 분명 이유가 필요해. 뭘 깨뜨려 볼까 싶기도 하고. 호스든 뭐든 구멍을 내어 수리해야만 하도록 말이야. 아니면 해충 문제가 생긴 것처럼 꾸며 볼까? 모르겠어. 뭔가 생각해 볼게. 하지만 이건 그냥 그동안 네가 잠깐 버티라고 가져온 거야. 너무 늦게 와서 정말 미안해.」

미라는 어둠에 가려 얼굴도 거의 보이지 않는 가운데 속사포처럼 말했다.

「뭐 좋은 생각 없어?」미라가 말했다.「그러니까, 이런 생각까지 해봤어. 우리 엄마가 아프다거나 뭐 그런 척하는 거야, 그럼 빨리 나갈 수 있잖아. 하지만 다시 생각해 보니, 너무 위급 상황은 또 안 돼. 로버트가 자기 비행기로 데려다주겠다고 할 수도 있잖아. 어쩌면 그럴지도 몰라. 모르겠어. 배 안 고파?」

토니는 완전히 공포에 질려 미라를 바라보고 있었다.「미라,」그가 속삭였다.「말했잖아. **밤에는 돌아다니면 안 돼.**」

「아냐, 괜찮아.」미라는 그를 안심시키려고 손을 내밀며 말했다.「괜찮아, 전화기 안 가지고 있어. 네가 말한 대로 아직 보온병 안에 있고, 텐트에 두고 왔어. 온종일 안 가지고 다녔어. 괜찮아.」

「아냐,」토니가 여전히 공포에 질린 채 말했다.「아냐, 난 드론 이야기를 하는 거야. 밤에 움직이면 놈들은 널 더 잘 볼 수 있어. 대조 때문에. 네 체온과 공기의 온도 차 말이야. 그래서 네가 더 잘 보인다고. 말했잖아.」

「아,」미라는 약간 풀 죽은 듯이 말했다.「그래. 젠장, 하지만 어쩌면 괜찮겠지. 아냐? 동시에 오만 데를 다 보거나 그런 것도 아닐 거잖아. 괜찮을지도 몰라.」

「아니면, 안 괜찮아서 콱 죽어 버리거나.」

미라가 뒷걸음질 쳤다.「저기, 토니, 난 사실 널 도우려고 꽤 위험을 무릅쓰고 있어, 어? 그러니까 —」

「미안해.」그는 절망감을 억누르려고 애쓰며 재빨리 말했다.

「음식 고마워, 정말로, 그리고 도움도, 난 그냥─」

「아냐, 알아.」미라가 재빨리 말했다. 「미안해.」

「그냥 난 그동안 너무 조심했어.」

「알아,」미라가 말했다. 「알아. 난 그냥, 너무 무서워서 그래. 알지?」

그는 고개를 끄덕였다. 「무슨 소리야, 사람들이 천 명은 있는 것 같다는 게?」

「사람들이 벙커 토대를 파고 있어.」미라가 말했다. 「완전히 공사판이야. 난리 났어.」

「아냐,」토니가 말했다. 「아냐. 그건 위장이야. 빌어먹을 위장에 불과하다고. 말했잖아.」

「로버트는 목장을 샀대.」미라가 말했다. 「잔금을 어, 이번 주에 치렀대. 그러고 나서 이 사람들이 왔고, 당장 일을 시작한 거야. 모든 일이 이제 시작되고 있어.」

「내 말 믿어야 해.」토니가 미라를 붙들며 말했다. 「그래야만 한다고.」

「믿어.」미라가 말했다.

「정말?」

「어, 하지만 토니, 들어 봐─」

「정말로 믿어?」

「응,」미라가 말했다. 「하지만 네가 알아야 할 게 더 있어. 그러니까 잠시만 입 좀 닫고 있어 줄래, 어? 내가 이야기 좀

하게.」

토니는 근처 숲속에서 뭔가 미끄러지는 소리, 나뭇가지를 스치는 합성 섬유 재킷 소리를 들었다. 그는 재빨리 손으로 미라의 입을 가렸다. 하지만 너무 늦었다. 이제 발소리가, 두 사람을 향해 곧장 걸어오는 끈질긴 발소리가 들렸고, 다음 순간 어둠이 짙어지는 듯하더니 두 사람이 숨어 있는 나무의 가지들 밑을 내려다보려고 몸을 구부린 사람의 형체를 취했다. 1초 후 딸깍 소리와 함께 눈이 멀듯이 환한 노란빛이 비쳐, 토니는 눈살을 찌푸리며 미라의 입을 가리고 있던 손으로 자기 얼굴을 획 가렸다.

「음, 반가워요.」불빛 반대편에서 목소리가 말했다. 「당신이 토니군요.」

「놀란 표정 같은데.」그날 아침 르모인은 운전석에 앉아 방목장 아래 들판에 펼쳐진 광경을 이해하려는 미라를 보며 말했다.

「어, 맞아요.」미라가 폭우를 맞아 머리카락이 찰싹 달라붙은 채로 말했다. 그러고는 기운 없이 공사 현장을 가리켰다. 「이건 아직, 어, 몇 달 후 일인 줄 알았는데요.」

「그랬죠.」그가 말했다. 「타요, 말할 게 있어요.」

「여기서 하면 안 돼요?」미라가 말했다.

「할 수는 있지만, 그러고 싶지 않아요.」그가 말했다. 「타요.」

「할 일이 많아서 그래요.」미라가 말했다.「계속 움직이고 싶어요.」

「무슨 문제 있어요? 차에 타요.」

「문제는 없어요, 그냥—」

「미라, 비가 내리잖아요. 쫄딱 젖고 있어요. 어서 타요.」

「괜찮아요,」미라가 말했다.「이런 것 익숙해요.」

「젠장, 도대체 왜 그래요?」그의 말에 이번에는 미라도 격렬하게 말했다.

「아, 생각 좀 해볼게요.」미라가 쏘아붙였다.「오늘 내가 이렇게 빌어먹게 스트레스받을 일이 도대체 뭐가 있을까? 저런, 아무것도 생각이 안 나네. 미안해요, 로버트. 정말 아무것도 떠오르지 않아요.」

성질을 부리는 모습에 그는 안심했다.「타요.」그가 다시 말했다.

미라는 잠시 그를 노려보다가 문을 열고 차에 올라탔다.

「무슨 일인데요?」미라가 말했다.

목요일 밤에 로지 더마니의 문자를 가로챘을 때, 르모인은 여기서 손을 떼 더 이상의 손해를 막기로 즉시 결심하고 군인들에게 침출 공정을 예정보다 일찍 중단하고 공원 내 작전 가치를 최대한 챙겨 철수하라고 명했다. 그렇다, 그 과정에서 많은 돈을 잃겠지만, 몽땅 잃어버리는 것보다는 낫다. 미라는 이미 골칫거리였다. 미라와 토니가 아는 사이라는 사실은 결국 그에게 치명적이었다. 토니가 필름을 들고 여전히 도주 중이라서 더욱 그랬다. 르모인은 토니를 명백한 사고처럼 보이도록 조용히 처리하기를 바라고 있었다. 하지만 로지의 문자를 읽고 그것이 불가능하다는 사실을 깨달았다. 토니의 죽음은 자동으로 미라와 연결될 테고, 미라를 통해 그에게로 와서 오언 다비시의 죽음에 의혹을 던지고 르모인과 버넘 숲의 관계 전체에 의문을 제기할 것이다. 게다가 버넘 숲은 이미 수백만 달러짜리 은폐 작업으로 변했다. 로지의 문자를 지우고 코로와이 통신 단위에 로그인해 들어가 웨슐러 중령 자격으로 현장을 없애고 임무를 종료하라는 명령을 내리면서 르모인은 변수가 너무 많다고 생각했다. 모든 게 너무 지저분하고 너무 복잡해졌다. 르모인은 지저분한 것을 좋아하지 않았다. 그는 복잡한 것을 좋아하지 않았다. 그는 단출한 게 좋았다, 신속한 게 좋았다, 깔끔한 게 좋았다.

증명할 수 있는 기록상 르모인은 여전히 테카포에 빌린 저택에 앉아 이메일을 쓰고 인터넷을 검색하고, 심지어 온라인 쇼핑까지 하고 있었다. 실제 르모인은 어젯밤 늦게 경호원이 모는, 검은색으로 선팅된 SUV 차량 뒷좌석 담요 아래 숨어 손다이크로 돌아왔다. 혹시라도 철수 작전 중에 뭔가 잘못될 경우를 대비해 그는 목장에 있었다는 사실을 부정할 증거를 원했고, 이를 위해 경호원에게 손다이크 주유소에 들어가 가게 앞까지 가서 문을 열어 보라고 말했다. 주유소 영업이 이미 끝났다는 것을 알고 있지만, CCTV 카메라에 차 내부를 몇 초 동안 보여 주고 싶었다. 경호원은 그 위장을 더 충실히 수행해 꾸물거리며 차로 돌아오면서 급유장을 어슬렁거리고 타이어 공기압을 확인하고, 심지어 전화기를 꺼내 받은 문자들을 획획 내리며 잠시 살펴보기까지 했다. 근무 시간은 끝났고 차에는 아무도 없다는 것을 확실히 보여 주기 위한 무심하고 사소한 행동들이었다. 경호원은 훌륭했다. 사실, 훌륭 그 이상이었다. 그는 르모인이 셸리와 함께 있는 내내 그 집에 있었지만, 셸리는 조금의 낌새도 눈치채지 못했다.

「할 말이 있다고 했잖아요.」미라가 말했다.

「내 목숨을 노리는 자가 있다는 것 말입니다.」그가 말했다. 「그 사람 이름을 알아냈어요.」

「그렇군요, 이름이 뭔데요?」르모인이 말을 멈추자 미라가 말했다.

그는 미라를 돌아봤다. 「당신은 이미 알고 있을 것 같은데.」 그가 말했다.

미라가 르모인을 노려봤다. 「왜 그렇게 생각해요?」

「왜냐하면 당신 친구니까.」르모인이 차분하게 말했다. 「아니면, 친구였거나.」

깨달음이 서서히 미라의 얼굴에 퍼져 갔다. 「세상에.」미라가 말했다.

르모인은 아무 말도 하지 않았다.

「하지만……」 미라는 양손으로 관자놀이를 감쌌다. 「잠깐만요.」 미라가 말했다. 「이해가 안 돼요.」

토니가 코로와이에서 사진을 찍고 있는 영상을 본 이후 — 토니가 진짜로 누구인지 알기 며칠 전부터 — 르모인은 토니를 무너뜨릴 방법을, 그의 신뢰도를 선제적으로 파괴할 방법을 계속 찾고 있었다. 혹시라도 사진들이 유출될 경우를 위한 대비책이었다. 그는 오늘 아침에야 이제 토니의 누나 차라는 것을 알게 된 그 차 조수석 아래에서 발견한 노트북 비밀번호를 우회할 방법을 찾아 드디어 침입에 성공했고, 토니의 〈최근 파일〉 폴더에서 기대를 훨씬 뛰어넘는 보상을 받았다. 〈부자 먹기eattherich〉라는 제목이 붙은 워드 파일, 우연찮게 버넘 숲에서 있었던 그 논쟁적 투표 다음 날 아침 만들어진 파일이었다. 그 글을 읽으며 르모인은 껄껄 웃었다. 이자는 애초에 신뢰도랄 게 없었다. 작업은 이미 끝났다.

「이해가 안 돼요.」 미라가 말했다. 「어떻게요?」

르모인은 전화기를 꺼내 한 구절을 인용했다. 「〈이 세금 회피 경제 기생충들이〉,」 그는 읽었다. 「〈보통 사람들의 삶과 철저히 단절되고 보통 사람들로부터 철통같이 방어되어 근본적으로 분리된 공간이나 다름없는 사치스러운 개인 영역으로 도피할 수 없도록 해야 한다. 만약 다른 이익 집단이나 사회 계급이 그렇게 추잡하게 사회적, 도덕적, 환경적 책임을 회피했다면 비난은 물론, 아마 처벌까지 받았을 것이다.〉」

「그게 뭐예요?」미라가 물었다.

「음, 여기서는 어떤지 모르겠지만,」르모인이 전화기를 다시 주머니에 넣으며 말했다. 「내가 온 곳에서는 이런 걸 선언문이라고 부르죠.」

「뭐라고요?」미라가 말했다. 「그러니까…… 그게 토니 글이라고요? 토니가 썼다고요?」

「그래요.」

「그거 어디서 났어요?」

「노트북을 해킹했습니다.」

「뭐라고요?」미라가 말했다. 「언제요?」

「한 시간쯤 전에.」그가 말했다.

「한 **시간** 전이라고요?」미라가 경악한 표정으로 되풀이했다. 「왜요?」

「왜냐하면 그자는 위험하고 날 죽이려 하니까요.」

「아니에요,」미라가 말했다. 「말도 안 돼요.」

「그게 왜 말도 안 되죠?」

미라는 고개를 흔들었다. 「왜냐하면…… 왜냐하면…… 어, 좌파에는 그런 글을 쓰는 사람이 많아요. 그건 심지어…… 그러니까, 그냥 의견이라고요. 안 그래요? 하나의 시각.」

「토니 갤로는 이 선언문에서 내가 존재해서는 안 된다는 생각을 매우 분명하게 보여 주고 있어요.」

「맞아요, 하지만 그건 억만장자로서예요. 안 그래요? 인간으로서가 아니라.」

「아, 좋아요. 그럼 당신도 그걸 읽었단 말이군요?」그는 미라의 말꼬투리를 잡고 뭘 알아내려고 했지만, 미라는 여전히 고개만 저었다.

「이봐요, 난 토니를 알아요.」미라가 말했다. 「장담하는데, 이건 말이 안 돼요.」

「전적으로 말이 돼요.」르모인이 말했다. 「그자는 날 찾으러 여기 내려왔어요. 당신이 말했기 때문에 내가 어디에 있을지 알고 있었죠. 그자는 목장에 잠복했고, 내 경호 팀이 불안해서 이야기하려고 했더니 튀어 버렸어요. 숨길 게 없는 사람은 도망가지 않아요.」

「사람들은 무서우면 도망가요.」

「이건 심각한 상황이에요, 미라. 우리 경호 팀은 세계 최고인데, 그 경호 팀에서는 이자가 확실한 위협이라고 말해요.」

미라는 아무 말이 없었다. 「하지만 당신은 토니가 어디 있는지 모르잖아요.」미라가 마침내 말했다.

그는 꼼짝도 하지 않았다. 「당신은 알아요?」

놀랍게도 미라가 웃음을 터뜨렸다. 「방금 당신 경호 팀이 세계 최고라면서요.」미라는 경멸의 시선으로 그를 쏘아보며 말했다. 「그 사람들도 모르는 걸 내가 어떻게 알겠어요?」

「질문에 대답해요.」

「맙소사, 로버트.」미라가 말했다. 「아뇨, 토니가 어디 있는지 난 전혀 몰라요. 이건 말도 안 되는 소리예요. 믿을 수가 없어요. 시금 당신이 한 이야기는 모두 완전 미친 소리예요.」

그는 미라를 유심히 바라봤다. 이게 거짓말이라면, 거짓말을 잘하는 거다. 「당신한테 연락을 시도한 적 있어요?」 그가 말했다.

「언제요? 최근에?」

「여기 내려온 후에.」

「아뇨.」 미라는 그를 쳐다보지 않고 말했다. 「그리고 그러지 않을 거예요. 당신이 말했듯이, 우린 이제 딱히 친구도 아니거든요, 그러니까.」

그는 미라를 조금 더 물끄러미 보다가 갑자기 말했다. 「알았어요, 다시 데려다줄게요.」 그는 어깨 위로 손을 뻗어 안전띠를 맸고, 미라도 자동으로 똑같이 어깨 위로 손을 뻗었다. 그렇게 몸을 움직이자, 무릎 위에 올려놓은 보온병 안에서 둔탁하게 부딪히는 소리가 들렸다. 르모인이 보온병을 흘끗 쳐다봤다. 「거기 뭐 들었어요?」 그가 물었다.

미라는 마치 기억이 잘 안 난다는 듯이 보온병을 내려다봤다. 마침내 미라가 말했다. 「내 전화기요.」

「전화기?」

「네,」 미라가 말했다. 「비에 젖지 않게 하려고요.」

「아.」 그가 말했다. 그는 핸드 브레이크를 풀었고, 차는 언덕을 가로질러 달려갔다.

전화기를 알루미늄 보온병에 넣으면 전파가 차단된다는 것을 미라가 알까? 물론 알겠지. 그걸 모르는 사람은 없다. 그런가? 르모인은 똑바로 앞만 바라봤다. 왜 전화기를 그냥 주머니에 넣지 않았을까? 저 재킷은 방수이고 — 그 아래에 입은 지퍼 달린 플리스에도 주머니가 있다 — 어쨌거나 미라 전화기는 아이폰이다. 아이폰은 젖어도 괜찮다는 걸 미라도 당연히 안다. 르모인은 토니의 혼동 전술, 절연 의복, 아날로그 카메라, 비가 오는 시간에 맞춰 공원에서 탈출한 일을 생각해 봤다. 지금 비가 오고 있다는 사실을 생각했다. 미라가 경악한 어조로 〈한 **시간** 전이라고요?〉라고 말한 것을 생각했다. 왜 그 부분에서 놀랐을까? 바네트가 언덕 꼭대기에 나타났고 르모인은 그 차가 지나가게 하려고 속도를 줄였지만, 밴이 덜컹거리며 지나가는 사이 운전석에 앉아 있는 셸리도, 두 여자 사이에 오간 표정도 알아채지 못했다.

해결책이 눈앞에 있었다. 너무 완벽한 해결책이어서 왜 진작 이 최종 단계를 생각하지 못했는지 믿을 수 없을 정도였다. 그는 고개에 산사태가 일어나고 며칠 사이 생존주의자 위장을 처음 생각해 냈을 때 느꼈던 기분을 다시 느꼈다. 이 우연한 사건 덕분에 그 계획보다 심지어 더 좋은 계획이 생겼다. 누가 이 이야기를 믿지 않겠는가? 성적으로 좌절하고 고립된 불평분자, 사회적으로 강등되고 한때 속했던 집단에서 쫓겨난 젊은이가 옛 친구들을 쫓아 손다이크로 내려와 그들이 일하는 것을 스토킹하다가 그들이 자기들의 본질을 배반하고 있다고 확신하며 집단 살육을 저지른 것이다. 누가 의심하겠는가? 이 사악한 인간 이하 존재, 이 유독한 풍조, 사회를 타락시키는 이 혐오스러운 매개체가 목장에 어떤 생존자도 남겨 놓지 않고 자살한 것이다. 누가 봐도 약 160킬로미터 떨어진 테카포에서 안전하게 있던 르모인만 제외하고. 버넘 숲은 그의 상상을 훨씬 뛰어넘는 훌륭한 위장이 되어 줄 것이다. 그들이 다 죽고 나면, 토니가 입에 담을 수 없는 잔악 행위를 저지르고 나면, 르모인에게는 건설 프로젝트를 중지하고 중장비 차량과 컨테이너, 인부를 다 돌려보낼 완벽한 이유가 생긴다. 벙커는 매장은커녕 컨테이너에서 내리지도 못할 것이다 — 그런 사악한 일이 벌어지고 나서 어떻게 그럴 수 있겠는가? 그 끔찍한 곳 근처에는 다시 가고 싶지 않다고 해서 누가 르모인을 비난하겠는가? 레미콘과 불도저와 컨테이너와 트럭과 캠핑카가 손다이크를 떠날 때 그 안에 1조 원 가치의 침전물이 가득 들어 있을 거라고 누가 생각하겠는가? 그 귀한 광물은 이 나라를 떠날 것이다. 르모인은 분할 개발 택지를 다시 매물에 올릴 것이다. 코로와이 현장을 폭파하고, 빚을 갚아 주고, 집으로 돌아갈 것이다.

모든 것이 단출하고, 신속하고, 깔끔했다.

그는 미라를 양털 깎기 헛간에 내려 주고 들판을 덜컹덜컹 가로질러 목장 저택으로 돌아가면서 경호원을 합류시켜야겠다고 결정했다. 이 계획은 혼자서 수행할 수 없었다. 용병들은 그가 아니라 웨슐러 중령에게 보고하는데, 이제껏 버넘 숲 누구와도 아무 관련 없던 웨슐러가 그들을 없애고 싶어 할 그럴듯한 이유를 생각해 낼 수 없었다. 게다가 민간 군사 계약 업체 용병들은 공원 철수 작업으로 이미 바빴고 — 그들은 이미 훔친 광물을 최적 조건에서 신속하게 추출하는 작업을 하고 있었다 — 웨슐러는 벌써 한 번 그들의 힘을 빌린 적이 있었다. 오언 다비시의 죽음을 우발적인 보안 침입 건으로 꾸며 단순한 처리 작업을 요청했었다. 그런 방법을 두 번 써먹을 수는 없다. 두 사건은 별개로 두는 게 낫다. 교회와 국가처럼. 르모인은 희미한 미소를 띠고 차고로 들어가서 시동을 끄고 차에서 내리며 생각했다. 어쨌거나 경호원은 뭐라도 하고 싶어 몸이 근질근질한 상태였다. 벌써 몇 달 동안 안달이 나 있었다. 게다가 실력도 좋다. 르모인은 노트북을 열어 경호원의 계좌로 두둑한 돈을 이체하고 잔액을 보여 주며 일이 끝나면 그 돈의 열 배를 주겠다고 약속했다. 경호원은 조금도 주저하지 않았다.

「뭐가 필요하십니까?」 경호원이 말했다.

「난 수수료보다 차라리 벌금을 내고 싶어요.」 전날 밤 르모인은 셸리에게 말했다. 이건 그가 일하는 내내 지켜 온 신조였다. 거기에 보탤 게 있다면, 대부분의 경우 보통 벌금마저 피한다는 것이다. 일단 희토류 원소가 그의 손에 들어오기만 하면, 세계 그 어느 나라 정부도 그가 그걸 어떻게 손에 넣었는지 신경 쓰지 않으리라는 것을 그는 알고 있었다. 뉴질랜드도 마찬가지다. 뉴질랜드는 작은 애완견이다. 뉴질랜드인들이 제일 고분고분하게 굴 것이다. 물론 약간의 꾸짖음과 따뜻한 말 몇 마디가 있을 수도 있다. 심판 위원회가 구성되고, 활동가들이 행진하고, 법안이 통과되고, 정치가들이 표를 얻고 잃는 일 등이 생길 수도 있다. 하지만 그, 르모인은 건드릴 수 없는 사람이 될 것이다. 광물의 가치는 너무나 막대하다. 그걸로 할 수 있는 일도 너무나 막대하다. 너무 중요한 광물이다. 너무 탐나는 광물이다. 세상 그 누구도 르모인에게 죄를 묻지 않을 것이다. 그는 심지어 해방자로, 중국에 용감하게 맞서 서방의 기술적 독립을 확보한 남자로 환영받을 것이다.

「음, 반가워요.」 르모인이 손전등 불빛을 나무에 비추면서 말했다. 「당신이 토니군요.」

그는 두 사람의 눈이 불빛에 익숙해지기를 기다렸다.

토니가 먼저 정신을 차리고 입을 열었다. 「이 개새끼야, 넌 끝장이야.」 그가 말했다. 「지옥에서 썩을 거다. 넌 끝났어, 망할 놈. 네가 졌어. 코로와이에서 네놈이 무슨 짓을 하고 있는지 다 알아. 네놈 드론도 봤고. 네놈이 저지른 짓도 다 봤어. 사진도 찍었어. 온 세상에 보냈다고. 이미 다 보냈어. 생각나는 모든 신문사에 보냈어. 전 세계에. 이제 곧 실릴 거야. 넌 끝장이야. 완전 끝장이라고, 이 개새끼야.」

르모인은 아무 말도 하지 않았다. 그는 손전등으로 토니의 몸을 비췄다가 토니의 팔이 팔걸이에 걸쳐져 있는 것을 봤다. 저 상황에 맞춰야만 했다. 팔 부러진 남자가 대량 학살을 저지른다는 것은, 그것도 총알 열 발 정도밖에 장전하지 못하는 사냥용 볼트 액션 소총을 들고 대량 학살을 저지른다는 것은 불가능하다. 르모인이 기억하는 한, 다비시 차고의 총기 보관장에 반자동총은 없다. 다비시가 르모인에게 구경별로 선반에 정렬된 사냥용 소총을 보여 주면서 자기는 권총은 물론 엽총 같은 것은 가지고 있지 않다고 말했던 게 기억났다. 대부분 토끼 사냥용으로만 쓰는 총이었고, 한 손으로 쏠 수 있는 총은 하나도 없었다.

「몽땅 드러날 거야.」 토니가 말했다. 「넌 이제 전기의자행이야. 완전 끝장이라고.」

르모인은 여전히 토끼 사냥 생각을 하고 있었다. 「치료를 받아야 할 것 같군요.」 그는 거의 멍하니 말하면서 문자를 보내려고 전화기를 꺼냈다.

「뭐 하는 거예요?」 미라가 말했다.

「도움을 요청하려고요.」 르모인이 말했다.

「미라한테 나불대지 마.」 토니가 말했다. 「그 눈깔로 보지도 말라고, 새끼야!」

르모인은 토니를 무시했다. 그는 문자를 보낸 다음 전화기를 다시 주머니에 넣었다. 「좋아요.」 그가 말했다. 「진정합시다.」

「네놈이 오언 다비시를 죽였어.」 토니가 말했다. 「둘이 한패였으면서, 넌 다비시를 살해했어. 맞잖아.」

르모인이 미라를 쳐다보자, 미라는 고개를 돌렸다.

「빌어먹을 사이코패스 새끼,」 토니가 말했다. 「이 개 같은 새끼.」

「좀 진정해요.」 르모인이 말했다.

「아니면 뭐? 뭐 어쩔 건데? 나도 죽이게? 뭐? 우리 둘 다 죽이려고, 이놈아? 오언 다비시처럼? 우리도 길에서 밀어 버리려고?」

「토니,」 르모인이 말했다. 「봐요.」 그는 손전등을 반대쪽으로 돌리고 자기 셔츠를 들어 올려 상체와 바지 허리춤을 보여주면서 다른 한 손으로는 주머니를 더듬어 보였다. 「봤죠? 난 무장하지 않았어요. 무기가 없다고요.」

「꺼져,」 토니가 말했다. 「이 거짓말쟁이 새끼야, 꺼지라고.」

「난 혼자예요.」 르모인이 말했다. 「당신을 위협하지도 않았고, 해치려고 한 적도 없습니다. 여기서 위협적인 사람은 당신이에요. 당신은 허락도 없이, 어둠 속에서, 날 해치려고 아무도 모를 계획을 꾸미면서 내 땅에 들어와 있어요. 나한테 욕을 퍼붓는 것도 당신이고. 내가 한 일이라고는 내 운전사에게 와서 우리를 집으로 데려가 달라고 문자를 보낸 것뿐입니다. 그래야 당신이 치료받고 우리가 이야기를 하죠. 알겠어요?」

「개소리,」 토니가 말했다. 그는 떨고 있었다. 「거짓말이야.

당신 말은 다 거짓말이야.」

르모인이 미라에게 불빛을 비췄다. 「미라,」 그가 말했다. 「당신이 좀—」

「그 빌어먹을 입으로 미라 이름 부르지 마! 죽여 버릴 거야!」 토니가 소리쳤다.

하지만 미라가 손을 뻗었다. 「그러지 마,」 미라는 토니의 무릎을 잡으며 말했다. 「위협하지 마.」

좋다. 미라는 흔들리고 있다.

「내 말 좀 들어 봐요, 두 사람 다.」 르모인이 말했다. 「진실은 이래요. 네, 국립 공원에서 무슨 일이 벌어지고 있는 건 맞습니다. 그리고 맞아요, 나도 개입되어 있어요. 하지만 이건 당신이 생각하는 숨은 권력 집단의 음모가 아닙니다. 어긴 법은 하나도 없어요. 이 프로젝트에는 국제 안보에 중요한 문제인 방위 분야 극비 기술이 있어요. 난 당신들 정부를 포함한 파이브 아이스[28] 정부가 다 알고 있는 전적으로 합법적인 계약을 수행하는 중이고, 내 부하들이 처음 당신과 이야기하려고 했을 때, 토니 당신이 미친 사람처럼 강에 뛰어들지 않았더라면 당신도 이 사실을 이미 알게 되었을 겁니다. 알겠어요? 당신 때문에 난 굉장히 난감한 처지가 되었어요. 당신이 떠나도록 내버려둘 수는 없습니다. 왜냐하면 당신은 내 개인적 안전을 위협하고, 당신 주머니 속 사진들은 확실히 처분해야 하는 극비 사항

28 미국, 영국, 캐나다, 호주, 뉴질랜드 5개국이 맺은 국가 정보 동맹.

이거든요. 집에 오면 도움을 줄 수 있어요. 전화를 몇 통 돌리고, 어기서 벌어지는 일에 대해 내가 할 수 있는 선에서 최대한 설명해 줄 수 있습니다. 난 오언 다비시를 죽이지 않았어요. 그건 미라도 잘 알고 있고, 당신한테 다른 소리를 했는지 모르지만, 토니, 그렇다면 당신한테 거짓말하는 사람은 내가 아니라 미라예요. 난 당신을 해치지 않아요. 당신들을 해치는 데는 전혀 관심 없지만, 내가 **하려는** 건 최대한 평화롭고 정중하게 당신을 잡아 두는 겁니다. 대화를 통해 현재 우리가 처한 믿을 수 없이 복잡하고 미묘한 상황에서 뭘 해야 할지 생각해 낼 수 있게요. 당신은 심하게 다쳤고, 솔직히 말해 당신이 내 땅에서 죽는 골치 아픈 상황을 만들고 싶지 않습니다. 알겠어요? 내 운전사가 곧 올 겁니다. 그냥 나와 함께 집으로 돌아가서 이야기해요. 내 부탁은 그것뿐입니다.」

「개소리.」토니는 또 욕을 했지만, 전보다 자신없는 목소리였다.

SUV가 언덕을 올라오는 소리가 들렸다. 르모인은 손전등을 흔들어 운전사에게 그들이 있는 위치를 알렸다. SUV는 숲까지 올라와서 멈췄다. 운전석 문이 열렸지만, 아무도 내리지 않았다.

「난 이제 차에 탈 겁니다.」르모인이 말했다. 「당신에게도 그러기를 제안하죠.」

그는 손전등을 끄고, 갑작스러운 어둠 속에서 아직 시야를 채우고 있는 붉은빛 잔상을 눈을 깜박거려 없애며 방풍림에서 걸어 나갔다.

르모인의 주머니 속에서 전화기가 진동했다. 전화기를 꺼내 보니 셸리였다. 그는 미라의 재배지 가장자리 쪽으로 조금 더 걸어가서 전화를 받았다.

「미라가 없어요.」 셸리가 헐떡이며 말했다. 「머리가 아프다며 자리 들어갔는데, 방금 확인해 봤더니 텐트에도 없고 배낭도 없어졌어요. 앱상 위치는 오늘 아침이랑 똑같아요. 업데이트가 안 된 것처럼, 여전히 〈마지막 본 위치〉가 오늘 아침 11시경이라고 나오고 그 후에는 아무것도 안 나와요. 앱을 비활성화한 게 분명해요. 전에는 한 번도 이런 적이 없어요. 떠나 버렸어요. 미라가 어디 있는지 모르겠어요.」

「미라는 나와 같이 있어요.」 르모인이 말했다.

「뭐라고요?」 셸리가 말했다. 「당신이랑요?」

「도망치려고 했어요.」 르모인이 말했다. 「내가 방금 따라가서 잡았습니다. 잠깐 같이 있어 줘야 할 것 같아요. 좀 진정시키고.」

「미라는 괜찮아요? 그러니까, 어때요?」

「그냥 겁먹었어요.」 그가 말했다. 「걱정 말아요. 미라는 아무 데도 안 가요. 약속해요.」

「혹시 내가―」

「아뇨,」 그가 말했다. 「이 문제는 내가 알아서 할게요.」

「정말 그렇게 생각해요?」

「네,」그가 말했다.「단지 오늘 밤 당신을 다시 못 볼 수도 있다는 게 아쉬울 뿐이군요.」

「아,」셸리가 말했다.「그런 가능성은…… 생각도 못 했는데.」

「온종일 당신 생각 했어요.」그가 말했다.

「나도 마찬가지예요.」셸리가 말했다.「내 말은, 당신 생각요, 내가 아니라. 물론.」

「다음번을 기약할까요?」

「네,」셸리가 말했다.「물론이에요. 그냥 미라가 걱정되어서요.」

「나도 그래요.」그가 말했다.「하지만 미라를 놀라게 하고 싶지는 않아요. 그냥 미라가 이젠 다 괜찮다는 걸, 힘든 일은 다지나갔다는 걸 알았으면 해요. 진정할 겁니다.」

「그랬으면 좋겠네요.」셸리가 말했다.「행운을 빌어요.」

「아, 셸리? 한 가지만 더.」

「네?」

「내일 아침에 회의를 소집하고 싶어요. 그냥 이 모든 걸 마무리 지으려고. 사람들을 다 모아 줄 수 있어요? 8시에?」

셸리는 주저하는 기색이었다.「어떤 회의요?」

「음, 다른 사람들도 언젠가 오언 다비시에 대해 알게 될 거예요. 내가 시신을 발견한 사람이잖아요. 더 기다릴수록 더 이상하게 보일 겁니다.」

「알았어요.」 셸리는 여전히 미심쩍은 어조로 말했다. 「하지만 미라는요? 걱정 안 돼요? 혹시 미라가 ―」

「미라는 거기 없을 거예요.」 르모인이 말했다. 「미라는 집에 두고 나만 내려갈 겁니다.」

「하지만 혹시 미라가 ―」

「경호 팀이 있어요.」 그가 말했다. 「그 사람들이 집에 있을 겁니다. 떠나지 못하도록 할게요.」

「네, 하지만 ―」

「셸리,」 그가 단호하게 말했다. 「미라는 괜찮을 거예요. 내가 알아요. 그냥 지금은 미라를 다른 사람들 옆에 둘 수가 없어요. 미라가 무슨 말을 하고, 무슨 짓을 할지 믿을 수가 없어요. 당신도 알잖아요. 미라는 지금 불안정한 상태라는걸.」

「네,」 셸리가 말했다. 「하지만 어떻게 설명 ―」

「난 사실대로 말할 겁니다.」 그가 말했다. 「그동안 아주 힘든 일들을 겪느라 미라가 지금 정신적으로 힘든 상태지만 곧 다 괜찮아질 거라고요.」

「알았어요,」 셸리가 말했다. 「알았어요.」

「내일 모두 모아 줘요, 8시에.」

「그럴게요.」

「아침 가져갈게요.」 르모인이 말했다.

「넌 도망가.」 미라가 토니를 부축해 방풍림에서 나와 SUV 뒷좌석에 태우는데 토니가 속삭였다. 「내 걱정은 하지 마. 알았어? 기회가 보이면 무조건 그냥 달려.」 뒷좌석 문은 열려 있었다. 그는 멀쩡한 손으로 손잡이를 잡고 거기에 의지해 이를 악물고 차 안으로 몸을 끌어 올렸다. 토니의 부러진 다리를 차 안으로 집어넣으면서 미라는 시커멓게 변한 붕대를 처음으로 가까이에서 보고 흙과 땀에 찌든 냄새를 맡았다.

르모인의 운전사가 미라를 툭 쳐서 나오게 하더니 차 뒤쪽을 돌아 반대쪽으로 가도록 안내했다. 어두워서 얼굴은 거의 보이지 않았지만, 운전사가 미라가 타도록 문을 열어 주고 옆으로 비켜서 있는 동안 그에게서 풍기는 장미수와 파촐리 비누 향에 속이 울렁거릴 지경이었다. 미라가 토니 옆자리에 올라가 앉자 운전사가 문을 닫았다. 르모인은 근처에서 통화하고 있었다. 미라는 선팅한 창문으로 르모인이 서성대는 것을 지켜봤다. 아동 보호용 잠금 버튼이 켜져 있는지 시험 삼아 손잡이를 눌러 보니, 역시나 켜져 있었다. 문은 열리지 않았다. 토니는 머리를 좌석 머리 받침에 기댄 채 눈을 감고 축 늘어져 있었다. 미라는 토니의 손을 잡았다.

「사진은 어디 있어?」 미라가 속삭였다. 「필름 말이야. 어디 있어?」

토니는 눈을 뜨지 않았다. 「엄마한테 보냈어.」 그가 말했다.

「아니, 토니, 필름 말이야. 나한테 보여 줬잖아. 비닐봉지에

든 거.」

「어,」 그는 여전히 눈을 감은 채 말했다. 「엄마가 가지고 있어. 뭘 해야 하는지 알아.」

「토니.」 미라가 말했다. 미라는 토니를 깨우려고 손을 꽉 잡고 흔들었다.

「너무 피곤해.」 토니가 말했다.

「포기하지 마,」 미라가 말했다. 「포기하면 안 돼.」

「이미 한 것 같아.」 그가 말했다. 「조금 전에, 아까 저기서.」

르모인이 통화를 마치고 차로 돌아왔다. 그는 목소리를 낮춰 운전사와 잠시 이야기하더니 양쪽으로 흩어져 각자 문을 열고 차에 탔다. 운전사가 시동을 걸어 계기판에 불이 켜지자 미라는 운전사의 얼굴 일부를 처음으로 흘끗 봤다. 그는 높은 광대뼈와 짙은 속눈썹, 짙은 눈동자를 가진 잘생긴 남자였다. 그게 그에게서 풍기던 비누 향보다 왠지 훨씬 더 역겨웠다. 미라는 토니의 손을 꽉 쥐고 토니가 필름을 어떻게 했을까 생각했다. 아까 방풍림에서 숨겼을까? 땅에 묻었을지도 모른다. 아니면 나무 위에 숨겼을지도. 필름을 찾으러 온 사람은 아마도 땅바닥만 뒤질 테니까. 똑똑하게 처리했을 것이다. 주의 깊게 숨겼을 것이다. 그들은 토니의 짐을 다 두고 왔다. 미라의 배낭, 미라가 토니에게 주려고 가져온 음식, 토니가 열어 보지도 못한 해열 진통제 갑, 미라가 자전거 짐 바구니에서 가져온 구급상자도 다 두고 왔다. 토니에게 계획이 없었다면 저 짐을 두고 오지 않았을 것이다. 그렇게 고분고분 차에 오르지 않았을 것이다. 그리고 나중에 저들을 기습하려고 아마 실제보다 더 제정신이 아닌 척하고 있을 것이다. 아마도 그냥 포기한 척하고 있을 것이다. 이건 전략이다. 토니에게는 계획이 있다.

차가 다비시 저택 바깥에 정차하자, 운전사와 르모인이 내렸다. 르모인은 집 안으로 들어갔고, 운전사는 토니 쪽 문 옆에 와서 기다렸다. 르모인이 다시 나와서 고개를 끄덕이자, 운전사가 문을 열더니 토니를 부축해 내리려고 뒷좌석으로 몸을 들이밀었다. 미라는 토니의 손을 놓았고, 토니는 남자의 목에 팔을 걸치고 차 밖으로 들려 나갔다. 미라는 토니를 따라 내리려고 재빨리 뒷좌석을 가로질러 갔지만, 좌석 끝까지 가기도 전에 운전사가 〈안 됩니다〉라고 말하며 문을 닫았다. 손잡이를 열려고 했지만, 그쪽 문도 안에서 잠겨 있었다. 미라는 선팅한 창문 너머로 운전사가 토니의 겨드랑이를 받쳐 부축하는 사이 르모인이 토니의 재킷 주머니에 손을 넣어 필름이 든 지퍼 백을 꺼내는 것을 봤다. 현관 조명에 비친 토니의 얼굴은 고통과 탈진으로 하얗게 질려 있었다. 눈도 흐릿했다. 르모인은 반대쪽 주머니를 확인해 칼날이 나와 있는 스위스 군용 칼을 꺼냈다. 그는 칼날을 접어 넣은 다음, 토니의 바지 주머니를 툭툭 두드리고 바지 허리춤과 허벅지, 다리 사이를 더듬었다. 토니는 계속 축 늘어져 있었다. 얼굴에 표정이 전혀 없었다. 토니의 이런 모습은 처음이었다. 이런 모습은 어떤 사람에게서도 본 적이 없었다. 마침내 르모인이 뒤로 물러나 운전사에게 다시 고개를 끄덕이자, 그는 토니의 팔을 자기 어깨에 두르고 반쯤 들다시피 해서 집으로 들어갔다.

르모인과 미라는 선팅된 창문 너머로 서로를 쳐다봤다. 그런데 놀랍게도 그가 문을 열어 미라를 나오게 했다.

「가서 돌봐 줘요.」르모인이 말했다. 「아까 농담한 것 아니에요. 저 사람이 죽는 건 원치 않아요.」

「그럼 구급차를 불러요.」미라가 말했다.

「아뇨,」르모인이 말했다. 「그건 안 할 겁니다.」

「뼈가 부러졌어요. 내가 뭘 할 수 있겠어요?」

「욕실 장 안에 뭐가 있는지 봐야죠.」

「아뇨,」미라가 말했다. 「절대.」

「미라,」르모인이 말했다. 「이건 저자가 자초한 일이에요. 알아요? 저자가 극비 연구 시설에 침입했어요. 저자가 그랬다고요. 저자는 철조망 뒤에서 자기가 보고 싶은 걸 봤어요. 저자가 도주했고, 저자가 절벽에서 뛰어내렸어요. 그 모든 걸 저자가 단독으로 했어요. 여기서 죄 없는 쪽은 나라고요.」

「증명해 봐요.」미라가 말했다.

「내 말을 안 듣는군요. 못 해요. 미라, 이 프로젝트의 보안 등급은 극비 그 이상이에요. 그냥 병원에 데려갈 수는 없어요. 내겐 이 문제를 정리할 시간이 필요해요.」

「증명해 봐요.」미라는 자기 말이 너무 약하고 딱하게 들리는 걸 유감스러워하며 다시 말했다.

르모인이 짜증스러운 소리를 냈다. 「이럴 시간 없어요.」 그가 말했다. 「가서 돌봐 줘요. 안방에 데려다 놨어요. 물도 이미 갖다 뒀고. 나중에 의사에게 데려가야겠지만, 오늘 밤은 집에 있는 걸로 당신이 최대한 해봐야 해요. 운전사 이름은 대니얼이에요. 대니얼이 밤새 문밖에 있을 겁니다.」

미라는 턱에 주름이 지도록 입을 꽉 다물었다. 멍청한 어린 아이가 된 기분이었다.

「아침에 이야기합시다.」 르모인이 말했다. 「가요.」

미라는 갔다. 토니는 다비시의 침대에 누워 있었다. 그는 눈을 뜨고, 미라가 화장대에서 물병을 들어 뚜껑 밀폐용 띠를 돌려 따는 모습을 지켜봤다. 미라는 토니 옆에 앉아 병을 기울여 입에 대줬다.

「도망치라고 했잖아.」 토니가 물을 한 모금 마시고 나서 말했다.

미라는 아무 말도 하지 않았다. 미라는 여전히 입을 꾹 다물고 있었다. 울지 않으려고 애썼다.

「넌 도망쳐야 했어.」 토니는 이렇게 말하고 눈을 감았다.

운전사 대니얼이 뉴질랜드 적십자 구급상자를 가지고 들어왔다. 그는 침대 발치에 상자를 놓은 다음 주머니에 손을 넣더니 처방 약병들을 한 손 가득 꺼내 툭 내려놓았다. 그러고는 다시 나가서 문을 닫았다. 양철 상자는 먼지가 쌓이고 대갈못에는 녹이 슬어 있었다. 미라가 어릴 때 부모님이 가지고 있던 기본 보급품 상자였다. 다비시의 차고에서 가져온 게 분명했다. 그러자 안심되었다. 미라는 상자로 가서 병을 하나하나 들어봤다. 아목시실린, 하이드로코돈, 트라마돌, 초강력 아세트아미노펜[29]으로, 모두 거의 빈 통이었고, 오언 다비시, 리엄 다비시, 레이철 다비시, 질 다비시에게 처방되었다는 딱지가 붙어 있었다. 미라는 날짜를 살펴봤다. 모두 유효 기간이 훨씬 지났지만, 그나마 트라마돌이 가장 최근 것이었다. 미라는 병을 열고 알약 네 알을 꺼냈다.

토니의 호흡은 얕고 규칙적으로 변해 있었다. 벌써 잠든 것 같았다. 「토니,」미라가 속삭였다. 「이 약 먹어.」미라는 알약을 입술에 갖다 대고 물과 함께 삼키게 했다. 토니는 이불 위에서 잠들어 있었다. 주위를 둘러봐도 여분의 담요나 두툼한 이불이 없어 미라는 일어나서 구급상자와 물병을 화장대 위에 갖다 두고 나머지 이불 반쪽을 접어 토니에게 덮어 준 뒤 불을 끄고 토니 옆 침대보 위에 누우면서, 누가 오언 경 쪽에서 자고 누가 레이디 다비시 쪽에서 자는 걸까 생각했다.

토니가 얼마나 오래 잠들었는지는 모르지만 — 몇 분이었을 수도 있고, 몇 시간이었을 수도 있다 — 잠시 후 그가 외마디 소리와 함께 잠에서 깼다. 미라는 벌떡 일어나 앉아 불을 켰다. 토니의 얼굴이 땀에 젖어 번들거렸다.

29 항생제, 진통제, 해열제 종류.

「뭐 필요해?」미라가 말했다.「물?」

「아파.」토니가 말했다.

트라마돌이 다 떨어져 이번에는 초강력 아세트아미노펜을 고르며 미라는 과잉 투여가 아니기를, 병 안의 알약을 바꿔치기한 게 아니기를 기도했다. 미라는 네 알을 손에 부어 하나씩 차례로 토니에게 먹였다. 구급상자 안에서 둘둘 말린 포도당 정제 팩을 발견하고는 물병에 넣어 흔들었다. 하지만 그걸 먹이려고 하자, 토니가 맛을 보기 무섭게 고개를 돌렸다.「독약이야.」그가 중얼거렸다.

「독약 아니야.」미라가 말했다.「포장된 걸 뜯은 거야. 봐, 토니. 상표가 있어.」

토니는 보려고 목을 길게 뺐다. 얼굴에서 땀방울이 흘러내려 수염으로 들어갔다.「아파.」그가 다시 말했다.

「팔을 다시 싸매 줄게.」미라가 말했다.「알았지? 진짜 단단히 싸매 줄게. 그럼 더 편하게 잘 수 있을 거야.」그는 고개를 끄덕였고, 미라가 그의 팔을 팔걸이로 쓰던 더러운 신발 끈에서 살살 꺼내는 동안, 그리고 손목에 쿠션용으로 감고 있던 양말을 벗겨 내는 동안 고통스러운 비명을 질렀다. 토니의 팔뚝은 얼룩덜룩하고 부어 있었지만, 미라가 보기에 피부는 찢어지지 않았다. 그건 좋은 일이었다. 어쩌면 염증이 없을지도 모른다. 그냥 뼈만 부러졌거나, 정말로 운이 좋다면 삔 것일 수도 있다. 미라는 붕대 한 롤을 찾아, 토니가 헐떡거릴 때마다 주춤

하면서 손에서부터 시작해 팔꿈치 쪽으로 올라가며 토니의 팔을 단단히 싸맸다. 토니를 아프게 하지 않으려고 어찌나 집중했던지 토니가 기절했다는 것을 뒤늦게야 알아챘다. 미라는 무릎을 꿇고 앉아 파르르 떨리는 토니의 눈썹을 잠시 지켜보다가 다리도 붕대로 싸매야 하지 않을까 하는 생각이 들었지만, 토니는 이미 충분히 아팠기 때문에 지금은 잠이 필요하다고 결정했다.

「엄마,」토니가 베개 위에서 머리를 뒤척이며 중얼거렸다. 「엄마한테 말해.」

미라는 밤새 토니를 지켜보겠다고 맹세했지만, 어느 순간 졸았던 게 분명했다. 깨어 보니 아침이었다. 토니는 옆에서 부드럽게 숨 쉬며 자고 있었고, 얼굴은 여전히 몹시 창백했지만 평화로워 보였다. 미라는 토니의 이마를 짚어 봤다. 피부는 건조하고 차가웠다. 일어나 문 쪽으로 가면서 르모인이 말한 대로 운전사가 방 바로 밖에 서 있을 거라고 생각했지만, 바깥을 슬쩍 내다보니 복도는 비어 있고 집은 조용하고 고요했다. 화장실에 갔다가 돌아오는 길에 보니 복도 탁자 위에 유선 전화기가 놓여 있었다. 전화기를 들어 봤지만, 예상대로 죽어 있었다. 전화기를 내려놓는 순간 뒤에서 인기척이 느껴져 돌아보니, 르모인이 부엌 문틀 양쪽을 손으로 짚고 문간에 서 있었다.

「그 사람은 어때요?」그가 물었다.

「난 의사가 아니에요.」미라가 말했다.「난 몰라요.」

르모인이 미라를 유심히 바라봤다. 「커피 만들 겁니다.」 그가 마침내 말했다.

미라는 르모인을 따라 부엌으로 들어가서 그가 다비시의 전기 커피 메이커 유리 주전자를 꺼내 수돗물을 채우고 기계 뒤쪽에 물을 부은 다음 숟가락으로 커피를 떠서 필터에 넣는 것을 지켜봤다. 그는 뚜껑을 닫은 뒤 전원을 켰다.

「커피 안 마시는 줄 알았는데요.」 미라가 말했다.

「난 안 마셔요.」 르모인이 말했다. 그는 싱크대에 기대어 팔짱을 끼고 고개를 까딱이며 주의 깊게 미라를 응시했다. 기계가 쉿쉿거리더니 부글부글 끓는 소리를 내기 시작했다. 「그런데 두 사람은 무슨 관계예요?」 잠시 후 그가 말했다. 「내 말은, 저 사람은 아무것도 아니잖아요, 문제아이고. 여기서 내가 놓치고 있는 게 뭐죠?」

「여기서 당신이 놓치고 있는 게 뭐냐고요?」 미라는 그런 표현을 처음 듣는다는 듯이 반복했다.

「네,」 르모인이 말했다. 「매력이 뭐예요? 난 이해가 안 되는데.」

미라는 그를 노려봤다. 갑자기 그가 밉살스러웠고 진실을 말해 그를 괴롭혀 주고 싶었다.

「내 생각엔,」 미라는 천천히 말했다. 「내 생각엔…… 가능성이었던 것 같아요.」

「사귈까 말까?」 그가 조롱하듯 말했다.

「아뇨.」미라는 스스로도 놀라면서 말했다. 이런 생각은 그 누구에게도 말해 본 적이 없었기 때문이다.「그건 아니에요. 아니면, 적어도 그것 때문만은 아니에요. 모든 것의 가능성 말이에요. 우리 인생 전체. 우리 생각, 미래, 온 세상. 토니는 그런 것들이 가능하다고 느끼게 해줬어요. 내가 무언가를 할 수 있을 것 같았어요. 시간이 있는 것 같았어요.」

르모인은 아무 말도 하지 않았다. 그의 시선이 옆으로 옮겨가 미라의 어깨 너머를 향했다. 토니가 절뚝거리며 그들을 향해 복도를 걸어오고 있었다. 여전히 한쪽 다리에 많이 의존하긴 했지만, 부은 발을 동여맨 시커먼 붕대에도 불구하고 잘 움직였다. 확실히 상태가 더 좋아 보였다. 눈빛도 어젯밤처럼 흐릿하고 절망적이지 않았고, 뺨에도 군데군데 혈색이 돌아왔다. 르모인은 팔짱을 풀고 찬장으로 갔다. 그는 설탕 항아리를 찾고 커피 메이커 위 선반에서 머그잔 두 개를 꺼냈다.

「우유가 없어서,」그가 말했다.「블랙으로 마실 수밖에 없겠군요.」

토니가 미라를 쳐다봤다.「뭐 하는 거야?」그는 미라에게 억겨울 만큼 실망한 기색으로 속삭였다.「무슨 빌어먹을 짓을 하고 있냐고, 미라? 왜 아직 여기 있어?」

그 순간, 미라도 토니가 미워졌다. 미라는 어깨를 으쓱하고 딴 곳을 쳐다봤다.

르모인은 두 사람을 보며 미소 지었다.「아침을 조금 먹죠.」

그가 말했다. 「그리고 나서 건설 현장으로 내려갈 겁니다. 거기에 보여 줄 게 있어요.」

이글스의 「데스페라도Desperado」는 오언 경이 자기 장례식에서 틀고 싶어 하던 노래였다. 「오, 이걸 틀면 다들 눈물을 흘릴 거야.」 그는 라디오에서 이 노래가 나올 때마다 말했다. 「이야, 이거 대단하겠는데. 당신이 이 노래가 끝날 때까지 어떻게 버틸 수 있을까 싶어, 질. 이야 이야 이야, 당신은 눈물바다가 될걸.」

「**당신이** 금방 눈물바다가 될걸.」 레이디 다비시는 이렇게 응수하거나 〈장례식 이야기 좀 하지 마, 고약한 취미야〉 혹은 〈그만해, 오언, 처음에도 재미없었어〉 혹은 〈말했잖아, 그건 생각하고 싶지 않아〉 혹은 〈난 울 겨를도 없을걸, 새 남자 친구랑 껴안고 있느라 너무 바쁠 테니까〉 혹은 〈오언, 저 빌어먹을 노래 좀 듣게 제발 입 좀 다물어 줄래?〉라고 말하곤 했다.

하지만 남편 말이 맞았다. 레이디 다비시는 첫 음이 나오자마자 울었다. 슬픈 가사가 나오자마자 울었고, 현악기 반주가 고조되면서 피아노와 만날 때도 울었고, 드럼이 합류할 때도 울었다. 관 옆의 스크린에서는 오언 경의 생전 모습을 보여 줬다. 어린 시절, 10대 시절, 청년 시절, 결혼식 날, 그리고 아이들 각각과 병원에서, 첫걸음마를 안내하고, 촛불을 불고, 엎드려서 말을 태워 주고, 어느 날 아침 늦잠 잘 때, 크리스마스 날

종이 왕관을 쓴 모습을. 세월이 갈수록 오언 경은 가슴이 넓어지고 어깨가 두꺼워지고 머리가 하얗게 새고, 컨버터블 운전석에서 경례를 하고, 울타리 기둥 박을 구멍을 파고, 아버지와 사냥을 하고, 돼지고기 꼬챙이 요리를 자랑하고, 폭포 옆에서 웃고, 결혼식에서 레이철을 신랑에게 넘겨주고,「강남 스타일」춤을 췄다. 마지막 사진들은 더 뚜렷했고, 다른 사진들보다 좀 더 오래 스크린에 머물렀다. 기사 작위 수여 소식을 처음 들었을 때『손다이크 타임스』에 실린 두 사람의 사진이었다. 레이디 다비시는 소식을 듣고 오언 경이 웃음을 터뜨리며 자기를 어깨에 들쳐 메고 안으로 들어가 곧장 침실로 갔던 일을 떠올렸다. 그리고 맨 마지막 사진은 작위 수여식 날 찍은 공식 초상, 오언 경이 말끔하게 가꾸고 정장을 갖춰 입고 현장(懸章)을 두르고 별을 달고 자부심으로 터질 듯한 당당한 모습이 담긴 사진이었다. 그 사진은「데스페라도」가 끝을 향해 달려가고 그 후 침묵이 방 안을 채우는 동안 좀 더 오래 스크린에 머물렀다. 레이디 다비시는 눈물을 닦고 코를 풀었으며, 머릿속에서 오언 경의 목소리를 들었나. 〈자, 노래라면 **이런 식으로** 끝내야지.〉 그는 말했다, 아니 말했을 수도 있고, 말하곤 했을 것이다. 〈스르르 사라지는 식의 쓰레기가 아니라, 소리만 줄이다가 자 이제 끝낼까 하듯이 질질 끄는 게 아니라. **저런** 게 바로 **노래야**, 질. **자기가 언제 끝나는지 아는 거.**〉

추모 모임은 멀로이 부부 집에서 열렸다. 마크가 샤르도네

잔을 들고 기다리고 있었지만, 레이디 다비시는 가서 매무새를 좀 다듬고 오겠다며 세면대에 술을 쏟아 버리고 대신 잔을 수돗물로 채웠다. 그러고는 거울 속 자신과 시선을 맞추지 않고 단숨에 들이켠 다음 다시 잔을 채워 다 마셨고, 세 번째로 잔을 채웠다가 딱히 이유 없이 쏟아 버렸다. 오언 경이 아주 싫어하던 습관이었다. 그러고는 변기에 앉아 숨을 몰아쉬며 르모인과 버넘 숲을 생각했다. 생각이 꼬리를 물고 맴돌았다. 캐시가 손톱으로 문을 톡톡 두드리고 속삭였다. 「질? 자기?」 갑자기 오언 경의 목소리가 머릿속에서 다시 들렸다. 〈저런 게 바로 **노래야**, 질. **자기**가 언제 **끝나**는지 **아는** 거.〉

이게 언제 끝나는지 알아내야겠다, 레이디 다비시는 생각했다. 이건 끝난 게 아니다. 자기는 끝난 게 아니다. 질 다비시, 오언 다비시의 헌신적인 아내, 그의 아이들의 어머니는 끝난 게 아니다.

「잠깐만.」 레이디 다비시는 문 사이로 말했다. 그러고는 전화기를 꺼내 에어 뉴질랜드 앱을 열고 크라이스트처치행 비행기표를 검색했다. 9시 5분 웰링턴발 비행기가 있었다. 레이디 다비시는 수화물 없는 좌석을 예약하고 값을 치른 다음 거실로 돌아가서 사람들을 하나하나 만나며 와줘서 고맙다고 인사하고 포옹을 받고 악수하고, 오언 경은 이 환송식에 아주 만족했을 거라고 동의하고, 너무 충격적이고 너무 느닷없고 너무 믿을 수 없고 너무 슬픈 일이라고 동의하고, 오언 경은 근사한 남자이고 근사한 아버지라고 동의하고, 이제 자신의 인생은 결코 예전 같지 않을 거라고 동의했다. 캐시가 핑거 푸드를 한 접시 가져왔고, 레이디 다비시는 오로지 사람들이 아무것도 안 먹는다고 걱정하는 소리를 듣지 않기 위해 그걸 먹은 다음, 아이들을 불러 모아 손을 잡고 너무 피곤하다고, 일주일 내내 거의 잠을 못 잤다고, 이제 장례식도 끝나고 현실이 실감 나니 드디어 밀린 잠이 몰려오는 것 같다고 말했다. 다들 어머니와 함께 아파트로 가겠다고, 잠에서 깰 때 누가 집에 있도록 잠깐만 있겠다고, 그냥 같이 있어 주겠다고 말했지만, 레이디 다비시는 정말 고맙지만 더 빨리 평상시 일과로 돌아갈수록 더 좋다고, 그리고 정말이지 지금은 자고 싶은 생각밖에 없다고 말했다. 집까지는 제시와 여자 친구가 데려다줬다. 레이디 다비시는 두 사람을 껴안고 밤 인사를 한 뒤 집으로 들어가 문을 닫고 30초 동안 기다린 다음 택시를 불러, 당장 공항으로 가자고 했다.

크라이스트처치에서 레이디 다비시는 렌터카를 빌려 남쪽으로 출발했지만, 공항 주차장을 벗어나자마자 다시 울음이 터졌고, 이내 눈물로 시야가 너무 흐릿해져 차를 정차하고 핸들을 껴안은 채 흐느껴 울었다. 11시가 넘었다. 레이디 다비시는 눈이 퉁퉁 부어 떠지지 않을 정도로 운 다음, 핸들에 얹은 팔에 이마를 대고 앉아 정말 피곤하다고, 일주일 내내 잠을 못 잔 게 사실이라고, **한밤중**에 손다이크까지 다섯 시간 운전은 고사하고 운전하기 적당한 상태조차 아니라고 자신에게 말했다. 자식들이 일주일 사이 부모를 모두 잃게 할 수는 없다. 레이디 다비시는 감정을 억제하고 대신 모텔로 갔다. 야간 근무 직원이 자신의 퉁퉁 부은 얼굴, 야심한 시각에 짐도 없이, 핸드백조차 없이 전화기와 차 키와 운전면허증과 신용 카드만 들고 온 모습을 제멋대로 평가하도록 내버려뒀다. 방값을 선불로 결제한 뒤 들어가서 합성 솜이불을 덮고 잠들었다.

잠에서 깼을 때는 아직 어두웠지만, 그럼에도 레이디 다비시는 지금이 오전 4시 15분인지 오후 4시 15분인지 알 수 없어 거의 1분 정도 침대 협탁 위 디지털시계를 쳐다봤다. 둘 다 똑같이 말이 안 되는 것 같았다. 누워 있는 침대와 벽에 걸린 평면 텔레비전, 어두운 창문, 플라스틱 전기 주전자, 광택 나는 이불, 그 외 방 안의 모든 것이 마찬가지였다. 하지만 마침내 레이디 다비시는 자신이 있는 시간과 장소를 파악하고 침대에서 힘겹게 기어 내려 방에서 나온 뒤 근무 시간 외 체크아웃 상자 구멍에 방 키를 집어넣고 차에 올랐다.

〈거기 내려가면 정확히 뭘 찾을 거라고 생각하는 거야?〉 오언 경이 전혀 그답지 않게 자기 몰래 비행기표를 예약했을 때 레이디 다비시는 물었다. 그는 퉁명스럽게 대답했다. 〈그걸 알면, 안 가지. 왜 가겠어, 내가.〉 차를 몰고 가며 레이디 다비시는 그 대화를 머릿속에서 몇 번이나 되돌려 봤다. 〈오언, 말했잖아. 아마 앤서니가 그냥 실수한 걸 거야.〉 레이디 다비시는 남편을 다그치며 말했다. 〈어, 들었어.〉 그가 응수했다. 앤서니는 전화에 답이 없었다. 일주일 전 음성 사서함에 메시지를 남겼는데 전혀 답이 없었다. 왜일까? 오언 경에게 보낸 이메일에서 그는 르모인에 관한 기사를 쓰고 있다고 분명히 말했다. 그런데 왜 다시 전화하지 않았을까? 자기도 남편만큼 알고 있다. 남편만큼 정보원이 될 수 있다. 남편과 마찬가지로 매매 당사자 — 사실, 이제는 유일한 당사자 — 이고, 오언 경의 죽음은 딱히 비밀도 아니었다. 사고는 뉴스에 실리고 보도되었다. 그런데 왜 앤서니는 자기와 이야기하고 싶어 하지 않을까? 말이 안 된다. 레이디 다비시의 생각은 다시 같은 자리를 맴돌았다. 오언은 왜 밤중에 전망대에 갔을까? 정말 비영리 단체에 자금을 댈 논의를 하고 있었을까? 그런데 왜 자기한테는 버넘 숲 이야기를 하지 않았을까, 단 한 번도?

　동이 트기 시작할 때 레이디 다비시는 해변 도로에서 나와 내륙으로 접어들었고, 손다이크에 가까워질 때마다 늘 느끼는, 모든 게 항상 제자리에 제대로 된 순서로 존재한다는 깊은 올바름의 감각을 느꼈다. 레이니 나비시는 셰속 차를 몰아 고속 도로 옆에 선 문 닫힌 가게들을 지나고, 주유소를 지나고, 시내 끝을 지나, 이제는 르모인의 땅이 된 목장 아래쪽 구석으로 들어간 다음 울타리를 따라, 이제는 공용 정문이 된 문으로 갔다. 아래쪽 들판에 쌓인 커다란 자갈 무더기가 보였다. 산사태로 인해 고갯길이 폐쇄되기 전, 르모인을 만나기 전, 르모인이 땅을 사겠다고 제안하기 전에 오언과 함께 분할 개발 택지로 들어가는 새 도로를 내려고 했던 곳이다. 레이디 다비시는 그쪽으로 흘끗 시선을 던졌다가 레미콘, 대형 트레일러, 이동식 사무실, 캠핑카 등 온갖 중장비 차량이 주위 들판에 잔뜩 모여 있는 것을 보고 깜짝 놀랐다. 레이디 다비시는 눈살을 찌푸리고 속도를 줄이면서 좀 더 잘 보려고 목을 길게 뺐다. 르모인이 이렇게 급히 작업을 시작했을 리 없다. 분명 계획 승인이 필요하고, 그 절차는 몇 달, 심지어 몇 년 걸린다. 이게 무슨 일일까? 혹시 건설 현장이 버넘 숲과 관련 있을까? 정문에 도착했다. 레이디 다비시는 정문으로 들어가려다가 마지막 순간 마음을 바꿔 남쪽 울타리까지 계속 간 뒤 거기서 비포장 보조 도로로 올라가기로 했다. 토요일이었고, 통화했을 때 르모인은 자기는 지금 목장에 있지 않다고 했지만, 그래도 본능이 조심하라고 말했다.

언덕 꼭대기 목장 입구에 도착하자, 레이디 다비시는 차에서 내려 자물쇠를 풀고 울타리 기둥에 묶어 둔 사슬을 풀었다. 진흙땅에 깊게 난 타이어 자국이 언덕을 올라가 사라졌다. 머릿속에서 오언 경의 목소리가 다시 들렸다. 〈그 앤서니라는 친구가 명확하게 《방사 측정》이라는 단어를 썼거든.〉 그는 말했다. 〈그게 말이 안 돼. 방사 측정 목적으로는 지상 시험 장소가 있을 수 없어. 왜냐하면 요즘엔 다 공중에서 하니까. 고도 비행용 드론을 쓴다고. 그게 내가 하려는 말이야.〉 레이디 다비시는 문을 연 다음 문이 다시 휙 닫히지 않도록 수풀 뒤에 고정해 두고 다시 차로 돌아가서 입구를 통과했다. 그러고는 반대쪽에서 다시 차를 세운 뒤 내려 문을 닫고 자물쇠로 잠근 다음 시간을 확인하려고 주머니에서 전화기를 꺼냈는데, 짜증 나게 배터리가 죽어 있었다. 다시 운전석에 들어가서 계기판의 시계를 봤다. 9시 30분이 다 되어 가고 있었다. 아마 아이들이 곧 웰링턴 아파트로 안부 전화를 할 테고, 전화를 받지 않으면 다들 당황할 것이다. 이미 당황하고 있을지도 모른다. 자기가 어디에 있고 무엇을 찾고 있으며 이유가 뭔지 설명해야 하는 것이 싫었다. 집에 가서 세 사람 모두에게 한꺼번에 이메일을 써야겠다고 생각했다.

레이디 다비시는 주행 기어를 놓고 계속 달려 방풍림 아래 들판을 가로지른 뒤 집 위쪽에 야트막한 절벽을 만들고 있는 석회암 경계선을 피해 넓게 원을 그렸다. 다시 언덕을 가로질러 돌아오자 아래쪽 들판 자갈 더미 옆에 모여 있는 중장비 차량들이 또 보였다. 차를 멈추고 손차양을 해서 움직이는 사람이 있는지 살펴봤지만, 현장에는 사람이 보이시 않았나. 레이디 다비시는 계속 달려 뒷문 옆에 차를 주차하고 앞좌석 사이컵 홀더에서 전화기를 꺼내 들고 뒷문을 통해 안으로 들어갔다.

「로버트?」혹시나 해서 불러 봤지만, 집은 조용했다.

복도에 들어서자마자 뭔가 잘못되었다는 게 느껴졌다. 앞문이 활짝 열려 있고, 부엌에 들어와 보니 커피 메이커 유리 주전자가 바닥에 산산조각 나 있었다. 식탁 의자 하나는 뒤로 자빠져 있고, 쓰러진 의자 옆 바닥에 불규칙하게 튄 커피 자국 가운데 부분이 쓸린 흔적이 보였다. 뭔가—아니면 누군가가—커피 자국을 헤치고 문 쪽으로 질질 끌려 나갔다. 레이디 다비시는 꼼짝도 하지 않고 서서 주위를 둘러보고 귀를 기울이다가 재빨리 복도 탁자로 가서 유선 전화를 들어 봤다. 전화는 죽어 있었다. 레이디 다비시는 아드레날린이 솟구치는 걸 느끼며 복도를 살금살금 달려 차고로 갔다. 총기 보관장 문이 억지로 열려 있고 선반에 걸린 총들은 약탈당해 모두 없어졌을 거라고 두려워하며 달려갔는데, 문이 평상시처럼 잠긴 채 닫혀 있었다. 문을 열어 총들이 제대로 있는지 확인하려고 차고를 가로질러 가다가 레이디 다비시는—물론—열쇠를 오언 경이 가지고 있다는 것을 깨달았다. 열쇠는 추락 사고 후 시신에서 발견되어 돌려받은 열쇠고리에 끼워진 채 웰링턴 아파트에 있었다. 레이디 다비시는 머리가 어찔어찔하고 긴장되고 이상하게 강하고 살아 있는 기분을 느끼며 그 자리에서 돌아섰다가 없어진 다른 물건을 발견했다. 〈위험 독성 물질〉, 〈플루오로아세트산나트륨〉, 〈사용 제한 화학 제품〉, 〈토끼 방제용 미끼 1080〉이라고 쓰여 있고 다비시 방제의 오언 다비시에게 사용 인가가 내려졌다는 표시가 붙어 있는 플라스틱 드럼통이 없어졌다.

그때 비명 소리가 들렸다. 멀리서 들렸지만 — 집 아래쪽 들판에서 들려오는 것 같았다 — 분명 고통스러운 비명, 절망과 공포에 질려 목청껏 도움을 요청하는 비명 소리였다. 여자 같았다. 심장이 죄어드는 느낌이었다. 움직일 수가 없었다. 레이디 다비시는 그 끔찍한 소리가 멈추기를 기다렸고, 소리는 결국 멈췄지만 — 그건 단지 여자가 잠깐 숨 쉬는 사이에 불과했다 — 다음 순간 또 비명이 터져 나왔다.

레이디 다비시는 복도를 달려 두 사람이 항상 앞방이라고 부르던 방으로 갔다. 엄밀히 말하자면, 그 방은 집 앞쪽이 아니라 옆쪽에 있고, 집 확장 공사를 해서 전망 창을 넣기 전에는 거실로 썼지만 집 수리 후에는 거의 쓰지 않던 방이었다. 벽에 붙은 낮은 책장 위에 놓인, 레이디 다비시가 오언 경의 쉰 살 생일을 기념해서 만들어 준 특별 진열장 안에는 22구경 공기총과 무두질 칼이 박물관 유리 뒤 벨벳 위에 전시되어 있었다. 레이디 다비시는 진열장을 열고 총을 꺼냈다. 개머리판을 골반에 대고 왼손으로는 방아쇠 보호대 바로 앞쪽을 잡고 오른손으로 보호대를 세게 쳐서 총열을 열었다. 그러고는 딸깍 소리가 날 때까지 총열을 아래로 당기고 전체를 내려다보며 깨끗한지 확인한 다음 총을 팔에 걸치고 오언 경이 책상 서랍 맨 위 칸에 보관해 두는 탄알 통을 찾아 서랍 안을 휘적였다. 통을 열고 탄알을 골라 문제가 없는지 검사한 다음 머리부터 먼저 약실에 집어넣고 총열을 다시 닫았다. 그리고 탄알 통을 주머니에 쑤셔 넣은 뒤 방에서 막 나가려다가 생각을 고쳐먹고 무두질 칼도 챙겼다.

정문으로 들어오지 말라고 경고한 본능에 따라 레이디 다비시는 렌터카도 원래 주차해 둔 집 뒤쪽에 그대로 두고 조용히 걸어서 갔다. 무두질 칼은 뒷주머니에 넣고 개머리판을 어깨에 걸치고 주변 들판을 살피며 소리가 나는 쪽을 향해 살금살금 달려갔다. 버넘 숲에 가졌던 모든 의혹이 사라졌다. 모든 슬픔이 사라졌다. 자신을 목장으로 부른 모든 혼란과 지레짐작 의심이 사라졌다. 누군가 곤경을 겪고 있다. 누군가 구조를 바라고 있다. 출산 마지막 단계 때 경험한 느낌 같았다. 본능적이면서도 원초적이고 고갈된 듯하면서도 무적(無敵)인 느낌, 멈출 수 없고 믿을 수 없고 생생하게 살아 있는 느낌.

레이디 다비시는 언덕 꼭대기를 넘어섰다.

르모인은 등을 진 채 한 손은 주머니에 넣고 다른 한 손으로 전화기 화면을 내리며 뭔가 보고 있었다. 비명을 지르던 사람은 르모인 앞 땅바닥에 앉아 있었다. 여자가 아니라 젊은 남자, 이상하게 수염을 기르고 헝클어진 머리를 한 히피 유형이었다. 젊은이의 왼손에는 붕대가 감겨 있고, 오른손은 젊은 여자의 손목과 함께 묶여 있는데, 여자의 다른 손은 트럭 차대에 묶여 있었다. 레이디 다비시는 젊은 남자가 여자의 팔을 최대한 잡아 늘이며 두 사람의 손을 묶고 있는 끈을 필사적으로 잡아당기는 모습을 공포에 질려 지켜봤다. 고개를 앞으로 툭 떨군 여자의 상체에는 토사물이 묻어 있었다. 여자는 죽었다, 혹은 최소한 의식이 없었다. 젊은이는 여전히 비명을 지르고 있었다. 경악한 레이디 다비시가 시선을 돌리자 더 많은 시신, 더 많은 토사물이 보였다. 모두 젊은 사람이고 모두 죽은 채 뒤틀린 자세로 현장에 부채꼴로 널브러져 있었다. 독살 음모를 한꺼번에 알아차리고 도망치려 했지만 너무 늦어 버린 모양새였다. 눈앞이 흐려지기 시작하는 느낌이었다. 차량 표면에는 지저분한 구호들이 적혀 있고, 엉성하게 쓴 글자에서 페인트가 질질 흘러내리고 있었다. 이게 너희의 미래다, 정의, 수치 같은 단어들이 보였다.

젊은이가 비명을 멈췄다. 레이디 다비시를 본 것이다. 르모인이 남자의 변화에 놀라 전화기에서 고개를 들었다. 그는 젊은이의 시선을 따라 몸을 돌렸다.

레이디 다비시는 아무 말도 하지 않았다. 그냥 총을 똑바로 겨누고 입으로 호흡하면서 배운 대로 무릎을 높이 쳐들고 발뒤꿈치에서 발끝까지 굴리며 한 걸음 한 걸음 나아갔고, 가까이 다가가면서 갑자기 초월적인 평온함을 느꼈다. 르모인이 남편을 죽였다. 르모인이 그랬다. 르모인은 사악한 짓을 저지를 수 있는 인간이다. 이제 레이디 다비시는 알았다.

늘 알고 있었다. 그게 슬펐다. 자신도 오언도 르모인이 **좋은 사람**이라는 환상을 한 번도 가져 본 적이 없다고, 레이디 다비시는 다가가면서 생각했다. 르모인이 나쁜 사람이라는 것은 처음부터 알았다. 그럼에도 그의 사업에 구애했다. 그럼에도 그의 승인과 존경을 얻으려 했다. 그럼에도 그에게 환심을 사려고 했다.

오언과 처음 사귀기 시작한 20대 초반의 어느 장면이 문득 떠올랐다. 오언이 젖을 빨 줄 모르는 새끼 양 한 마리를 줬고, 질은 그 새끼 양에게 우유병으로 우유를 먹이며 몇 달 동안 길렀다. 그 후 그들은 함께 새끼 양을 죽이고 도살했다. 오언이 기절 봉을 줬다. 「이마 한중간에.」 그는 양이 쓰러지자마자 목 딸 준비를 하고 뼈 자르는 칼을 등 뒤에 숨긴 채 몇 걸음 뒤에 서서 중얼거렸다. 「놀라게 하면 안 돼. 천천히 해. 양이 돌아서서 당신을 볼 때까지 기다린 다음, 이마 한가운데 X 자가 있다고 생각하고 그 X 자 가운데를 조준해서 쏴.」

레이디 다비시는 계속해서 앞으로 걸어갔다. 아주 천천히, 르모인은 두 손을 들어 올린 다음 한 팔을 뻗어 마치 총을 포기하듯 전화기를 몸에서 멀리 집어 던져 바닥에 떨어뜨렸다.

〈쏘기 전에 숨을 내쉬어.〉 오언 경의 말이 들렸다. 〈숨을 다 뱉어냈을 때가 다 들이마셨을 때보다 더 안정감 있어. 잘하고 있어, 질. 그냥 저자가 당신을 볼 때까지 기다려, 그다음에 숨을 쉬어.〉

르모인이 자기를 바라보고 있었다. 레이디 다비시는 숨을 내쉬었다. 그의 이마 한가운데 X 자를 그렸다. 그리고 눈 사이를 쏘았다.

총성이 주위 언덕에 울려 퍼졌지만, 그 소리는 귀에 들리지도 않았다. 레이디 다비시는 오언 경의 무두질 칼을 칼집에서 꺼내 청년과 죽은 여자를 묶고 있는 케이블타이를 자르러 앞으로 달려갔다.

「다른 사람 있어요?」 레이디 다비시는 끈을 칼로 자르며 물었고, 플라스틱 끈이 탁 끊어지면서 젊은이는 자유로운 몸이 되었다. 「누구 살아 있는 사람 있어요?」

하지만 그는 이미 껵껵 비명을 지르고 기다시피 절뚝대며 허둥지둥 달아나고 있었다.

「기다려요.」 레이디 다비시는 그에게 손을 뻗으며 말했다. 「기다려요. 여기 다른 사람 있어요?」

그는 이제 달리고 있었다. 「운전사,」 그가 쉰 목소리로 말했다. 「뒤에.」 레이디 다비시가 몸을 반쯤 돌린 순간, 빗발치는 총알이 등에 와서 박혔다.

토니는 자기가 곧 죽는다는 걸 알고 있었다. 그는 코로와이의 숲속에서, 푸르고 관대하며 살아 있는 초록 땅에서 — 뒤에 두고 온 끔찍한 현장, 세상이 그의 짓이라고 생각하게 될 끔찍한 현장에서 최대한 멀리 떨어진 곳에서 — 죽고 싶었다. 그는 뒤쪽의 총성을 들으며, 총성이 언덕에 울려 퍼지는 소리를 들으며 계속 움직였다. 거기 그대로 있었기를, 무두질 칼을 줍고 총도 줍기를, 싸우다가 죽었다고 말할 수 있기를 바랐지만, 어차피 다들 죽을 터라 누구도 할 수 없는 이야기이니 어리석은 생각에 불과했다. 그는 멈추지 않았다. 그는 국립 공원 경계에 다다를 때까지 계속 움직인 다음, 울타리를 기어올라 보조 도로 안으로 떨어졌다. 떨어지면서 다친 다리가 꺾이는 순간, 부러진 발목에 부목 삼아 대놓은 바비큐용 라이터가 생각났다. 그는 흙먼지에 찌든 붕대를 찢어발기듯 풀고 라이터를 꺼내 더듬거리며 점화기를 시험해 봤다. 다시 들어 봤다. 다시 해봤다. 작동했다. 조그만 불길이 너울거리며 나타났다. 그는 라이터를 주먹으로 꼭 쥐고 다시, 이번에는 더 빨리 움직이기 시작했다. 망가진 몸을 이끌고 관목을 지나고 덤불을 헤치고 언덕을 가로질러 분지로 들어가, 마침내 〈연구 진행 중 — 접근 금지〉라고 쓴 이끼 낀 표지판이 달린 철조망에 도착해 이로 알루미늄 막대를 물고 철조망을 기어올라 넘었다. 이제 끝이 코앞에 다가온 느낌이 들었다. 이제 곧이다. 그는 죽는다. 반대편으로 넘어간 그는 낮은 포복 자세로 몸을 질질 끌고 기어서 침출 구덩이를 위장한 그물망까지 간 다음 멀쩡한 어깨를 맨홀 뚜껑에 갖다 대고 마지막 남은 힘을 쥐어짜 옆으로 밀었다. 그러고는 그물망 하나를 악취 풍기는 맨홀 안에 밀어 넣었다가 다시 꺼낸 뒤, 숨을 들이마시고 점화기를 양손 엄지손가락으로 밀어 불 켜진 막대기를 젖은 천에 들이밀며 불이 붙기를, 불이 연기를 피워 올리고 그물망을 태워 파괴 규모가 저 위에서도 보이기를, 누군가 보기를, 누군가 알아채기를, 누군가 신경 써

주기를 기도했다. 불길이 타오르며 주위의 오래된 나무들이 타닥타닥 타오르는 동안, 토니는 누군가 와서 불을 꺼주기를 기도했다.

감사의 말

손다이크, 코로와이 고개, 코로와이 국립 공원은 모두 만들어 낸 지명이다. 내 상상 속 코로와이 지역은 어스파이어링산, 쿡산, 아서스 패스 국립 공원의 요소들이 합쳐진 곳이다.

핀 코포드닐슨이라는 이름은 〈고문으로부터의 자유 불멸 경매〉[30]에서 낙찰되어 이 책에 등장한다. 이 대의를 위해 후한 기부를 해주신 핀의 아버지, 크리스천 코포드닐슨에게 감사드린다.

나는 비범한 편집자 및 출판 팀과 일하는 행운을 누렸다. 소중한 편집 의견과 조언을 준 제나 존슨과 벨라 레이시, 원고를 교정해 준 크리스틴 로와 맨디 우즈, 멋진 표지 디자인을 해준 존 그레이에게 깊은 감사를 드린다. 또한 그랜타 출판사의 라모나 엘머, 사이먼 히필드, 앤 메도스, 노엘 머피, 시그리드 로

30 고문 피해자를 돕는 〈고문으로부터의 자유〉 재단에서 주최하는 자선 경매. 소설 등장인물의 이름을 지을 권리를 입찰한다.

징, 프루 롤랜드슨, 세라 워슬리에게, 그리고 패러 스트로스 앤
드 지루 출판사의 로드리고 코럴, 리아나 컬프, 니나 프리먼,
해나 굿윈, 데브라 헬펀드, 나 킴, 스펜서 리, 이저벨라 미란다,
케이틀린 오베언, 실라 오시어, 니컬러스 스튜어트, 힐러리 티
스먼, 다니엘 델 바예, 사리타 바마, 앰버 윌리엄스, 조너선 울
런에게, 또한 매클렐랜드 앤드 스튜어트 출판사의 토니아 애
디슨, 재러드 블랜드, 어니타 총, 세라 하우랜드, 루타 리오모
나스, 킴 캔드래비, 킴벌리 켐프에게, 그리고 테 헤렌가 와카
대학교 출판부의 퍼거스 배로먼, 크레이그 갬블, 태이 티블, 애
슐리 영에게 깊은 감사를 드린다.

암스테르담 라이터스 레지던시 프로그램과 스포이의 멋진
아테네움 서점에 감사를 표한다. 그곳에서 이 책의 씨앗이 될
아이디어를 처음으로 만났다.

친애하는, 인내심이 뛰어난 나의 에이전트 캐롤라인 도네이
와 유나이티드 에이전트의 캣 에이트킨, 애나 왓킨스, 루시 조
이스, 조지나 르그리스, 에이미 미첼, 앨릭스 스티븐스, 제인
윌리스, 조지나 캐리건, 제마 빅널, 나타샤 샐러웨이에게, 그리
고 유나이티드 탤런트 에이전시의 리치 클루벡과 제프 몰리에
게 감사드린다.

뉴질랜드 예술 재단의 훌륭하고 든든한 지원에 감사드린다.
내게 글 쓸 시간을 준 크리스틴 풀에게도 감사를 표한다.

모든 친구와 가족, 특히 정치학, 철학, 예술에 대해 많은 영

감을 주는 대화를 함께 해준 글렌 모와 스티븐 투생에게, 이 원고를 읽고 토론해 준 부모님 필립 캐턴과 주디스 캐턴에게, 내 소중한 고양이들, 사랑하는 로라 파머와 가슴 시리게 그리운 아이시스에게, 마지막이자 최우선인 내 아이 A.D.에게 사랑과 감사를 바친다.

옮긴이의 말

「이런 생각을 했어. 살면서 하는 진짜 선택들, 정말 어렵고 파장이 큰 선택들은 절대 옳은 일과 쉬운 일 사이의 선택이 아니라고. 그건 잘못된 일과 어려운 일 사이의 선택이야.」

『루미너리스』(2013)로 스물여덟 살의 나이에 최연소 부커상 수상자라는 기록을 세운 엘리너 캐턴이 10년 만에 내놓은 신작 『버넘 숲』의 핵심을 가장 잘 담은 대사는 아마도 등장인물 셸리의 말이 아닐까 싶다. 〈옳은 일과 쉬운 일을 선택해야 하는 순간〉을 강조한 덤블도어의 말과는 달리, 선택의 순간 더 명확하게 알 수 있는 것은 오히려 잘못된 일이라는 통찰이라는 것. 셸리는 미라 번팅이 설립한 게릴라 가드닝 단체 〈버넘 숲〉의 일원이다. 그들은 방치된 땅을 지속 가능한 목적으로 활용하는 (합법과 불법이 뒤섞인 활동을 하는) 환경 운동가이고, 나아가 세상을 근본적으로 변화시키려는 원대한 이상을 품은 급진 좌파이지만, 재정적 어려움과 갈등으로 인해 와해 위기에 직면해 있다. 이 존재 위기의 순간, 미라가 미국인 억만장자이자 벤처 투자가 로버트 르모인을 우연히 만나 독이 든 성배와 같은 그의 재정 지원을 받아들이게 되면서 그들의 급진적 신념은 시험대에 오른다.

심리 스릴러이기도 한 『버넘 숲』은 그레타 툰베리와 일론 머스크처럼 모든 면에서 대척점에 존재하는 버넘 숲과 르모인 사이의 뜻밖의 조우와 공모, 그로 인한 파국을 통해 자본의 매혹이 그 어느 때보다도 막강한 위력을 발휘하는 후기 자본주의 사회에서 개개인의 선택이 낳은 의미와 파장에 대해 질문한다. 1부에서는 자연재해로 인해 고립된 가상의 마을 손다이크 땅을 둘러싸고, 서로 얽히는 앙상블 배역들의 복잡하고 비밀스러운 속내와 사정을 속속들이 보여 주며 그들 간의 접점을 절묘하게 만들어 나가는데, 여기서부터 등장인물들은 계속해서 크고 작은 선택의 기로에 놓인다. 개인의 미래와 집단의 미래, 순수한 신념 고수와 현실적 타협, 투명한 진실과 대의를 위한 거짓, 미디어용 이미지와 실체 사이에서 등장인물들은 (때로는 그게 아니라는 것을 알면서도) 조금씩 어긋난 잘못된 길을 선택하고, 그 파장이 퍼지고 교차하면서 결국 누구도 예상치 못한 충격적인 결과를 마주한다.

그 모든 선택의 중심에는 전례 없이 막대한 부를 축적하는 개인들이 등장한 후기 자본주의 시대의 총아 로버트 르모인이 자리한다. 애정, 우정, 불안, 질투, 의심, 열등감 등 평범한 인간적 감정에 휘둘리며 인간관계와 미래에 대해 고민하는 복잡하고 다면적인 보통 사람들 사이에서 만화적 악당이라는 평가가 나올 정도로 홀로 결을 달리하는 르모인은 이익 추구를 최우선시하는 자본주의 정신의 화신과도 같은 인물이다. 자기 이익을 위해서는 자연은 물론 인간도 서슴지 않고 파괴하고 제거하는 이 사이코패스가 자본과 기술을 이용하여 거칠 것 없이 타인을 감시하고 정보를 획득하는 방식은 섬뜩하도록 현실적이다. 휴대 전화만 해킹하면 개인의 일거수일투족을 고스란히 파악할 수 있는 시대에 막강한 자본력을 바탕으로 드론과 해킹 기술로 무장한 르모인이 전지전능한 신처럼 세상을 감시하고 꿰뚫어 보고 타인을 조종하는 모습은 감시 사회의 위험에 싸늘한 경종을 울린다.

무한한 증식만을 맹목적으로 추구하는 자본의 질주를 개인이 막을 수 있을까? 캐턴은 선과 악이 충돌하는 장르적 스릴러가 아니라 결함 있는 평범한 인물들의 내면 풍경에 치중하는 심리적 스릴러 형식을 통해 씁쓸한 희망을 제시한다. 버넘 숲이 움직이지 않고서야 절대 무너지지 않는다고 자신한 맥베스처럼 지구 종말의 날이 와도 자신은 건재하리라고 오만하게 자신하던 르모인의 거대한 계획을 조금씩 어긋나게 하고 무너뜨리는 것은 결국 애증으로 얽힌 인물들의 치기 어린 행동과 불안, 의심이니까. 그들의 행동은 종종 이기적이거나 근시안적인 동기에 의해 이루어지지만, 르모인의 야욕을 의도치 않게 좌절시키며 서로 연결된 인간들이 만드는 예측 불가능한 힘을 보여 준다. 미래를 빼앗겼다는 박탈감과 불안 속에서 살아가는 젊은이들의 선택과 타협, 파국을 그린 『버넘 숲』은 후기 자본주의 사회의 모순과 환경 재난이라는 우리 시대의 핵심 문제에 대한 깊은 통찰과 성찰을 담아낸 수작이다.

2025년 3월
권진아

옮긴이 **권진아** 서울대학교에서 영어영문학을 전공하고 동 대학원에서 「근대 유토피아 픽션 연구」로 박사 학위를 받았다. 현재 서울대학교 기초 교육원에서 강의하고 있다. 옮긴 책으로는 한야 야나기하라의 『리틀 라이프』, 조지 오웰의 『1984년』, 『동물 농장』, 어니스트 헤밍웨이의 『태양은 다시 떠오른다』, 에드거 앨런 포의 『모르그가의 살인』, 버지니아 울프의 『올랜도』, 『은하수를 여행하는 히치하이커를 위한 안내서』(공역) 등이 있다.

버넘 숲

발행일　2025년 3월　5일 초판 1쇄
　　　　2025년 4월 10일 초판 2쇄

지은이　엘리너 캐턴
옮긴이　권진아
발행인　홍예빈
발행처　주식회사 열린책들

경기도 파주시 문발로 253 파주출판도시
전화 031-955-4000　팩스 031-955-4004
홈페이지 www.openbooks.co.kr　이메일 literature@openbooks.co.kr

ISBN 978-89-329-2500-4 03840